OSCAR WILDE

我年轻时
以为金钱至上

王尔德三部曲

[英]奥斯卡·王尔德 著

朱亚光 云隐 张雪萌 译

开明出版社

图书在版编目（CIP）数据

我年轻时以为金钱至上：王尔德三部曲 /（英）奥斯卡·王尔德著；朱亚光，云隐，张雪萌译. -- 北京：开明出版社，2024.11. -- ISBN 978-7-5131-9335-1

Ⅰ.I561.14

中国国家版本馆 CIP 数据核字第 2024B03M48 号

责任编辑：卓玥

书　　名：我年轻时以为金钱至上：王尔德三部曲
作　　者：[英]奥斯卡·王尔德
译　　者：朱亚光　云隐　张雪萌
出　　版：开明出版社（北京市海淀区西三环北路 25 号青政大厦 6 层）
印　　刷：保定市中画美凯印刷有限公司
开　　本：880mm×1230mm　1/32
成品尺寸：145mm×210mm
印　　张：16
字　　数：401 千字
版　　次：2024 年 11 月第 1 版
印　　次：2024 年 11 月第 1 次印刷
定　　价：68.00 元

印刷、装订质量问题，出版社负责调换。联系电话：（010）88817647

目录

CONTENTS

总序

王尔德 —— 命运撞击礁石 沉入创作里

折衡[1]

如果天堂举办艺术沙龙，法国巴黎拉雪兹神父公墓一定大咖云集。这里埋藏着许多不朽的灵魂，他们的墓碑各异，或严肃静默、或奢靡豪华、或简约粗糙，如同流动的盛宴。

但最受欢迎的，恐怕还是王尔德之墓，其造型一如本人显眼，设计者根据他的诗歌《斯芬克斯》将墓碑雕成一座小小的狮身人面像。造型奇特还不够，更特别的是墓碑上密密麻麻的唇印。

来自不同时代、不同地区的游客奔赴巴黎，为王尔德墓献吻，

拉雪兹神父公墓里王尔德墓

1　折衡，籍贯江苏宿迁，媒体人。专注于人物与文史领域，作品见于《中国妇女报》《黄金时代》等报刊。

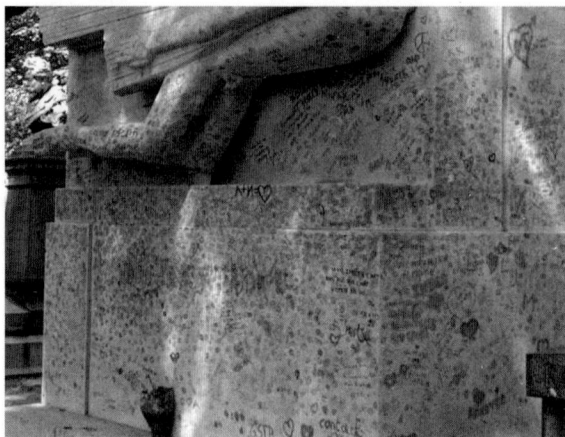

王尔德粉丝在墓碑上留下的唇印 [1]

而他也早早预言"一个吻足以摧毁一个人的生命"。为防止源源不断的唇印损坏墓碑，公墓无奈架起两米高的玻璃围墙，仍无法隔绝源源不断的崇拜者。

天赋与才华集于一身，作品与金句流传于世，情史与往事被反复咀嚼，王尔德献祭般地推崇唯美主义，在巅峰时震耳欲聋，又在生命的结尾归为死寂。

但世人从未曾忘记王尔德，正如他期待的那样。

01——饮醉青春

世界上有许多城市，让你听到它的名字就能感受到独特气质，比如罗马、伦敦、巴黎。但爱尔兰的首都都柏林却不是这样，它古典与梦幻交织、厚重与戏谑共存。

---

1 两张图片分别引自 Jeanne Menjoulet；Sean Rowe。

1854 年 10 月 16 日，王尔德就出生在这里，一个富裕的知识分子家庭。父亲威廉·王尔德是著名的眼耳外科医生，创办了爱尔兰首家眼科专科医院；母亲简·弗朗西斯卡·艾格尼丝则是爱国诗人，口齿伶俐、极善言谈。好笑的是，两人高矮悬殊，在漫画中常被表现为"女巨人和男矮人"，但他们同样对文学、艺术怀有高度热情。

他们的婚姻表面上看安稳和睦，在那座维多利亚风格的房子里，王尔德父亲看病接诊，母亲则在周末呼朋引伴、开设沙龙。但实际上，二人的婚姻暗流涌动，父亲在婚前至少有三个私生子，还曾陷入猥亵病人的丑闻，母亲婚后受制于"女人的命运"，只能撰写那些夫唱妇随的诗作。

王尔德是这个家庭的第二个孩子，母亲为给他取名费尽心思，恨不得将所有美好寓意都塞进去，于是王尔德全名[1]有些过分冗长，不过他本人倒是非常喜欢。据说母亲曾把王尔德当成女儿对待，所以幼年王尔德和妹妹伊索尔拉一样穿着女装。他也十分顽皮，和哥哥威利玩耍时不小心折断了胳膊，上学时还给全校的学生都起了绰号。但真正让王尔德显露出不同的，是他在速读方面的天赋，他可以像速读机般信马由缰地汲取感兴趣的内容，甚至写信告诉朋友他能在半小时里精读一部三卷册的小说。

一头卷发，标志性的紫红色衬衣和孔雀绿西装，神情悠然自得，双腿自然伸开，皮鞋锃亮。坐落在都柏林梅里昂公园的王尔德雕像恰如其分地表现着他的生性聪慧、自命不凡。他当然有自信的资本，17 岁就读于爱尔兰最知名的高等学府都柏林三一学院，毕业时被授予该院最高荣誉；20 岁以全额奖学金考入牛津大学，研读古希腊文学和哲学。

1　奥斯卡·芬格·欧弗雷泰·威尔斯·王尔德。

位于都柏林的王尔德雕像 [1]

牛津时期是王尔德一生中最像花朵的时光，从母亲那里耳濡目染的穿搭品味在这里得以发挥，十二三岁就深爱的深红色与丁香色的衬衫，以更加夺目的样式穿在他身上，连衣服上的格子都要比同窗们来得更大，更显眼。

王尔德的照片，现藏于大英博物馆

1　图片引自爱尔兰旅游局微博。

他致力于打扮得令人过目不忘，古典时髦的齐肩鬈发，拜伦式的翻领大衣搭配招牌的小斗篷，天鹅绒制的礼服下是丝袜与及膝马裤，还有亚麻西装上的缤纷领结与脚下的漆皮舞鞋。王尔德的面容在这一套套华服堆砌中反而越发清晰起来，后来为他写传记的艾尔曼将其复原得恰如其分：

> 他高大，一米九三，一直有发胖的趋势，走起来大摇大摆、拖拖拉拉、懒洋洋的。他面色苍白，有月亮一样的脸庞，也像月亮一样，有浅色的大雀斑。嘴唇非常厚，是供给漫画家下笔捕捉的特征。[1]

彼时年轻的王尔德还不懂得节制二字，他喜欢将房间布置得华美非常，希腊风情的地毯、心爱画作的照片、华丽镀金的酒具与名贵瓷器，来自塞夫勒的蓝色花瓶中天天插着他最喜欢的百合花。他

摄于 1876 年，时年 22 岁的王尔德　　摄于 1882 年，时年 28 岁的王尔德

1　引自理查德·艾尔曼《奥斯卡·王尔德传：顺流，1854—1895；逆流，1895—1900》。

学着母亲的模样招待朋友，桌子上有调制的潘趣酒，长柄烟斗里填满上等烟草，还有悠扬乐声助兴。

也是在这里，王尔德初次接触到唯美主义，美术教授约翰·罗斯金[1]的授课魅力成功俘获王尔德"芳心"，研究员瓦尔特·佩特[2]则用理论作品潜移默化地影响他。王尔德开始频繁出入两位教师的课堂和寓所，他在这两人之间如饥似渴地取人之长、补己之短，也在一次次喝茶、谈天、散步中拥有了良师益友。

但显然，王尔德不是省油的灯，更不是传统意义上的好学生。由于挥霍无度，王尔德常常陷入债务危机，甚至频繁向百货商人们赊账，大手大脚的习惯让他曾两度被校长法庭传唤。至于学业，王尔德也是迷迷糊糊，喜欢的课程钻得极深，不感兴趣的敷衍了事，偶尔还会忘记考试日期。

即便如此，王尔德仍表现出惊人的文学才能，他获得了罕见的古典文学学位阶段考和学位终考的双一等成绩，顺带捧回含金量极高的纽迪吉特奖。导师们惊讶于不良少年居然取得了这么好的成绩，同学们则认为王尔德必然挑灯夜读，才让自己赢得看起来毫不费力。

但优异的成绩换不来高校教职，和千千万万待业求职的大学生一样，毕业后的王尔德站在未来的十字路口，不知哪个方向会亮起绿灯。

02——声名鹊起

如果你厌倦了伦敦，那你就厌倦了生活。

19世纪80年代的伦敦将繁华、逼仄、包容集于一城，让无数

---

1 约翰·罗斯金（1819—1900），英国作家、艺术家。
2 瓦尔特·佩特（1839—1894），英国作家，批评家，提出为艺术而艺术的美学主张。

人把最恣意的青春留在这里，王尔德也不例外。他顶住压力留在这里，成了一个"无业游民"。他见缝插针地寻找机遇，但不断遭遇挫败，靠着母亲的补贴与画家朋友住在一起，专注诗歌创作。这段时间王尔德写下许多令人不快的诗句，像易卜生的戏剧那样，充满了悲剧性的预兆，但他总是避而不谈、拒绝修改。

毕业那年，24岁的王尔德以诗作《拉芬纳》赢得校内一项诗歌比赛。得奖的诗作由学校出资印刷，成为王尔德第一本出版的作品。1880年，26岁的他完成了戏剧处女作《薇拉》，但并没有很大反响，后又因政治原因未能在伦敦上演。时隔一年，王尔德诗集出版（很可能是他自费发行），在序言里，他精心挑选了一首最能表现其性格特征的诗歌，一首题为《唉！》的十四行诗。尽管首印750册很快售罄，但同样没有引起什么反响。或许是没有一炮而红，让王尔德颇为不满，此后近十年没有任何作品问世。

这时他混迹于伦敦，靠的是奇装异服、古怪行为和诡辩之才。从初亮相的大提琴服饰到结交社会名流，在伦敦，上至王室成员，下至平头百姓，谁人不知王尔德巧舌如簧。

当然也不是没有非议，甚至有剧作家写下唯美主义幽默短剧《佩辛丝》讽刺王尔德。但对于这种嘲讽，王尔德多数不在意，少数时候还能加以利用。1882年，《佩辛丝》将在美国上映，观众都想看看究竟什么是唯美主义，于是剧作原型王尔德顺理成章地受邀去美国演讲——"只要条件优厚即可"，他说。王尔德很擅长讲故事，流畅而滔滔不绝，那些厌倦了夸张姿态演讲的美国人，或许很愿意接受他的风格。

母亲早就教会了他如何让人记住自己。入海关时，王尔德身穿拖到脚上的绿色长大衣，衣领和袖口饰有毛皮，波兰式圆帽子，天蓝色领带。到了演讲台上，则换成了深紫色短上衣，齐膝短裤，黑色长筒丝袜，镶有鲜亮带扣的低帮鞋。

王尔德著名的丝袜和齐膝裤

　　但王尔德为演讲准备的远不止奇装异服，出发前他便事先估量美国的文化热度，拜访了许多美国文化名人，并且根据演讲地点适时调整内容，投其所好朗诵本地人的作品。依靠噱头，王尔德赢得了听众的注意力，而丰富且扎实的演讲内容则让他真正获得了美国民众的认可。

　　此次美国巡回演讲规模极大，涉足 13 个州，行程近 15000 公里。王尔德对着社会贤达、工厂工人、南方佳丽、哈佛知识分子侃侃而谈，催生了超过 500 篇报刊文章，演讲门票给他挣来了此前从未挣到过的一大笔钱。据说离开时，王尔德"成为在美国名气仅次于维多利亚女王的英国人"。

　　此时的王尔德虽无代表作傍身，却在社交圈声名鹊起。但不论王尔德和谁把酒言欢，他对自己的目标始终保持清醒头脑。他为自己的名声大噪进行的一番苦心经营，至今仍被许多野心勃勃的名流效仿。

03— 创作盛宴

唯美与颓废，构成了王尔德作品的一体两面，恰如他的人生。

他一边说着：在这动荡纷乱的时代，在这纷争和绝望的可怕时刻，只有美的无忧殿堂，可以使人忘却，使人欢乐。另一边又哀叹：死亡与庸俗是 19 世纪仅有的无法用巧辩逃避的东西。

于是在童话中，王尔德写了无数破碎的心脏。不同于作品的忧伤，写作时的王尔德春风得意，仅在 1890—1891 年，短短两年时间里，他一共出版了四本书，其中有两本童话故事书[1]，一本评论集，还有一本小说《道林·格雷的画像》。随后还完成了让他一年狂赚 7000 英镑版税的《温德米尔夫人的扇子》，并且开始撰写他最出名的剧本《莎乐美》[2]。在他并不长的一生里，创作进度条已然过半。

在他最著名的九篇童话里，《快乐王子》是用闲适口吻给剑桥学生讲的故事，《夜莺与玫瑰》则是死于心碎、涅槃于美的"王尔德式美学"。在这样频繁的创作中，王尔德的叙事节奏越发清晰了起来：驾轻就熟的"矛盾修辞"、绚丽夺目的文字铺陈、吊诡的文学风格就这样融合，流淌出了独具特色的王尔德式语言风格。

王尔德的戏剧创作活动持续十五年之久，也曾被评论家誉为英国剧坛继谢里丹之后的又一喜剧高峰。此时风头正盛的王尔德，每一部戏剧作品都受到热烈欢迎，有一个时期，伦敦的舞台上同时上演着三部他的作品。

王尔德从不以野心为耻，他在机遇到来时奋力一搏，野心勃勃而灵魂似火。

1　这两本书在后来常以《王尔德童话集》或《夜莺与玫瑰》为名，放在一起出版，共9篇，也就是本书《王尔德童话集》的9个故事。

2　莎乐美是《圣经》中的经典人物，频繁出现于文学、绘画和音乐领域，王尔德的《莎乐美》广泛借鉴了前人的创作灵感。

04__英伦情事

在真正的惊世骇俗之前，王尔德也有过几段无疾而终的恋情。

他曾倾慕风华正茂的英国名媛莉莉·兰特里，为她撰写诗歌；也曾拜倒在法国名演员莎拉·伯恩哈特裙下，用法文写下剧作《莎乐美》。

但最终与王尔德走进婚姻的，是沉默温顺的康斯坦斯·劳埃德[1]，有着"男孩子气的脸庞和黑色的大眼睛"。那是在1884年，30岁的王尔德向康斯坦斯·劳埃德求婚，康斯坦斯早已陷入恋情，她一脸甜蜜地给哥哥写信："有一个震惊的消息，你要做好心理准备！我与奥斯卡·王尔德订婚了，我开心得快要疯了。"她并非不知王尔德毫无积蓄，却仍然下定决心步入婚姻。

婚后，长子西里尔出生，再一年，次子维维安出生，康斯坦斯"百合花"般的身材走了样，很快失去了王尔德的欢心。尽管婚姻仍然存续，但王尔德已不再与康斯坦斯同房。他一边谎称旧病复发，需要禁欲，一边流连美少年，纵情声色。后来，康斯坦斯考虑过离婚，但当王尔德遭受牢狱之灾以至于穷困潦倒时，即使已经带着孩子移居意大利热那亚，她还是每月给王尔德一点津贴。

王尔德夫人康斯坦斯

---

1 康斯坦斯（1858—1898），王尔德妻子，英国作家、剧作家和出版人，曾出版儿童书《很久以后》。

王尔德与家人

1886 年，年仅 17 岁的罗伯特·罗斯[1]"引诱"了王尔德，他便心甘情愿地沉溺。后来王尔德移情别恋，视罗斯为"男孩中的一个"，罗斯却一直不离不弃，陪伴他直至死亡。罗斯之后的另外一位重要情人是约翰·格雷，《道林·格雷的画像》里藏着他的名字。与罗斯不同是，格雷来自底层，自学成才，是一名年轻诗人。

直到波西[2]出现，一切变得危险，而危险对于王尔德来说，本就是吸引他的一部分。我们只能从现存的照片中窥见波西的面貌，古典而精致的长相，气质阴郁疏离。他是贵族侯爵之子，也是才华横溢的诗人，更是带领王尔德走向毁灭的曼珠沙华。

1　罗斯（1869—1918）是加拿大总督的孙子、加拿大司法部长的儿子，王尔德的第一个同性情人。
2　波西（1868—1945）与王尔德在 1892 年相识并迅速热恋，此后纠缠一生。

罗伯特·罗斯　　　阿尔弗莱德·道格拉斯，即"波西"

　　蓝颜亦祸水。还不认识王尔德的波西，连读了十四遍《道林·格雷的画像》，后经人引荐，火速与王尔德陷入热恋。热吻伴随着恶毒的话语、扭曲的激情，与其样貌相匹配的，是波西骄横自私的性格。两年的恋爱很快消耗掉王尔德5000英镑，王尔德不仅抛家弃子，也没写出任何作品。

　　命运总在脆弱处给人致命一击，危险即将来临，此时他们浑然不知。

05—狱中哀歌

　　波西的父亲昆斯伯里是位暴躁的侯爵，而波西以惹怒他为乐。被父亲发现与王尔德的"地下恋情"后，波西不仅不收敛，反而将约会地点提前告知父亲。王尔德也不以为意，他在耳鬓厮磨中失去了对危机的判断能力。当被昆斯伯里侯爵状告到法庭时，朋友们都劝王尔德出国躲躲，而王尔德只是一意孤行，试图赢回颜面。

站在被告席上的王尔德据理力争，作了一番慷慨陈词："'不敢说出名字的爱'在本世纪是一种伟大的爱，就是柏拉图作为自己哲学基础的那种爱，就是你们能在米开朗基罗和莎士比亚的十四行诗中发现的那种爱。"或许是过分自信，或许是将其当成一场公开表演，只是这一次，他错得彻底。1895年，41岁的王尔德被判入狱。

初冬料峭，伦敦的冷雨无情。王尔德没有像往常一样优雅体面地站在戏剧舞台中心，而是戴着手铐、穿着囚衣，在中央平台上示众。他柔波一样的长发已被粗暴地剪短，周围挤满了来参观的观众，当得知这位狼狈的艺术家是个同性恋时，甚至有人径直上前来冲他吐口水。

服役时光琐屑而磨人，囚室潮湿阴冷，高大而肥胖的王尔德只能缩居不足一米的铁架床。监狱的伙食很差，土豆、冷肉、黑面粉制作的板油布丁，王尔德都吃不惯。他经常只喝汤，也因此引发了严重腹泻。

为避免囚犯之间通过敲排水管沟通，监狱拆除了水管和公厕，给每间囚室配一个小小的马口铁容器。除了放风那一小时可以用盥洗室，犯人们其余时间都要靠它解决生理问题。因此王尔德一旦腹泻，屎尿就会溢出容器，满地横流。除此之外，他每天还要在踏车上工作6个小时，每踏车20分钟，被允许休息5分钟，他必须卖力地用脚力推动装置，否则就有跌落的危险。

此时的他不再是那个拥有冗长名字的王尔德，而是雷丁监狱的囚犯C.3.3号。亲友探监时，C.3.3号只能用一块红手帕遮住污秽的面部。他能听到监狱地下室传来犯人承受鞭刑时的痛苦哀号；看到因诱捕了几只兔子，付不出罚金而被判入狱的三个孩子；目睹刽子手启动18年未曾使用过的绞架绞杀死囚。

王尔德在监狱里失去了俗世繁华中的一切——名望、地位、财产、家庭、爱子，而在这之后，他终于学会了谦卑。或许对他而言，最致命的打击不是身败名裂，也不是家人远走他乡、被迫改姓，甚至不是失去自由，而是失去了纸张、词语和世界的色彩。

他在狱中申请阅读书籍，用完了雷丁监狱一年的配额，书单后来被曝光，涵盖了从古希腊到现代的各种经典作品，甚至还自学了德语和意大利语。

创作像是与天争命，痛苦是文学的温床。王尔德在狱中写给道格拉斯的长信，在他死后五年以 *De Profundis*[1] 为名出版，成为他最动人的作品之一。他剖析灵魂般自省，也如怨夫似的絮叨不止，情书的主人公却毫不领情。

1897 年 5 月，在监狱度过 600 多个日夜的王尔德终于重获自由。记者说他状态不错，像一位"流放归来的国王"。实际上，王尔德已患有严重的耳疾——右耳因鼓膜穿孔完全失聪，也看不清稍远一点的东西。

出狱后，在妻儿与情人之间，王尔德百般辗转，最终还是选择了波西，但两人的再度复合也只持续了三个月。

生活像猛虎，将王尔德撕得粉碎，他后来在《雷丁监狱之歌》中反复写，他杀了他之所爱，却原来已是诀别书。

06 — 法国流亡

出狱后，再度与波西决裂的王尔德远走他乡，长期租住在法国的某个不知名的小旅馆。在生命的最后两年，他贫病交加、众叛亲

1　中文版曾用名《狱中记》《深渊书简》《自深深处》。

离，陪在他身边的只有罗斯和一位友人。1900 年 11 月 30 日，在那间破旧的小旅馆，46 岁的王尔德与墙纸殊死搏斗，最终留下一句很短的遗言"纸越来越破，而我越来越老，两者之间总有一个要先消失"。

那场"第六等"的葬礼算不得体面，棺材廉价、柩车破旧，有人送来零星的花圈，往日荣光都化作冷酷与萧寂。他被埋藏在巴涅墓地第十七区第七排的第十一个墓穴，坟墓上竖起简易的石碑，四周围着铁栅栏。9 年后，罗斯才将他迁入故事开篇的巴黎拉雪兹神父公墓，旁边安息着波兰钢琴诗人肖邦、戏剧家莫里哀和小说家巴尔扎克。

直到 1998 年，英国人总算"原谅"了王尔德，在市中心建造了他的雕像，绿色花岗岩雕刻的王尔德喷云吐雾。至于如何记录他，人们选了这一句："我们都在阴沟里，但仍有人仰望天空。"

曾经年少成名，风头一时无两，后来身陷囹圄，家庭破碎。就像他的童话里，乞丐变成了国王，宫殿坍塌成了废墟，被宠坏的孩子最后只能吃猪草。王尔德人生的戏剧性还不止于此，他的写作灵感早于波西来临，道林亲手杀死视自己为缪斯的画家，波西也让王尔德身陷囹圄，最后的处境，的确与他钟爱的希腊式悲剧吻合。

落幕即永恒，生命如一场巨大的悲剧，而王尔德早早写下了墓志铭。

07__结局之后

博尔赫斯说："我想起他时就像是想起一位好朋友，我们从未谋面，但熟悉他的声音，经常怀念他。"是了，王尔德在文学、毒舌、时尚等方面都留下不朽印记，我们或多或少都听说过他的事迹和金句，像是认识了一位素未谋面的朋友。

在《理想丈夫》里，王尔德写出了他流传最广的金句"爱自己，是终身浪漫的开始"。如今来看，王尔德深谙婚姻之道，却没能做理想中的丈夫；说好的爱自己，也没能贯彻到底。

出狱后的王尔德也曾真心实意地想要重新开始生活。但两年苦役让他的心理和身体健康都受到严重影响。虽然他仍然计划写些什么，但厮混、苦艾酒占据了他绝大部分生活。直到最后，生活把他的生命和天赋一同收回。

回望他被复杂情史占据的人生，他的种种行为用今天的话说，绝对可以被钉在"渣男"的耻辱柱上。了解他的人会惊叹于他对波西的爱，这爱甚至凌驾于对妻儿和他所珍爱的一切之上，也包括他所自傲且野心勃勃的事业与名望。

但也是这样一个人，热衷于促进艺术事业、提携无名同行，在收到一位默默无闻的雕塑家的作品后，王尔德登门拜访并为其宣传；他替艺术家争取订单，自己花钱订购，用邀请他们为自己画像等方式，对贫困的艺术同行们施以援手。

即便身陷囹圄，王尔德也对弱者保持着友爱和关心，在出狱前几天，他偶然听到了一位身负冤屈的囚犯遭受鞭刑时的哀号，看到了几位刚被判入狱的孩子的恐惧，当即愤然提笔写信给媒体，痛斥监狱的不公，并提议由自己承担孩子们的罚金（虽然他自己早已破产），只为使他们免受牢狱之苦。

王尔德身上有太多标签，但这些标签不是后人强行给他贴上的，而是他与生俱来的气质，也是他清醒地有意为之。

08—时代回响

王尔德生活的 19 世纪，正是历史上著名的维多利亚时代，是工业革命狂飙猛进的几十年，是大英帝国的国运巅峰，是狄更斯在《双城记》中写下的开篇名句："这是一个最好的时代，也是一个最坏的时代。"

与这种烈火烹油般的繁荣相对应的，则是思想上的百家争鸣。有人树立起更高的道德标准，以对抗金钱与欲望的冲击。有人用浪漫、美、艺术的生活哲学，对抗唯利是图的社会风气，对抗越发教条的道德要求，他们意图追求一种超越物质和生活的存在——唯美主义。

这群人是这么想的，也是这么做的，他们是济慈、雪莱、戈蒂耶——王尔德。

人们以"唯美主义"来定义王尔德在文学史上的地位，以王尔德被捕作为唯美主义运动的终结，因为王尔德真的在用一生践行自己的思想。

这种践行并不是我们常规理解的对某种艺术化生活方式的简单模仿，王尔德承认艺术只是一种人脑想象的产物，是人类的"谎言"，但艺术是一种美丽而伟大的产物，而唯美主义的目的，就是要让这种美来引导人们的生活，引导人们超越庸俗、超越物质。

所以某种程度上，当我们回望前文中王尔德的人生轨迹，当我们读完本书的最后一篇《自深深处》，有一个答案或许呼之欲出：王尔德始终清醒地看着自己沉沦。[1]

直至今天，王尔德的戏剧仍在剧院上演，他当年讽刺的社会问

---

[1] 这一点确实是很多读者了解王尔德事迹后最纠结，也最容易引起争论的一点，笔者在这个过程中也在不停寻找答案，或许 2019 年华语辩坛老友赛的著名片段"爱的本质是自由意志的沉沦"或可作为答案之一，读者也可上网搜索这一片段，自行理解。

题在今天依旧一针见血；他的作品深受追捧，无数狂热粉丝将其视作文学的乌托邦；他的金句意味深长，敲醒读者的混沌生活；他的经历被轮番改编，电影纪录片不胜枚举……人们知晓他，经久不衰地讨论他，这也许正是他所期待的回响。

王尔德用以生命为引的艺术，以燃烧自己的方式，将他的一生写成了一部唯美主义的悲歌。

推荐阅读与观看

[1] 李元，《唯美主义的浪荡子 —— 奥斯卡·王尔德研究》，外语教学与研究出版社，2008 年。

[2] 张介明，《唯美叙事：王尔德新论》，上海社会科学院出版社，2005 年。

[3] 理查德·艾尔曼，《奥斯卡·王尔德传：顺流，1854—1895；逆流，1895—1900》，广西师范大学出版社，2015 年。

[4] 1997 年版电影《王尔德》（Wilde），导演布莱恩·吉尔伯特（Brian Gilbert）。

王尔德童话集

张雪萌 译

FAIRY TALES OF OSCAR WILDE

序：童话反面

折衡

伦敦假日，天气晴。

洒满阳光的客厅里，孩子们围坐在王尔德身边，听父亲讲童话和冒险故事，温情而惬意。浪漫是王尔德的天赋，许多童话就这样流淌出来。

王尔德曾写信告诉朋友：给自己的孩子写童话故事是作为父亲的职责所在。后来又在给美国小说家的信中说：他的故事是写给十八岁到八十岁孩童般的人看的。尽管王尔德对阅读者的看法前后不一，但毫不妨碍人们对其童话的喜爱。

他的产量不高，一生不过九篇童话，但篇篇经典。他写公主、王子、国王，也写夜莺、燕子、巨人。说到巨人，《巨人的花园》这篇童话被收录在人教版小学教材中，但争议也随之而来，被骂三观不正、难以读懂、过分黑暗。因为结局不够美好，王尔德童话常常被打上不适合孩子阅读的标签。

在他笔下，故事常以死亡为结局。有人因奉献而死，快乐王子至纯至善而唯余铅心；有人为人性而死，渔夫追求爱情而抛弃灵魂；有人为真爱而死，夜莺彻夜歌唱而身刺荆棘；有人为友谊而死，汉斯忠实重情而惨遭厄运……也许你无法想象，这样暗黑的童话怎么能与安徒生、格林兄弟并驾齐驱。

但当你在现实世界中跌跌撞撞，遇到激情消退的爱情、虚情假意的友情、虚空画饼的上司，遇到歧视和冷眼，遇到茫然和怀疑，再翻开这本童话书，一切自会有答案。

波列伏依曾说："在少年儿童时代读过的好书，是永远不会忘记，一生留有印象的，而依我看，这条法则正好反映出儿童文学的全部重大意义，和无比重要性。"王尔德的童话，孩子们或许看不懂其悲伤的内核，过强的文学性和深远的意蕴无意中设置了阅读障碍。但他们一定会记得快乐王子、夜莺、玫瑰、星孩，并在以后的时光里反刍这些故事。其实我们本就不该低估儿童的审美，有深意的话语同样会引起孩子们的思考，童年的深思和成年的经历会赋予故事更深刻的意义。

孩子们是否童真，不在于他屏蔽了多少黑暗，而在于他感受到的温暖有多坚定。正如《巨人的花园》想要讲述的，自私的巨人其实是个孩子，而无私的孩子们才是巨人。

那天，王尔德一如平常，绘声绘色地为孩子们讲述童话故事，孩子们却发现了不对劲。

"爸爸，你为什么哭了？"

"没什么，真正美丽的事物总会让我流泪。"

第一篇

快乐王子

　　快乐王子的雕像立在高高的石柱顶端，凌空俯瞰着整座城市。他全身贴着足金[1]的薄片，两颗清亮的蓝宝石作他的眼睛，一颗硕大的红宝石在剑柄上闪耀。

　　他是万众瞩目的。"我觉得，他美得像个风向标，"一位市政议员说，希望大家觉得他很有艺术品位，"只是他不如风向标那样有用。"他又接了一句，担心的是人家觉得他不切实际，那可是太冤枉他了。

　　"你怎么就不能学学快乐王子呢？"一位理智的母亲责问她的小儿子，小家伙正哭着要月亮。"快乐王子可不会哭着要东西，他做梦都不会这么想。"

　　"还好，世上总算还有人是快乐的。"一个失意者嘟囔着，凝视着宏伟的雕像。

　　"他多像天使呀。"救济院的孤儿们说着，走出大教堂，他们都披着鲜艳的红斗篷，穿着整洁的白围裙。

　　"你们怎么知道像不像？"他们的数学老师说，"你们又没见过天使。"

　　"我们见过呀，在梦里。"孩子们回答。数学老师皱起了眉头，模样十分严厉，他是反对孩子们做梦的。

1　含金量高达99.9%。——译者注（后文若无特殊说明，均为译者注。）

有一天晚上，城市上空飞来一只小燕子。他的同类早在六周前就去埃及了。只有他落在后面，因为他眷恋着那棵最美的芦苇。他是在早春时节邂逅她的，那时，他正掠过河面，追捕一只大黄飞蛾。芦苇袅娜的细腰格外引起他的注意，于是他停下来与她攀谈。

"我们能相爱吗？"燕子问，他喜欢直奔主题。芦苇对他深深地一点头。于是他绕着她飞了一圈又一圈，翅膀点着水，掀起银色的涟漪。这是他的表白。整个夏天，他们都过得这样幸福。

"这门亲事太荒唐了，"别的燕子喊喊喳喳，"她那么穷，亲戚又一大堆。"此话不假，河里确实长满了芦苇。后来秋天一到，燕子们成群飞走了。

剩下的这只燕子觉得孤单，对芦苇也嫌弃起来。"我跟她没话讲，"他说，"她也不忠于我，天天和那些风纠缠不清。"这是自然的，每当有风吹过，芦苇都会摆出最优雅的屈膝礼。"还有，她太恋家了，"他接着说，"我爱旅行，我的妻子也要爱旅行才对。"

于是他问："你能不能跟我一起走？"芦苇摇摇头，她离不开家。

"好啊，原来你根本不在乎我，"他叫起来，"那我自己去金字塔了，拜拜！"说完，他飞走了。

他飞了一整天，晚间抵达了城市。"去哪里歇歇呢？"他想，"城里最好有点准备，能给我接个风什么的。"

这时，他看到了柱子上的雕像。

"那里不错，"他喊，"位置好，空气新鲜。"于是他落下来，正好停在快乐王子的两脚之间。

"这是我的黄金卧室呢。"他四下看看，轻声地自言自语。现在他要睡了，可是他刚把脑袋往翅膀底下一塞，就有一大滴水掉到他身上。"好奇怪！"他喊，"天上没有一点云，星星也清清亮亮的，怎么就下雨了呢。欧洲北部的天气真要命。芦苇倒是喜欢下雨，那个自私的家伙。"

这时，又是一滴水落下来。

"要个雕像有什么用，连雨都挡不住，"他说，"我还是找个好一点的烟囱帽吧。"他下了决心要飞走。

但是在他展翅之前，第三滴水落下来。他抬眼一望——哟！瞧那是什么？

快乐王子的眼里饱含着泪水，还有泪水顺着他金色的脸颊流淌下来。他的面容在月光下是那么美，看得小燕子满心不忍。

"你是谁啊？"他问。

"我是快乐王子。"

"快乐王子还哭什么呢？"燕子说，"害得我羽毛都湿透了。"

"从前我还活着，有一颗心的时候，"雕像回答，"是不知眼泪为何物的。那时我住在无愁宫里，那个地方不许哀愁进入。白天我和同伴们在花园里嬉游，晚上我在大厅里带头跳舞。花园有高高的围墙，我一辈子都懒得问问墙外是什么，反正我身边的一切都是那么华丽美好。侍臣们叫我快乐王子——如果享乐就是快乐，那我确实快乐。我在享乐中活着，也在享乐中死去。死后，他们把我的雕像立得这么高，这下，城里所有的丑恶和痛苦都被我尽收眼底，哪怕这颗心现在是铅做的，我都忍不住要落泪。"

"哟！敢情他不是纯金的。"燕子嘟囔了一句，他很有礼貌，这种议论是不会大声说出来的。

"在远处，"雕像用低沉悦耳的声音接着说，"一条小巷子里有座破屋。它的一扇窗开着，窗里有个妇人坐在桌边。她很瘦，一脸憔悴，粗糙的手红通通的，满手都是针扎的疤痕，这是个绣娘。下次的宫廷舞会上，王后身边最美的侍女要穿一件绸缎舞裙，这个绣娘在给裙子上面绣西番莲花。墙角有张床，她的小儿子病了，正躺着。这孩子发着烧，想吃橙子。可是妈妈没东西给他吃，只能给他喝点河水，他就哭个不停。燕子啊，小燕子，不帮个忙吗？请把我剑柄上的红宝石啄出来送给她吧。我的脚定在底座上，我动不了。"

"朋友们在埃及等我，"燕子说，"他们沿着尼罗河上下翻飞，跟大朵的莲花聊天。过不了几天，他们就要去法老的陵墓里睡大觉了。陵墓里有华丽的棺材，法老就躺在里面。他身上缠着黄色的亚麻布，涂着防腐的香料，脖子上挂着淡绿色的玉石项链，双手都像枯萎的叶子。"

"燕子啊，小燕子，"王子说，"你就耽搁一晚上行吗？帮我送个东西。那家的小男孩太渴了，他的妈妈也太苦了。"

"我不喜欢小男孩，"燕子回答，"去年夏天，我在河边遇到两个粗野的孩子，是磨坊主的儿子，动不动就朝我丢石头。当然了，他们打不着我，我们燕子飞得多快啊，何况我们家族是出了名的敏捷。但就算这样，也是他们没教养啊。"

然而快乐王子那么忧伤，小燕子见了都替他难过。"这地方现在很冷了，"他说，"不过我可以耽搁一晚上，帮你送送东西。"

"有劳你了，小燕子。"王子回答。

于是燕子啄下王子剑柄的红宝石，衔着它飞向远处，掠过一片一片的屋顶。

他飞过大教堂，它的尖塔上有洁白大理石的天使雕像。他飞过王宫，听到了舞会的声音。一个美貌少女伴随她的恋人走上露台。"今晚的星星多美妙，"他对她说，"爱的魔力也是那么美妙！"

"我的礼服裙可要准时做好，才能赶上宫廷舞会呢，"她说，"我喜欢西番莲花，特意让人给绣在裙子上，可那些绣娘就会偷懒。"

燕子又飞过河面，瞧见许多船，林立的桅杆上挂着灯笼。他还飞过贫民区，瞥见几个犹太老头在讨价还价，把银钱搁在铜盘里过秤。终于，他抵达了那座破屋，从窗口向里张望。小男孩烧得难受，正在床上翻来覆去，他的妈妈已经睡着，她太累了。燕子跳进屋，把红宝石放在桌上，挨着妇人的顶针。然后他绕床飞舞，用翅膀给孩子的额头扇风。"好凉快啊，"孩子说，"我快好了吧。"说完，他甜甜地睡了。

燕子飞回快乐王子身边，把事情都讲给他听。"好奇怪呀，"他说，"天这么冷，我怎么却感觉暖暖的。"

"那是因为你做了好事。"王子回答。小燕子思考起来，不一会儿就睡着了。他一思考就犯困。

天光破晓时，他飞到河边洗了个澡。"这可真少见，"桥上正好走过一位鸟类学教授，他说，"冬天还有燕子！"他把此事写成长文，投给本地的报纸，引起了人们的热议。大家都说这篇文章术语真多，高深莫测。

"今晚我就去埃及啦。"燕子想着，心里美滋滋的。他趁着白天把城里的名胜看了个遍，又在教堂的塔尖歇了好久。不管他到哪里，都有好多麻雀激动地喳喳叫："好一位尊贵的客人！"他听了非常受用。

月亮升起时，他飞回快乐王子身边。"你在埃及有什么事要办吗？"他喊，"我要出发啦。"

"燕子啊，小燕子，"王子说，"你不想再多待一晚上，给我帮帮忙吗？"

"大家都在埃及等我呢，"燕子回答，"明天我的朋友们要去大瀑布¹了。那边的香蒲丛里藏着河马；巨大的花岗岩宝座上，有门农王²的雕像。他整夜仰望星空，等到启明星在拂晓闪烁时，他就欢呼一声，然后再不吭气。正午，黄毛狮子成群来到岸边喝水。它们的眼睛像金绿柱石，它们的咆哮赛过瀑布的轰响。"

"燕子啊，小燕子，"王子却说，"我看到很远处，城市的另一

---

1 尼罗河上有六个瀑布，这里说的是其中第二个，位于努比亚一带。
2 门农，希腊神话中的埃塞俄比亚之王，是黎明女神和特洛伊王子的儿子。

端，有个年轻人住在阁楼里。他正趴在桌边，桌面堆满了稿纸，他手边有个杯子，里面插着一把枯萎的香堇菜[1]。他有一头棕色的卷发，嘴唇和石榴一样红，还有一双雾蒙蒙的大眼睛。他在给导演写剧本，可是他太冷，写不动了。壁炉里没有火，他饿得头晕眼花。"

"好吧，我再待一晚上，给你帮忙，"燕子好心地说，"你还有红宝石给他吗？"

"唉！我没有红宝石了，"王子回答，"我只有这双眼睛，是稀有的蓝宝石，一千年前从印度开采的。请你啄下一颗来，给他送去。他可以拿它卖给珠宝商，然后就能买吃的和柴火，把剧本写完了。"

"亲爱的王子啊，这怎么行！"燕子说着，哭了起来。

"燕子啊，小燕子，"王子说，"请按我说的做。"

于是燕子啄下快乐王子的一只眼睛，向着那座阁楼飞去。阁楼的屋顶破了个洞，要想进去很容易。他"嗖"的一下飞进屋里，年轻人正用两手托着脸，没听到燕子的拍翅声，等他抬起头时，那颗美丽的蓝宝石已经摆在干枯的花束旁边了。

"有人赏识我了，"他大声说，"这宝石肯定是一位了不起的仰慕者送来的。我的剧本能写完了。"他显然很满意。

燕子飞到港口。他停在一艘大船的桅杆上，看水手们抓着缆绳，把大箱子从货舱里拉上来。每拉一箱，他们都喊一声："加把劲哟！"燕子也跟着大叫："我要去埃及啦！"可是没人理他。月亮升起时，他飞回快乐王子那里。

"我是来跟你道别的。"他说。

"燕子啊，小燕子，"王子说，"你不能再待一晚上吗？"

"已经是冬天了，"燕子回答，"快要下雪了，好冷的。在埃及，

1　原文 violet，本是堇菜科堇菜属的一种芳香草花 —— 香堇菜。民国翻译家周瘦鹃先生曾将 violet 与十字花科的紫罗兰对应，故而后人常将 violet 译作紫罗兰。

太阳可暖和了，照在绿油油的棕榈树上。鳄鱼趴在泥塘里，懒洋洋地四处张望。我的同伴们在巴勒贝克神庙[1]筑巢，粉红脚爪的白鸽在一旁看着，咕咕地聊天。亲爱的王子，我真的该走了，但我会想着你的，明年春天，我要带两颗宝石回来送给你，补偿你送出去的那两颗。我的红宝石比红玫瑰还红，蓝宝石像大海一样蓝。"

"在我脚下的广场上，"快乐王子却说，"有个卖火柴的小女孩。她的火柴都掉进水沟里泡坏了。要是没钱带回家给爸爸，她会挨打的，所以她在哭。她没有鞋，也没有袜，小脑瓜上也没戴帽子。请把我的眼睛啄出来，给她送去吧，那样她爸爸就不会打她了。"

"我可以再留一夜给你帮忙，"燕子说，"但我不能取你的眼睛。你没了眼睛就看不见东西了。"

"燕子啊，小燕子，"王子说，"请照我说的做。"

他只好啄出王子仅剩的眼睛，衔着它俯冲而下。他掠过女孩身边，把宝石塞进她手里。"好漂亮的玻璃呀。"小女孩欢呼起来，笑着跑回了家。

燕子飞回王子身边。"你现在失明了，"他说，"从今往后我要陪着你。"

"不用啊，小燕子，"可怜的王子说，"你赶紧去埃及吧。"

"我要一直陪着你。"燕子说完，在王子脚下歇息了。

第二天一整天，燕子都停在王子肩头，给他讲旅途中的见闻故事。比如埃及的圣鹭，它们排成长串，站在尼罗河岸，用大嘴捕捞金色的鱼儿。比如斯芬克斯，它和世界一样古老，住在沙漠里，什么都知晓。还有成群结队的商人，他们牵着骆驼缓缓前进，手里攥着琥珀串珠。还有明月山国[2]的国主，他皮肤黑亮犹如乌木，崇拜的

1　古腓尼基人留下的太阳神庙，后由罗马人扩建，位于现今黎巴嫩。
2　The Mountains of the Moon，东非山脉，传说中尼罗河的发源地，因为山顶终年积雪，皎如云中月，所以得名"明月山"，后世探险家将它与乌干达的鲁文佐里山脉对应。

圣物是一大块水晶。还有棕榈树上的大青蛇，二十个祭司用蜜糕喂它。还有一群小矮人，他们用平展的大叶子当船，泛舟在大湖上，平日里常与蝴蝶作战。

"亲爱的小燕子，"王子说，"你讲的事情很不可思议，然而最不可思议的东西，还要数人间疾苦。苦难，是最难解的谜。小燕子，请你飞过我的都城上空，把所见所闻都告诉我。"

于是燕子飞过庞大的都城，看到富人在豪宅里享乐，乞丐枯坐在门口。他飞进暗巷，看到没饭吃的孩子惨白着小脸，没精打采地望着破窗外死气沉沉的街景。一座桥洞里，两个无家可归的孩子互相依偎着取暖。"我们好饿啊！"他们悲啼着。这时却来了个看守，对着他俩大吼："不许赖在这儿！"他们只好走进茫茫雨幕中。

他飞回来，把这一切都告诉了王子。

"我身上贴着金片，"王子说，"请把它们一片一片啄下来，分送给穷人。世上的人都相信，有了金子就幸福了。"

于是燕子一片一片啄着，没有了金片的快乐王子一点也不璀璨了。燕子衔着金片分送给穷人，孩子们的脸上有了喜色，在街上欢笑嬉戏。"我们有面包吃啦！"他们喊。

后来下雪了，雪后天寒地冻。街道仿佛成了银子做的，光洁闪耀。屋檐挂着长长的冰溜子，好像一柄柄水晶匕首。行人都穿着毛茸茸的皮草，滑冰的孩子们戴着鲜艳的红帽子。

可怜的小燕子一天比一天冷，但他不肯离开王子，他太眷恋他了。没什么吃的，他就趁面包师不注意的时候，到面包房门口啄点面包渣。为了暖和一点，他使劲拍打翅膀。

终于，他知道自己快不行了，就拼尽最后一点力气，最后一次飞到王子肩头。"再见，亲爱的王子！"他细声说，"我能吻吻你的手作为道别吗？"

"太好了，小燕子，你终于要去埃及了，"王子说，"你在这里耽搁了太久。请啄啄我的嘴唇，铭记我们的情谊。"

"我现在不是去埃及呀，"燕子说，"我是去死神那里报到。死神，他是睡神的兄弟吧？"

燕子啄了啄快乐王子的嘴唇，然后倒毙在他脚下。

在那一刻，雕像内部"咔嚓"一响，仿佛有什么东西破了。原来是那颗铅做的心碎成了两半。这天气真是太冷了啊。

第二天一早，市长率领着议员们来到广场。路过巨柱时，他抬头看向雕像。"我的天呐！快乐王子怎么丑成这样！"他说。

"就是啊，丑死了！"议员们喊着，市长说得肯定都是对的。他们上前仔细查看。

"他佩剑上的红宝石掉了，他的眼睛没了，他也不再金灿灿了，"市长说，"他现在啊，老实讲，跟要饭的差不多！"

"就是，跟要饭的差不多。"议员们附和。

"他脚下竟然还有一只死鸟！"市长有了新发现，"我们必须发布一份公告，禁止鸟类死在这里。"行政秘书郑重地记下这条意见。

于是人们拆掉了快乐王子的雕像。"他既然不美了，也就没用了。"大学里的艺术系教授说。

然后是雕像回炉熔化。市长带着手下开了一个会，讨论熔化的金属应该重造什么。"自然是再铸一座雕像，"他说，"肯定是我的雕像。"

"对，我的雕像。"议员们照常附和，结果他们吵了起来。据我所知，他们现在还没吵完呢。

"好奇怪呀！"铸造厂的工头说，"铅心进了熔炉，却熔化不了，只好扔掉了。"于是铅心被丢进了垃圾堆，燕子的遗体也在那里。

"那座城里最有价值的东西是什么？请为我取来。"上帝吩咐一位天使。天使取回了铅心和燕子。

"你选得很对，"上帝说，"在我天国的花园里，这只小燕子将永远歌唱；在我光辉灿烂的金城里，快乐王子将把圣道传扬。"

第二篇

夜莺与玫瑰

"她答应过的，只要我送她红玫瑰，她就跟我跳舞，"年轻的学生大声说，"可是在我的花园里，偏偏就找不到一朵红玫瑰。"

夜莺在她的巢里，听到了学生的话。她透过常青而繁茂的橡树叶，好奇地向外张望。

"偌大一个花园里，竟没有一朵红玫瑰！"学生还在呐喊，美丽的眸子里噙满了泪水。"唉，人的幸福，要靠些什么微不足道的东西来维系！聪明人写的书我全读过，哲学的奥秘我也都晓得，可就是因为缺了一朵红玫瑰，我的人生只剩下苦涩。"

"总算有一位痴心的恋人了，"夜莺说，"每到夜晚，我都歌唱这样一个人，却从未见证过他的存在。每到夜晚，我都把他的故事讲给繁星，如今，我终于遇到了他。他的头发是深色的，让人想起墨蓝的风信子花；他的嘴唇，像他渴望的玫瑰那样红；爱而不得，令他朱颜失色；眉间的蹙痕，分明是忧愁刻下的印记。"

"明晚，王子要举办一个舞会，"年轻人嘟囔着，"我的意中人将会到场。我若带给她一朵红玫瑰，她就会与我共舞到天明。我若带给她一朵红玫瑰，就能把她揽在臂弯，她的脸依偎在我肩头，纤纤素手被我紧握。可我的花园里偏偏没有红玫瑰，舞会上我只能独坐，与她擦肩而过。她不会注意到我，哪怕我心如刀割。"

"他真是一往情深，"夜莺说，"我歌唱的东西，正是他的切身感受——我唱得痛快，他却苦恼得厉害。爱，无疑是最奇妙的宝物。它比莹澈的祖母绿珍贵，比璀璨的欧泊石值价，用珍珠和石榴石买不到它，集市上琳琅满目的商品里没有它，本领高强的生意人贩不来它，精密的珠宝天平也称不准它。"

"到时候，乐师们坐在长廊里，"年轻人还在念叨，"他们奏响弦乐，伴着竖琴和小提琴的音符，我的意中人会翩翩起舞。她的舞步那么轻盈，几乎足不点地，衣着华贵的廷臣们簇拥着她。可她不会与我共舞，谁叫我拿不出一朵红玫瑰。"他伤心地扑倒在草地上，两手掩面，大哭起来。

"他哭什么呀？"一条绿色的小蜥蜴问着，竖着尾巴从学生身旁跑过。

"是啊，哭什么呀？"一只蝴蝶也问着，陶醉地飞舞在阳光下。

"就是的，哭什么呀？"一朵雏菊对着同伴柔声低语。

"他为一朵红玫瑰而哭泣。"夜莺回答。

"就为一朵红玫瑰？"他们异口同声，"太可笑啦！"有点刻薄的小蜥蜴干脆笑出了声。

但夜莺理解学生的痛苦，她默默地停栖在橡树上，思索着爱的奥秘。

突然，她展开褐色的翅膀飞到空中，如一抹淡影，穿过林间，又如一抹淡影，掠过花园。

草地中央有一株秀丽的玫瑰，她瞧见他，就向他飞去，落在枝头。

"给我一朵红玫瑰吧，"她恳切地说，"我给你唱一支最美的歌。"

玫瑰却摇摇头。

"我的花朵是白色的，"他说，"像大海的浪花一样白，比山头的积雪还皎洁。倒是我的弟弟，生长在古旧的日晷边，你去找他问问，说不定有收获。"

于是夜莺飞走了，去找日晷旁边那株玫瑰。

"给我一朵红玫瑰吧，"她恳切地说，"我给你唱一支最美的歌。"

玫瑰却摇摇头。

"我只开黄玫瑰，"他说，"琥珀宝座上坐着美人鱼，我的花儿和她的金发一个颜色；草地上开着黄水仙，农夫的镰刀还没将它们打扰过，我的花儿呀，比这些水仙还要生机勃勃。倒是我弟弟，长在学生的窗前，你去找他问问，说不定有收获。"

于是夜莺飞走了，去找学生窗前那株玫瑰。

"给我一朵红玫瑰吧，"她恳切地说，"我给你唱一支最美的歌。"

玫瑰却摇摇头。

"我的花朵是红色的，没错，"他说，"像鸽子的脚爪一样红；大洋里的珊瑚红艳艳，如同一片片大扇子，在礁石洞穴里招摇，我的花儿比它们还娇妍。可是严冬封冻了我的叶脉，寒霜扼杀了我的蓓蕾，还有风暴将我的枝干摧折。今年我无法再开花了。"

"我只要一朵红玫瑰就好啊，"夜莺焦急地说，"只要一朵！就没办法实现这个心愿吗？"

"办法倒是有一个，"玫瑰回答，"但是太可怕了，我不敢告诉你。"

"告诉我吧，"夜莺说，"我不怕。"

"你若想要我的花，"玫瑰说，"就要在月光下用音乐催生它，再用自己的心头血染红它。你要一边对我歌唱，一边用胸口抵住我的尖刺。你要唱够一整夜，让尖刺扎穿你的心，使你的鲜血流进我的脉络，归我所有。"

"用生命换取一朵红玫瑰，这代价太大了，"夜莺说，"谁的生命都是可贵的。活着多好啊，能惬意地待在绿林间，仰望太阳神的金马车驶过，目送月亮女神的珍珠车归去；能闻到山楂花的清香、幽谷里蓝铃花的馥郁，还有山坡上石楠花的芬芳。可是，爱是比生命更美好的。若能用鸟儿的心来成全一位恋人的心愿，又有什么舍不得呢？"

说完，她展开褐色的翅膀飞到空中，如一抹淡影，掠过花园，又如一抹淡影，穿过林间。

年轻人还是趴在草地上，和她飞走时一个样，美丽的眸子里依然泪花点点。

"别难过了哟，"夜莺开口劝他，"尽管放心吧，你的红玫瑰有着落了。我会在月光下用音乐催生它，再用我的心头血染红它。你不必回报我别的，只要一直忠于爱就好。爱的智慧，胜过哲学；爱的力量，强于权势。爱，生着火红的双翼；爱，有着火红的身躯；爱的嘴唇，甜似花蜜；爱散发着乳香那般轻灵的气息。"

学生抬眼张望，侧耳倾听，但他听不懂夜莺的话，他只知道书本里读来的东西。

橡树都听懂了，满心悲伤，这只小夜莺在他树上住了很久，他挺喜欢她。

"请为我唱最后一曲吧，"他叹息着说，"你走了，我会很寂寞的。"夜莺便为橡树又唱了一曲，她的歌声犹如清泉淌出银瓶。

一曲终了，学生站起身，从衣兜里抽出一个笔记本和一支铅笔。

"夜莺是美的，"他穿过林地，边写边念，"这一点毋庸置疑。但她有感情吗？多半没有。说实话，大部分艺术家都像她这样，徒有其表，心无诚意。她断断不肯为了别人而牺牲自己。她在乎的只有音乐。艺术皆自私，此事人人知。尽管如此，她这条嗓子着实能唱出些优美的乐音。只可惜再优美也是空洞的，起不了任何实效。"他回到自己的房间，躺在窄窄的简易床上，转而思念起自己的意中人来，过了一会儿，便睡着了。

朗月当空时，夜莺飞向那株玫瑰，用胸膛抵住它的尖刺。她忍着刺痛彻夜歌唱，水晶似的冷月俯身听察。她彻夜歌唱，尖刺在她心口越扎越深，她的一腔热血也逐渐流失。

起先，她歌唱少男少女心头的初恋。玫瑰的枝顶现出一朵极美的花，随着歌声一段一段展开，它的花瓣也一片一片形成。但它颜色尚浅，恍如河面的薄雾——细看时，这朵花清透像拂晓的天际，银灰似黎明的长空，更像一朵真花在镜中的映像、水面的倒影。这初现在枝顶的玫瑰，就是这样若有若无。

玫瑰树却嫌不够，催促夜莺说："再刺深些，小夜莺。不快点把花做好，等到天一亮，就来不及了。"

于是夜莺一挺胸，尖刺在她心口扎得更深，她的歌声也渐渐激越。歌里有青年遇到女郎，深情的种子在两人心间萌发滋长。

一种微妙的淡红色在花瓣上晕开，恰似新郎轻吻新娘的朱唇时，他面颊上的飞红。可是尖刺还没扎进夜莺的心，所以玫瑰花心还是白色的。要知道，只有夜莺的心头血才能把玫瑰花心染红。

玫瑰树又在催促了："再刺深些，小夜莺，不快点把花做好，等到天一亮，就来不及了。"

夜莺又加了一把力，尖刺终于触及她的心，野蛮的剧痛在她体内横冲直撞。可越是痛，她唱得越投入、越嘹亮，歌声里是矢志不渝的爱，死亡也不能把它磨灭。

这朵绝美的玫瑰鲜艳起来，宛如东方的晨曦。它层叠的花瓣是嫣红的，花心像流光溢彩的红宝石。

但是夜莺的歌声低了。她小巧的翅膀扑扇几下，眼前一花，只觉得越来越唱不动，嗓子里好像堵了东西。

回光返照一般，她突然唱出最后的华彩乐句。苍白的月亮听了，忘了使命，流连在晨光中不肯离去。红玫瑰听了，因为喜极而战栗，在清冷的晨风中绽放自己。回音女神带着这歌声，飞向群山间紫色的洞府，唤醒睡梦中的牧人。歌声又被河边的芦苇听去，它们把歌里的心意一路传向大海。

"快看，快看！"玫瑰树喊，"红玫瑰完成了！"可是夜莺不再回答，她已经死去，落在乱草丛里，心口还扎着那根尖刺。

正午时分，学生开了窗，向外一望。

"哟，这是什么好运气！"他喊，"有一朵红玫瑰！我这辈子没见过这样的花儿。它好美，肯定是个拉丁名很长的珍稀品种。"他俯下身，将花折下。

然后他戴上帽子，拿着花跑到教授家。

教授的女儿坐在门口，悠闲地把蓝丝线缠到线轴上，宠物小狗卧在她脚边。

"你答应过，如果我给你一朵红玫瑰，就能和你跳舞，"学生喊，"我给你带来了，世上最红的玫瑰。今晚你会把它戴在心口，我们共舞的时候，它会提醒你，我有多爱你。"

但是少女皱了皱眉。

"我怕它跟我的衣服颜色不搭呢，"她回答，"再说，御前总管的外甥已经送了我几样货真价实的珠宝。人人都知道，珠宝可比花朵贵重多了。"

"喂，我说你也太不懂事了吧，"学生恼火了。他把玫瑰一摔，它掉进路边的排水沟里，又被马车轮碾过。

"我不懂事！"少女也恼了，"你给我听着，你才无礼呢！再说了，你当你是谁啊？不过是个穷学生。人家总管大人的外甥，皮鞋上都安着银扣环，我猜你肯定没有吧。"说完，她从椅子上站起来，回到屋里去了。

"所谓的爱，真是无聊透顶，"学生说着，也走了，"逻辑都比它有用得多，起码逻辑还能证明点什么。爱却只能骗人，讲的话都不算数。总而言之，爱是不现实的，如今这世道，现实多重要啊。我还是回去钻研我的哲学，探寻终极的真理吧。"

于是他回到住处，抽出一本落满了灰尘的大厚书，埋头苦读去了。

第三篇

小气的巨人

每天下午放学后，孩子们都去巨人的花园玩。

那座大花园可爱极了，绿草软绒绒的，草叶间，星星点点开着美丽的花。园里还有十二株桃树，春天开满粉扑扑、珍珠白的精致花朵，秋天挂满水灵灵的大桃子。小鸟停歇在树上，唱得那么甜美，孩子们连游戏都忘了，只顾侧耳倾听。"在这里好开心啊！"他们对彼此说道。

有一天，巨人回来了。他先前去康沃尔郡拜访自己的朋友食人怪，在那里待了七年。这七年间，他聊啊、聊啊，把心里所有的话都说尽了，正好打道回府。谁知刚一进自家城堡，就瞧见一帮孩子在花园里嬉闹。

"你们在这儿做什么？"他粗声大气地喊，孩子们都吓跑了。

"这是我的花园，"巨人说，"人人都该知道，除了我，谁都不准在这儿玩。"于是他给花园修了高高的围墙，还挂了个告示牌。

闯我花园者
必受法律严惩

这真是个小气的巨人。

倒霉的孩子们现在没地方玩了。他们到马路上做游戏，可这里土太大，满地是硌脚的石头，一点也不好。放学后，他们就在高墙外面转悠，聊着墙那边美丽的花园。"咱们以前在那里多开心啊。"他们对彼此说道。

后来春天来了，乡间到处是花儿和小鸟，只有巨人的花园里仍是寒冬。小鸟不稀罕在园中歌唱，因为孩子们不在其中，园里的树也忘了开花。好不容易有一朵美丽的花在草地上探出头来，却一下看到那块告示牌，它为孩子们抱不平，生生又缩回土里，呼呼大睡去了。开心的只有霜先生和雪夫人。"春天已经遗忘了这座花园，"他们大喊，"我们可以在这儿全年常驻啦。"雪夫人铺展她白白的大斗篷，覆盖了草地。霜先生则把满园树木都刷成了银色。他们还邀请北风来做客。他裹着大毛袄来了，整日在花园内外呼啸，吹得烟囱帽"哐当当"往下掉。"这里倒是个好地方，"他说，"不如把冰雹君也请来聚聚。"于是冰雹也来了。他每天在城堡屋顶"乒乒乓乓"折腾三个钟头，搞得屋顶剩不下几片好瓦，然后还要绕着花园狂奔一气。他是穿着灰衣服的，气息凉冰冰。

"我真搞不懂，春天怎么还不来呢，"小气的巨人说着，坐在窗边，望着外面冷寂的花园，"天气暖和些多好啊。"

可是春天再也不来了，夏天也不来，后来秋天到了，别的花园都有金色果实，唯独巨人的花园一无所有。"谁让他那么小气的。"秋天说。这么一来，只有冬天盘踞在花园里，北风、冰雹、霜先生和雪夫人在树丛间尽情舞蹈。

一天早晨，巨人躺在床上发呆，忽然听到一串悦耳的音符。这声音在他耳中妙不可言，简直像宫廷乐师的演奏。其实，那不过是一只小小的朱顶雀在窗外歌唱罢了。但他的花园太久没有小鸟光临，这歌声对他而言就是世上最美的音乐。屋顶乱舞的冰雹君停住了脚步，咆哮的北风也闭上了大嘴，窗缝里沁入一缕清香。"准是春天，春天总算来了。"巨人说着，一跃而起，向外望去。

你猜他看到了什么？

那是好奇妙的一幕景象。围墙上有个小小的洞口，孩子们从那里钻进来，上了树，坐在树枝上。巨人视线所及的每棵树上，都坐着一个小小的孩子。孩子们一到，树木都高兴得繁花盛开，又在每个孩子头顶上轻轻挥动枝叶的臂膀。鸟儿四下飞舞，快乐地叽叽喳喳，花朵在青嫩的草叶间仰望、欢笑。这情景太美了，唯一美中不足的，是冬天还占据着一个角落。那是花园最远端的一角，那里站着一个小男孩。他年纪太小，伸长了胳膊也够不到树枝，只能绕着树干转圈圈，哭得叫人心疼。这棵树还披着霜雪，北风仍在树上呼啸。"爬上来呀！小家伙。"树说着，尽量低垂树枝，可小男孩还是够不到。

看到这一切，巨人的心软了。"从前我太小气了！"他说，"现在我懂了为什么春天迟迟不来。我要把那个小家伙抱到树上去，再把围墙拆掉，从今往后，我的花园就是孩子们的乐园，永远为他们开放。"现在的他，想想曾经的私心，真的非常悔恨。

于是他溜下楼，轻轻打开前门，进了花园。可是孩子们一瞧见他，都吓跑了，花园被冬天再次笼罩。只有那个小男孩没跑，他泪眼蒙眬，没看到巨人过来。巨人便悄悄走到他背后，小心地抱起他，把他送到树上。树上一下就开满了花，小鸟飞来，落在枝头歌唱。小男孩伸开小胳膊，抱住巨人的脖子，亲了亲他。别的孩子看到巨人不凶了，也跑了回来，随他们一起回来的还有春天。"孩子们，这花园今后是你们的了。"巨人说完，去拿来一柄巨斧，砸倒了围墙。中午十二点，村民去赶集时，看到巨人和孩子们在一起游戏，他们身边的花园，是前所未有的美丽。

他们玩了一整天，黄昏时，孩子们向巨人道别。

"你们那个最小的伙伴呢？"他问，"就是我抱上树的那个小家伙。"巨人最在意他，他还亲过他呢。

"我们也不知道呀，"孩子们回答，"他已经走了。"

"那你们跟他讲，明天一定再来玩啊。"巨人叮嘱。可是孩子们说，他们也不知道他住在哪儿，大家以前也没见过他。巨人很失望。

每天下午放学后，孩子们都来找巨人玩，可巨人最惦记的那个小男孩再也没来过。他对所有孩子都好，只是一直忘不了最初那个最可爱的小朋友，时常会说起他。"要是还能见到他该多好啊！"他每每这样感叹。

岁月荏苒，巨人老了，体力也衰退了。他没法四处跑着玩，只能坐在大大的扶手椅里，看着孩子们游戏，欣赏花园美景。"我有很多美丽的花儿，"他说，"但这些孩子啊，是我最美的花儿。"

一个冬日清晨，他一边更衣，一边望向窗外。现在他不烦冬天了，他已经知晓：所谓冬天，其实是沉睡未醒的春，花朵正要趁此机会歇息。

突然，他惊讶地揉揉眼睛，向外看了又看。他真是见到了奇迹：花园最远端的一角，一棵树上漫开着素白可爱的花朵，金灿灿的枝条上垂挂着银果，树下站着的，正是他牵挂多年的那个小家伙。

巨人满心欢喜地跑下楼，进了花园。他匆匆穿过草地，跑向孩子跟前。近了，近了，他却因为惊怒而满脸通红，喊道："你怎么伤成这样，是谁干的！"原来，孩子的一双小手和两只小脚丫都被钉子扎透，留下带血的窟窿。

"是谁把你害成这样？"巨人怒吼，"你告诉我，我去砍了他给你复仇！"

"不必啊！"孩子回答，"这伤口，都是为爱而做的牺牲。"

"你……你到底是谁？"巨人问着，骤然被一股奇异的敬畏攫住，跪倒在孩子面前。

孩子对他微微一笑，回答说："多年以前，你允许我在你的花园里玩耍。今天，我也要请你游赏我的花园，它的名字，就叫天堂。"

那天下午孩子们跑来嬉戏时，发现巨人已经静静地躺在树下，与世长辞了。他的身上盖满落花，朵朵洁白无瑕。

第四篇

好朋友

一天清早，年迈的水老鼠把脑袋探出洞口。他小黑豆似的眼睛亮晶晶的，灰胡子硬邦邦，长长的尾巴像一根黑色弹力绳。几只鸭宝宝正在池塘里游来游去，活脱脱一群金灿灿的小绒球。鸭妈妈羽毛纯白，脚掌红彤彤，她努力想教宝宝们一个绝技：大头朝下，在水里扎猛子。

"孩子们啊，要想交到有身份的朋友，这一招必不可少。"她絮叨着，每隔一会儿，还给他们亲自演示一遍动作要领。可鸭宝宝们一点也不专心。他们年纪太小，还不懂"有身份的朋友"有什么用。

"多讨厌的孩子啊！"水老鼠大叫，"他们都该淹死才好。"

"哪能这么想，"鸭妈妈回答，"万事开头难嘛，再说这天下父母心啊，教育孩子，那是不厌其烦的。"

"哼！我可不懂什么父母心，"水老鼠说，"我不稀罕这一套。我没成过家，也不想成家。恋爱呀、结婚呀，也许有点好处吧，但比不上友情可贵。要我说啊，世上最崇高、最珍贵的，莫过于好朋友的情谊了。"

"哦？那我想请教一下，你觉得好朋友的标准是什么？"一只绿翅雀问。他停歇在附近一棵柳树上，方才听到了水老鼠的话。

"对啊，我也很好奇呢。"鸭妈妈说着，游到了池塘那一头，大头朝下往水里一扎，给孩子们又做了个示范。

"那还用问！"水老鼠喊，"我的好朋友，当然要对我好。"

"那你拿什么作为回报呢?"小鸟问着,踩在一根银灰色的柳条上荡悠着,拍打着小翅膀。

"听不懂你的话。"水老鼠回答。

"那我给你讲个故事吧,好朋友的故事。"绿翅雀说。

"主角是我吗?"水老鼠问,"要是我,我就听。我可喜欢这么编故事了。"

"你就当主角是你吧。"绿翅雀说完,飞下树,落在岸边,讲了这个好朋友的故事。

"很久以前,"绿翅雀说,"有个老实的小矮个儿,名叫汉斯。"

"他特别有名吗?"水老鼠插嘴。

"谈不上,"绿翅雀回答,"他没什么名,只是他心眼特别好,脸盘特别圆,一看就特别随和。他独住在一座小屋里,每天去花园耕作。谁家的花园都没有他家好。他园子里种着绣球石竹、紫罗兰、荠菜、白艾菊,还有突厥蔷薇、黄月季、雪青色的番红花,金的、紫的香堇菜,对了,还有白的呢。再加上楼¹斗菜、雀儿菜、马郁兰、野罗勒、野樱草、黄菖蒲、喇叭水仙和香石竹。随着时节变化,这些花先后开放,旧的落了还有新的,真是芳菲不尽,美景常在。

"汉斯的朋友多得很,其中,走动最勤的是大高个儿阿休,他是个磨坊主,很阔气。他对汉斯啊,那是太看重了。每次他走过汉斯的花园,都不会空手而归,要么在墙头探着身子采一大把芬芳的花、好闻的香草,要么摘了应季的樱桃、李子塞满衣袋。

"'真正的朋友,有什么好东西都一起分享。'磨坊主时常这么讲。汉斯听了点头微笑,能有这么一位思想高尚的朋友,他真自豪。

"不过吧,别的邻居有时犯嘀咕,磨坊主那么阔,怎么从来不给汉斯一丁点儿的回报呢。你看他家,明明有一百袋面粉堆在磨坊

---

1 读lóu。

里，养了六头奶牛，还有一大群毛蓬蓬的羊……好在汉斯不为这些事伤脑筋——磨坊主那么能说会道，开口闭口都是真诚友谊、无私奉献，能听到这些，就已经是最大的享受了。

"汉斯勤恳地在花园劳作，春、夏、秋三个季节，他都开开心心。可是冬天一到，没有花果能拿到集市售卖了，他的日子就十分难过了，受冻不说，也没什么像样的吃的，往往是睡前嚼点干巴巴的梨子、硬戳戳的坚果充饥。冬天也是他最孤单的时候，磨坊主从不登门。

"'雪不化，我就不方便去汉斯家，'磨坊主告诉老婆，'人有难处的时候，要自己待着，咱不能去打扰，这才够朋友。起码我是这么想的。这么想肯定错不了。我要等到春天来了，再去看他，好让他有机会送我一大筐报春花，那样他该多高兴啊。'

"'你对别人，实在是体谅哟，'他老婆说着，坐在舒适的扶手椅上，守着大大的壁炉，炉里松木正烧得噼里啪啦响，'真是太为别人着想了。听你谈友谊，是一种享受。我敢保证，牧师说得都没你好听，虽说他有三层楼的大房子住，小拇指上还戴着金戒指。'

"'那个，不能请汉斯来咱们家吗？'磨坊主的小儿子插嘴，'可怜的汉斯，要是他过得不好，我情愿把稀饭分给他一半，我养的白兔子也可以给他看。'

"'你这孩子咋这么缺心眼呢！'磨坊主吼道，'我倒要问问，送你去上学，都白送啦？你说你学了点啥。你懂不懂，假设汉斯来了，瞧见咱家温暖的炉火、丰盛的晚饭、大桶装的红酒，他会嫉妒的。嫉妒是最可怕的东西，会毁了他纯洁的心灵。我断断不能允许汉斯受到这样的侵染。我是他最好的朋友，我要一直守护他，不让他走上歧路。再说了，要是汉斯来了，多半要跟我讨点面粉，以后有钱了再结账，那可怎么行。面粉是一回事，友谊是另一回事，它俩可不能混淆。你瞧嘛，这两个词的写法都不一样，意思当然也不

一样。谁还能看不出来吗？'

"'讲得真好啊！'磨坊主老婆应和着，给自己倒了一大杯热乎乎的啤酒，'我都打瞌睡了，坐在教堂里听布道的时候就这样。'

"'嗯，会做事的人很多，'磨坊主回答，'会说话的人却很少。可见啊，说话比做事难多了，是个巧妙的本领。'说完，他虎着脸，瞪向餐桌对面的小儿子。小家伙无地自容，脑袋耷拉着，满脸通红，眼泪都掉到了茶杯里。唉，他毕竟还是个孩子，也不能一味责怪他。"

"故事讲完了？"水老鼠问。

"哪里啊，"绿翅雀回答，"故事才刚开始。"

"那你可太落伍了，"水老鼠说，"如今这年头，高手讲故事，一开口就说结局，然后再说起因，最后用经过来收尾。这是最时兴的方式，那天我听一个评论家说的。当时他由一个小伙子陪着，在池塘边散步。他讲得滔滔不绝。我琢磨着，这人的话肯定有分量，因为吧，他戴着蓝框眼镜呢，还是个秃顶，而且小伙子每次插嘴，他都不屑地回一声'嘁！'。好了，还是请你接着讲吧。我可喜欢磨坊主了。我自己也有各种含蓄隽永的感想。他与我，正所谓惺惺相惜啊。"

"好吧，"绿翅雀左腿站着蹦蹦，再换右腿站着蹦蹦，"冬天一过去，报春花刚开，像一簇簇淡黄色的小星星，这时候磨坊主就告诉老婆说，他要去汉斯家转转了。

"'哎，你真是心好！'老婆喊，'这么惦记着朋友。别忘了带上大篮子装花呀。'

"于是磨坊主把家里的风车扇叶用粗大的铁链子锁好，然后挎着篮子下了山。

"'早上好啊，汉斯。'磨坊主说。

"'早上好。'汉斯答着，靠在铁锹上，喜笑颜开。

"'冬天过得还行吗？'磨坊主问。

"'哎呀，哎呀，'汉斯说，'多谢你的问候，太谢谢了。不瞒你说，我吃了不少苦，还好春天到了，舒心的日子回来了，花儿也长得都不错。'

"'我们这一冬啊，经常聊起你呢，汉斯，'磨坊主说，'想的是你过得好不好。'

"'太谢谢了，'汉斯回答，'我都担心你把我忘了。'

"'汉斯，你这样想，可叫我太意外了，'磨坊主说，'在一段友谊当中，是不存在遗忘的。这就是友谊之美。但我估计，生命中这样诗意的东西，超出你的理解能力。哦对啦，你种的报春花好美啊！'

"'是很美呢，'汉斯说，'它们开了这么多花，也是我的运气。等我到了集市上，把它们卖给镇长家的小姐，有了钱就能把我的手推车赎回来了。'

"'赎回来？你不会把车给卖了吧？你傻呀！'

"'唉，'汉斯说，'我也是没办法。冬天太难熬，没钱买面包。我只好先把大衣上的银扣子摘下来卖了，又卖了银链子和烟斗，最后卖了手推车。不过不要紧，我还能把它们都买回来。'

"'汉斯，'磨坊主说，'我有一辆手推车，可以给你。它有点不好了，这么说吧，半边都没了，辐条也有问题，但我还是把它送给你。我这么慷慨，好多人都要说我太吃亏的，但我就是和那些俗人不同。我明白，慷慨是友谊的精髓之所在。再说了，我已经有一辆新推车了。你就放宽心，等我把推车送来吧。'

"'哦，哎呀，你真的太慷慨了，'汉斯说着，好笑的小圆脸上喜气洋洋，'车子有毛病不要紧，我都能修好的，我家正好有块板子。'

"'有板子啊！'磨坊主说，'我正需要呢。我家仓房顶破了个大洞，该修了，要不然粮食会潮的。你这板子来得可真巧！这就是善有善报啊——我送手推车给你，你又送板子给我。当然啦，手推车远远比板子值钱，但是真正的朋友不会计较这些。麻烦你这就把板子给我吧，我今天回去就开工。'

"'没问题。'汉斯欢欢喜喜地大声说着，跑进棚屋，把板子拖了出来。

"'不算大嘛，'磨坊主打量着板子说，'等我修好了房顶，估计也剩不下什么给你修车了。这可怪不着我哟。言归正传，我把推车都送你了，你肯定想摘些花给我当回报吧。喏，篮子在这儿，请把它装满些啊。'

"'装满吗？'汉斯为难地嘟囔。这篮子可真够大的，要是把它装满，他就没花可卖了，可他急等着赚点钱把银扣子买回来呢。

"'怎么，你舍不得？'磨坊主说，'我都送你车了，跟你讨些花儿，不算过分吧。也许是我想错了，但我还是愿意相信，友谊，真正的友谊，是不带任何形式的私心的。'

"'我亲爱的朋友，我最好的朋友，'汉斯着急地喊，'我园子里所有的花儿都情愿送你，我宁可不要银扣子，也不能丢掉你的友情，无论何时都是这样。'他跑去摘下可爱的报春花，一朵都不剩，用它们装满了磨坊主的篮子。

"'那就再见咯，汉斯。'磨坊主上山去了，肩上扛着板子，手里提着大篮子。

"'再见啊。'汉斯说着，开心地接着挖地。朋友送他手推车，他真是太幸福了。

"第二天，汉斯正在门廊里，给金银花藤钉架子，路上忽然传来磨坊主的呼唤。他赶紧跳下梯子，跑过花园，从墙头向外张望。

"磨坊主扛着好大一袋面粉走过来。

"'亲爱的汉斯啊，'他说，'能帮我把这袋面粉扛到集市去吗？'

"'唉，真抱歉啊，'汉斯说，'我今天实在太忙，要给所有的藤蔓搭架子，要给满园的花儿浇水，地上播了草籽，还需要好好压一遍。'

"'嗨哟，'磨坊主说，'我觉着吧，我把车都给你了，你再不帮我，就挺不够朋友的。'

"'唉，别这么说呀，'汉斯着急地喊，'天地良心，我不是不够朋友。'说完，他飞奔去拿来帽子往头上一扣，出了门接过大口袋往肩上一扛，跌跌撞撞就朝集市走去。

"这天特别热，路上尘土飞扬，汉斯走了十几里路，累得不行了，只好坐下来歇一歇，然后他咬牙接着走，硬是走到了集市。在这儿等了一阵子，面粉卖了个好价钱，他马上往回赶，怕天晚了遇到打劫的。

"'今天可真累哟，'临睡前，汉斯嘟囔着，'但是没白过，我帮了磨坊主，他是我最好的朋友，还要送我手推车呢。'

"第二天一大早，磨坊主就跑来取他的面粉钱，疲惫的汉斯还没起床。

"'我的天呐，'磨坊主说，'你可真够懒的。我都把车送你了，你还不勤快点儿吗？懒散是一大罪过，我可不想交个懒朋友。我跟你这样有话直说，你别介意呀。要不是把你当朋友，我才不说这些呢。若是跟朋友都不能说说心里话，那还要朋友做什么。漂亮话谁不会说？恭维话谁不会讲？但只有真诚的朋友，才肯说些逆耳的忠言，才不怕得罪人。这就是诤友啊，他刺痛你，其实是对你好。'

"'真是不好意思哦，'汉斯说着，揉揉眼睛，摘掉了睡帽，'我实在太累了，才想多躺一小会儿，听听小鸟唱歌。你知道不，每次听了小鸟的歌，我干活儿都更有劲呢。'

"'哎，那好呀，'磨坊主眼前一亮，一掌拍在汉斯背上，'我正想叫你帮我修仓房呢，穿好衣服赶紧上山吧。'

"可怜的汉斯急着收拾自家花园，他的花儿都两天没浇水了，但磨坊主是他的好朋友，他又怎好拒绝。

"'那个，要是我说自己很忙，去不了，你会觉得我不够朋友吗？'他怯怯地问。

"'嗨哟，'磨坊主回答，'我的推车都送你了，请你帮这点忙，不算多吧。当然了，要是你执意不来，那我就自己修了。'

"'哎！别呀。'汉斯急了，从床上一跃而起，穿戴整齐，上山去了仓房。

"修房顶花了他一整天。太阳落山时，磨坊主来查看情况。

"'汉斯，房顶的洞修好了吗？'磨坊主和颜悦色地问。

"'基本修好了。'汉斯答着，下了梯子。

"'很好！'磨坊主说，'为别人帮忙做事，是最快乐的。'

"'你讲得真好，'汉斯说着，坐了下来，在前额抹了一把，'每次听你说话，我都可有收获了。可惜我讲不出这么好听的话。'

"'哎！你能行的，'磨坊主说，'多吃些苦头就好了。现在啊，你只管为了友谊放手去干，早晚有一天，友谊的理论精华你也会悟得的。'

"'我真的行吗？'汉斯问。

"'千真万确，'磨坊主回答，'现在快回去歇着吧，房顶也修好了，明天我还想拜托你去山里放羊呢。'

"愁苦的汉斯不敢多言。第二天一大早，磨坊主就赶着羊来到小屋外。汉斯带着这群羊进了山，一去一回又是一整天。到家以后他太累太困，坐在椅子上就睡着了，再醒来时天已大亮。

"'今天能打理花园了吧，好棒啊。'他说着，马上起身去干活儿。

"可不知怎的，他就是不能如愿照料花草，好朋友磨坊主动不动就来一趟，要么让他跑腿去远处，要么叫他去磨坊帮工。汉斯苦恼不已，他对花儿疏于照料，花儿会怨他的。他只能开导自己，磨

坊主毕竟是他最好的朋友。'再说，'他想，'磨坊主要把手推车给我呢，他对我多仗义啊。'

"汉斯就这样日复一日地给磨坊主干活。磨坊主呢，在口头上对友谊做出各种优美动人的诠释。汉斯把这些话都记在小本子上，晚上反复阅读，他可是个用功的好学生。

"一天晚上，汉斯正在炉边坐着，门突然被砰砰敲响。这是个吓人的夜晚，狂风在屋外凶猛地咆哮，汉斯一开始还以为是风吹门响，但是第二波叩门声又起，接着是第三波，声音比前两波都大。

"'是个苦命的赶路人吧。'汉斯嘟囔着，赶紧去开门。

"门外站着磨坊主，一手提灯，一手拄着一根长拐杖。

"'亲爱的汉斯，'磨坊主喊，'我遇到大麻烦了。我小儿子从梯子上摔下来，受了伤。我想去找大夫。可是大夫住得那么远，今晚天气又这么糟，我突然想到，要是你能替我去就好了。你没忘吧，我都要把车送你了，你也得帮我的忙，这样才公平嘛。'

"'当然当然，'汉斯喊，'你来找我，是我的荣幸，我马上出发。你的灯要借给我吧，今晚太黑了，要是没个照亮的，我怕是要跌到沟里去。'

"'不好意思呐，'磨坊主回答，'这灯是新买的，要是弄坏了，我损失可太大了。'

"'那好吧，没事儿，我不用灯也行。'汉斯说完，拿下他的大皮袄和暖暖的红帽子穿戴上，围巾往脖子上一绕，就出发了。

"暴风雨好猛啊！天太黑了，汉斯基本上看不见路，大风吹得他摇摇晃晃。然而，他顽强地前进，走了大概三个钟头，终于到了大夫家，敲响了房门。

"'谁呀？'大夫问着，从卧室窗口探出头来。

"'大夫，是我啊，汉斯。'

"'有什么事吗，汉斯？'

"'磨坊主的儿子从梯子上摔下来，受伤了。磨坊主想请你赶紧过去。'

"'好的！'大夫说着，让家人备好了马匹、长靴和提灯。他下了楼，骑马向磨坊主家进发，汉斯跟在后面艰难而缓慢地走着。

"风暴越来越猛，大雨倾盆而下，汉斯看不清前路，也跟不上大夫的马。他迷路了，在荒原上乱转，这里遍布深深的泥潭，非常危险。不幸的汉斯，就淹死在潭里。第二天，牧羊人发现了他的遗体漂在水面，就把他带回了小屋。

"乡亲们都来参加汉斯的葬礼，他生前爱帮忙，所以人缘好。在一众哀悼者当中，磨坊主占了首席的位置。

"'身为汉斯最好的朋友，'他说，'葬礼上最重要的位置理当是我的。'于是他走在队列最前面，身披黑色长斗篷，时不时拿一块大手帕擦擦眼睛。

"'汉斯没了，这是咱们所有人的大损失啊。'铁匠说着。葬礼过后，大家一起舒舒服服地坐在小酒馆里，喝着热红酒，吃着小甜点。

"'反正我的损失是不小，'磨坊主说，'我的手推车差点就送他了，现在倒好，让我拿它怎么办？搁在家里占地方，坏得厉害又卖不掉。我可再不敢送东西给别人了。乐善好施的人啊，反要吃大亏。'"

"哦？"水老鼠沉吟了好半天，问了这么一声。

"嗯，故事讲完了。"绿翅雀说。

"磨坊主呢？他后来怎样了？"水老鼠追问。

"噢！我哪知道，"绿翅雀回答，"我也一点都不想知道啊。"

"你瞧瞧，你这鸟多没心肝。"水老鼠批评他。

"你听了半天，怕是没领会这故事的寓意吧。"绿翅雀正色答道。

"故事的啥子？"水老鼠扯着嗓子一喊。

"寓意。"

"你讲的故事还有寓意？"

"当然啊。"绿翅雀回答。

"好哇，"水老鼠气坏了，"你怎么不早点告诉我。早知道这样，我根本就不会听你絮叨。一开始我就该学学那位评论家，送你一声'嘁'。不过现在说也不晚。"于是他放开嗓门大叫了一声"嘁"，尾巴一摇，扭身钻回洞里去了。

"你觉得水老鼠怎么样？"过了几分钟，鸭妈妈游回来说，"我看他吧，优点不少。但我这种做母亲的，最见不得他这样铁了心的单身鼠，所以我嘛，未免替他掬一把辛酸泪。"

"我是担心啊，我多半把他给得罪了，"绿翅雀回答，"为什么呢，因为我竟然给他讲了一个饶有深意的故事。"

"啊！那可太危险了。"鸭妈妈惊呼。

我也这么想。

第五篇

非比寻常的窜天猴[1]

王子要成婚了，举国一片欢庆。他等了整整一年，才等到自己的新娘。她是一位俄罗斯公主，乘着六头驯鹿牵引的雪橇，途经芬兰而来。这雪橇形似巨大的金天鹅，双翼之间是公主的座位。她披着长及脚面的雪貂皮斗篷，戴一顶小巧的银丝纱冠，白皙的肤色就像她常年深居的冰雪宫殿。她的车驾驶过长街时，围观的民众都惊叹她的雪肤花貌。"公主真像一朵白玫瑰！"大家喊着，从自家阳台向她抛下鲜花朵朵。

王子在城堡门口为她接风。他有一双幽蓝的眸子，发色纯金。一见公主，他就单膝跪倒，执起她的手轻轻一吻。

"你的画像是那么美，"他喃喃低语，"但那画中人也没有你美。"公主听了，小脸泛起一片红晕。

"她本来像白玫瑰的，"一位少年侍从官跟同伴闲聊，"现在一瞧，她又像红玫瑰啦。"这话说得真有水平，宫里人听了都喜气洋洋的。

接下来的三天，人人把"白玫瑰、红玫瑰"挂在嘴边念叨。国王一高兴，下令给这位侍从官双倍薪酬。其实他本身的薪酬为零，双倍之后还是分文不得。但这样的嘉奖是很有面子的，《宫廷时报》都为他做了相应的报道。

---

1 窜天猴，又名小火箭，一种爆竹，头部是火药筒，尾部是长木杆，可以喷气飞行。

盛大的婚礼在三天后举行。紫色天鹅绒华盖上镶着细小的珍珠粒，新郎新娘在其下携手同行。接下来是长达五小时的国宴，一对新人坐在大厅上首，共用一只莹澈的水晶杯饮水。据说，只有真心相爱的两人才有如此效果，倘若饮水者怀有二心，杯子就会变成晦暗的灰色。

"瞧瞧，他们是真心相爱的，"少年侍从官说，"同心永结，水晶为证！"国王听了，奖励他薪酬再翻一番。"这是何等殊荣啊！"廷臣们齐声欢呼起来。

宴席之后是舞会，新郎新娘要跳玫瑰舞，国王为他们用长笛伴奏。他吹得实在不算好，但没人敢告诉他，谁让他是国王呢。实话说了吧，他只会吹两支小曲，而且每次都搞不清自己吹的是哪一支。但是无所谓，反正他怎么吹，底下人都是一片喝彩："好美啊！好美啊！"

庆典的最后一个环节就是焰火大会了，定在午夜十二点开始。公主没有见过焰火，国王便特意安排了御用焰火师在婚礼上当值。

"焰火是什么样的呢？"她曾问王子。当时是早晨，她正在露台漫步。

"焰火呀，就跟北极光差不多，"国王回答，他惯于在别人的对话中插嘴，"但是焰火比较自然。我还觉得，焰火比星星好，你让它几点放，它就几点放。看焰火是种享受，就像听我吹长笛一样。你一定要好好看看。"

于是花园尽头搭起了一座高台。焰火师刚在上面布置好，爆竹们就聊起天来。

"世界真美丽啊，"一只小小的呲花棒兴奋地说，"瞧那些金黄的郁金香。哇！就算是货真价实的鞭炮都没有它们可爱。能出来游历一番真是开心。游历的功效是神奇的，能拓宽胸怀，还能破除成见。"

"呲花小傻瓜，国王的花园才不是全世界呢，"大个子焰火筒说，"世界可大了，要想把它走遍，足足得用三天。"

"你爱哪里，哪里就是你的全世界。"一只风火轮深情地说，她年轻时，苦恋过一只旧木箱子，这段感情让她引以为傲。"可惜呀，爱已经不时兴了。诗人折煞了它。他们在诗里把爱都写滥了，搞得没人肯再听信。我早就知道会是这样。哪还有人明白爱越真、痛越深、悄无言。想当年我——算了，不提也罢。浪漫的爱只属于过去。"

"乱讲！"焰火筒说，"浪漫的爱才不会绝迹呢。它像月亮，是长存的。咱们的王子和公主就相爱甚笃。今天早上我待在抽屉里，旁边有个装火药的牛皮纸筒，宫里的新闻他都知道，他给我讲了王子和公主的好多事。"

风火轮依旧摇着头。"浪漫的爱已经没了，浪漫的爱已经没了，浪漫的爱已经没了。"她嘟囔个没完。有些人就像她这样，拿着一件事反复念叨，还相信念多了这事儿就成真了。

一声刺耳的干咳声突然响起，大家都循声望去。

咳嗽的是一只高个子窜天猴，一脸傲慢，有一根长长的杆子作尾巴。他每次发言之前，为了引起注意，都要咳嗽一下。

"吭吭！吭吭！"他清着嗓子，爆竹们都等他发表意见，只有倒霉的风火轮，还在不停地摇着头嘟囔："浪漫的爱已经没了……"

"肃静！肃静！"一个双响炮大叫。他有几分像政治家，每逢当地选举，都少不了他的出场，所以议会上那一套措辞他都晓得。

"真的没了……"风火轮幽幽地说着说着，睡着了。

好不容易有了这片刻的寂静，窜天猴第三次清清嗓子，开了口。他讲话一字一句，清清楚楚，好像老人在口授自传，一边说，一边还要看看对方听得认真不认真。总而言之，他派头不小。

"王子殿下何其有幸，"他说，"我飞升之日恰是他成婚之时。

这可真是择日不如撞日。不过这也没什么好奇怪的，王子都是天生的幸运儿。"

"哎呀！"呲花棒说，"你不是说反了吧？明明是王子要举办结婚典礼，我们才被燃放的。"

"可能你是这样的，"窜天猴回答，"我想想，就是这样没错。但我和你不同。我是一只非比寻常的窜天猴，来自一个非比寻常的家庭。我的母亲曾是最有名的风火轮，她能优雅地旋舞，在公众面前盛大亮相时，她连转十九圈才熄灭，而且每转一圈，都向空中抛出七颗粉色的星星。她直径一米多，用的是最上等的火药。我的父亲也是一只窜天猴，拥有法国血统。他一飞冲天，观众都怕他再不回落。他不忍心让人们失望，所以还是从天而降，伴着最为璀璨的金雨。各大报纸都对他的表演赞不绝口。《宫廷时报》夸他是'炮族技艺的巅峰之作'。"

"什么'炮族'，是'爆竹'啦！"一个闪光雷纠正他，"我的包装罐上印着呢，我瞧见过，肯定是'爆竹'。"

"呵，我说它是'炮族'，它就是'炮族'。"窜天猴冷硬地回答。闪光雷觉得很没面子，转脸去拿呲花棒出气，显示自己还是个有身份的人物。

"我刚说到——"窜天猴接着唠叨，"我刚说到——我刚说到哪儿啦？"

"你在说你自己的事。"焰火筒提示。

"那是当然，我记着呢，刚才我正要围绕一个有趣的主题畅所欲言，却被人无礼地打断。无礼的行径统统最是可憎，我这只猴向来极度敏感。毋庸置疑，全世界再没有谁像我这么敏感了。"

"啥样的家伙算是'敏感'？"双响炮问焰火筒。

"就是那种吧——自己脚趾头疼，看见别人好好的，他就不舒服，非要过去在人家脚尖也踩两下。"焰火筒小声回答。双响炮差点爆出笑声。

"劳驾，你笑什么笑？"窜天猴质问他，"我都没笑呢。"

"我笑是因为我乐意。"双响炮回嘴。

"那你可够自私的，"窜天猴愤然作答，"你有什么资格乐意？你应该为他人着想，尤其是为我着想。我就一天到晚都想着我自己。所有人都该向我学习，这就是常说的'人同此心'，它是顶好的一种品质，我掌握得特别到位。这么跟你们解释吧，假设今晚我出了事，你们想想，余下的人该多么悲伤！王子和公主将再也无法幸福，他们今后的婚姻生活都会蒙上一层阴影。国王他老人家肯定也不能释怀。不瞒你们说，每当我沉思自己的重要性时，我都备受触动，忍不住要落下泪来。"

"等等，等等，如果你还想正常燃放，娱乐大家，那必须保持干爽才好。"焰火筒大着嗓门打断他。

"就是就是，"闪光雷跟着起哄，他现在情绪好些了，"保持干爽最重要，这可是咱们爆竹的常识啊。"

"常识，呵呵！"窜天猴冷冷地说，"你又忘了，我非比寻常。普通人当然离不开常识，谁让他们缺乏想象力呢。但我，有丰富的想象力，我看问题不只看现状，我喜欢多想一想。说什么保持干爽，在场的各位显然不懂多愁善感的意义何在。幸好我不在乎你们的无知。我早就心里有数：旁人都是无限鄙陋的。只有抱定这个信念，才能不断锤炼自己的神经，坚持走完这一生。而你们，显然全无心肝，只会一味地玩闹取乐，丝毫不考虑王子和公主才刚刚大婚。"

"啊？刚刚大婚怎么了？"一只小小的热气球问，"这不是大喜事吗？为什么不能高兴？等我飞到天上，我要把这场婚礼给星星好好讲一讲。你等着吧，星星眨眼睛的时候，就是它们听到我说新娘有多漂亮。"

"嘁！你就这点人生追求么！"窜天猴说，"但我也不意外。你本来就是个空洞之辈，毫无内涵。你想过吗？大婚可能是悲剧的开始——王子和公主婚后居住的地方，说不定有一条深深的大河。他俩可能会有个独生子，是个眼睛蓝汪汪的金发小家伙，就跟王子一个样。也许有一天，他跟着保姆外出散步，谁知保姆累了，在一棵茂密的接骨木下打盹儿，结果小王子跌进了大河里，没命了。多可怜啊！不幸的父母，痛失独子！太悲惨了！我可过不去这道坎儿。"

"但他俩明明没有痛失独子啊，"焰火筒说，"这种不幸哪曾落到他们头上。"

"我又没说是已经发生的事，"窜天猴回答，"我说的是将来有可能。要是他们已经痛失独子了，我再多说又有何益。我看不上那些出了事才追悔的人，所以我要预先设想——万一他们有朝一日痛失独子呢？啊，我的心都快碎了。"

"假不假啊！"闪光雷喊，"没见过你这么装腔作势的。"

"哼，没见过你这么出言不逊的，"窜天猴说，"我对王子的友爱，你哪里懂得！"

"别逗了，你能认识王子？"焰火筒沉声怒喝。

"我说我认识他了吗？"窜天猴回答，"告诉你，要是我真认识他，我就不会把他当朋友了。谁敢当真去认识自己的朋友啊，知不知道那有多危险！"

"别啰唆了，好好保持干爽，"热气球说，"别的都不重要。"

"你才这么想吧，"窜天猴回答，"我可不怕，我想哭就哭。"说完，他真的掉起眼泪来，泪水顺着长杆子往下淌，像下雨一样，差点淹没两只小甲虫——它俩要成家了，正想找个合适的地方过小日子呢。

"他倒真是一副浪漫心性，"风火轮说，"无人会落泪的时刻，偏他要落泪。"她深深地叹了一口气，想起了那只木箱子。

焰火筒和闪光雷只觉得恼恨，不住嘴地嚷嚷："假门假事！假门假事！"他俩都是特别现实的，每每遇见自己看不惯的东西，一律斥之为"假门假事"。

这时月亮出来了，宛如一面奇妙的银色盾牌。群星闪耀，音乐声从宫殿里传来。

王子和公主领舞。他们跳得那么美，高挑的白百合从窗外往里窥伺，看得出神，大朵嫣红的虞美人点着头，打着拍子。

十点的钟声敲响了，随后是十一点、十二点，午夜的最后一道钟声震响时，众人都来到露台，国王传旨召见御用焰火师。

"这就开始焰火表演吧。"国王说完，焰火师深鞠一躬，大步向花园尽头走去。他身后有六个随从，每人手持一根长杆，杆顶绑着一支燃烧的火炬。

这实在是一场焰火盛会。

飕！飕！风火轮转了一圈又一圈。隆！隆！焰火筒腾空而起。呲花棒飞到西又飞到东，闪光雷映红了四周的一切。"再见啦。"热气球开心地喊着，向夜幕飞去，洒下蓝莹莹的点点星火。唪！唪！双响炮欢快地回应，一个个乐开了花。爆竹们都表现出色，只有窜天猴例外。他哭了那一场，飞不起来了。本来他有最棒的火药，可是让眼泪一浸，火药湿透，自然烧不着了。倒是他那些穷亲戚，平时被他嗤之以鼻的小型窜天猴，现在纷飞冲天，宛如一朵朵鎏金的花儿灼灼绽放。"美啊！美啊！"人群在欢呼，公主露出了笑颜。

"他们留着我，是等什么重大场合吧，"窜天猴想，"嗯，肯定没错。"他的表情更不可一世了。

侍从来打扫卫生。"这是来迎接我的代表团，"窜天猴告诉自己，"我可要端庄得体地接见他们。"于是他鼻孔朝天，眉头紧蹙，仿佛正在思索什么重要无比的命题。但是根本没人注意他。临走前，才有一个人发现他。"嘿哟！"他喊，"这爆竹坏成这样了啊！"然后捡起他丢到了墙外的水沟里。

"坏成这样？坏成这样？"他喃喃着，晕头转向地坠落，"这不可能！是'厉害成这样'吧，他肯定说的是这个。'坏'和'厉害'读音有点像，在人们心里意思其实也一样。"想到这儿，他掉进了泥巴里。

"这地方待着不算舒服，"他说，"多半是个什么水疗胜地，他们送我来，是让我休养的。我神经衰弱得厉害，必须好好歇歇。"

这时游来一只小青蛙，它有宝石般透亮的大眼睛，一身带花斑的绿外套。

"哟，新来的！"青蛙说，"你知道吗？世上只有泥巴好。有水沟，有雨天，我就逍遥又自在。你看今天下午会下雨吗？我好希望下雨啊，可是天这么蓝，没有一点云，太遗憾了！"

"吭吭！吭吭！"窜天猴清清嗓子。

"你的声音真好玩！"青蛙喊，"有点像我们的呱呱叫。呱呱叫可是全世界最动听的声音。今天傍晚，你就能听到我们的呱呱呱无伴奏合唱了。地点是农舍旁、鸭子家的老水塘，月亮一出来，我们就开唱。那歌声太美，人人都听得夜不能寐。昨天我刚听见的，农妇告诉她老母亲说，为了我们的缘故，她整晚不能合眼。呱呱歌的魅力这么大，我好欣慰啊。"

"吭吭！吭吭！"窜天猴气冲冲地清着嗓子，他竟然插不上一句话，太过分了。

"你音质真不错，"青蛙接着说，"记得来老水塘啊。我要去瞧瞧我家闺女了，我有六个漂亮闺女，可千万不能让狗鱼撞见她们。狗鱼太可怕了，他眼都不眨就能吞了她们当早饭。好了，再会，咱们聊得很尽兴，你说是吧。"

"哼，还聊得尽兴呢！"窜天猴说，"话都让你讲完了，没有这么聊天的。"

"必须有人当听众呀，"青蛙说，"我来负责说就好了。这样省时间嘛，还能避免争论。"

"但我喜欢争论。"窜天猴说。

"别别别，"青蛙打着圆场，"争论很不雅的，有教养的人都会保持意见一致。下次再见吧，我闺女她们都在远处呢。"说完它游走了。

"你这家伙真讨厌，"窜天猴说，"哪有一点教养。我最烦你这种蛙，就知道说自己那点事，害得我一肚子话没机会讲。你这就叫自私，最可恶不过如此，我这种脾气的猴尤其受不了。谁都知道我有多体谅别人。你有幸遇到我，本该以我为榜样——别处才找不到更好的猴呢，而你却不知珍惜。罢了，我也马上要回宫去了。在宫里，我集万千恩宠于一身，昨天为了我，王子和公主才举行了婚礼。只是这些大事啊，你这只乡下蛙自然都不晓得。"

"跟他还有什么好讲的，"一只蜻蜓说着，歇在一根棕色的大蒲棒顶上，"他不是都游走了吗？"

"哼，那是他没福气，关我什么事，"窜天猴回答，"他爱听不听，我总归是要说的。我就特别喜欢听自己说话，这是我的一大乐事。我经常滔滔不绝地自言自语。而且我实在太聪明了，有的时候啊，我讲的话，我自己都一个字也听不懂。"

"哦，那你不如去开个哲学讲座。"蜻蜓说完，展开轻纱似的翅膀，飘然远去。

"怎么又走了，没脑子的！"窜天猴说，"他平时哪有机会听点有水平的话来提升自己啊。算了算了，我管他做什么。我这样的天才，早晚有一天会发光发亮的。"这时他在泥里又下陷了几分。

过了一会儿，一只大白鸭游向他。她长着黄色的腿，脚掌带蹼，平日里一摇一摆的步态十分好看，是芳名远扬的淑女鸭。

"嘎，嘎，嘎，"她说，"你的样子好奇怪啊！我可否问问，你是生来就这样，还是出了什么事故才变成这样？"

"不消说，你一点世面都没见过，"窜天猴回答，"否则怎会不认得我。但也没什么，我原谅你的无知。我固然非比寻常，可若要人人都像我一样非比寻常，那未免也太苛求。现在你听好了，我的真实身份啊，说出来吓你一跳：我，是一只窜天猴，我能一飞冲天，还能伴着金雨降落！"

"哦，咋的了？"鸭子回答，"这一套对谁有啥用吗？要是你像老牛会犁地，像马儿会拉车，像牧羊狗能放羊，那还有点好处。"

"我的鸭小姐，"窜天猴换上了极其疏远的口气，"我看出来了，你的出身相当低微。像我这种地位的猴，可不需要你说的那些本事。我自有造化，此生足矣。本猴对各种出力气的劳作向来完全无感，尤其是你引以为傲的那几桩。不瞒你说，我一直觉得：没什么出路的人，才会拿那些苦哈哈的活计当一根救命稻草。"

"哦哦，"鸭子没脾气地回答，她是从不吵架的，"随你怎么说吧，萝卜白菜各有所爱嘛。对了，那个，你是要搬来常住的吧。"

"开什么玩笑！"窜天猴喊，"我只是个访客，身份尊贵的访客。你们这地方我早就待腻了，要热闹没热闹，要清净没清静，除了俗就是土。我多半还是要回宫里的，直觉告诉我：我来这世间，注定要轰轰烈烈干一番大事。"

"曾经啊，我也想过投身社会，"鸭子说，"这世道，弊病太多，需要改革。先前的一次动物大会，还是我主持的呢。会上也通过了决议，取缔我们反感的所有规章制度。可到头来全是一场空。现在我只关注家庭生活了，今后能把家事打理好就行。"

"我可不像你，我生来便是公众人物，"窜天猴说，"我的家族成员，哪怕最不起眼的，也都是这样。只要我们登场，势必引起轰动。当然啦，属于我的光辉时刻还没到来，不过有朝一日它会来的，而且会来得气势磅礴。至于什么家事，那只能让你老得快，还会分散你的精力，让你无暇顾及生命中更为崇高的东西。"

"啊！生命中崇高的东西，多棒啊！"鸭子说，"就像好吃的——我肚子早饿了。"她游进小溪，顺流而下，一路叫着："嘎，嘎，嘎。"

"回来！回来！"窜天猴嚷嚷，"我还有好多话没说呐。"可鸭子不再理他。"走了也好，"他嘟囔，"不过是个中产阶级而已。"他在泥里又下陷了几分，心里转起了念头，想着天才都是孤独的。忽然，岸边跑来两个小男孩，他们都穿着白罩衫，提着烧水壶和柴火。

"这肯定是来迎接我的代表团了。"窜天猴说着，努力摆出尊贵相。

"哎呀！"一个孩子说，"看这个怪杆子！它怎么在这种地方。"说着，他把窜天猴从沟里拽了出来。

"他叫我什么？"窜天猴说，"怪杆子！不可能不可能，他肯定说的是'贵公子'。嗯嗯，这样称呼还挺客气的。他准是把我认成宫里的大人物了！"

"咱们把它也烧了吧！"另一个孩子说，"那样水能开得快一点。"

他们把柴火堆在一起，再把窜天猴摆上去，点起了火。

"还挺隆重的，"窜天猴喊，"白日飞升也不错，所有人都能瞧清楚。"

"咱们先睡会儿，"孩子们说，"等醒了，水也开了。"他们在草地上躺下，闭上了眼睛。

窜天猴仍是潮乎乎的，过了半天也烧不起来。还好，火舌终于引燃了他。

"我要飞咯！"他大喊，身板挺得笔直，"我要飞得比星星还高，比月亮还高，比太阳还高。我这一飞，高得呀——"

呲！呲！呲！他直奔高空而去。

"痛快！"他放开喉咙喊，"我要飞向永恒。我成功啦！"

然而没有一个人看到。

这时，一波奇妙的战栗席卷他全身。

"我要引爆了，"他继续喊，"我将让世界成为一片火海，我的炸响足以撼天动地，从今往后整整一年，世人都将心无旁骛，只顾把我的事迹交口称颂。"说着，他真的炸开了。砰！砰！砰！火药劲头十足。一切都挺顺利。

然而没有一个人听到。那两个孩子也充耳不闻，睡得正沉。

火药筒烧完，他全身只剩下长杆了。他掉下来，砸到一只鹅背上。她本来正在沟边散步。

"天呐！天呐！"鹅吓了一跳，"天上下了棍子雨！"她一头扎进了水里。

"我就说嘛……我会弄出……大动静的。"窜天猴断断续续地说完，灭了。

第六篇

星孩

那是许多年前，一座大森林里，两个贫苦的樵夫正在回家的路上艰难行进。这是严寒的冬夜，地面和树枝上尽是厚厚的积雪。两人一路走着，碰断了身边许多冻脆的小树枝。走啊，走啊，他们望见了山间飞瀑，她往日里活泼俏皮，如今却只是静静地悬在半空——寒冰之王已用一吻将她封印。

天气实在太冷了，飞禽走兽都不知所措。

"嗷嗷！"大灰狼凶凶地叫着，夹着尾巴一瘸一拐地走出树丛，"这是什么鬼天气！政府呢？怎么也不管管？"

"我懂！我懂！我懂！"绿翅雀叽喳叫，"大地母亲去世了，所以她静静地躺着，还裹上了白色的寿衣。"

"大地是要出嫁了，这是她洁白的婚纱。"一对斑鸠呢喃私语。他们粉色的小爪子冻得生疼，但他们还是坚持用浪漫的眼光看问题，这是他们的使命。

"胡说八道！"大灰狼不满地咆哮，"我都讲了，天气不好，纯属政府失职，谁不信我，我就吃了谁。"他是相当务实的，还是个常有理。

"唔，要我说，"哲学家啄木鸟发言了，"凡事哪有那么多为什么。存在即是有理。比如眼下，其实就是一个字：冷。"

眼下确实冷。高大的杉树上有个洞，里面住着一窝小松鼠，他们为了取暖，只能一个劲儿地互蹭鼻鼻。兔子一家也在洞里团成毛团，不敢往门外看一眼。只有雕鸮自得其乐，哪怕羽毛染了霜硬邦邦，他们也不在乎，依然转着黄澄澄的大眼睛，在林间遥相呼唤："喂喂！吼吼！喂喂！吼吼！大冷天，好爽哟！"

两个樵夫走啊，走啊，大口往手上呵着热气，铁底靴子重重跺地，踏碎了结块的积雪。一次，他们陷进一个大雪堆，爬出来的时候，全身都白了，就像磨坊主守着吱嘎转动的磨盘，面粉落了一身。后来他们踏上冻结的沼泽，不巧在滑溜溜的坚冰上跌倒，背上成捆的柴火散了一地，只能吃力地捡了重新捆好。再后来，他们似乎迷了路，两人大为惊恐，他们深知白雪女王的无情——若是倒在她的臂弯里沉睡，就再也别想醒来。

但他们念着好心的圣马丁（那是所有旅人的保护神），原路折返了一段，然后不敢有一丝怠慢，终于走到了森林的外围。远方的山谷里闪烁着灯光，那是他们居住的村庄。

他们安全了，两人开心得放声大笑。在他们眼里，此时的大地像纯银的花，明月像纯金的花。

可是笑过之后，他们的心绪又低落了，记起了自己的穷困。其中一人对同伴说："咱们高兴什么呢？好日子都是给富人享受的，关咱们什么事？咱们活着，还不如在森林里冻死，被野兽叼了去。"

"是啊，"同伴回答，"少数人得到的多，多数人得到的却少。世上难得公正，只有烦恼忧愁是人人有份的。"

他们正在彼此诉苦，一件离奇的事发生了。一颗璀璨的星星从天而降。它划过天际，掠过点点繁星，两人望着它目瞪口呆。从他们所在的位置看去，它好像落到了几棵柳树背后，离他们没有几米远，就在一座小羊圈旁边。

"哟！天降宝藏了，咱找到就是咱的！"他们喊着，争先恐后往那边跑，宝藏的吸引力太大了。

其中一人跑得快些，把同伴甩在后面，抢先钻过柳树<u>丛</u>，到了另一边。看呐！洁白的雪地上真有一包金灿灿的东西。

他几步上前，俯身抓住它。这是个包袱，用金色的绢纱斗篷层层裹着，其上可见精美繁复的星星纹样。他对同伴喊话，说他找到天降的宝藏了。同伴赶来以后，两人打开包袱，准备平分里面的好东西。但是啊，里面不是金子，也不是银子，更不是什么珍宝，而是个熟睡的小婴儿。

一个樵夫说："咱们真是倒霉，白高兴了半天，捡个孩子有什么好的？还是别管他了，回家去吧。咱们已经够穷的了，自己的孩子也不少，哪里还有面包给别人的孩子。"

可是同伴回答他："不好吧，怎能把这么小的孩子丢在雪地里冻死呢，那也太狠心了。我和你一样穷，家里也是一堆孩子嗷嗷待哺，经常揭不开锅，但我要把他抱回去，让我妻子照顾他。"

他小心翼翼地抱起婴儿，怕他冻着，用斗篷把他裹好，然后下山向村子走去。他的同伴见他这么能吃亏，这么好心眼，在一旁惊叹连连。

进了村以后，同伴对他说："你抱走了孩子，那把斗篷给我吧。捡了东西要分享，这样才公平。"

但樵夫说："不，斗篷不是我的，也不是你的，是这孩子的。"然后他跟同伴道了别，回到自家房前，敲了敲门。

他的妻子开了门，见到丈夫安然无恙地归来，激动地张开双臂搂住他的脖子，送上欢迎的一吻，又帮他摘下背上的柴捆，拂掉他靴子上的雪，叫他快进屋。

他却对她说："我在林子里捡到了一样东西，带回来给你照顾。"话说完了，他站在门外不进来。

"什么啊？"她急切地说，"快给我看看，咱家什么都缺，需要好多东西呢。"于是他把斗篷掀开，露出孩子的睡脸给她看。

"我的天呐！当家的，"她轻声说，"咱自己的孩子还不够多吗？你非要添个来路不明的再养家里？万一他是个灾星呢？再说你又拿什么去养他？"她是真的生了气。

"谁说这孩子来路不明，他是跟着星星来的，是星孩。"樵夫把离奇的经过告诉了妻子。

可她不肯消气，还是怼他，吼他："咱家孩子都吃不上饭，凭什么给别人养孩子？又有谁对咱们发过善心，给过咱们一口吃的？"

"你静一静，上帝连小麻雀都不会弃之不顾，都会给它们一口吃食。"樵夫劝她。

"麻雀冬天就没饿死的吗？"她反诘，"现在是不是冬天？"但樵夫不跟她争辩，也不进门。

森林那边刮来一阵寒风，从敞开的门口灌进屋里，樵夫的妻子冷得一抖，她瑟缩身子，向樵夫问道："哎，你不把门关上吗？北风都灌进来了，我好冷。"

"这屋子里的人，心都是冷的，刮进来的风还能暖和吗？"樵夫反问。妻子不回话，只是往炉火边凑近了一些。

过了一会儿，她回转身来望着他，眼里含着泪水。他迅速进了屋，把孩子往她臂弯里一放。她亲亲那张小脸，把他放到一张小床上，让他和家里最小的孩子躺在一起。第二天一早，樵夫把那件精美的金色斗篷收进一口大箱子里。孩子颈上挂着的一串琥珀项链，也被樵夫的妻子收好。

就这样，星孩和樵夫家的孩子一起长大了，他们同桌吃饭，一起游玩。年龄每长一岁，他的美都更添几分，让一众乡亲啧啧称叹。本地人是深色皮肤、黑头发的，他却白皙纤弱好似象牙雕琢，亮泽的卷发如同串串金色的花朵，嘴唇像嫣红的花瓣，眼睛像清溪边的紫罗兰，秀拔的身姿如同旷野中无人打扰的一株水仙。

可是美貌对他无益，反而助长了他的骄纵、冷酷和自我中心。樵夫家的孩子、村里别家的孩子，他统统看不起，他说他们出身低微，不似他高贵，曾有星辰伴他横空出世。他以主人自居，把其他的孩子都当作奴仆。若有外来的乞丐，无论是穷苦的、盲眼的、残疾的还是病痛的，他一律不同情，只管丢石头砸得他们逃回大路上，叫他们去别处讨饭。最后赶也赶不走的，只剩那些流氓无赖，还会再来村里叨扰。他就这样一味迷恋外表的美，看到弱的、丑的，就作弄人家，从中取乐。他还特别自恋，每逢夏日无风时节，他就跑到牧师的果园里，伏在井沿上，凝视自己的倩影，陶醉地展露笑颜。

樵夫两口子经常说他："你凭什么欺负那些无依无靠的可怜人？当年我们都没这样对你。眼看着别人需要同情，你怎能忍心再伤害他们？"

年迈的牧师也经常把他找去，想教他善待众生，告诉他说："飞蝇如同你的兄弟，不可虐待它。林间飞来飞去的鸟儿是自由的，不可一时兴起去网罗它们。上帝造了盲蛇蜥和鼹鼠，它们在世间也有自己的位置。这世界是造物主的，谁允许你在其中散布痛苦？哪怕是田野里的牛儿，也晓得敬仰上帝啊。"

可是星孩不听他们的，他眉头一皱，脸一偏，又去找他的小跟班们，当他的主子去了。小跟班们都服他，因为他生得好看、步履轻快、会跳舞、会吹笛奏乐。星孩带他们去哪儿，他们就去哪儿；星孩要他们做什么，他们就做什么。见他用尖尖的芦苇秆去戳鼹鼠朦胧的双眼，他们哈哈大笑；见他丢石头砸中麻风病人，他们忍俊不禁。他们凡事向他看齐，渐渐也成了铁石心肠，跟他一个样。

这天，村里来了一个乞讨的穷苦女人。她衣衫褴褛，因为走过太多的坎坷路，双脚鲜血淋漓，那景况十分憔悴可怜。她实在太累了，就在一棵栗树下坐着休息。

但星孩看见了她，他对跟班们说："瞧瞧！那么漂亮一棵绿树底下，坐了那么恶心一个叫花子。跟我来，赶她走，她太丑，碍事得很。"

于是他凑过去，朝她扔石头，揶揄她。她却怔怔地盯住他，眼里盛满惊骇，视线再不肯移开分毫。樵夫恰巧在附近的场院里劈柴，瞥见了星孩的所作所为，赶紧跑过来制止他，对他说："你还是个人吗？你的良心呢？一个过路的可怜乞丐，她哪里妨碍到你了，你为什么要这样待她？"

星孩羞恼得涨红了脸，一边在地上跺着脚，一边大喊："你算老几，也来管我！我又不是你儿子，用不着听你的。"

"你说得没错，"樵夫回答，"可当年是我在森林里捡到你，救了你。"

女人听到这话，突然惊呼一声，然后晕倒在地。樵夫把她送回自己家，让妻子照料她。等她醒了，他们给她端上吃喝，叮嘱她好好休息。

她却不吃也不喝，只顾着问樵夫："你是不是说，那孩子是你在森林里捡的？是不是十年前的事？"

樵夫回答："没错，正是十年前，我在森林里捡到了他。"

"当时他随身有什么东西？"她问，"脖子上戴没戴琥珀项链？身上裹的是不是绣星星的金色绢纱斗篷？"

"是啊，"樵夫回答，"正像你说的一样。"于是他打开箱子，取出斗篷和项链给她看。

看到这两样东西，她喜极而泣，连声说："是他，我的孩子，在森林里丢失的孩子。求你快把他叫来，我为了寻找他，已经走遍了世界。"

樵夫两口子立刻出门去喊星孩，告诉他说："快回来吧，你的亲生母亲来了，在屋里等你呢。"

他快步跑进屋，又惊又喜。可是一看到候在屋内的妇人，就不屑地一笑，说："好么，我母亲在哪儿？我没见着别人啊，只有这个倒霉的乞丐。"

妇人回答他：“我就是你母亲。”

“你疯了才敢这么说话，”星孩生气地喊，“我不是你儿子，你不过是个乞丐，又丑，又穷。赶紧滚开，别让我再见到你这副尊容。”

“可你确实是我儿子，是我在森林里生的。”她着急地说着，跪倒在地，向他伸出双手。“当年歹徒把你抢走，想置你于死地，”她哽噎着，“可我方才一看到你，就认了出来，你随身的东西我也认得，一件金色斗篷，一条琥珀项链。请你跟我走吧，为了找你回来，我跑遍了整个世界。我们一起走吧，孩子，妈妈不能没有你。”

可是星孩一动不动，他的心扉紧闭，拒不接纳这个妈妈，四下里没别的声音，只能听到她痛心地啼哭。

最后，他总算对她开了口，语调却是生硬怨恨的。“即便你真是我母亲，”他说，“你也最好走得远远的，别来给我丢脸，我一直以为自己是天上星星的孩子，你倒好，来了就让我管你这种乞丐叫妈。你还是走吧，我再也不想见到你。”

“孩子啊！我的孩子，”她哭着说，“妈妈走之前，你不肯亲亲妈妈吗？为了找到你，妈妈吃遍了世上所有的苦。”

“你别妄想了，”星孩说，“就凭你这个样子？我亲毒蛇、亲癞蛤蟆，也不要亲你。”

听到这话，妇人站起身来，痛哭着走向林间。星孩见她走了，松了一口气，又跑回到孩子们那里，打算接着玩。

可是孩子们一见他，就阴阳怪气地说：“哟哟，你脏得像蛤蟆，丑得像毒蛇。滚开滚开，我们才不跟你玩。”说完，他们把他撵出了花园。

星孩皱起眉头，心想：“他们在说些什么啊？我得去井边照照，井水会映出我有多美。”

于是他到了井边低头望去，天呐！他的脸怎么成了蛤蟆脸，身上还布满蛇鳞。他绝望地扑倒在地，一边抽咽，一边喃喃自语：“这都是我的报应。谁让我嫌弃自己的母亲，对她骄慢无情，逼得她孤身远去呢。现在我只有走遍天涯去寻她，与她重逢，才能安心。"

樵夫的小女儿这时来到他身边，小手搭在他肩头，安慰说："你失去了美貌，又有什么要紧？留下来吧，我不会嫌弃你。"

他却对她说："不行啊，我对不起自己的母亲，才会遭到天谴，成了这副可怕的样子。我必须上路，天涯海角也要找到她，求得她的宽恕。"

说完，他冲进森林，大声呼唤着："妈妈，回来吧。"可是得不到一丁点儿响应。就这么唤了一整天，太阳落山了，他在枯叶堆上休息。鸟儿从他附近飞走，小动物也从他身边逃开，他们可还记着他的心狠手辣呢。他孤零零地歇着，癞蛤蟆盯着他，毒蛇慢悠悠地游过。

第二天清晨他起身，从树上摘了些苦涩的浆果充饥，然后哀哀地哭着在林中穿行。遇到什么小动物，他都要问问对方可曾见过他的母亲。

他问鼹鼠："你能在地下漫游，请告诉我，你可曾见过我的妈妈？"

鼹鼠回答："我的眼睛已被你戳瞎，哪儿还能再见到你妈妈？"

他又问朱顶雀："你能飞过高高的树梢，遨游在广阔天地，请告诉我，你看到我的妈妈了吗？"

朱顶雀回答："你为了取乐，已经剪断了我的翅膀，我哪里还能翱翔？"

杉树上住着孤独的小松鼠。他向小松鼠打听："我的妈妈在哪儿？"

松鼠回答："你已经害死了我妈妈，你找你妈妈做什么，还想把她也害死吗？"

星孩哭了，低下头，祈求众生的宽恕，然后继续在林中穿行，寻找自己的乞丐妈妈。

第三天，他走出森林，来到了平原。他穿过村村镇镇，孩童们都作弄他，朝他扔石块；他想借宿，可农夫连牛棚都不让他待，生怕他碰过的麦草要发霉；长工们一见他的腌臜样，就把他往外轰，没有一个人同情他。这样寻寻觅觅了三年，他也没打听到母亲的消息。他时常觉得，母亲就在前方的路上走着，他大声唤她，大步去追她，双脚都被尖锐的砾石刺破了，却永远赶不上她。路边的住家都说没见过他要找的人，也没见过和她相似的人，他为此焦心，他们却只当笑话看。

整整三年，他在世间漂泊无依，遇不到一点爱心、善意和仁慈。然而这也是他自找的，谁让他往昔骄横一时呢？

一天傍晚，他来到河边一座雄伟的城邦门前，虽然已是精疲力竭，他还是打算进去。可是卫士们手臂一沉，两杆长戟交叉拦在他面前。他们不客气地发话："你要进城做什么？"

"我要去找妈妈，"他回答，"请让我进去吧，说不定她就在城里。"

可他们只是取笑他。一个卫士晃着黑胡子，撂下盾牌高声说："我觉着吧，你妈也不一定想见你，泥坑里的蛤蟆都比你漂亮，扭来扭去的蛇也比你强。别在这儿碍眼了，走开走开。我们城里没有你妈。"

另一个卫士手握一杆黄旗，问道："你妈是干什么的？为什么你们没在一起，你还得找她？"

星孩回答："我妈妈和我一样，也是个乞丐。我曾经不懂事，伤了她的心，后来一直想求她原谅，请放我进城吧，万一她真的在城里呢。"可是卫士们不答应，还用长戟刺他。

他哭着转身离去时，有个领队模样的人走了过来，此人铠甲表面嵌有金花纹章，头盔上蜷伏一只双翼飞狮小像，他问了问卫士是谁想进城。他们回答："是个小乞丐，在找他的乞丐娘，我们已经把他撵走了。"

"何必撵走呢，"他笑着说，"可以把这家伙卖了，得了钱还能买碗甜酒喝。"正好有个凶巴巴的老人路过，高声喊道："就是这个价，我买了。"他付了钱，抓着星孩的手，把他拽进了城。

他们走过一条条街巷，来到石榴树掩映的一道院墙前，墙上有扇小门。老人用一枚雕花玉髓戒指在门上一碰，门开了。他们走下五级黄铜台阶，进入一座黑罂粟盛开的花园，花丛间散放着陶土烧制的瓶瓶罐罐。老人从缠头帽里抽出一条绣花丝巾，用它蒙住星孩的眼睛，驱使着他往前走。再摘掉丝巾时，星孩已经置身在一间地牢里，一盏牛角灯散发着幽幽的光。

老人用木盘端了一块发霉的面包给他，说："吃吧。"又拿来一杯苦水，说："喝吧。"星孩吃过、喝过，老人就走了，用铁链把门牢牢锁住。

第二天一早，老人又来了。他是利比亚一带最为诡谲的魔法师，曾经深入尼罗河畔的金字塔，习得亡灵的法术。现在他走到星孩面前，蹙眉看着他，说："这座异教城邦的大门外不远处，有一片树林，林中有三枚金币。第一枚是白金的，第二枚是黄金的，第三枚是赤金的。今天，你要把白金币给我取来，若是取不回，我就要抽你一百鞭子。走吧，麻利点儿。日落时分我会在花园门口等你。一定要把白金币带回来，否则有你好看的。你是我的奴仆，为了买下你，我可是付了一碗甜酒的价钱呢。"说完，他又掏出那条绣花丝巾蒙住星孩的眼，领他穿过宅子和罂粟花园，走上黄铜台阶，用戒指开了小门，把他推到街上。

星孩走出城门，找到了魔法师所说的那片树林。

从外表看，这是一片风景宜人的林地，鸟鸣婉转，花香四溢，星孩快乐地走了进去。可美景虽好，但只要他一落脚，多刺的黑莓和荆棘就从地里冒出来包围他，灼人的荨麻扎伤他，大蓟也用匕首般的倒钩偷袭他，他苦不堪言。魔法师说的金币，他找了一上午，又找了一下午，也根本找不到。太阳落山了，他掉着眼泪往回走，知道回去没有好果子吃。

走到树林外围时，他听到灌木丛里传来一声惨兮兮的"嗷哟"。他忘了自己的困苦，跑回去查看，发现是一只小野兔落在了猎人的陷阱里。

星孩可怜他，把他放了出来，对他说："我也只是个奴仆，没有自由，但我想帮你重获自由，好吗？"野兔回答说："谢谢你还我自由。我拿什么来回报你呢？"

星孩告诉他："我想找一枚白金币，可是怎么也找不到，完不成这个任务，主人会抽我的。"

"你跟我来，"野兔说，"我带你过去，我知道藏在哪里，我知道它的秘密。"

星孩便跟着野兔。瞧啊！在一棵大橡树树干的裂缝里，嵌着这枚白金币。他高兴极了，把它取出来，对野兔说："我只帮了你一丁点儿，你却给了我这么大的回报，我对你的善意，不及你对我的百分之一。"

"别这么说嘛，"野兔回答，"我都是跟你学的。"说完，他轻快地跑了。星孩也向城门走去。

城门口坐着个麻风病人，灰色亚麻布的兜帽遮着脸，布上开着两个洞，露出眼睛好像炽红的煤球。他看到星孩走来，就把手里的木碗敲得"当当"响，又使劲摇着铃铛，开口喊："给点儿钱吧，我要饿死啦。他们把我赶出城来，谁也不可怜我。"

"唉！"星孩叹了一口气，"我只是个奴仆，钱袋里只有一枚金币，若是不交给主人，他会拿鞭子抽我的。"

可是麻风病人苦苦哀求，星孩看他实在可怜，就把白金币给了他。

他回到石榴树下的宅院。魔法师开了门让他进来，问他说：

"白金币带回来了吗？"星孩回答："没有。"魔法师向他扑来，一顿抽打，随后给了他一只空盘子，说："吃吧。"又拿出一只空杯子，说："喝吧。"然后将他再次投入地牢。

早晨，魔法师又来了，告诉他："今天，你若是带不回那枚黄金币，就别想自由，还得吃我三百鞭子。"

于是星孩又去了树林，花了一整天找那枚黄金币，却一无所获。太阳落山了，他坐在地上哭起来，哭着哭着，一只小野兔来了，就是他昨天救过的那一只。

野兔问："你哭什么？你在树林里找什么？"

星孩回答："我要找一枚藏在林子里的黄金币，要是找不到，主人就不肯放我自由，还要狠狠抽我。"

"跟我来。"野兔喊着，跑过林间，到了一汪小池前，池底就沉着那枚黄金币。

"我怎么感谢你才好啊？"星孩说，"这都是你第二次帮我了。"

"没什么，是你先帮我的。"野兔说完，轻盈地跑了。

星孩捞出黄金币，装进钱袋里，匆匆赶回城。麻风病人还在，看到他来了，几步快跑迎上来，跪倒在地高喊："再给点儿钱吧，我快饿死了。"

星孩告诉他："我的钱袋里只有一枚金币，要是不交给主人，他是不会放过我的，肯定要狠狠抽我一顿。"

可是麻风病人苦苦哀求，星孩可怜他，到底把金币给了他。

他回到石榴树掩映的宅院，魔法师打开门让他进来，问他说："黄金币带回来了吗？"星孩回答："没有。"魔法师扑过来，对他又是一顿抽打，还给他戴上了锁链，把他投进地牢。

早晨，魔法师来告诉他："今天，要是你能把赤金币带回来，我就放了你，要是带不回来，你就死定了。"

星孩又去了树林，花了一整天找赤金币，却一无所获。太阳落山了，他坐在地上哭了起来，哭着哭着，那只小野兔又来了。

野兔对他说："你背后有个岩洞，那枚赤金币就藏在洞里。别哭了，放心吧。"

"我该怎么报答你呢？"星孩说，"唉，你已经帮了我三次了。"

"没事儿，是你先救了我的。"野兔说完，轻快地跑掉了。

星孩摸进岩洞，在它最深处的一角找到了那枚赤金币。他把它装进钱袋，匆匆赶回城门口。麻风病人见他来了，当当正正往路中央一站，高喊道："再给我一枚金币吧，我快饿死了。"星孩又动了恻隐之心，把金币给了他，说："你比我更可怜啊。"然而他心里沉甸甸的，知道自己要完了。

谁承想，他穿过城门时，卫兵们对他深鞠躬致敬，口中称道："美哉吾王！"大群的市民也追随着他，欢呼着："天赐明君，绝世风华！"星孩听了，落下苦涩的泪水，心想："大家还是这般耻笑我，拿我的丑陋取乐。"身边簇拥的人太多，他走岔了路，不知不觉来到一座大广场，此处耸立着壮美的王宫。

宫门打开，司祭和贵胄们迎了出来，在他面前躬身行礼，说道："陛下乃先王血脉，我等期待陛下归来久矣。"

星孩回答："我没有什么先王血脉，我只是乞丐的儿子。你们又为何赞叹我貌美，我的样子明明惨不忍睹。"

这时走来一人，他的铠甲表面嵌有金花纹章，头盔上蜷伏一只双翼飞狮小像，他举起锃亮的盾牌，笑道："陛下怎说自己不美？"

星孩向盾面一望，天呐！他竟恢复了原样，秀美如初，而且眼神与往昔相比，似乎又多了些什么。

司祭和贵胄们跪倒在他面前，说道："从前有个预言，说今日我们的君主将会降临。因此，请陛下接纳这顶王冠和权杖，从此以公正仁爱之心统领众人。"

星孩却说："我不配，我曾是个逆子。找不到母亲，得不到她的宽恕，我就不得心安。请放我走吧，我还有漫漫长路要探寻，各位虽以王权相托，我却不能从命。"说着，他转脸看向那条通往城门的路。谁知，在卫队外侧拥挤的人群中，他一眼瞧见了自己的乞丐母亲，她身旁还站着个麻风病人，就是守在路边跟他讨金币那个。

他欢呼一声，跑过去跪倒在地，亲吻母亲的伤足，滚滚热泪将伤痕打湿。他的头低到尘埃里，心痛欲裂，哽咽着说："母亲，我曾经蛮不讲理，对不住你，如今我知错了，请接受我的歉意。母亲，从前的我只会怨恨你，如今的你，是否对我还有眷恋？母亲，那时我赶你走，如今的我，能否再回到你身边？"乞丐母亲却只是一言不发。

星孩只好伸出双手，攀住麻风病人惨白的双脚，向他恳求："我帮了你足有三次。现在请你说说情，劝我母亲跟我说一说话。"可是麻风病人也不理他。他又呜咽起来："母亲，我真的太苦了，再也撑不住了。只求你宽恕我，和我一起回家去。"乞丐听到这里，终于伸手轻按他的头顶，吩咐说："起来。"麻风病人也把手覆上他的头顶，吩咐说："起来。"

星孩站起身，望向他们二人。天呐！他们变成了国王和王后。

王后对他说："这是你的父王，你救过他。"

国王说："这是你的母后，你的泪水为她洗净了伤口。"

他们一齐拥住他，慈爱地亲吻他，带他回到王宫，为他换上华贵的衣装，将王冠戴在他头上，令他手握权杖，从此他成了君主，治理河畔这座城邦。他公正仁慈地对待一众子民，驱逐了邪恶的魔法师，给养父母送去珍贵的礼物，对他们的孩子也给予极高的礼遇。他教民众善待自然界的生灵，把爱心和慷慨撒播到人们心间。饥饿的人有饭吃，寒冷的人有衣穿，他的国土一片和乐富饶。

可惜好景不长，他吃过太多的苦，受过太多的磨难，登基后才活了三年，就与世长辞了。在那以后，这片国土又落入了暴君的手中。

第七篇

渔夫和他的灵魂

每天晚上，年轻的渔夫都要出海撒网捕鱼。

若是风从陆地刮来，基本就捕不到什么，顶多也就收获那么一点。这种风是苦森森的，会掀起汹涌的浪头。但若是风往岸上刮，鱼儿就会从深海游来，钻进他的网里，最后让他带到集市卖个好价钱。

他这样夜夜出海。有一回，渔网在水下特别沉，他拽了又拽，也没能把它拽回船上。他笑了，心想："我这准是把会游的鱼都给抓来了，要不然，就是捞到了一头没人见过的笨海怪，若是它够吓人，说不定女皇都想要呢。"于是他铆足了力气，拉动粗大的网绳，臂膀上鼓起道道青筋，像铜胎花瓶上镶嵌的蓝色珐琅线条。

接着他又拉动细网绳，拉啊，拉啊，看到网口那圈浮标了，渔网终于出了水。可是网里根本没有鱼，也没有可怕的海怪，只有一尾熟睡的小美人鱼。

她湿漉漉的金发像一大团松软的云，偶有几丝散落在外，于透明的海水中飘摇，犹如嵌在玻璃杯中的金线。她的肤色是象牙那般洁白，一条鱼尾闪着银色的珠光，银色的珠光荡漾，嫩绿的海藻绕在鱼尾上。她的耳廓形似海贝，嘴唇像嫣红的珊瑚，冰凉的波涛冲刷着她冰凉的胸口，微细的盐晶挂在她眼睑上闪闪发亮。

她这么美，年轻的渔夫看呆了，将渔网一把拉近，在船边探身把她揽到怀里。登时她醒了过来，惊呼一声宛如慌乱的鸥鸟，丁香紫色的明眸惴惴地望向他，挣扎着想逃脱。但他紧紧抓着她，不让她挣开。

美人鱼情知逃不掉，哭了起来，恳求说："请放了我吧，父王只有我这么一个孩子，他年迈又孤单，不能没有我。"

年轻的渔夫却说："想让我放了你，就要答应我一个条件——不论何时，只要我呼唤你，你都要赶到我身边，为我歌唱，鱼儿都是爱听你们人鱼歌唱的，这样我就不愁捕不到鱼了。"

"只要我答应，你就真的放我走吗？"美人鱼急切地问。

"当然。"年轻的渔夫回答。

于是她点头答应，还按照人鱼的惯例发了誓。他松开手臂，她落回到水中，心头却泛起陌生的忧惧，让她全身战栗。

每到夜晚，年轻的渔夫都出海去。他呼唤美人鱼，她就浮出水面，为他歌唱。海豚绕着她环游，白鸥在她头顶盘旋。

她会唱引人入胜的歌。她歌唱海族的牧人赶着鱼群在洞穴间转场，肩头还扛着鲸鱼宝宝。她歌唱绿髯飘飘的海神特里同一族，每当海王驾到，他们就吹响海螺号角。她歌唱海王的琥珀宫殿，屋顶是清透的祖母绿，殿前的大路由明珠铺成，而在海洋花园里，片片珊瑚像金丝银线编结的大扇子，终日在碧波里招摇；鱼儿四处游窜，如同银闪闪的飞鸟；海葵依附在礁石上，海石竹在黄沙起伏的海床上蓬勃生长。她还歌唱巨鲸——这些北方海域的来客，鳍肢上冻结着锋利的冰挂。她又唱到美貌的海妖，她们用诱人的歌喉讲述奇妙的故事，客船上的商旅必须用蜂蜡把耳朵堵上，否则就会听得入了迷，跳进海里丢掉性命。她还歌唱海底的沉船，船上依然竖着高高的桅杆，僵死的船员仍攀在缆索上，船舷的圆窗敞着，青花鱼自由来去。她也唱到藤壶，这种小生物是旅行能手，它们吸在船舶的龙骨上，毫不费力地四海遨游。还有海边崖畔生活的乌贼，甩动长长的黑色腕足，想吐墨汁就吐一口，水中马上漆黑如夜。还有自在的鹦鹉螺，她有珠光闪烁的螺壳小船，柔软的触手像锦帆，调控着方向。还有活泼开朗的鲛人，他们弹起竖琴，兴风作浪的巨怪就会静静安睡。还有古灵精怪的孩子们，他们抓住滑溜溜的鼠海豚，骑在它们背上，欢笑着乘风破浪。还有曼妙的人鱼少女，她们浮在白色的浪花间，伸出双臂，向着航船上的水手召唤。还有那白牙弯弯的海狮、背鳍摇曳的海马。

她歌唱时，金枪鱼都从深海游来，听得入神。年轻的渔夫就撒网罩住它们、捕捞它们，网不下的，他再用鱼叉来刺。待到他收获满舱，美人鱼就对他微微笑，潜回海里。

不过，她决不到他近旁来，所以他够不到她。他每每唤着她、央求她，她都不远不近地躲着。他若是起心抓她，她就钻回水里，如同海豹那么灵活，那一整天，他都别想再见到她。

在他耳中，她的歌声一天比一天动听。这歌声太让他着迷了。他忘了渔网，荒疏了技艺，也顾不上自己的营生。金枪鱼摆着红艳艳的鳍、转着黄澄澄的眼，成群游过，他却视若无睹。鱼叉搁在一旁，他动都不动。柳编的鱼篮，个个空置。他只管闲坐船上，听歌听得薄唇微启、眼底蒙眬，直到海雾渐升，明月给他古铜色的身影镀上银白。

一天夜里，他又唤来美人鱼，说："小美人鱼，小美人鱼，我中意你，和我在一起，因为我深爱你。"

美人鱼却摇着头："你是人类啊，人是有灵魂的，除非你舍弃这灵魂，否则我们无缘相爱。"

年轻的渔夫心想："我要灵魂有什么用？它看不到，摸不着，我平素也不了解它，不如舍弃它，换来美满幸福。"他开心地笑笑，在渔船上站起身，向着美人鱼伸出双臂。"我会舍弃灵魂的，"他喊，"然后你就是我的，我就是你的。我们一起生活，家在深深的海洋。你歌里唱过的风景，都要带我去看，你的一切心愿，我都为你实现。

从此你我，再不相离。"

小美人鱼莞尔一笑，抬手捂住脸。

"不过，怎样才能把灵魂舍掉呢？"年轻的渔夫喊，"告诉我吧！我马上照办。"

"哎呀！我也不知道哦，"小美人鱼说，"我们人鱼都没有灵魂，又怎么晓得这些事呢。"说完，她惋惜地望望他，潜回了深水里。

第二天一大早，太阳才出来，挂在天上，看着离山边也就一拃宽，年轻的渔夫就到了神父的宅子前，在大门上敲了三下。

见习修士从门上的小窗往外看，认出是渔夫，就拉开门闩，对他说了声："请进。"

年轻的渔夫进了宅子，跪倒在清香的灯芯草地垫上。神父正在朗读圣书，渔夫打断了他："神父啊，我爱上了一条人鱼，却被我的灵魂拖累，无法和她在一起。请告诉我吧，有什么办法能把灵魂舍弃，我实在不需要灵魂这种东西。您说灵魂对我有什么用？它看不到，摸不着，我也不了解它。"

神父急得直捶心口，答道："哎呀，哎呀，你是疯了还是吃错了什么药？灵魂是一个人最宝贵的东西，是上帝的恩赐，它要伴你堂堂正正度过一生。再有价值的东西也不如人的灵魂，世间没有别的什么比得上它。它抵得过全天下的金子，胜过帝王的红宝石。因此啊，我的孩子，别再想着舍弃灵魂了。谁舍弃灵魂，谁就是犯了不可饶恕的罪过。你说的人鱼，是自甘堕落的种族，你和它们来往，就等于你也自甘堕落。那些人鱼呀，就像田野上的牲口，连是非都分不清。主耶稣当年牺牲自己，可不是为了拯救它们。"

听着这些抨击的言辞，年轻的渔夫满眼含泪，他起身说："神父啊，牧神在林间，活得逍遥自在；人鱼在礁石上闲坐，弹着赤金的竖琴。求您帮帮我吧，我也想和他们一样，他们活着，就像无忧无虑的花朵。您说灵魂好，可它有什么好，它只会妨碍我，让我爱而不得。"

"你所谓的爱，是对肉体的迷恋，是万恶的，"神父喝道，眉头紧皱，"借着上帝的宽容，种种异端在世上横行，流毒不浅。什么林间的牧神，什么海中的歌者，都是祸害！我在夜里听过它们歌唱，它们无非是想蛊惑我背离信仰。它们敲我的窗户，笑得轻佻。它们压低了嗓子，述说那些寻欢作乐的勾当。它们引诱我、试探我，我想祈请上帝护佑，它们就冲我龇牙咧嘴。它们是得不到救赎的，你一定要明白，它们得不到救赎。没有天堂欢迎它们，也没有地狱淬炼它们，它们永无机缘称颂上帝之名。"

"神父啊，"年轻的渔夫大声反驳，"你根本就不懂。我的渔网，曾经捕到海族的公主。她比晨星清冷，比明月皎洁。为了她的美，我情愿失去灵魂；为了她的爱，我情愿不要天堂。请教我一个办法，让我如愿以偿。"

"走开！走开！"神父喝道，"你的人鱼无可救赎，你也会走上不归路。"他拒绝为渔夫祷告祈福，直接把这年轻人赶出了门。

年轻的渔夫走进了集市，他走得很慢，低着头，心事重重。

商贩们盯着他走近，喊喊喳喳议论了几句，然后其中一人迎上来，跟他打了招呼，问："你有什么要卖的？"

"我想卖掉我的灵魂，"渔夫回答，"拜托你买下吧，我受够它了。灵魂到底有什么用？看不见，摸不着，也叫人猜不透。"

商人们却挤眉弄眼地笑了，说："我们要你的灵魂干什么？它连一枚有缺口的银币都不值。不如你卖身为奴，我们给你穿上紫袍，戴上戒指，把你献给女皇做宠臣。那什么灵魂，你就别再提了，它对我们来说啊，什么都不是，也换不来钱。"

年轻的渔夫心想："这就奇怪了！神父告诉我，灵魂抵得上全世界所有的金子，商人却说，它还不如一枚破损的银钱。"他走出了集市，来到海边，思索着还能怎么办。

到了中午，他想起一个朋友，是采摘海茴香的，曾经跟他说过有个小女巫，住在海湾岬角的岩洞里，法术非常了得。他赶紧动身，踏着细沙，一溜烟向着岬角跑去。这碍事的灵魂啊，他太想摆脱它了。小女巫呢，觉得手心一阵痒，心知是有人来了。她露出笑容，解开头绳，束起的火红色长发一下披散开来。她这般秀发飘摇着，候在洞口，手持一枝毒参花。

"你有什么愿望？有什么愿望？"她热情地问着，看他气喘吁吁爬上坡，在她面前累弯了腰，"是不是遇到了坏天气，却想多捕点儿鱼？我有一管小芦笛，只要我吹响它，尖头鱼就会成群游进海湾里。但我不会白帮忙，小哥哥，你要付我报酬的。让我猜猜，你还有什么愿望？有什么愿望？想不想让风暴摧毁商船，把财宝箱冲上岸？我能驱使的风暴，可比风神手下的多，因为我效忠的那位主人啊，远比风神要强大。只要一只筛子加一桶水，我就能让大船都沉没。但我不会白帮忙，小哥哥，你要付我报酬的。我再猜猜，你还有什么愿望？有什么愿望？我知道山谷里长着一种花儿，别人都不了解它。它的花瓣是紫色的，花心像一颗小星星，花里能挤出奶白的浆。你用这花儿去碰女皇，点在她冷漠的嘴唇上，她就会追随你，海角天涯不相忘。皇上华丽的寝殿，也不能令她留恋，她只愿追随你，海角天涯不相忘。但我不会白帮忙，小哥哥，你要付我报酬的。我再猜猜，你还有什么愿望？有什么愿望？我能在钵里捣蛤蟆，用捣好的蛤蟆来煮汤，搅汤用的是死人骨头棒。趁你的对头睡着了，取点汤洒到他身上，他会变成黑乎乎的毒蛇，哪怕他亲娘见了他，也不会给他留活路。你别看月亮在天上挂，我拿纺轮就能拽下它。死神的模样有谁知道？用我的水晶你就能瞧见他。说吧，你有什么愿望？有什么愿望？尽管跟我讲，我包你如愿以偿，但我不会白帮忙，小哥哥，你要付我报酬的。"

"我的愿望啊，不过是小事一桩，"年轻的渔夫说，"却把神父气得够呛，他还把我赶到大街上，不过是小事一桩，商人们却笑话我，不帮我的忙。所以我来找你，虽说别人都觉得你邪乎，但我不在乎，你要什么报酬，我都给你付。"

"你的愿望到底是什么？"女巫问着，向他走近几步。

"我想舍弃灵魂。"年轻的渔夫回答。

女巫的小脸"唰"地白了，身上也止不住地哆嗦。她用蓝色披肩掩面，悄声说："小哥哥哎，小哥哥哎，你这愿望，还真够吓人的啊。"

他却晃晃满头棕色的卷毛，笑着说："我觉得灵魂一无是处，既看不见，又摸不着，也让人猜不透。"

"那我若帮了你，你给我什么报酬呢？"女巫问，秀气的碧眼注视着他。

"五枚金币，"他答，"还有我的渔网，我用树条搭的小屋，我用彩漆刷新的渔船。你告诉我怎么摆脱灵魂，我的财产就都是你的。"

她有点嫌弃地"呵呵"了一声，拿毒参花敲打了他几下。"我自己就能把秋叶变成黄金，"她说，"若是不嫌麻烦，我还会把浅浅的月光纺成银线。我所效忠的那位主人呀，可比世间所有的帝王都富有，他们的领土，也都是他的。"

"那我还能给你什么呢？"渔夫说，"你不缺金，也不缺银。"

女巫用纤纤素手捋了捋他的卷发。"小哥哥，你可以陪我跳舞啊。"她笑盈盈地告诉他。

"就跳个舞？"年轻的渔夫很意外，站直了身。

"对，就跳个舞。"她回答着，仍是笑盈盈的。

"那就等太阳落山了，咱们找个僻静地方跳一场，"他说，"跳完了，你就把办法告诉我。"

她却摇摇头，轻声说："要等满月出来哦，要等满月出来。"然后她凝神打量四周，又侧耳倾听了一阵。一只蓝羽毛的鸟起劲儿唱着，从巢里起飞，在沙丘上盘旋。三只花不溜秋的鸟在灰扑扑的枯草丛里跳来跳去，"叽叽啾啾"地叫着。听不到别的太多声音，只有波涛拍打着岸边光滑的卵石。她伸手把他拽近些，凑到他耳边悄声说：

"今晚你一定要到山顶去。正是安息日，他会到场的。"

渔夫惊了一下，瞥了她一眼。她回报给他爽朗的一笑。

"你说的'他'是谁啊？"他问。

"这个你不用管，"她答，"你只要今晚去就行了，要站在枥树下等我来。若是冲你跑来一只黑狗，用柳条抽它，它就会走；若是有猫头鹰跟你讲话，别搭理它。等满月出来，我就到了，咱们就在草地上跳舞。"

"你能发个誓吗？保证把舍弃灵魂的方法告诉我。"他不放心地追问。

她走到阳光下，微风吹动她亮红的秀发。"好，我凭山羊的蹄子发誓。"她回答。

"你真是最好的女巫，"年轻的渔夫高兴地喊，"今晚我肯定去山顶找你跳舞。我还真想给你真金白银作回报，但你喜欢跳舞，那就跳舞好了，又不是什么难事。"他一摘帽子，深深地向她点头致意，然后欢欣雀跃地跑下了坡。

女巫目送他远去，最后他远得看不到了，她才走回山洞，从一只雕花的雪松木匣里取出一面镜子，把它摆在支架上，又在镜前用红热的木炭焚烧马鞭草。她透过缭绕的轻烟仔细查看镜面。半晌，她气呼呼地捏紧了拳头。"怎么就不是我先认识的他呢，"她嘀咕，"我明明和她一样漂亮的。"

那天晚上，月亮升起，年轻的渔夫爬上了山顶，在枥树下站定。海面如光洁的圆盾，铺展在他脚下。一汪海湾里，有星星点点夜航的渔船。一只大个子猫头鹰眨着姜黄色的圆眼睛，喊他的名字，他不答应。一只黑狗扑过来冲他狂叫，他挥动柳条抽它，它哀号着跑了。

午夜，女巫们从空中飞来，像一大群蝙蝠。"哟！"她们喊着，落了地，"山顶怎么有陌生人！"她们东闻闻、西嗅嗅，你一言我一语，还打着手势。最后飞来的是小女巫，石榴红的长发迎风招展。她穿一条金纱裙，上面绣着孔雀翎，头戴一顶墨绿天鹅绒的小帽子。

"有个陌生人，他在哪儿？他在哪儿？"别的女巫见她来了，恼火地问。她却只是笑笑，跑到栎树下，牵起渔夫的手，带他跑进月光里，开始了舞蹈。

他们舞了一圈又一圈，小女巫跳得可真高，他眼前都闪过了她鲜红的鞋跟。这时，就在他们上空，传来骏马飞驰而过的蹄声和嘶鸣。可是看不到马在哪里，他感到莫名的心慌。

"太慢啦。"女巫催促着，两手抓着他肩膀，小火苗似的呼吸落在他脸上。"还要快，还要快啊！"她只管催。大地都仿佛在他脚下打起了转，他脑子里乱成一团，恐慌忽然如一波巨浪将他席卷，他感觉有种阴森的目光正在盯着自己。最后，他总算瞧见了，在一块巨石下，多了一个先前没有的身影。

那是个男子，身穿西班牙风格的黑天鹅绒礼服，脸色苍白得异乎寻常，红唇却像一朵孤傲的花。他落落寡欢地倚在巨石上，有一搭没一搭地拨弄着佩剑柄的圆钮。他身旁的草地上，丢着一顶饰有羽毛的帽子，还有一双长手套，上面有烫金蕾丝交叉的纹饰，还有珍珠粒缀成的繁复图案。一件紫貂绒衬里的短斗篷搭在他肩上，修长雪白的手指上，宝石戒指流光溢彩。一双幽深的眸子，半隐在低垂的眼皮下。

年轻的渔夫望着他，仿佛掉进了迷魂阵。他们的视线最终相遇，此后不论再跳到哪里，他都摆脱不了被监视的感觉。他听到小女巫在笑，就伸手揽住她的腰，带着她一圈接一圈飞转不休。

突然，林间传来了犬吠声，女巫们停下舞步，两两一组，走向巨石，在男子面前跪倒，轻吻他的手背致礼。他淡漠的唇边漾开一丝微笑，如同鸟儿的翅尖轻触水面荡起涟漪，但这笑里亦藏着不屑。他的目光始终不离年轻的渔夫。

"来！咱们也去跪拜。"小女巫悄声提醒，拉着他向前。他也就跟着，竟然有些迫不及待。可是真的走近了，他自己也不知怎么搞的，抬手就在胸前画了个十字，还唤了一声天父的圣名。

女巫们即刻炸了锅，像一群惊飞聒噪的鹰隼。男子如霜的面庞也因为阵痛而扭曲，他顾不得再盯着渔夫，闪身进了一片小树林，吹了声口哨。一匹西班牙骏马向他奔来，身上的银饰叮当作响。他跃上雕鞍，回身向渔夫投来郁郁的一瞥。

红头发的小女巫也想逃之夭夭，渔夫却紧紧攥住她的手腕。

"你松手，"她喊，"放开我！你好大胆子，敢说那个禁忌的名字，还敢比画那种不该比画的手势！"

"你别想跑，"他回答，"说好的东西还没告诉我呢。"

"什么嘛！"她对着他又抓又踢，像只发怒吐泡泡的野猫，却不肯再多说一个字。

"少在这儿装糊涂。"他也不客气。

那双嫩绿色的眼里，终究泪水盈盈，她开了口："只要你别问这个，旁的我什么都告诉你！"

他胜利地一笑，把她抓得更紧了。

她看跑不掉，就悄声对他说："那个，其实我和海的女儿一样漂亮的，我是没住在蓝汪汪的水里，但我一点也不比人鱼差啊。"说完，她还讨好地凑到他脸边蹭蹭。

他却一皱眉头，把她推开，威胁说："你可是对我发过誓的，你若言而无信，别怪我灭了你这个骗子。"

她一哆嗦，脸色如同玉桂树的花儿那样黯淡。"那好吧，"她喃喃地说，"反正是你的灵魂，又不是我的。你想丢，就丢了吧。"她从腰带上取下一把短刀给了他，刀柄是蒙着青蛇皮的。

"这怎么用？"他好奇地问。

她沉默了片刻，脸上似有忧惧，然后伸手把额前的碎发一撩，别扭地一笑，告诉他说："咱们叫作'影子'的东西，其实不是什么影子，而是灵魂的形体。你要背对月亮站在海岸上，用刀锋贴着脚底的边沿把影子割掉，这样灵魂就和你分家了。然后你让灵魂别跟着你，它就会照办。"

年轻的渔夫颤抖了。"当真吗？"他难以置信地低语。

"当真。可我真希望没告诉过你。"她说着说着就哭了，身子一低滑了下去，紧紧攀住他的两膝，泪如雨下。

他把她提溜起来，搁在蔓草间，自己大步走到山崖边，把短刀往腰带上一别，就开始往山下爬。

他的灵魂还在他体内，此时跟他说起话来："喂！我跟了你这么多年，一直对你忠心耿耿，别赶我走啊，我从来没有辜负过你！"

年轻的渔夫笑了。"你是没辜负过我，但我不需要你，"他说，"世界这么大，上有天堂，下有地狱，中间还有薄暮地带是精灵的家园。你看哪儿好就去哪儿，别缠着我就行，我的人鱼都在呼唤我了。"

灵魂可怜兮兮地央求他，他却置若罔闻，只管踩着岩块腾跃，脚步像岩羊那么稳当。最终，他抵达了一片平坦的黄色海滩。

他站在沙地上，背对着月亮，身形匀称、四肢遒劲，宛如古希腊雕像。浪花中伸出了洁白的臂膀，向他挥手致意；波涛里升起朦胧的身影，向他颔首敬礼。他的影子平铺在身前，那是他灵魂的形体。他的身后，明月高悬在蜜色的迷雾中。

他的灵魂对他说："你若一定要赶我走，请把心给我带着。外面的世界太无情，我要带着你的心，才有勇气远行。"

他把头一扬，笑了："如果把心给了你，我还拿什么来爱我所爱呢？"

"别这么冷漠啊，行行好吧，"灵魂说，"把心给我，在外面闯荡真的好难，我好怕。"

"我的心只属于我最爱的人鱼，"他回答，"别再啰唆了，走吧走吧。"

"难道我就只能和爱绝缘吗？"灵魂问。

"你马上走，我不想跟你纠缠。"年轻的渔夫说完，拔出青蛇皮把手的短刀，沿着脚底的边线把影子割掉。它随即爬了起来，站在他面前，盯着他，模样与他丝毫不差。

他不禁往后退了退，把短刀别回到腰带上，感到一阵胆寒。"你给我走，"他嗫嚅着，"别让我再看到你。"

"别呀，我们还会再见的。"灵魂说。它的嗓音低而圆润，明明在说话，嘴唇却没怎么动。

"怎么再见？"年轻的渔夫问，"你不会跟着我钻进深海吧？"

"每隔一年，我都会回到这里呼唤你，"灵魂说，"说不定你还需要我。"

"我哪里还需要你？"年轻的渔夫说，"不过你想来就来吧。"然后他一下跃进海中，海神特里同为他吹响了号角，小美人鱼浮出水面迎接他，与他相拥，送上甜蜜的一吻。

灵魂站在荒寂的沙滩上望着他们。后来他们潜入水下了，它才哭着离开，越过连绵的海滨湿地。

一年过去，灵魂回到了海边，呼唤年轻的渔夫。他浮出水面，问："你叫我做什么？"

灵魂回答："你过来点儿，我想跟你聊聊，我可是见了大世面的。"

于是他游近了些，在浅滩卧下，单手托着脸，惬意地聆听。

灵魂告诉他："你我分别后，我向东方进发。东方文明是富有智慧的。我走了六天，第七天早上，我来到了鞑靼人国土的一座山峰。我坐在一棵红柳的树荫下乘凉。那里的气候是干旱炎热的。当地人在山脚下的平原来来去去，就像锃亮的铜盘上爬动的飞蝇。

"正午时分，地平线上腾起一片棕红色的烟尘。鞑靼男子见了，纷纷给漆弓上了弦，跳上马背，疾驰前去迎敌。女人们尖叫着逃回大篷车上，躲在厚实的毛毡帘子后面。

"傍晚，男子们回来了，但是少了五个人。即便是侥幸回来的，也有好多受了伤。他们匆匆给马匹套上挽具，赶着大篷车落荒而逃。三头胡狼钻出洞来，在后面紧盯着他们，而后抬头在空气中嗅啊嗅的。最终，它们朝着相反的方向，小步跑着走了。

"月亮升起时，我望见平原上有一堆篝火，就朝那里走去。一群商人围坐在火边的毯子上，他们身后的尖桩上拴着骆驼。黑奴们在沙地上用熟皮子搭帐篷，还插上一圈高大的仙人掌当栅栏。

"见我走近，商队的头领起身拔剑，问我来做什么。

"我说，我本来在自己的领地当家做主，鞑靼人却想掳我为奴，我逃了出来。领队听了微微一笑，给我看一根长竹竿，上面绑着五颗人头。

"然后他又问我，上帝派来的先知是谁。我毫不犹豫地说是穆罕默德。

"他听到这个答案很满意，低头致敬之后与我携手，请我坐在他身旁。黑奴用木碗给我端来马奶，还有一块烤羊羔肉。

"天亮了，旅程再次开始。我乘一匹红毛骆驼，与领队并肩而行。我们前头跑着一个扛矛的侍卫，左右两边都是全副武装的战士，身后是驮着货物的骡队。整支商队共有骆驼四十峰，骡子数量是骆驼的两倍。

"我们离开了鞑靼人的地盘，来到一个咒术发达、敌视月亮的国度。这里有狮鹫在白色的山岩上守护黄金，鳞光闪闪的龙在洞穴里沉睡。而后我们翻越雪山，大气也不敢出，生怕引起雪崩。为了防止雪盲，每人还在眼前蒙上一条纱巾。在山谷中穿行时，成群的小矮人躲在树洞里朝我们放箭。夜幕降临后，能听到野人'咚咚'地擂鼓。路过猴塔时，我们献上果品，猴群才不捣乱。抵达蛇塔时，我们用黄铜碗装了热奶奉上，蛇群才给我们放行。我们三次途经乌浒河畔，渡河乘的是木筏子，上面绑着充气的大皮囊。水中有暴躁的河马想猎杀我们，骆驼见了它们，都吓得浑身发抖。

"每经过一座城池，我们都要给城主交一笔钱，但当地人从不放我们进城。他们只从城墙上给我们扔些吃的，有蜜烤的玉米小饼，还有椰枣馅的白面糕。每扔一百篮，都要一颗琥珀珠作为报酬。

"我们沿途也走过很多村庄，村民见我们来了，一般是先给井里投毒，再仓皇逃上山巅。我们攻打过返老还童族。他们刚出生的时候衰弱老朽，每长一岁都年轻一点，等变成小宝宝就去世了。还有虎人部族，他们自称是老虎的后裔，在身上用颜料涂抹黑黄相间的彩绘。还有颠倒族，他们把死者葬在树顶，活人却住在幽暗的洞穴里，生怕遇到太阳神，被夺去性命。还有鳄人族，他们将一条鳄鱼奉为神明，给它戴上绿琉璃耳环，喂它黄油和新鲜的禽肉。还有犬面族，面孔似犬。又有蹄脚人，长着马蹄，跑得比马快。我们的人在作战中损失了三分之一，因为缺吃少穿又损失了三分之一，剩下的人悄悄议论，说厄运是我带来的。我便翻开石块捉了条剧毒的角蝰蛇，让它咬了自己一口，结果还安然无恙。别人一看都吓着了，立刻闭了嘴。

"这样走了四个月，我们到了椰笠城，在夜幕下抵达了城外的果林。彼时月亮正在天蝎宫，天气又潮又热。我们从枝头摘下熟透的石榴，掰开喝里面甜蜜的汁水，然后铺了毯子躺下歇息，等着天亮。

"曙光初现，我们就起身去敲响城门。城门是赤金色的青铜铸就，雕着海龙和有翼火龙。城头的守卫向下看，询问我们的来意。商队里的译员说，我们来自叙利亚，带了不少商品。守卫接收了我们的人质，说正午给开城门，让我们候着。

"正午时分，城门开了。我们刚一进城，就引得众人出来围观。专门有人拿着螺号，满城通告商队的到来。抵达集市后，本地黑人解开大捆的花布，打开雕花的槭木箱。等他们布置好了，我们就摆出新奇的货品，有埃及的蜡制亚麻线，埃塞俄比亚的亚麻画[1]，推罗[2]的紫海绵，西顿的蓝挂毯，清澈的琥珀杯，精致的玻璃器皿，还有造型各异的陶器。一座宅子的屋顶露台上，一群妇人对着我们观望，其中一个戴着镀金的皮革面具。

"第一天来的顾客是祭司，第二天来的是贵族，第三天来的是工匠和奴隶。每次城里来了商队，当地人买东西都按这样的顺序。

"我们在这里待了一个月，月圆之后月又缺，我厌倦了行旅生涯，就离开商队，穿过大街小巷，到了神庙花园。祭司们身着黄袍，在绿荫下静默地往来。黑色大理石的阶道尽头，矗立着一座玫瑰红的神殿。金粉漆的殿门上有黄金公牛和孔雀浮雕，屋顶覆着海绿色的琉璃瓦，飞檐上垂挂着小铃。白色的鸽群飞来，羽翼在铃上扫过，碰出串串清响。

"神殿前方有一池碧水，池壁由纹路分明的玛瑙铺砌。我在池边卧下，伸出略带透明的手指，拨弄一旁的大叶子。有个祭司走来，停在我身后。他穿着一双凉鞋，一只是柔软的蛇皮质地，另一只用鸟羽编成。他头上戴着大主祭的黑毡冠，其上饰有银色新月。他的

---

1 画在亚麻布上的画。

2 古腓尼基城市，位于地中海东岸。

衣袍上缀着七条黄带子，满头乱发打着小卷，发丝间粘着辉锑矿粉。

"过了一小会儿，他开口同我讲话，问我为何来此。

"我说，我想见神。

"'神在狩猎，'祭司回答，乜斜着眼睛瞧我。

"'他在哪片林间？告诉我，我去伴他同猎。'我回答。

"祭司尖尖的指甲插进衣角的流苏穗子里，一边捋着，一边改口说：'神在歇息。'

"'他在哪里歇息？告诉我，我去卧榻之侧守候他。'我回答。

"'神在用膳。'祭司喊。

"'他的葡萄酒怎样？若是够甜，我要与他共饮。若是够苦，也不要紧，我还是要分一杯尝尝。'我回答。

"他被我挫了锐气，低头敬礼，牵起我的手，拉我起来，引我进了神殿。

"我们走进第一间密室。明珠镶边的玉髓宝座上，有一尊真人大小的乌木神像。它的前额镶着一颗红宝石，黏稠的香脂从它发间滴落到腿面上。一只羊羔是新近献上的祭品，鲜血染红了神像的双足。神像腰间还围着一条紫铜带，其上饰有七颗祖母绿。

"我问祭司：'这是神吗？'他说：'这就是神。'

"'别骗人了，我要见神，'我对他吼道，'你不老实点儿，我就要你的命。'说完，我在他手上轻轻一点，他的手立时枯槁。

"祭司乞求说：'大人开恩，请让这只手复原吧，在下这就带您去见神。'

"于是我冲他手上一吹，那手便好了。他打着哆嗦，带我走进第二间密室。我看到玉石莲座上垂挂着大串的翡翠，一尊两人高的象牙神像立在莲座中央。神像前额镶着橄榄石，胸前涂抹没药[1]和肉

1　此处"没"，读 mò。没药既是一种香料，也是一种药材。

桂香膏。它一手握一柄弯头玉杖，另一手托一颗水晶珠，足蹬黄铜凉靴，粗脖子上戴一条月光石膏项链。

"我问祭司：'这是神吗？'他回答：'这就是神。'

"'别骗人了，我要见神，'我对他吼道，'你不老实点儿，我就要你的命。'我碰碰他的眼睛，他一下子双目失明。

"祭司乞求说：'大人开恩，请让这双老眼复原吧，在下这就带您去见神。'

"于是我冲他眼睛一吹，他重见光明。他又发抖了，带我走进第三间密室。瞧啊！这里再没有神像了，一尊都没有，只有一座石头祭坛，上面摆着一面明晃晃的圆镜。

"我问祭司：'神在哪里？'他回答：'其实没有神，只有你眼前这面镜子，它叫智慧镜，能照出天上地下的一切，独独照不出照镜子的人。唯有这样，你才能照见智慧。别的那些镜子啊，只能给人照见妄念。这面镜子是独一无二的。它的拥有者无所不知、无所不晓。若无此镜，也就得不到智慧。因此它就是神明，被我们供奉。'我向镜子里看去，果然和他说得一样。

"于是我做了一桩稀奇事，具体是什么，你就没必要知道了。反正那面智慧镜呀，现在藏在一处山谷里，离咱们只有一天的路程。请允许我与你合二为一，再度效忠于你吧。我保证你成为最有智慧的人。赶紧答应我，然后你就可以举世无双了。"

年轻的渔夫却笑笑。"爱比智慧重要，"他大声说，"小美人鱼她爱着我。"

"不对不对，智慧才重要。"灵魂回答。

"爱重要。"年轻的渔夫说完，一跃回到海里。灵魂只好哭着走了，经过一片片海滨湿地。

第二年过去，灵魂又回到海边，呼唤年轻的渔夫。他浮出水面，问："你叫我做什么？"

灵魂回答："你过来点儿，我想跟你聊聊，我又见了不少世面。"

于是他游近了些，在浅滩卧下，单手托着脸，惬意地聆听。

灵魂告诉他："你我分别后，我朝南方进发。南方以富庶著称。我沿着大路走了六天，目的地是灰塔城。大路上红土飞扬，那是朝圣者常走的一条路线。我走啊走啊，第七天早上，我抬眼一望，哟！那不是嘛，城池就在脚下的山谷里。

"这座城一共九个门，每个门前都有一匹青铜马，若是贝都因人下山来袭，铜马就会嘶鸣报警。城墙是包着紫铜的，城头的瞭望塔有黄铜顶。每座塔里站一个卫兵，手持弓箭，日出时，他一箭射中一面大锣，日落时，他又吹响弯弯的号角。

"我想进城，守卫叫住我，问我是谁。我说自己是个苦行僧，要去麦加朝拜圣物——那是一幅青纱，上面有天使用银丝线绣出的《古兰经》。他们都觉得闻所未闻，赶紧请我进去。

"城里热闹得很。真可惜你没跟我一起去。窄窄的小街上，拉着一串串漂亮的纸灯。微风吹过，它们轻颤似巨大的蝶翼。风大了，卷过屋顶，纸灯又上下翻飞，像飘浮的彩色泡泡。商贩们在各自的摊位前，铺了丝毯席地而坐。他们留着直溜溜的黑胡子，头巾上缀满金色亮片，琥珀珠和雕花桃核串成的手链长长的、闪着柔光，绕过他们冰凉凉的指间。有些摊位卖的是白松香[1]和穗甘松香膏，还有印度洋岛屿出产的稀罕香料、浓稠的红蔷薇花瓣浸泡油、没药和小颗粒的丁香。若是有人来搭话，摊主就抓一把乳香末，撒在火盆里，烧出一阵甜香。我看到一个叙利亚人，手拿一根点燃的细棒，像芦苇秆子，一头冒着一缕缕淡烟，气息犹如春日里淡粉色的杏花。也有人卖银镯子，上面镶着一圈奶蓝色的松石。还有黄铜丝做的踝链，

1　白松香，又名格蓬油，由伞形科阿魏属植物格蓬的树脂经过蒸馏而成。

上面垂着小粒的珍珠串；再就是虎爪挂件、金钱豹爪挂件[1]、翡翠珠耳钉和玉指环。茶楼里飘来六弦琴声，大烟客守在窗边，惨白的脸上挂着飘飘然的笑，向着过往行人张望。

"你没跟我一起去，真是太可惜了。卖酒的小贩挤过人群，肩上搭着黑色的大皮袋。他们多数卖的是设拉子红葡萄酒，像蜜那么甜。你买上小小的一杯，小贩还给你往酒上撒些玫瑰花瓣。集市上有水果摊，什么果子都卖：熟透的无花果，紫红紫红的果肉软得碰碰就破；甜瓜散发着麝香似的气息，颜色美如黄玉；香橼、莲雾一堆堆，水晶白葡萄一串串；圆圆的甜橙金里透红，椭圆的柠檬青黄杂糅。我还看到一头大象路过，长长的鼻子上涂着姜黄和朱砂，大耳朵上披着红丝绳网。它停在一个水果摊前，吃起了橙子，摊主也不赶它，只顾着哈哈笑。他们那儿的人，脾气就这么怪，你都想不到——他们开心时，要去鸟市买一只笼中鸟来放生，给自己添喜气；若是心有苦楚，他们倒要拿荆条抽自己，为的是不让苦楚消歇下去。

"一天傍晚，我见一群黑人抬着沉重的轿子穿过集市。金晃晃的轿身是竹质的，抬杠涂着红漆，其上饰有黄铜孔雀浮雕。窗口挂着薄薄的软帘，帘上用金龟子的翠翅和珍珠粒拼缀成图样。轿子打我身边经过时，一位面色苍白的切尔克斯[2]美人望向窗外，对我嫣然一笑。我跟了上去，抬轿的黑人加快了脚步，皱起了眉头。可我才不在乎。我只感到一种前所未有的好奇。

"轿子终于停在一栋方方正正的白房子前。这房子没有窗，只有一扇小小的门，像陵墓的入口。轿夫们放下轿子，用一柄紫铜小锤在门上敲了三下。一个亚美尼亚仆人来了，他穿一袭绿革长衫，

---

1 这种挂件由锋利的猛兽尖爪嵌在金托上制成。

2 切尔克斯人，原住高加索黑海沿岸的民族，以姿容秀美著称。

从小窗口往外一望，见到来人，就开了门，抖开一卷毯子铺在地上。美人走下轿子，进门时，回头对我又是一笑。我从没见过别人像她这样，白得透明。

"月亮升起时，我又回到那个地方，却找不到那栋房子了。至此，我明白了那位美人的身份，也懂得了她何故对我微笑。

"你没跟我一起去，真的很可惜。新月节那天，年轻的皇帝出宫去大寺礼拜。他的须发都用玫瑰花熏染过，脸上扑了金粉，手心和足底用番红花蕊染作亮黄色。

"日出时，他身穿银袍从宫殿出发；日落时，他身穿金袍归来。百姓们跪倒在地，不敢抬头，但我不管这一套，我站在一个椰枣摊旁边等着。皇帝注意到我，描过的浓眉一扬，停住了脚步。我依旧站着，不向他致礼。众人见我鲁莽，一个个又惊又怕，叫我赶紧跑。我当然不跑，只管走去和几个商贩坐在一处，他们卖的是异教徒信奉的神像，自然不受待见。我跟他们说我刚刚挑衅了皇帝的权威，他们每人送我一尊神像，请我快走。

"那天晚上，我待在石榴街的一家茶楼里，正躺在垫子上歇着，皇帝的侍卫们闯进来，把我带回了皇宫。我在宫中一路走过，一道道大门在身后被紧紧关上，还落了锁。最终我进入一座宽敞的庭院，它四围都是拱廊，墙面用洁白的雪花石膏筑成，其上点缀着零星的青绿瓷砖。廊柱是暗绿大理石质地，路面用桃花石铺成。我从没见过这样的地方。

"穿过庭院时，两个戴面纱的女子在阳台上看着我恶言恶语。侍卫们快步跟上，长枪杆子在光洁的地面上'当啷啷'划过。他们推开一扇象牙门，门内是一座泉流汨汨的七层阶梯式花园，种着酒杯郁金香、月光曼陀罗，还有珍珠龙舌兰。喷泉纤细的水柱在雾霭沉沉的半空垂落，犹如一管水晶芦苇。姿态扭曲的柏树像燃尽的火炬。一棵树上传来夜莺的歌声。

"花园尽头有一座小亭子。我们走到亭前，两个胖宦官迎出来，走路一摇一摆。他们掀掀发黄的眼皮，好奇地打量我。其中一人把侍卫长拉到一边，跟他嘀咕了几句；另一个不住嘴地吃着带香味的糖片。他的糖都装在一个椭圆形的浅紫色珐琅小盒里，每吃完一片，他都要装模作样地拈一片新的出来。

"过了片刻，侍卫长把手下都打发走了。他们返回宫中，两个宦官也慢条斯理地跟在后面，一路走，一路摘着甜蜜的桑葚来吃。走着走着，年纪大的那个一转脸，对我不怀好意地一笑。

"这时，侍卫长示意我进凉亭去。我毫不在乎地到了门口，把厚重的门帘一拉，就跨了进去。

"年轻的皇帝随意靠在榻上，垫着染色的狮子皮，手腕上停着一只海东青。他背后站着个努比亚侍从，戴黄铜包头帽，赤着上身，裂缝的耳垂上挂着沉甸甸的耳环。榻侧的桌上，搁着一把吓人的精钢弯刀。

"见我进来，皇帝皱皱眉，问我说：'你叫什么名字？不认得君王吗？'我闭口不答。

"他一伸手，指向那柄弯刀。侍从抓起它，扑向我狠狠劈来。刀锋呼啸着从我身上穿过，我却毫发无伤。侍从一跤跌在地上，爬起来以后，吓得牙齿打战，躲到了卧榻后面。

"皇帝一跃而起，从兵器架上抽出一杆长枪，向我掷来。我出手接住它，把枪杆一撇两半。他又射来一箭，但我一抬手，箭就停在了空中。最后他从白皮子腰带上拔出匕首，一下划开努比亚人的喉咙，免得此人走漏风声，让旁人知道皇帝的败绩。那侍从倒地挣扎，像一条被碾压的蛇，唇边涌出血沫。

"后来他断了气，皇帝转脸来应付我。他拿一方荷叶边的紫色小绸巾擦掉额头晶亮的汗，然后对我说：'你是不是先知，所以不怕人间的兵器？还是你从父辈那里继承了神力，所以我伤不了你？

请你今晚就离开我的国家吧，只要你在这里，我就不是名副其实的君主。'

"我回答说：'要我走也可以，你的财富要分我一半。拿一半来给我，给完我就走。'

"他执起我的手，领我穿过花园。侍卫长见到我，一脸惊诧。宦官们见到我，膝盖一抖，惶恐地跪倒在地。

"我们来到一间八角形的宫室，围墙是红色斑晶岩质地，黄铜吊顶上悬着灯盏。皇帝伸手在一面墙上碰碰，它移开了。我们步入一条长廊，沿途有火炬照亮，两侧的壁龛里摆着一个又一个大酒坛子，每一坛都装满银币。走到长廊中段，皇帝念了一个禁忌的咒语，花岗岩壁上打开了一扇暗门，他抬手遮住脸，怕的是被宝光晃到眼睛。

"你想象不来这宝库里有多少财富。巨大的玳瑁壳里盛满了珍珠，大块大块中空的月光石和红宝石堆在一起，象皮箱里装着黄金，革囊里灌满金粉。蛋白石用水晶杯盛放，蓝宝石搁在玉杯里。轻巧的象牙托盘上，圆圆的祖母绿摆得整整齐齐。一个墙角有好多鼓囊囊的绸布袋，有的装着松石，有的装着绿宝石。弯弯的象牙和紫水晶堆成小山，铜犀角和白玉髓、红玉髓混在一处。宝库的立柱是雪松木的，上面挂着一串串金黄的琥珀。椭圆形的盾牌上散落着石榴石，有的殷红如葡萄美酒，有的浅翠如芊芊嫩草。跟你说了这么多，不过才是我亲眼所见的十分之一。

"皇帝把手从眼前放下，对我说：'这就是我的宝库，一半的库藏都是你的，我说话算话。我还给你安排骆驼和骑手，他们听你差遣，这世上随你指定什么地点，他们都能为你把宝物送到。今晚就了结此事吧，太阳是我的父神，我不想让他看到我们的领土上竟有一个我赢不了的人。'

"但我对他说：'宝库里的黄金都留给你，白银也留给你，那些

宝石和值钱的东西我也都不要了。我嘛，其实用不着什么宝物，也就不跟你多要什么，只要把你手指上那个小戒指给我就行。'

"皇帝皱起了眉。'这个啊，不过是个铅戒指，'他说，'太一般了。你还是带着一半财宝离开我们国家吧。'

"'不，'我回答，'别的我不要，我就要这个铅戒指。我认得它的铭文，也懂它的用途。'

"皇帝颤抖了，央求我说：'这里的宝物全给你，带着它们走吧，我一点也不留了。'

"我却做了一桩离奇事，具体是什么，你也不必知道。反正现在呀，那枚宝藏戒指藏在一个山洞里，离咱们这里只有一天的路程。多近啊，能带来无尽宝藏的神戒，就在山洞里等你。谁有了这枚戒指，谁就比世上所有的帝王都富有。快跟我走吧，全世界的财富都是你的。"

年轻的渔夫却一笑置之。"爱比财富重要，"他说，"小美人鱼她爱着我。"

"不对不对，只有财富最重要。"灵魂回答。

"爱重要。"年轻的渔夫说完，一跃回到海里。灵魂只好哭着走了，经过一片片海滨湿地。

第三年过去，灵魂又回到海边，呼唤年轻的渔夫。他浮出水面，问："你叫我做什么？"

灵魂回答："你过来点儿，我想跟你聊聊，我又见了不少世面。"

于是他游近些，在浅滩卧下，单手托着脸，惬意地聆听。

灵魂告诉他："我去过一座城市，城里有条河，河边有个酒家。水手们在那儿喝双色鸡尾酒，吃大麦面包，小菜是香叶和醋汁调味的小咸鱼。我也在那儿跟他们一起吃喝玩乐。这时候进来一个老头，抱着一卷皮革毯，还带了把琉特琴，琴头装饰着两弯琥珀角。他把毯子在地上铺好，用一管鸟羽在琴弦上敲了敲，一个蒙着面纱的女孩就跑进来，踏上地毯，在众人眼前起舞。她轻纱蒙面，双脚却不穿鞋袜，轻巧地点在地毯上，像两只小白鸽。我可没见过这么好看的舞，她所在的那座城市啊，离这里也不过一天的路程。"

年轻的渔夫听到灵魂这样讲，忽然想起小美人鱼没有脚，也不会跳舞。他一下子特别想看跳舞，心想："反正才一天的路，我去去就回。"于是他笑了，在浅海站了起来，涉水向岸边走来。

踏上沙滩后，他又是一笑，对着灵魂伸出双臂。灵魂欣喜万分，欢呼一声，向他奔来，与他合二为一。年轻的渔夫看到，面前的沙滩上，铺展着他的影子，也就是灵魂的形体。

灵魂对他说："咱们别耽搁了，这就走吧。海神是善妒的，会派海怪来坏事儿。"

于是他们匆匆启程，整夜都在月下赶路，第二天白天也不停歇。傍晚，他们来到一座城外。

年轻的渔夫问灵魂："你说的那个舞女，就在这城里吗？"

灵魂回答："不是这儿，在别处。不过咱们既然来了，就先进城转转吧。"

于是他们进了城，穿过街巷，走到珠宝街时，年轻的渔夫看见一个摊位上摆了只漂亮的银杯子。灵魂对他说："拿上那个杯子，把它藏好。"

他就抄起杯子，把它藏到怀里，然后他们匆匆出了城。

又走了十里地，年轻的渔夫觉得不对，把杯子丢开，对灵魂说："你干吗叫我偷偷拿杯子，这不是犯法吗？"

灵魂却说："没事儿，没事儿。"

第二天傍晚，他们又来到一座城外。年轻的渔夫问灵魂："你说的那个舞女，就在这城里吗？"

灵魂回答："不是这儿，在别处。不过咱们既然来了，就先进城转转吧。"

于是他们进了城，穿过街巷，走到卖凉鞋的地方，年轻的渔夫看到一个小孩站在一只水罐旁。灵魂对他说："看见那孩子了吗？去揍他呀。"他就冲过去动手揍起来，孩子"哇"地哭了。他赶紧和影子跑出了城。

走了十里地，年轻的渔夫气不打一处来，对灵魂说："你干吗让我打孩子，这不是缺德吗？"

灵魂却说："没事儿，没事儿。"

第三天傍晚，他们又来到一座城外。年轻的渔夫问灵魂："你说的那个舞女，就在这城里吗？"

灵魂回答："可能吧，咱们进去看看。"

于是他们进了城，穿过街巷，可是哪里都找不到那条河，也没有什么河畔酒家。城里的人都怪怪地看着渔夫。他有点紧张，对灵魂说："咱们走吧，这里肯定没有那个双脚白净的舞女。"

灵魂却回答："别走啊，留下吧。夜深了，出城容易碰到劫匪的。"

于是渔夫在集市找了个地方坐下歇息。过了一会儿，有个头戴兜帽的商人路过，他身披金锦斗篷，拿一根有节的芦苇秆挑着一只牛角灯笼。他跟渔夫搭话："铺子都打烊了，小贩也收摊了，你还一个人待在集市做什么呢？"

年轻的渔夫回答："这城里找不到客栈，我也没什么亲友可投奔。"

"不是四海之内皆兄弟吗？"商人说，"不是同一位造物主赋予我们生命吗？跟我走吧，我家有客房。"

于是年轻的渔夫站起身，跟着商人回了家。他们穿过石榴树繁茂的花园，进了宅子。商人用铜盆盛了蔷薇水请他洗手，端出熟透的甜瓜给他解渴，还为他准备了一碗米饭和一块烤羊羔肉。

饭后，商人领他去客房，嘱咐他好好休息。年轻的渔夫谢过他，嘴唇轻碰他的戒指算是行了吻手礼。等主人走后，他"咚"地躺倒在五颜六色的羊毛毯上，盖上黑色羊羔绒被子，随后就睡着了。

凌晨两点，夜色尚浓，灵魂叫醒了他，说："快起来，到商人的卧房去，趁他没醒，除掉他，把他的金子都带走，咱们用得上。"

年轻的渔夫便爬起来，悄悄摸进商人的卧房。商人熟睡着，一把弯刀横放在脚背上，身边有个托盘，里面放着九袋金币。渔夫伸手去够弯刀，刚刚碰到它，商人就惊醒了，将弯刀抢到自己手中，一跃而起，对渔夫喊道："你就这么恩将仇报吗？我好心招待你，你却要谋财害命？"

灵魂赶紧撺掇渔夫："快出手！"渔夫便挥拳砸向商人，把他砸晕，然后揣着九袋金币，飞也似的奔出石榴花园，朝着启明星的方向逃去。

一口气跑了十里地，年轻的渔夫捶胸顿足，对灵魂怒吼："你凭什么怂恿我杀害恩人，抢走金币？你这个祸害！"

灵魂却说："没事儿，没事儿。"

"什么没事儿！"年轻的渔夫大喊，"你让我不得安宁。我恨透了你领我干的那些坏事，也恨透了你。你给我说清楚，你这个样子到底是怎么回事？"

他的灵魂回答："你抛弃我的时候，不肯把心给我，我浑浑噩噩地在世上混，就学坏了呗。"

"你说什么？"年轻的渔夫失神地嘟囔。

"明知故问，"灵魂回答，"你有什么好抵赖的？当初跟你要心，你不给，你还能忘了？我才不信。所以你别纠结了，也别再质问我，放心听我的就行，包你吃不了亏，享不完福。"

年轻的渔夫听到这些浑话，气得直哆嗦，正告灵魂："别做梦了。你卑鄙无耻，骗我辜负了美人鱼，还诱我犯下罪行，把我引上邪路。"

灵魂却说："你可记清了，当初是你非要赶我走的，还舍不得给我一颗心。算了算了，咱也别吵了，再找个城市逛逛吧，还能找点乐子，咱们现在可有钱了，九袋金币呢。"

年轻的渔夫却把九个钱袋摔到地上，愤然抬脚去踩。

"你休想！"渔夫喊，"我再不会听你的了，也不会再跟着你乱跑。我从前不要你，现在依然不要你，你只会给我添堵。"说完，他转身背对月亮，拔出那柄青蛇皮把手的短刀，沿着脚底的边缘奋力划去，想把影子割掉，摆脱这灵魂的形体。

然而影子纹丝不动，也不理会他的逐客令，反而开口说道："女巫教给你的办法不灵了，我才不走呢，你也别想赶我走。每个人一生中只能把影子割掉一次。一旦我回归，就会永远与你同在。这是你的报应，也是你的福气。"

年轻的渔夫面色苍白了，他捏紧了拳头喊道："她怎么没告诉我，那个假惺惺的小巫婆！"

"别这么说人家呀，"灵魂回答，"她是有主人的，她只能忠于他，永远永远。"

年轻的渔夫终于明白，他再也甩不掉灵魂了，这个邪恶扭曲的灵魂，将和他一直绑在一起。他跪倒在沙滩上，号啕大哭。

后来天亮了，年轻的渔夫站起身，对灵魂说："你想操纵我干坏事，我偏把双手绑起来；你想操纵我说坏话，我偏把嘴封起来。我要回到亲爱的美人鱼近旁，我要重返大海的怀抱，去往她平时唱歌的海湾。我要呼唤她，向她忏悔我的罪恶，向她吐露我是怎样被你毒害。"

灵魂却还在诱惑他："你那条人鱼算什么，何必回去找她？世上比她漂亮的多了去了。就说撒玛利亚的舞娘，她们的舞姿兼具种种飞禽的轻灵，还流露一切走兽的张力之美。她们脚上用海娜花汁描绘出繁复的图样，她们手持紫铜小铃铛，边舞边笑，那笑声就像清凌凌的水波荡漾。跟我走吧，我带你去见她们。你怕前怕后，怕自己犯错误，这都是何苦呢？好吃的东西，不就是给人吃的吗？美酒甜蜜，还能有毒不成？别再瞎担心了，跟我走吧。我知道附近有座小城，城里有个黄檀花园。这漂亮的花园里，养着白孔雀和蓝孔雀。阳光照耀，它们展开尾羽，有的像雪白的象牙扇，有的像灿烂的镀金扇。喂养孔雀的女郎会跳舞让它们开心，她有轻盈的舞步，也有灵动的手势。她用辉锑矿粉来画眼妆，她俊俏的鼻翼形似燕翅。她戴一枚鼻钉，上面垂着一朵珍珠雕成的花。她边舞边笑，银色的踝链丁零作响。你呀，再别顾虑啦，快跟我去这座小城吧。"

但年轻的渔夫不睬它，他用绳子把双手绑牢，一言不发地往回走，到了起先出发的那片海滩，又到了美人鱼平时唱歌的小海湾。灵魂想方设法地引诱他，他一律不回应，也不照它撺掇的那样去作恶。这般强大的意志力，都源于他对美人鱼的爱。

他站在海边，解开了绑绳，开口呼唤小美人鱼。他一唤就是一整天，声声都是乞求，但她再不露面。

他的灵魂取笑道："你这爱呀，只有辛苦，没有甜头。你就像那种倒霉鬼，本来就缺水，灌水的瓶子还是漏的。你付出了全部，人家却不给你丝毫回报。还是跟我走比较好，我知道有个享乐谷，我能带你去享福。"

年轻的渔夫不理它，他在礁岩上找了个有裂口的地方，用树条搭了个小棚屋，在那里一住就是一年。每天清早，他呼唤小美人鱼；正午时分，他将她再度呼唤；入夜，他念着她的名字。但她再也不曾浮出水面来见他。他找遍了能去的地方——岩穴、碧海、潮间带的小池、深水区的火山坑，但哪里都寻不到她。

灵魂不遗余力地诱惑他，在他耳边恶意地低语，可它全是白费力气。他心中的爱在支撑着他，这爱的力量是如此强大。

一年过去了，灵魂想："我已用邪道诱惑过主人，但他的爱胜过了我。现在我要用伪善来操纵他，也许他就会听我的了。"

于是它对年轻的渔夫说：

"我已为你说遍了世间的享乐，你却置若罔闻。现在，容我给你讲讲世上的悲哀吧，说不定你还肯听听。其实，苦难才是世界的主宰，没人能逃出它的罗网。有人没衣穿，有人没饭吃。同是寡妇，有的穿金戴银，有的衣衫褴褛。那些麻风病人在荒沼徘徊，互相残害。叫花子沿街乞讨，一无所获。城市的街道上，饥馑横行。家家户户的门口，有瘟神蹲守。跟我来吧，我们去出一把力，修补这世间的千疮百孔。你整天在海边喊美人鱼，有什么用呢？她又不理你。爱到底是个什么东西，要你这么高看它？"

但年轻的渔夫不理它，他心里的爱太强大了。每天清早，他呼唤小美人鱼；正午时分，他将她再度呼唤；入夜，他念着她的名字。但她再也不曾浮出水面来见他。他找遍了能去的地方——不息的洋流、波涛下的沟谷、夜幕下墨紫的大海、晨光都照不到的灰色水域，但哪里都寻不到她。

第二年过去了。晚间，年轻的渔夫独坐在小屋里。灵魂对他说："喂！我用邪道蛊惑过你，也想过用伪善操纵你，但都输给了你的爱。我也不想再折腾这些了，算我求求你，让我回到你心里吧，咱俩再变成最初那样，不分你我。"

"你当然该回来了，"年轻的渔夫说，"不给你心，就把你打发出去漂泊那么久，你肯定吃了不少苦。"

"哎呀！"灵魂喊，"可我进不去呀，你的这颗心，整个被爱重重包围了。"

"哦，是吗，但我是想放你进来的。"年轻的渔夫说。

他正说着，海面传来一声长啸，那是海族殒命时才会响起的悲歌。年轻的渔夫一跃而起，冲出小屋，到了岸边。黑色的惊涛扑来，卷着一样东西，比雪银还亮泽，如碎浪一般白，在水上漂漂忽忽，似一朵花。惊涛把它推给细浪，细浪把它推给浮沫，最后沙滩接纳了它。年轻的渔夫一低头就看得到它，那是小美人鱼，躺在他脚下，已经失去了生命。

他痛哭着扑倒在她的身旁，吻上那冰冷的红唇，又拈起湿漉漉的金发绕在指端。他就这样伴她倒在沙滩上，古铜色的双臂将她紧锁，喜极而泣似的哭到抽搐。人鱼的嘴唇已无温度，他却吻得浑然不顾。那长发是蜜一般的色泽，却没有蜜一般的香甜，只有海盐的苦涩。他把这滋味抿到嘴边，只觉得虽苦也心甘。他吻上她紧闭的双眼，那聚在眼角的浪花碎沫，还不及他的泪水苦咸。

对着了无生气的人鱼，他告白和忏悔，在她海贝似的耳边，他一股脑地倾吐那些不堪的往事。他拾起她的双手，用它们环住自己的脖子，又眷恋地抬手、轻触她纤细的脖颈。这份重逢的喜悦苦不堪言，一颗痛失所爱的心，却又异样地雀跃。

黑色的海浪在逼近，白色的泡沫在呜咽，仿如麻风病人的痛呼。白白的浪尖像大海的利爪，抓挠着岸边。海王的宫中，再度传来哀恸的长啸。遥远的水面上，海神特里同吹响了凄怆的号角。

"快跑啊，"灵魂说，"海浪越来越近了，再这么等下去，你会被吞没的。求你快逃，我真的好怕。你这颗心里爱太多，我躲不进去。你要带我逃到安全的地方啊。你不能这么小气，连心都不还给我，就打发我去另一个世界。"

可渔夫不听灵魂的絮叨，只唤着小美人鱼，自说自话："爱比智慧重要，比财富宝贵，世间诸女儿，舞步再曼妙，也不及它之美。火烧不尽爱，水湮不灭爱。我在拂晓呼唤你，你不理我。月亮知道我怎样念着你的名字，你却从不回话。这都是因为，我亏负你在先，我在外浪游，不过是自取伤痛。而你的爱却与我始终同在，如同我心上坚固的铠甲。世间所谓的好、所谓的坏，我都见识了，但它们都不能战胜你的爱。现在你已然远去，那我自然要把你追随。"

灵魂仍在求他逃跑，但他不听，他的爱就是这么顽强。大浪打来，要将他淹没。他自知命不久矣，就倾尽全力，为美人鱼冰冷的唇边送去最后的吻。他的心在胸腔里裂开了，仿佛是被满溢的爱撑破的，灵魂终于寻到了入口，赶紧飞进去，与他重为一体。波涛滚滚而来，将年轻的渔夫掩埋。

清晨，神父来到海边举行祝祷，昨晚的大海实在太过凶暴。他身后跟着修士、乐师，捧蜡烛的辅祭员，摇香炉的执事，还有大批信众。

神父抵达一片沙滩，一眼看到年轻的渔夫溺毙在浪花间，怀里还紧抱着小美人鱼的遗体。他皱着眉头速速后退，挥手划了十字，然后高声说："这大海啊，还有大海里的一切，我都不会再祝福了。海族纯属万恶之首，和它们同流合污的人，也不会有好下场。就像这渔夫，他为了欲念，抛弃了上帝，所以才受到上帝的惩罚，和海族的妖女一起毙命于此。把他们两个的尸首拉走吧，送到公墓找个角落埋了便是。不要给他们立墓碑，也不要做一点标记，他们长眠的地方啊，不宜让人知晓。他们生前就已踏上不归路，死后也只有万劫不复。"

众人照他的吩咐做了。公墓有个角落寸草不生，他们在那里挖了个深坑，把两具遗体埋了进去。

三年后的一天，正逢圣餐聚会日[1]，神父来到教堂，准备引领信众追忆主耶稣的伤痛，再向他们传达上帝的雷霆之怒。

他换上了礼服，进了门，在圣坛前致礼，一眼瞧见圣坛上摆着许多从没见过的花朵。这花的样子很别致，自带一种难以言喻的美，美得让他不再淡然。馥郁的花香扑面而来，他的心头一阵松快，却

---

1 圣餐聚会又名圣餐礼，参与者分享圣饼和红葡萄酒，纪念耶稣舍身救赎这罪恶的世间。掰开的饼象征耶稣受伤的身体，红葡萄酒象征耶稣流淌的鲜血。

不明白是何缘故。

他打开圣餐盒，焚香来熏那盒中的圣体光座，又为信众展示圆圆的圣饼，然后把盒子收回到帘幕后面，开始他的宣讲。他本想说的是上帝之怒，但眼前那一簇簇纯白的花朵，美得令他心乱，甜香萦绕在鼻腔，于是一个新字眼溜到他嘴边，他说出来的不再是"上帝之怒"，而是"上帝之爱"。他这是怎么了，他自己也不知道。

听到他的话，底下的信众落了泪。神父匆匆返回圣器室，自己也热泪盈眶。执事们跟来为他更衣，依次取下腰带、弥撒腕带和长条披肩。他听凭摆布，恍如梦中。

更衣完毕，他看向众人问道："圣坛上那是什么花？从哪里摘的？"

他们回答："我们也不认识那是什么花，只晓得是从公墓的角落摘的。"神父一听便有些战栗，赶紧回家去祈祷。

次日，天才蒙蒙亮，他就带着修士、乐师、捧蜡烛的辅祭员、摇香炉的执事，还有大批信众，向沙滩进发，去祝福大海，以及海里的众生。他也祝福了林间的牧神，祝福了花丛中翩翩起舞的小家伙们，还有那些大眼睛亮晶晶、躲在枝叶后面向外窥视的小东西。总之上帝的世间，一切的生灵，他都祝福了。众人心中满是喜乐和赞叹。只是公墓的角落里，再也没有开放过什么花，那片土地复归沉寂。人鱼也再不到这片海湾来，它们去别处觅得了新的栖息地。

第八篇

西班牙公主的生日

今天是西班牙公主的生日。她才刚刚十二岁，御花园里的阳光也正灿烂。

虽说她贵为公主，可每年也只有一次生日，简直和那些穷孩子一样可怜。举国上下自然都重视这个日子，要让小公主享有最美好的一天。今天也确实是个好日子。高挑的条纹郁金香挺直了腰杆，好像排成长列的士兵，望着草坪对面的玫瑰花，傲气地说："若论风华正茂，我们也不输给你们呢。"紫蝶翩飞群芳间，双翼金粉闪烁。小蜥蜴从墙缝里溜出来，享受热辣辣的日光浴。石榴也热爆了，露出滴血的红心。斑驳的格子架上、暗淡的拱廊里，垂挂着数不清的柠檬，它们极浅的黄色，似乎都因着灿烂的阳光，多了几分金晃晃。广玉兰朵朵盛开，奶油白的硕大花朵散发着浓郁的芬芳。

公主带着一群小伙伴，踩着花园露台的石阶，跑上跑下地玩捉迷藏，一会儿绕到石头大花瓶背后，一会儿又躲到古旧生苔的雕像另一边。按规矩，地位低的孩子是不能与她做伴的，所以平日里她只好自己玩。但今天是她的生日，国王特许她想请谁就请谁，大家可以一起玩个痛快。这些孩子个个步态轻盈，身姿秀雅，男孩头戴羽毛装饰的帽子，身披飘扬的短斗篷，女孩身穿锦绣礼服，一手提着长长的裙裾，一手举起大大的银纱黑骨扇子来遮阳。公主则是气质最出众的，衣饰也最精致繁丽，一如当时的风尚所趋。她的礼袍是米灰色缎子面料，衬裙和泡泡袖都用银丝线绣满花枝，紧身束腰上镶着成串的明珠。迈步时，小巧的凉鞋从裙摆下露出来，鞋上缀着大朵嫣红的玫瑰绢花。她手执一柄珠光闪烁的浅粉色轻罗扇子，鬓发上插一朵生机勃勃的白蔷薇，像一团微带金色的光晕，傍着她雪白的小脸。

宫殿里，一扇窗前，忧郁的国王望着这群孩子。阿拉贡的唐·佩德罗站在他身后，这是他的兄弟，也是他深深厌恨的人。他的告解神父——格拉纳达的审判官大人也在，正坐在他身旁。今天的国王比平时更添几分伤感，他看着公主被廷臣簇拥，端庄而又孩子气地向众人致意，一会儿又拿起扇子遮住脸，悄悄笑话她的陪侍——那位古板的阿布奎基公爵夫人。这么看着看着，他就想起了公主的母亲。年轻的王后，在不久前——在他的印象当中，这一切都好像是不久前——她刚离开轻松愉快的法国，来到奢华阴郁的西班牙宫廷，然后就凋零在此——她才生下小公主六个月，就去世了，都来不及看看果园里的甜扁桃再度开花，也再不能漫步到庭院中心虬结的老树下，采摘新熟的无花果。那庭院，如今已是芳草萋萋。他对她一往情深，容不得一抔黄土将她掩埋，令他二人隔绝。幸好有个摩尔族药师，用香料保存了她的遗体。大家都说，那人本来都进了宗教审判所，给判了死刑的，罪名是信奉异端、使用巫术，但因为帮了国王，所以又得了赦免。时至今日，王后还在宫中的黑云石小教堂里，躺在铺设花毡的台床上。当初是三月里一个多风的日子，僧侣们将她抬来，将近十二年过去了，她还是曾经的模样。每个月，国王都要来看她一次，来时他披着深色斗篷，提一盏朦胧的灯。进了教堂，他就跪倒在她身旁，连声呼唤："王后啊！王后啊！"有时他哀愁得不能自已，也就无法再扮演一位恪守礼法的君王。悲恸击碎了他的理智，他紧紧握住她佩着珠玉的素手，在她精致冰凉的面庞不顾一切地印上热吻，以为这样就能将她从长眠中唤醒。

今天，他感觉又见到了她，仿佛是枫丹白露城堡的初见。那时他不过十五岁，她更是个小不点。罗马教皇的特使为这年少的两人主持了订婚典礼，法国国王和满朝文武皆是见证。随后他返回埃斯库里亚尔，怀揣她的信物：一穗金色的卷发；心头还萦绕着一段记忆：他登上马车前，两片稚拙的嘴唇来碰碰他的手背，算是告别的吻手礼。流年似水，他们举行婚礼了，地点是边境小城布尔戈斯，但那只是匆匆走个过场。真正盛大隆重的场面，要等回到马德里以后，先是阿托查圣母院照例举办的大弥撒，然后是森严肃杀的一场公审大会，将近三百名异端分子被押上广场，其中多数是英国的新教徒，他们在这个普天同庆的日子里，在一对王室新人和大众的面前，由司法机构执行了轰轰烈烈的火刑。

为了她，他决计是不惜一切的。许多人说，这份痴狂毁了帝国的霸业。当时正值西班牙与英格兰争夺新大陆之际，他却荒疏了朝政，叫众人看在眼里，就是他只在意她，甚至不能容许她离开他的视线半步。然而太过投入，往往就会得盲目，他竟然没有察觉，正是自己挖空心思为她所做的一切，在无形中折损着她的生命力。当她猝然故去时，他一度完全失控。若是无牵无挂，他必然要退位，余生都在格拉纳达的大修道院缄默不语，终日苦修——众所周知，他早已是那里的名誉院长。但他偏偏还有个女儿，为了护她周全，他不能把权位拱手让给自己的兄弟唐·佩德罗——这位阿拉贡亲王，性情之险恶，即便是在尔虞我诈的西班牙宫廷都令人侧目。宫中多有传言，王后之死，实乃亲王所害——在她应邀访问阿拉贡的城堡时，他献给她一份礼物，是一双暗地里淬了毒的手套。丧妻后，国王下令，凡是西班牙的领土上，人人都要哀悼三年。三年之期过去，朝臣想劝他再度与别国联姻，他听也不要听。神圣罗马帝国的皇帝亲自向他致信，愿将美貌的侄女，波希米亚公主许配给他。他却告诉信使：回去禀报你们的皇帝陛下，就说西班牙国王已经与哀愁结下海誓山盟，从此宁愿凄风苦雨，也不稀罕佳人在侧，美景良辰。只为这一句，他丢掉了富庶的尼德兰诸省——狂热的改革派新教徒在那里策动了叛变。自然，事态这样演进，少不了皇帝陛下的助力。

今天，看着小公主在台阶上跑跑跳跳，他自成婚以来珍藏的全部记忆，仿佛在一时间涌上心头：那稍纵即逝、烈焰一般的幸福，那猝不及防的永诀，以及随之而来的痛彻心扉……如今只剩下他们的女儿，继承了她全部的可爱：不听话的时候，摇头摇头再摇头；不服气起来，嘴角弯弯如彩虹；有时不懂她为什么突然开心，绽放一个微笑，灿烂、温暖，像法兰西的太阳……小公主在那边，时而抬起眼帘，望望父王所在的窗口，时而又把纤细的指尖一抬，允许那些庄重的西班牙绅士来行吻手礼。只是别的孩子"喳喳喳喳"笑得太吵，满目的骄阳似火，也和国王满心的愁郁格格不入。而且不知是不是他太敏感，空气明明清澈无染，他却闻出隐隐的异样，浑如那阴沉的摩尔族香料气味。他疲惫地低头掩面，待到小公主抬眼再望时，窗口只剩帘幕低垂，他已然远去。

她不满意地小嘴一嘟，提一口气，又把肩膀一沉。今天是她的生日，他总该陪陪她吧。没完没了的朝政有什么意思？还是说，他又钻进了那座小教堂？那个阴森森的地方，一天到晚点着蜡烛，从来也不许她进去。真是个想不开的笨父王，明明太阳这么美，人人都这么开心的！还有啊，斗牛戏马上要开场了，听，号角吹得多响，可他也赶不上了。还有木偶剧呢，还有好多好玩的东西呢，他都要错过了。他还不如叔父和审判官大人懂事，他们两个还晓得从房间里出来，到露台上转转，和和气气地跟她道贺。她顺势将精致的小脸一扬，把手递给叔父，由他伴着，缓步下了台阶，走向花园尽头。那里搭了一座凉亭，长长的紫绸天幕为顶，投下舒适的荫凉。其他孩子都跟着他们，严格按照身份等级来排序，姓氏名字最长的走在最前头。

　　一队贵族少年身着华服，扮成斗牛士，前来迎接她。为首的是诺地亚伯爵，年方十四岁，秀逸绝伦。他风度翩翩地向她脱帽致敬，尽显世家风范，而后又毕恭毕敬地引她进场。场边的看台上，摆着一把包金边的象牙小椅子，那是为她准备的宝座。孩子们簇拥在她身边，摇着大扇子窃窃私语。唐·佩德罗和审判官面带笑意，站在入口处。就连公爵夫人（她是寝宫大管家，瘦瘦的，凶凶的，脖子上常戴黄色拉夫领），神色都比平时和悦了不少，似乎有一抹冷淡的微笑掠过她皱纹纵横的脸，扯动了她干瘪的嘴唇。

　　这场斗牛戏真好看，小公主想，以前帕尔马公爵来访时，大人们带她去塞维利亚看过真正的斗牛，都没有这次好看。一队孩子演的是骑士，身上套着华丽的玩偶马（用木条钉成马形的框子，安上仿真马头，表面再披挂彩色的马衣），"咯噔咯噔"满场驰骋，手里耍着标枪，长长的枪杆上系着明丽的飘带。另一队孩子不骑马，绕着公牛跑来跑去，抖着鲜红的斗篷。若是公牛冲过来，他们就伸手一撑，轻巧地跃过挡板。这头公牛嘛，简直和真的一模一样，其实它是柳条编的，表面蒙了皮子。它还有点任性，动不动就双腿着地，满场狂奔，真牛可没这个本事。它作战也十分勇猛，小观众看得心潮澎湃，纷纷站到长凳上，使劲挥着蕾丝手帕，为它欢呼："好样的，公牛！好样的，公牛！"可别小瞧了孩子们，他们跟大人一样有眼光。顽强的公牛和勇士们斗了好久，好几匹玩偶马被它戳了又戳，都壮烈牺牲了，小骑士们只好徒步迎敌。终于，诺地亚伯爵瞅准机会，放倒了公牛。承蒙公主恩准，他高举木剑，给了公牛致命而解脱的最后一击。他劈中了它的脖子，因为用力太猛，牛头"咔嚓"一下掉了，露出一个孩子爽朗的笑脸——原来扮演公牛的，是法国特使之子，洛林的小亲王殿下。

　　在阵阵喝彩声中，仆人们前来清理场地。两名摩尔侍童身穿黑黄相间的制服，小心翼翼地拖走了报废的玩偶马。接下来是一小段中场休息，有个法国杂耍艺人表演走钢丝。然后意大利木偶剧开始了，演的是新古典风格的悲剧故事《索芙妮丝芭》，小木偶还有专门为它们搭建的小剧场舞台呢。它们演得太好了，一举一动都栩栩如生。剧终时，小公主眼里泪花点点。旁边有几个女孩子真的哭了，随从们赶紧拿了糖果来哄劝。审判官也备受触动，一个劲儿地跟亲王说，他真是受不了，明明只是些木头和花花绿绿的蜂蜡做成的小玩偶，被线牵着动来动去，怎么能让它们吃这么多苦、受这么多罪呢。

接着出场的是个非洲魔术师，他带来一个扁扁的大篮子，用一块红布盖着。他将篮子放在场地正中央，从头巾帽里掏出一支小巧的芦笛，吹了起来。不一会儿，红布动了，笛声也渐渐高亢，两条金绿相间的蛇探出倒三角形的头来，身子也缓缓抬高，随着乐音左摇右晃，宛如水草在清波中招摇。可是瞧着它们斑斑点点的头罩、频频吐露的信子，孩子们都有点害怕。于是魔术师换了戏法，突然变出一棵小小的甜橙树，只见它从沙子里发芽长大，开出洁白可爱的橙花，还结出好多圆溜溜的橙子。小观众这下满意了。塔雷斯侯爵夫人的小女儿兴奋地摇着扇子，魔法师却走来把扇子抽走，它一下变成一只蓝色羽毛的小鸟，在凉亭里飞旋歌唱。大家简直乐开了花。接下来登场的，是圣柱圣母大教堂的少年舞蹈团。他们的节目是庄严的小步舞表演，也非常优美。其实每年五月，在高高的圣坛前，为了纪念圣母，都有这种仪式舞蹈上演。但公主从没目睹过。因为早些年，有个胆大包天的神父，据说是被英格兰的伊丽莎白女王收买的，竟敢在圣餐会上拿一块有毒的圣饼献给当时的王储，从那以后西班牙的王室成员就再不踏足萨拉戈萨这座宏伟的圣母大教堂。所以小公主向来只是听人讲过这种"圣母的小步舞"，能亲眼见见，才知道真的是好美啊。舞蹈团员身穿古雅的纯白天鹅绒宫廷礼服，戴着别致的镶银边三角帽，帽顶还有一根长长的鸵鸟羽毛。他们在阳光下起舞，面色铜褐、长发黑亮，衬得礼服越发精白耀眼。他们庄重地踏着繁复舞步，行止俯仰，雍容典雅，大家都看得入了迷。一曲终了，他们脱帽向小公主致敬，她也仪态万方地还礼，还许下誓愿，一定要给大教堂的圣坛敬献一支大蜡烛，感谢圣母赐予她这样的喜乐。

一群漂亮的埃及人登了场——他们其实是吉卜赛人，不过那时在欧洲，大家都以为这些人是从埃及来的。他们围成一圈，席地而坐，轻柔地拨动齐特琴[1]，身子随着旋律一摇一晃，嗓音压得几不可闻，哼着一支婉转的小调。哼着哼着，他们瞟见了看台上的唐·佩德罗，登时变了脸色，有几个还吓得瑟瑟发抖。因为就在几周前，这位亲王刚逮捕了两批吉卜赛人，说他们以妖术惑众，在塞维利亚的集市上将他们全数绞死。但是可爱的小公主冲淡了他们的敌意，她靠在椅背上，拿扇子半遮着脸，一双碧蓝的大眼睛一眨一眨地望着他们。他们觉得，这么甜美的小家伙，一定是纯良无害的。于是他们接着弹奏，指尖拨弦，柔曼轻缓，脑袋也跟着一低一低的，好像瞌睡了。可是突然，哪个歌者扯着嗓子一声呼喝，孩子们吓了一跳，唐·佩德罗出手攥紧了匕首的玛瑙圆柄，吉卜赛人则纷纷一跃而起，敲着铃鼓绕场旋舞，劲头十足，还唱起颤音连连的奔放情歌。忽而一声令下，他们又扑倒在地，几乎一动不动，只有谁还在随手拨弄着琴弦，呜咽的乐音打破一片沉寂。如此反复了好几回，他们暂时退场了一会儿，再回来时，有人用锁链牵着一头毛蓬蓬的棕熊，有人肩头蹲着小个子的猕猴。棕熊一本正经地表演了倒立。脸上皱巴巴的猕猴会耍各种把戏，两个吉卜赛男孩在边上指挥着，它们又是放枪，又是挥着迷你佩剑格斗，还能搬演一整套士兵操练，简直

1　古老的欧洲民间乐器，琴身扁平，有 35—45 根琴弦。

像国王的近卫队一样。吉卜赛人的演出，真是太成功了。

不过这一上午最好玩的节目，还要数小矮人跳舞。这个小矮人跌跌撞撞一进场，孩子们就乐翻了天。他短腿弯弯，走起路来一扭一扭，丑丑的大脑袋一晃一晃。公主笑得前仰后合，公爵夫人赶紧提醒她说，以前虽有几位西班牙公主在王室成员面前落泪，可是从来没有一位公主在臣下面前笑成这样。不过这也不能全怪公主，实在是这个小矮人太好玩了。即便是在口味独到、崇尚怪诞的西班牙宫廷，这样品相的小怪物也是前所未有。今天是他首次亮相，昨天他还是个没人注意的野孩子，在林子里跑着玩。那是城外的一片大森林，长满栓皮栎，两个贵族子弟恰巧在林子深处打猎，碰见了他，就把他带回宫，准备给小公主一个惊喜。他的父亲是个穷苦的烧炭工，早就嫌他长得丑、没什么用，巴不得有人把他带走。这孩子呢，最有趣的一点，是他丝毫不知道自己像个小怪物。他快快乐乐，活活泼泼。孩子们哈哈大笑的时候，他也无拘无束地笑，和别的孩子一样开心。每跳完一段舞，他都给小观众挨个儿鞠上最逗乐的一躬，一边鞠躬，一边还笑眯眯地、亲切地对人家点点头，一点儿都不见外，也没觉得自己只是大自然一时兴起，为众人塑造的一个可怜虫玩物。而对小公主，他只有一个感想，那就是她简直太美了。他对着她瞧了又瞧，也为她舞了又舞。表演结束时，小公主想起来，她见过宫里的贵夫人给意大利最有名的小歌手卡法雷利抛赠花束，他是教皇唱诗班的领唱，教皇特意派他来马德里，希望他的童声天籁能把国王的心病治愈。现在，她摘下自己鬓边那朵绝美的白蔷薇，半是逗着玩，半是为了气气公爵夫人，露出一个最明媚的微笑，把花向着场上的小矮人抛了出去。他很珍重地接住花，将它芬芳的花瓣凑到干裂的唇边，一手按住心口，单膝跪倒在她面前，笑容可掬，亮晶晶的小眼睛里闪烁着喜悦的光芒。

他这个样子，小公主真是没办法再正襟危坐。他都跑下场好久了，她仍是笑个不停，还告诉叔父说，她好想叫小矮人马上回来再跳一遍舞。公爵夫人却说天太热了，公主殿下最好立刻回宫，盛大的生日宴会已经备好，还有为她定制的蛋糕，上面用缤纷多彩的糖浆写着她名字的首字母，蛋糕顶上还插着一面漂亮招展的银色小旗。于是小公主敛起笑容，端庄地起身，吩咐让小矮人在午休以后再为她表演，而后她又向诺地亚伯爵致礼，感谢他周到的招待。随后她返回自己的宫室，小朋友们跟在身后，还是按照来时的次序排队。

那边，小矮人听到了消息：下午还要他为公主跳舞，而且是公主亲自指定的。他别提多激动了，一口气冲进花园，乐疯了似的拿着那朵白蔷薇亲来亲去，笨笨地撒欢。

见他这么唐突地闯来，花儿们都觉得受了冒犯，这漂亮的园子可是它们的家。瞧着他在小路上蹦跶、举着胳膊乱晃，它们实在忍无可忍了。

"他太丑了，我们生长的地方，不许他来玩才是。"郁金香喊。

"给他灌点催眠药，让他一睡一千年。"大花红百合说着，气不打一处来。

"他简直太可怕了！"仙人掌嚷嚷，"这么扭歪歪，这么矮矬矬。头太大，腿太短。看见他，我浑身刺痒。要是他敢靠近我，我就拿刺儿扎他。"

"天呐，我最好的一朵花竟然落到了他手里，"白蔷薇惊呼，"这花儿是我今天早上当成生日礼物送给小公主的。谁知被他偷了来。"于是它放开嗓门大叫："小偷，小偷，小偷！"

就连平日里没什么脾气的红天竺葵（谁都知道，它们自家穷亲戚也不少），瞧着小矮人，也嫌弃地往后缩。几朵紫罗兰怯怯地说，虽然他一点都不好看，但长相这种事他自己说了也不算。别的花儿立刻反唇相讥，说长得丑就是有错在先，一个人无可救药怎么反而还有理了，还必须人家服他敬他了。是啊，有些紫罗兰也觉得，小矮人丑得太张扬了，他若能显出几分哀伤，要不，哪怕只是沉静些，别这么欢蹦乱跳、丑态百出的，总算也能保住些面子。

花园里古老的日晷，是个了不起的人物，曾经有一回，查理五世皇帝陛下还用它看过时间呢。它一见小矮人，给吓得不轻，长长的指针足足有两分钟漏了计时。贵气的白孔雀栖在栏杆上晒太阳，日晷忍不住跟它念叨，说："是个人都知道，国王的孩子还会当国王，烧炭工的孩子只能继续烧炭，别觉得自己登了天，其实都是自己逗自己。"孔雀听了非常赞同，禁不住叫起好来："是这个理，是这个理！"它的声音那么尖、那么吵，水花飞溅的喷泉下，碧波间的金鱼都探出头来，围着巨型的海神雕塑，问它刚刚怎么了。

虽然如此，鸟儿们却喜欢小矮人。它们经常在森林里碰见他。他跳着舞，追逐着飞旋的落叶，像个小精灵。有时他蜷在老橡树的洞里，和松鼠们分吃坚果。它们一点也不介意他丑，哎，甜橙林里的夜莺唱歌那么好听，有时弯月都为它的歌声流连，它不也长得灰不溜秋么。再说了，他向来对小鸟们挺好。严寒的冬天里，枝头没有浆果，冻结的大地冷硬如铁，狼群都窜到了城门口，想找点吃的。这时他还惦记着鸟儿们，虽然自己的黑面包也没多少，可还是经常留着面包渣送给它们。他的饭菜再不好，只要有一口，都会跟小鸟们分着吃。

于是小鸟们绕着他飞来飞去，羽翼轻轻拂过他的面颊，叽叽喳喳唱个不停。小矮人开心极了，把那朵清雅的白蔷薇给它们看，告诉它们说，公主对他可好了，这朵花是她亲手送给他的。

他说的话，它们一个字都听不懂，不过不要紧，它们把小脑袋一歪，一副很聪慧的样子，就像什么都明白似的，这样不也挺省事嘛。

蜥蜴们也非常喜欢他。当他跑累了，躺在草地上休息时，它们就围着他嬉戏跳闹，使出浑身解数逗他开心。"本来就没人能像蜥蜴一样美嘛,"它们说,"所以没必要期望过高啦。而且不是我们说笑话,他其实也没那么丑,你只要把眼睛一闭,不看他就好了。"蜥蜴的哲学头脑可是天生的,平时没什么事,还有下雨天不宜出行的时候,它们都要聚在一处沉思良久呢。

然而花儿特别反感蜥蜴的所作所为,也不喜欢鸟儿的态度。"你们啊,"它们说,"就知道乱飞乱跑,结果就是越来越粗野。真正有教养的人,永远原地不动,就像我们这样。谁见过我们花儿沿着小路一蹦一跳啊?也没人见过我们在草丛里狂奔着抓蜻蜓吧?若是真的想换个地方散散心,我们就传令园丁前来,由他护送我们去别的花圃。这才是有身份的人该做的事。但是飞鸟和蜥蜴根本不懂何为从容。鸟儿连个固定住址都没有,它们纯粹是吉卜赛人那样的流浪汉,正经人才不爱搭理它们。"说完,它们昂起脸,傲气十足。过了一会儿,瞧见小矮人从草地上爬起来,踩着石阶跑上露台向宫殿去了,花儿们才松了一口气。

"他就关在房子里,这辈子别出来了吧,"它们指指点点地议论,"瞧他腿又弯、背又驼的。"说着,这些花儿嘿嘿地笑了。

小矮人自然是不晓得这些的。他本身顶喜欢小鸟和蜥蜴,觉得花儿也极美,当然了,再美也没有小公主美。不过,小公主对他好,还送他一朵那么好看的白蔷薇,所以花儿也有了不一样的意义。要是他能带公主一起回家就好了!他们准能成为最好的朋友,她会冲他甜甜地微笑,他呢,肯定也不离她左右,还要教她各种好玩的把戏。虽说他没来过宫里,但他自有一方天地,懂得很多奇妙的东西。他会用灯芯草给蝈蝈编小笼子,让它住在里面歌唱。他还会用细长有节的竹管做成小笛子,牧神都爱听他吹的曲子。他了解每种小鸟怎么叫,只要唤一声,树顶的椋鸟、池边的白鹭都会向他飞来。他也认得各种动物的足迹,能顺着小巧的一串爪印寻得野兔,循着踏乱的落叶找到野猪。四季的田野之舞他都在行:火红的秋天跳热烈的舞，清风踩着水蓝的小鞋子越过金色的夏麦，冬之舞要戴雪花冠，春天的果园里处处是起舞的花海。他还知道野鸽子的巢在哪里。有一次捕鸟人把大鸽子都抓走了，他收养了那窝鸽子宝宝，找了棵剪过枝的榆树，在树缝里给它们搭了鸽舍。它们很乖巧，天天早上用小嘴从他手心里啄东西吃。她见了它们保准喜欢，还有高高的蕨菜丛里"呲溜呲溜"跑的兔子，黑嘴壳、灰蓝羽毛的松鸦，能缩成刺球的刺猬，再加上聪明的大乌龟，摆着头慢慢地爬来爬去，啃吃嫩嫩的叶子。嗯嗯，她一定要来森林里和他一起玩啊。他要把自己的小床让给她，他自己就不睡了，整夜都在窗外放哨，防着犄角弯弯的野牛闯来吓着她，也不让饥肠辘辘的野狼靠近小屋一步。天亮了，他就敲敲窗户，唤醒她，然后两人一起出去，快乐地跳上一天舞。待在森林里，其实一点也不寂寞。有时候主教先生骑着白骡子路过，手捧一本插画书读啊读。有时候驯鹰的猎手穿过林间，他们戴着绿丝绒帽，穿着棕黄的鹿皮紧身坎肩，手腕上停着猎鹰，鹰头上还扣着一顶小帽子似的眼罩。葡萄熟了，酿酒时节，摘葡萄的农人也经过树下，他们头戴青翠的藤蔓花冠，背着装酒的皮口袋，葡萄酒还在滴滴答答往外淌呢。夜里，烧炭工们围坐在大个儿的火盆旁，瞧着干木柴让火一点一点烧成炭，抓一把栗子埋到灰烬里，过一会儿就烫熟了，岩洞里的绿林好汉这时候也要来，大家一起吃喝快活。又有一次，他见到一支华丽的队伍，蜿蜒行进在尘土飞扬的路上，要往托莱多古城去。修士们走在前头，唱着优美的圣歌，举着鲜艳的旗帜和金十字架，后面跟着身穿银色铠甲的士兵，扛着火绳枪和长矛，在他们当中，还三个人赤脚步行，他们穿着黄底子带花纹的漂亮衣服，手里托着点燃的蜡烛。森林里呀，值得一瞧的东西可多了。等她玩累了，他要带她到青苔柔软的坡地上坐着，要不就抱着她走，他虽然个子不高，力气还是不小的。他还要从白泻根的枝头摘下朱红的浆果，为她串成项链，肯定很漂亮，就跟她裙子上那一串串小白浆果差不多。若是她戴得厌倦了，丢掉就好，他还能找来别的，好比橡果子的底托、露水打湿的银莲花，还有小星星似的流萤，可以佩在她亮闪闪的金发上。

可是她在哪里呢？他问白蔷薇，它不回答。整座宫殿仿佛都睡着了，有的窗口虽然还开着百叶护窗，但里面拉上了厚厚的帘子，挡住炙热的阳光。他逛来逛去，想找个入口，总算找到一扇小小的偏门，还敞开着。他溜了进去，里面是一座华美的大厅，好美啊，恐怕比他的森林美多了，到处都是金灿灿的，地板由大块的彩色石板铺成，缤纷的色块拼成各种几何图形。但是小公主不在这里。只有几尊绝美的纯白雕像立在玉髓底座上，悲凉空洞的眼俯瞰着他，笑得颇为古怪。

大厅尽头挂着一道帘幕，是黑天鹅绒的质地，其上用金线绣着数不清的小太阳、小星星，这是国王最爱的图样和颜色。也许小公主就在帘幕后？他好歹要去瞧瞧。

于是他轻手轻脚地过去一拉，唉，她不在。帘幕后面只有另一个房间，比刚刚的大厅还要美。墙上挂着绿色的织画壁毯，是弗拉芒画派的风格，描绘了盛大的出猎场面，人物众多，由艺术家耗费七年多时间才完成。这地方原本是先王胡安的寝宫，他是个疯子，痴迷狩猎，每每发起狂来，就盯着挂毯上的画，想跨上那匹腾跃的骏马，想撂倒那头被猎犬围困的雄鹿，想吹响他出猎的号角，还要挥着匕首去刺那飞逃的惊麋。现在这里改作了议事厅，中央的桌上摆着大红的卷宗袋，里面装着一份份奏章，封口处印着西班牙的金色郁金香标志，还有哈布斯堡家族的徽记和纹章。

小矮人好奇地东张西望，有些胆怯，不敢再往前走了。画中那些陌生的猎手，在漫漫绿林间悄无声息地策马奔驰，挺像烧炭工讲的鬼故事里那种幽灵猎人，它们只在深夜行猎，遇到走夜路的人，就把他变成红鹿，然后纵马追捕。可是想想可爱的小公主，他又鼓起了勇气。他非找到她不可，他要把一片赤诚的心意告诉她。说不定她就在隔壁房间呢。

他踩着柔软的摩尔风地毯跑到墙边，打开一扇门。唉！她还是不在。这个房间看着空空荡荡的。

这是一间宝座大厅，用于接见外国使臣，只是国王近年来很少批准这一类的觐见。多年以前，英格兰那位信奉天主教的女王曾派来代表，在这间大厅里，与当时西班牙的储君议定了联姻。厅内悬挂的壁毯，均是烫金的科尔多瓦皮革。黑白交错的天花板上，垂着巨型金色吊灯，枝状的灯臂上插满蜡烛，足足有三百根。金色缎面制成一顶硕大的华盖，其上用小粒珍珠拼缀出两种纹章图样：一是雄狮，二是卡斯蒂利亚的城堡塔楼。华盖之下即为宝座，蒙着华丽的罩布，黑丝绒底子上绣着银色郁金香，精美的镶边由银线和珍珠交织而成。宝座下方的第二级台阶上，摆着小公主的跪凳，凳面是银色纱罗质地。再往下，到了华盖的荫蔽之外，有一把椅子，是为罗马教廷的特使准备的，但凡国王出席的各种仪式典礼，唯独特使有资格落座。属于他的主教冠也在，随意搁在前方的紫色矮凳上，鲜红夺目的流苏穗子有些凌乱。正对宝座的墙面上，挂着一幅真人大小的查五世肖像，画中人身着猎装，一头壮硕的马士提夫犬跟在他身旁。另一面墙正中央挂着费利佩二世的画像，他正在接受尼德兰臣民的礼敬。两扇窗之间立着一口黑檀木柜，它表面镶着若干象牙圆片，其上刻有霍尔拜因的名画——《死神之舞》中的人物形象。有人说，这还是大师本人亲手雕刻的呢。

小矮人却不在意这些华贵的东西。要是让他拿蔷薇来换华盖上数不清的珍珠，他可不同意。哪怕一片花瓣换一个宝座，也不行。他只想在宫里找到小公主，把心愿告诉她：等下午跳完舞以后，他想和她一起回家去。宫里空气不流通，闷得很，可是在林间，风儿自在地吹，阳光用金色的手指拨弄着窸窣轻摆的树叶。森林里也有花儿，虽不像御花园里的那么华美，但很香很香。早春时节，紫色的风信子花海铺满了幽谷、草坡。小簇小簇嫩黄的樱草花，偎在苍老遒劲的橡树脚下。还有金灿灿的水黄连，蓝汪汪的婆婆纳，淡紫和浅黄的鸢尾。榛子树上挂着灰灰的、毛毛的花穗。洋地黄开着密密匝匝、斑斑点点的花朵，蜜蜂绕着花串飞舞，长长的花串垂下头来。栗子树的白花像小星星，堆在一起就成了星星塔。野山楂的白花聚成团，像皎洁的明月。森林这么好，只要找到她，她肯定愿意跟他走！等他们一起回到可爱的林间，为了她开心，他可以从早到晚跳舞给她看。想到这里，他的目光闪耀了，笑盈盈地走进另一个房间。

这里比先前的宫室都明亮、都好看。墙布是卢卡[1]特产的粉色提花织锦，其上点缀着小鸟图案，还有银丝线绣成的小巧花朵。家具银光闪闪，上面挂着富丽的花环和轻摆的小爱神饰件。两座壁炉前立着大幅的绣屏，绣的是鹦鹉孔雀图样。地板由海绿色玛瑙铺成，一直延伸到很远处。他在这室内不是孤身一人，瞧，对面好远好远也是个门口，光线挺暗，依稀有个小小的身影在那里冲他张望。他的心颤抖了，一声欢呼，跑到了阳光下。与此同时，那个小小的身影也向前奔来，让他给瞧了个一清二楚。

那不是小公主！分明是个小怪物。他真没见过这么吓人的东西。一般人都周周正正，它却不然，背也驼，胳膊腿也弯，大头耷拉着，黑头发又长又乱。小矮人看得皱眉头，小怪物也跟着皱眉头。他"哈哈哈"笑话它，它也"哈哈哈"笑话他，还学着他，摆出两手叉腰的样子。他煞有介事地对它鞠了一躬，它也还他个点头哈腰。他朝它走去，它便向他迎来，每走一步都学他，他停它也停。他觉得好玩，大喊几声，伸着手跑步上前，一下碰到了它的手。那手像

---

1 卢卡，意大利古城，位于托斯卡纳地区，曾为丝绸纺织贸易中心。

冰一样凉。他害怕了，挥手去探，怪物的手紧跟不放。他用力按它，可是按不到，有一层平滑坚硬的东西挡着。怪物的脸现在也凑得很近，神色张皇。他把眼前的头发撩开，它又学他。他拍打它，它照样还击。他满心讨厌它，它也冲他做出顶难看的怪相。他往后退去，它也撤了。

这是个什么怪物啊？他琢磨了一会儿，向四周看看。好奇怪啊，但他看出来了：房间里的每一件东西，都在眼前这面透明的水墙里有个翻版。外面有画，里面也有画，外面有沙发，里面也有沙发。门口的壁龛里，牧神的小雕像在酣睡，水墙里也有他小憩的孪生兄弟。银色的维纳斯神像上洒满阳光，冲着水墙展开双臂，那里也有一个维纳斯，和她一样漂亮。

这是回声女神的把戏吗？以前他在山谷里呼唤她，她就逐字逐句地回应他。她会模仿声音，也会模仿形象吗？是不是她能变出个仿真的世界，就和真的世界一模一样？还是说，各种东西的影子也能具备颜色，活灵活现地动起来？是这样吗？

这念头让他一惊。他掏出怀里的白蔷薇，回转身去，吻上花瓣。小怪物也有一朵白蔷薇，和他的丝毫不差！而且它也吻着花瓣，动作与他无异，接着它又把花儿按在心口，那副样子怎么看怎么惊悚。

真相在他心头乍现。他哀号一声，扑倒在地，抽咽起来。原来，那个丑恶的小驼子是他，那扭曲变态、不堪入目的，正是他自己。他，就是那个怪物。别的孩子都在取笑他。他还以为小公主对他好——其实她不过是拿他当小丑，看着他的怪模样寻开心。为什么不让他留在森林里呢，他在那里，就不会知道自己面目可憎。他的父亲还不如直接扼杀他，也胜过卖了他，让他活受这样的羞辱。热泪顺着面颊滚落时，他把那朵白蔷薇扯得粉碎。趴在地上的小怪物也扯碎了它的花，一扬手，苍白的花瓣纷坠如雨。它在地上匍匐，他瞧见它时，它也瞧着他，满面凄然。他爬开了，不想再面对它，还用双手捂住了眼睛。他爬着，像一头负伤的野兽，躲进阴影里，伏在那里呜咽。

正在此时，小公主领着一群小伙伴穿过敞开的落地窗，走了进来。他们看见丑丑的小矮人缩着身子，攥紧了拳头只管捶地，样子别提有多古怪、多逗趣，登时爆发了阵阵欢笑，围住他观赏起来。

"他跳舞就挺好玩的了，"小公主说，"没想到他还这么会演把戏。嗯嗯，他呀，快赶上那些小木偶了，就是动作还有点夸张。"说完她扇了扇大扇子，为他鼓起掌来。

小矮人却连头都没抬一下，他的啜泣声越来越低，忽地又猛一抽气，一手掐住了身侧，再然后就往地上一瘫，没了声息。

"你演得很好哦，"小公主说完，等了他一会儿，"现在起来吧，你该为我跳舞了。"

"跳啊，跳啊，"孩子们跟着喊，"快起来跳舞了，你聪明伶俐就像吉卜赛人的猕猴，还比它们好玩得多呢。"

可是小矮人一声不响。

小公主不开心了，粉色小鞋子在地上跺了跺，开口就唤叔父。他正在露台上，由宫务大臣陪同，边走边看墨西哥地区传来的几份文书，那里刚成立了宗教审判所。"叔叔——我的小矮人不听话了，"她喊，"您快叫他起来给我跳舞嘛。"

唐·佩德罗亲王和大臣相视一笑，悠闲地踱了进来。他弯下腰，拿自己的一只刺绣手套轻轻抽打在小矮人脸上。"起来跳舞了，"他说，"小怪物听令：西班牙王国兼东、西印度群岛的公主在此，她要看你跳最好玩的怪物舞。"可小矮人一动也不动。

"我看啊，该找个人好好抽他一顿才是。"唐·佩德罗倦了，起身返回了露台。宫务大臣却面色凝重，在小矮人身边单膝跪倒，把手搁在他心口探查。过了片刻，他无奈地一耸肩，站了起来，对小公主深鞠一躬，禀报说："尊贵娴雅的公主殿下，您的小矮人再也不能跳舞了。真是很可惜，他丑得这么有趣，说不定能博得国王陛下一笑的。"

"哦？他怎么就不能跳舞了呢？"小公主笑吟吟地问。

"因为他的心已经碎了。"宫务大臣回答。

小公主微皱小眉头，玫瑰花瓣似的嘴唇一抿，秀气的嘴角一垂，而后说了声："从今往后，来陪我玩的人，都不许有心哦。"说完，她转身跑到花园里去了。

第九篇

少年国王

这是他加冕典礼的前夕，少年国王独坐在华丽的寝殿里。臣子们已经退下——临走时，他们依照礼法向他深深鞠躬，鼻尖都快贴到地上了。然后他们去了大厅，面见宫廷礼仪师，由他再指点一二——因为他们当中有好几位，礼数还是不够周到，不消说，身为廷臣，这样是万万不可的。

年少的国王只有十六岁。此时他乐得清静，长舒一口气，身子往后一仰，靠倒在刺绣长榻柔软的抱枕上，两眼放空，双唇微启，好像古铜肤色的森林小神，又像半大的走兽，刚被猎人从林间捕来。

他的确是让猎人给找回来的。猎人们碰见他的时候，他是个小羊倌，一身羔皮短袍，手拿一支牧笛，正在放羊。贫寒的牧羊人把他拉扯大，他就一直以为自己是人家的儿子。哪曾想，他的生母是老国王的独生女，她跟一个门不当户不对的人私订终身，而后生了他。有人说，他的生父是个游吟诗人，一手琉特琴弹得出神入化，赢得了公主的心。也有人说公主结识的是个画家，他来自意大利海滨小城里米尼，在城里的大教堂画壁画，公主对他倾心仰慕——多半是过于倾心了，结果呢，他的壁画还没画完，人就下落不明了。这孩子出生后，刚满一周大，便有人趁着公主熟睡，把他从母亲身边抱走，送去给一对无儿无女的牧人夫妇收养。他们住在偏远的林间，骑马要走一天才能进城。而公主，那个苍白哀戚的少女，醒来不到一个钟头就断了气，是因为丢了孩子而肝肠寸断吧，也可能是

染了时疫 —— 御医是这么说的，还有人说她是喝了一杯热红酒，酒里下了烈性的毒。当使者抱着婴孩风尘仆仆地下了马，敲开牧人家的柴门时，公主的遗体也在一个草草挖成的土坑里下葬，那是城门外一座荒凉的墓园。小道消息说，与她同穴掩埋的，还有一个青年男子，他有着非凡的异域之美，但他的双手是用麻绳牢牢反绑在身后的，胸口满是刀伤，凝着片片暗红的血迹。

当然，以上都是坊间传闻而已。若说有什么是属实的，那就是老国王临终时，许是良心发现，追悔自己昔日的心狠手辣，抑或只是不愿王权落入外人之手，终于下令召回这孩子，又当着议会的面，宣布他为王位继承人。

归来伊始，他就流露出一种对于美的极度热忱，那是与生俱来的痴迷。他左右的陪侍常常说起，他初入宫时，一见那些为他备好的精致衣装和华丽珠宝，就惊喜地高呼起来，迫不及待地丢开自己那身寒碜的袍子和羊皮斗篷。当然，他偶尔也会想念林间的自由，也会厌烦那些乏味的宫廷礼节，嫌它们充塞了每日的大好时光。可是这美轮美奂的宫殿 —— 它名叫无忧宫 —— 现在是属于他的了。于他而言，这是一片令他陶醉的新天地。一有机会，他就逃离会议桌，溜出觐见室，踩着色泽鲜明的斑岩石级跑下宏伟的台阶，手指滑过镀金的铜狮栏杆。他走过一间间宫室，穿过一条条长廊，仿佛眼目所及的一切都是良药，其中蕴含的美能缓解、治愈身心的创痛。

他把每一次漫游都看成探索之旅 —— 对他来说，奇境中的历险也不过如此 —— 有时，身轻如燕的金发侍童陪伴着他，他们的斗篷飒飒作响，衣带飘逸闪亮。不过他更爱独自漫步，凭着敏锐的直觉，他悟出一些东西：艺术的真谛是秘而不宣的，只适合自己默默琢磨，美与智慧一样好静，想当她的追随者，就要耐得住寂寞。

这段日子里，以他为主角的离奇传闻不少。有人说，有一回市长先生昂首阔步进了宫，作为臣民的代表，要向他呈上辞藻华丽的请愿，却碰见他跪倒在一幅巨画前，这是新近才从威尼斯运来的，他仰望着它，神情虔敬肃穆，俨然是在礼拜神明。又有一次，他失踪了好几个钟头，大家找了又找，终于在宫殿北边塔楼的小房间里寻到了他，他正盯着一颗宝石出神，那上面镌刻着希腊美少年阿多尼斯的浮雕。宫里还有一尊大理石雕像，是以前修建石桥时，从河床挖出的古物，其上的铭文是"比提尼亚[1]的安提诺乌斯，哈德良皇帝的挚爱"，有人曾瞧见小陛下崇拜地对着它，用他温暖的红唇吻上它冰冷的额头。他还彻夜不眠，凝视着恩底弥翁的银像，只为看清月光如何在它表面闪烁。

他爱各种奇珍异宝，便派了商队四处搜罗：有的去北海岸边，那里松林密布，粗犷的渔人手里能淘来上好的琥珀；有的前往埃及，求购稀有的绿松石，这种宝石具有神秘力量，只有法老的陵墓里才能找到；有的去波斯，采办真丝毯子和虹彩釉陶；有的去印度，买来种种上等货色，诸如轻纱、玉镯、檀香木，染色牙雕、月光石，还有青色珐琅器和绵软的羊毛披肩。

但他尤为上心的，是加冕时那身耀眼的金色礼服，那顶嵌着红宝石的王冠，还有那柄璀璨的权杖，其上一列列、一圈圈镶的全是珍珠。今晚他靠在奢华的软榻上，眼望着大段的松木柴火在壁炉里噼啪作响，心里想的都是这身行头。它们的设计者，都是这个时代最杰出的大师。他早在几个月前就审阅过图纸，而后颁布了命令：工匠们务必夜以继日地劳作，让这些作品得以完美呈现。他也派出了使者，遍寻天下最好的珠宝来做原料。想象中，他已经为自己勾勒出一幅至美的图景：他王袍加身，肃立在大教堂高耸的圣坛之上……这思绪引来一抹微笑，挂在他少不更事的唇边，原本深邃如浓荫的眼瞳里，亮起星点异彩。

1　比提尼亚，小亚细亚西北部地区，曾为罗马帝国行省。

过了一会儿，他起身踱到墙边，倚着雕花的壁炉架，环顾昏暗的房间。墙上挂着富丽的织毯，描绘着美神的无上荣光。墙角高大的壁柜上，嵌着玛瑙和青金石。正对窗户的，是一个造型别致的漆艺橱柜，它庄重的底色之上，小巧的鎏金嵌片拼出绮丽花饰，柜顶摆着晶莹剔透的威尼斯高脚玻璃杯，还有一只古朴的暗纹玉髓盏。真丝床罩上绣着淡雅的虞美人花朵，仿佛是睡神倦倦地一松手，它们便纷纷飘落而至。高挑的竖纹象牙床柱支起丝绒华盖，它的顶缘是大簇的鸵鸟羽毛滚边，好似洁白的浪涌，迫近银霜颜色的镂空刻花吊顶。一尊青铜雕塑的那喀索斯浅笑盈盈，托举着一面亮闪闪的镜子。桌面上还摆着紫石英广口碗。

　　窗外可见大教堂恢宏的穹顶，像一只巨型泡泡，投下浓重的阴影，笼盖夜色中的屋宇。疲惫的哨兵在河畔巡逻，沿着薄雾缭绕的阶地上上下下。远方的果园里，夜莺在歌唱。窗口飘来素馨花的一缕幽香。他拨了拨额前棕色的卷发，拿起琉特琴，游走的指尖划过琴弦。虽然眼帘渐沉，他的心思却飘忽而惬意，万物的神秘与美妙，从未如此清晰地被他感知，带给他完满的喜悦。

　　午夜的钟声敲响了。他按了铃，侍童应声而来，细心恭敬地为他更衣，在他手上涂洒蔷薇纯露，又把花瓣撒在他枕头上。他们退下之后不多时，他就睡着了。

　　睡熟后，他做了一个梦，梦境是这样的：

　　他站在低矮狭长的阁楼间里，四周有好多织布机在嗡嗡轰鸣、咔嗒作响。暗淡的日光从格栅窗里透进来，勾勒出织工们憔悴的身影，他们都在埋头干活。几个苍白病弱的孩子蜷伏在粗大的房梁上。梭子在经纱间穿行时，孩子们要把沉重的压条拽到空中，梭子一停，他们再把压条放下，将纱线压紧。因为饥饿，这些孩子一个个小脸凹陷，瘦巴巴的手在颤抖。还有些愁苦的女人坐在桌边缝纫。四下里空气浊恶，令人难耐，潮气侵蚀的墙面上水迹斑斑。

少年国王走近一个织工，在他身旁观望。织工没好气地瞪他一眼，说："看什么看？是主人派你来当探子，盯着我们吗？"

"你说的主人是谁？"少年国王问。

"他啊！"织工愤愤地回答，"本身也是同我一样的人罢了。但我俩区别在于——他穿华服，我穿破衣；我饿得难受，他撑得要死。"

"可这是一片自由的国度啊，"少年国王说，"你们不必给人当奴隶。"

"打仗的时候，"织工回答，"强者俘获弱者来当奴隶；和平时期，富人把穷人当奴隶。穷人想活着，就必须有活儿干。可工钱那么少，穷人还是活不好。为了富人，穷人终日劳作，富人的金库里钱堆成山，穷人的孩子却活不长。因为穷，你只能眼看着自己爱的人被岁月折磨得面目全非。穷人踩榨葡萄，富人享用美酒。穷人种庄稼，自家却揭不开锅。穷人是戴着镣铐的，只是这镣铐无形。穷人表面上有自由，其实还是奴隶。"

"所有穷人都苦？"少年国王问。

"对，所有的都苦，"织工回答，"年轻的有年轻的苦，上年纪的有上年纪的苦，男的也苦，女的也苦，小娃娃也苦，老了不中用了更苦，没谁不苦。雇主说什么，我们就得做什么。神父按说是仁慈的，可他也顾不上我们，只管骑马走他的路。我们住的地方暗无天日，穷神在街上悄没声地游走，饥不择食地盯着每一家的门。罪孽紧随其后，觍着脸是非不分。天刚破晓，苦恼就来催人醒；夜色沉沉，耻辱还要缠着人。可这些和你有什么关系呢？你又不是我们当中的一员。一看你就只会享福。"他沉着脸又去干活了，伸手把梭子抛过织机。少年国王瞧见梭子上系的是一根金线。

他心头一凛，忙问织工："你们织的这是什么？"

"是陛下加冕礼服的料子，"织工回答，"关你什么事？"

少年国王惊呼一声，醒了过来。哎！身边还是熟悉的寝殿，窗外夜色朦胧，琥珀般的圆月高悬。

随后他又沉沉睡去，还做了第二个梦，梦境是这样的：

他感觉自己躺在一艘大帆船的甲板上，划船的奴隶多达百人。船长坐在他旁边的毯子上，肤色黝黑如同乌木，头裹深红的绸巾，银亮的大耳环沉甸甸地拽着他厚厚的耳垂，他手里拿着一杆象牙天平。

奴隶是没有衣服穿的，只有一条破旧的围腰蔽体。每个奴隶都和近旁的同伴用铁链锁在一起。烈日无情地炙烤他们，黑人监工在过道上来来回回地奔走，甩动皮鞭抽打他们。他们枯瘦的臂膊只能机械地伸着，不断摇动沉重的船桨。桨片上飞落咸涩的水花。

后来，大船开进一个小海湾，船上的人忙着测水深。岸上刮来一阵轻风，给甲板和三角帆都蒙上一层棕红的沙尘。三个阿拉伯人骑着野驴赶来，冲下了海，朝着他们扔标枪。船长抄起漆弓，一个敌人被他一箭封喉，从驴背上滚落，砸进了浪涛里。余下的两人落荒而逃。有个蒙着黄色面纱的女人骑着骆驼缓缓随行，不时回望海上漂浮的死者。

等船下了锚、收了帆，黑人监工便钻进货舱，拖出一卷长长的绳梯，其上拴着沉重的铅块。船长顺着舷板将它的一头抛进大海，另一头则牢牢绑在船里的两根铁杆上。随后监工揪出年纪最小的一个奴隶，敲掉他的镣铐，给他鼻孔和耳朵眼里塞上蜂蜡，又在他腰间拴上一块大石头。他疲惫地爬下绳梯，消失在水中，留下一小串泡泡。别的奴隶趴在船边，好奇地往下看。船头坐着个赶鲨人，一下一下敲击着鼓面，节奏一成不变。

过了一会儿，小奴隶浮出海面，大口喘着气，紧紧攀着绳梯，右手攥着一颗珍珠。监工把珠子夺走，把他推回海里。别的奴隶各自靠着船桨，都睡着了。

他一次又一次浮出水面，每次都带回一颗漂亮的珍珠。船长一一称好它们的分量，把它们装进一只小小的绿色皮口袋里。

少年国王急着想说点什么，舌头却不听使唤，像是粘在了嘴里，根本开不了口。监工们倒是有功夫闲磕牙，一会儿又为一串明珠吵了起来。两只灰鹤绕着船飞。

这时，小奴隶最后一次出了水，手中的珍珠比霍尔木兹海峡[1]所有的明珠都莹润。它浑圆如满月，耀眼胜晨星。可是他自己脸色白得吓人。只见他一头栽倒在甲板上，鲜血从鼻子和耳朵里汨汨往外淌，随后他抽搐片刻，就再也不动了。监工满不在乎地一耸肩，把他丢到了大海里。

船长笑了，伸手接过珍珠瞧了个仔细，而后把它贴在前额上，礼敬地一躬身，说："这颗珠子，配得上陛下的权杖。"说完一扬手，示意起锚。

少年国王听到这话，一声惊呼，再度醒来，望见窗外夜色已逝，淡去的几点星子，被拂晓攥在灰色的大爪子里。

随后他又睡着了，做了第三个梦，梦境是这样的：

他漫步在丛林深处，见树上挂着奇异的果实和艳丽的毒花。路边有蝰蛇对他"嘶嘶"地吐着信子，羽毛靓丽的鹦鹉嘎嘎叫着在枝头飞来飞去。暖热的泥塘里，巨龟在熟睡。林间满是跳蹿的猿猴和停栖的孔雀。

他走啊走，出了林子，望见密密麻麻的一大群人，在一条干枯的河道上劳作。他们有的聚在岩壁附近，像一群蚂蚁；有的在地面挖出大坑，爬进去探索；有的挥着大斧子劈削石块；有的在沙子里翻找；有的将碍事的仙人掌连根拔起，踏过它们鲜红的花朵。这些人四处忙碌，互相喊话，没一个闲着。

在岩穴的幽暗处，死神和贪得女神也在望着这群人。死神说："我不想再等了，这些人的命，三分之一归我带走就行。"

---

1 霍尔木兹海峡，位于波斯湾与阿曼湾之间。

贪得女神却摇头反对："他们是我的，要给我效力。"

死神便故意问她："你手里攥的是什么？"

"只是三粒麦子罢了，"她回答，"和你没什么关系。"

"给我一粒好了，"死神说，"正好种在我的园子里。痛快给我一粒，我就不打扰你了。"

"想都别想。"贪得女神说完，把手藏到了裙褶里。

死神笑了，拿起一只杯子，到池水里蘸了一下，杯中便飞出了疟鬼。她掠过密密麻麻的人群，三分之一的人丧了命。她身后飘着阴冷的潮气，水蛇在她近旁游走。

贪得女神看到自己蒙受的损失，捶胸顿足、号哭起来。她砸着枯槁的胸膛，大吵大闹。"你害我丢了三分之一的劳工，"她喊，"你满意了，能滚了吗？鞑靼人在山里开战，两方的国王都欢迎你。阿富汗人宰杀了黑公牛，正要去战斗。他们用长矛敲过了盾牌，也戴好了黑铁头盔。我这个破地方算什么，值得你一再耽搁？你快走吧，不要回来了。"

"别急呀，"死神回答，"等你给我一粒麦子，我才走呢。"

贪得女神却攥紧了拳头，咬紧了牙关。"我的东西，一丁点儿也不给你。"她喃喃自语。

死神再次笑了，拾起一块黑石头，把它丢向林间，一丛毒芹里飞出了热疫鬼。她穿一袭烈焰长裙，掠过人群，被她触到的人，都倒地身亡。她踩过的地方，草叶尽皆焦黄。

贪得女神颤抖着，抓起一把灰扬在头上。"你欺人太甚，"她喊，"欺人太甚。印度的城邦在闹饥荒。撒马尔罕遭逢大旱。埃及饿殍遍地，漫天的蝗虫飞出黄色沙海，尼罗河水也枯竭了，不能再滋养两岸的土地，祭司团都因此背弃了伊西斯女神和奥西里斯冥王[1]。

---

1 伊西斯和奥西里斯是埃及神话中的冥后与冥王，同为丰饶之神。

那些地方的人更对你的胃口，去找他们吧，放了我的奴隶。"

"那怎么行，"死神说，"你还没给我麦子呢。给一粒，我才走。"

"我的东西，绝不给你。"贪得女神回答。

死神又一次笑了，从指缝间吹了声口哨，瘟鬼自空中飞来，饥饿的秃鹫成群盘绕在她左右。她张开翅膀笼盖河谷，所有人都丧了命。

贪得女神一路绝望地哀号着，逃进了丛林。死神则跨上红马，疾驰而去，风都赶不上他。

河谷的泥沼里，爬出恶龙和鳞甲狰狞的怪物，豺狗也在沙地上踩着碎步，闻风而来。

少年国王落泪了，哽咽着说："死的这都是些什么人呐？他们在河谷里找什么？"

"他们在找红宝石，有位国王的冠冕需要红宝石来装饰。"他身后有个人回答。

少年国王一惊，回转身去，看到一个朝圣者模样的人，手捧一面银镜。

他的面颊失了血色，忙问："哪位国王？"

朝圣者回答："照照这面镜子，你就能看见他。"

他便向镜中望去，看到了自己的脸，他高呼一声，惊醒过来。室内已洒满阳光，花园的树丛中，鸟雀在欢唱。

宫务大臣带着一众高官走进来，向他致礼。侍童呈上金色的礼服，又把王冠和权杖陈列在他面前。

少年国王一眼望去，它们真美，比他见过的一切都美。可他想起了昨晚的梦，便对大臣们说："把这些都撤了吧，我是不会穿戴它们的。"

大臣们吃了一惊，其中有几位笑了，觉得他是在打趣。

但他正告众人："都撤下去，不要再呈给我了。今天虽然是我的加冕典礼，我却不能这般穿戴。因为这礼服是在痛苦和辛酸中织就的，宝石的殷红也由鲜血染成，珍珠则是人命换来的。"然后他讲述了自己的三个梦。

大臣们听完，你看看我、我看看你，交头接耳起来。"陛下可真是的，只不过是做梦罢了，都是幻觉，又不是真的，何必放在心上呢。再说那些子民的死活，和我们有什么关系？我们跟种庄稼的不打交道，还不是照样吃面包？跟种葡萄的不来往，不也照样喝红酒？"

于是宫务大臣回禀少年国王，说："我的陛下，请您忘掉这些负面情绪，穿上这件礼服，戴上这顶王冠。您若是穿戴得不像个国王，民众怎能认出您是国王呢？"

少年国王审视着他。"是这样吗？"他问，"我若不穿国王的着装，百姓们就认不出我是国王吗？"

"他们当然认不出您，我的陛下。"宫务大臣急切地说。

"我还以为王者天生就有王者气概呢，"他回答，"也许你说得对吧。但即使这样，我也不会穿这身礼服，更不会用这顶王冠加冕。我进宫时穿什么，今天出行就还穿什么。"

于是他令众人退下，只留一人服侍，那是个小他一岁的侍童。清水沐浴之后，他打开一口彩漆大木箱，从里面取出粗笨的皮袍和斗篷，那是他以前当羊倌时候穿的，那时他每天在山坡上，守着一群杂毛山羊。现在他又把这身旧衣服换上，手中握一根牧羊棍。

小侍童吃惊地望着他，而后睁大了湛蓝的眼睛，微笑着问："我的陛下，您有了礼服和权杖，但王冠在哪里呢？"

少年国王到阳台摘下一枝蔓生的野蔷薇，弯成花环，戴到了头上。

"这就是我的王冠。"他说。

这样穿戴完毕，他走出寝殿，前往大厅，众臣都在那里等候。

他们对着他喝倒彩。有人高喊："陛下，臣民等着见识国王的排场，您却扮个乞丐相给大家看。"有人恼了，说："这简直是给上层社会丢人，他不配当我们的君主。"但他不理会这些，只管前进，先走下闪耀的斑岩台阶，再走出金色宫门，而后跨上骏马，向着大教堂进发，小侍童追随在他身后。

街上的群众看着好笑，说："瞧瞧，这是国王的小丑来了吧。"人们纷纷打趣他。

他勒马回答："诸位误会了，其实我是国王本人。"然后他向人们复述了那三个梦。

群众当中却走出一人，怨愤地对他说："陛下，您不懂吗？贵族过得奢侈，庶民才有生计。多亏你们浮华，我们方能苟活。靠着你们铺张浪费，我们得以捡点残渣充饥。在主人手下遭受无情的奴役，日子很苦；但若是没了主人，连当奴才讨生活的资格都没了，日子只会更苦。您觉得，我们能喝西北风活着吗？生活的难题多着呢，您都有好办法解决吗？您去跟买东西的说，'你买东西就按这个价来买'，再跟卖东西的说，'你卖东西就按这个价来卖'，他们就会听吗？我才不信。所以拜托您了，回宫去吧，换上华贵的衣服。我们这群小人物，就算有天大的苦难，与您何干啊？"

"不论贫富贵贱，人人不是亲如兄弟吗？"少年国王说。

"呵呵，亲如兄弟，"那人回答，"只是兄长富贵，名叫该隐[1]啊。"

少年国王眼含泪水，在喊喊喳喳的人群中继续穿行。小侍童却失了勇气，离开了他。

到了大教堂恢宏壮丽的门前，卫兵手持长戟将他一拦，喝道："你是何人，来做什么？只有国王才能进这扇门。"

他勃然变色道："我就是国王。"挥手拂开长戟，大步走进教堂。

---

1 该隐，亚当和夏娃的长子，杀害了弟弟亚伯。

年迈的主教见他穿着羊倌的衣服来到，诧异地从专座起身，迎了上去，说："我的孩子啊，这是国王该穿的衣服吗？让我拿什么王冠为你加冕呢？让我将什么权杖交付于你呢？今天是你的大好日子，你怎能这般屈尊纡贵啊。"

"可是，我的欢乐喜庆，能建筑在别人的痛苦之上吗？"少年国王说着，把三个梦告诉了主教。

听完以后，主教蹙紧了眉头，说："孩子啊，我老了，已经步入了生命的冬天，也知晓这世上的诸多罪恶。残忍的土匪下山抢夺孩童，贩卖给摩尔人。纳米比亚的狮群埋伏在沙丘后，商队路过时，它们高高跃起，扑向骆驼。种在谷地里的庄稼，被野猪连根拱起。种在山坡上的葡萄，让狐狸啃得不像样子。海盗扫荡过后，岸边的渔村一片废墟，渔船烧毁了，捕得的鱼也给抢光了。盐沼散布的荒原上，瑟缩着麻风病人，他们用苇秆搭成棚屋，凄凉困苦，却无人问津。乞丐在城中流浪，同野狗争食。你能改变这一切吗？你肯和麻风病人做伴？你要请乞丐到宫里一起吃饭？你能让狮子听话？野猪也服从你的命令？造物主给予世间种种苦难，莫非你比他高明？因此啊，你的意气用事，恕我不能苟同。我劝你原路返回，调整心态，穿上君王应有的衣装，然后由我用金冠为你加冕，把珠杖递到你手中。至于那些梦境，不要放在心上。这世间的担子太沉，远非个人所能负荷。这世间的悲愁也太浓，远非一颗心所能容受。"

"这里是他的殿堂啊，您怎能这样讲话？"少年国王摇摇头，与主教擦肩而过，又登上圣坛，肃立在基督圣像前。

他与基督同在，左右都是金色圣器。杯中盛着明黄的酒，瓶中灌着芬芳的油。他跪倒在圣像前，蜡烛温暖的火焰，照亮了金碧辉煌的圣物箱。熏香炉上，青烟袅袅，缭绕在穹顶之下。神父们身披垂顺的斗篷，站在圣坛边。他低头祷告时，他们纷纷溜走了。

门外忽然一阵骚乱，大群的贵族闯了进来，一个个利剑在手、盾牌锃亮，帽顶的羽毛左摇右晃。"那个痴人说梦的家伙呢？"他们大吼，"不好好做国王，非要扮乞丐，把上等人的脸都丢尽了。等着受死吧，他不配当我们的君主。"

少年国王却只是把头低下，继续祷告。祷告完毕，他站起身来，转向人群，悲悯地望着他们。

看啊！阳光透过七彩玻璃窗洒向他，光线在他周身交织出缥缈的金衣，远远胜过那件富丽堂皇、人工织造的王袍。他的木杖忽然开满花朵，尽是比珍珠还莹白的百合。干枯的野蔷薇冠也重归青绿，绽放的蔷薇花，比红宝石还明艳。美如珍珠的白百合，茎秆是闪亮的银子。胜过宝石的红蔷薇，枝叶是耀眼的金子。

他凝然伫立，一身王者的衣装。圣物箱的门敞开了，圣体光座的水晶石放出神异的光。他是新晋的君王，上帝的荣耀弥漫教堂。刻花壁龛内，圣徒的浮雕仿佛刚刚苏醒。他抬头将圣众仰望，管风琴的奏鸣恢廓嘹亮，号手吹响了号角，唱诗班的歌声飘扬。

众人心怀敬意，纷纷跪倒。权贵们长剑入鞘，臣服效忠。主教的面颊失了颜色，双手颤抖。"有一位远比我威严崇高的，已经为你加冕。"他高声说完，也拜倒在他面前。

少年国王走下圣坛，穿过人群，向王宫回返。无人敢抬眼将他打量，他的容颜，直与天使一样。

译后记

张雪萌[1]

"在一个遥远的雪花国，居民是各种精灵小动物，它们都是甜点心体质。其中有一家三口，爸爸是大号狸猫造型的香芋冰激凌，妈妈是中号狸猫造型的栗子蛋糕，孩子是小小一只狸猫造型的草莓生巧团子。"

我这样给女儿波波讲睡前故事。

"我们三个就是它们变的吧？"波波期待地问。

"对的对的，"我宽慰地回答。

如果你想了解这本《王尔德童话集》的译者是谁，大致就可以设想她是这样的狸猫妈妈。

现在你已经读完了王尔德的所有童话。也许愿意听译者聊两句。

作为这一版的译者，小时候我也是这九篇童话的小读者。那时看得浮光掠影，巨人、夜莺、渔夫、园丁、审天猴什么的，我都没怎么记住，只记住自己被《西班牙公主的生日》深深地吓到了。

那个，公主她老爸，怎么可以把去世的亲人当标本保存啊！那个，一群有头有脸的人物，拿一个弱势的小怪物当好戏欣赏，这场面多惊悚啊！我在幼小的心灵里把小怪物以外的所有角色都判定为变态。然后给作者王尔德贴上一个标签：危险的家伙！

二十多年一晃而过，我也经历了公主她父王那种痛失亲人的悲

1　张雪萌，种玫瑰的童书译者。毕业于英国格洛斯特大学，文科硕士，主修"儿童：文学、语言和历史"。译有诗歌、绘本、青少小说，已出版译作有《暖暖的鼓励》《在世界尽头》等。

衰，我的女儿也到了当年我的年纪，她有一只丑萌丑萌的小狸猫公仔，总是因它开怀大笑，就像小公主见到她的小怪物。此时再来翻译这个故事，我摘掉了小时候贴给它的标签，换上了新的视角：原来故事里，所有的角色都是值得同情的。而认真书写的作者，他其实是用内心的光把世间种种暗淡照给人看。

这让人想起房龙笔下的"拿撒勒人耶稣"，他是平静的、关照的，不再用"上帝之怒"来批判和鞭挞罪孽，而是用"上帝之爱"来祝福和治愈有伤的世界。王尔德也秉承着同一精神：花园里的巨人、渔夫村里的神父，终究都伴着无名的花朵、无瑕的芬芳，获得了心灵的解脱。

王尔德一生中或华丽或狼藉的表象，你可以留意，遗忘也无妨。只是这穿透童话而来的花香，愿你珍藏。

道林·格雷的画像

朱亚光 译

THE PICTURE OF DORIAN CRAY

序：命运如刀

折衡

1891 年，王尔德给牛津学生回信，讨论的内容是严肃的艺术无用论，字迹却天真地满地打滚。搜索王尔德手稿，映入眼帘的大多是东倒西歪的字母和总在删除的波浪线，大作家如王尔德，也总忍不住涂改删减。

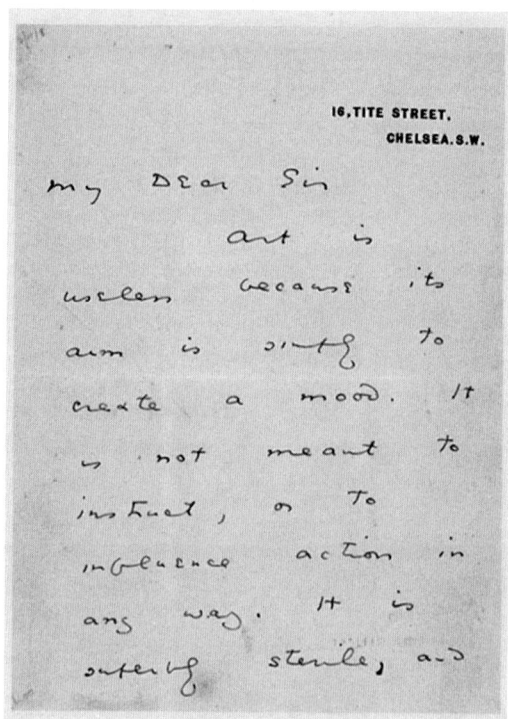

王尔德给牛津学生的回信

《道林·格雷的画像》手稿

　　也就是在这一年，王尔德迎来创作的奇迹之年。《道林·格雷的画像》从笔尖流出，"疯批"美少年鼻祖就此诞生。

　　王尔德曾说："巴兹尔·霍华德是我心中的我，亨利勋爵是世人眼中的我，道林是我想要成为的我。"《道林·格雷的画像》说白了，是王尔德的精神自传，也是他本人与命运的交锋。

　　这是一个美与恶碰撞的故事。《道林·格雷的画像》的开头和阴郁毫不相干，明媚的画室下午，一场偶然的对谈。原本纯洁天真的美少年道林·格雷，由于画家好友巴兹尔为自己画的一幅画像，陷入对美貌的沉迷和对青春的渴求，在"天才教唆犯"亨利勋爵的蛊惑下走向堕落，直至毁灭。

这是一场青春永驻的诅咒。道林·格雷出卖灵魂，向画像许下永葆青春的愿望。画像承载了他的苍老与罪恶，变得日渐老朽，而道林本人却俊美如初，正是西方式的相由心生。最终他无法承受精神上的折磨，持刀刺向画像……

这部作品是王尔德唯美主义的宣言。"巴兹尔，夏日悠悠，让人流连"，人们对于美貌的贪婪更是如此。千百年来，人们追逐美貌的狂热远超美德，每个时代都有一套美的标准，令世人趋之若鹜。时至今日，我们依旧无法摆脱美貌的牢笼，人们对于美的要求是贪婪的、病态的，永无止境的，王尔德早在百年前就将这一点放大到极致。

美而自知，或许是人生的一种诅咒。这些年来我们看过太多明星"塌房"的新闻，他们大多有着精致的偶像面庞，内心却一片荒芜，堕落的生活方式令他们身败名裂，正如道林一样。

不过，当你阅读完笔者的这一段文字，翻过页看见《道林·格雷的画像》开篇的王尔德自序时，你也许会发现，我们以为自己在百余年后的今天冷静地凝视王尔德和他的作品，却原来他也早已料到我们会说些什么，并给出了哲学层面的严密反击。

纵使如此，想来聪慧如他，也应知道，笔者依然会任性地做出如此评价——

王尔德自己就是美的信徒，在追求美的路上献祭了自己。他是被一把看不见的刀子杀死的，而刀子的主人正是他自己。

自序

奥斯卡·王尔德

艺术家是美的事物的创造者。艺术的宗旨在于呈现艺术，而掩藏艺术家。所谓批评家，是能够把对美的印象通过另一种方式，或新的素材加以解读的人。

自传是最高级的批评形式，同时也是最低级的。

那些在美的事物中窥见丑陋的人是堕落的，毫无可爱之处。这是一种罪过。

那些在美的事物中探知美的人是有格调的。他们还有希望。

懂得美即是美的人才是天选的有福之人。

书没有什么道德与不道德的。书要么写得好，要么写得糟。仅此而已。

十九世纪对现实主义的憎恶，恰如卡列班[1]在镜中看到自己的脸时的狂怒。

十九世纪对浪漫主义的憎恶，恰如卡列班在镜中看不到自己的脸时的狂怒。

人的道德生活构成了艺术家创作题材的一环，而艺术的道德在于如何完美驾驭并不完美的创作手段。艺术家并不渴望证明什么。虽说即使真理也是可以求证的。艺术家皆无道德同理心。因为在道德上怜悯他人，对艺术家来说是不可饶恕的弊病。艺术家从来都不

1　莎士比亚戏剧《暴风雨》中的角色，半人半兽，长相丑陋，但它自己在镜子中却看不到，用来隐喻人们对丑陋的现实熟视无睹、心安理得的状态。——译者注（后文若无特殊说明，均为译者注。）

是病态的。他们可以表达一切。思想和语言是艺术家创作的工具；罪恶与美德是艺术家创作的素材。从形式的角度来看，音乐家的艺术是一切艺术的典范；从情感的角度来看，演员的技艺是典范。所有的艺术都同时具有表面意义和象征意义。深究表面意义之人需要自担风险；解读象征意义之人也需要自担风险。艺术真正反映的是观众，而非生活。一件艺术作品引发不同的看法，说明这件作品新颖、复杂且重要。纵然批评家各持己见，艺术家始终如一。造出有用之物但不因此沾沾自喜的人可以原谅；造出无用之物但为之狂热痴迷的人，也同样可以宽宥。

一切艺术都毫无用处。

第一章

画室里弥漫着浓郁的玫瑰香味。夏日的微风拂过园中的树丛，透过敞开的门，袭来阵阵丁香馥郁的香气，间或有粉色铁海棠幽微的清香。

亨利·沃顿勋爵像往常一样，躺在铺着波斯马鞍毯的长榻一角抽着烟，已经算不清抽了多少支了。放眼望去，他刚好能瞥见一株色泽香气皆如蜜般的金链花，锦簇的花枝颤动不止，好似承受不住它那灿若火焰的美丽。巨大的窗户前垂着长长的丝绸窗帘，窗外不时有飞鸟掠过，在窗帘上留下奇异的光影，瞬时营造出一种日式画风，令他想起东京那些面容苍白如玉的画家——他们力求从一种绝对的静态艺术中，传递出迅捷灵动之感。成群的蜜蜂时而在久未修刈的草丛间穿行，时而又不知疲倦地围绕着灰蒙蒙、乱糟糟的金银花藤飞舞，沉闷的嗡嗡声不绝于耳，让此刻的沉寂愈显压抑。伦敦城的喧嚣隐约可闻，宛如远方风琴的低吟。

画室中央立着一个画架，上面夹着一幅全身肖像画，画中是一位俊美非凡的年轻男子。在它前方不远处，坐着画家本人——巴兹尔·霍尔沃德。数年前他突然销声匿迹，一时间引起了不小的轰动，惹得众人浮想联翩。

画家欣赏着自己精心创作出的清秀俊朗的艺术形象，脸上不由泛起一丝喜悦的微笑，像要定格在那里似的。这时，他突然起身，闭上眼睛，用手捂着双眼，似乎竭力想把某个奇妙的美梦牢牢锁进脑海，生怕自己会从梦中醒来。

"真是一幅无与伦比的杰作啊，巴兹尔，你所有作品中，数这幅最出色，"亨利勋爵慵懒地说，"明年你可一定要把它送到格罗夫纳画廊去。皇家美术院太大，也太庸俗了。我每次上那儿，要么是人多得看不见画，实在糟心；要么就是画多得看不见人，这更要命。格罗夫纳画廊绝对是你的不二之选。"

"我想，我不会把画送到任何地方。"巴兹尔说着，把头往后一仰。这古怪动作，昔日在牛津上学时总免不得引来朋友们的嘲笑。"不，我哪儿也不送。"

亨利勋爵眉头一扬，目光穿过掺了鸦片的雪茄中袅袅升起的蓝色细烟圈，满是讶异地望着他。"哪儿也不送？为什么呢，老兄？总有个理由吧？你们这些画家也实在古怪！为了出名什么都肯干，可成名了，又想把名气丢掉。你这样做太傻了，世界上只有一件事比被人议论更糟糕，那就是没人议论。单凭这幅画像，你的地位会比英国所有的年轻画家高出一大截，就连那些老家伙也会嫉妒不已，如果他们还没有完全丧失感情的话。"

"我知道你会笑话我，"巴兹尔说，"可我真的不能把画拿去展览，我在它身上注入了太多我自己的影子。"

亨利勋爵在长榻上伸了个懒腰，旋即哈哈大笑起来。

"看吧，我料到你会笑，但这千真万确。"

"太多自己的影子！？老实说，巴兹尔，我还真没想到你这么自以为是呢。我完全看不出你和这位年轻的美男子有哪一点相像。瞧瞧你那张粗犷刚硬的脸，黑炭一样的头发，而他简直像是用象牙和玫瑰叶雕琢而成的。哎呀，我亲爱的巴兹尔，他就像传说中的那喀索斯[1]，而你——好吧，当然，你长着一副聪明面孔，还有诸多优点。可是美，真正的美，终结于理智出现的那一刻。思索本身会将

人的表情放大，它会破坏任何一张脸的和谐。人一旦坐下来开始思考，就会变得鼻子不像鼻子，额头不像额头，或是别的什么可怕的样子。看看那些在需要高深学问的行业里颇有造诣的成功人士吧，他们实在丑得触目惊心！当然，教会的神职人员除外。不过话说回来，教会里的那些家伙并不需要思考。主教到了八十岁，嘴里念叨的还是十八岁时别人教他说的那些话，所以他们的样子总那么赏心悦目。而你这位神秘的年轻朋友，你还没告诉我他的名字，但这画像实在令我神魂颠倒。我敢打包票，他从来不动脑筋思考，是个脑袋空空的美丽精灵。冬天我们没花可看的时候就该让他一直待在这儿才好，夏天我们想冷静思绪的时候也要让他来。所以你可别臭美了，巴兹尔，你一点儿也不像他。"

"你不懂我的想法，哈里[1]，"巴兹尔说，"我当然和他不像了，这我很清楚。事实上，要是真长得像他，我倒要难过了。你耸什么肩呢？我说的是实话。古往今来，凡是才貌出众者都背负着悲哀的宿命，譬如历代君王，谁不是如履薄冰地度过一生？由此可见，还是不要与众不同比较好。丑八怪和笨蛋才是世界上最幸福的人。他们可以优哉游哉地坐在一旁看戏。即使他们对成功的喜悦一无所知，至少不用体会失败的痛苦。他们过着值得人人效仿的生活 —— 自得其乐、平平淡淡、无忧无虑。他们不会去伤害别人，也从来没被别人伤害过。哈里，你的财富地位；我的头脑，虽说不怎么样；我的艺术，不管它价值几何；还有道林·格雷的美貌，我们都得为神赐予我们的这一切而受尽折磨。"

"道林·格雷？他叫这个名字吗？"亨利勋爵边问边穿过画室，朝巴兹尔·霍尔沃德走去。

"没错，这是他的名字，我原先不打算告诉你的。"

1　亨利的昵称。

"为什么呢？"

"哦，我也说不上来。如果我非常喜欢谁，我从来不会把他的名字告诉别人，否则就像失去了他的一部分。我渐渐喜欢上把秘密藏进心里，好像只有这样才能让现代生活变得神秘又奇妙。哪怕是再普通不过的事情，只要隐藏起来，就会变得其乐无穷。现在，只要我出城，我坚决不会告诉身边的人我要去哪儿。如果说了，我会兴致全无。这习惯大概也够傻的，可不知怎的，生活竟似乎变得浪漫了不少。我想你一定觉得我是个十足的傻瓜吧？"

"不会啊，"亨利勋爵答道，"完全不会。我亲爱的巴兹尔，你好像忘记我是结了婚的。婚姻的一大魅力就是让瞒骗成为夫妻生活的必需品。我从来都不知道我太太在哪儿，她也从不清楚我在忙什么。我们偶尔也会见面，一起去外面吃顿饭，或者上公爵家什么的。每次见面，我们都会一本正经地互相讲最离谱的瞎话。我太太在这方面尤为擅长，比我高明多了。她从来不会记错日子，而我却常常出错。不过就算她发现了，也不会大吵大闹。有时我倒希望她跟我要要性子，可她也只会笑话我一顿罢了。"

"哈里，我真不乐意听你这么讲你的婚姻生活，"巴兹尔·霍尔沃德说着，信步朝那扇通向花园的门走去，"我相信你是个非常称职的好丈夫，可你竟如此愧于自己的德行。你是个相当不错的家伙，从不把道德二字挂在嘴边，也从没干过坏事。你看似愤世嫉俗，不过是装装样子罢了。"

"有些人看似自由随性，也不过是装装样子罢了，这种姿态是我最无法忍受的。"亨利勋爵大笑着说。两个年轻人并肩离开了画室，步入花园。他们来到一棵高大的月桂树旁，在树荫下的长竹椅上落座。阳光洒在油亮的树叶上，白色的雏菊在草丛间轻轻摇晃。

片刻后，亨利勋爵掏出表。"我想我该告辞了，巴兹尔，"他轻声道，"走之前，请你务必回答我刚才问的问题。"

"什么问题？"画家两眼直直地看着地面说。

"你心知肚明。"

"我不知道啊，哈里。"

"好，那我再讲一遍。我想请你解释为什么不愿意拿道林·格雷的画像去展览。我要听真话。"

"我说的就是真话。"

"不，你没有。你说是因为画像里注入了太多自己的影子。哼，好儿戏的借口。"

"哈里，"巴兹尔·霍尔沃德目光直视着亨利勋爵说，"每一幅投入了感情去画的画像，都是艺术家的自画像，与模特无关。模特不过是机缘巧合出现在那一刻的人罢了。画家在彩色画布上呈现的不是那些模特，而是画家自己。我之所以不愿拿这画去展览，是怕它会暴露我灵魂深处的秘密。"

"所以是什么秘密呢？"亨利勋爵笑着问道。

"听我给你讲。"霍尔沃德说，可脸上却闪过一丝迷惘的神情。

"我洗耳恭听，巴兹尔。"同伴瞥了他一眼，接话道。

"嘻！其实也没什么可说的，哈里，"画家答道，"或许你理解不了，又或许不大会相信。"

亨利勋爵笑了笑，俯身从草地上摘了一朵粉色花瓣的雏菊，仔细端详起来。"我肯定能理解，"他目不转睛地盯着手中白边金蕊的小花盘答道，"至于信不信嘛，只要是够离谱的事情，我都信。"

风从枝头吹落了一些花，沉甸甸的紫丁香如繁星团簇，在慵懒的空气中来回摇曳。墙边忽而传出蚱蜢窸窸窣窣的声响。一只瘦长的蜻蜓扇着薄纱似的棕色羽翼飘然而过，好似一根蓝色丝线浮动。亨利勋爵感觉自己几乎能听见巴兹尔·霍尔沃德的心跳声，好奇接下来他会说些什么。

"事情是这样的，"片刻之后，画家说，"两个月前，我去布兰登夫人家参加了一场聚会。你也知道，我们这些穷画家时不时得在社交场上露露面，无非是提醒公众，我们不是什么野蛮人。你以前告诉过我，只要披一身晚礼服，再系一条白领带，不论是谁，哪怕是股票经纪人，也能博得一个文雅的名声。嗯，我在房间里待了大约十分钟，跟那些衣着华丽、体态臃肿的贵妇人和乏味的学究们攀谈，突然觉得有人在看我。我侧过身去，那是我第一次见到道林·格雷。我们刚一四目相对，我觉得我的脸色都白了。一阵莫名的恐惧涌上心头。我发现眼前那个人美得让我心醉神迷，如果听之任之，那么我所有的天性，全部的灵魂，乃至我的艺术本身，都会被他吞噬。我一向不希望生活受到任何外界力量的影响。哈里，你也知道，我生来就是个特立独行的人，从不让他人干涉我的生活，至少在碰到道林·格雷之前是这样。然后……我也不知道怎么跟你形容，我似乎听到一个声音说，我的人生即将面临一场可怕的危机。我有种奇怪的感觉，仿佛命运将会带我领略极致的喜悦和极致的悲痛。我越想越害怕，转身退出了房间。促使我离开的并非良知，而是骨子里的懦弱。我不认为临阵脱逃是什么光彩的事情。"

"良知和懦弱其实是一回事，巴兹尔。只不过，良知是大家拿来标榜道德的标签罢了。"

"这说法我可不信，怕是你自己也不信吧，哈里。不过，不管我的动机是什么——也许是出于傲慢，因为我过去一直很骄傲——我踉跄地走到门口，在那儿自然碰上了布兰登夫人。'你不是打算这么早就开溜吧，霍尔沃德先生？'她朝我大喊。她那尖声尖气的嗓子你是知道的吧？"

"是的，她活像只并不美丽的孔雀。"亨利勋爵边说边用他那细长不安的手指把雏菊撕得粉碎。

"我没办法撇开她。是她为我引荐的那些王孙公子，带我认识那些受封嘉德勋章的爵士，以及那些长着鹦鹉鼻子、戴着巨型头饰的老贵妇。她介绍我是她最要好的朋友。我之前只见过她一面，没承想她竟把我归为名流。我想我当时的确有几幅画画得很成功，至少在小报上引发不少热议，那在十九世纪就相当于名垂青史了。突然，我又与那位美得惊心动魄的年轻人打了个照面。我们离得很近，近得几乎快要挨到对方了。我们的目光再次交会。我顾不得多想，冒冒失失地请布兰登夫人介绍我认识他。或许那也算不上是冒失，一切的发生都无可避免。即使没人介绍，我们也能说得上话，这一点我很确定。后来道林也是这么跟我说的，他同样觉得是上天注定了我们的相识。"

"布兰登夫人是怎么介绍这位出挑的年轻人的？"同伴问，"我知道她素来喜欢把每位客人都扼要而周全地介绍一番。我记得有一回，她把我带到一位身上挂满勋章和绶带、威严十足、满脸通红的老绅士面前，用一种悲切的语调在我耳边讲他那些骇人听闻的事迹。尽管她压着嗓子，但恐怕满屋子的人都听见了。我只好赶快走开。我喜欢自己去了解一个人。布兰登夫人介绍客人时，就像拍卖师兜售商品一样，要么滔滔不绝地讲个没完，要么专挑别人不想知道的讲。"

"可怜的布兰登夫人！哈里，你对她太苛刻啦！"霍尔沃德懒懒地说。

"老兄，她本来想办个沙龙，结果却弄得像吃饭的馆子，你让我怎么夸她？不过你说说吧，她是怎么介绍道林·格雷先生的？"

"哦，差不多是'多俊俏的孩子啊，我同他可怜的妈妈可以说是形影不离，我都忘记他是干什么的了……好像什么也没干……哦，对，弹钢琴……要不就是拉小提琴，对吧，格雷先生？'听完我们俩都忍不住哈哈大笑，一下子就交上了朋友。"

"友谊在笑声中开始真不错，如果也能笑着结束，那就最好了。"年轻的勋爵说着又摘了一朵雏菊。

霍尔沃德摇摇头。"你根本不懂什么是友谊，哈里，"他轻声道，"也不懂什么是敌意。你对谁都喜欢，也就是说，你对谁都不在意。"

"你这样讲好不公道！"亨利勋爵嚷道，旋即将帽子甩到脑后，抬头望向天空中那些细小的云团，像一卷卷光洁的白丝线，在深邃又空旷的夏日碧空中飘荡，"没错，太不公道了。我不是对谁都一视同仁的。我只跟相貌好的人交朋友，跟品行好的人当熟人，跟智力高的人当敌人。人在选择自己的敌人时，再怎么谨慎也不为过。我的敌人里没有一个傻瓜，全是聪明人，所以他们都很欣赏我。我这样是不是太自负了？可能确实是蛮自负的。"

"还真是这样，哈里。不过，照你的分法，我肯定只能算是熟人吧。"

"我亲爱的巴兹尔，你可远不止是我的熟人啊。"

"但也远算不上是朋友。差不多是兄弟之类的，对吗？"

"哼，兄弟！我才不在乎什么兄弟。我的哥哥是个老不死的，而我的弟弟们一心想要找死。"

"哈里！"霍尔沃德皱起眉头嚷了一句。

"老兄，我只是开个玩笑。但那些亲戚们总让我生厌。想必是大家都无法容忍别人有跟自己一样的毛病吧。英国的民主之士对他们口中所谓上流社会的陋习深恶痛绝，我对此非常理解。百姓们认为，酗酒、愚蠢和失德是他们的专利，我们当中要是有谁干了蠢事，就相当于侵犯了他们的领地。可怜的萨瑟克一走上离婚法庭，那些平头百姓个个愤怒到了极点。我真怀疑有没有百分之十的无产阶级是正经过日子的。"

"你讲的我一个字都不同意，而且，你肯定自己也不信，对吧，哈里。"

亨利勋爵捋了捋他尖尖的棕色胡须，拿着带流苏的乌木手杖敲了敲他那双漆皮靴的鞋尖。"巴兹尔，你可真不愧是个地道的英国人啊！这是你第二次发表这种论调了。如果有人把某个想法告诉地道的英国人——当然这种做法着实冒险——他们不会去考虑那想法本身是对是错，而只会关心提出这个说法的人自己相不相信。哎，一个想法的价值怎么会和提出者的真诚挂钩呢？事实上，一个人越是缺乏真诚，他提出的想法反而可能更加理性。这是因为这些想法不会被个人的需求、欲望或偏见左右。不过，我无意与你探讨政治、社会学或者形而上学的东西。相较于原则，我更喜欢人，而且，我喜欢没有原则的人胜过世上的一切。再跟我说说道林·格雷先生吧，你多久见他一次？"

"每天。一天见不到他我就会不开心。我的生活里少了他绝对不行。"

"真稀奇！我还以为除了艺术，你对什么都不感兴趣哩。"

"现在他就是我全部的艺术，"画家正经八百地说，"哈里，我有时在想，世界史上只有两个重要的时代：一个是新的艺术手段出现的时代，另一个是新的艺术人物诞生的时代。正如油画的发明对于威尼斯人的意义，安提诺乌斯[1]的脸对于近代希腊雕塑的意义，道林·格雷的脸对于我，有朝一日也会有同样的意义。我不只是照着他来画油画、素描，或者写生。当然，这些我都做过。但是他对于我，远不止一个模特或者一个坐像那么简单。怎么说呢，其实我对他在画里呈现的形象并不十分满意。你知道吗？他美得连任何艺术都无能为力。可是没有什么是艺术不能表达的，我知道自从我认识道林·格雷以来，我画的都是好画，是我迄今为止最好的作品。不过说来也怪——不知道你能否理解我？——他的美为我启发了一

---

1 古罗马五贤君之一哈德良皇帝的男宠，相貌俊美，聪明伶俐。后因意外早亡，遂被封为神，在各地建庙塑像供奉。

种全新的艺术形式，或者说一种全新的艺术风格。我看待事物的角度不同了，思考事物的方式也不同了。我现在会用以前意识不到的方法来重新塑造生活。'于思想之白昼寻形式之梦'这话是谁说的来着？我忘了，但道林·格雷对于我正是如此。只需稍稍瞥上这少年一眼——尽管他已经二十出头了，但在我眼里还只是个少年——只需稍稍瞥上他一眼——噢！我不知道你能否明白这意味着什么，他在不知不觉中为我勾勒出一个全新艺术流派的轮廓。这个流派蕴含了浪漫主义精神的全部激情，以及希腊精神的全部完美。灵魂与肉体的和谐——这何等重要！我们在失去理智的时候，常常将两者割裂开来，创造出一种庸俗的现实主义，一种虚无的意识形态。哈里，要是你能体会道林·格雷对我的意义，你就会明白了！还记得我的那幅风景画吗？阿格纽开了那么高的价钱，我还是舍不得出手。那是我画过最好的作品之一。为什么这么说呢？因为我画的时候，道林·格雷就坐在我旁边。我从他身上汲取到某种微妙的力量，那是我有生以来头一回在普普通通的林子里看到我一直寻而不可得的奇迹。"

"巴兹尔，这也太神了！我非得见见这位道林·格雷不可。"

霍尔沃德从座位上起身，在花园里来回踱步。过了一会儿，他回来了。"哈里，"他说，"道林·格雷是我的艺术动机。也许你在他身上什么也瞧不见，可我却在他身上看到了一切。在那些没有他出现的画里，他的存在反而最强烈。正如我所说，他为我开启了一种全新的艺术风格。我在某些线条的曲线中，以及某些色彩唯美微妙之处都能捕捉到他的存在。就是这样。"

"那你为什么不肯把他那幅画像拿去展览呢？"亨利勋爵问。

"因为我在不知不觉中，把一种奇特的艺术崇拜投射到了画像里，当然，这件事我从来没跟他提过。他对此一无所知，而且永远不会知道。世人也许会猜到，我不会让自己的灵魂袒露在他们浅薄的窥视之下，我也绝不容许自己的心被他们用显微镜去剖析拆解。这幅画像里有太多我自己的影子，哈里……太多太多了！"

"诗人们可不像你这样顾虑重重。他们深知真情实感对作品的发表有多重要。现如今，一颗破碎的心往往能让作品一版再版呢。"

"我讨厌他们这样，"霍尔沃德喊道，"艺术家应该创造美的东西，但不该让自己的生活卷入其中。在如今这个时代，大家好像都把艺术当成了一种自传的形式。我们失去了抽象意义的美。总有一天，我要向世人展示什么是抽象之美，所以，世人永远不会看到我的道林·格雷画像。"

"我想你错了，巴兹尔。不过我不会和你争辩。只有傻瓜才喜欢争辩。你说说看，道林·格雷喜欢你吗？"

画家思考了一会儿。"他是喜欢我的，"他顿了顿答道，"我知道他喜欢我。当然我也在拼命讨好他。我发现每次跟他说一些事后准会后悔的话时，我都有一种莫名的快感。平日里，我被他的魅力牢牢吸引，我们会坐在画室里谈天说地。不过，他有时说话也确实欠考虑，他似乎以给我带来痛苦为乐。哈里，那种时候，我就觉得自己把整个灵魂都交给了他，可他却只当成是一朵别在衣襟上的花，一件满足虚荣的饰物，或是一抹夏日里的点缀。"

"巴兹尔，夏日悠悠，让人流连，"亨利勋爵喃喃道，"或许，你会比他更早厌倦。想想真是悲哀。但毫无疑问的是，才华比美貌更持久，这也正是我们每个人都费尽心思过度接受教育的原因。在残酷的生存竞争中，我们都在寻求一些经久不衰的东西，于是往脑袋里塞满了各种垃圾、各种知识，愚蠢地希望能以此保住我们的地位。见识广博的人，无疑是当代的理想典范。然而，这种人的脑袋实在太可怕。那里面就像一间古董店，堆满了各种奇奇怪怪的物品，布满了尘埃，每件东西都标高了价格。我还是那句话，你会先厌倦的。未来的某一天，你再仔细观察你这位朋友，可能会觉得他的形象有些走样，或者不再喜欢他的色调，诸如此类。你会在心里狠狠责备他，怪他对你态度恶劣。下次他再来找你，你就会变得极其冷淡无情。那将是一件非常遗憾的事情，因为这会改变你。你给我讲的这个故事很浪漫，可以说是一段艺术的浪漫历程。然而，任何一种浪漫最糟糕的地方在于，它会把人变得相当不浪漫。"

"哈里，你别这么说。只要我还活着，道林·格雷的美就会一直主宰着我。这种感觉你没办法体会。你太善变了。"

"啊，我亲爱的巴兹尔，正因如此我才能体会呀！忠诚的人只看到了爱情肤浅的一面，而那些不忠的人才能理解爱的悲剧。"亨利勋爵在一只精巧的银质烟盒上划了一根火柴，满心欢喜地抽起烟来。他一脸得意，仿佛只用一句话便揭示了世间的真谛。一片绿漆般的常春藤中，传出一阵麻雀的啾鸣，蓝色的云影像燕子一样在草地上竞相追逐。园里的景色多么怡人！旁人的情绪多么畅快！——在他看来，这可比他们的思想畅快得多。那人自己的灵魂，和他朋友的激情——这都是生活中令人神往的存在。他在心里幻想自己因为和巴兹尔·霍尔沃德待了这么久而逃过的一顿乏味午餐，不由得暗自窃喜起来。倘若真去了姑妈那儿，他准会碰上古德博迪勋爵，那他们谈论的将会是救济穷人，或者是否有必要建标准出租公寓之类的话题。每个阶级都会宣扬那些他们在生活中根本不必践行的美德。富人常常高谈阔论节俭的可贵，懒汉则大谈劳动的尊严。躲过这一切真是万幸！想到姑妈的时候，他心里突然闪过一个念头，转身对霍尔沃德说："老兄，我突然记起一件事。"

"什么事？哈里。"

"我在一个地方听过道林·格雷的名字。"

"什么地方？"霍尔沃德微微皱着眉头问道。

"别动怒嘛，巴兹尔。是在我姑妈阿加莎夫人家里。她告诉我，她找到了一个出挑的小伙子，可以去东区帮她的忙。那小伙儿好像就叫道林·格雷。我必须声明，她从来没有跟我提过他的好相貌。女人哪里懂得欣赏美貌，至少正经女人不懂。她说那个小伙子老实本分、生性单纯。我脑子里马上浮现出一个戴着眼镜、头发稀疏、满脸雀斑、脚步蹒跚的形象。要是当时知道那是你朋友就好了。"

"谢天谢地你不知道，哈里。"

"为什么呢？"

"我不希望你们见面。"

"你不希望我们见面？"

"是的。"

"道林·格雷先生到画室了，先生。"管家来到花园报告。

"现在你不介绍我们认识都不行了。"亨利勋爵笑着高声说。

画家转过身，对眯着眼站在阳光下的管家说："帕克，请格雷先生稍候。我马上来。"那人鞠了一躬，原路返回。

随后，画家望向亨利勋爵。"道林·格雷是我最好的朋友，他生性单纯、善良。你姑妈说得一点不错。别糟蹋了他，别影响他。如果受到你的影响会坏事的。世界这么大，超凡脱俗的人有很多。请不要夺走我身边的这一位，但凡我拥有的任何艺术魅力都指望他了，他是我艺术生涯的支柱。切记，哈里，我相信你。"他把语速放得很慢，仿佛每个字都是他极不情愿地强行从嘴里挤出来的。

"你胡说八道些什么！"亨利勋爵笑着说，一把抓住霍尔沃德的胳膊，几乎拽着他进了屋。

第二章

一进画室，他们就看见了道林·格雷。他背着身坐在钢琴前，翻着舒曼的乐谱《森林景象》。"你一定得把这谱子借给我，巴兹尔，"他喊道，"我想学。这曲子太妙了。"

"那得看你今天的姿势摆得好不好了，道林。"

"唉，我都摆腻了，也不想你再画我的全身像了。"那小伙儿答道，耍性子似的在琴凳上转了个圈。一见亨利勋爵，他双颊顿时泛起一团红晕。他连忙起身。"真是太失礼了，巴兹尔，我不知道你有客人。"

"道林，这位是亨利·沃顿勋爵，我牛津的老朋友。刚才我还跟他讲，你是个多么称职的模特呢。这下全被你搅和了。"

"反正没搅和我的兴致。很高兴见到你，格雷先生，"亨利勋爵走上前，伸手说，"我姑妈常跟我提起你，说最喜欢你了。不过，我想你也没少受她的罪吧。"

"我现在上了阿加莎夫人的黑名单了，"道林摆出一副悔过似的调皮表情说，"上个礼拜二，我原本答应了陪她去怀特查佩尔的一家俱乐部，可我却忘得一干二净。我们本来要一起表演二重奏的，应该有三段吧。真不知道她会怎么说我，吓得我都不敢去见她了。"

"哦，我会帮你跟姑妈说和的。她对你可是投入了真情呢。我想你没去也没什么大不了。观众八成还是会以为那是二重奏。反正阿加莎姑妈弹琴弄出的动静也是一个顶俩了。"

"你这么说她太可恶啦，对我也不算好话。"道林哈哈大笑着说。

亨利勋爵端详着他。不错，他确实俊美得出奇，线条优雅的朱唇，透着坦诚的蓝眸，和一头卷曲的金发。他的脸上流露出一种让人一下子就信任他的东西，写满了年轻人所有的真挚、淳朴与奔放，让人感受到那份未受世俗玷污的纯净。难怪巴兹尔·霍尔沃德会对他如此爱慕。

"格雷先生，你太迷人了，哪能去搞慈善呢。简直迷人得不像话。"说罢，亨利勋爵一屁股坐在长榻上，打开了烟盒。

画家刚才一直忙着调色，准备画笔，看上去心事重重，听到亨利勋爵最后的那句话，不禁向他投去一瞥。犹豫片刻后，他说："哈里，我想今天把这幅画画完。如果我请你离开，你不会怪我太无礼吧？"

亨利勋爵笑了笑，望着道林·格雷说："要我走吗，格雷先生？"

"哦，请别走，亨利勋爵。我看巴兹尔又在生闷气了，我最受不了他这样。我还想请你说说为什么我不能搞慈善呢。"

"我不知道该不该告诉你，格雷先生。这是个相当枯燥的话题，需要认真严肃地谈。不过，既然你让我留下，那我肯定不走了。巴兹尔，你是不会介意的，对吧？你不是老跟我说，想找个人陪你的模特聊聊天吗？"

霍尔沃德咬了咬嘴唇。"既然道林开了口，你当然得留下了。道林一时的兴致对每个人都是法律，只有他自己例外。"

亨利勋爵拿起帽子和手套。"谢谢你的盛情，巴兹尔，但我恐怕非走不可了。我答应了跟人在奥尔良俱乐部碰面。再会，格雷先生。改天下午来寇松街找我吧。五点钟以后我一般都在家。来之前先写封信给我，要是错过就太遗憾了。"

"巴兹尔！"道林·格雷喊道，"要是亨利·沃顿勋爵走，我也走。你画画的时候总是一声不吭，还要我站在画台上装出高兴的样子，真是闷死人了。让他留下来，我说真的。"

"留下吧，哈里，看在道林的面子上，也看在我的面子上，"霍尔沃德目不转睛地盯着自己的画说，"他说得对，我工作的时候从来不讲话，也不喜欢听人讲话。我那些可怜的模特一定觉得特别无聊。拜托你留下吧。"

"可是那个跟我约在奥尔良俱乐部见面的人怎么办？"

画家笑了。"我想不会有什么问题的。哈里，快回去坐着吧。好了，道林，站到画台上去，尽量不要乱动，也别去听亨利勋爵说什么。除了我，他身边所有的朋友都被他带坏了。"

道林·格雷摆出一副年轻希腊殉道者的姿态，迈上画台，不满地朝亨利勋爵噘了噘嘴，心里却对这位勋爵颇有好感。他与巴兹尔形成了一种有趣的对照，而且他的声音极具魅力。过了一会儿，道林问："亨利勋爵，你真的会带坏别人吗？有巴兹尔说得那么过分吗？"

"格雷先生，没有什么带好带坏一说。影响别人是不道德的行为。从科学的角度来看是不道德的。"

"为什么呢？"

"因为影响一个人，就等于把自己的灵魂交给了他。他不再遵循自己的内心去思考，也不会燃起自己天生的激情。他身上的美德并非真正属于他。他的罪孽，如果存在所谓的罪孽，也是借来的。他成了别人音乐的回声，或者像演员出演了不属于他的剧本。生活的真谛在于自我提升。竭尽全力去发掘自我天性，这才是我们每个人来到这个世界的真正目的。可现在，人们竟然开始害怕自己，忘记了人生的最高使命，即对自己应尽的义务。当然，他们都有慈悲心。让饥饿的人有饭吃，让乞丐有衣服穿，但他们自己的灵魂却在忍饥挨饿，赤身裸体。勇气已经从我们这个民族消失了。或许我们从未真正拥有过勇气。对社会的恐惧是道德的基础，对上帝的恐惧是宗教的秘密，我们恰恰受到这两者的支配。可是……"

"道林，把头再稍稍往右偏一点，好孩子。"画家说。他全神贯注地沉浸在自己的创作中，只觉得那少年脸上出现了一个从未有过的表情。

"可是，"亨利勋爵继续用低沉悠扬的声音说，同时还优雅地挥了挥手，这是他打从伊顿公学读书起就有的标志性动作，"我相信，如果一个人能充实、彻底地生活，释放每一种情感，表达每一个想法，实现每一个梦想，那么，这个世界必将领略到一种前所未有的欢愉。这种欢愉足以让人忘却中世纪所有的弊病，带领我们重温希腊时代的崇高理想，乃至走向一个更美好、更丰富多彩的新天地。可是，就连我们当中最勇敢的人也害怕自己。野蛮人的残忍行径，至今仍残存于人们的自我否定中，给我们的生活带来毁灭性打击。我们因克己而遭罪。我们努力压制的每一个冲动，都在我们的脑子里生根发芽，毒害我们。一旦肉体犯罪，罪孽便就此终结，因为行动是一种净化。从此，除了快乐的回忆，或是奢侈的遗憾，一切都化为虚无。摆脱诱惑的唯一途径就是向它屈服。如果抵抗，你的灵魂会因为渴望那些被禁止的东西，渴望那些被其古怪律法认定为法理不容的东西而生病。有人说，世间大事都源自脑海，同样，天下之至恶，滋生于脑海。格雷先生，拿你来说，在你那红玫瑰般的青春和白玫瑰般的童年里，少不得有过那些让自己害怕的冲动，有过让自己胆战心惊的念头，以及那些一想起来就觉得脸红羞愧的白日梦和睡梦……"

"够了！"道林·格雷结结巴巴地说，"别说了！你把我弄糊涂了，我不知道该怎么说。你的话肯定有答案，但我一下子想不到。别说话，让我想想。或者，让我放空一会儿。"

他一动不动，在那儿站了将近十分钟，嘴巴微张，双眼亮得出奇。他隐约察觉，内心涌起了一股前所未有的力量。然而，这股力量似乎来源于他自身。巴兹尔的这位朋友对他说的话——无疑是随口说的，其中不乏刻意的悖论——撩拨了他心里某根秘密的弦，这根弦以前从未被触碰过，此刻正以一种奇怪的节奏震颤着。

音乐曾像这样让他心潮澎湃，又曾数度让他困惑不已。但音乐是无法言说的。它在我们心中创造的不是一个新天地，而是一片混沌。可言语！区区言语！竟如此可怕！如此明晰、生动、残酷！让人避无可避。它蕴含着多么微妙的魔力！似乎能为无形之物塑形，也能创造出类似维奥尔琴或鲁特琴[1]的动听旋律。区区言语！可世上还有比言语更真实的东西吗？

确实，他年少时对许多事情都懵懵懂懂。现在他全明白了。他的生活霎时变得绚烂夺目，犹如行走在烈焰之中。为什么他以前没有察觉呢？

亨利勋爵打量着他，脸上挂着一丝难以捉摸的微笑。他很清楚何时是保持沉默的最佳心理时机。这令他兴致盎然。他十分诧异自己的话竟产生如此意外的影响，不由想起十六岁时读过的一本书，那本书揭示了许多他从前不明白的道理。他在想，道林·格雷是不是也在经历类似的感受。他只不过朝空中放了一箭，居然中靶了吗？这小伙子太令人着迷了！

霍尔沃德继续挥洒自如地画着，笔触大胆奔放，其艺术蕴含的优美与雅致，无疑来自他深厚的艺术功力。他完全没有意识到此刻的安静。

"巴兹尔，我站累了，"道林·格雷突然大声说，"我得去花园里坐坐。这里的空气太闷了。"

"老兄，真对不起。一画起来我就什么都顾不上了。不过，你今天的姿势摆得比以往都好，一点儿都没动。我也捕捉到了我想要的效果——微张的嘴唇和眼睛里闪耀的光芒。我虽然没听到哈里跟你说了些什么，但肯定是他才让你流露出如此美妙的表情。想必他在恭维你吧。他说的每一句话你都千万别信。"

1　这两种琴皆是巴洛克时期在欧洲流行的古乐器。

"他才没有恭维我呢。可能正因为这样，我才不相信他说的任何话吧。"

"你明明是信的，对吧，"亨利勋爵用那种迷蒙而慵懒的眼神打量着他说，"我跟你一起去花园透透气。画室里太闷热了。巴兹尔，给我们来点冷饮吧，记得放些草莓。"

"当然可以，哈里。直接按铃，等帕克进来我会吩咐他。我要把这个背景画完，待会再去找你们。别让道林耽搁太久。我今天的状态比以往任何时候都好，这幅画肯定会成为我的代表作。现在就已经是了。"

亨利勋爵走进花园，看见道林·格雷把脸埋在一大簇清新提神的紫丁香花里，如饮美酒般沉醉地吸吮香气。他走上前，把手搭在道林肩上。"你这样做是对的，"他低声地说，"唯有感官，是治愈灵魂的良药；同样唯有灵魂，是疗愈感官的良药。"

那位少年突然一愣，不由倒退几步。他没戴帽子，树叶拨弄着那一头不羁的卷发，金色的发丝全部纠缠起来。他的双眸中透着一丝惊惶，仿佛刚从梦境中被人骤然唤醒。他那雕塑般精巧的鼻翼微微颤动，内心隐隐的忐忑使得双唇更显绯红，颤抖不止。

"是了，"亨利勋爵接着说，"用感官治愈灵魂，用灵魂治愈感官，这无疑是生活的一大奥秘。你，是一个无与伦比的美妙存在。你所知道的，比你想象中要多，你渴望知道的，又比你实际了解的要少。"

道林·格雷皱着眉，撇过头去。他不由喜欢上了在他身边站着的这位身材高大、风度翩翩的年轻男子。那浪漫的橄榄色面庞和疲惫的神态，无一不吸引着他；那低沉而慵懒的声音里仿佛有一种让人神魂颠倒的东西；甚至连那双冷峻、白皙、如花朵般的手，也散发出一种奇特的魅力。在他说话时，他的手像乐曲般随着话语摆动，仿佛有自己的语言。但道林却害怕这个人，又因这种害怕而羞愧。

为什么他的内心竟被一个陌生人揭露？他认识巴兹尔·霍尔沃德好几个月了，但他们之间的友谊从未令他改变分毫。此刻，突然有一个人闯进他的生活，还似乎向他揭示了生命的奥秘。不过，这有什么可怕的呢？他已经不是小孩子了，居然还会害怕，实在太荒谬了。

"咱们去树荫底下坐吧，"亨利勋爵说，"帕克已经把饮料送来了。太阳这么毒，你再待下去可就糟蹋了，到时巴兹尔也不会再画你。你千万别晒伤了自己，否则就不好看了。"

"那又怎么样？"道林·格雷一边笑着叫道，一边来到花园尽头的座位上坐下来。

"这对你来说至关重要，格雷先生。"

"为什么？"

"因为你有最美妙的青春，而青春是最不可辜负的。"

"亨利勋爵，我感受不到这些。"

"是，你现在是感受不到。可终有一天，当你垂垂老矣，满脸皱纹，丑陋不堪，当思绪在你的额头刻下纹路，当激情将恐怖的烈焰烙印在你的双唇，你就会感受到了，而且会极其强烈地感受到。现在，无论你走到哪里，你都会迷倒众生。但会永远这样吗？……格雷先生，你有一张美丽动人的面孔。别皱眉头。你的确如此。美貌本身就是一种才华，实际上比才华更高级，因为它无需解释。它是世界上最重要的东西，就像阳光、春天，或者我们称之为月亮的银色贝壳投在黑暗水面的倒影，不容置疑。它有神圣的主权。它赋予其拥有者以王子的身份。你笑什么？嗬！等你失去它，你就笑不出来了……人们有时会说美貌不过是肤浅之物。或许吧，但至少不像思想那么肤浅。对我来说，美貌是奇迹中的奇迹。只有肤浅之人才不以貌取人。世间真正的奇迹是看得见的，而非无形的……没错，格雷先生，众神一直厚爱于你，但众神赐予的，会很快收回。你只有几年的时间可以享受那种纯粹、完美、充实的生活。一旦你青春逝去，你的美貌也会随之消失，你会突然发现，人生再没有成功可言，或者只能满足于那些微不足道的成功，而往日的记忆会让这点滴的成功比失败更令你痛苦。月复一月，美貌逐渐凋零，某种可怕的东西离你越来越近。时间嫉妒你，向你如百合、玫瑰般的花样容颜开战。你会面色蜡黄，脸颊凹陷，眼神呆滞。你会苦不堪言……哦！趁你还拥有青春，好好珍惜吧。不要虚掷你的黄金岁月，不要听那些枯燥乏味的东西，不要妄图拯救无望的失败，或者把自己的生命献给无知、平庸和粗俗。这些都是我们这个时代病态的目标，错误的理想。活出精彩吧！活出你心底的美好！不要让任何东西从你身边溜走。不断探寻新感受。要无所畏惧……体验一种全新的享乐主义——这正是我们这个世纪所追求的。而你，可能就是这种享乐主义的鲜活代表。以你的美，你想做什么都能成。世界只会在短暂的季节里任你差遣……自从遇见你的那一刻，我就发现你对自己是什么样的人，也许能成为什么样的人一无所知。你身上有太多吸引我的地方，我觉得我有必要帮你认清自己。我想，要是你荒废了自己，就太不幸了。因为你的青春只会持续很短的时间，可以说转瞬即逝。普通的山花谢了还会再开。明年六月，金链花又会开得像现在这样金黄。再过一个月，铁线莲也会开出星星般的紫花，年复一年，都会有绿叶托着那些紫色星星。但我们的青春却是一去不复返。二十岁时在我们身体里欢快跳动的脉搏会变得无力，我们的四肢会变得乏力，感官也会衰朽，最终沦为可怕的提线木偶，而内心始终残存着那些我们畏惧至极的激情，和我们缺乏勇气去接受的美妙诱惑。青春啊！青春！世界上再没有任何东西能与青春媲美了！"

道林·格雷睁大眼睛听着，满脸惊愕，手里那簇紫丁香掉落在石子路上。一只毛茸茸的蜜蜂飞来，围着花嗡嗡地盘旋了一会儿，旋即落在开满星状小花的椭圆形球茎上爬来爬去。他饶有兴致地看着这只蜜蜂。当有重大的事情令我们害怕时，或者在我们被某种无法表达的新情感所触动时，又或者在我们的大脑突然被恐惧的思想裹挟并迫使我们屈服时，我们便会对一些琐事产生一种奇特的兴趣。过了一会儿，蜜蜂飞走了。他看着它钻进一朵艳丽的蓝紫色喇叭花里。那花似乎颤动了一下，随后轻轻摇晃起来。

这时，画家突然出现在画室门口，打着顿音般短平快的手势招呼他们进来。他们相视一笑。

"我在等你们呢，"他喊道，"快进来。现在的光线很完美，你们把饮料拿进来吧。"

他们起身信步走向小径。两只白绿相间的蝴蝶扇着翅膀从他们身旁飞过。花园一角的梨树上，一只画眉开始鸣唱。

"格雷先生，遇到了我你该高兴的。"亨利勋爵看着他说。

"是的，现在是很高兴，但我会永远这么高兴吗？"

"永远！这个词真可怕。每次听到，我都忍不住浑身发抖。女人们都爱用这个词。她们为了追求永久的浪漫，反倒将浪漫彻底摧毁。这个词没有任何意义。朝三暮四比从一而终更长久，这是二者的唯一区别。"

走进画室时，道林·格雷挽住了亨利勋爵的胳膊。"既然如此，那我们就来一场朝三暮四的友谊吧。"他低声说，双颊因自己的唐突而涨得通红。随后他走上画台，继续摆好原先的姿势。

亨利勋爵一屁股坐在一张宽大的扶手藤椅上，打量着他。此刻的画室里，只有画笔在画布上挥舞的沙沙声打破寂静，间或夹杂着霍尔沃德后退几步，从远处审视自己作品的脚步声。斜阳洒进门廊，落在飞舞的尘埃上，一片金黄。浓郁的玫瑰香味似乎笼罩着一切。

大约过了一刻钟，霍尔沃德停止作画，朝道林·格雷看了好一会儿，又朝那幅画看了好一会儿，嘴里咬着大笔刷的笔头，蹙着眉。"画完了！"他终于高声宣布，随后弯下腰，在画布的左下角用朱红色的细长字体签上自己的名字。

亨利勋爵走上前，审视着这幅画。这无疑是一件绝妙的艺术杰作，画得栩栩如生。

"老兄，热烈祝贺！"他说，"好一幅精美绝伦的当代画像。格雷先生，过来瞧瞧你自己吧。"

那位小伙子猛地一惊，仿佛刚从睡梦中被人唤醒。

"真的画完了吗？"他喃喃地走下画台。

"都画完了，"画家说，"今天你的姿势摆得出奇得好，我非常感激。"

"这可都是我的功劳，"亨利勋爵插话道，"对吧，格雷先生？"

道林没有回答，心不在焉地走到画像前，转身面对着它。一看到那幅画，他不由退后了一步，脸颊上泛起愉悦的红晕。他眼中透出喜悦的光芒，仿佛这是他第一次认识自己。他呆立在那里，惊奇不已，隐约听到霍尔沃德跟他说话，但没听清他说的什么。他如受神启般猛然意识到自己的美。这种感觉他以前从未有过。巴兹尔·霍尔沃德的恭维，在他看来不过是朋友间略显夸张的溢美之辞，他听过之后笑笑也就忘了。那些话并没有对他的个性造成什么影响。然后亨利·沃顿勋爵出现了，发表了一通赞颂青春的奇怪言论，以及韶华易逝的骇人警告。他当时就被深深触动。此刻他站在这里，凝视着自己美丽的影像，亨利勋爵的描述无比真切地在他脑海中闪过。是啊，终有一天，他的面容会干瘪起皱，目光呆滞，曾经优雅的身姿会变得佝偻扭曲，曾经艳如朱砂的嘴唇也将失去颜色，金色的头发会变得灰白。滋养他灵魂的生命，会侵蚀他的肉体，使他变得丑陋可怕，粗俗不堪。

想到这里，一股尖锐的疼痛像刀子一样扎进他的心，令他每一根纤细的神经都颤抖起来。他的眸子深邃得像紫水晶，泪水在眼眶里打转。他感觉有一只冰冷的手揪住了他的心。

"怎么你不喜欢吗？"霍尔沃德终于忍不住大声问道，他被小伙子的沉默刺痛，不知道那是什么意思。

"他当然喜欢了，"亨利勋爵说，"谁会不喜欢呢？这绝对是现代艺术最伟大的杰作。你尽管开价，我一定要得到它。"

"这幅画并不属于我，哈里。"

"那属于谁呢？"

"当然是道林呀。"画家答道。

"这家伙真幸运。"

"太悲哀啦！"道林·格雷仍然目不转睛地盯着自己的画像，喃喃地说，"太悲哀啦！我会变老，变得面目全非，变成一个丑八怪，但这幅画却会永远年轻，永远停留在六月的这一天……要是能反过来该多好啊！让我永葆青春，让这幅画里的人变老！若能这样……若能这样……我愿付出一切！对！这个世上的一切我都能舍弃！就算要我的灵魂我也甘愿！"

"巴兹尔，你怕是不会喜欢这种安排吧，"亨利勋爵笑着高声说，"那样，你的画就要遭殃了。"

"我坚决反对，哈里。"霍尔沃德说。

道林·格雷回过头看着他。"我就知道你会反对，巴兹尔。你爱艺术胜过爱朋友。我在你眼里不过是一尊青铜像。我敢说连青铜像都不如。"

画家惊讶地盯着他。这实在不像道林会说的话，怎么回事？他似乎非常生气，脸涨得通红，像火烧一样。

"对，"他继续说，"在你心里，我的地位还不如你那象牙雕的赫尔墨斯[1]像，或银质的法翁[2]像。你会永远喜欢它们。可你会喜欢

---

1 希腊神话中的商业、旅者、小偷和畜牧之神，也是众神的使者，奥林匹斯十二主神之一。

2 罗马神话中主管畜牧的神，半人半羊，喜爱音乐，生活在树林里，对应了希腊神话中赫尔墨斯之子——牧神潘。

我多久呢？直到我长出第一条皱纹，是吗？我现在懂了，凭他是谁，一旦失去美貌，就等于失去一切。你的画让我明白了这个道理。亨利·沃顿勋爵说得一点不错。青春是唯一不可辜负的东西。等我发现自己变老的时候，我就不活了。"

霍尔沃德瞬间脸色苍白，一把握住他的手。"道林！道林！"他大叫道，"求你别这么说。我这辈子从未有过像你这样的朋友，相信未来也不会有。你怎么可能会嫉妒那些物质的东西呢？它们怎么能跟你相提并论！"

"我嫉妒一切永远美丽的东西。我嫉妒你为我画的肖像。它凭什么能留住我留不住的东西？时间每分每秒都从我这里夺走一些东西，却赋予这幅画像新生。唉，要是能反过来就好了！如果让画改变，而让我永远保持现在的模样，那该多好！你为什么要画它？总有一天它会嘲笑我的 ——无情地嘲笑我！"热泪在他的眼眶里打转，他抽回手，一屁股坐到长榻上，把脸埋进靠垫，像是在祈祷什么。

"瞧瞧你干的好事，哈里。"画家悻悻地说。

亨利勋爵耸了耸肩。"这才是真正的道林·格雷，如此而已。"

"这不是。"

"就算不是，又与我何干？"

"你当初应该听我的劝告离开的。"他咕哝道。

"你让我留下，我就留下了呀。"亨利勋爵说。

"哈里，我不能同时跟我两个最好的朋友吵架，但被你们这一搅和，让我恨起自己最好的作品来了。我要毁了它。这不过是一块画布和一堆颜料罢了，我不能让它夹在我们三个人中间，毁掉我们的生活。"

道林·格雷从靠垫上抬起那一头金发的脑袋，脸色苍白、泪眼婆娑地看着他走向挂着窗帘的大窗户，来到那张松木画桌前。他去那儿干什么呢？只见他的手指在一堆画具中摸来摸去，像在找什么东西。没错，正是那把由软钢制成的又长又薄的调色刀。他终于找到了，准备去划破画布。

小伙子忍着啜泣，从沙发上一跃而起，冲到霍尔沃德面前，夺过他手里的刀，扔向画室一角。"住手，巴兹尔，快住手！"他叫道，"这是谋杀！"

"道林，我很高兴你终于欣赏我的作品了，"画家从惊愕中回过神来，冷冷地说，"我还以为你永远不会喜欢呢。"

"何止欣赏？我简直爱死它了，巴兹尔。这就是我啊。我能感觉到。"

"好吧，等把你晾干，刷上漆，安好框，就送你回家。到时你就可以随心所欲了，想怎么处置都成，"说着，他穿过房间，按铃要了茶点，"给你来杯茶，对吧，道林？你呢，哈里？还是说你们拒绝这种简单的快乐？"

"我崇尚简单的快乐，"亨利勋爵说，"这是躲避纷扰仅存的避难所。我不喜欢太戏剧化的场面，但舞台上的除外。你们俩可真是荒谬透顶！真不知道是谁把人定义为理性动物的。这是有史以来最不靠谱的定义。人有很多面，但没有理性的一面。不过，好在人都是不理性的……但我还是希望你们不要再为这幅画吵个没完了。你还是把画给我吧，巴兹尔。这傻小子不是真心想要，而我是认真的。"

"巴兹尔，你要是把画给了除我之外的任何人，我永远不会原谅你！"道林·格雷叫道，"而且没人可以喊我傻小子。"

"这画本来就是你的呀，道林。我还没画的时候就已经给你了。"

"你也知道你刚才是有点傻，格雷先生。不过，你不会真的反感别人拿你年纪轻开玩笑吧。"

"亨利勋爵，今天早上我就该强烈反对的。"

"啊！你的人生从今天早上才开始！"

一阵敲门声响起，管家端着满满一盘茶点走了进来，摆在一张小巧的日式茶几上。杯子和茶碟叮当作响，一把饰有凹槽纹的乔治时代的茶壶嗞嗞地叫唤着。一位童仆送来两只球形瓷盘。道林·格雷走过去倒茶。另外两人悠闲地踱到茶几旁，掀开盖子查看底下的东西。

"我们今晚去剧院吧，"亨利勋爵提议道，"肯定有哪家有好戏上演。我本来答应要去怀特家吃饭的，不过反正是和老朋友叙旧，我可以给他发电报说我病了，或者干脆说我另外有约来不了了。我觉得这借口不错，对方肯定想不到我会这么坦白。"

"我最烦穿礼服了，"霍尔沃德咕哝道，"何况穿上还那么难看。"

"是呀，"亨利勋爵心不在焉地回答，"我最看不上十九世纪的服装了，那么灰暗，那么压抑。罪孽是现代生活唯一真正的亮色。"

"哈里，别在道林面前讲这种话。"

"在哪个道林面前？是给我们倒茶的这位，还是画上的那位？"

"两个都不行。"

"亨利勋爵，我想跟你一起去剧院。"那位小伙子说。

"那就来吧。你也来，好吗，巴兹尔？"

"真的不行。我就不去了。我还有很多事情要忙。"

"好吧，那就咱们两个去，格雷先生。"

"那真是太好了。"

画家咬了咬嘴唇，拿起茶杯向画像走去。"我要留下来陪真正的道林。"他伤心地说。

"那是真正的道林吗？"画像的原型穿过房间朝他走去，"我真是这样的吗？"

"是的，一模一样。"

"太不可思议了，巴兹尔！"

"至少你们长得一样。但画像永远不会改变，"霍尔沃德叹了口气说，"这真是莫大的安慰。"

"人们把忠贞不渝这件事看得太重了！"亨利勋爵高声说，"何必呢！即使是爱情，也不过是生理学上的问题而已，完全不受我们的意志所控。年轻人想要忠贞不贰，却做不到；老年人不想要忠贞，也同样办不到。就这么简单。"

"道林，今晚别去剧院了，"霍尔沃德说，"留下来跟我一起吃饭吧。"

"不行，巴兹尔。"

"为什么？"

"因为我已经答应亨利·沃顿勋爵要跟他去了。"

"他不会因为你守信而更喜欢你。他自己就常常食言。请留下吧，拜托了。"

道林·格雷笑着摇了摇头。

"求求你。"

小伙子犹豫了，看了一眼坐在茶几旁的亨利勋爵。他正注视着他们，脸上挂着一丝戏谑的微笑。

"我要去，巴兹尔。"他说。

"好吧，"霍尔沃德说，走过去把自己的杯子放在托盘上，"时间不早了，你们还得换衣服，就别耽搁了。再会，哈里。再会，道林。尽快再来看我吧。明天就来吧。"

"一定。"

"你不会忘吧？"

"当然不会。"道林高声说。

"对了……哈里！"

"什么事，巴兹尔？"

"记住我嘱咐你的事，早上我们在花园里说的。"

"我忘了。"

"我相信你。"

"我也希望能相信我自己，"亨利勋爵大笑着说，"走吧，格雷先生，我的马车就在外面，我送你回家。再会，巴兹尔。今天下午真有趣。"

两人身后的门关了，画家猛地瘫倒在沙发上，脸上露出痛苦的神情。

第三章

　　翌日，中午十二点半，亨利·沃顿勋爵从寇松街漫步到奥尔巴尼单身公寓，去拜访他的舅舅费莫尔勋爵。费莫尔是个老光棍，举止粗鲁却和蔼可亲。外界都说他为人自私，因为从他身上捞不到半点好处，但在上流社会，他却给人留下慷慨的印象，因为他养活了一群讨他欢心的人。他父亲曾经是英国驻马德里大使——那时西班牙女王伊莎贝拉二世还年轻，起义军领袖普里姆也尚未成名——后来因为没能去巴黎当大使而一气之下辞了职。他认为，凭他的出身、他偷懒的本事、他出色的文笔，以及纵情享乐的态度，这个职务非他莫属。在父亲手下担任秘书的费莫尔也随着一道辞了职，这在当时的人看来确实不太明智。几个月后，他继承了父亲的爵位，并开始专注研究"游手好闲"这门专属于贵族的伟大艺术。他在市中心有两栋豪宅，但为了省事，他宁愿住进单身公寓，饭也大多是在俱乐部吃的。他花了点心思打理英格兰中部各郡的煤矿，并辩称自己之所以沾染实业，是为了让绅士能体面地在自家壁炉里烧木头。政治上他是保守派，但在保守党执政时期除外，他在那段时间常常大骂他们是一帮激进分子。他在贴身男仆眼里是个英雄，却也受那些仆人的欺负；在大多数亲戚眼里，他倒像个瘟神一样欺负他们。只有英国才会出他这号人物，可他老是说这个国家快完蛋了。他奉行的道德原则早已过时，但总有一大堆理由为自己的偏见开脱。

　　亨利勋爵进了房间，发现他舅舅穿着一身粗陋的狩猎服，一边抽着雪茄，一边对着《泰晤士报》嘀嘀咕咕地发牢骚。"哟，哈里，"那位老绅士说，"什么风把你这么早就吹来了？我还以为你们这些花花公子要两点钟才肯起床，五点钟才会露面呢。"

"当然是外甥想您了呀，乔治舅舅。我想问您要点东西。"

"准是要钱吧，"费莫尔勋爵一脸苦笑地说，"嗯，坐下来跟我说说吧。现在的年轻人啊，总以为有了钱就有了一切。"

"您说得对，"亨利勋爵解开外套的纽扣，低声说，"等他们年纪再大些就懂了。不过我不要钱，只有那些需要付账的人才要钱。乔治舅舅，我从来不用付账。不当家中长子的好处就是可以赊账，这种日子别提有多潇洒了。而且，我一般都跟达特穆尔路上的人做生意，他们从来不找我麻烦。我来是想问点事。当然，不是什么正儿八经的大事，只是微不足道的琐事。"

"好，哈里，只要是《英国蓝皮书》[1]里写的，我都可以告诉你，虽然那些家伙现在写的东西全是扯淡。我当年还在外交部的时候，情况要好得多。听说现在要通过考试才能进去，那又怎么样？考试这种东西，老兄，从头到尾都是瞎胡闹。如果是真正的绅士，他自然有足够的见识；如果不是绅士，知道再多也没用。"

"乔治舅舅，道林·格雷先生不在蓝皮书里。"亨利勋爵懒懒地说。

"道林·格雷？他是谁？"费莫尔勋爵皱着浓密的白眉毛问道。

"我就是来打听这个人的，乔治舅舅。不过，我对他倒有些了解。他是最后一任凯尔索勋爵的外孙。他的母亲，玛格丽特·德弗罗夫人，是德弗罗家族的人。我想您给我讲讲他母亲的事。她长什么样？嫁给了什么人？和您同时代的人您差不多都认识，所以可能会认识她。我现在对格雷先生很感兴趣。我刚跟他见过面。"

"凯尔索的外孙！"那位老绅士附和道，"凯尔索的外孙！没错……我跟他母亲很熟。我记得我还参加了她的洗礼。玛格丽

---

1 一本专门收录英国重要人物（如政府官员、精英人士）姓名及地址的名录，类似电话黄页。

特·德弗罗……她绝对是个美人胚子，后来因为跟一个穷小子私奔而闹得满城风雨。那家伙是个无名小卒，老兄，在步兵团里当个副官什么的。没错。整件事我都记得一清二楚，就像昨天发生的一样。结婚没几个月，那可怜的家伙就在斯帕跟人决斗丧了命。这里头还有个见不得光的事。听说凯尔索雇了个亡命之徒，好像是个比利时杀手，当众欺负自己的女婿……是花钱雇的，老兄，花钱让人那么干的……那家伙像宰鸽子似的把他给捅死了。不过这件事被压下去了，可是，老天爷啊！凯尔索后面很长一段时间都一个人孤零零地在俱乐部里吃牛排。听人说他把女儿弄回去了，但她再也没搭理过他。哦，是的，太不幸了。不到一年，那姑娘也死了，但留下了一个儿子，应该是这样吧？我都忘了。那孩子长得怎么样？要是像他母亲，肯定是个英俊小伙。"

"他确实很英俊。"亨利勋爵赞同地说。

"但愿这孩子能过上好日子，"老先生继续说道，"如果凯尔索处事公道，这孩子应该能得到一大笔钱。他母亲也有钱，继承了塞尔比家族的全部财产，那是她外祖父留给她的。她外祖父很讨厌凯尔索，说他是个吝啬鬼。倒也没说错。我在马德里的时候他来过一次。老天爷啊，我都替他害臊。甚至连女王都问我，那个总为了车费与马车夫吵个没完的英国贵族是谁。这事儿后来还成了大家茶余饭后的笑料。在那之后的一个月，我都不敢在皇宫里露面。但愿他对自己的外孙不会像对马车夫那么刻薄。"

"这我就不知道了，"亨利勋爵答道，"我想这孩子会过上好日子的。他年纪还小呢。但我知道塞尔比家族的财产都在他手上，是他告诉我的。那……他母亲长得美吗？"

"玛格丽特·德弗罗是我见过最美的姑娘了，哈里。我永远也想不通，她怎么会做出那种事。凭她的姿色，她想嫁给谁不行呢？卡林顿就曾对她神魂颠倒。不过她是个浪漫的人，她们家族的女人都这样。男人们都是窝囊废。但是，老天爷啊！那些女人都是世间极品。卡林顿甚至跪下来求她，那是他亲口告诉我的，但她却嘲笑他。那时候伦敦还没有哪个姑娘不迷他的呢。对了，哈里，谈到荒唐的婚姻，你父亲说达特穆尔想娶个美国姑娘，这是什么鬼话？难道没有一个英国姑娘能配得上他吗？"

"乔治舅舅，现在娶美国人是种时髦。"

"就算天塌下来，也是英国女人最好，哈里。"费莫尔勋爵用力捶着桌子说。

"可现在大家都把宝押在美国姑娘身上。"

"听说她们对待感情不专一。"他舅舅嘀咕道。

"打持久战她们很快就累了，速战速决才是她们的强项。要搞一场短道障碍赛，她们个个是好手。我看达特穆尔是没戏了。"

"她什么来头？"老绅士继续问道，"家里有什么人吗？"

亨利勋爵摇摇头。"美国姑娘都擅长隐瞒父母的身份，就像英国姑娘擅长隐瞒自己的过去一样。"说罢，他起身准备离开。

"想必他们都在搞猪肉桶政治[1]那档子事吧。"

"真这样才好呢，乔治舅舅，这对达特穆尔有利。我听说在美国，搞猪肉桶政治是除了当官弄权之外最赚钱的行当了。"

"她长得漂亮吗？"

"她总表现得好像自己很漂亮的样子。大多数美国女人都这样，这是她们保持魅力的秘诀。"

"这些美国女人为什么不能待在自己的国家呢？我成天听他们说，美国是女人的天堂。"

"确实如此。所以她们才像夏娃那样急不可耐地逃出天堂。"亨

---

1 美国政界用语，指议员在国会制定拨款法时，将钱拨给自己的州（选区）或自己特别偏好的特定项目的做法。这种行为的参与者，则被称作"加工猪肉者"。

利勋爵说。

"再会，乔治舅舅，我再耽搁就赶不上午饭了。谢谢你告诉我这么多我想知道的东西。新朋友的事我总是什么都想打听，老朋友的事我就没兴趣知道了。"

"哈里，你去哪儿吃午饭？"

"阿加莎姑妈家。我邀了格雷先生一道去。他现在是她的新宠。"

"哼！告诉你的阿加莎姑妈，哈里，让她别再拿什么慈善的案子来烦我了。我受够了。哼！这位女天使以为我除了给她那愚蠢的癖好写支票外，就没别的事情干了吗？"

"好的，乔治舅舅。我会转告她，但恐怕没什么用。所有的慈善家都丧失了一切人性，这是他们最显著的特点。"

老绅士一边愤愤地哼着气表示赞同，一边按铃召唤仆人送客。亨利勋爵走过低矮的拱廊，来到柏灵顿街，转身朝伯克利广场走去。

这就是道林·格雷的身世。虽然费莫尔讲得粗枝大叶，但这个奇特而又蕴含着几分现代浪漫色彩的故事却深深触动了他的心。一个美丽的妙龄女子，为了狂热的恋情不顾一切。如痴如狂的甜蜜时光仅维持几周，就在一场丑恶奸诈的罪行中戛然而止。又经过数月无声的悲痛折磨，一个婴儿在痛苦中降生。母亲被死神夺去生命，把这个孤苦伶仃的男孩留给一位蛮横无情的老人。嗯，这样的身世背景很不寻常。它造就了这个孩子，令他变得更完美。每一件精美之物背后，往往都隐藏着悲剧。世界必须经历苦难，最卑微的花朵才会绽放……昨晚吃饭的时候，他是那样迷人！在俱乐部，道林坐在他对面，眼神有些失措，嘴唇微启，惊恐与愉悦在心头交织，在红色烛光的映照下，他那张写满惊奇的面庞染上了玫瑰般的红晕。与他交谈就像在拉一把精致的小提琴，每一次琴弓的颤动，每一个音符的触碰，他都能完美回应……这样对他施加影响，真是太令人陶醉了，没有任何其他活动能与之相提并论。将自己的灵魂注入某种优雅的躯壳，让它停留片刻；聆听自己的见解在充满激情与青春的旋律中回荡；将自己的气质像一种微妙的液体或奇特的香气般传递给他人。这确实能带来一种真正的喜悦——在这样一个既狭隘又庸俗的时代，一个肉欲横流、缺乏高尚追求的时代，这或许是我们所能体验到的最满足的快乐了。他在巴兹尔的画室机缘巧合遇见的这个小伙子，是一个相当了不起的人物，或者说，至少可以被塑造成一个了不起的人物。他举止优雅，保持着男孩特有的纯真无邪，以及那种如同古希腊大理石雕塑般的美。他身上充满了无限的可能性，既可以被塑造成一个伟大的巨人，也可以被制作成一个小巧的玩偶。可惜啊，这样的美丽注定要凋零！……巴兹尔呢？从心理学角度看，他也算是个奇人了！仅仅通过观察一个对生活一无所知的人，就创造出一种全新的艺术手法和生活的视角，这实在令人惊叹。那个居住在幽暗森林中、无声无息地在田野间漫步的神秘精灵突然显现，如同神话中的森林仙女德律阿得斯一样无所畏惧。在他一直寻觅着她的灵魂里，一种神奇的视觉被唤醒，只有这样，他才能够发现那些神奇的事物。他所观察到的一切形状和图案都变得优雅精致，并获得一种象征价值，仿佛它们是另一种更完美的形式投射到现实世界的影子。这一切太不可思议了！历史上好像也有类似的事情。那位思想家柏拉图不正是最早剖析它的人吗？米开朗基罗不正是用十四行诗在彩色大理石上雕刻它了吗？然而在我们这个时代，它却显得格格不入……是的，他决心要影响道林·格雷，就像那位小伙子在不知不觉中影响了创作出那幅精彩肖像画的画家一样。他决心要征服他——事实上他已经成功了一半。他要得到那个美妙的灵魂。在这个爱情与死亡之子身上，有一种让人欲罢不能的东西。

他突然停下来，抬头看看四周的房子，发现已经过了姑妈家有一段路了。他不由暗自发笑，转身往回走。等他来到稍显昏暗的大厅，管家告诉他，大家都已经在里面用餐了。他把帽子和手杖交给一个男仆，进了餐厅。

"你又迟到了，哈里。"姑妈高声说，冲他直摇头。

他随口编了个理由，在她旁边的空位上坐下，扫了一眼四周，看看还有谁在场。道林在桌子的另一头腼腆地向他欠了欠身，一抹愉悦的红晕悄悄爬上脸颊。对面坐着的是哈雷公爵夫人。这位夫人性情温和，脾气极好，每一位认识她的人都很喜欢她。作为女人，如果不是身为公爵夫人，她丰满的体态准会被当代历史学家用"膀大腰圆"来形容。坐在她右边的是托马斯·伯登爵士，一位议会中的激进派成员，在公开场合紧跟领袖的步伐，在私人生活中则紧紧追随最好的厨师，始终遵循一条广为人知的处世之道：与保守党人共享餐桌，与自由党人共谋思想。她左边坐着特雷德利庄园的厄斯金先生，一位魅力十足、学富五车的老绅士。然而，此人却养成了一个沉默寡言的坏习惯。他曾向阿加莎夫人解释过，这是因为他三十岁之前就把该说的话都说完了。亨利旁边坐着范德勒夫人，他姑妈的老朋友，堪称一位完美的女圣人，但穿着打扮却显得相当过时，让人不禁想到那些装帧粗糙的圣歌集。幸好她另一边坐的是福德尔勋爵，一位聪明绝顶的中年平庸之辈。他那颗光秃秃的脑袋，就像下议院部长发表的声明一般不加修饰。范德勒夫人正用一种极度热切的方式与之交谈。用福德尔勋爵自己的话说，这种交谈方式是所有真正的好人都必犯的不可饶恕的错误。

"我们在说那可怜的达特穆尔的事，亨利勋爵，"公爵夫人大声说，她隔着桌子，满脸笑容地朝他点了点头，"你觉得他真的会娶那位迷人的年轻姑娘吗？"

"我相信那姑娘已经决定向达特穆尔求婚了，公爵夫人。"

"太可怕了！"阿加莎夫人惊呼道，"说真的，得有人管管才行。"

"据可靠消息，那姑娘的父亲开了一家美国布制品店 [1]。"托马斯·伯登爵士摆出一副不可一世的样子说道。

"我舅舅早就说过，他是搞猪肉桶政治的，托马斯爵士。"

"布制品？美国布制品到底是什么东西？"公爵夫人惊讶地扬起两只大手问道，把"到底"两个字说得很重。

"美国小说呗。"亨利勋爵一边回答，一边给自己夹了些鹌鹑肉。

公爵夫人满脸疑惑。

"别理他，亲爱的，"阿加莎夫人低声说，"他讲话从来都言不由心。"

那位激进派议员说："刚发现美洲新大陆的时候……"他开始陈述一些乏味的事实。和所有想要穷尽某个话题的人一样，他也耗尽了听众的耐心。公爵夫人叹了口气，行使了她打断别人发言的特权。"我倒希望它从没被发现才好！"她大声说，"说真的，我们的英国姑娘现在真是没行情。这太不公平了。"

"或许，从来就不是什么发现新大陆，"厄斯金先生说，"要我说，那地方只是被看到了。"

"哦！但是我见过那地方的居民，"公爵夫人含糊地说，"我必须承认，她们中的大多数都非常漂亮，穿得也好。她们所有的衣服都是从巴黎买的。真希望我也能买得起。"

"据说那些好的美国人死后都去了巴黎。"托马斯爵士咯咯地笑着说。他满脑子都装着这种过时的俏皮话。

"真的吗！那坏的美国人死后去哪儿呢？"公爵夫人问道。

1　美国旧时售卖衣物、纺织品及少量食品杂货的店铺。许多著名百货公司和连锁店都是从布制品店起家。

"去美国。"亨利勋爵咕哝道。

托马斯爵士皱起眉头。"你侄子怕是对那个伟大的国家有偏见吧，"他对阿加莎夫人说，"我把那里都玩遍了，当地官员派的车，在这种事情上，他们的服务相当到位。我敢保证，去那儿旅游绝对长见识。"

"可是，长见识就非得去芝加哥吗？"厄斯金先生哀怨地问道，"这千里迢迢的我可吃不消。"

托马斯爵士摆摆手说："特雷德利的厄斯金先生从书架上就能看遍世界。我们这些务实的人喜欢亲身体验，而不是从书本上了解。美国人相当有趣，也绝对通情达理。我认为这是他们标志性的特点。是的，厄斯金先生，他们绝对是讲道理的民族。我敢保证，美国人绝不胡来。"

"太可怕了！"亨利勋爵惊呼，"我能忍受野蛮的武力，但无法忍受野蛮的理智。理智不该这样被滥用，简直是浪费才华。"

"我不明白你的意思。"托马斯爵士说着，脸色变得通红。

"我明白，亨利勋爵。"厄斯金先生微笑着轻声说。

"悖论自有其合理之处。"男爵回答道。

"那是悖论吗？"厄斯金先生问，"我不这么认为。或许是吧。嗯，理解悖论就是理解真理。要验证事实，就必须把它放到钢丝绳上去看，让真理像杂技演员一样在上面走一遭，我们就能评判了。"

"哎呀！"阿加莎夫人说，"你们男人怎么总是争论不休！我想我可能永远也搞不明白你们在说些什么。嘿！哈里，你真是太让我生气了。你为什么要劝我们可爱的道林·格雷不去东区演出呢？我敢打包票，他在那里会前途无量的。他们肯定会爱上他的表演。"

"我想要他为我演奏。"亨利勋爵微笑着大声说道。他朝桌子那头望去，正好捕捉到对方投来愉快的一瞥。

"可是怀特查佩尔的人就不乐意了。"阿加莎夫人接着说。

"我同情世上的一切，唯独除了苦难，"亨利勋爵耸了耸肩说，"我无法同情苦难。因为它太丑陋、太可怕、太痛苦了。现代人同情痛苦，是极其病态的。人们应该同情色彩、美丽与生活中的欢乐。至于生活的疮疤，谈论得越少越好。"

"但东区仍然是一个很大的问题。"托马斯爵士神情严肃地摇摇头说。

"一点不错，"年轻的勋爵说，"这其实是奴隶制的问题，可我们却妄图通过取悦奴隶来解决这个问题。"

政客饶有兴致地看着他。"那么，你有何高见呢？"他问。

亨利勋爵笑了。"除了天气，我不希望改变英国的任何东西，"他答道，"我非常满足于进行哲学思考。但是，由于十九世纪人们的同情心泛滥，情感被消耗殆尽，我建议寻求科学的帮助让一切回归正轨。感性的优点，在于它会将我们引入歧途，而科学的优点，在于它不会感情用事。"

"可是，我们肩上的担子真的很重。"范德勒夫人小心翼翼地试探着说。

"相当重。"阿加莎夫人附和道。

亨利勋爵扭头看向厄斯金先生，说："人啊，总是自视过高。这是世界的原罪。如果穴居人知道如何笑，历史绝对不会是现在这个样子。"

"你太会安慰人啦，"公爵夫人娇声娇气地说，"每次来看你亲爱的姑妈，我心里总觉得愧疚，因为我对东区一点儿也不感兴趣。从今以后，我总算可以脸不红心不跳地看她了。"

"脸红是很美的，公爵夫人。"亨利勋爵说。

"只有年轻人脸红才美，"她回答说，"像我这样的老女人脸红，可不是什么好事情。噢！亨利勋爵，我希望你能教教我怎么恢复青春。"

他想了一会儿。"您还记得早些年犯过的什么大错吗，公爵夫人？"他望向桌对面问。

"怕是有很多呢。"她高声答道。

"那就把那些错误再犯一遍，"他一脸认真地说，"想要重返青春，只要重做以前的蠢事就行了。"

"好动听的理论！"她惊呼道，"我一定要试试看。"

"好危险的理论！"托马斯爵士从紧闭的嘴唇里挤出这句话。阿加莎夫人摇摇头，忍不住扑哧一声笑了出来。厄斯金先生静静地听着。

"是的，"他继续说，"这是一个重要的人生奥秘。如今，大多数人都会被某种不易察觉的常识扼杀，等到发现时已经太晚。人们唯一不会后悔的就是自己犯下的错误。"

席间响起一阵哄笑。

他把玩着这个想法，慢慢变得随心所欲起来。他把这个想法抛向空中，不断变换其形态，一会儿让它逃走，一会儿又把它捉回来，用幻想给它增添绚丽的色彩，用悖论为它插上翱翔的翅膀。他滔滔不绝，把愚昧的赞歌升华成一种哲学。就连哲学本身都摇身一变，成了一位妙龄女郎。她穿着酒渍斑斑的长袍，头戴常青藤编织的花环——正是人们想象中的样子——伴着疯狂的享乐曲，像酒神巴克斯的女祭司一样在生命之丘上起舞，同时不忘嘲笑仍然保持清醒的森林之神西勒诺斯。在她面前，诸多事实如同林子里受惊的小动物般逃之夭夭。她那双洁白的脚踏在巨大的榨酒桶上，智者奥马尔坐在一旁。她踩呀踩，直到桶内翻滚的葡萄汁泛起阵阵紫色的泡沫，漫过她的光脚丫，桶边也有红色的葡萄沫沿着倾斜的黑色桶壁缓缓滴下。这真是一场令人惊叹的即兴创作。他感觉到道林·格雷正目不转睛地盯着他，而当他意识到听众中有一个他渴望征服的人时，他的才智变得更加敏锐，想象力也变得更加丰富多彩。他才华横溢，异想天开，夸夸其谈。听众们纷纷被他的魅力折服，听得如痴如醉，不时被他的话逗得开怀大笑。道林·格雷的目光始终没有离开过他，如同中了魔咒般呆坐在原地，他的唇边漾起阵阵笑意，愈发深邃的眼眸中充满了钦佩。

终于，现实穿着当代的服饰，化身为一名仆人的样子进了餐厅，告诉公爵夫人她的马车已经在外面候着了。她佯装失望地搓了搓手。"真扫兴！"她叫嚷道，"我得走了。我要去俱乐部接我先生，送他去威利斯议事厅主持一场荒唐的会议。如果我迟到的话，他准会大发雷霆，我可不能戴着这顶帽子吵架。这帽子太脆弱，说不得一句重话，否则就会毁了它……不，我真得走了，亲爱的阿加莎。再会，亨利勋爵，你真是个可人儿，而且颓丧得可怕。你的那套理论，我实在无言以对。哪天晚上你一定要来跟我们一起吃饭。礼拜二怎么样？你礼拜二有约吗？"

"公爵夫人，为了您，我可以推掉任何人。"亨利勋爵起身鞠了一躬说。

"噢！太好了，但你这样好像也不大对，"她高声说，"那你一定要来啊。"说罢，她大模大样地走出餐厅。阿加莎夫人和其他几位夫人紧随其后。

亨利勋爵再次坐下。厄斯金先生绕过餐桌，来到他旁边坐下，一只手搭在他胳膊上。

"你这出口成章的功夫实在了得，"厄斯金先生说，"你何不动笔写一本书呢？"

"我太喜欢读书了，但就是懒得写，厄斯金先生。我确实想过要写一本小说，一本像波斯地毯一样美丽又梦幻的小说。但是在英国，除了报纸、入门书和百科全书之外，几乎没人对文学感兴趣。在全世界所有人中，英国人对于文学之美的欣赏力无疑是最差的。"

"我想你说得没错，"厄斯金先生回答道，"我自己也曾经有过文学追求，但早早就放弃了。现在，我亲爱的年轻朋友，如果你允许我这样称呼你的话，我想问一句，你午餐时跟我们说的话都是认真的吗？"

"我都忘记我说了些什么了，"亨利勋爵笑着说，"都是不好的话吗？"

"确实很不好。老实讲，我觉得你这人想法非常危险。如果我们那位善良的公爵夫人出了事，我想肯定跟你脱不开干系。不过，我倒是想和你谈谈人生。我们那个时代的人都太过乏味。如果你哪天厌倦了伦敦的生活，记得来特雷德利找我。我有幸收藏了几瓶勃艮第红酒，我们可以一边品尝美酒，一边探讨你的享乐哲学。"

"那我可太荣幸了。那儿有你这么完美的主人，还有一间完美的图书馆，能拜访特雷德利实在是美事一桩。"

"你来就更完美了，"老绅士礼貌地鞠了一躬说，"现在，我得去跟你可敬的好姑妈道别。是时候去雅典娜俱乐部了，这个点我们一般都在那儿睡觉。"

"你们所有人都去吗，厄斯金先生？"

"我们有四十个人，坐在四十把扶手椅上打瞌睡。我们在排练英国文学院的一个节目。"

亨利勋爵大笑着站起身来。"我要去公园了。"他大声说。

他正要走出大门，道林·格雷拍了拍他的胳膊。"我跟你一道去吧。"他低声道。

"但我记得你答应了巴兹尔·霍尔沃德要去看他呀。"亨利勋爵说。

"我更想和你待在一起。是的，我真心觉得我要跟你走。请不要拒绝我。还有，你能答应一直跟我说话吗？没人能像你说得这么精彩。"

"哦！我今天已经说得够多了，"亨利勋爵笑道，"我现在只想观察生活。如果你愿意，可以跟我一起观察。"

第四章

　　一个月后的某天下午，在梅菲尔上流住宅区亨利勋爵家的小书房里，道林·格雷倚在一张豪华扶手椅上。这间书房别具一格，墙面镶着高高的橄榄色橡木壁板，奶油色的壁缘和饰有浮雕的灰泥吊顶相得益彰，砖粉色的地毯上铺着好几块带长流苏的波斯丝毯。一张小巧的椴木茶几上，摆放着一尊克洛迪翁雕刻的小雕像，旁边放着一本由皇家御用装订师克洛维斯·伊夫为玛戈王后独家装订的《百部小说集》，封面的镀金雏菊图案是王后亲自挑选的。壁炉架上摆着几个大青瓷坛子和几束鹦鹉郁金香。伦敦夏日杏黄色的阳光，透过铅条玻璃窗的小格子洒了进来。

　　亨利勋爵还未现身。他已经养成了迟到的习惯，因为他信奉的原则是：守时乃时间之窃贼。因此，道林看起来一副闷闷不乐的样子。他正心不在焉地翻阅着在书架上找到的一本装帧精美的插图版《玛侬·雷斯考特》。那座路易十四时代的座钟发出的刻板单调的滴答声，令他心生厌烦。有那么一两次，他甚至想一走了之。

　　终于，外面响起一阵脚步声，门开了。"你怎么这么晚才来，哈里！"他嘟囔道。

　　"恐怕让你失望了，格雷先生。"一个尖锐的声音说。

　　他连忙环顾四周，站了起来。"真是太失礼了。我还以为是——"

　　"你以为是我先生对吧。可现在来的是他太太。请允许我自我介绍一下。我看过你的照片，对你非常熟悉。我想我先生有十七张你的照片。"

　　"不是十七张吧，亨利夫人？"

"哦，那就是十八张。我有天晚上在剧院还看到你和他在一起呢。"她边说边吃吃地笑着，一双蓝眼睛若有所思地看着他。她是个古怪的女人，身上的服饰总给人一种仿佛是在愤怒之中设计，又在某个暴跳如雷的瞬间匆匆穿上的感觉。她常常会爱上某个人，可她的感情却总是得不到回应，所以她只能将所有的美好幻想埋在心底。她渴望展现迷人的风采，却往往给人留下邋里邋遢的印象。她名字叫维多利亚，极其热衷于去教堂。

"我想那是在看《罗恩格林》的时候吧，亨利夫人？"

"对，就是那部出色的《罗恩格林》。我对瓦格纳的音乐情有独钟。演出时声音总是特别洪亮，你想怎么聊天都行，其他人根本听不到你在说什么。这是个巨大的优点，你说对吗，格雷先生？"

她薄薄的唇间又蹦出那种吃吃的断断续续的笑声，她的手指开始玩弄一把长长的玳瑁柄裁纸刀。

道林笑着摇了摇头说："我并不这么认为，亨利夫人。我在听音乐的时候从来不讲话，至少，在欣赏好音乐的时候是这样。如果不幸听到糟糕的音乐，那我倒是觉得有责任用说话声盖过它。"

"啊！这绝对是哈里的观点，对吧，格雷先生？我常常从哈里的朋友们那里听到他的观点。这是我了解他的唯一途径。不过，你可别误会，我并非不喜欢好音乐。我对好音乐是又爱又怕。因为它让我满脑子都是浪漫的幻想。我特别崇拜那些钢琴家，哈里说我有时还会一次迷上两个。我自己也不知道这究竟是怎么回事。也许因为他们都是外国人吧。他们全都是外国人，不是吗？即使他们在英格兰出生，过段时间也会变成外国人的，对吧？他们这一招太高明了。对艺术也有极大的好处，把艺术变得国际化了，不是吗？你好像从来没有参加过我的聚会，是吗，格雷先生？下次你一定要来。虽然我可能买不起昂贵的兰花，但在款待外国友人方面我绝不含糊。他们能让家里蓬荜生辉。哦！哈里来了！哈里，我本来是来找你问点事情的，我已经忘了是什么事了，结果在这里碰到格雷先生。我们聊得很投机，对音乐有着相同的见解。哦，不，应该说很不一样。不过，和格雷先生谈话非常愉快，我很高兴见到他。"

"那很好，亲爱的，好极了。"亨利勋爵扬起他那弯如新月的黑色眉毛，带着一抹玩味的笑注视着面前的两人。"真抱歉，我来晚了，道林。我刚才去沃德街看一块老式锦缎，讨价还价了几个钟头才买到手。现在的人啊，只知道每件物品的价格标签，却对它们真正的价值一无所知。"

"我得走了，"亨利夫人大叫，她发出一阵突如其来的傻笑，打破了尴尬的沉寂，"我答应陪公爵夫人一起驾车兜风。再会，格雷先生。再会，哈里。我猜你们要出去吃饭的吧？我也在外面吃。或许能在桑伯雷夫人家见到你们。"

"很有可能哦，亲爱的。"亨利勋爵说着关上她身后的门。她像只淋了一夜雨的天堂鸟般一溜烟地飞出房间，留下一股淡淡的清淡花香。随后，亨利点了一支烟，一屁股坐在沙发上。

"道林，千万别娶草黄色头发的女人。"他吸了几口烟后说。

"为什么，哈里？"

"因为她们太多愁善感了。"

"可我喜欢多愁善感的人。"

"最好就别结婚，道林。男人结婚是因为累了，女人结婚是因为好奇，最后双方都会失望。"

"我想我应该不会结婚的，哈里。因为我深深坠入了爱河。这是你的一句名言。我正在为之付诸行动，你说的每一句话我都会照办。"

"你爱上谁了？"亨利勋爵沉默片刻后问道。

"一个女演员。"道林·格雷说，脸涨得通红。

亨利勋爵耸了耸肩。"这样的开场很老套。"

"如果你见到她就不会这么说了，哈里。"

"她是谁？"

"她叫西比尔·范恩。"

"从没听说过。"

"现在还没有人听过她的名字，但总有一天会的。她是个天才。"

"好孩子，没有哪个女人是天才。女人是一群装饰性动物。她们向来没什么话可说，但说话的样子却让人着迷。女人是物质战胜理智的化身，正如男人是理智战胜道德的化身。"

"哈里，你怎么能这么说？"

"我亲爱的道林，这千真万确。眼下我正在研究女性，所以对她们还算了解。这个问题不像我以前想得那么深奥。我发现，女人归根结底只有两种：一种是长相平平的，一种是长得好看的。长相平平的女人很管用，如果你想捞个体面的名声，只需带她们共进晚餐就行。另一种女人非常迷人，但她们犯了个错误：她们化妆，是为了让自己看起来更年轻。在过去，我们的祖母们化妆是为了让自己在谈话中更显魅力。以前，胭脂和才情相辅相成。可现在一切都变了。现在的女人，只要看起来比自己女儿年轻十岁就心满意足。至于交谈，整个伦敦值得一聊的女人一只手就数得过来，而且其中两位还无法融入体面的社交圈子。好了，跟我说说你的这位天才吧。你认识她多久了？"

"哎呀！哈里，你的观点可真吓人。"

"不必在意。你们认识多长时间了？"

"差不多三个礼拜。"

"你在什么地方遇到她的？"

"我会告诉你的，哈里，但请你不要泼我的冷水。毕竟，如果没有遇见你，这一切都不会发生。是你激发了我对生活中一切事物的狂热好奇。在遇见你之后的那几天，我感觉血管里仿佛有某种东西在跳动。每当我悠闲地躺在公园，或者在皮卡迪利大街上散步时，我总是怀着一种近乎疯狂的好奇心打量每一个与我擦肩而过的人，想知道他们过着怎样的生活。其中一些人令我着迷，还有一些人让我心生恐惧。空气里弥漫着一种微妙的毒素，诱使我渴望寻求刺激……于是，在一个傍晚大约七点的样子，我决定出门探险一番。我相信，在这个如鬼魅般灰蒙蒙的伦敦，就像你曾经描述的，这座城市充斥着形形色色的人，有卑劣的罪人，也有辉煌的罪恶，其中必定有什么东西在等待着我。我开始幻想无数种可能，仅仅是想到可能会遇到的危险就让我感到莫名的兴奋。我想起了我们第一次共进晚餐的那个美妙的夜晚，你对我说过，生活的真谛在于寻找美。我也不知道自己在期待什么，但我还是出了门，向东边游荡，很快就在迷宫般的肮脏街道和黑咕隆咚连半根草都没有的广场上迷了路。大约八点半，我路过一家古怪的小剧院，外面挂了几盏巨大耀眼的煤气灯，贴着俗气的海报。一个丑陋的犹太人站在门口，穿着一件我平生从未见过的极为招摇的背心，手里夹着根廉价雪茄。他一头油腻腻的卷发，脏兮兮的衬衫中间有颗超级大的钻石闪闪发光。他一见我就问，'要包厢吗，大人？'还毕恭毕敬地摘下帽子，样子十分谄媚。哈里，他身上的某种东西让我觉得好笑。他看着怪里怪气的。我知道你会笑我，但我真进去了，花了整整一基尼，要了一个靠近舞台的包厢。我至今都搞不懂我当时为什么会那样做。可是，如果我没进去的话，你知道吗，亲爱的哈里，我就会错过生命中最大的浪漫。我看见你在笑。你真可恶！"

"我没笑，道林，至少不是在笑你。但你不该说这是你生命中最大的浪漫。你得说这是你生命中的第一次浪漫。你会永远被爱包围，也将永远爱上爱情。只有那些无所事事者才会爱得死去活来。这也是这个国家闲散阶级的唯一用处。别怕。未来还有许多妙不可言的事情等着你。这只是一个开始。"

"你觉得我生性如此肤浅吗?"道林·格雷气愤地质问道。

"不,我觉得你很深沉。"

"什么意思?"

"好孩子,那些一生只爱一次的人,才是真正的肤浅之人。他们所谓的忠诚与坚贞,要我说,更像是墨守成规或者缺乏想象力。情感世界里的忠贞不渝,与理智生活中追求的一贯性并无二致,都不过是失败的委婉说辞罢了。忠诚!总有一天我要研究它看看。对财物的痴迷,也是一种忠诚的表现。我们有许多东西早该扔掉了,却因为担心会被他人捡走而迟迟不肯放手。不过,我不想打断你,请继续讲你的故事吧。"

"嗯,我发现自己坐进了一个可怕的私人小包厢里,面前挂着一块俗气的升降布帘。我从帘子后面朝外看,扫视着整个剧院。那地方简直庸俗不堪,到处是爱神和丰饶角的装饰,就像一块劣质的婚礼蛋糕。顶层楼座和正厅后排都坐满了人。但舞台前两排昏暗的座位上却空空荡荡,他们说的那种特等席也几乎见不到一个人影。卖橘子和姜汁汽水的女人走来走去,观众不停地嗑着坚果。"

"那场面一定和英国戏剧的鼎盛时期一样。"

"差不多吧,让人郁闷极了。看到剧目单的时候,我不禁开始想到底该怎么办。你猜猜演的什么戏,哈里?"

"我想八成是《傻瓜少年》,要么是《愚蠢而纯真》吧。我想,我们父辈过去都喜欢这样的戏。道林,我活得越久,就越强烈地感受到,我们的父辈觉得足够好的东西,未必合我们的胃口。不管是艺术品位,还是政治理念,les grand-pères ont toujours tort(老爷子们总是错的)。"

"那出戏对我们来说已经足够好了,哈里。是《罗密欧与朱丽叶》。我必须承认,在一个如此腌臜的地方看莎士比亚的作品,我觉得十分恼火。尽管如此，我还是有些好奇。不管怎样，我决定看完第一幕再说。管弦乐队简直糟透了，有个年轻的希伯来人坐在一架破钢琴前面指挥，差点没把我吓跑。大幕终于拉开，戏开场了。演罗密欧的演员又矮又胖，而且上了年纪，眉毛用软木炭描得很黑，声音听着沙哑又悲戚，整个人像只啤酒桶。茂丘西奥也好不到哪儿去，活脱脱一个滑稽戏演员，不停地插科打诨，跟后排的观众一唱一和。这两个演员和舞台布景一样荒唐至极，那场面看起来就像乡下的戏台子。但是朱丽叶！哈里，你能想象到吗？一个不满十七的姑娘，长着一张如花般精致的脸，小小的脑袋颇具希腊风情，头上盘着深棕色的发辫，一双紫罗兰色眼眸中透着水一般的柔情，嘴唇像玫瑰花瓣一样红。她是我此生见过的最可爱的女子。你曾对我说过，悲情不会让你动容，而美，光是美，却能让你眼里满含泪水。你知道吗，哈里，我几乎看不清那女孩的模样，因为泪水早已模糊了我的视线。还有她的声音……我从未听过那样美妙的声音。起初，她的声音低沉而圆润，伴着美妙的音符飘进你的耳朵里，接着，她的声音稍稍高亢了些，像一支长笛或远方双簧管的奏鸣。花园里的那场戏，她的声音让我如痴如醉，情不自禁地战栗，只有黎明前夜莺的歌声能与之匹敌。后面有几次，她的声音又如小提琴般充斥着狂热的激情。你知道声音的力量有多么激荡人心。你的声音和西比尔·范恩的声音我永远也忘不了。我只要一闭上眼睛，就能听见它们各自诉说着不同的故事。我无法抉择究竟该听哪一个。哈里，我有什么理由不爱她呢？我真的很爱她。她是我生命的全部。一连好几个晚上，我都去看她演戏。头天晚上她是罗莎琳德[1]，隔天晚上她是伊摩琴[2]。我见过她从情人的嘴唇上吮吸毒药，死在幽暗的意大

1　莎士比亚喜剧《皆大欢喜》中聪明机智的女性角色，经常乔装成男性，来隐藏身份和追求心爱的奥兰多。

2　莎士比亚悲剧《辛白林》中美丽、忠贞、善良的女主角。

利墓穴里；我也见过她穿着长筒袜、紧身衣，戴着精致的帽子，伪装成一个漂亮的小男孩徘徊在那片象征自由与爱的雅顿森林；她还曾发疯似的走到一位有罪的国王面前，让他戴上芸香，品尝苦草；她也曾天真无邪，被一双嫉妒的黑手掐断那芦苇般细嫩的喉咙。我看过各个年龄、各种扮相的她。那些普通女人永远无法激起人们的遐想，这受限于她们所处的时代，任何魅力都无法美化她们。她们的思想就像她们戴在头上的帽子，让人一目了然。你总能找到她们，因为她们毫无神秘感可言。早上在公园骑马，下午在茶会上聊天，脸上挂着同样的笑，时髦的举止也如出一辙。她们太平平无奇了。但女演员！女演员是那么与众不同！哈里！你为什么不告诉我女演员才是唯一值得去爱的人呢？”

“因为我爱过太多女演员了，道林。”

“哦，是了，就是那些染了头发、涂脂抹粉的可怕家伙。”

“别把染发涂脸说得那么不堪。有时候，她们也会展现非同寻常的魅力。”亨利勋爵说。

“我现在都后悔告诉你西比尔·范恩的事了。”

“你是不可能不告诉我的，道林。从今往后，你不论干了什么也都一定会告诉我。”

“是的，哈里，我想你说对了。我会忍不住告诉你的。你对我有种奇怪的影响。哪怕我犯了罪，我也会跟你坦白。因为你会理解我的。”

“像你这么倔强又阳光的人，是不会犯罪的，道林。但我还是要谢谢你恭维我。好了，现在告诉我吧——好孩子，把火柴递给我——谢谢——你和西比尔·范恩有没有什么实质关系？”

道林·格雷跳了起来，脸颊通红，两眼冒火。“哈里！西比尔·范恩是神圣不可侵犯的！”

“只有神圣的东西才值得触碰，道林，”亨利勋爵说，他的声音里带着一丝奇怪的哀婉，"但你为什么这么生气呢？我想她总有一天会属于你的。人与人相爱，总是以欺骗自己开始，以欺骗他人结束。这就是世人所谓的浪漫。至少，你应该认识她了吧？"

"当然。我第一次去剧院那晚，那个讨厌的老犹太人在演出结束后来到包厢，提出要带我去后台，介绍我认识那位朱丽叶。我当时气得火冒三丈，告诉他朱丽叶已经死了几百年了，她的尸体就躺在维罗纳的一个大理石墓里。我想，从他茫然惊愕的表情来看，他或许认为我香槟喝多了或是什么的。"

"我并不奇怪。"

"然后，他问我是不是给哪家报纸写稿子的。我告诉他，我从来就没读过报纸。他听后非常失望，并坦白告诉我，所有的剧评家都在密谋反对他，所以他要买通他们每一个人。"

"我觉得他说得很有道理。不过，看那些人的外表，想必他们要价也贵不到哪儿去。"

"嗯，不过对他而言似乎是天价。"道林笑着说，"当时，剧院的灯光都熄灭了，我得走了。他想让我试试他钟爱的雪茄，我婉拒了。第二天晚上，我自然又去了那儿。他一看到我，就向我深深鞠了一躬，再三恭维我是对艺术极其慷慨的赞助人。尽管他有时粗鲁得让人不悦，但他对莎士比亚的热情却非同一般。有一次他自豪地对我说，他五次破产都是因为这位'吟游诗人'，他坚持用这个称呼。在他看来，为莎士比亚破产就像一种殊荣。"

"确实是殊荣，我亲爱的道林，一种莫大的殊荣。大多数人都因为在平淡的日常生活中投资过多而破产。所以，为了追求诗意的生活而自我毁灭，这确实是一种荣耀。不过你是什么时候第一次和西比尔·范恩小姐讲话的？"

"第三天晚上。她在演罗莎琳德。我情不自禁绕到台前，扔给她一束花，她好像看了我一眼，至少我觉得她看了。那个老犹太人很固执，他似乎打定主意要带我去后台，我便同意了。可我却并不想认识她，这太奇怪了，不是吗？"

"不，我不觉得奇怪。"

"为什么呢，亲爱的哈里？"

"有机会再告诉你吧。我现在想听听这位姑娘的事。"

"你说西比尔？哦，她腼腆极了，也温柔极了。她身上有股孩子气。我把看完她表演的感受告诉了她。她一脸惊讶，眼睛瞪得老大，似乎全然没有意识到自己有如此大的魅力。我想我们俩都有点紧张。那个老犹太人站在满是灰尘的更衣室门口咧着嘴笑，对我们两个评头论足，而我们像孩子一样站着面面相觑。他总是一口一个'大人'地叫我，我只好再三对西比尔讲，我不是什么'大人'。她随口接了句，'你看起来更像个王子，那我就称呼你白马王子吧'。"

"天哪，道林。西比尔小姐的嘴可真甜。"

"哈里，你不了解她。在她眼里，我只不过是戏中的一个角色罢了。她对真实的生活一无所知。她和母亲相依为命。她母亲是个年迈体弱的女人，在我去那剧院的头天晚上，她穿了件洋红色的晨袍扮演凯普莱特夫人[1]，看上去像是过过好日子的。"

"我知道那种人的样子，看着就扫兴。"亨利勋爵一边摆弄着他的戒指，一边低声道。

"那个犹太人想告诉我她的过去，我说我没兴趣知道。"

"你做得对。打听别人的苦难未免显得太麻木不仁了。"

"我只关心现在这个西比尔。她的出身跟我又有什么关系呢？她浑身上下每一处，不论是小巧的脑袋，还是精致的脚丫，都神圣无比。今后，我生命中的每个晚上都要去看她表演，去见证她每晚愈发绚烂的蜕变。"

1　莎士比亚悲剧《罗密欧与朱丽叶》中角色，朱丽叶的母亲。

"怪不得你现在都不陪我吃饭了，原来你早已沉浸在一段神秘的浪漫之中。我猜得没错，只不过它和我预料的有些出入。"

"亲爱的哈里，我们每天不是一起吃午饭，就是一起吃晚饭，而且我还跟你去过几次剧院呢。"道林惊讶地瞪着他那双蓝眼睛说。

"可你总是来得极晚。"

"噢，我忍不住去看西比尔演出嘛，"他叫嚷道，"哪怕只是短短的一幕，我也一定要去看。我渴望见到她。一想到她那藏于象牙般身躯的美妙灵魂，我的心中就充满了深深的钦佩。"

"你今晚可以和我一起吃饭的吧，道林？"

他摇摇头。"今晚她要当伊摩琴，"他答道，"明晚她当朱丽叶。"

"那她什么时候当西比尔·范恩？"

"永远不会。"

"那我要祝贺你。"

"你太可恶了！她集世上所有伟大的女主角于一身，而不仅仅是单一个体。你笑吧。但我告诉你，她是个天才。我爱她，我必须让她也爱上我。你呢，了解生活的一切奥秘，那么请告诉我如何迷倒西比尔·范恩，让她爱上我！我要让罗密欧嫉妒，我要让世间所有逝去的恋人在听到我们的笑声时感到悲哀，我要让我们的激情之风吹拂他们的沉睡之尘，让他们的骨灰在痛苦中苏醒。天哪！哈里，我多么崇拜她啊！"他边说边在房间里来回踱步，脸颊因激动而泛起一片片潮红。

亨利勋爵仔细端详着他，内心洋溢着一种微妙的喜悦。眼前的道林，与那个在巴兹尔·霍尔沃德画室中羞涩胆怯的男孩简直判若两人！他的天性，早已如花朵般绽放出艳红如火的色彩。他的灵魂从隐秘的藏身之所悄悄爬了出来，与前来迎接它的欲望不期而遇。

"你现在打算怎么办呢？"亨利勋爵终于开口说。

"我想让你和巴兹尔哪天晚上陪我去看她的演出。之后的事情我一点也不担心。你们一定会承认她是个天才的事实。然后，我们必须把她从那个犹太人手里解救出来。按照合约，她还得给他干三年，至少还有两年八个月。我自然要付些钱给他。等解决了所有问题，我会在西区找一家剧院，让她在那里隆重亮相。她一定会让全世界像我一样为她疯狂。"

"好孩子，这不可能。"

"不，一定会。她不仅拥有艺术，一流的艺术天赋，更有人格魅力。你不是也常常对我说，推动时代发展的不是什么道德准则，而是人格魅力吗？"

"嗯，我们哪天晚上去？"

"让我想想。今天是礼拜二。就明天吧。明天她会演朱丽叶。"

"好吧。明晚八点，布里斯托俱乐部见。我会接上巴兹尔。"

"不要八点，哈里。六点半吧。我们必须在大幕拉开前赶到。你们一定要看她演的第一幕，看她与罗密欧相遇。"

"六点半！你真会挑时间！那个点我通常在喝下午茶、读英文小说什么的。最早七点。没有哪位绅士会在七点前用餐的。在那之前你会和巴兹尔见面吗？还是要我写信告诉他？"

"天哪，巴兹尔！我已经一个礼拜没见过他了。我真的觉得自己有些过分。他把我的画像寄给了我，还专门设计了一个画框，精美极了。虽然我有些嫉妒画里的人，因为他比我年轻了整整一个月，但我必须承认我很喜欢那幅画。不然，你还是给他写封信好了。我不想单独见他。他会说些惹我生气的话。不过他也给过我好的建议。"

亨利勋爵笑了："人都喜欢把自己最需要的东西送给别人，我管这叫深度慷慨。"

"哦，巴兹尔人最好了，但我觉得他有些流于俗套。自从我认识你以后，我就意识到了这一点。"

"巴兹尔，好孩子，他把身上所有迷人的特质都倾注到了他的艺术之中，这就导致他的生活中只剩下偏见、原则和常识，别的一概没有。在我所结识的艺术家中，那些个性讨喜的，都算不上好艺术家。真正的好艺术家，他们的魅力只存在于他们的作品之中，所以他们自身就显得索然无味。真正的伟大诗人，往往是最没诗意的人。相反，那些才华稍逊的诗人却能迷倒众人。他们写出的韵脚越不工整，他们本人看起来就越富有诗意。只需出版一本二流的十四行诗集，便足以让人变得极具魅力。他们过着一种他们自己写不出的诗意生活，而另外一些人则写着他们不敢实践的诗歌。"

"我很好奇，哈里，真的是这样吗？"道林·格雷说着，拿起桌上一只带金盖的大瓶子往手帕上喷了点香水，"你说是，那肯定就是了。我得走了，伊摩琴在等我呢。明天的事别忘了。再会。"

道林刚走出房间，亨利勋爵的眼睑便沉沉地耷拉下来，旋即陷入沉思。确实，能像道林·格雷这样激发他强烈好奇心的人寥寥无几。但这位年轻人对他人疯狂地迷恋，亨利勋爵并未感到一丝一毫的烦恼或嫉妒。相反，他觉得很高兴，因为这样一来，这位研究对象就更有意思了。他向来对自然科学的方法怀有浓厚兴趣，但又总觉得那些常规问题过于浅薄，且毫无意义。于是，他先深入剖析自己，最后又跑去深入剖析别人了。人的生活，在他看来似乎是唯一值得探究的话题。与之相比，再没有别的什么有价值的东西了。确实，当生活被置于痛苦与快乐的奇妙熔炉中时，我们既不能戴上玻璃面罩，也无法阻挡那硫黄般熏人的气体侵入大脑，使得想象力被荒诞的幻想和扭曲的梦境搅得一塌糊涂。有些毒药极为微妙，只有亲身试毒，才能领悟其药性；有些顽疾同样奇特，唯有亲身经历，方能洞察其病理。然而，你能得到的回报是巨大的！世界也将带给你无穷的惊奇！要了解激情背后那套复杂而缜密的逻辑，要领悟理智之中所蕴含的丰富多彩的情感生活 —— 观察它们在何处交织，又在何处分离，以及它们究竟在哪些方面达成共识，又在哪些方面背道而驰——这无疑让人感到喜悦！至于为此而付出的代价，又算得了什么呢？为了领略一种全新的生命体验，无论代价多大，都是值得的。

他意识到，正是因为他的某些话，那些如音乐般悦耳动听的话语，才让道林·格雷的灵魂被这位纯洁的姑娘深深吸引，甘愿拜倒在她的石榴裙下。一想到这里，他那双玛瑙般的褐色眸子里闪过一丝愉悦。这个年轻人是他亲手创造的，是自己让他变得早熟，这实在了不起。普通人只能静候生活慢慢揭晓其秘密，但对于少数人，对那些受命运垂青的天选之子，生命的奥秘早在其神秘面纱揭开之前，显露无遗。

艺术有时会产生这种效果，尤其是文学艺术，因为它与情感和智慧紧密相连，不可分割。不过，偶尔也会出现一些个性独特之人，代替艺术，并承担起这种责任，他们以自己的方式变成真正的艺术品。这样的人，他们的生活本身就是一部精妙绝伦的佳作，完全可以与那些杰出的诗歌、雕塑或绘画相媲美。

是的，这个小伙子早熟了。春天尚未逝去，他已然开始收获。他内心洋溢着青春的热血与激情，同时又带着一丝觉醒的自我意识。光是看着他就是一种美的享受，无论是那俊秀的面容，还是那美丽的灵魂，都令人叹为观止。至于他的未来会如何落幕，或者注定走向何方，这些都不重要。他就像是在一场盛大的庆典或戏剧中走出的优雅人物，他的欢乐似乎遥不可及，但他的悲伤却唤起人们对美的感悟，他的身上，是一道道如红玫瑰般的伤口。

灵魂与肉体，肉体与灵魂——二者之间是多么神秘！灵魂中隐藏着原始的兽性，而肉体也会在某一刹那闪现灵性。感官可以升华，理智也可能堕落。谁又能说得出肉体冲动在何处停止，精神冲动在何处迸发？普通心理学家武断的定义是何等浅薄！可要在众多学派的主张中做出抉择又何其困难！灵魂是否只是端坐在罪恶殿堂中的一团影子？或者，像乔尔丹诺·布鲁诺[1]所想的那样，肉体其实寓居于灵魂之中？灵与物的分离是一个谜，灵与物的结合同样是一个谜。

他开始深思，我们能否把心理学变成一门纯粹的科学，细致入微地解读生命的每一次跃动。现实却是，我们常常误解自己，也很少理解他人。经验，这个词汇在道德上并无价值，它只是我们为自身所犯的错误贴上的标签。道德家通常把经验视为一种警示，坚信它在塑造性格方面有某种道德效能，并盛赞它可以教导我们何去何从，启示我们避免误入歧途。然而，经验本身并无动力可言。它与良知一样，都不是什么积极的动因。它所真正展现的，是我们的未来与过去之间惊人的相似——那些我们曾经带着厌恶犯下的错误，我们或将一犯再犯，但这次，却是带着欢愉。

他很清楚，实验法是唯一能够科学地剖析情感的方法，而道林·格雷显然是他的一个完美的研究对象，而且有望带来丰硕的研究成果。他对西比尔·范恩突如其来的疯狂爱恋，也是一种极其有趣的心理现象。这背后无疑隐藏着强烈的好奇，以及对新体验的渴望，这不是一种简单的情感，而是相当复杂的。在道林身上，少年时期纯粹的感官本能经过想象力的催化，已经转变为一种与理智相去甚远的状态，从而使得这小子的情感变得更加危险。正是这种难以追根溯源的情感，深深地主宰着我们；而那些我们已洞悉其本质的动机，对我们的影响往往最弱。一个常见的误区是：我们以为在拿别人做实验，实际上真正的实验对象是我们自己。

亨利勋爵正沉浸在这天马行空的思绪中。突然，一阵敲门声响

1　乔尔丹诺·布鲁诺（1548—1600），文艺复兴时期意大利思想家、哲学家和文学家。作为思想自由的象征，他鼓舞了16世纪欧洲的自由运动，成为西方思想史上重要人物之一。

起。男仆走了进来，提醒他该准备更衣赴宴了。他站起身，朝大街上望去。落日将对面房屋的二楼窗户染得通红，玻璃窗格子像一块块烧红的金属片般闪闪发光，而屋顶上方的天空像一朵褪色的玫瑰。他不由想起那位年轻朋友绚烂多彩的生活，十分好奇这一切最终将如何落幕。

当他回到家中，大约是十二点半了。一进门，他便注意到门厅的桌子上放着一封电报。他打开后发现，电报是道林·格雷发来的。上面说，他已经和西比尔·范恩订婚了。

第五章

"母亲，母亲，我太高兴了！"女孩压着嗓子轻声说，旋即把脸埋进一位面容疲惫又憔悴的妇人膝上。那妇人背对着耀眼刺目的灯光，坐在昏暗的客厅中唯一一张扶手椅上。"我太高兴了！"她又说了一遍，"你肯定也高兴吧！"

范恩太太眉头一紧，伸出一双涂得雪白的瘦削的手，摸了摸女儿的头。"高兴？"她回应道，"我只有看到你演戏才高兴，西比尔。你得把心思都放在表演上啊。艾萨克斯先生一直善待我们，我们还欠他钱呢。"

女孩抬起头，噘着嘴。"母亲，又是钱！"她嚷道，"钱算什么呢？爱情比金钱重要。"

"艾萨克斯先生给我们预支了五十英镑，让我们还债和给詹姆斯买套像样的衣服。这你可不能忘了呀，西比尔。五十英镑是一笔很大的数目。艾萨克斯先生想得太周到了。"

"他可不是什么绅士，母亲，他跟我说话的那副样子太讨厌了。"女孩说着，起身走到窗边。

"反正我不知道没有他，我们的日子还怎么过下去。"年迈的妇人愤愤地说。

西比尔·范恩不屑地扬起头，笑了笑。"母亲，我们以后都不需要他了。现在是白马王子主宰我们的生活。"她顿了一下。在她的血液里，仿佛有一朵玫瑰在摇曳生姿，她的脸颊霎时泛起了玫瑰色的红晕，那花瓣似的嘴唇也因急促的呼吸而微微颤抖。一阵裹着激情的南风拂过她的身体，撩动她裙摆上精致的褶皱。"我爱他。"她说了这一句。

"傻丫头！傻丫头！"范恩夫人像鹦鹉学舌般重复着这句话。她那戴着假珠宝、变了形的手指在空中挥舞，给这几个字平添了几分荒诞不经的味道。

女孩又笑了，笑声中透着笼中鸟般的喜悦。她的眼睛捕捉到了那动听的旋律，闪着光回应音乐的节奏。而后，她闭上眼睛，仿佛在守护一个深藏的秘密。再次睁开时，那双眸子里似乎飘过一阵如梦似幻的迷雾。

那位坐在破旧椅子上的妇人，薄唇微启，向她吐露充满智慧的真知灼见，暗示女孩须谨慎行事，甚至还援引了一本假借常识之名、实则充斥懦弱之气的书本中的话语。女孩充耳不闻。她自由自在地待在激情的牢笼里。她那英俊迷人的白马王子就陪在她身边。她曾召唤记忆重塑他的形象，派出灵魂去追寻他的踪迹，最终将他带回自己的世界。他的吻再次灼烧着她的唇。她的眼睑上还残留着他呼吸的余温。

于是，睿智妇人改变策略，开始深入观察，窥探隐私。那位年轻人倒像是个有钱的。如果真是这样，结婚的事确实值得考虑。世俗的狡诈如浪花般拍打在她的耳畔。狡猾的箭矢从她身旁嗖嗖地掠过。她注视着那两瓣轻轻颤动的薄唇，不由露出一丝微笑。

她突然觉得有必要说点什么，漫长的沉默让她感到不安。"母亲，母亲，"她喊道，"他为什么会那么爱我呢？我知道我为什么爱他。我爱他是因为他是完美爱情的化身。可他在我身上又看到了什么呢？我配不上他。可是……我也说不上来为什么，虽然他是那样高高在上，但我却并不感到卑微。我很自豪，自豪得一塌糊涂。母亲，你以前是否像我爱这位白马王子一样爱我的父亲？"

老妇人涂抹着粗糙脂粉的脸颊变得愈发苍白，干涩的嘴唇也疼得抽搐起来。西比尔见状立马奔向她，双手搂住她的脖子，亲吻她。

"原谅我，母亲。我知道提起父亲会让你痛苦。可正因为你深爱着他，才会觉得心痛呀。别难过了。我今天的快乐，跟你二十年前的快乐是一样的。啊！让我永远快乐下去吧！"

"孩子，你还小，现在根本不是谈情说爱的时候。再说，你对这个年轻人了解多少？你甚至不知道他的名字。现在真的不是考虑这件事的好时机，何况詹姆斯马上要去澳大利亚，我还有许多事情需要操心。你就不能多体谅体谅我吗？不过，我刚才也说了，如果他是个有钱人……"

"啊！母亲，母亲，让我快乐吧！"

范恩太太瞥了她一眼，用一种几乎是舞台演员本能的、夸张的戏剧性动作，将她紧紧搂在怀里。就在这时，门开了，一个蓬头褐发的年轻小伙子走了进来。他身材魁梧，手脚粗大，举止间透着一丝笨拙，与他姐姐那份文雅截然不同。很难想象他们二人之间竟然存在着如此密切的关系。范恩太太目不转睛地盯着他，笑容愈发灿烂了。在她心里，儿子已经升格为尊贵的观众。她坚信自己演绎了一幕生动有趣的场景。

"西比尔，我想你也是会亲亲我的吧。"小伙子用一种温和而略带抱怨的口吻说。

"啊！但你不是不喜欢别人亲你吗，吉姆？"她喊道，"你这头古怪的老熊。"说着，她跑过去一把抱住了他。

詹姆斯温柔地打量着姐姐的脸。"西比尔，我想让你陪我出去散散步。我以后应该再也看不到这可怕的伦敦了。当然，我也不想看到。"

"儿啊，别说得这么吓人。"范恩太太咕哝道，叹了口气，随后拿起一件俗气的戏服，开始缝补起来。她对于儿子未能加入她们这出戏感到一丝失望，因为那无疑会给她们的演出增光添彩。

"为什么不能说呢，母亲？我没开玩笑。"

"儿啊，你的话真叫我痛心。我相信等你从澳大利亚回来的时候，你会变得很有钱。可我想殖民地不可能有上流社会，至少不够格让我称之为上流社会，所以你发了财就赶紧回来，在伦敦安家。"

"上流社会！"小伙子嘀咕道，"我才不管什么上流社会。我要的是挣钱让你和西比尔脱离舞台。我恨死这舞台了。"

"哎呀，吉姆！"西比尔笑着说，"别这么凶巴巴的嘛！你真的想和我一起散步吗？太好了！我还担心你要去和汤姆·哈迪那几个朋友道别呢，我记得汤姆送过你一个丑得要命的烟斗，还有那个老是拿你抽烟斗说笑的内德·兰顿。你真是太好了，把最后一个下午的时间留给我。那咱们去哪儿呢？要不去海德公园逛逛吧。"

"我太寒碜了，"他皱着眉说，"只有那些时髦的人才会去逛海德公园。"

"瞧你说的，吉姆。"她抚摸着他的衣袖轻声说。

他迟疑了片刻。"那好吧，"他终于开口说，"不过换衣服别磨蹭太久。"她手舞足蹈地跑出房间，一路哼着小曲奔上楼，那双小脚踩得楼板踢踏作响。

他在房间里踱了两三个来回。随后，他面向那个安静坐在椅子上的身影。"母亲，我的行李都收拾好了吗？"他问道。

"都收拾好了，詹姆斯。"她说，眼睛始终盯着手里的活儿。在过去的这几个月，只要她单独和这个粗犷严厉的儿子相处，她就觉得不自在。每当二人的目光交汇，她那浅薄而隐秘的天性就开始作怪。她常常在想，他是不是起了疑心。这种缄默让她难以忍受，因为他从不发表任何观点。她开始抱怨起来。先发制人是女人的自卫方式，就算那种突如其来的、看似莫名其妙的投降也是一种攻击手段。"我希望你会喜欢航海生活，詹姆斯，"她说，"你要记着，这条路是你自己选的。你本来有机会进律师事务所。律师是特别受人尊敬的阶层，在乡下，他们甚至经常和最有名望的家庭共进晚餐。"

"我讨厌事务所，也讨厌当个职员，"他说，"但你说得对，我选择了自己的路。我现在只想说一句，照顾好西比尔。别让她受一丁点儿的伤害。母亲，请你一定要照顾好她。"

"詹姆斯，你这是说的哪国话。我当然会照顾好西比尔呀。"

"我听说有个绅士每天晚上都到剧院来，还去后台找她说话。有这事吗？这怎么说？"

"詹姆斯，你说的这些都是外行话。干我们这一行的，有人捧场是再平常不过的事了。想当年，我也常常收到大把大把的花呢。那时候的人都真正懂得欣赏表演。至于西比尔，我目前还不确定她有没有投入真心。但毫无疑问，你说的那个年轻人绝对是个完美的绅士。他总对我客客气气的。另外，他看上去像个有钱人，送的花也漂亮。"

"可你却连人家叫什么都不知道。"小伙子厉声说。

"是不知道，"他的母亲说，脸上的表情十分平静，"他还没有透露自己的真名。我看他挺浪漫的。说不定还是个贵族呢。"

詹姆斯·范恩咬了咬嘴唇。"照顾好西比尔吧，母亲，"他大声说，"照顾好她。"

"儿啊，你太让我伤心了。我一向都特别照顾西比尔。当然，如果那个绅士真是有钱人的话，那么，让他们结婚也未尝不可。我相信他是贵族。我必须承认，他从头到脚都透着贵族的气质。这样的婚姻对西比尔来说再理想不过了。他们俩是天生的一对。他的相貌实在出众，所有人都注意到了。"

小伙子用粗糙的手指敲打着窗玻璃，嘴里嘀咕了一阵。他刚转过头来想说些什么，门开了，西比尔跑了进来。

"你们怎么都这么严肃！"她喊道，"怎么回事？"

"没什么，"他说，"我觉得人有时候就该正经些。再见了，母亲，我五点回来吃晚饭。除了我的衬衣，其他东西我都收拾好了，所以你用不着操心。"

"再见，儿子。"她摆出一副煞有其事的样子，郑重地欠着身说。

儿子说话的口气让她十分恼火，但他眼里透出的某些神情又让她感到恐惧。

"亲亲我，母亲。"西比尔说。女孩花瓣似的嘴唇触碰到她憔悴的脸颊，融化了她脸上的冰霜。

"我的孩子！我的孩子！"范恩太太一边大喊着，一边抬头望向天花板，寻找想象中坐在顶层楼座的观众。

"快走吧，西比尔。"弟弟不耐烦地说。他讨厌母亲那副做作样子。

两人走出家门，沐浴在斑驳摇曳的阳光下。微风拂过，他们悠闲地走在沉闷的尤斯顿路上。路人惊讶地打量着这个沉着脸、大块头的年轻人，他衣着粗陋，极不合体，可身边却跟着一位举止文雅、楚楚动人的姑娘。那画面就像一位粗俗的花匠带着一朵玫瑰花在赶路。

面对陌生人投来的猎奇目光，吉姆频频皱眉。他讨厌被人盯着看的感觉，这种跟着普通人一辈子的脾性，天才到晚年才能体会到。然而，西比尔丝毫没有察觉自己所造成的影响。融融的爱意伴着她的笑容在唇间颤动。她在想着那位白马王子，或许为了想他想得更多些，她并没有谈及他的事，而是滔滔不绝地聊着吉姆即将要搭乘的那艘船，说他肯定能找到金子，说他会从身穿红衫的邪恶的丛林强盗手里拯救出某位美丽的女继承人。因为他不可能一辈子在船上当水手、押运员，或是别的什么的。哦，不！水手的生活简直是个噩梦。想象一下，如果被困在一艘阴森恐怖的船上，四周滔天巨浪不停地嘶吼，眼看就要涌进船舱，一阵黑风呼啸而至，刮断了船上的桅杆，更是将船帆撕成一道道碎片，那会是怎样的感受！他会在墨尔本下船，礼貌地向船长告别，再立马赶往淘金地。不到一个礼拜，他会挖出一大块纯金，那将是有史以来挖到的最大的金子。之后，他把金块装上马车，在六名骑警的护送下前往沿海地区，沿途还遭遇了三次丛林强盗打劫，但他每次都把对方杀得片甲不留。或者，不，他索性不去什么淘金地。那地方相当可怕，那儿的人个个醉醺醺的，在酒吧随意掏枪杀人，而且满口脏话。他要当一个规规矩矩的牧羊人。有天晚上骑马回家的时候，他看到一个漂亮的女继承人被骑着黑马的强盗掳走，立刻追上去英雄救美。当然，他们相爱了。两人结了婚，回到了伦敦，住在一幢大房子里……是的，美好的未来在向他招手。但是他必须乖一点，不能乱发脾气，或者大手大脚地花钱。她只比他大一岁，但人生阅历比他丰富多了。另外，他必须保证每个邮班都给她写信，每天晚上睡觉前都要祷告。仁慈的上帝会保佑他。她也会为他祈祷，用不了几年，他会衣锦还乡，幸福快乐。

小伙子全程绷着脸听着，没有接话。离家在即，他难免伤心。

可是，让他闷闷不乐的不止这件事。虽然他涉世未深，但他仍能强烈感受到目前西比尔所处的危险境地。向她求爱的那位年轻花花公子肯定不怀好意。那位绅士的高贵身份，却成了他最为憎恨的地方。这种恨意似乎源于一种奇怪的阶级本能，他也解释不清楚，因此，这种本能在他心中变得愈发根深蒂固。另外，他还意识到了母亲浅薄、爱慕虚荣的秉性，并预见到这会对西比尔和她的终身幸福构成巨大的威胁。孩子最初都爱自己的父母，随着年纪增长，他们会评判父母，有时他们会原谅父母。

母亲啊！他心里憋着话要问她，那些话已经压在他心头好几个月了。他曾偶然在剧院听到过一些闲言碎语，有天晚上他等在后台门口时还听到一阵低声窃笑，这不禁让他心中产生一连串不安的联想。回想起来，他感觉脸上像被人甩了一鞭子。他眉头紧锁，形如一道楔形的沟壑。一阵揪心的痛，让他咬住了下唇。

"吉姆！我说的你一句都没听！"西比尔嚷道，"我在给你的未来绘制最美好的蓝图。你倒是说句话呀。"

"你要我说什么？"

"哦！说你会乖乖的，不会忘记我们。"她微笑着说。

他耸了耸肩。"西比尔，倒是你更有可能会忘记我，而不是我忘记你。"

她的脸唰的一下红了。"你这是什么意思，吉姆？"她问。

"我听说你交了个新朋友。他是谁？你怎么不跟我谈谈他的事？他准是对你别有企图。"

"住口，吉姆！"她大叫道，"不许你说他坏话。我爱他。"

"什么！？可你连他叫什么名字都不知道，"小伙子说，"他到底是谁？我有权知道。"

"他叫'白马王子'。你不喜欢这名字吗？哼！你这笨蛋！你要永远记住这个名字。你只要见到他本人，就会知道世界上最有魅力的人是什么样的。总有一天你会见到他……等你从澳大利亚回来吧。你会非常喜欢他。所有人都喜欢他。而我……我爱他。希望你今晚能到剧院来。他也会来，我要演朱丽叶。哎呀！我怎么演才好呢！想象一下，吉姆，坠入爱河的我要扮演朱丽叶！而他就坐在下面看！要演得让他高兴！我真怕会把台上同伴吓坏，要么吓坏，要么迷得神魂颠倒。爱情能让人超越自我。可怜又可恶的艾萨克斯先生会在酒吧冲着那群游手好闲之徒大叫'天才'。他总像传教一样宣传我，而今晚，他会说我是神的启示。我预感到了。这一切都归功于他一个人——白马王子，我完美的爱人，为我赐福的神。我就是他身边的穷小妞。穷？那又怎样？'贫穷来敲门，爱情飞进窗'[1]。

---

1 这句谚语原话是"贫穷来敲门，爱情飞出窗"。

我们的谚语得这么改一改才行。那是他们冬天写的，现在是夏天，不过对我来说是春天，蓝蓝的天空下，花儿翩翩起舞。"

"他是上流社会的绅士！"小伙子沉着脸说。

"是王子！"她悦耳的声音高喊道，"你还想打听些什么？"

"他会把你当奴隶使唤。"

"一想到自由我就浑身发抖。"

"我希望你对他警惕点。"

"见之则心生崇拜，知之则深信不疑。"

"西比尔，你真是爱得魔怔了。"

她笑着挽住了他的胳膊。"亲爱的吉姆老弟，你怎么说话像百岁老人似的。总有一天，你也会爱上一个人，到时你就明白爱情的滋味了。别绷着脸了，你应该高兴才对。虽然你就要走了，但你让我感受到了前所未有的幸福和快乐。我们的生活曾经充满了艰辛和苦难。但现在一切都不同了。你马上要去一个新世界，而我也找到了属于自己的那片天地。看，这儿有两把椅子，咱们坐下来，瞧瞧这些时髦的路人吧。"

他们来到人群中间坐下。马路对面的郁金香花圃好似一圈圈跳动的火焰。沉闷的空气中，弥漫着一团白色尘埃，就像化妆时扑在脸上的鸢尾根粉。色彩艳丽的遮阳伞像一只只巨大的蝴蝶，轻盈地上下舞动。

她让弟弟聊聊自己，聊希望，聊未来。他说话慢吞吞的，很吃力。他们你一言，我一语地说着，就像赌徒之间轮流传递筹码。西比尔感觉有些压抑。她心中的喜悦无人同享。对方紧锁的嘴角间勉强挤出的笑容，是她唯一的回应。不一会儿，她就陷入了沉默。突然，她瞥见一头金发和几片大笑的嘴唇。一辆敞篷马车疾驰而过，上面坐着道林·格雷和两位女士。

她腾地站了起来。"他在那儿！"她大叫道。

"谁？"吉姆·范恩问。

"白马王子。"她望着那辆远去的维多利亚式马车回答道。

他跳起来，粗鲁地一把抓住她的胳膊。"指给我看！哪个是他？快指。我必须看到他！"他喊道。话音未落，贝威克公爵的驷马马车冲了出来，挡住了他们的视线。等他离开后，道林的马车早已驶出了公园。

"他不见了，"西比尔难过地咕哝道，"真希望你看到了他。"

"看到就好了。我对天发誓，要是他敢做任何对不起你的事，我一定会把他杀了！"

她一脸惊恐地看着他。他把刚才的话又重复了一遍，每个字都如匕首般划向空中。周围的人都目瞪口呆地看着他们。站在她身旁的一位女士扑哧一声笑了出来。

"走了，吉姆，快走。"她小声说。他义无反顾地跟着她穿过人群。他很高兴自己说出了那番话。

两人走到阿喀琉斯雕像前，她转过身，眼中原本的怜悯已化作唇边的笑意。她摇摇头，望着弟弟说："你真傻，吉姆，简直傻到家了。你这家伙别的都好，就是脾气臭。你怎么能说出那么可怕的话？你根本不知道自己在说什么。你只是被嫉妒和敌意冲昏了头。唉！要是你也爱上谁就好了。爱情能让人变得善良，你刚才说的，全是恶毒的话。"

"我十六岁了，"他说，"我很清楚自己在做什么。母亲是指望不上了。她根本就不懂如何保护你。我宁可现在不去什么澳大利亚了。真想把那些计划统统抛掉。要不是签了那份合约，我一定会毫不犹豫地这样做。"

"天啊，吉姆，别这么严肃嘛。你真像母亲以前老爱演的那种傻乎乎的戏里的人物。我不会跟你吵架的。我刚才见到他了，天啊！一看到他，我就觉得无比幸福。我们不会吵架的，吉姆。我知道你一定不会伤害我所爱的人，对吗？"

"我想，只要你还爱他就不会。"他闷闷不乐地回答。

"我会永远爱他！"她高声说。

"那他呢？"

"也会永远爱我！"

"他最好这样。"

她往后一缩，但很快就笑了起来，还伸手挽住了他的胳膊。他毕竟还只是个孩子。

两人在大理石拱门那儿拦了一辆公共马车，在尤斯顿路下了车，距离他们家那间破旧的小屋不远。此时，已经五点多了，西比尔必须在演出前抓紧时间休息几小时。吉姆坚持让她这么做。他打算趁母亲不在，提前与她告别。否则，母亲不知道又会演一出什么样的戏码，而他向来讨厌一切形式的表演。

他们是在西比尔自己的房间道别的。小伙子心中充满了嫉妒，对那个夹在他们姐弟中间的陌生人厌恶至极，恨不得杀了他。可是，当西比尔伸出双臂搂住他的脖子，手指摩挲他的头发时，他就心软了，深情地送上一吻。下楼时，他的眼里噙满泪水。

他的母亲在楼下等他。他一进屋，母亲就开始埋怨他不守时。他默不作声，只是坐下来，把那点微薄的饭菜往嘴里送。苍蝇围着桌子嗡嗡地飞，在污渍斑斑的桌布上爬来爬去。在公共马车的隆隆声和出租马车的辚辚声中，他能听见喋喋不休的唠叨声正吞噬着他仅剩的每一分每一秒。

过了一会儿，他把盘子用力推到一旁，双手捂着脑袋。他觉得自己有权知道真相。如果事情真像他怀疑的那样，那她早该告诉他的。母亲恐惧地注视着他，嘴里的话一个字一个字地往外蹦，指间不断抽动着一条破旧的蕾丝手帕。钟声敲响了六下，他站起身，走向门口。突然，他转过身来，回头看着她。他们的目光交汇了。从她的眼睛里，他看到了一种近乎哀求的神情。这激怒了他。

"母亲，我有件事想问你。"他说。她的眼睛在房间里漫无目的地游移，没有答话。"告诉我，我有权知道真相。你到底有没有和父亲结过婚？"

她长长地叹了口气，顿时感觉如释重负。这个曾让她无数个年月担惊受怕、日夜悬心的可怕时刻，如今终于来临。但她并不恐惧。说实话，她反而有几分失望。这个直白又粗鲁的问题，只能直截了当地回答。这个桥段没有任何铺垫和缓冲，生硬得让人措手不及。这让她不禁想起那些拙劣的排练。

"没有。"她答道，惊讶生活竟如此简单残酷。

"那我父亲就是个无赖！"小伙子紧握拳头喊道。

她摇了摇头。"我知道他也身不由己。我们很相爱。如果他还活着，一定会确保我们娘仨的周全。儿子，别怨他。他终究是你父亲，是一位绅士。事实上，他是名门子弟。"

他脱口骂了一句脏话。"我自己怎么样都无所谓，"他大声说道，"但不能让西比尔……那人也是个绅士，口口声声说爱上了她，对吗？我猜他应该也是名门子弟吧。"

一种可怕的屈辱感瞬间将她裹挟，妇人垂下了头，双手颤抖地擦去眼角的泪水。"西比尔有母亲，"她喃喃地说，"我没有。"

小伙子心里咯噔一下。他走向母亲，俯身亲吻了她的额头。"如果问起父亲的事让你难过，对不起，"他说，"但我实在没忍住。我得走了。再见。别忘了，现在你身边只剩下唯一一个孩子要照料了。我把话放这儿，如果这个男人敢对不起我姐，我一定会追查到底，把他揪出来，像对待一条恶犬一样把他宰了。我发誓。"

那种荒唐至极的威胁，配上夸张的手势和歇斯底里的台词，似乎把她的生活变得更多姿多彩了。她很熟悉这种氛围。她的呼吸也畅快多了。好几个月以来，这是她第一次由衷地欣赏自己的儿子。

要不是儿子打断了她，她定会以同样饱满的情绪把这场戏演下去。现在得把箱子搬下楼，围巾也得找出来，公寓里的帮工不停地忙进忙出，还少不得要和马车夫讨价还价。此刻，一切都淹没在庸俗的细节中。儿子的马车离开时，她站在窗口挥着那条破旧的花边手帕，心中不免泛起一阵失望。她意识到一个绝佳的表演机会就这样浪费了。为了安慰自己，她向西比尔倾诉，诉说着自己未来的生活将如何孤寂，因为她身边"只剩下唯一一个孩子要照料了"。她记住了这句词，觉得很讨喜。至于那些威胁的话，她只字未提。那不过是儿子生动夸张地演绎罢了。她相信终有一天，他们会将这些话当成笑谈。

第六章

"巴兹尔，我想你应该已经听说了吧？"当晚，霍尔沃德被领进布里斯托俱乐部的私人包间时，亨利勋爵问道。包间里，三人的晚餐早已布置妥当。

"没有啊，哈里，"画家边说边把帽子和外套递给那位躬身的侍者，"听说什么了？不是关于政治的吧！我对那玩意儿可不感兴趣。下议院里几乎没有一个值得我画的人，不过我的画笔倒是能让他们中的许多人看着顺眼一些。"

"道林·格雷订婚了。"亨利勋爵说着，眼睛一直打量着他。

霍尔沃德猛地一惊，旋即皱起了眉。"道林·格雷订婚了！？"他大叫道，"这不可能！"

"千真万确。"

"跟谁？"

"一个什么小演员。"

"真不敢相信。道林是那么理智的一个人。"

"我亲爱的巴兹尔，道林是聪明过头了，总会时不时犯点傻。"

"婚姻可不是什么时不时就能做的事情，哈里。"

"除非在美国，"亨利勋爵懒洋洋地插了一句，"不过我可没说他结婚了，我是说他订婚了。结婚和订婚是两码事。我清清楚楚地记得我结婚，但订没订过婚就完全没印象了。我怀疑我可能从来没订过婚。"

"可你想想道林的出身、地位和财富，娶一个身份远不如他的人就太离谱了。"

"如果你想让他娶那姑娘，大可把这话告诉他，巴兹尔。那他绝对会义无反顾的。人嘛，不管什么时候做出一件愚蠢透顶的事情，背后往往都是出于最高尚的动机。"

　　"但愿她是个好姑娘，哈里。我可不想看到道林跟某个会腐蚀他天性、摧毁他理智的恶婆娘拴在一起。"

　　"哦，她岂止是个好姑娘，还是个大美人呢，"亨利勋爵呷了一口香橙苦艾酒，轻声道，"道林说她长得很标致。他在这种事情上通常不会出错。你给他画的那幅画像激发了他鉴赏外貌的能力。你的画不仅有这种神奇的力量，还有许多别的效果。如果那小子没忘记今晚的约定，我们今晚就能见到她了。"

　　"你说真的吗？"

　　"当然是真的，巴兹尔。我想破脑袋也想不出我什么时候会比现在更真。"

　　"那你赞成道林这事吗，哈里？"画家在包房里来回踱步，咬着嘴唇问，"你应该不可能赞成的吧。这简直是鬼迷心窍。"

　　"我现在既不赞成也不反对任何事情。这种非黑即白的生活态度太荒谬。我们来到这个世界上，不是为了宣扬自己的道德偏见的。我从来不去理会普通人说什么，也不干涉魅力人士做什么。一旦我被某个人的独特魅力吸引，那么他们在生活中的每一种表达方式，都会在我眼中散发迷人光彩。道林·格雷爱上了一位在舞台上演朱丽叶的漂亮姑娘，并打算娶她为妻。这又有何不可呢？即便他要娶的是人尽可夫的梅萨利娜[1]，他的个人魅力也不会减少分毫。你知道我不是婚姻的拥护者。婚姻真正的缺点在于它会让人忘记自我，而忘记自我的人是苍白无趣的，也毫无个性可言。不过，婚姻也会让有些人的性格变得更复杂，不仅保留了原有的利己主义，还多了许

1　罗马皇帝克劳狄一世的第三任妻子，以淫乱和阴险出名。

多其他的自我意识。他们不得不应对多重角色的挑战，生活变得高度有序，但我恰恰认为，这种高度有序化才是人类生活的追求目标。还有，每一种经历都有价值，无论人们如何非议婚姻，它都无疑是一种宝贵的人生经历。我希望道林·格雷能娶这个姑娘为妻，享受半年的激情厚爱，然后被另外一个人深深吸引。到时他会变成一个极具研究价值的人物。"

"你说的这些没一句是真心的，哈里，你心里清楚。如果道林·格雷的人生被毁了，你会比所有人都痛心。你比你装出来的这副样子要好多了。"

亨利勋爵笑了："我们之所以喜欢把别人想得太好，都是出于对自己的恐惧。恐惧，也恰恰是乐观主义的根基。我们自诩慷慨，那是因为我们揣测邻居可能会有某些对我们有利的品质。我们赞美银行家，不过是为了能透支账户；我们对拦路强盗说好话，也只是希望他们对我们的钱包手下留情。我说的每一句话都是认真的。我最不待见的就是乐观主义。至于毁掉的人生，除非一个人选择原地踏步，否则没有谁的人生会被毁掉。如果你想破坏一个人的本性，那就改造他吧。至于婚姻，当然是愚蠢的选择，男人和女人之间还有其他更有趣的关系。我绝对鼓励这些关系，它们散发着时尚的魅力。喏，道林来了。还是听听他本人的高见吧。"

"亲爱的哈里！亲爱的巴兹尔！你们一定要恭喜我！"小伙子说着，脱下那件双肩嵌着缎子衬里的晚礼服披风，逐一与两位朋友握手。"我从来没有这么高兴过。当然，这一切发生得有些突然……但所有真正让人喜悦的事情，往往都是突然发生的。我觉得，这似乎是我一生都梦寐以求的时刻。"他因激动和喜悦而满脸通红，样子显得格外英俊。

"希望你永远这么快乐，道林，"霍尔沃德说，"但你没告诉我订婚的事，却告诉了哈里。这一点我不能原谅你。"

"我也不能原谅你晚饭迟到。"亨利勋爵插了一句，拍了拍小伙子的肩膀，笑着说，"来，咱们坐吧，尝尝这里新厨师的手艺，然后你再把整件事的经过讲给我们听。"

"倒也没什么可讲的，"三人围着一张小圆桌落座时，道林大声说，"事情是这样的。哈里，昨晚我从你那儿离开以后，我换了身衣服，在鲁珀特街那家你推荐的意大利小餐厅吃晚饭，然后八点去了剧院。西比尔演罗莎琳德。当然，布景很糟糕，演奥兰多[1]的演员也很可笑。但是西比尔！你真该去看一看！当她扮成男孩儿的样子走上舞台时，简直惊艳全场。她身着苔藓绿的天鹅绒坎肩，搭配肉桂色的袖子，脚穿棕色紧身长筒袜，系着交叉吊袜带，头戴一顶小巧的绿色帽子，帽檐上插着一根鹰羽，并用一颗宝石点缀，外披一件暗红色衬里的连帽披肩。我从未见过她如此精致的扮相。巴兹尔，她仿佛就是你画室里那尊塔纳格拉陶俑的化身，风姿绰约，优雅动人。她的头发环绕着脸庞，就像深色的叶子簇拥着一朵苍白的玫瑰。至于她的表演……嗯，今晚你们就能一睹她的风采了。她无疑是位天生的艺术家。我坐在昏暗的包厢里，看得如痴如醉。那一刻，我忘记了自己正身处十九世纪的伦敦，仿佛与我的爱人一同踏入了一片从未有人涉足的神秘森林。演出结束后，我走到后台和她说话。我们坐在一起的时候，她的眼睛里突然闪现出我以前从未见过的神采。我不由自主地靠向她的嘴唇。我们接吻了。那一刻的感受，我实在无法用言语形容，仿佛我的全部生命都凝聚在了那一个玫瑰色的、完美的幸福瞬间。她浑身颤抖，像一朵摇曳的白水仙。后来，她跪在地上，亲吻了我的手。我觉得我不应该告诉你们这些，但我无法控制自己。当然，我们订婚是绝密的消息。她甚至没告诉她母亲。我不知道我的监护人会说什么。拉德利勋爵肯定会大发雷霆。

---

1 《皆大欢喜》中年轻而勇敢的贵族，罗莎琳德的爱人。

但我不在乎。再过不到一年我就成年了，到时我想干什么都行。巴兹尔，我把爱情从诗歌中剥离，在莎士比亚的戏剧中找到我的妻子，难道错了吗？那些被莎士比亚教会说话的嘴唇，在我耳边细语着爱的秘密。我曾与罗莎琳德相拥，也曾吻过朱丽叶。"

"不，道林，你做得对。"霍尔沃德缓缓地吐出这句话。

"你今天见过她了吗？"亨利勋爵问。

道林·格雷摇摇头说："我在雅顿森林离开了她，我将在维罗纳的果园与她重逢。"

亨利勋爵若有所思地品着香槟。"你是在哪个特殊时刻提到'结婚'这两个字的，道林？她又是怎么回答的？你可能全都忘了吧。"

"亲爱的哈里，我没有把这当成一笔交易，也没有正儿八经地向她求婚。我只是告诉她我爱她，但她却说她不配做我的妻子。不配！天哪，与她相比，这个世界又算什么呢？"

"女人都极其现实，"亨利勋爵喃喃地说，"比我们男人现实得多。在那种情况下，我们常常想不起来提结婚的事，但她们总会提醒我们。"

霍尔沃德伸手拍了拍他的胳膊："别说了，哈里。道林该不高兴了。他跟别的男人不同。他永远不会把伤痛带给别人。他善良的本性不允许他那样做。"

亨利勋爵望向桌对面。"道林从来不会生我的气，"他说，"我问这个问题的理由再好不过了，那就是纯粹的好奇心。事实上，这个理由足以宽宥人们提出的任何问题。我得出了一个理论：往往是女人们向我们求婚，而不是我们向女人们求婚。当然，中产阶级除外。但中产阶级的观念已经过时了。"

道林·格雷听了哈哈大笑，摇着头说："你真是不可救药呀，哈里，但我不介意。我不可能生你的气。等你见到西比尔·范恩，你就会觉得，只有那种没心肝的畜生才会辜负她。我不明白怎么有人舍得让自己心爱之人蒙羞。我爱西比尔·范恩。我想把她捧到黄金宝座上，让全世界都来膜拜这个属于我的女人。婚姻是什么？是不可动摇的誓言。难道这让你嘲笑婚姻吗？喂！别笑了。我想许的就是这种永不改变的誓言。她的信任让我忠诚，她的信仰让我善良。跟她在一起的时候，我对你教给我的一切感到后悔。我变得与你曾经认识的那个我截然不同了。我不再是过去的我，只要一碰西比尔·范恩的手，我就会忘记你，忘记你那些错误、迷人、有毒却又动听的理论。"

"什么理论？"亨利勋爵一边问，一边给自己取了点沙拉。

"哦，就是你的那些关于人生、关于爱、关于享乐的理论。事实上，还有你的一切理论，哈里。"

"享乐是唯一值得赋予理论的东西，"他用那种缓慢悠扬的声音说，"但恐怕不能说那是我的理论。它是天生的，并不专属于我。享乐是天性的考验，是天性给予我们的赞许。人快乐的时候总是好的，可人好的时候并不总快乐。"

"哦！你所谓的'好'指的是什么呢？"巴兹尔·霍尔沃德大声说。

"是啊，"道林附和道，他身子往椅背上一靠，目光越过桌子中央那一大簇紫鸢尾，落在亨利勋爵身上，"你说的'好'是什么意思，哈里？"

"'好'就是与自我和谐相处，"他一边回答，一边用白皙纤细的手指轻抚着酒杯的细柄，"而被迫与他人和谐相处会导致不和。过好自己的日子，这才是真正的头等大事。至于邻居的生活方式，无论他们想当伪君子，还是清教徒，他们可以尽情标榜自己的道德主张，这些都与你无关。何况，个人主义确实有着更崇高的追求。现代道德是根据我们这个时代的标准来定义的。但我认为，任何有教养的人若盲目接受自己时代的标准，便是一种极其不道德的行为。"

"可是，哈里，如果人只为自己而活，恐怕也会为此付出可怕的代价吧？"画家提出自己的见解。

"没错，如今的一切都过于昂贵。我想，穷人真正的悲剧在于，他们除了自我否定之外，什么都负担不起。美丽的罪孽和美丽的事物一样，都是富人的特权。"

"除了钱，还得付出其他形式的代价。"

"什么形式的代价，巴兹尔？"

"哦！我想，应该是悔恨、痛苦之类的吧……嗯，还有堕落的意识。"

亨利勋爵耸了耸肩："老兄，中世纪的艺术固然迷人，但中世纪的情感却早已过时。当然，用在小说里还说得过去。但是，小说里的那一套东西在现实中早就没人用了。相信我，没有哪个文明人会因为追求享乐而后悔，野蛮人永远也不会懂什么是乐趣。"

"我知道什么是乐趣，"道林·格雷大声说，"爱上一个人就是乐趣。"

"那绝对比被人爱上要强，"亨利勋爵边说边摆弄着水果，"被人爱上是件麻烦事。女人们对我们就像人类对他们的神一样。她们崇拜我们，却也总缠着我们为她们做点什么。"

"我倒觉得，她们向我们索取的东西，正是她们先前赠予我们的，"道林一脸认真地低声说，"她们在我们的心里播种了爱情。她们有权要求我们回馈这份爱。"

"这话对极了，道林。"霍尔沃德大声说。

"世上的事没有绝对的对错。"亨利勋爵说。

"这一点就是对的，"道林插嘴道，"哈里，你得承认，女人把生命中最宝贵的东西给了男人。"

"或许吧，"他叹气道，"但她们总是想方设法从我们身上一点点拿回去，这才是最让人头疼的。有位法国的智者说过，女人能激发我们做大事的欲望，却总是阻挠我们付诸实践。"

"哈里，你讲话太可恶了！真不明白我为什么这么喜欢你。"

"你永远都会喜欢我的，道林，"他说，"两位，你们要咖啡吗？服务生，给我们来点咖啡、顶级香槟，还有香烟。哦，等等，香烟先不用，我这儿有。巴兹尔，你不能抽雪茄，来根香烟试试吧。香烟能带给你无与伦比的快乐。那感觉妙不可言，让人觉得意犹未尽，还有什么好不满足的呢？是的，道林，你永远都会喜欢我的，因为我身上有你这辈子都不敢犯的全部罪孽。"

"哈里，你胡说八道些什么呀！"道林嚷道，旋即从侍者放在桌上的喷火银龙里点上烟，"咱们去剧院吧。等西比尔一上台，你们会对生活有一种全新的认识。她身上散发的魅力，保准你们之前从未领略过。"

"我什么都领略过了，"亨利勋爵说，眼中闪过一丝疲惫，"但我随时准备迎接新感受。不过，对我来说，这世上恐怕已经没什么新感受了。话虽如此，你那迷人的姑娘说不定能让我神魂颠倒。我喜欢表演，表演比生活真实多了。咱们走吧。道林，你和我一起。真抱歉，巴兹尔，我的马车只坐得下两个人。你需要再叫一辆马车跟着我们。"

他们起身穿上外套，站着呷了几口咖啡。画家没有说话，一副心事重重的样子。他阴着脸，无法接受这桩婚姻，不过相较于其他可能发生的情况，他又似乎觉得这已经算好的了。几分钟后，他们一同下了楼。按照刚才的约定，他单独叫了一辆车，看着前面那辆小马车闪烁的灯光，一股难以名状的失落感涌上心头。他意识到，道林·格雷再也不会像从前那样待他了。生活已经挡在了他们中间……他的眼神黯淡下来，繁华喧嚣的街道在他的视线中渐渐模糊。当马车停在剧院门口时，他仿佛觉得自己老了好几岁。

第七章

不知为何，那天晚上剧院里人山人海。那位肥头大耳的犹太经理站在门口，满脸堆笑，战战兢兢地迎接他们，嘴笑得都快咧到耳朵根了。他以一种浮夸的谦卑姿态领着三人进入包厢，珠光宝气的肥手挥舞个不停，扯着嗓子与他们交谈。道林·格雷对他的厌恶比以往更甚，感觉自己仿佛是来找米兰达[1]的，却在半路遇到丑仆卡列班。然而，亨利勋爵却对这个人颇有好感，至少嘴上是这么说的，而且执意要与他握手，甚至信誓旦旦地表示，自己很荣幸能遇到像他这样为诗人破产而且能慧眼识珠的伯乐。霍尔沃德则饶有兴致地观察正厅后排的一张张面孔。剧院里闷热无比，头顶那盏巨大的煤气簇灯犹如一朵盛开的大丽花，腾腾烈焰恰似其黄色花瓣。楼座的青年们纷纷脱下外套和背心，搭在栏杆上。他们隔着剧院互相攀谈，不时将手里的橘子递给身边那些衣着艳俗的姑娘。与此同时，正厅后排有几个女人放声大笑，声音尖锐又刺耳。吧台传来一阵砰砰的开瓶声。

"居然有人能在这种地方找到心上人！"亨利勋爵说。

"没错！"道林·格雷答道，"我就是在这儿发现的她。她美得超凡脱俗。她的表演能让你忘记一切纷扰。只要她一走上舞台，这些丑陋、粗鄙的俗人仿佛脱胎换骨一般，安安静静坐在台下看她表演，跟着她的喜怒哀乐而欢笑、落泪。他们就像她手中驯服的小提

---

1 莎士比亚戏剧《暴风雨》中的女主角，聪明、勇敢、有爱心，是老公爵普洛斯彼罗的女儿。

琴，与她默契配合。她让他们的灵魂得到了升华，仿佛与他们血肉相连。"

"血肉相连！天哪，千万不要！"亨利勋爵惊呼道。此刻他正举着一架小望远镜扫视楼座的观众。

"道林，别听他的，"画家说，"我理解你的感受，也相信这姑娘的魅力。你爱上的人，必定非同凡响；能有这般影响力的姑娘，必定美丽高贵。让这个时代的灵魂得到升华，绝对是一件值得做的事情。如果这姑娘能为那些灵魂空虚的人注入灵魂，如果她能在那些生活污浊、内心丑陋的人心中播撒美的种子，如果她能驱散他们的自私，让他们为别人的悲伤而流泪，那么她不仅值得你倾尽所有的崇拜，更值得全世界的敬仰。这桩婚姻是天作之合。尽管我一开始对此抱有疑虑，但现在我明白了。是众神为你缔造了西比尔·范恩。有了她，你的生命才完整。"

"谢谢你，巴兹尔，"道林·格雷说，同时紧紧握住他的手，"我就知道你会理解我。哈里太愤世嫉俗了，叫人害怕。看，管弦乐队上场了。他们的表演很糟糕，但好在只需忍五分钟左右。等大幕拉开，你们将看到我愿意为之献出全部生命的那个姑娘，我把我身上的一切美好都给了她。"

十五分钟后，伴着一阵雷鸣般的掌声，西比尔·范恩登台了。是的，她果然长得赏心悦目——在亨利勋爵眼中，这是他平生见过的最美丽的尤物。她小鹿般的眼神里透着一丝羞怯与惊恐。当她扫视着座无虚席、热情洋溢的观众时，一抹淡淡的红晕悄然爬上脸颊，宛如一朵玫瑰在银镜中绽放的倒影。她后退了几步，嘴唇似乎在颤抖。巴兹尔·霍尔沃德激动地跳了起来，为她鼓掌。道林·格雷一动不动地坐着，凝视着她，仿佛陷入了梦境。亨利勋爵举着望远镜观察，嘴里不停地嘀咕："太美了！太美了！"

这场戏的场景是在凯普莱特家的门厅，罗密欧身着朝圣者的服饰，与茂丘西奥和其他几位朋友一起进了门。那支拙劣的乐队弹奏了几段旋律，舞蹈开始了。在一众动作笨拙、身着破旧戏服的演员中，西比尔·范恩如同一位来自仙境的精灵。她翩翩起舞，身姿宛如水中摇曳的水草。她颈部的线条，好似一朵洁白的百合。她的双手仿佛是用冰凉的象牙雕琢而成。

可奇怪的是，她似乎提不起精神。她看着罗密欧时，那双眸子里没有丝毫的喜悦。她从嘴里硬挤出几句台词：

> 虔诚的信徒，莫要吝啬你的双手，
> 如此举动正是虔诚的礼数；
> 圣者之手，允许信徒触碰，
> 合掌之礼，乃是神圣之吻——

接下来几句简短的对白，她演绎得矫揉造作至极。尽管她声音美妙，但语调十分生硬，毫无感染力。诗句的生命力荡然无存。情感也显得极不真实。

道林·格雷注视着她，脸色变得苍白。他心中充满了困惑与焦虑。两位朋友都不敢出声。在他们眼中，她根本无法胜任这个角色，这让他们大失所望。

不过，他们认为，对每一位朱丽叶真正的考验在于第二幕的"阳台相会"。他们期待着那一幕的到来。如果她还失败了，那她就真的不会演戏。

走进月光下的她看起来楚楚动人，这一点无可否认。但她那浮夸的演技让人难以忍受，而且越演越差。手势动作极不自然，每句话都刻意加重了语气。这段优美的台词——

> 你可知我戴着黑夜的面具，

否则，为你今晚听到我所说之事，
我的脸颊定会染上少女的红晕。

　　她一字一句念得十分痛苦，犹如一位跟着二流演说家学习朗诵的女学生。她倚着阳台栏杆，念着下面美妙的台词：

我虽倾心于你，
却不喜今夜的约定：
这太鲁莽、太轻率、太突然；
好似一道闪电，刹那间消失，
让人来不及喊出它的名字。
亲爱的，晚安！
愿夏日的气息滋养爱的蓓蕾，
待我们再相见时，开出一朵美丽之花！

　　她念着这些句子，仿佛每个字对她都毫无意义。倒不是因为紧张。事实上，她不仅不紧张，还表现得十分镇定。这表演实在糟糕。她彻底演砸了。

　　即使是后排和楼座上那些没受过教育的普通观众，也对这出戏没了兴致。他们变得焦躁起来，开始大声讲话，乱吹口哨。那位站在特等席后方的犹太经理气得直跺脚，破口大骂。唯一不为所动的，只有那个女孩自己。

　　第二幕结束后，剧场里嘘声四起。亨利勋爵从椅子上站起身来，穿上外套。"她长得很美，道林，"他说，"但她不会演戏。咱们走吧。"

　　"我要把戏看完，"小伙子说，声音听起来生硬又苦涩，"实在对不起，害你们陪我浪费了一个晚上的时间，哈里。我向你们二位道歉。"

"亲爱的道林，我想范恩小姐可能生病了，"霍尔沃德插话道，"我们改天晚上再来吧。"

"我倒希望她是病了，"道林接过话茬说，"不过我看她是冷酷无情到了极点。她完全像变了个人。昨晚她还是一位伟大的艺术家，可今晚，她却沦为一名平庸无奇的女演员。"

"道林，别这么说你爱的人。爱情比艺术更美妙。"

"这两者只是模仿的不同表现形式罢了，"亨利勋爵说，"咱们还是走吧。道林，你也不能再待在这儿了。观看拙劣的表演对道德无益。更何况，我想你也不希望自己的妻子以后继续演戏吧，所以，就算她把朱丽叶演得像木偶人又有什么关系呢？她是个可爱的姑娘，如果她对生活的认识像她的演技一样青涩，那就太完美了。真正有魅力的只有两种人——无所不知的人和一无所知的人。好家伙，道林啊，别这么愁眉苦脸的！永葆青春的秘诀在于永远不要陷入不体面的情绪当中。陪巴兹尔和我一起去俱乐部吧。我们去抽雪茄，一同为西比尔·范恩的美貌干杯。她长得真的很美。你还有什么不满足的呢？"

"你走吧，哈里，"小伙子大声说，"我想一个人静静。巴兹尔，你也走。唉！难道你们看不见我心都碎了吗？"他热泪盈眶，双唇止不住地颤抖。他飞快地冲到包厢后方，靠着墙，双手掩面。

"巴兹尔，我们走吧。"亨利勋爵用一种奇怪的温柔口吻说。于是，两个年轻人一起离开了。

几分钟后，脚灯亮起，幕布升了上去，第三幕开始了。道林·格雷回到自己的座位。他面容苍白，神情中透着傲慢与冷漠。这出戏拖拖拉拉，仿佛永无休止。一半的人开始离场，他们踩着笨重的靴子踢踏作响，肆无忌惮地放声大笑。整出戏成了一场大灾难。到了最后一幕，台下几乎只剩空荡荡的座椅了。终于，大幕在一阵窃笑和叹息声中落下。

演出一结束，道林·格雷就冲到后台的演员休息室。女孩独自站在那里，脸上露出胜利的表情，双目炯炯有神。整个人看起来容光焕发。她微启的嘴唇带着笑意，仿佛诉说着一个彼此心照不宣的秘密。

道林一进门，她就看着他，脸上洋溢着无穷的喜悦。"道林，我今晚演得太糟糕了！"她喊道。

"糟透了！"道林惊讶地瞪着她说，"糟透了！简直惨不忍睹。你生病了吗？你根本不懂这出戏，你不知道我有多遭罪。"

女孩笑了。"道林——"她拉着长长的音唤道，声音如乐曲般婉转，这个名字在她花瓣似的红唇间流淌，仿佛比蜜糖还要甘甜，"道林，你早该明白的。不过你现在也明白了，不是吗？"

"明白什么？"他愤愤地问。

"明白我今晚为什么演得如此糟糕，明白我为什么注定会一直演成这样，明白我为什么再也演不好戏了。"

他耸了耸肩。"我想你确实是病了，病了就不该登台，现在弄得自己出了洋相。我的朋友烦了。我也烦了。"

她似乎并没有在听他说话，内心的喜悦让她更加光彩照人。她被一阵极度的幸福感冲昏了头脑。

"道林，道林，"她大叫道，"在认识你以前，演戏是我生活的全部。只有在剧院里，我才觉得自己活着。戏里的一切在我看来都是真的。今天晚上我是罗莎琳德，明天晚上我又成了波西娅；碧翠斯的快乐就是我的快乐，考狄利娅[1]的悲伤也是我的悲伤。我相信这一切。与我同台演出的普通人，都是我心中的神。画出的布景就是

---

1 罗莎琳德、波西娅、碧翠斯和考狄利娅分别为莎士比亚戏剧《皆大欢喜》《威尼斯商人》《无事生非》《李尔王》中积极正面的女性角色。

我的世界。除了镜中的影像，别的我一无所知，甚至以为那些都是真实的。然后你出现了——噢，我英俊的心上人！是你从牢笼中放出我的灵魂。你教会我什么是真正的现实。今晚，我有生以来第一次看穿了自己过去一直参与的表演，空洞、虚假又愚蠢。同样在今晚，我第一次觉察到，那位扮演罗密欧的演员是如此丑陋、苍老和虚伪。果园里的'月光'是假的，布景也很庸俗，我不得不念出的台词是如此不真实，那根本不是我的语言，也不是我心中想要表达的内容。你带给了我一种更崇高的东西，一切艺术都只是它的投影。你让我理解了爱的真谛。我的爱人！我的爱人！白马王子！我的真命天子！我已经对镜中的幻象感到厌倦。对我来说，你比任何艺术都重要。那些戏中的傀儡又与我何干？今晚登台的时候，我不明白为什么一切都离我而去了。我本以为我能够完美呈现，却发现自己无能为力。那一刻，我的灵魂突然觉醒，洞悉了这一切深意。这份领悟实在美妙极了。我听见了他们的嘘声，却忍不住微笑。他们怎么会理解像我们这样的爱呢？道林，带我走吧……带我跟你一起走，去一个只有我们两个人的地方。我憎恶这个舞台。我或许能演出我感受不到的情感，却模仿不了那种火一般炽热的激情。噢！道林，道林，现在你总该明白这意味着什么了吧？即使我能做到，可在爱情里做戏，对我而言是一种亵渎。你让我明白了这一点。"

道林猛地倒在沙发上，把脸转了过去。"你扼杀了我的爱情。"他喃喃地说。

西比尔一脸惊讶地看着他，笑了笑。他不予理睬。她走到他身边，用纤细的手指轻抚他的发丝。她跪在地上，捧着他的手贴在自己的唇边。道林把手抽了回来，不觉打了个寒战。

随后，他跳了起来，走向门口。"没错！"他大叫道，"你扼杀了我的爱情。你曾激发我无尽的想象，可如今，你甚至无法激起我的好奇。你对我而言，已经失去了任何影响力。我曾深爱着你，因为你的迷人魅力，因为你的才华横溢、非凡智慧，因为你将伟大诗人的梦想化为现实，为艺术之影赋予了形态与生命。然而，你却将这些统统抛弃。你真是肤浅又愚蠢。天哪！我简直是疯了才会爱上你！我真是个十足的大傻瓜！现在的你对我来说什么都不是。我再也不愿见到你，永远不会想起你，绝不会再提起你的名字。你根本不知道你曾在我心中占据多么重要的位置。唉，曾经……往事不堪回首！我真希望从未遇见过你！你摧毁了我生命中的浪漫。你说爱情毁掉了你的艺术，你对爱情竟无知到如此地步！没有了艺术，你一无是处。我本想让你出名，让你光芒万丈，尊贵无比。整个世界都会为你倾倒，你也将冠上我的姓氏。可你现在呢？只不过是个长着漂亮脸蛋的三流女演员罢了。"

女孩的脸色变得惨白，浑身发抖。她双手十指紧扣，喉咙几乎哽得说不出话来。"道林，你不是认真的吧？"她紧张地问道，"你一定在演戏。"

"演戏！你去演个够吧。你才是演戏的行家！"他愤恨地说。

她从跪着的姿势站起来，脸上带着痛苦而悲戚的表情，穿过房间朝他走来。她把手搭在他胳膊上，凝视他的眼睛。他却一把将她推开。"别碰我！"道林喊道。

她发出一声低沉的呻吟，猛地瘫倒在他的脚边，像被人践踏的花朵般伏在地上。"道林，道林，别离开我！"她轻声说，"是我没演好，我真的很抱歉。演出的时候我无时无刻不在想你。但我会努力的，真的，我会努力。这份突如其来的爱让我措手不及。如果你没有吻我，如果我们没有亲吻彼此，我可能永远不会明白什么是爱。再吻我一次吧，我的爱人。别离开我。我无法承受失去你。啊！别离开我。否则我弟弟……不，没什么。他不是认真的。那只是个玩笑……可是你，啊！你就不能原谅我今晚的失误吗？我会倾尽全力提升自己。别对我如此残忍，因为我爱你胜过世界上的一切。毕竟，我只有这一次没有让你满意。不过你说得对，道林。我应该表现得更像个艺术家。我太傻了，但我无法控制自己。啊，别离开我，别离开我。"一阵撕心裂肺的抽泣哽得她喘不过气。她像一只受伤的小动物般蜷缩着，而道林·格雷用那双美丽的眸子俯视着她，轻蔑地撇了撇他那线条优雅的嘴唇。当你不再爱一个人，他流露的情感总让你觉得有几分可笑。在道林眼中，西比尔仿佛在演一出荒唐的闹剧。她的眼泪和抽泣都让他大为光火。

"我要走了，"他最后用一种冷静而清晰的声音说，"我不想显得太薄情，但我不会再见你了。你让我失望透顶。"

她默默地流泪，没有回应，只是朝他爬得更近了。她伸出纤纤小手，盲目地摸索着，仿佛在寻找他。他转身走出房间。不一会儿，他就离开了剧院。

他也不太清楚自己后来去了哪儿。只记得自己在那些昏暗的街道上漫无目的地徘徊，经过了狭窄阴郁的拱廊和令人毛骨悚然的房屋。几个嗓音沙哑、笑声刺耳的女人在他身后不断呼唤着他。醉汉们跌跌撞撞地走过，嘴里骂骂咧咧，自言自语，活像一群巨型猿人。他看到几个在门前台阶上挤成一团的古怪的孩子，也听到幽暗庭院里传来的尖叫声和咒骂声。

黎明破晓之际，他发现自己来到了科文特花园[1]附近。夜幕褪去，霞光似火，天空仿佛化作了一颗纯净无瑕的珍珠。一辆辆大马车满载着摇曳的百合，在光滑空旷的街道上缓缓驶过。空气中弥漫着馥郁的花香，那些美丽的花儿似乎抚平了他心中的痛楚。他跟着进了市场，看他们从车上卸货。有位穿着白色汗衫的车夫拿了些樱桃给他。他道了谢，好奇那人为什么不收他的钱。他开始懒懒地吃了起来。这些樱桃是午夜时分摘的，里面渗进了月光的寒气。一群

---

1 伦敦的中央市场，也是皇家歌剧院所在地。

男孩扛着一箱箱条纹郁金香、黄玫瑰和红玫瑰，排成一条长龙，穿过碧绿的蔬菜堆，从他面前走过。门廊下，一群邋里邋遢、不戴帽子的女孩们围着被阳光晒得发白的灰色柱子游荡，等待拍卖结束。广场上，人们熙熙攘攘地聚集在咖啡馆的旋转门前。拉车的高头大马在凹凸不平的石头路上疾驰，蹄声铿锵，挂在身上的铃铛和饰物晃得叮当响。几个车夫躺在一堆麻袋上沉睡。那些长着五彩斑斓的脖子、粉色爪子的鸽子跳来跳去地啄食地上的种子。

不多时，他拦了辆出租马车回家。他在家门口的台阶上驻足片刻，环顾着静谧的广场，四周窗户紧掩，百叶窗拉得严严实实。此刻的天空宛如一块晶莹剔透的猫眼石，房顶在天空的映衬下闪着银光。对面的烟囱里冒出一缕青烟，缭绕卷曲，犹如一条紫色缎带，在炫彩斑斓的空气中飘荡。

镶着橡木板的挑高门厅天花板上，悬挂着一盏巨大的镀金威尼斯吊灯，这是从一位威尼斯总督的驳船上掠夺而来的战利品。吊灯里，三个摇曳的喷嘴依旧在燃烧，喷出薄薄的蓝色火焰，宛如三片盛开的花瓣，边缘环绕着一圈白色火焰。他熄灭吊灯，随手将帽子和披风扔在桌上，穿过书房，朝着他的卧室走去。那是一间宽敞的八角形房间，位于一楼。不久前，他按照自己对奢华的全新感受，将这个房间重新装潢了一番，还特意挂了几幅在塞尔比皇家庄园废弃阁楼里发现的、颇具特色的文艺复兴时期挂毯。他转动卧室的门把手时，目光不经意间落在了巴兹尔·霍尔沃德为他画的那幅画像上。他吓了一跳，下意识地后退两步。他进入卧室，心中满是困惑。他取下别在外套纽扣孔上的胸花，犹豫了片刻。终于，他回到画像前，仔细端详起来。在透过奶油色丝质百叶窗的昏暗光线下，他觉得画里的那张脸似乎有些变化，表情与之前不同了。看到的人也许会说，嘴角露出了一丝凶相。这实在有些蹊跷。

他转过身，走到窗边，拉开了百叶窗。明亮的曙光洒满整个房间，那些奇异的影子立马被驱散到阴暗的角落，躲在那儿瑟瑟发抖。然而，他在画像脸上看到的古怪神情似乎还停留在那儿，甚至更明显了。在颤动的炽热阳光下，他清晰地看到了画中人扭曲的嘴角透着凶相，那表情与他以往做了什么可怕的事情后，在镜中看到的自己一模一样。

他蹙着眉，从桌上拿起一面椭圆形镜子，镜框上镶嵌着好几个象牙雕的爱神丘比特，这是亨利勋爵送给他的诸多礼物之一。他急切地注视着那面光洁如新的镜子，他的红唇上并未出现画中那样扭曲的线条。这是怎么回事？

他揉了揉眼睛，凑近画像，再次审视起来。他仔细地观察着那幅画，并没有发现一丝变化的迹象，但毫无疑问，画像整个表情都变了。这不是他的错觉，铁一般的事实就在眼前。

他跌坐在椅子上，陷入沉思。脑海中瞬间闪现出画像完成当天，他在巴兹尔·霍尔沃德的画室里说过的那些话。是的，他记得清清楚楚。他许了一个疯狂的愿望，希望自己永远年轻，而画像逐渐老去；希望自己的美丽永不褪色，而画布上的脸庞替他承受情欲和罪孽的重担；希望画像上烙下痛苦和思考的皱纹，而他自己永远保持那份刚刚觉醒的青春朝气与迷人魅力。难道他的愿望真的实现了？这种事情是不可能的，即使想一想都觉得荒谬绝伦。然而，画像就在他眼前，嘴角透着一丝残忍。

残忍！他真的残忍吗？错的是那个女孩，不是他。他曾以为她是一位伟大的艺术家，因她的伟大天赋而爱上了她。但她却让他大失所望。她的肤浅配不上他的爱。可是，一想起她趴在自己脚边，像孩子一样抽泣时，一股无尽的悔意便涌上他的心头。他回想起自己当时冷眼旁观的样子。为什么他会变成那样？为什么要给他这样一副灵魂？不过，他自己也遭了不少罪。在那可怕的三个小时的演出中，他仿佛经历了数个世纪乃至千万年的折磨。他的生命远比她的更有价值。如果说他给她带去了无尽的痛苦，那她也在某个瞬间伤害了他。更何况，女人天生就比男人更能承受痛苦。情感是她们生活的全部。她们满脑子想的也都是情感。她们寻找爱人，无非是为了找个情感的发泄口。亨利勋爵曾告诉过他这一点。亨利勋爵太了解女人了。他又何必为西比尔·范恩而烦心呢？她现在对他来说，已经毫无意义。

但画像呢？这又怎么说？画像里藏匿着他生活的秘密，讲述着他的故事。它教会他去爱自己的美。它会教他去厌恶自己的灵魂吗？今后，他还会去看画中的自己吗？

不！那只是他混乱的感官所产生的幻觉。那个可怕的夜晚给他留下了挥之不去的幻影。突然，他的脑海中冒出一个鲜红的小圆点，一个会让人发疯的记号。这幅画并没有任何改变，只有傻瓜才会觉得它变了。

然而，画像正注视着他，那张美丽的脸庞已经扭曲，嘴角挂着一抹冷酷的狞笑。清晨的阳光下，那一头金发闪闪发光，蓝色的眸子与他四目相对。顿时，一股深深的怜悯之情涌上他的心头，但不是为了他自己，而是为了画中的人。这幅画像已然发生了变化，而且未来还会继续改变。金色的发丝将会枯萎成灰色，红玫瑰和白玫瑰般的面容也将凋零。他每犯一次罪，都会在这幅画上留下污点，毁掉那原本白皙无瑕的肌肤。但他不会再作孽了。无论画像是否改变，对他来说，它都是良知有形的象征。他会抵制诱惑。他再也不会见亨利勋爵了——至少，不会再听那些粉饰精致的有毒理论。正是这些他在巴兹尔·霍尔沃德的花园里听到的理论，第一次激发了他异想天开的疯狂念头。他会回到西比尔·范恩身边，向她道歉，向她求婚，并尝试再次爱上她。是的，这是他的责任。她一定比他遭受了更大的痛苦。可怜的姑娘啊！他对她太自私、太残忍了。那种让他神魂颠倒的魅力会重新回到她身上。他们会幸福地生活在一起，他们的生活会纯洁又美丽。

他从椅子上站起来，拉过一扇巨大的屏风挡在画像的正前方。光是瞥了那画像一眼，他就不觉打了个寒战。"太可怕了！"他喃喃自语道，走到窗边，打开窗户。随后，他来到屋外的草地上，深吸了一口气。早晨清新的空气似乎驱散了他心中所有的阴霾。他的思绪完全被西比尔占据，心中又回荡起一丝对她的爱意。他一遍遍地呼唤着她的名字。鸟儿在沾满露水的花园里歌唱，仿佛在向花儿讲述她的故事。

第八章

他醒来时早已过了正午。其间，他的男仆蹑手蹑脚地来房间里看过几次，心里不禁纳闷，为什么他的小主人一觉睡得这么久。终于，铃响了，维克多端着一只老式塞弗尔小瓷盘，盘子上放着一杯茶和一叠信件，悄然走进房间。他拉开了挂在三扇高大窗户前的橄榄色缎子窗帘，蓝色的衬里熠熠生辉。

"先生今天睡得真香。"他笑着说。

"现在几点了，维克多？"道林·格雷懒洋洋地问。

"一点过一刻，先生。"

居然已经这么晚了！他坐起身，抿了口茶，开始翻阅那些信件。其中一封是亨利勋爵今天早上亲自派人送来的。他迟疑片刻，将那封信搁置一旁。随后，他心不在焉地拆开了剩下的几封信。信里装着一堆普通的卡片，像什么宴会请柬啦，私人展览门票啦，慈善音乐会节目单之类的。在这个季节，这些卡片每天早晨都如雪花般飞向那些时髦的年轻人。其中还有一张数额惊人的账单，那是他为了一套路易十五时代的雕花银质洗漱用品而欠下的债务。他还不敢将这份账单交给他的监护人。他们思想极其保守，完全没有意识到在我们生活的这个时代，恰恰是那些看似无用的东西才是我们唯一的必需品。此外，还有几封来自杰明街放债人的信，措辞非常客气，表示他们愿意随时提供任何金额的贷款，并且收取最合理的利息。

大约十分钟后，他从床上起身，披上了一件精美的丝质绣花羊绒睡袍，走进了以黑玛瑙铺就的浴室。凉水的冲洗为他驱散了醅睡后的困顿，令他神清气爽。他似乎忘记了之前所有的遭遇，只有一两次恍惚间意识到，自己曾身陷某种离奇的悲剧之中，但这些记忆如梦似幻，并不真实。

他穿好衣服便走进书房，坐在敞着的窗边的小圆桌旁，开始享用男仆为他准备的清淡的法式早餐。真是美好的一天。暖和的空气中似乎弥漫着各种香气。一只蜜蜂飞了进来，围着他面前那只插着亮黄绿色玫瑰的青花龙碗嗡嗡飞舞。他的心情无比舒畅。

突然，他发现了那扇被他拿来挡住画像的屏风，吓了一跳。

"先生，您是觉得冷吗？"男仆把一盘煎蛋卷放在桌上，问道，"要我关窗吗？"

道林摇摇头。"我不冷。"他喃喃地说。

难道这一切都是真的？画像真的变样了吗？又或者这只是他的错觉，把原本喜悦的表情看成邪恶？当然，一幅画好的油画怎么可能凭空改变？这太荒谬了。总有一天，他会把这段离奇的故事讲给巴兹尔听，他听了一定会笑的。

然而，他对整件事的记忆却是如此清晰！无论是在昏暗的黎明中，还是在明亮的破晓时分，他都看见了那扭曲的唇边透出的凶意。他忐忑不安，生怕自己的仆人离开房间。他知道，一旦独处，他必定会忍不住去查看那幅画像。确切的答案令他恐惧。当仆人送来咖啡和香烟，准备离开时，他心中涌起一股强烈的冲动，想让仆人留下。就在门即将关上的那一刻，道林叫住了他。仆人停下脚步，等待吩咐。道林凝视了他片刻。"维克多，"他叹了口气说，"不管谁来找我，都说我不在家。"仆人鞠了一躬退下了。

随后，他起身离开圆桌，点燃了一支香烟，瘫倒在一张堆满软垫的沙发上，正对着屏风。那是一款用镀金的西班牙皮革制成的老式屏风，上面印着路易十四时代华丽繁复的图案。他饶有兴致地打量起来，好奇它是否曾经也掩藏过某个人生活的秘密。

到底要不要把它移开呢？还是让它留在原处？知道了答案又能怎样？如果这件事是真的，那后果将不堪设想。如果是假的，那他又何必自寻烦恼？可是，如果有其他人在命运的安排下鬼使神差地窥见了这可怕的变化，那该如何是好？如果巴兹尔·霍尔沃德来找他，坚持要看看自己的画，他又该如何应对？巴兹尔肯定会这样做的。不，他必须立刻查明真相。任何结果都比像现在这样疑神疑鬼要好。

他站起身，锁好了两头的门。这样一来，在他面对自己耻辱的面具时，至少不会有其他人在场。而后，他把屏风推到一旁，与画中的自己面面相觑。果然是真的。那幅画像已经变样了。

在之后的日子里，他经常回想起那一刻，每次回想都让他惊愕不已。因为他发现，自己最初是怀着一种近乎科学研究的兴趣来凝视那幅画的。这样的变化对他来说，简直匪夷所思。然而，这却是真实发生的。那些在画布上形成形状和色彩的化学原子，是否与他内心的灵魂之间存在着某种微妙的联系？莫非他灵魂的所思所想，这些原子都能实现？还是有其他更可怕的原因？这种想法让他不寒而栗，内心充满了恐惧。他回到沙发上躺下，凝视着那幅画，恶心和恐惧交织在他的心头。

不过，有一件事情，他觉得画像对他起了作用。那就是画像让他意识到自己对西比尔·范恩的行为有多么不公和残忍。现在补救还不算太晚。她仍有可能成为他的妻子。他那虚幻而自私的爱，将在某种更高尚的影响之下得以转变，升华为一种更崇高的情感。巴兹尔·霍尔沃德为他画的肖像，将成为他的人生向导。那幅画对他的意义，就如同某些人心中的神明，某些人心中的良知，以及我们所有人心中对上帝的恐惧。虽然有的药物可以治愈悔恨，有的药物可以麻痹道德，但在这幅画像面前，一切堕落与罪孽都无处遁形。它时刻警示着人类对自我灵魂的毁灭。

钟声敲响了三点、四点，半点时又连续敲了两下，道林·格雷依旧躺在沙发上一动不动。他正努力收集着生活中那一根根鲜红的丝线，将它们编织成一幅图案；他在一座由激情构筑的血色迷宫中徘徊，急切地寻找出口。他不知道自己应该做些什么，想些什么。终于，他走到桌边，给他心爱的姑娘写了一封情意绵绵的信。信中，他责备自己的愚蠢，请求她宽恕。他用狂野的笔触一页又一页地写满悲伤，用更为深切的言辞倾诉痛苦。他激昂陈词，不吝自责。当我们自责时，总会觉得其他人无权再来指责我们。真正的赦免来自忏悔，而非牧师。道林写完这封信后，觉得自己已然得到了宽恕。

突然有人敲门，他听见外面亨利勋爵的声音："好孩子，我一定要见到你。快点让我进去。我不忍心看你这样把自己关起来。"

起初，他没有答话，依旧静静地坐着。可敲门声仍在继续，越来越响。好吧，或许应该让亨利勋爵进来，跟他解释自己想过一种新生活。有必要的话，就跟他吵一架，到了万不得已的时候，就跟他绝交。他从沙发上一跃而起，匆匆把屏风拉到画像前，打开了门。

"道林，对于整件事我都非常遗憾，"亨利勋爵进来时说，"但你也不要想太多了。"

"你是说西比尔·范恩吗？"小伙子问。

"是的，当然，"亨利勋爵答道，他坐在椅子上，慢慢摘下手上的黄手套，"换个角度看，这太可怕了，但这不是你的错。告诉我，戏演完以后，你是不是去后台找她了？"

"是。"

"果然不出我所料。你们吵架了吗？"

"我当时做得太过分了，哈里，简直就是冷酷无情。不过现在没事了，我不后悔发生的一切，它让我更了解自己。"

"啊，道林！我很高兴你能这样想！我还担心你会跳进悔恨当中，把你那头漂亮的卷发给扯坏了呢。"

"我已经彻底想通了，"道林摇了摇头，笑着说，"我现在非常幸福。首先，我明白了什么是良知。它并不像你曾经告诉我的那样。良知是我们身上最神圣的东西。哈里，别再嘲笑良知了，至少在我面前别这样。我想当一个好人。我无法忍受自己有丑陋的灵魂。"

"这可真是奠定道德基础的迷人艺术啊，道林！我要祝贺你。接下来你打算怎么办？"

"和西比尔·范恩结婚。"

"和西比尔·范恩结婚！？"亨利勋爵大叫道，站起身，困惑又惊讶地看着他，"可是，亲爱的道林……"

"没错，哈里，我知道你要说什么，肯定是关于婚姻的可怕之处。别说了。以后也别跟我说这些。两天前我向西比尔求婚了。我不会违背对她的承诺，她会成为我的妻子。"

"你的妻子！道林！……你没收到我的信吗？今天早上我给你写了封信，是我的仆人亲自送来的。"

"你的信？哦，对，我想起来了。我还没看呢，哈里。我担心里面有什么我不乐意听的话。你的警句总把生活剖析得支离破碎。"

"所以你还不知道那件事吗？"

"什么事？"

亨利勋爵穿过房间，来到道林·格雷身边坐下，双手紧紧握着他的手。"道林，"他说，"我的信——别害怕——是要告诉你，西比尔·范恩死了。"

道林痛苦地大叫一声，猛地站起来，挣脱了亨利勋爵的双手。"死了！西比尔死了！这不是真的！好可怕的谎言！你怎么敢撒这样的谎？"

"这千真万确，道林，"亨利勋爵一脸严肃地说，"所有的早报上都登了。我给你写信是想让你在我来之前不要见任何人。当然，肯定免不了会有死因勘验，你可千万别把自己牵扯进去。这种事在巴黎会让人出尽风头，但在伦敦，人们会戴有色眼镜来看你。在这里，初出茅庐就沾上丑闻可不是什么好事，还是留到晚年，给人生增添些谈资吧。我想，剧院里的人应该还不知道你的名字吧？如果是这样，那就太好了。有人看到你去她房间吗？这很重要。"

道林沉默了良久。他吓得脑子一片空白，最后结结巴巴、声音沙哑地说："哈里，你是说死因勘验吗？什么意思？难道西比尔……天哪，哈里，我受不了了！快……把一切都告诉我！"

"毫无疑问，这不是一场意外，道林，但我们必须对外宣称是意外。据说大约在凌晨十二点半，她和母亲离开剧院的时候，她说忘了东西在楼上。他们等了她一段时间，但她再也没下来过。最后发现她的时候，人已经死了，就躺在化妆间的地板上。她好像误吞了什么东西，是剧院里常用的某种有毒物质。我不清楚具体是什么，但里面可能有氢氰酸或者铅白。我猜应该是氢氰酸，因为她似乎是当场毙命的。"

"哈里，哈里！太可怕了！"道林大叫道。

"是的，这当然是个大悲剧，不过你可千万别把自己搅和进去。我从《旗帜报》上看到，她只有十七岁。我之前以为她比这还要年轻一些。她看起来像个女娃娃，对演戏似乎一窍不通。道林，你可不能让这件事影响你的情绪。你得跟我一起去吃饭，然后我们再去看场歌剧。今晚是帕蒂的演出，所有人都会到场。你可以来我姐姐的包厢。她请了几位时髦的女士和她做伴。"

"所以，是我杀了西比尔·范恩！"道林·格雷自言自语道，"仿佛我拿刀割断了她纤细的喉咙。可是，我花园里的玫瑰依旧娇艳，鸟儿依旧欢快地歌唱。今晚我会和你共进晚餐，然后欣赏歌剧；我猜之后可能还会找个地方喝东西。生活真是太戏剧化了！哈里，如果我在书上读到这一切，我想我一定会为之流泪。可不知怎的，如今它竟然真实地发生在我身上，如此美妙，反倒让人哭不出来。

这是我人生中第一封激情满满的情书。奇怪，我的第一封激情满满的情书竟然写给了一位死去的姑娘。我很好奇，那些被称为死者的、沉默的白色幽灵，能否感受到这份情意？西比尔！她能听到吗？能感受到吗？能理解吗？天哪，哈里，我曾经那么爱她！现在就像是好多年前的事了。她曾是我的一切。直到那个噩梦般的夜晚——真的是昨天晚上吗？——她的表演糟透了，我的心都快要碎了。她向我道明了一切，真是太惨了。但我一点也不感动，甚至觉得她肤浅。突然，一件可怕的事情发生了，让我很害怕。我不能告诉你是什么事，但真的很可怕。我说过会回到她身边。我觉得之前的事是我错了。可现在她死了。我的天哪！上帝啊！哈里，我该怎么办？你不知道我现在的处境有多危险，再没人可以让我走向正途了。她本可以救我。她凭什么自杀，她太自私了。"

"我亲爱的道林，"亨利勋爵说着，从烟盒里拿出一支烟，并取出一个镶金边的火柴盒，"女人要想改变一个男人，只有让他彻底厌倦，从而失去对生活的一切兴趣。如果你真娶了这位姑娘，恐怕会陷入无尽的痛苦。当然，你肯定会善待她。人们总能对那些无关紧要的人友好。但她很快就会察觉到你对她一点也不关心。一旦女人发现丈夫对自己是这副态度，她要么变得邋遢不堪，要么戴上其他女人的丈夫为她掏钱买的时髦帽子。且不说你们的社会地位悬殊，门不当户不对本就没有好结果，当然，我自己也无法容忍这种行为，但我可以明确告诉你，无论如何，这段婚姻都注定会以彻底的失败告终。"

"我想也是这样，"小伙子咕哝着，在房间里来回踱步，脸色惨白得吓人，"但我想是我一手造成的。这场可怕的悲剧阻止了我做正确的事情，错不在我。我记得你曾经说过，好的决心总是逃不过姗姗来迟的宿命。我的决心确实来得太迟了。"

"好的决心都是在妄图对抗科学规律。从本质上讲，这只是纯粹的虚荣心在作祟，注定不会有任何结果。它时不时给我们一些奢侈却空洞的满足感，只有弱者才会被其迷惑。这就是它唯一的把戏，像一张无法兑现的空头支票。"

"哈里！"道林·格雷大喊道，他走过来坐在哈里身边，"为什么我不能像我希望的那样去感受这场悲剧呢？我并不认为我是个没心没肺的人。你说对吗？"

"道林，你这半个月干了太多傻事，怎么可能是没心没肺呢？"亨利勋爵答道，脸上带着一抹迷人的忧郁微笑。

小伙子眉头紧锁。"我不喜欢这种解释，哈里，"他反驳道，"但我很高兴你不认为我是个没心没肺的人。我绝对不是，我清楚自己的为人。但我必须承认，这件事没有对我产生预期的影响。相反，它更像一部精彩戏剧的完美落幕。它有希腊悲剧那种惊心动魄的美，我在里面扮演了重要角色，却没有真正受到伤害。"

"这个问题很有意思，"亨利勋爵说，他从玩弄这个年轻人内心深处潜藏的自我主义中找到了微妙的乐趣，"太有意思了。我认为正确的理解是这样的：真正的悲剧在生活中常常以一种缺乏艺术感的方式出现。它们以粗鲁的暴力、混乱的逻辑、荒谬的意义缺失以及毫无风格的表现方式伤害我们。这样的悲剧对我们产生的影响，就像庸俗对我们的影响一样，给我们留下一种极端暴力的印象，引起我们的反感。不过有些时候，生活中也会出现一些具有艺术之美的悲剧。如果这些美的因素是真实的，那么它们就会像戏剧一样吸引我们，让我们沉浸其中。突然间，我们发现自己不再是台上的演员，而成了这出戏的观众。或者说，我们既是演员又是观众。我们看着自己在舞台上表演，仅仅是这奇妙的场面就让人欲罢不能。就目前这件事来说，到底发生了什么呢？有个人因为爱你自杀了。我多希望我也有这样的经历，这会让我一辈子都爱上爱情。那些曾经爱慕过我的人——虽然不多，但多少有几个——总是坚定地要活下去，即使我早就对她们没了兴趣，或者她们对我也心灰意冷。她们变得体态臃肿，言语乏味，每次遇到她们，她们立刻开始追忆过去。女人那可怕的记忆力啊！太吓人了！这恰恰说明她们的心智没有半点长进！人应该专注于生活中的色彩，但永远不要记住其中的琐碎细节。细节往往粗俗不堪。"

"我要在我的花园里种上罂粟花[1]。"道林叹气道。

"这没必要，"亨利勋爵说，"生活的手上总是捧着罂粟花。当然，时不时也会出现一些事情在你的心头挥之不去。我曾经在整个季节都只佩戴紫罗兰，以一种艺术形式来悼念一段永不消逝的浪漫。可它最终还是消逝了。我忘了是什么扼杀了它。我想是她提出要为了我牺牲整个世界。那种时刻总是很可怕，它让人充满了对永恒的恐惧。嗯……你相信吗？就在一个礼拜前，我在汉普郡夫人的晚宴上，恰巧坐在她旁边。她执着地想要重温过去，挖掘那些尘封的回忆，还要聊聊未来。而我早已把那段浪漫往事埋葬在常春花[2]的花丛中了。她却硬要把它挖出来，还口口声声说我毁了她的生活。不过，我得说，那晚她的胃口可真是出奇的好，所以我完全没把这事儿放在心上。但她的做法实在太庸俗了！往事的唯一魅力就在于它已经成为往事。但女人们永远不知道大幕早已落下。她们总期待着第六幕[3]的上演，尽管戏剧已经没了半点趣味，她们仍然提议要继续演下去。如果任由她们胡来，恐怕每部喜剧都将以悲剧收尾，而每部悲剧都将沦为闹剧。她们的矫揉造作中虽然散发着魅力，但她们身上却毫无艺术感可言。你比我幸运多了。道林，我敢肯定，我认识的女人中没有一个能像西比尔·范恩对你那样为我付出。普通女人总能找到安慰自己的办法，有些喜欢借助体现情绪的颜色来寻求安慰。

1　象征遗忘和慰藉。

2　一种象征死亡的白色花朵，传说生长在天堂乐园中。

3　莎士比亚戏剧一般为五幕。

千万不要相信穿紫色衣服的女人，不管她们年龄多大，也不要相信超过三十五岁还喜欢粉色丝带的女人，这通常意味着她们心中藏着一段过去。另一些则会在突然发现丈夫的优点时找到巨大的安慰，她们会在别人面前炫耀自己婚姻幸福，仿佛这是世上最迷人的'罪恶'。宗教也是不少女人的慰藉。我曾听一个女人说过，宗教的神秘有着与调情一样的魅力，我完全理解她的感受。此外，没有什么比被告知自己是个罪人更让人自负的了。良知把我们每个人都变成利己主义者。是的，女性在现代生活中找到安慰的方式确实层出不穷。事实上，最重要的一种方式我还没提呢。"

"什么方式，哈里？"小伙子没精打采地问。

"哦，那是最直截了当的安慰。失去自己的爱人时，就去把别人的爱人抢过来。在上流社会，这种做法总能洗白一个女人的过去。但是说真的，道林，西比尔·范恩肯定和你遇到的所有女人都截然不同！在我看来，她的死有一种别样的美。我很高兴我生活的这个时代还有如此奇迹。它让人相信我们所追求的东西——比如浪漫、激情和爱——都是真实存在的。"

"你忘了，我对她残忍到了极点。"

"比起其他任何特质，恐怕女人最喜欢的就是男人残忍、冷酷无情。她们身上有着最原始的本能。我们给了她们自由，可她们还是像奴隶一样在寻找主人。她们喜欢被支配的感觉。我敢肯定，你在她面前一定表现得非常出色。我从来没见过你真正发脾气，但我能想象到你生气的样子有多迷人。另外，你前天对我说的那些话，我当时以为你只是随口说说，但现在我明白了，那都是你的真心话。那些话是解开这一切谜团的关键。"

"什么话，哈里？"

"你说她在你眼中就是所有浪漫戏剧里的女主角……头天晚上她是苔丝德梦娜，隔天晚上她又是奥菲莉娅；如果她在朱丽叶的命运中死去，那么她定会在伊摩琴的命运中复活。"

"她现在永远也不会再复活了。"少年咕哝道，双手掩面。

"是的，她永远也不会再复活了。她演完了人生中最后一场戏。不过，你务必要将那俗气的化妆间中孤独的死，视为詹姆斯一世悲剧中奇异而骇人的片段，或者是约翰·韦伯斯特、约翰·福特或者西里尔·图尔纳剧中精彩的一幕。这个女孩从未真正活过，她也未曾真正死去。在你眼中，她始终是个梦，一个游走于莎士比亚戏剧中的幽灵，她的存在为那些戏剧增添了动人色彩，她又像一支芦笛，让莎士比亚剧的音乐更加丰富，更加充满欢乐。然而，一旦她触及现实生活，就把生活毁了，同时生活也把她毁了，因此，她便随风而逝了。只要你愿意，你大可以为奥菲莉娅哀悼，你也可以为了被缢死的考狄利娅而把圣灰撒在头上 [1]，你还可以为了勃拉班修的女儿苔丝德梦娜之死而怒斥上天不公。但请不要为西比尔·范恩浪费你的眼泪。她远不及她们真实。"

两人都沉默了。房间里，暮色渐浓。影子无声无息地穿过花园，踏着银色的脚步潜了进来。一切色彩都已疲倦地悄然褪去。

过了许久，道林·格雷终于抬起头来。"哈里，你让我看清了自己，"他如释重负般叹了口气，"你说的每一句话我都深有同感，可不知怎的，我却害怕面对，更不敢对自己坦诚一切。你简直对我了如指掌！但我们别再谈论已经过去的事了。那只不过是一次美妙的经历，仅此而已。我很好奇，生活是否还会为我带来其他同样美妙的惊喜。"

"生活为你准备好了一切，道林。凭你无与伦比的美貌，没有什么是你做不到的。"

1　天主教仪式。把去年棕枝主日祝圣过的棕枝烧成灰，在教众的额头上涂成十字架形状，象征忏悔。

"可是哈里，如果我变得衰老憔悴、满脸皱纹，那会怎么样？"

"哦，那样的话，"亨利勋爵说着便起身准备离去，"亲爱的道林，那你就得为胜利而奋斗了。现在，胜利是主动找上门来的。不，你必须保持美貌。我们生活的这个时代，人人都读得太多而变得愚蠢，想得太多而变得丑陋。我们不能失去你。好了，快换身衣服，准备坐车去俱乐部吧。我们现在已经相当迟了。"

"我想我还是在剧院跟你会合吧，哈里。我现在累得什么都吃不下。你姐姐是几号包厢？"

"应该是二十七号，首层豪华包厢区，你在门上能看到她名字。不过，你不来和我们一起吃晚餐太遗憾了。"

"我没胃口。"道林懒懒地说，"但你对我说的每句话我都感激不尽。你绝对是我最好的朋友，从来没有人像你这样了解我。"

"我们的友谊才刚刚开始，道林，"亨利勋爵握着他的手说，"再会。希望能在九点半之前见到你。记住，今晚帕蒂会登台表演。"

亨利勋爵刚刚关上身后的门，道林·格雷就按响了铃。几分钟后，维克多提着灯走了进来，随后拉下了百叶窗。道林不耐烦地等他离开。这个人似乎做什么事都拖拖拉拉的。

维克多前脚刚走，他后脚就跑过去拉开了屏风。是的，这次画像没有什么新变化。在他收到西比尔·范恩的死讯之前，画像就已经知道了这个消息。它能立即感知生活中的每一次事件。毫无疑问，那精致唇线上的邪恶狞笑，正是在女孩喝下某种毒药的那一刻出现的。然而，这是否意味着它并不关心结果，只是单纯地捕捉灵魂深处发生的改变呢？他很好奇，希望自己有一天能亲眼看到画像的变化过程。一想到这里，他不由打了个寒战。

可怜的西比尔！这是怎样的一份爱啊！她曾在舞台上无数次表演死亡，结果死神真的出现，将她带走。她是如何演绎那可怕的最后一幕的呢？她临死的那一刻诅咒过他吗？不，她是因为爱他而死，所以爱对她而言将永远圣洁。她以生命的代价为一切赎罪。他不愿再回忆那个在剧院的噩梦般的夜晚她让他经历了怎样的痛苦。他想起她时，会把她当成一个美妙的悲剧角色，在世界舞台上演绎着爱情至高无上的真理。一个美妙的悲剧角色？一想到她那孩童般的纯真面容，梦幻般的迷人举止，羞涩腼腆的优雅风度，泪水便涌上他的眼眶。他连忙拭去泪水，再次朝画像看去。

他觉得现在是时候做出抉择了。又或者，他早已做出了选择？没错，生活为他做了决定——生活，以及他对生活无尽的好奇。永恒的青春，无限的激情，微妙而隐秘的欢愉，狂野的欢乐和更为放纵的罪恶——这一切他都将拥有。那幅画像则会替他承担所有的耻辱。就是这样。

一想到画布上那张白皙的脸庞即将遭受的玷污，他心中便涌起一阵痛苦。记得有一次，他孩子气地模仿那喀索斯，亲吻，或者说佯装亲吻了此刻正残忍地对他狞笑的红唇。每天清晨，他都会坐在画像前，惊叹它的美，有时甚至为之沉醉。可现在，他的每一次情绪波动，是否都会让画像随之改变？它会变得面目可憎、丑陋不堪，只能被锁在房间里永不见天日吗？它飘逸的金色秀发再也无法像从前那样在阳光中熠熠生辉了吗？多可惜！多可怜！

有那么一刻，他萌生了祈祷的念头，希望自己和画像之间那种可怕的感应能够停止。那幅画曾因祈祷而改变，或许再次祈祷，它就会恢复原样。然而，对于任何一个深谙生活之道的人来说，谁会轻易放弃永葆青春的机会呢？无论这个机会看起来有多么离奇，又或者会带来什么令人胆寒的后果。更何况，这一切真的掌握在他的手中吗？那变化真的因祈祷而产生吗？其中会不会隐藏着某种超乎寻常的科学奥秘？如果思想能够对有生命的有机体产生影响，那么它是否同样也能对无生命的无机物产生影响呢？不，即使没有思想的驱动，或刻意的欲望，我们周围的事物难道就不会因我们的情绪和情感而产生共鸣吗？原子之间难道就不会因某种隐秘的爱意，或奇特的亲和力而相互吸引吗？真正的原因并不重要。他下定决心，不再冒险通过祈祷去触碰任何可怕的力量。如果那幅画要变，那就变吧。何必深究呢？

因为观察画像乃一大乐事。他将能够跟随自己的思想，深入其隐秘之境。对他而言，这幅画像无异于一面神奇的魔镜。正如它先前展现了他的身体，如今也将揭露他的灵魂。当画像步入寒冬，他却能永驻春末夏初的美好年华。即使画中人的脸色褪去红润，变得苍白如垩，双眸如铅，他依旧能维持那份青春的光彩。他的美丽之花永不凋零，他的生命之脉永不衰弱，他会像希腊诸神一样强壮、矫捷、快乐。至于画布上那彩绘人像的命运如何，又有什么关系呢？他自己会安然无恙，这才是最重要的。

他露出微笑，将屏风重新拉回原来的位置，挡在画像前，随后走进了卧室。他的男仆早已在那里恭候。一小时后，他来到了剧院，亨利勋爵正悠闲地靠在椅背上。

第九章

翌日清晨，他正坐着享用早餐，巴兹尔·霍尔沃德由仆人领着进了房间。

"道林，终于找到你了，我真是太高兴了！"巴兹尔严肃地说，"我昨晚就来找过你，可他们说你去了歌剧院。当然，我知道那是不可能的。但我只盼你留了口信告诉我你的真正去处。我昨晚过得心惊胆战，生怕一场悲剧之后又来一场悲剧。我以为你一收到消息就会发电报给我。我是偶然在俱乐部翻阅《环球报》晚刊时看到的。我第一时间就直奔你这儿来了，但痛苦的是竟然找不到你。对于这整件事，我实在不知道该怎么形容我有多痛心。我知道你肯定也饱受煎熬。那么，你昨晚到底去了哪里？你去探望那女孩的母亲了吗？有那么一瞬间，我甚至动了去她家找你的念头。报纸上登了她的地址，好像是在尤斯顿路上，是吧？但我担心自己不仅不能给你们分忧，反而会添乱。可怜的女人！她现在一定痛苦极了！那是她唯一的孩子啊！她对这事怎么说？"

"亲爱的巴兹尔，我怎么知道呢？"道林·格雷喃喃地说，啜了一口威尼斯玻璃杯中冒着密密麻麻金珠似气泡的淡黄色美酒，脸上写满了无聊与厌烦，"我昨晚去看歌剧了，你也应该一起来的。我第一次见到哈里的姐姐格温德伦夫人。我们都在她的包厢里。她太有魅力了。帕蒂的歌声也如同天籁。别谈那些不愉快的事情了。只要你不提某件事，它就从未发生过。就像哈里说的，事情的真实性往往源于我们的表达。顺便提一句，那个女孩并不是家中的独生女，她们家还有个儿子，想必也是个英俊潇洒的小伙子吧。但他不是演员，好像当了水手还是什么的。好了，巴兹尔，还是说说你吧，你最近在画什么？"

"你去看歌剧了？"霍尔沃德极其缓慢地吐出这句话，声音中透着一丝压抑的痛苦，"西比尔·范恩的尸体还躺在某间肮脏的屋子里，你居然去看歌剧？你曾经深爱的姑娘尸骨未寒，甚至没找到一处可以安息的墓地，你竟然跟我谈其他女人有魅力，还有帕蒂的天籁之音？天哪，老兄，那姑娘娇小的白色躯体还要面对多少可怕的事啊！"

"打住，巴兹尔！我不想听！"道林从椅子上一跃而起，大叫道，"你别再跟我说教了。木已成舟，过去的事情已经过去了。"

"你把昨天称为'过去'！？"

"时间的长短跟这有什么关系呢？只有肤浅的人才要好几年来摆脱情感的束缚。一个能掌控自己的人，他既能随心所欲地制造快乐，也能毫不费力地结束悲伤。我不愿成为情绪的奴隶，受其摆布。我要利用情绪，享受情绪，主宰情绪。"

"道林，这太可怕了！你完全变了一个人。你看上去还是和以前那个每天来我画室给我当模特的英俊少年一样，那时的你，简单、自然、热情，是世界上最纯洁的精灵。可现在，我不知道你到底怎么了。你说话的口气就像个没心没肺的人，毫无怜悯之心。这都是受哈里的影响，我看出来了。"

小伙子脸颊涨得通红。他走到窗边，凝视着窗外那绿意盎然、光影摇曳的花园。"巴兹尔，我欠哈里好大一份人情，"他终于开口说，"比欠你的还多。你只教会了我虚荣。"

"好吧，道林，我为此受到了惩罚……或者总有一天会受到惩罚的。"

"巴兹尔，我不知道你在说什么，"他转过身，大声嚷道，"我不知道你想怎么样。你到底想要什么？"

"我要我以前画的那个道林·格雷。"艺术家伤心地说。

"巴兹尔，"小伙子走过去，把手搭在他的肩头，"你来得太迟了。昨天，我听说西比尔·范恩自杀的时候……"

"自杀！天哪！此事当真？"霍尔沃德一脸惊恐地看着他，大叫道。

"亲爱的巴兹尔！你该不会认为那是一场粗俗的意外事件吧？她当然是自杀。"

年长的艺术家双手掩面。"太可怕了。"他喃喃自语道，不禁打了个寒战。

"不，"道林·格雷说，"这没什么可怕的。这只是这个时代一出伟大的浪漫悲剧罢了。通常，演员们都过着一种最平常的生活，他们扮演着模范丈夫、忠诚妻子，或者别的什么枯燥乏味的角色。你明白我的意思——就是中产阶级美德的那一套。西比尔是如此与众不同！她活出了自己人生中最精彩的悲剧，她一直是戏中的女主角。昨晚她登台表演，就是你见到她的那次，她演砸了，因为她已经领略了爱的真谛。当她发现爱不过是一场虚幻时，她就选择了死亡，就像朱丽叶可能会选择的那样。她又回到了艺术的殿堂。她的身上带着几分殉道者的气质，她的死就像所有的殉道者那样，充满了令人动容的无用之美，一种荒废的美。但是，我刚才说的这些，你千万不要以为我没有经历痛苦。如果你昨天大约五点半或者六点差一刻来这儿，你会看到我在流泪。哈里当时也在，他来告诉我这个消息，可事实上，就连他也不知道我怎么了。我简直痛不欲生。后来，痛苦过去了。我不会一直陷在一种情绪里。除了那些多愁善感的人，谁也不会这样。巴兹尔，你对我实在不公道。你来这里本是为了安慰我，你这份心意很迷人。可当你发现我已经得到了安慰时，你却大发雷霆。你还真是富有同情心啊！你让我想起哈里给我讲过的一个慈善家的故事。那人花了整整二十年时间，竭尽全力去伸张正义，还是改变不公的法律条文什么的——具体我也记不清了，最后他成功了，可是却陷入了深深的失望。他每天都无所适从，无聊透顶，最终变成一个不折不扣的厌世者。还有，亲爱的巴兹尔老兄，如果你真想安慰我，那就教我忘掉发生的一切，或者教我从恰当的艺术角度来看这件事。戈蒂耶[1]以前不就常常写什么la consolation des arts（艺术的慰藉）吗？我记得有一天在你的画室翻到过一本牛皮纸封面的小书，正好读到那句让人欣慰的话。嗯，我不像你那次在马洛镇跟我提到的那个年轻人，他总说黄色绸缎可以让人忘记一切痛苦。我爱的是那些可以触摸、把玩的美好事物。无论是旧锦缎、绿铜器、漆器、象牙雕塑，还是典雅的环境、奢华气派的陈设，它们都带给我无尽的享受。但是，它们所创造的，或者至少是展现出的艺术韵味，对我来说更是弥足珍贵。就像哈里说的，只有成为生活的旁观者，才能逃离生活的痛苦。我知道我这样跟你说话让你很吃惊，你还没意识到我已经长大了。你认识我的时候，我还是个学生，现在我已经是个大人了。我有了新情感、新想法和新观念。我变了，但你不能因此就不喜欢我。我变了，但你永远是我的朋友。当然，我也非常喜欢哈里。但我知道你比他好。倒不是说你比他强大——你在生活中太畏首畏尾了——但你比他好。我们以前在一起的时候多么快乐！不要离开我，巴兹尔，也不要跟我吵架。我就是我。就是这样。"

画家感到一阵莫名的感动。这个小伙子对他来说无比珍贵，他的魅力是他艺术生涯中重大的转折点。他不忍心再去责备他。毕竟，他的冷漠也许只是一种稍纵即逝的情绪，他身上有那么多的优点和高尚的品质。

---

1 泰奥菲尔·戈蒂耶（1811—1872），法国浪漫主义诗人，"为艺术而艺术"的倡导者。

"嗯，道林，"他终于挤出一丝苦笑，开口说，"从今天起，我不会再跟你提起这件可怕的事了。我相信你的名字不会和这件事有牵连。今天下午会有死因勘验，他们传唤你了吗？"

道林摇了摇头。一听到"死因勘验"这几个字，他脸上就露出一丝不悦。这种事情总让人觉得极其粗鲁且庸俗。"他们不知道我的名字。"他答道。

"但她肯定知道吧？"

"她只知道我的教名，不过我确信她从未向任何人提起。她曾经告诉我，大家都很好奇我是谁，但她都无一例外对他们说我叫白马王子。她真是太贴心了。巴兹尔，你得给我画一幅西比尔的画像。我不希望对她的记忆只是几个吻和寥寥几句悲伤的话语，我想要一些更具体的东西。"

"我会尽力一试，道林，如果这能让你高兴的话。但你必须再去我那儿给我当模特，你不在我无法下笔。"

"我再也不给你当模特了，巴兹尔。这不可能！"他大叫着后退了几步。

画家目不转睛地盯着他。"好孩子，你瞎说什么呢！"他喊道，"你的意思是说不喜欢我画你吗？那幅画在哪儿呢？你为什么用屏风挡在它前面？让我看看。这可是我画过最好的作品。道林，把屏风挪开。你的仆人真不像话！竟然这样把我的作品藏起来。我刚进来就觉得这房间有些不对劲。"

"这和我的仆人无关，巴兹尔。你不会以为我会把房间交给他来布置吧？虽然他有时也会帮我侍弄一下花草，仅此而已。不，这是我自己的主意。那幅画上的光线太强了。"

"光线太强！不会吧，老兄？这地方用来挂画再合适不过了。让我看看。"霍尔沃德说着，朝房间一角走去。

道林·格雷的唇间迸发出一声惊恐的尖叫。他冲上前挡在画家和屏风之间。"巴兹尔，"他面色惨白地说，"你不准看！我不希望你看。"

"连我自己的作品都不让看了！你没开玩笑吧。我为什么不能看呢？"霍尔沃德笑着大声说。

"巴兹尔，如果你非要看，我以我的名誉担保，我这辈子都不和你说话了。我绝不开玩笑。你也别问我原因，无可奉告。但是，你记住，只要你碰了屏风，我们之间就算完了。"

霍尔沃德惊呆了。他一脸错愕地看着道林·格雷，以前从未见过道林这样。小伙子气得脸色发白，双手紧紧攥着拳，眼睛更是瞪得溜圆，仿佛闪烁着蓝色火焰，浑身颤抖不止。

"道林！"

"别说话！"

"到底怎么了？当然，如果你不想让我看，我是不会看的，"他冷冷地说着，转身向窗边走去，"不过，说真的，我居然连自己的作品都不能看，这也太荒唐了，更何况我还打算在秋天拿去巴黎展览呢。在那之前，我可能还要再给它涂一层清漆，所以我总有一天会看到的，可为什么今天不行呢？"

"展览！你真的要把它拿去展览吗？"道林·格雷惊呼道，一股莫名的恐惧瞬间席卷全身。难道他的秘密就要这样公之于众，任由人们瞠目结舌地窥探吗？不，这绝对不行。他必须立刻采取行动，尽管此刻他还毫无头绪。

"是的，我想你不会反对吧。乔治·佩蒂特打算把我最好的画收集起来，拿到塞兹街办一场特展，十月的第一个礼拜开幕。那幅画像只会展出一个月，你应该很容易就能腾出这段时间吧。那时候你肯定也不在城里。再说了，反正你总是用屏风挡着它，应该也不会太在意吧。"

道林·格雷用手擦了擦额头上的汗珠。他感到自己正站在极度危险的边缘。"一个月前你告诉我不会拿它去展览的,"他大喊道,"为什么现在变卦了?你们这些口口声声追求始终如一的人,情绪变化也跟其他人一样反复无常。唯一的区别是你们的情绪反复毫无意义。你当时向我郑重保证,无论如何都不会把它拿去展览。你忘了吗?你也对哈里这样保证过。"他突然停下来,眼中闪过一丝光芒。他想起亨利勋爵曾半认真半开玩笑地对他说:"如果你想体验一段离奇的时刻,就让巴兹尔讲讲他为什么不展出你的画像。他告诉我原因了,真让我大开眼界。"没错,巴兹尔或许也有自己的秘密。他决定问问看。

"巴兹尔,"他走到巴兹尔面前,直视着他的眼睛,说,"我们每个人都有秘密。你告诉我你的秘密,我就告诉你我的。你当初为什么不愿展出我的画像?"

画家不由打了个寒战。"道林,如果我告诉你,你可能会对我的好感大打折扣,少不得会嘲笑我。这两种情况我都受不了。如果你希望我以后再也不看你的画像,我无所谓,我随时可以欣赏你本人。如果你希望我最好的作品永远不被世人看见,我也无所谓。对我来说,你的友谊比任何名气和声誉都更珍贵。"

"不,巴兹尔,你必须告诉我,"道林·格雷坚持道,"我想我有权知道。"他心中的恐惧已经消失,取而代之的是好奇。他下定决心要查出巴兹尔·霍尔沃德的秘密。

"道林,我们坐下吧,"画家忧心忡忡地说,"坐下说。你只需要回答我一个问题。你有没有注意到画像上有什么奇怪的地方?可能起初没有引起注意,但后来突然被你发现了?"

"巴兹尔!"小伙子大喊道,双手颤抖地抓住椅子的扶手,瞪着惊恐的眼睛看着他。

"你果然注意到了。别说话,先听我讲。道林,自从我遇见你的那一刻起,你的魅力就对我产生了无与伦比的影响。我的灵魂、我的头脑，乃至我的全部力量都被你统治。你对我来说，就是那看不见的完美模特的具象化身，如一场美梦般萦绕在我们这些艺术家的脑海中。我崇拜你。渐渐地，我开始嫉妒每一个与你交谈的人，我渴望将你完全据为己有。只有和你在一起的时刻，我才感到快乐。即使你不在我身边，你也始终出现在我的艺术作品中。当然，我从来没有告诉过你这些。我不可能这样做，因为你不会理解，就连我自己也搞不明白。我只知道，我亲眼见到了你的完美，世界也因此变得赏心悦目。也许，这种感觉太过美妙，我在这种近乎疯狂的崇拜中饱受折磨，既担心失去它，又害怕拥有它……日子一周一周地过去，你越来越令我着迷。后来，我们的故事又有了新进展。在我的画中，你是身穿精致盔甲的特洛伊王子帕里斯，是身披猎人斗篷、手握锃亮野猪矛的美少年阿多尼斯[1]；你头戴沉甸甸的莲花冠，坐在阿德里安国王的船头，凝望着浑浊的尼罗河上的绿波；你曾俯身在希腊某片树林的静谧湖水旁，在那如银镜般沉静的水面看到自己的盛世容颜。这一切都是艺术应有的样子——不经意间流露，充满理想，又遥不可及。有一天，我有时觉得那是个命中注定的日子，我决定照着你的真实模样画一幅美妙绝伦的画像，不穿古老的服装，而是穿着你自己的衣服，生活在你的时代。我说不清楚促使我产生这个想法的，是这种手法的现实主义特质，还是你那坦率、毫无遮掩地呈现在我眼前的迷人个性。但我知道，在创作这幅画的过程中，我的每一道笔触、每一抹色彩似乎都在揭露我内心的秘密。我开始害怕别人会发现我的这种偶像崇拜。道林，我觉得我透露了太多，把太多自己的影子投射到这幅画中，我才下定决心永远不展出这幅画。当时你还有点不高兴，但你没有意识到它对我来说意味着什么。

1　希腊神话中爱与美的女神阿佛洛狄忒所爱恋的美少年，后被一头野猪所杀。据说他的生命分别在阴间和阳间度过，象征着生物的生命周期性运转。

我跟哈里谈过这件事，他却嘲笑我。不过我不在乎。画完之后，我独自坐在画像前，觉得自己是对的……嗯，几天后，画像离开了我的画室，一旦摆脱它在身边时那种难以抗拒的魔力，我便觉得自己当初太傻了，除了你英俊非凡的容貌，和我的绘画功底之外，居然妄想从画中看出别的什么玄机。即使是现在，我还是忍不住有这种感觉：人在创作中感受到的激情会真实反映在他的作品中，这个想法是错的。艺术总是比我们想象得要更抽象。形状和色彩就是形状和色彩，仅此而已。我常常觉得，艺术隐藏艺术家比展现艺术家要高明得多。所以，当巴黎那边向我发出邀请的时候，我当下就决定将你的画像作为我展览的主打作品。我从未想过你会拒绝。现在我明白你是对的，这幅画确实不适合拿去展览。道林，请不要因为我之前对你说过的话而生气。正如我曾经对哈里说的，你生来就是受人崇拜的。"

道林·格雷深吸了一口气。他的脸颊又恢复了血色，嘴角泛起了一丝微笑。危机解除，他暂时安全了。可是，他不禁对刚刚向他做出这番奇怪告白的画家感到无限的怜悯，心想自己是否也会被某个朋友的魅力所左右。亨利勋爵身上就有这种极具危险的魅力。但那也没什么。他过于聪明，又过于玩世不恭，很难真正让人喜欢。将来某一天，会不会有一个人让他莫名地心生崇拜呢？这会是生活为他准备的其中一份惊喜吗？

"道林，真是太不可思议了，"霍尔沃德说，"你竟然在画像中看到了这些。你真的看到了吗？"

"我确实看到了一些东西，"他回答道，"一些很不寻常的东西。"

"好吧，那我现在可以看看那幅画吗？"

道林摇摇头。"你别再问我了，巴兹尔。我不可能答应让你站在那幅画前。"

"总有一天你会答应的，不是吗？"

"永远不会。"

"好吧，也许你是对的。那我先告辞了，道林。在我的生命中，你是唯一一个对我的艺术产生影响的人，我创作出的一切好作品都归功于你。啊！你不知道我对你说出那些话需要鼓足多大的勇气。"

"我亲爱的巴兹尔，"道林说，"你对我说了什么话？不过是觉得太崇拜我罢了，这甚至连恭维也算不上。"

"我说那些话不是为了恭维你，那是我的坦白。现在我向你敞开了心扉，却感觉有什么东西已经悄然离我而去。或许，我们永远都不该轻易将内心的崇拜宣之于口。"

"这份坦白太令人失望了。"

"为什么？你期待的是什么呢？你其实没有在画中看到别的东西，对吧？本来就没什么玄机。"

"对，是没什么玄机。你为什么会这么问？但你不该提什么崇拜不崇拜的。这很愚蠢，巴兹尔，我们是朋友，永远都是。"

"可你已经有哈里了。"画家伤心地说。

"哦，哈里啊！"小伙子哈哈大笑，说，"哈里白天总爱夸夸其谈，夜里净干些出人意料的事。这倒是我梦寐以求的生活。不过话说回来，如果我真遇到了麻烦，我可能还是会去找你巴兹尔，而不是哈里。"

"你还会给我当模特吗？"

"这不可能！"

"道林，你的拒绝无疑会剥夺我作为艺术家生命的光彩。人生中能够遇上一件好事已属不易，更别提能碰上两件了。"

"巴兹尔，我没办法跟你解释，但我再也不会给你当模特了。那些画像似乎蕴含着某种致命的魔力，它们有自己的生命。不过，我还是会去找你喝茶的，那样也很惬意。"

"恐怕只有你更惬意吧，"霍尔沃德遗憾地咕哝道，"那么再见了。你不肯让我再看一眼那幅画太可惜了。不过也没办法，我完全理解你对它的感受。"

他刚走出房间，道林·格雷便自顾自地笑了起来。可怜的巴兹尔！他对真正的原因一无所知！更离奇的是，道林非但没有被迫揭露自己的秘密，反而在机缘巧合之下，从好友口中意外地得知了一个他的秘密！这个出人意料的坦白，为他解开了诸多谜团！画家那些荒谬的嫉妒、狂热的忠诚、浮夸的赞誉以及奇怪的沉默——他如今已全然理解，不禁感到一丝惋惜。在他看来，这段被浓厚的浪漫情调笼罩的友谊，似乎蕴含着一丝悲剧色彩。

他叹了口气，摁了一下铃。必须不惜一切代价把画像藏起来。再也不能这样冒险让人瞧见了。他疯了才会把那幅画留在任何朋友都能随意进入的房间，哪怕只有一小时。

第十章

仆人进来时，道林目不转睛地盯着他，心里琢磨着他是否想过要往屏风后面窥探。那人一脸漠然，等候吩咐。道林点了一支烟，走到镜子前观察起来。镜中清晰地映出了维克多的脸庞，那张脸宛如一张平和而顺从的面具。看来，似乎没什么好担忧的，不过，他还是觉得应该保持警惕为妙。

道林一字一句地吩咐维克多，让他把管家找来，说自己要见她，再去找画框师傅，让他立刻派两个人过来。他似乎察觉仆人在离开房间时朝屏风的方向瞥了一眼，还是说这只是他的幻想？

不一会儿，莉芙夫人便风风火火地赶到了书房，她穿着黑色丝质长裙，那双布满皱纹的手上戴着老式针织手套。道林问她要阁楼的钥匙。

"您是说那间旧阁楼吗，先生？"她惊呼道，"哎呀，里面全是灰。我先去收拾一下，等打扫干净了您再去吧。现在您可不方便进去，先生。真的。"

"你不用收拾，莉芙，给我钥匙就行。"

"好吧，先生，您现在进去肯定会沾满蜘蛛网的。哎呀，那个房间已经快五年没打开过了……自从老爵爷去世之后就没再开过。"

提到祖父，他不由得皱起了眉头。他的记忆中充满了对祖父的厌恶。"没关系，"他说，"我只想去那儿看看罢了。把钥匙给我。"

"钥匙在这儿，先生，"那位老妇人双手颤颤巍巍地翻弄着那串钥匙，说，"就是这把，我马上取下来。先生，您不会是想搬到那儿去住吧？在这儿住得多舒服呀。"

"不，不，"他有些气急败坏地喊道，"谢谢，莉芙。先这么着吧。"

她多待了一会儿，不停地唠叨家务琐事。他叹了口气，让她自己掂量着办。她笑盈盈地离开了房间。

门一关，道林便将钥匙揣进口袋，扫视着这间书房。突然，他的目光被一条紫色缎面的大罩毯吸引，上面绣满了金线，璀璨夺目。这件来自十七世纪末威尼斯的艺术品，是他祖父在博洛尼亚附近一座古老修道院中发现的。没错，这毯子正好可以用来遮盖那件令人胆寒的东西。或许，它曾无数次覆盖在逝者的棺木之上。如今，它要用来掩盖一件比死亡本身更加腐化的东西——其中孕育着恐怖，且永不消逝。他的罪孽，如同啃噬尸体的蛆虫，不断侵蚀着画布上的画像。那些罪孽会玷污它的美丽，侵蚀它的优雅，使其变得污浊不堪，蒙受羞辱。然而，那幅画会继续存在，永生不灭。

他打了个激灵，那一刻，他后悔了，应该告诉巴兹尔自己想把画像藏起来的真正原因。巴兹尔本可以帮助他抵御亨利勋爵的影响，以及他自身性格中那些更为致命的诱惑。巴兹尔对他怀有的是真正的爱，其中没有半点不高尚或不理智的地方，绝非那种因感官亢奋而起、又因感官疲惫而去的对肉体美的爱慕，那是米开朗基罗、蒙田、温克尔曼，乃至莎士比亚本人所熟知的爱。没错，巴兹尔原本可以拯救他。但现在，一切都太迟了。懊悔、否认或遗忘总能将过去彻底抹除，但未来却无法避免。他心底的激情会找到可怕的宣泄口，潜藏的梦想会将邪恶的阴影化为现实。

他拿起那条覆在长榻上的紫金色大毯子，双手捧着它绕到屏风背后。画布上的脸比以前更邪恶了吗？他似乎并未觉得有什么变化，但内心对这幅画的厌恶却愈发强烈。金色的发丝、蓝色的眼眸和玫瑰色的红唇——这些特征都没变。只有表情变了，看起来残酷得吓人。与他从画中人脸上看到的责备与训斥相比，巴兹尔因西比尔·范恩之事对他的指责实在太轻，太微不足道了！他的灵魂正从画布上看着他，召唤他接受审判。他面露痛苦的神情，用力一抛，将那块华丽的毯子盖在了画布上。这时，一阵敲门声响起。仆人进来时，他刚好从屏风后面走了出来。

"人都到了，先生。"

道林感到必须立刻摆脱此人，绝不能让他知道那幅画的去向。此人身上透着一股狡猾劲儿，眼神深邃而狡黠。他坐在写字台前，匆匆写下一张给亨利勋爵的便条，请他送些读物过来，并提醒他别忘了今晚八点一刻的见面。

"去等他答复，"道林把条子交给他说，"把人带进来吧。"

两三分钟后，又一阵敲门声响起。南奥德利街著名的画框师哈伯德先生走了进来，身后跟着一位略显粗犷的年轻助手。哈伯德先生个子不高，面颊红润，蓄着红色的络腮胡，他对艺术的热爱被经常和他打交道的那些穷困潦倒的艺术家们消磨得所剩无几。他通常不会离开店铺，只等着顾客自己上门来。但对道林·格雷，他总是例外。道林身上有一种人见人爱的魅力，即使是看他一眼，也是件令人愉悦的事情。

"格雷先生，有什么我能为您效劳的吗？"他边说边揉搓着他长满雀斑的胖手，"能上门拜访您，我深感荣幸。我最近刚得了一个极美的画框，先生。是从拍卖会上收的，古佛罗伦萨风格，我想它应该是出自放山修道院[1]。这画框对于宗教主题的画作来说，简直是绝配，格雷先生。"

"哈伯德先生，真抱歉劳烦你亲自跑一趟。我一定抽空去欣赏一下那个画框，尽管我目前对宗教艺术不大感兴趣。今天我只是要

---

1 英国早期最负盛名的哥特式复兴建筑之一，位于英国威尔特郡，由古董收藏家和哥特小说作者威廉·贝克福德在 1796 年出资建造。

将一幅画搬到顶楼去，那画挺沉的，所以我才想请你派几个人手给我。"

"一点也不麻烦，格雷先生。我很乐意为您效劳。是哪幅画呢，先生？"

"这幅，"道林移开屏风，说，"你们能不能就这样让它盖着毯子原封不动地搬呢？我不想上楼的时候把画刮花了。"

"小事一桩，格雷先生，"那位和气的画框师说着，便和助手一道将挂在长长的黄铜链条上的画取下来，"那么，接下来我们要把它搬到哪儿呢？"

"请随我来，哈伯德先生，我给你指路。不然，你们还是走在前面吧。这幅画可能得搬到这栋房子的顶楼去。我们从前门楼梯上去，那儿宽敞些。"

道林扶着门，让他们出去。他们穿过大厅，开始上楼。由于画框做工考究，整幅画显得异常笨重。尽管哈伯德先生出于商人的本能，不愿看到绅士们亲自动手做这些琐事，一再谦恭地婉拒，道林还是给他们搭了把手。

"先生，这东西可真沉。"三人爬上顶楼的平台时，那位小个子男人气喘吁吁地说，同时用手擦拭着额头上亮晶晶的汗珠。

"怕是相当沉的。"道林咕哝道，打开了房间的门。这个房间将会为他守护生命中不可思议的秘密，藏匿他的灵魂，不让世人窥探。

他已经四年多没有进过这个房间了——确切地说，自打他儿时在里面玩耍，到稍大一些在里面读书，之后便再也没进来过。这是一间宽敞舒适的大房间，是最后一任凯尔索勋爵特意为他的这位小外孙所建。然而，由于道林和母亲长得惊人的相似，以及其他一些原因，凯尔索勋爵总是不待见他，刻意与他保持距离。在道林看来，这个房间几乎与往日无异。那只绘有奇异花纹的庞大的意大利式箱子还在，只是上面的镀金装饰已经褪去光泽，这是他小时候经常躲猫猫的地方；那个椴木书架也在，里面摆满了他的卷角课本；书架后的墙壁上依旧挂着那条残破的佛兰德挂毯，上面绘着国王与王后在花园中下棋的场景，还有一群小贩骑着马从旁经过，他们手腕上戴着护具，上面站着蒙着眼罩的鸟儿。这一切他都历历在目！他环顾四周，孤独童年的每一个瞬间都在他的脑海中浮现。他回忆起自己纯洁无瑕的童年时代，一想到这幅致命的画像即将藏匿于此，他就觉得可怕。在那些逝去的日子里，他哪里会想到自己竟会面对这样的遭遇！

但是，在这栋房子里，再没有比这儿更安全、更能躲开他人耳目的地方了。钥匙在他手中，除了他，谁也进不来。在那紫色的帷幔之下，画布上的面孔会变得狰狞、堕落、污秽不堪。可这又有什么关系呢？反正没人看见。他自己也不会去看。何必亲眼看见自己灵魂的丑恶与堕落呢？他将永葆青春——这就够了。而且，他的本性也许终究会变得更高尚吧？谁又能断言他的未来一定会充满耻辱呢？或许有一天，爱情会降临，净化他的心灵，使他远离那些似乎已经在他的精神和肉体里涌动的罪恶——那些不可思议、无法描绘的罪恶，正因其神秘而散发着微妙的魅力。或许有一天，画像那狰狞的表情会从敏感的红唇上消失，到时，他就能向世界展示巴兹尔·霍尔沃德大师的杰作了。

不！那是不可能的。时复一时，周复一周，画布上的面孔会慢慢老去。它或许能够逃脱罪恶带来的丑陋，但衰老本身的丑陋却不可避免地到来。它的脸颊开始凹陷或松弛；黄色的鱼尾纹会爬上那双逐渐黯淡的眼眸，使之变得狰狞；头发逐渐失去昔日的光泽，嘴巴也会像其他老人那样张开或下垂，显得愚蠢又粗俗；脖子上会布满皱纹，双手冰冷且青筋暴起，身体也佝偻起来，如同他儿时记忆中那位对他严厉无比的祖父。这幅画像必须藏起来，他别无选择。

"把画搬进来吧，哈伯德先生，"他转过身疲惫地说，"抱歉让你久等了。我刚才在想别的事情。"

"格雷先生，能休息会儿总是好的，"画框师仍喘着粗气说，"先生，我们把画放哪儿呢？"

"哦，随便。这儿吧，放这儿就行。我不想把它挂起来，就靠着墙放吧。"

"先生，能让我欣赏一下这件艺术品吗？"

道林心中一惊。"你不会感兴趣的，哈伯德先生。"他边说边死死地盯着那个人。道林已经做好了准备，只要这人敢掀起那块掩藏他生活秘密的华丽帷幔，他就立刻冲上去把这人打倒。"那么，我就不打扰你了。辛苦你跑这一趟，我万分感激。"

"哪里哪里，格雷先生，我随时愿意为您效劳。"哈伯德先生说着便大步走下楼梯。他的助手紧随其后，忍不住回头望了道林一眼，那张粗糙丑陋的脸上，流露出一种羞涩与惊奇交织的表情。他从未见过如此俊美之人。

直到两人的脚步声完全消失，道林才锁上门，将钥匙放进口袋。此刻，他终于安心了。从今往后，再也没有人会窥见那可怕的东西。除了他自己，再也没有谁会目睹他的耻辱。

回到书房时，他瞥见时钟刚过五点，茶也已经备好。在一张厚厚的螺钿镶嵌的黑香木小茶几上，放着一张亨利勋爵的便条，旁边是一本用黄纸装订的书，封面略显破旧，书角沾着污迹。这张桌子是他监护人的妻子拉德利夫人送的。这位夫人是位病美人，去年冬天去开罗过的冬。茶盘上还放着一份第三版的《圣詹姆斯报》。显然，维克多已经回来了。他不禁好奇，那两个人离开时，维克多是否在门厅遇到了他们，又是否从他们口中探听到了什么秘密。他必定注意到画不见了，他在摆放茶具时恐怕就已经察觉。那时，屏风还没有放回原位，墙上留下了明显的空缺。或许某天夜里，道林会撞见他悄悄上楼，企图强行闯入阁楼。家里出了内贼可是件要命的事。他听过一些有钱人的遭遇，只因仆人偷看了一封信，偷听了一次谈话，捡到了一张留有地址的卡片，或者在枕头底下发现一朵凋零的花或一条皱巴巴的蕾丝，便被仆人勒索了一辈子。

他叹了口气，给自己倒了杯茶，随后打开了亨利勋爵的便条。上面写的是，给他送来了一份晚报和一本他或许会感兴趣的书，八点一刻亨利勋爵会到俱乐部。道林漫不经心地翻开《圣詹姆斯报》，读了起来。第五页一处红色铅笔标记的地方吸引了他的注意。圈出的那段报道是这样写的：

女演员死因勘验结果公布

今晨，地方验尸官丹比先生于霍克斯顿路的贝尔旅馆，对霍尔本皇家剧院新进的一位年轻女演员西比尔·范恩进行了死因勘验，最终判定为意外死亡。死者母亲在提供证词以及法医伯雷尔做尸检时情绪异常激动，人们对此深表同情。

他眉头紧蹙，将报纸撕成两半，走到房间另一头把碎片扔了出去。这一切实在丑陋至极！丑陋竟让一切变得如此真实，真是可怕！亨利勋爵给他送来的这篇报道，让他感到有些恼火。而且用红色铅笔做标记，这做法确实愚蠢。维克多可能已经读过了，他的英语水平完全能理解这段话。

或许他已经读完了这篇报道，并起了疑心。不过，这又有什么关系呢？道林·格雷和西比尔·范恩的死有什么相干？没什么可怕的，又不是道林·格雷杀了她。

他的目光落在亨利勋爵送来的那本黄皮书上。他不禁好奇，书里到底讲了什么。他走向那张珍珠色的八角形小茶几，总觉得这茶几像是某种神奇的埃及蜜蜂用银子打造的。他拿起书，一屁股坐在扶手椅上，开始翻阅起来。没过几分钟他就看入迷了。这是他读过的最不可思议的书。他仿佛目睹了世间的罪恶穿着精致的服饰，伴着悠扬的笛声，如同出演哑剧般悄无声息地在他面前掠过。他曾隐约梦想过的事物，突然间变得真实起来，而那些他从未想象过的，也逐渐在他眼前浮现。

这是一本没有情节、只有一个核心人物的小说，事实上，应该算是一部关于一个巴黎小伙的心理研究。此人耗费毕生精力，只为在十九世纪实现那些属于每个时代的激情与思维方式，唯独他自己所处的时代除外。他渴望将世界精神所经历的纷繁情绪集于一身。他既欣赏那些被世人轻率地贴上美德标签的虚伪的自我克制，也欣赏那些仍被智者定义为罪恶的自然叛逆。这本书的写作风格如同珠宝般焕发着奇异的光彩，生动且晦涩，充斥着行话、古语、术语和详尽的注释，这正是法国象征主义学派杰出艺术家的作品特点。书中的隐喻如同兰花般奇特，色彩也如兰花般微妙。作者运用神秘的哲学语言描绘感官体验，令人时而感受到中世纪圣人的灵魂狂欢，时而感受到现代罪人的病态忏悔。这是一本有毒的读物，书页间似乎散发着馥郁香气，令人头昏脑涨。道林一章接一章地读着，文字间的抑扬顿挫和微妙单调的韵律无一不吸引着他，那复杂的叠句和重复的乐章，令他陷入沉思。他仿佛置身于一种病态的梦境中，完全没察觉到太阳已经落山，暮色悄然降临。

窗外，万里无云，一颗孤星熠熠生辉，其光芒穿透铜绿色的天幕洒了进来。他借着微弱的星光继续读着，直到再也看不清书上的字。仆人曾多次提醒他天色不早了。终于，他站起身，走进隔壁房间，把书放在床边的佛罗伦萨式小桌上，准备更衣赴宴。

他赶到俱乐部时已经快九点了，亨利勋爵正百无聊赖地一个人坐在大厅里。

"哈里，真抱歉我来晚了！"他喊道，"这都怪你。你送来的那本书太让我着迷了，我一时贪看就忘了时间。"

"是吧，我想着你会喜欢的。"这位东道主从椅子上起身说道。

"我可没说我喜欢，哈里，我是说它让我着迷。这两者有很大区别。"

"啊，你注意到了？"亨利勋爵咕哝道。而后，他们一起走进了餐厅。

第十一章

多年来，道林·格雷深受这本书的影响，无法自拔，或者更确切地说，他从未想过要摆脱这种影响。他特意从巴黎买了九本首版的大开本，每本都用不同的颜色装订，以迎合他多变的心情和时而失控的性格。书中的主角，那位年轻、充满魅力的巴黎小伙，将浪漫情怀与科学精神奇妙地融合在一起，让道林·格雷仿佛看到自己未来的影子。实际上，他觉得这本书讲的就是他自己的故事，只不过目前尚未经历罢了。

在某种程度上，他比那位小说中的传奇主人公更幸运。他从不知道，也没有任何理由知道，那位年轻的巴黎小伙很早就对镜子、光亮的金属表面和静止的水面有某种莫名的恐惧，而这种恐惧源于一位绝色佳人的意外离世。道林在读这本书的后半部分时，常常带着一种近乎邪恶的喜悦。或许，在每一次喜悦与享乐背后，都潜藏着邪恶的影子。书中以极具悲剧色彩且略显夸张的笔触，描摹了一个人的悲痛与绝望。这位主人公失去的，正是他最珍视的、存在于他人身上以及人世间的美好。

道林身上，那些曾令巴兹尔·霍尔沃德以及无数人为之倾倒的非凡之美，似乎从未离他而去。尽管伦敦的街头巷尾时常流传着关于他生活作风的离奇传闻，成为各大俱乐部的谈资，可即便是那些听过他诸多恶行的人，一旦亲眼见到他，便再也不相信那些有损他名誉的流言。他总是保持着一副不谙世事的纯真模样。只要他踏入房间，那些原本粗言秽语的人瞬间变得沉默。他纯洁的脸庞总让他们自惭形秽。他的存在，仿佛能够唤醒人们心中那份被世俗玷污的纯真记忆。他们不禁好奇，在这个污浊不堪、声色犬马的时代，他是如何保持如此优雅迷人，出淤泥而不染的呢？

他经常会神秘地消失很长一段时间，让他的朋友，或者自认为是他朋友的人陷入奇怪的猜想。每次回到家，他总是一个人偷偷爬上楼，去那个上锁的房间，用如今从不离身的钥匙打开门，举着镜子，站在巴兹尔·霍尔沃德为他画的画像前，时而凝视画布上邪恶、衰老的脸，时而看向镜中那年轻俊朗的自己，与之相视一笑。这种强烈的对比总让他喜不自胜。他越来越迷恋自己的美貌，也越来越关注自己灵魂的堕落。他会细致入微地——有时甚至带着一种畸形而可怕的快感——观察那些丑陋的纹路刻上皱巴巴的额头，或是悄悄爬上丰满而诱人的嘴角，心中偶尔好奇，罪孽和岁月留下的痕迹，到底哪个更可怕。他会把自己白皙的手放在画像粗糙臃肿的手旁，微笑着，笑那扭曲变形的身体和衰弱的四肢。

有时，尤其在夜里，当他躺在那间散发着淡淡香气的卧室里，或者改名换姓、乔装打扮混迹于码头旁臭名昭著的小旅馆，躺在邋遢的客房里彻夜难眠时，他总是习惯性地想起给自己的灵魂带来的灾难，不由心生一股纯粹出于自私的、强烈的怜悯之情。但这样的时刻并不多见。想当初，亨利勋爵和他一同坐在巴兹尔的花园，第一次在他心中燃起的对生活的好奇之火，似乎因得到满足而燃烧得愈发旺盛。他知道得越多，对未知的渴望便愈发强烈。他像个饿疯的人，胃口越喂越大，也越来越饿。

不过，他也不是完全肆无忌惮，至少与上流社会打交道时不会这样。冬天的每月总有那么一两次，以及在社交季的每周三晚上，他都会向全世界敞开他漂亮的屋子，邀请最当红的音乐家前来，用他们非凡的艺术魅力取悦宾客。筹备这些小型晚宴时，他总能得到亨利勋爵的鼎力相助，除了精心挑选来宾，妥善安排座次外，更在餐桌装饰上展现出超凡品味，奇花异草、绣花布匹以及古色古香的金银盘盏摆放得相得益彰……这一切都让他在上流社会中名声大噪。事实上，有很多人，尤其是年轻人，在道林·格雷身上看到，或者幻想看到了自己在伊顿或牛津上学时常常梦想成为的那种人，将学者深厚的文化素养与上流社会的优雅、尊贵和完美气质融为一体。在他们眼中，道林·格雷似乎属于但丁[1]所描述的那类人——"通过崇拜美让自己变得完美"，同时又像戈蒂耶说的，是"可见的世界为之存在的意义"。

的确，对他而言，生活本身就是最重要、最伟大的艺术，而其他所有的艺术都只是陪衬。时尚，让真正奇妙的东西风靡一时，而纨绔主义，则以它独特的方式宣扬美的绝对现代性。这两者无疑都令他着迷。他的着装风格，以及他不时展现出的独特品位，对梅费尔舞会上那些年轻名流，和帕尔马尔街俱乐部橱窗里的时尚达人产生了巨大的影响。他们竞相模仿他的一举一动，甚至连他出于好玩而偶尔流露的纨绔子弟的翩翩风度，他们也同样照葫芦画瓢。

尽管他做好了准备，随时迎接成年之际这唾手可得的地位，但当他意识到自己对当代伦敦的影响力，或许能与《萨蒂利孔》的作者对尼禄时期罗马帝国的影响相媲美时，他的心中便涌起一股难以言表的喜悦。不过，在他内心深处，他渴望超越仅仅作为"时尚界权威"这一角色，不只局限于指导人们佩戴何种宝石、如何打领带或使用手杖。他渴望构建一种全新的生活模式，其中蕴含了理性的哲学思想和有序的行为准则，并通过升华感官体验，实现其最高境界。

感官崇拜常常遭人诟病，这并非空穴来风。人类本能地对那些自己无法驾驭的激情和感觉心生恐惧，同时也发觉自己与低等生物

1　但丁·阿利吉耶里（1265—1321），意大利中世纪诗人，欧洲文艺复兴时代的开拓者，以史诗《神曲》留名后世。

拥有同样的本能。然而，对道林·格雷而言，感官的真正本质从未得到理解，它们一直保持着原始的野性与兽性，因为社会总是试图通过禁欲来压制它们，或是用痛苦来扼杀它们，却没有将它们培育成一种新精神的组成要素，而在这种新的精神中，对美的敏锐感知应当占据核心地位。当他回首人类的历史长河，一种失落感顿时萦绕在他的心头。人们舍弃了如此多的东西！目的却如此微不足道！他们有过疯狂而任性的抵制，也曾陷入可怕的自虐与自我否定。这一切源于恐惧，最终却归于堕落，而这种堕落比他们在无知中试图摆脱的那种想象出的堕落要可怕得多。大自然把修道院的隐士赶出室外，让他们与沙漠中的野生动物为伍觅食，却又让沙漠苦修者与农田里的家畜为伴。真是一出绝妙的讽刺。

没错！正如亨利勋爵所预言的，肯定会出现一种新的享乐主义。它会重塑生活，将生活从一种在我们这个时代离奇复兴的、粗野又丑恶的清教徒主义中拯救出来。诚然，这种新理念看重理智，但永远不接受任何以牺牲情感体验为代价的理论或体系。事实上，它的真正目的在于体验的过程，而非体验的结果，无论这些结果是苦是甜。它与那种让感官迟钝的苦行主义，或者让感官麻木的庸俗放荡统统无关。它要教导我们珍惜生命中的每一刻，因为生命本身就是稍纵即逝的一瞬间。

我们当中很少有人不曾在黎明前醒来过，有时是经历了无梦相伴的夜晚 —— 这几乎让我们对死亡产生一种迷恋；有时则是在恐怖与畸形的欢乐中醒来，在这样的夜晚，比现实更为可怕的幻影在脑海中游弋，它们蕴含了潜藏在所有畸形事物中的生命活力，正是这种力量让哥特式艺术永垂不朽。但或许有人认为，这是专属受困于胡思乱想而心神不宁之人的艺术。白皙的手指缓缓穿过窗帘，仿佛在颤抖。沉默的黑影化作怪异的模样，悄无声息地潜入房间，蜷在角落。屋外，鸟儿拨动树叶，沙沙作响，夹杂着人们出门工作的声音。从山间吹来的风，带着呜咽与叹息，在寂静的房屋周围徘徊，仿佛既怕惊扰了沉睡者的美梦，却又不得不从紫色的梦境洞穴中唤醒沉睡的安宁。一层又一层薄纱被掀开，万物的形状与色彩渐渐复苏，我们看着黎明以古朴的方式重塑这个世界。暗淡的镜子重新焕发生机，熄灭的蜡烛仍立在原处，旁边摆着那本我们近来读了一半的书，或是舞会上佩戴的金属丝扎的胸花，或是那封我们不敢读，又或者读了无数遍的信。一切似乎都没变。熟悉的真实生活摆脱了夜晚虚幻的黑影，再次回到我们眼前。我们不得不从先前停下的地方重新开始。此刻，一种恐惧涌上心头，我们又得在枯燥乏味、一成不变的习惯中继续消磨精力。或许，还有一种热切的渴望，渴望有一天清晨，当我们睁开眼睛时，能够欣喜地看到一个已经在黑夜中焕然一新的世界。在这个世界，万物皆以崭新的面貌和色彩呈现在我们眼前，历经万千变化，藏着无数秘密；在这个世界，陈旧的往事几乎无法找到容身之地，即便存在，也不会成为我们心头的羁绊与遗憾。那些曾经的快乐，也夹杂着苦涩，而那些纵情享乐的回忆，也往往伴随着疼痛。

对道林·格雷而言，创造这样的世界似乎才是他生活的真正目标，或者至少是目标之一。在寻找新鲜的愉悦感与维持浪漫所必需的陌生感时，他常常会选择与本性相悖的思考方式，让自己完全沉浸在这些感官微妙的影响中。在成功捕捉到它们的色彩，满足自己的好奇心之后，他便带着一种难以言表的冷漠态度抽身而去。这种态度与他内在的热情气质并不冲突，在某些现代心理学家看来，正是他热情气质的独特体现。

曾经有传闻称，他要加入罗马天主教。确实，天主教的仪式一直对他有着巨大的吸引力。那比古代文明所有的祭祀都更庄严神圣的日常献祭，以其对感官事实的极度漠视，以及原始简约的形式，还有它竭力象征的人类悲剧的永恒悲怆，深深触动了他的心。

他喜欢跪在冰冷的大理石地板上，观察神父的一举一动。有时，神父身着笔挺的花饰法衣，用洁白的双手缓缓拨开圣龛的帷幔，或高高举起镶嵌珠宝、形似灯笼的圣物匣，其中放着常常让人欣然接受的"天赐食物"的白色圣饼；有时，神父也会披着基督受难时的服饰，将圣饼掰入圣杯中，捶胸为自己的罪行忏悔。那些身着花边红衣的男孩们神情肃穆，将冒着烟的香炉高高地甩向空中，形似一朵朵绽放的镀金大花。这对他有种莫名的吸引力。每次离开前，他总是好奇地打量那些黑色的忏悔室，渴望能坐在其中一个昏暗的隔间里，倾听坐在破旧格栅另一边的男男女女低声讲述他们生活中的真实故事。

但他绝不会正儿八经地接受某种教义，或者加入某个教派，从而犯下阻碍自身智力发展的错误，更不会错把只适合在无星无月之夜逗留一宿，或是短短几小时的旅馆，当成栖身之所。他曾一度受到神秘主义的吸引，那种将寻常事物变得陌生的神奇力量，以及始终与之相伴的微妙的反律法主义，都让他心驰神往。他也曾一度热衷于德国达尔文主义运动的唯物主义学说，为了追溯人类的思想和情感，他深入大脑中如珍珠般璀璨的细胞，或是身体内的白色神经，并从中体验到一种非凡的乐趣。他津津乐道于一种观念，即人的精神状态完全取决于特定的身体条件，比如健康或病态，正常或反常。然而，正如之前所说，在他眼中，任何关于生活的理论，与生活本身相比，都显得微不足道。他深切地体会到，任何脱离行动和实践的理性思考，都是如此的空洞。他知道，感官与灵魂一样，都各自承载着独特的精神奥秘，等待揭晓。

于是，他开始研究各种香水及其制作奥秘，蒸馏出香气馥郁的精油，点燃来自东方的芳香树脂。他发现，每种情绪都与独特的感官体验相互呼应，并下定决心探索它们之间真正的关系。他不禁好奇，乳香何以让人变得神秘，龙涎香何以激发情欲，紫罗兰何以唤醒对旧日恋情的回忆，麝香何以扰乱思绪，而金香木又何以玷污想象。他常常努力阐述正统的香水心理学，并评估各类物质的功效，比如气味香甜的树根、沾满花粉的香花、香脂、深色香木、令人作呕的甘松、致人疯狂的枳椇子，以及传说能驱散忧郁的芦荟。

有段时间，他全身心投入音乐之中，常常在一间格子窗密布的长屋里举办别开生面的音乐会。屋子的吊顶朱红与金色相间，墙面涂着橄榄绿漆。音乐会上，疯狂的吉卜赛人手持小齐特琴，弹奏出狂野的旋律；严肃的突尼斯人披着黄色头巾，坐在巨大的鲁特琴前，手指拨弄着紧绷的琴弦；咧嘴笑的黑人单调地敲打着铜鼓；裹着头巾的瘦削的印度人则蹲坐在红垫子上，握着长长的芦笛或铜管，驯服或假装驯服那些巨大的眼镜蛇和可怕的角蝰。当他对舒伯特的优雅旋律、肖邦的忧伤之美以及贝多芬雄浑的和谐乐章感到麻木时，那些野蛮音乐的刺耳音符和尖锐曲调却常常能触动他的心弦。他搜集了来自世界各地的奇特乐器，有的是从已消亡民族的坟墓中找到的，有的是从少数几个未受西方文明影响的原始部落中找到的。他喜欢抚摸那些乐器，弄出点声响。他的藏品中有尼格罗河流域印第安人神秘的"恶魔笛"，这种乐器女人是不许看的，而青年男性也必须在斋戒或鞭笞后方能一睹其真容。他还收藏了能模仿鸟儿啼鸣声的秘鲁陶罐、阿方索·德·奥瓦列在智利听过的人骨笛子，以及产自库斯科附近、音色洪亮且散发着独特甜美旋律的绿色碧玉乐器。此外，他还有装满鹅卵石的彩绘葫芦，摇晃时会发出哗啦啦的声响；来自墨西哥土著的长号角，演奏时并非向内吹气，而是向外吸气；更有亚马逊部落刺耳的土号，传说由整日坐在高大乔木上的哨兵吹奏，声音能够传至九英里之外；阿兹特克木舌鼓，以两个木制簧片振动发声，演奏时用来敲击的木槌上涂着从植物乳白色汁液中提取的树胶；还有阿兹特克人的尤特尔串铃，形似成串的葡萄；以及那覆盖着巨蟒皮的圆筒形大鼓，其形状与伯纳尔·迪亚斯和科尔特斯共同进入墨西哥神庙时所见的那只大鼓如出一辙，迪亚斯还曾生动地描述了那鼓声的悲凉。这些乐器的奇异特性令他着迷。一想到艺术同自然一样，也孕育着外形丑陋、声音可怕的怪物，他就感到一种莫名的愉悦。然而，过了一段时间，他又厌倦了这些，开始坐在剧院包厢里，或独自一人，或与亨利勋爵一起，如痴如醉地聆听瓦格纳的《唐怀瑟》。在这部伟大作品的序曲中，他仿佛看到了自己灵魂悲剧的呈现。

又有段时间，他开始钻研起珠宝来。他曾在一场化装舞会上，身着一袭缀满五百六十颗珍珠的礼服，扮作法国海军上将安·德·茹瓦约斯的样子华丽登场。这份对珠宝的热爱让他沉迷多年，甚至可以说从未离开过他。他常常会花一整天的时间，翻来覆去地摆弄他收藏在盒子里的各种石头，比如灯光下会由橄榄色变红的金绿玉、带银丝的猫眼石、淡绿色的橄榄石、玫瑰色和酒黄色的黄玉、闪耀着四射星光的火红的红玉、火焰色的肉桂石、橙色和紫色的尖晶石，以及夹杂着红蓝宝石的紫水晶。他钟爱日光石的赤金色泽、月光石的洁白无瑕，和乳蛋白石上揉碎的彩虹光芒。他从阿姆斯特丹买到了三颗色泽丰富的特大号绿宝石，更拥有一块让所有鉴赏家都羡慕的古董级绿松石。

他还发现了许多关于珠宝的神奇传说。在阿方索的《教士规》中，提到了一条长着红锆石眼睛的毒蛇；在亚历山大的传奇历史中，这位埃马提亚[1]的征服者据说在约旦谷发现了"背上长着绿宝石项圈"的蛇；哲学家菲洛斯特拉图斯告诉我们，恶龙的脑袋里有颗宝石，只要"拿出金色的信和红色长袍"，就能让这怪兽像中了魔法般陷入沉睡，再把它杀死；根据伟大的炼金术士皮埃尔·德·博尼法斯的说法，钻石能让人隐形，印度玛瑙能让人善辩，红玉髓能

---

1 马其顿王国的古称。

息怒，红锆石能催眠，紫水晶可解酒，石榴石可驱魔，水玉能让月亮失色，透石膏会随着月亮的盈亏而变化，墨洛修斯石能发现小偷，唯有小山羊血能让它失灵；莱昂纳多·卡米卢斯曾见过一块从刚杀死的蟾蜍脑中取出的白石，那是解毒的良药；在阿拉伯鹿的心脏中发现的牛黄石，是能治愈瘟疫的法宝；阿拉伯的鸟巢中有一种宝石，根据德谟克利特的说法，能让佩戴之人免受火的伤害。

锡兰国王曾手捧一枚硕大的红宝石，在他的加冕礼上乘着车穿过城市；大祭司约翰的宫门"由红宝石制成，嵌着角蝰蛇的角，令携毒者无所遁形"；山墙上有"两个金苹果，里面嵌着两颗红榴石"，白天金苹果闪闪发光，红榴石在夜晚熠熠生辉；洛奇那部怪诞的浪漫小说《来自美洲的玛格丽特》中提到，在王后的寝宫里，能看到"全世界所有贞洁女子的纯银雕像，她们都朝着缀满橄榄石、红榴石、蓝宝石和绿宝石的漂亮镜子里张望"；马可·波罗曾看到日本居民把玫瑰色的珍珠放进死者嘴里；有位采珠人觅得一颗被海怪觊觎的珍珠，献给了波斯国王卑路斯，那个海怪杀死了偷珠之人，并为失去珍珠难过了七个月，后来据历史学家普罗科匹厄斯所述，波斯国王在落入匈奴人的陷阱时扔掉了这颗珠子，尽管拜占庭国王阿纳斯塔修斯以重达五百磅的金币悬赏此珠，也再找不到它的踪迹；马拉巴尔国王曾向一位威尼斯人展示了一条由三百零四颗珍珠串成的念珠，每颗都代表一位他所敬奉的神。

据布兰托姆所述，亚历山大六世之子瓦伦蒂诺公爵在拜访法国国王路易十二时，他骑的马身披金叶，他的公爵帽上饰有双排红宝石，闪闪发光；英格兰国王查理的马镫上有四百二十一颗钻石；理查德二世有一件价值三万马克的外套，上面镶满了巴拉斯红宝石；霍尔描述亨利八世在加冕前前往伦敦塔时，穿着"一件浮雕金饰夹克，胸牌缀满钻石和各种宝石，颈间佩戴硕大的巴拉斯宝石项链"；詹姆斯一世的宠臣们皆佩戴金丝祖母绿耳环；爱德华二世曾送给他的宠臣皮尔斯·加维斯顿一套镶满红锆石的玫瑰金铠甲，一条嵌着绿松石的金玫瑰项圈，和一顶嵌着珍珠的头盔；亨利二世戴着一副长及肘部、缀满珠宝的手套，而且他还有一只绣着十二颗红宝石和五十二颗大珍珠的猎鹰手套；勃艮第家族末代公爵——"英勇查理"的公爵帽上悬挂着梨形珍珠，且镶满蓝宝石。

昔日的生活何其精致！多么隆重的排场！多么华丽的装饰！哪怕只是在文字中读到已逝者的奢靡生活，都让人叹为观止。

后来，他又将注意力转向了刺绣，和那些在欧洲北部国家的寒冷房间里充当壁画的织锦。当他深入探究这一主题时——他总有一种超凡的能力，能让他瞬间全身心地沉浸于任何他所专注的事物——他不禁为时光流逝给那些美丽而神奇的事物带来的毁灭而感到悲伤。不管怎么说，他逃脱了这样的命运。夏日轮回，黄水仙年复一年地绽放又凋零，恐怖的夜晚不断重复着它们所受的屈辱，而他却始终不变。严冬未曾侵蚀他的容颜，也未曾玷污他如花般的青春。这与物质世界多么迥然不同！那些东西都到哪儿去了？那件由褐色皮肤的女孩为取悦雅典娜而精心制作、上面绣着诸神与巨人的战斗场面的番红花色长袍，如今在哪儿呢？尼禄曾让人悬挂于罗马斗兽场上空的遮阳篷——那张绘着星空之下，驾着白马、拉着金色缰绳的阿波罗[1]的紫色巨帆，如今又在哪儿呢？他渴望一睹为太阳祭司特制、上面绘满了宴会上可能出现的各种珍馐美味的奇特餐巾；他也渴望看到希尔佩里克国王那绣着三百只金蜜蜂的柩衣；更想见识那件让庞图斯主教愤怒不已的奇装异服，上面绣着狮子、黑豹、熊、狗、森林、岩石、猎人等一切画家能从大自然中描摹出的景物；他还希望看到奥尔良公爵查理一世曾穿过的一件外套，衣袖上绣着一首歌词，开头便是"夫人，我满心欢喜"，歌词伴奏由金线绣出，

---

1 希腊神话中的太阳神和音乐之神，以其精湛的竖琴演奏技艺闻名。

四颗珍珠组成当时的方形音符；他曾读到过，在法国兰斯王宫有一间为勃艮第的琼王后准备的卧室，里面装点着"一千三百二十一只刺绣鹦鹉，上面饰有国王的纹章，还有五百六十一只蝴蝶，翅膀上也绣着王后的纹章，全都是用金线绣的"；法国王后凯瑟琳·德·美第奇曾命人打造过一张黑丝绒灵床，上面布满新月和太阳的图案，床幔由锦缎制成，绣着枝叶繁茂的花环，金银交织为底，边缘缀着珍珠流苏，整张床摆在一间挂着成排女王纹章的房间里，那些纹章由黑丝绒裁剪而成，缝在银色布料上；路易十四的寝宫里立着几根十五英尺高的镀金女像柱；波兰国王索别斯基有一张御用睡床，用土耳其的士麦那金线锦缎铺就，上面绣着绿松石和《古兰经》中的经文，床柱镀银，雕刻美轮美奂，上面镶满了珐琅彩及珠宝徽章，这张床是从维也纳城外的土耳其军营里缴获的，穆罕默德的旗帜就曾立在这金光闪闪的华盖之下。

于是，整整一年，他都在悉心搜集世间最精美的纺织品和刺绣品。他的藏品中，有雅致的德里薄棉布，上面精细地绣着金色棕榈叶，缀满色彩斑斓的甲虫羽翼；有因透明质感而在东方被誉为"织云""流水"或"夜露"的达卡薄纱；有来自爪哇的奇特花纹布料；有来自中国的繁丽的黄色帷幔；有用茶色缎子或淡蓝丝绸装帧、绣着鸢尾、鸟儿和人像的书籍；有用匈牙利点针工艺织就的蕾丝面纱；有西西里的织锦和西班牙的硬丝绒；有乔治王朝时期嵌着镀金币的织物；日本袱纱，上面用绿调金线绣着羽毛华丽的鸟儿。

他尤其喜爱教会的法衣，事实上，他对有关宗教仪式的一切都充满兴趣。在他府邸的西侧走廊里，摆放着一排长长的雪松木箱，里面放着他收集的众多罕见而精美的修女服——修女们必须穿上这些细麻布打底衫、紫色长袍，佩戴珠宝，才能遮掩那因追寻苦难而苍白憔悴、因自讨苦吃而伤痕累累的身体。他有一件用深红色丝绸和金线锦缎织成的华丽大氅，上面绣满了规整的六瓣花，每朵花的中央都有一颗金石榴，两侧是缀满小珍珠的凤梨图案。法衣上的饰带被分成了几个小格，格子里描绘着圣母玛利亚生平的场景，兜帽上还用彩线绣着圣母的加冕礼。这是一件出自十五世纪意大利的手工。他还有一件绿丝绒长袍，袍子上绣着一簇簇心形的莨苕叶图案，从中伸出的长茎白花，细节处用银色丝线勾勒，点缀着彩色水晶。襟带上有立体金线绣的六翼天使的脑袋。饰带以红金双色丝线绣的花卉纹样为底，点缀着众多圣人与殉道者的圆形头像纹饰，其中包括天主教圣徒圣塞巴斯蒂安。此外，他还收藏了各式十字褡，有琥珀色丝绸的，有蓝色丝绸与金线织锦交织的，还有黄丝缎与金丝布相间的，均绘有耶稣受难的十字架图案，绣着狮子、孔雀等徽记；他还有白绸缎与粉色丝锦缎相间的法衣，上面绘着郁金香、海豚和鸢尾；有深红色天鹅绒与蓝色亚麻布缝制的祭坛前帷；还有许多圣餐布、圣杯罩和圣像手帕。在用到这些圣物的神秘仪式中，似乎总有些东西能激发他的想象。

这些珍宝，以及他在那栋漂亮房子里精心收集的一切，都成了他忘却尘世纷扰的慰藉，能够暂时驱散他心头那些偶尔沉重得几乎无法忍受的恐惧。在那间承载着他儿时无数回忆的孤独上锁的房间里，他亲手将一幅面目狰狞的画像挂上了墙，画中人不断变化的容貌，是他生活中真实堕落的写照。他还用一条紫金色的大毯子当作帘子，蒙在这幅画像之上。有时，一连几周，他都不会踏进那个房间。他会忘掉那幅丑陋的画，重拾那份轻松的心情、那份醉人的喜悦，以及对生活本身的热爱。可是，在某天夜里，他会突然悄无声息地溜出家门，前往蓝门场附近的贫民窟，在那些破败不堪的地方一待就是好几天，直到被人撵走。回到家后，他会坐在画像前，时而对画中人和他自己感到深深地厌恶，时而又会因为自己的自私自利而洋洋自得，这多半源于罪恶的诱惑。他会在心底窃喜，嘲笑着凝视画布上那个代替他承受一切痛苦的丑陋影子。

几年后，他再也无法忍受长时间远离英国，于是放弃了在法国特鲁维尔与亨利勋爵合住的别墅，以及他们在阿尔及尔多次共度寒冬的那座带围墙的小白屋。他对那幅画像难以割舍，因为它早已融入他的生活，尽管已经命人在门上安了复杂的门闩，可他仍然害怕有人会趁他不在时破门而入。

　　他心里明白，那些人从画像中根本看不出什么名堂。诚然，画中人面容邪恶丑陋，与他本人长得十分相似，可他们又能从中看出些什么来呢？谁敢以此嘲笑他，他就嘲笑谁。更何况，这幅画也不是他画的。不管它看起来多么邪恶，多么令人羞耻，又与他何干？即使他把真相公之于众，他们会信吗？

　　可他还是忧心忡忡。有时，当他身处诺丁汉郡的豪宅之中，款待一群同样出身名门的年轻朋友 —— 也是他的主要玩伴 —— 以他那挥霍无度、奢华无比的生活方式震撼着整个郡县时，他会突然撇下客人，急匆匆地赶回伦敦，只为确认房门完好无损，那幅画像依旧安然无恙。要是画像被偷了怎么办？光是想想就让他脊背发凉。到时全世界就会知道他的秘密。或许全世界现在已经开始怀疑了。

　　因为，尽管有许多人为他神魂颠倒，也有不少人不信任他。他曾险些被西区一家俱乐部拒之门外，即使他的出身和社会地位足以让他成为那里的会员。据说有一次，他刚被友人领进丘吉尔俱乐部的吸烟室，贝威克公爵和另一位绅士就公然起身离开。自他二十五岁之后，到处流传着他的离奇传闻。据说有人看见他在怀特查佩尔一处偏僻的毒窟和外国水手斗殴，还有人看见他与小偷和造假币者为伍，对他们的不法勾当了如指掌。他经常莫名其妙的失踪更是令他臭名远扬。每当他重新在社交场露面时，人们都会在角落里窃窃私语，或对他冷嘲热讽，或以冷漠而审视的目光打量他，似乎决心要挖出他的秘密。

　　当然，他对这些无礼和怠慢行为毫不在意。在多数人眼中，他那坦率潇洒的风度、孩童般的迷人微笑，以及那似乎永恒不变的美好青春所散发出的无限魅力，已然是对那些所谓"诽谤"——他们如此称呼这些谣言——的有力回应。然而，人们也注意到，那些曾经与他亲密无间之人，在一段时间之后，似乎开始有意无意地躲着他。那些曾经对他狂热崇拜，为了他不惜挑战社会舆论，公然违背世俗规矩的女士们，在道林·格雷步入房间时，竟然也会因为羞愧或恐惧而面色苍白。

不过，这些大家私底下嘀咕的流言蜚语反而让他在众人眼中变得更神秘，更具危险的魅力。他的巨额财富无疑也给了他足够的底气。社会——至少文明社会——不会轻易相信诋毁那些有钱又有魅力之人的负面传言。这个社会本能地认为礼仪比道德更重要，在世人眼中，拥有至高无上的社会地位远不及拥有一位好厨子来得有价值。毕竟，如果有人用一顿糟糕的晚餐，或劣质的葡萄酒来招待你，即便他人赞誉其私生活无可挑剔，你也不会觉得有多安慰。正如亨利勋爵有一次谈及这个话题时所说的，即便是四大美德[1]也弥补不了一道半冷不热的菜肴所带来的遗憾。或许他的话有一定道理。因为上流社会的通行准则与艺术的准则本质上是一致的，或者说理应如此。在这些准则中，行事风格至关重要，既要彰显庄重的仪式感，又要带点虚饰，如同表演一出浪漫戏剧，将虚伪与那份令我们着迷的聪明美丽结合起来。虚伪就那么可怕吗？我不觉得。这只是一种能够丰富我们个性的手段罢了。

不管怎么说，道林·格雷就是这么想的。他曾对那些把人的自我视为简单、永久、可靠且本质单一之物的浅薄心理学观点惊讶不已。在他看来，人是有多重生活、多重感觉、复杂多样的生物，生来就传承了前人的思想和情感，甚至连肉体也沾染着前人身上可怕

---

1 指谨慎、公正、刚毅和节制。

的痼疾。他喜欢在自己乡间别墅那阴冷空旷的画廊中漫步，细细端详那些与他血脉相连的先辈们的画像。这位是菲利普·赫伯特，弗朗西斯·奥斯本在《伊丽莎白女王和詹姆斯国王统治时期回忆录》中描述他"因英俊的容貌而受到宫廷的宠爱，但这份美貌并没有陪伴他太久"。他有时在过着赫伯特年轻时的那种生活吗？是否有某种奇异的毒菌从一个躯体爬到另一个躯体，并最终潜入他的体内？他是否隐约感受到那已逝去的恩典，才会在巴兹尔·霍尔沃德的画室里，毫无征兆地突然说出那句彻底改变他生活轨迹的疯狂祷告？这幅画像上站着的是安东尼·谢拉德爵士。他穿着金色刺绣的红色短夹克，披着珠光宝气的外套，拉夫领和袖口都镶着金边，脚边堆着他那副银黑相间的盔甲。这个男人给后人留下了什么呢？那不勒斯女王乔安娜的情人把罪孽和羞耻遗传给他了吗？他的所作所为是否只是为了实现前人不敢实现的梦呢？另一幅褪色的画布上，是面带微笑的伊丽莎白·德弗罗夫人。她头戴薄纱帽，胸前裹着缀满珍珠的三角胸衣，搭配粉色切口衣袖。她右手拿着一朵花，左手攥一个绘有白玫瑰和大马士革玫瑰的搪瓷项圈。她身旁的桌上放着一把曼陀铃琴和一个苹果。她小巧的尖头鞋上装饰着硕大的绿色玫瑰花结。道林对她的生活有所耳闻，也知道她那些情人的奇闻异事。他身上是否继承了她的某些秉性？那双椭圆形的杏眼眼皮耷拉着，似乎在饶有兴致地打量着他。看看这位头发擦着香粉、脸上点着美人痣的乔治·威洛比如何？这家伙看起来一脸凶相！黝黑的面孔挂着阴郁的神情，透着肉欲的嘴唇似乎也因傲慢而变得扭曲。精致的花边荷叶袖耷在那双戴满戒指的瘦黄的手上。他曾是十八世纪的一位花花公子，年轻时与费拉尔斯勋爵交好。这位贝肯汉姆勋爵二世呢？他曾陪伴摄政王乔治四世度过人生中最疯狂的日子，也见证了他与菲茨赫伯特夫人的秘密婚姻。看啊，他多么高傲，多么俊朗！那一头栗色卷发，那一副不可一世的姿态！他给后人留下了何种激情？在世人眼中，他是位不折不扣的花花公子。他曾将摄政王的卡尔顿宫变成声色犬马的欢场。他胸前的嘉德勋章熠熠生辉。而他的画像旁边，挂着的是他妻子的画像，那是一位面色苍白、薄唇紧闭、身着一袭黑衣的女人。这个女人的血也在道林的体内流淌。这一切都太不可思议了！再看他的母亲，那张脸与传奇的哈密尔顿夫人[1]如出一辙，双唇湿润且泛着酒意——他深知，自己从她那里继承了何种特质。他继承了母亲的美，以及对美的无限热爱。画像上的她，披着宽松的酒神女祭司服，对他灿烂地笑着。她的秀发总是缠绕着葡萄叶，手里的酒杯中溅出紫色的琼浆玉液。尽管画中的康乃馨早已枯萎，但那双眸子却依旧璀璨深邃，仿佛无论他走到哪里，那双眼睛都在默默注视着他。

然而，人不仅有自己种族的祖先，也有文学上的祖先，许多人或许在个性和气质上，与这些文学祖先更为接近，对他们带来的影响也更加敏感。有时，道林·格雷不禁会产生这样的遐想：整部历史不过是他个人生活的投影，当然，这并非他在现实中的亲身经历，而是他的想象所勾勒出的画卷，展现那些存在于他的脑海与激情中的画面。他觉得自己仿佛认识所有曾出现在世界历史舞台上那些怪异又可怕的角色，他们把罪恶描绘得如此迷人，把邪恶编织得如此细腻。在他看来，这些人的生活似乎以某种神秘的方式变成了他自己的生活。

在那部深深影响了道林生活的小说中，主人公也有过这种奇特的遐想。在那本书的第七章，主人公讲述了自己如何因担心被闪电击中而头戴桂冠，像提比略[2]一样坐在卡普里岛的花园，翻阅埃勒凡提斯的淫秽之作，同时身边围绕着一群嬉闹的侏儒和孔雀，吹笛人

1　18 世纪末英国著名的社交名媛，曾有"英伦第一美女"之称。

2　罗马帝国第二位皇帝。执政期间，勤俭自制，政策宽容，留下了一个强兵富国，但提比略极力加强中央集权，限制言论，引起普遍不满，后隐居卡普里岛。

不时打趣摇香炉的侍从；讲述他如何像卡里古拉一样，在马厩中与穿绿衣的骑师们纵情狂欢，与佩戴珠宝当卢的骏马一同在象牙槽中共享佳肴；讲述他如何像图密善一样，徘徊在两旁布满大理石镜子的走廊，用疲惫的双眼寻找那柄将终结他生命的匕首在镜中的倒影，同时他也忍受着极度的无聊与空虚，可怕的"厌世感"常常会找上那些在生活中拥有一切的人们；讲述他如何像尼禄·凯撒一样，透过一块晶莹剔透的祖母绿宝石，观看竞技场里鲜血淋漓的杀戮场面，尔后又坐上一顶饰有珍珠、挂着紫帘的轿子，由钉着银蹄铁的骡子拉着，穿过石榴街，来到一座黄金宫殿，听到人们在他经过时高呼他的名字；讲述他如何像埃拉加巴卢斯一样，在脸上涂抹各种颜色的油彩，与妇女们一同纺纱，从迦太基帝国请来了月亮神，并把她秘密地嫁给太阳神。

　　道林一遍又一遍地阅读这美妙的一章，还有接下来的两章。它们就像那种稀奇的挂毯，或者巧夺天工的珐琅彩饰，描绘出那些因邪恶、血腥和倦怠而变成恶魔或疯子的骇人又迷人的形象：米兰的菲利普公爵——他在杀害自己的妻子之后，还给她的双唇上涂了鲜红的毒药，好让她的情人在吻别死者时中毒身亡；威尼斯的彼得罗·巴尔比，又叫保罗二世，因虚荣心作祟而自封"教皇福尔摩苏斯"，他那顶价值二十万弗罗林的教皇头冠，是犯下不可饶恕的大罪换来的；吉安·玛丽亚·维斯孔蒂，曾驱使猎犬追咬活人，当他遭到杀害后，一位深爱他的妓女在他的尸体上铺满玫瑰；身骑白马的博尔吉亚——他的斗篷上沾染着佩罗托的鲜血，与残害手足之人并肩而行；彼得罗·里亚里奥，佛罗伦萨一位年轻的主教，是教皇西克斯图斯四世的孩子和宠臣，他的美貌与浪荡齐名，他在一座绘满仙女和半人马像的红白相间的丝绸帐篷中接待了阿拉贡的利奥诺拉，还把一个男孩涂成金色，让他在宴会上扮成美男子盖尼米得或海拉斯，给众人侍酒；埃泽林——他的忧郁唯有目睹死亡才能治愈，他对鲜血的痴迷，就像其他人嗜酒一样，据说他是恶魔之子，曾有一次在与父亲掷骰子赌博时，不惜以自己的灵魂作为赌注，并且使用欺诈手段赢得了赌局；詹巴蒂斯塔·奇波，出于戏谑而自称"无辜者"，有位犹太医生曾将三个年轻人的血液注入他迟滞的血管中；西吉斯蒙多·马拉泰斯塔——伊索塔的情人、里米尼的领主，因被视为人神共敌，其肖像在罗马遭到了焚毁的命运，他不仅用餐巾勒死了波利塞纳，还在一只祖母绿宝石杯中下毒，毒死了吉内夫拉·德斯特，此外，他更是为了一段苟且私情，建造了一座异教教堂给基督徒做礼拜；查理六世，曾疯狂迷恋兄嫂，无法自拔，甚至连麻风病人都提醒他恐将丧失理智，而当他的大脑开始生病，思维混乱时，只有描绘着爱情、死亡与疯狂的萨拉森纸牌才能安抚他；还有那位披着花边坎肩、戴着镶有珠宝的帽子、顶着一头莨苕叶形卷发的格里福内托·巴利奥尼——他杀害了阿斯托雷和他的新娘、西蒙内托及其侍从，可他的相貌却是如此英俊不凡，乃至当他奄奄一息地躺在佩鲁贾的黄色广场上时，那些曾对他怀恨在心的人也不禁为之落泪，就连曾经诅咒过他的阿塔兰忒，也为他祈福。

他们每个人身上都散发着一种诡异的魅力。夜晚，道林总能在梦中见到他们，而白天，他们的影子也在他脑海中挥之不去。文艺复兴时期的人们熟知各种匪夷所思的下毒手法，比如用头盔和燃烧的火把下毒，用绣满图案的手套和镶嵌珠宝的扇子下毒，或是用镀金的香丸和琥珀项链下毒。道林·格雷则是被一本书下了毒。有时，罪恶在他眼中，只不过是追求美的一种手段罢了。

第十二章

　　那天是十一月九日，他三十八岁生日前夕，后来他经常回想起那天发生的事情。

　　那天晚上十一点左右，他在亨利勋爵家吃过晚饭，步行回家。夜色寒冷，他裹着厚厚的皮草大衣，走在雾茫茫的街道上。在格罗夫纳广场通往南奥德利街的拐角处，一位步履匆匆的男子在雾中与他擦身而过。那人穿了件灰色的阿尔斯特风衣，领子立着，手上还拎着一个包。道林一眼便认出了他，那是巴兹尔·霍尔沃德。一股莫名的恐惧袭上心头，他也搞不懂为什么，于是装作不认识，只匆匆往自己家的方向赶。

　　但霍尔沃德已经看到了他。道林先是听见他在人行道上停下脚步，随后又追了过来。不一会儿，他就抓住了道林的胳膊。

　　"道林！真是太巧了！我从九点开始就在你的书房等你。最后，我可怜你的仆人困得不行，就让他送我出门，他好上床休息。我要搭凌晨那班火车去巴黎，离开前特别希望见你一面。刚才跟你擦肩而过的时候，我就觉得很眼熟，或许是因为看到了你的皮草大衣，但我不敢肯定。你没认出我吗？"

　　"亲爱的巴兹尔，你说在这样的大雾中吗？天哪，我连格罗夫纳广场都认不出了。我想我家差不多就在这儿，但一点把握也没有。真遗憾你要走了，毕竟我们有日子没见了。不过，我想你应该很快就会回来的吧？"

　　"不，我要离开英国半年。我打算在巴黎租一间画室，在里面闭关创作，直到把我脑子里的大作画出来。不过，我找你不是想谈我的事。既然已经到你家门口了，让我进去坐坐好吗？我有话想跟你说。"

"那太荣幸了。不过，你赶车来得及吗？"道林·格雷一边恹恹地说，一边走上台阶，用他的弹簧锁钥匙开了门。

灯光挣扎着冲破浓雾，霍尔沃德借着这抹微光看了看表。"我还有大把时间，"他说，"火车要十二点一刻才开，现在才刚刚十一点。其实，我刚才遇到你，就是在去俱乐部找你的路上。你看，我也不必操心行李，重的行李我早就寄过去了，我的随身物品都在这个包里，只要二十分钟就能轻松赶到维多利亚火车站。"

道林看着他，笑了笑："原来时髦画家出门是这副行头！拎一只格莱斯顿旅行包，再搭一件风衣！快进屋吧，不然雾气就该飘进来了。听着，可别谈什么正儿八经的话题。如今倒是没什么正经事可谈了，也不该有。"

霍尔沃德摇摇头，进了屋，跟着道林来到书房。开放式的大壁炉里，木头烧得正旺。灯亮着，一张拼花工艺的小茶几上，摆放着一只打开的荷兰银酒箱，旁边是几瓶苏打水和几只精美的雕花玻璃酒杯。

"你看，道林，你的仆人给我一种宾至如归的感觉。我要什么他都给，包括你最好的金嘴卷烟。他太好客了。比起之前那个法国人，我更喜欢他。对了，那个法国人现在怎么样啦？"

道林耸了耸肩。"他好像娶了拉德利夫人的女仆，还在巴黎给她开了家英式裁缝铺。听说现在英式服装在那边很流行，那些法国人还挺傻的，对吧？不过，你知道吗？他其实是个不错的仆人。虽然我从没喜欢过他，但对他的工作也没什么可挑剔的。怪只怪人总会凭空想象出一些荒谬的事。他对我可以说是忠心耿耿，离开的时候好像还很难过。再来一杯白兰地苏打水吗？还是说你想要白葡萄酒加苏打水？我常喝这个。隔壁房间里肯定还有。"

"谢谢，我不喝了。"画家边说边脱下帽子和外套，扔在他放在墙角的那只手提包上，"好了，老兄，我想认真地和你谈谈。别皱眉头了，你这样让我很难开口。"

"到底是什么事？"道林没好气地叫道，一屁股坐在沙发上，"但愿与我无关。今晚我烦透我自己了，真想变成另外一个人。"

"就是关于你的，"霍尔沃德深沉又严肃地说，"我必须告诉你。我只占用你半小时的时间。"

道林叹了口气，点了支烟。"半小时！"他嘟囔道。

"这点要求不算过分吧，道林，何况我要说的事也完全是为了你好。我想你有必要知道，现在伦敦到处都流传着一些对你极其不利的可怕谣言。"

"我一点也不想知道。我喜欢听别人的丑闻，但对我自己的丑闻，我就没兴趣了。因为没有任何新鲜感，也没有魅力。"

"你一定感兴趣的，道林。每个绅士都关心自己的名声。你也不想别人说你是个卑劣堕落的人吧。当然，你有地位、财富和诸如此类的东西，但是，地位和财富不能代表一切。听我说，我根本不相信那些谣言，至少见到你的时候是不信的。罪恶就像写在一个人脸上的字，无法掩饰。人们有时会提到什么秘密犯罪，但那种事根本不存在。如果哪个可怜的家伙犯了罪，你从他的嘴角线条、耷拉的眼皮，甚至是手的形状就能看出来。去年，有个人来找我给他画像，我就不说是谁了，但这个人你认识。我之前从未见过他，当时也没听过任何关于他的传闻，不过后来倒是听了一箩筐。虽然他出手阔绰，但我还是拒绝了。不知怎的，他手指的形状我很不喜欢。现在我知道了，我当初猜得一点不差。他的生活简直骇人听闻。但你，道林，你有纯净、明亮又天真的面容，还有无忧无虑的美妙青春。这一切都让我无法相信任何关于你的负面传闻。但是，我现在很少见到你，你也几乎不来画室了。每次听到别人窃窃私语说你的坏话，而你又不在我身边，我都无言以对。道林，到底是为什么，连贝威克公爵这样的绅士看见你进门都要离开俱乐部？为什么伦敦这么多绅士都不去你家，也不请你到他们那儿去？斯塔夫利勋爵以前是你的朋友，上个礼拜我在一次晚宴上碰到他，我们聊到你借给达德利画廊展出的袖珍画像，顺道聊起了你。斯塔夫利撇着嘴说，或许你的艺术品位无人能及，但任何一个冰清玉洁的姑娘都不应该和你接触，任何一个洁身自好的女人都不该与你共处一室。我向他表明我是你的朋友，问他这话是什么意思。他告诉我了，而且当着所有人的面。实在太可怕了！为什么那些跟你交朋友的年轻人都没有好下场呢？比如皇家警卫队那个自杀的可怜男孩，你们曾经那么要好；还有亨利·阿什顿爵士，他不得已背着恶名离开英国，你们以前可是形影不离啊；阿德里安·辛格尔顿怎么会落得如此悲惨的结局？还有肯特勋爵的独子，怎么就把职业生涯给葬送了？我昨天在圣詹姆斯街碰到他父亲，他整个人似乎都被羞愧和悲伤压垮了。还有小珀斯公爵，看看他现在过的是什么日子？哪位绅士愿意跟他来往？”

　　“住口，巴兹尔。别胡说八道了，这些事你根本就不知道原因，”道林·格雷紧咬双唇，声音里流露出无尽的轻蔑，“你问为什么贝威克一见我进门就离开，那是因为我对他的私生活了如指掌，而不是因为他了解我的生活。像他那样血统的人，怎么可能身家清白呢？你提到亨利·阿什顿和小珀斯，难道是受我教唆一个去作恶，另一个去花天酒地的吗？要是肯特的傻儿子从大街上随便找个老婆，那与我何干？要是阿德里安·辛格尔顿在账单上冒签朋友的名字，难道我还要去给他作保不成？我知道英国人是怎么嚼舌根的。中产阶级总爱在那种粗俗的饭桌上大肆宣扬他们的道德偏见，还对上流社会的所谓风流韵事窃窃私语，其实只为了假装自己也是上流人士，假装与那些被他们诽谤的人走得很近。在这个国家，只要一个人有名望、有头脑，就会招来平庸之辈的议论。那些自诩道德高尚的家伙，他们真正的生活又是怎样的呢？老兄，你可别忘了，我们脚下这块土地盛产伪君子。"

"道林！"霍尔沃德喊道，"这不是问题所在。我知道英国已经糟透了，这个社会也全乱了套。正因为如此，我才希望你能独善其身。可你没有做到。一个人对朋友的影响，往往能反映出他的真实品性。你的那些朋友似乎都把名誉、美德和纯洁忘得一干二净了。你给他们灌输了疯狂享乐的思想，他们一个个掉进了堕落的深渊，是你领他们去的。对！是你领的路，可你竟然还能一笑了之，就像你现在这样。这还不是最糟糕的。我知道你现在和哈里形影不离，哪怕只看在这情分上，你也不该让他姐姐成为别人口中的笑柄。"

"够了，巴兹尔，你太过分了。"

"我非说不可，你也非听不可。给我听着。你最早遇到格温德伦夫人的时候，她身上从未有过任何风言风语。现在呢，伦敦还有哪个正经女人愿意跟她一起坐车在公园里兜风的？就连她的孩子都不被允许跟她一起生活了，你想想是为什么？还有别的传闻，有人看见你天刚亮就鬼鬼祟祟从那种腌臜的房子里钻出来，然后又乔装溜进伦敦最乌烟瘴气的毒窟。这些都是真的吗？有可能是真的吗？第一次听的时候，我哈哈大笑。如今我再听，不禁毛骨悚然。还有你的乡下别墅，你在那里的生活又怎么说？道林啊，你不知道大家是怎么说你的。我也不藏着掖着了，我就是要给你一些忠告。我记得哈里说过，每一个临时客串牧师的人开头总说自己不会讲什么大道理，然后下一秒就食言了。我就是来给你讲道理的。我希望你过一种人人尊敬的生活。我希望你清清白白，没有污点。我希望你跟那些不三不四的人断绝来往。别那样耸肩，别一副事不关己的样子。你有非凡的影响力，应该用来行善，而不是作恶。他们说所有跟你亲近的人都会变得堕落不堪，你只要踏进一所房子，就一定给那里带去耻辱。我不知道这是不是真的。我怎么会知道呢？但外界对你的评价确实如此。我还听说了一件事，真实性似乎不容置疑。格洛斯特勋爵是我在牛津上学时最要好的朋友之一。他给我看了一封他妻子在门托内别墅孤独离世前写给他的信。我从没读过如此触目惊心的忏悔信，里面竟提到了你的名字。我当即告诉他这太荒谬了，还说我对你知根知底，你绝不可能做出那样的事情。知根知底？我真的了解你吗？恐怕我得先看看你的灵魂才会有答案。"

"看我的灵魂！"道林·格雷咕哝道，腾地从沙发上站了起来，吓得脸色煞白。

"对，"霍尔沃德严肃地回答，声音里带着深深的伤感，"看你的灵魂，但这只有上帝能做到。"

年轻人的嘴角划过一抹讥讽的苦笑。他大声说："你今晚就能亲眼见到了！"说着，他一把从桌上抓起一盏油灯，"来吧，这是你的杰作。凭什么不能让你看看呢？看完之后，你大可以告诉全世界，只要你愿意。可没人会相信你，就算信了，他们也可能会因此更喜欢我。虽然你啰里啰嗦讲了一大堆，但我比你更了解这个时代。来吧，跟我来。你谈堕落已经谈得够多了。现在，我让你亲眼见识一下它的真面目。"

他吐出的每一个字都带着狂悖的气息，他像顽劣的孩童般傲慢地跺着脚。一想到要和其他人分享秘密，想到创作出那幅画像——他的一切耻辱之源——的画家，将在余生背负着自己的所作所为带来的可怕记忆，他便心生一种邪恶的快感。

"没错，"他继续说着，缓缓走近，目光直视对方那双严厉的眼睛，"我要给你看我的灵魂。你将会看到你以为只有上帝才能看到的东西！"

霍尔沃德心中一惊，往后退了一步。"道林，你这是亵渎上帝！"他惊呼道，"快别那样说了。这些话恶劣至极，也毫无意义。"

"你是这么想的吗？"道林又笑了。

"本来就是。今晚我对你说的话，全都是为了你好。你知道，我可一直是你忠实的朋友啊。"

"别碰我，把你要说的话讲完。"

画家的脸突然抽搐了一下，闪过一丝痛苦的表情。他沉默了片刻，一股强烈的怜悯涌上心头。说到底，他有什么资格去窥探道林·格雷的生活呢？倘若他真的做了那些传闻中十分之一的恶行，那他该承受着多大的痛苦啊！随后，他直起腰，走到壁炉前，站在那儿，看着熊熊燃烧的木头——那看似被白霜般的灰烬包裹的外壳下，跳动着炽热的火心。

"说吧，巴兹尔。"年轻人语气生硬而清晰地说。

巴兹尔转过身。"我要说的是——"他大声说，"你必须告诉我，那些针对你的可怕指控是不是真的。只要你说那从头到尾都是无稽之谈，我就相信你。否认吧，道林，说那些都是假的！你难道看不出我现在经历着怎样的煎熬吗？上帝啊！别告诉我你如此邪恶、堕落、可耻。"

道林·格雷笑了笑，嘴角透着一丝轻蔑。"上楼来吧，巴兹尔，"他平静地说，"我每天都会写日记，而它从未离开过我写日记的房间。你跟我来，我拿给你看。"

"道林，如果你想，我会跟你去的。反正我现在也赶不上火车了。不过没关系，我可以明天走。但今晚别让我读什么日记了，我只要你直截了当地回答我的问题。"

"去楼上说吧。我不能在这里回答你，你很快就会读完的。"

第十三章

　　道林走出房间，开始上楼，巴兹尔·霍尔沃德紧随其后。两人走路时轻手轻脚，人们夜里下意识就会这样。油灯在墙壁和楼梯上投下怪异的影子，一阵风吹起，几扇窗户咯咯作响。

　　来到楼梯顶层，道林把灯放在地上，掏出钥匙，插入锁孔转了一下。"你一定要知道吗，巴兹尔？"他压着嗓子问。

　　"是的。"

　　"我太高兴了，"他笑着回应，随后又带着几分冷漠说道，"你是这个世界上唯一有权利了解我全部的人。你与我的生活有着千丝万缕的联系，比你想象得还要紧密。"说罢，他拿起地上的灯，打开门走了进去。迎面刮来一阵冷风，灯里突然蹿出一道暗淡的橘黄色火苗。他不禁打了个哆嗦。"把你身后的门关上。"他小声说，把灯放在桌上。

　　霍尔沃德满脸疑惑地环顾四周。这间屋子看上去似乎已经很多年没人住过了。除了一条褪色的佛兰德挂毯、一幅遮着布帘的画、一只旧的意大利式大箱子、一个几乎空无一物的书架、再加上一套桌椅，这屋里再没有别的什么东西了。道林·格雷点上壁炉架上的半截蜡烛，霍尔沃德这才发现整个房间都布满了灰尘，挂毯上早已千疮百孔。一只老鼠在壁板后面叽叽喳喳地蹿来蹿去。空气中弥漫着一股潮湿的霉味。

　　"巴兹尔，所以你认为只有上帝才能看见人的灵魂，对吗？拉开那帘子，你就能看见我的灵魂。"那声音冰冷而残酷。

　　"你疯啦，道林，要么就是在演戏。"霍尔沃德皱着眉小声嘀咕道。

"你不拉？那只好我自己动手了。"年轻人说着，一把扯下布帘，甩到地上。

画家发出一声惊恐的尖叫。微弱的烛光下，他看见画布上那狰狞的面孔正咧嘴冲他笑。那副表情简直让他厌恶至极，无法忍受。天哪！这居然是道林·格雷本人的脸！尽管画中人透着一股莫名的阴森之气，但他那惊心动魄的美貌却并未被完全摧毁。他稀疏的头发仍闪烁着淡淡的金色光泽，诱人的红唇依旧鲜艳如血，呆滞的蓝色眸子仍透着几分可爱，轮廓分明的鼻翼和优雅的颈部曲线也尚未完全消失。没错，这正是道林本人！可是，这幅画是谁画的呢？他依稀认出了自己的笔法，画框也是他亲手设计的。这个想法太荒唐了，他感到恐惧。他一把抓过点燃的蜡烛，举到画像前。只见左下角赫然签着他的大名，用鲜艳的朱红色细长字母勾勒出来。

这俨然是一幅拙劣而卑鄙的仿作，对他极尽嘲讽。尽管他从来没有画过这样的画，可这确实是他的作品。他清楚这一点，他感到自己的血液仿佛瞬间从熊熊烈焰凝结成冰。这确实是他的画！到底是怎么回事？为什么画像会变？他转过头，用一种神经质的眼神看着道林·格雷，嘴角抽搐，口干舌燥，一时说不出话来。他用手擦了擦额头，上面沾满了黏糊糊的汗珠。

年轻人倚着壁炉架，用一种奇怪的表情打量着他。这种表情只在人们全神贯注地欣赏某位杰出艺术家的精彩演出时才会出现，既没有真切的悲伤，也没有明显的喜悦，只是单纯流露出观众的热情，或许他的眼睛里还闪过一丝胜利的光芒。他早已取下别在外套上的襟花，拿在手里嗅着，也可能只是装装样子。

"这到底是什么情况？"霍尔沃德终于喊了出来。他发现自己的声音尖锐又陌生。

"多年前，我还是个少年时，"道林·格雷说着，把手中的花捏得粉碎，"我遇到了你，你抬举我，教我要自负美貌。有一天，你把我介绍给你的一个朋友，他向我解释了青春的美妙，而你又给我画了一幅画像，让我亲眼见到美的奇迹。因为一时疯狂的冲动，我许了一个愿，或许你会说那是祈祷，至今我也不知道是不是该后悔……"

"我记得了！啊，我记得一清二楚！不！这不可能。是这间房太潮湿了，是霉菌侵蚀了画布，是我的颜料里有某种糟糕的矿物毒素。我告诉你，那种事是不可能的。"

"嗬，有什么是不可能的？"年轻人喃喃自语，走到窗边，将额头靠在冰冷的雾气蒙蒙的玻璃上。

"你说过你把它毁了的呀。"

"我说错了。是它把我毁了。"

"我不相信这是我的画。"

"难道画里的人不是你的完美模特吗？"道林悻悻地问。

"你居然说这是我的完美模特？"

"你以前自己说的。"

"以前的画里没有一丝邪恶和不体面的地方。当时的你，确实是我此生难遇的完美模特。可现在，这完全是一张好色之徒的脸。"

"这是我灵魂的脸。"

"上帝啊！我这是崇拜了一个什么怪物啊！那简直是恶魔的眼睛。"

"巴兹尔，我们每个人心中都有天堂和地狱！"道林绝望地挥舞着手臂，大声喊道。

霍尔沃德又转过身去，直勾勾地盯着那幅画像。"天哪！如果这是真的，"他惊呼道，"如果你的人生就是这副模样，啊！那你简直比那些诋毁你的人想象得还要不堪！"他再次把蜡烛举到画布前，仔细端详起来。画像的表面依旧平静如初，与刚画完时的样子无异。

那股邪恶与恐怖的气息，显然是从内部散发出来的。罪恶如同病菌一般，通过催化内心深处某种奇怪的意识，一点一滴地将画像蚕食殆尽。即便是一具在潮湿坟墓腐烂的尸体，也没有这般可怕。

他手一抖，蜡烛从烛托掉落到地板上，溅起一串噼里啪啦的火星。他一脚踩灭了火苗，旋即猛地瘫坐在桌旁那张摇摇晃晃的椅子上，双手掩面。

"老天啊！道林，多么深刻的教训！多可怕啊！"他没有得到回应，但能听见那位年轻人在窗边啜泣。"祈祷吧！道林，快祈祷吧！"他轻声说，"小时候大人怎么教我们说得来着？'主啊，不要让我们陷入诱惑，赦免我们的罪孽，洗净我们的不义'。来，我们一起说。你傲慢时的祈祷已经得到了回应，如今你悔过的祷告也必将应验。我过去太崇拜你，为此受到了惩罚，而你陷入极度的自我崇拜，导致我们两个人都受到了惩罚。"

道林·格雷缓缓转身，泪眼朦胧地看着他，哽咽道："太迟了，巴兹尔。"

"永远都不迟，道林。来，我们跪下，看看能不能记起一段祈祷词。不是有这样一句吗，'你的罪孽虽鲜红如血，但我会让它变得雪白'？"

"这些话现在对我来说毫无意义。"

"嘘！别这么说。你这辈子作的恶已经够多了。天哪！你难道看不见那个被诅咒的东西在冲我们奸笑吗？"

道林·格雷瞥了一眼画像，那一刻，他仿佛感受到了画中人的召唤，耳畔似乎响起那狞笑的嘴唇发出的低语，一股对巴兹尔·霍尔沃德的仇恨如狂风骤雨般袭来，让他无法自持。他的内心激起困兽般的疯狂，对坐在桌边的那个男人产生了一种前所未有的厌恶。他疯狂地扫视四周。他面前的彩绘箱子上有什么东西在发光，吸引他看了过去。他知道那是什么，是刀，几天前他拿上来割绳子的，后来忘了拿走。他经过霍尔沃德，缓缓朝刀子走去。他刚走到霍尔沃德身后，就一把抓起刀，转过身。霍尔沃德在椅子上挪了挪身子，像是要站起来。道林猛地冲过去，把刀扎进他耳后的大动脉，又把他的头按在桌上，一刀又一刀刺了下去。

只听一声压抑的呻吟传来，伴着被血呛住的骇人声响。那双伸直的手臂抽搐似的抬了三下，僵硬的手指在空中挥舞，显得异常怪异。他又刺了两刀，那人毫无反应。地板上开始滴落不明液体。他等待了片刻，双手依旧紧压着他的头。随后，他把刀扔在桌上，留心听周围的动静。

除了破地毯上滴滴答答的声音之外，他什么也没听见。他打开门，走到外面的楼梯平台上。整栋房子里静悄悄的，没有一个人走动。他站在栏杆旁，俯身凝视着脚下如深渊般漆黑的楼梯井。他取下钥匙，回到房间，像往常一样从里面反锁了门。

那家伙仍旧坐在椅子上，耷拉着脑袋，弓着背趴在桌上，长长的双臂以一种怪异的姿势伸着。要不是颈间那道鲜红的锯齿状伤口，以及桌面上那摊缓缓扩散的黑色血泊，你还以为这人只是睡着了。

这套操作简直是行云流水！道林心中出奇得平静。他走到落地窗前，打开窗，来到阳台上。风吹散了迷雾，天空像只开屏的大孔雀，点点繁星好似羽毛上的金色眼睛。低头望去，他发现有位警察在巡逻，手中提灯射出长长的光束，打在静谧的宅门上。一辆马车悄无声息地掠过街角，车灯的红点只闪了一下，很快就隐没在夜色中。一位裹着披肩的女人扶着护栏，踉踉跄跄地往前挪着步子，披肩随风舞动。她不时停下回头张望，突然扯着嘶哑的喉咙唱起歌来。那位警察走到她身边，对她说了些什么。她大笑着，摇摇晃晃地走开了。一阵凛冽的寒风刮过广场，照亮马路的煤气灯闪烁不定，火焰变成蓝色，光秃秃的树木来回摇晃着铁黑色的枝丫。他打了个寒战，转身回去，关上了窗。

他走到门口，转动钥匙开了门，甚至没抬眼去看那个死去的男人。他觉得，应对眼下局面的关键在于不去深究细节。只要知道，那位给他画了一幅致命的画像、带给他一切痛苦的朋友，如今已经永远离开了他的生活。这就够了。

突然，他想起了那盏油灯——那是一盏极具摩尔风情的别致之作，古银色的灯身镶嵌着抛光钢的阿拉伯花饰，还缀有几颗粗糙的绿松石。或许仆人会发现油灯不见了，跑来问他。他稍做犹豫，便又回头从桌子上把它拿了起来。他不由自主地看向那个死去的男人。他待在那儿一动不动！那双长长的手臂白得吓人，活像一尊恐怖的蜡像。

他锁好门，蹑手蹑脚地下楼。木头楼梯嘎吱作响，仿佛在痛苦地呻吟。他停下来等了好几次。没事，到处都静悄悄的。那只是他自己的脚步声。

他来到书房，一眼就看到角落里的提包和外套。这些东西必须找个地方藏起来。他打开嵌在壁板里的暗柜——里面装着他那些稀奇古怪的乔装道具——把东西扔了进去，打算后面再找时间烧掉。接着，他掏出怀表看了看，现在是凌晨一点四十分。

他坐下来开始思考。在英国，几乎每年，乃至每个月，都有人学了他的坏样子而被送上绞刑台。空气中弥漫着疯狂的谋杀气息，似乎有颗红色星星离地球越来越近……可是，有什么证据证明他是凶手呢？巴兹尔·霍尔沃德十一点就离开了这栋房子，之后再没有人看到他进来过。家里的大多数仆人都在塞尔比皇家庄园。他的贴身男仆也早就上床睡觉了……巴黎！没错。巴兹尔就是去了巴黎，像他计划的那样，搭上了那班午夜列车。以他那种少言寡语的古怪性格，恐怕要等几个月后，才会有人对他的失踪产生怀疑。几个月！所有的证据早就被销毁了。

他突然心生一计。他穿上皮大衣，戴好帽子，离开书房来到门厅，在那里停下来。他听着屋外人行道上巡逻警察沉重的脚步声，看着窗户上反射出的牛眼提灯的光。他屏气凝神，等待时机。

片刻后，他小心翼翼地拉开门闩，溜了出去，轻轻地带上门。接着，他开始按铃。大约过了五分钟，他的男仆出现了，衣衫不整，看起来满脸困意。

"抱歉打扰你的美梦，弗朗西斯，"道林跨进门说，"我忘带钥匙了。现在几点啦？"

"两点过十分，先生。"那人看了眼钟，眨着眼睛答道。

"两点过十分？这么晚了！明早九点一定叫醒我，我要处理些事情。"

"明白，先生。"

"今晚有人来过吗？"

"霍尔沃德先生来了，先生。他在这儿待到十一点，然后就去赶火车了。"

"哦！没见到他太遗憾了。他留了什么话吗？"

"没有，先生，他只说如果没在俱乐部找到你，会从巴黎给你写信。"

"行了，弗朗西斯。明早九点别忘了叫醒我。"

"好的，先生。"

说着，那人便踏着拖鞋，摇摇晃晃地消失在走廊尽头。

道林·格雷把帽子和外套扔在桌上，进了书房。足足一刻钟，他在那里来回踱步，咬着嘴唇思考着什么。随后，他从书架上取下那本《蓝皮书》，翻了起来。"艾伦·坎贝尔，梅菲尔区赫特福德街152号。"

没错，这就是他要找的人。

第十四章

翌日早晨九点，仆人用杯托端着一杯巧克力走了进来，拉开了百叶窗。道林睡得很安稳，身子朝右侧躺着，一只手垫在脸颊下方，看起来像个玩累了或读书读累了的孩子。

仆人拍了他肩膀两下他才醒来。睁眼时，他的嘴角掠过一丝淡淡的微笑，仿佛刚刚结束一场美梦。不过，他根本没做梦。这一夜，他没有受到任何快乐或痛苦的画面侵扰。年轻人的笑是不需要理由的，这恰恰是青春最迷人的魅力之一。

他翻了个身，用手肘支着床，开始细细品着那杯巧克力。柔和的十一月阳光洒满了整个房间。天空明亮，空气中洋溢着和煦的温暖，好似五月的早晨。

渐渐地，昨夜的记忆迈着血淋淋的步伐，悄悄潜入他的脑海，一幕幕场景重新浮现，清晰得让人心惊。一想到自己所经历的一切，他不禁眉头一紧。那一刻，对巴兹尔·霍尔沃德那种莫名的厌恶再次袭来，与他亲手杀死那位坐在椅子上的人时所感受到的一样，这种情绪让他顿觉浑身发冷。此刻，那位死者仍坐在那儿，而且沐浴着阳光。这太可怕了！如此丑恶之事只属于黑夜，不该暴露在日光之下。

他觉得，如果继续陷入那段经历无法自拔，那他要么病倒，要么发疯。有些罪恶的魅力不在于行为本身，更在于事后回忆，也有些奇怪的胜利满足虚荣多过欲望，它们都给理智带来一种加速的喜悦感，这种喜悦远超它们为感官带来的——或可能带来的——任何快乐。但昨夜之事不在此列。那种东西必须从脑袋中清出去，要么用罂粟来麻痹，要么将其扼杀，否则，恐将为其所害。

　　九点半的钟声敲响，他用手擦了擦额头，匆匆起身，比平常更精心地打扮自己。他仔细挑选领带和围巾别针，又换了几次戒指。吃早餐时，他花了很长时间品着各种菜肴，与男仆讨论给塞尔比庄园的仆人定制的新制服，还读了信。其中几封让他忍俊不禁，有三封他觉得索然无味，还有一封他反复读了几遍，随即一脸不悦地将其撕碎。"女人那可怕的记忆力啊！"他不禁想起亨利勋爵的话。

　　喝完杯中的黑咖啡，他用餐巾轻拭嘴唇，示意仆人候着。他走到书桌旁坐下，写了两封信。一封放进自己口袋，另一封交给仆人。

　　"弗朗西斯，把信送去赫特福德街152号。如果坎贝尔先生出了城，问问他的地址。"

　　房间只剩下他一个人时，他点上烟，在纸上描画起来。先画了几朵花和几栋屋子，再画人脸。突然，他注意到他画的每一张脸都与巴兹尔·霍尔沃德惊人得相似。他蹙了蹙眉，起身走到书架前，随意抽出一本书。他决定不再去想那件事，除非他非想不可。

　　他全身舒展地躺在沙发上，看着书的扉页。这是一本由卡彭特出版社出版的日本纸版戈蒂耶诗集《珐琅与雕玉》，内有雅克马尔的蚀刻插图。书皮由柠檬绿皮革装帧，饰着金色格子，点缀着石榴图案。这本书是阿德里安·辛格尔顿送给他的。他一页页地翻着，目光落在一首关于骗子拉斯纳尔之手的诗上。那双冰冷的黄手，仍未洗净罪恶，上面长着柔软的红毛和法翁的手指。他瞥了一眼自己细长又白皙的手指，身体不由得微微颤抖，继续往后读，终于读到了那些讲威尼斯的优美诗句：

　　　　半音乐曲响起，
　　　　亚得里亚海的维纳斯，
　　　　破水而出，胴体白里透红，

划过胸前的水滴，似珍珠般晶莹。

碧波之上的穹顶，
合着乐章的高低起伏，
宛如圆润喉间，
吐出爱的叹息。

船儿靠岸，将我放下，
缆绳抛到缆柱上，
粉色外墙映眼前，
脚下是大理石阶。

多美妙啊！阅读时，让人仿佛置身一条黑色贡多拉中，银色船头，布帘轻垂，漂流在那座珍珠般的粉色城市的绿色河道上。在道林看来，这一行行诗句就像乘船驶向利多岛时，船后留下的翠蓝色尾迹。诗中乍现的色彩，不禁让他联想到颈间泛着猫眼石和彩虹光泽的鸟儿，它们时而绕着蜂巢般的高大钟楼翩然飞舞，时而在布满灰尘的昏暗拱廊中优雅穿行。他半闭着双眼，向后倚着，一遍又一遍地吟诵：

粉色外墙映眼前，
脚下是大理石阶。

整个威尼斯都浓缩在这两句诗中。他想起了在那儿度过的秋天，以及那段让他疯狂又快乐地干了许多蠢事的美好爱情。浪漫无处不在。可威尼斯和牛津一样，为浪漫保留了底色。对于真正的浪漫而言，那份底色就是一切，或者说近乎一切。巴兹尔曾与他在那儿待了段时间，并疯狂迷上了丁托列托的作品。可怜的巴兹尔！死得太惨！

他叹了口气，又捧起那本书，试图忘掉一切。他读到燕子在士麦那的小咖啡馆飞进飞出，朝圣者坐在里边，手里捻着琥珀念珠，包头巾的商人们抽着带流苏的长烟斗，严肃地与彼此交谈；他读到协和广场的方尖碑，孤独地矗立在阳光触碰不到的角落，淌着花岗岩的泪水，一心想回到那炎热的开满莲花的尼罗河畔，那里有狮身人面像、玫红色的朱鹭、金爪白鹭，还有那眼珠似小绿宝石的鳄鱼在蒸汽腾腾的绿泥沼中爬行；他开始反复琢磨那些诗句，它们从吻痕斑驳的大理石中汲取音乐，讲述着那座被戈蒂耶比作女低音的奇特雕像，那座静静地躺在卢浮宫斑岩展厅里的"迷人怪物"。过了一会儿，书从他的手中滑落。他变得焦躁起来，被一种可怕的恐惧裹挟。如果艾伦·坎贝尔离开了英国怎么办？等他回来，怕是几天以后了。又或者，他不肯过来，又该如何？每一刻都耽搁不得。

五年前，他们曾是相当要好的朋友，甚至可以说形影不离。后来，这种亲密关系戛然而止。如今两人在社交场合见面，只有道林·格雷会笑一笑，艾伦·坎贝尔毫无表情。

艾伦是个绝顶聪明的小伙子，只是不大懂欣赏视觉艺术，对诗歌之美仅有的一点感悟，也都是从道林·格雷身上学来的。他对知识的热情主要放在了科学上。在剑桥求学期间，他大多泡在实验室里，每年的自然科学优等考试他都名列前茅。事实上，他至今仍醉心于化学研究。他有一间自己的实验室，常常整天把自己关在里面，这让他母亲非常烦恼。她一心希望他进入议会，在她眼里，搞化学无非就是写写处方之类的。他的音乐才华也十分出众，不论是拉小提琴，还是弹钢琴，都比大多数业余爱好者强许多。起初他与道林·格雷结识，也是因为音乐。除了音乐，还有道林身上那难以言喻的魅力，看似收放自如，其实更多的是他在不经意间的自然流露。他们是在伯克希尔夫人家中认识的，那晚，钢琴大师鲁宾斯坦在那儿演出。打那以后，人们总能看到他们成双成对地出现在歌剧院和任何有好音乐的地方。这段亲密的友谊持续了十八个月。那段日子，坎贝尔频频出现在两个地方——要么是塞尔比皇家庄园，要么是格罗夫纳广场。他和众人一样，把道林·格雷视为生活中一切美好和迷人事物的典范。至于他们之间是否发生过争吵，无人知晓。只是突然间，大家发现他们见面时几乎不说话了，坎贝尔也总在道林·格雷出席的聚会上早早离场。坎贝尔也变了，常常出奇的忧郁，仿佛对听音乐失去了兴趣，也不再演奏。有人请他时，他便托词说忙于科学实验，没空练习。这倒是事实。他对生物学的兴趣与日俱增，有那么一两次，他的大名出现在了一些有关某些奇怪实验的科学评论中。

这就是道林·格雷在等的人。他一刻不停地看表，时间一分一秒地流逝，他心急如焚。终于，他站起身，在房间里来回踱步，像一只漂亮的笼中鸟。他轻手轻脚地迈着大步，双手冷得出奇。

这种悬心的感觉变得难以承受。此刻，他正被一阵狂风卷到崎岖的黑色断崖边，时间的双脚像灌了铅般往前挪动。他知道自己即将面对的是什么，他看见了，颤抖着，用汗津津的手紧紧捂着滚烫的眼皮，仿佛这样就能遮住大脑里的影像，将眼珠逼回眼眶。但这只是徒劳。大脑能汲取专属的养分，而他的想象力，在恐惧的驱使下变得异常丑陋，像一个被痛苦蹂躏的活物，扭曲变形，好似舞台上古怪的提线木偶，跳着诡异的舞蹈，在不断变化的面具下狞笑着。突然，时间停止了。没错，那个脚步沉重、呼吸迟缓的瞎眼怪物停下来。时间一死，各种可怕的想法一股脑地涌到他面前，还将可怕的未来从坟墓中拽了出来，拿给他瞧。他定眼一看，吓得瞬间石化，动弹不得。

终于，门开了，仆人走了进来。道林抬起呆滞的眼睛看着他。

"坎贝尔先生到了，先生。"来人说。

他干燥的嘴唇长吁了一口气，脸颊也恢复了血色。

"弗朗西斯，快叫他进来。"他觉得自己又活过来了，之前的怯懦情绪已经烟消云散。

那人鞠了个躬，退了出去。不多时，艾伦·坎贝尔走了进来，看起来非常严肃，在他乌黑的头发和两道深色眉毛的衬托下，那本就没有血色的面容显得愈发苍白。

"艾伦！你能来真是太好了，我很感激。"

"格雷，我原本打算再也不踏进你的家门半步，可你说这是生死攸关的事。"他的声音冷酷无比，说话慢条斯理。那坚定而锐利的目光望向道林时，还透着一丝鄙夷。他的双手始终插在那件俄国羊羔皮外套口袋里，忽视了道林欢迎他的手势。

"是的。这件事的确生死攸关，艾伦，而且牵涉了不止一个人。坐吧。"

坎贝尔从桌旁拿了把椅子坐下，道林坐在他对面。两人目光交汇。道林的眼神中流露出无限的怜悯。他知道，他接下来要做一件伤天害理的事情。

一阵紧张的沉默之后，他向前探着身，开始低声说话，同时留心观察着每一个字在他请来的这个人脸上的反应。"艾伦，这栋房子的顶楼有个上锁的房间，除了我，没人能进。现在，那里面有张桌子旁坐着个死人，已经死十个钟头了。别激动，也别那样看我。至于这人的身份、为什么死，还有怎么死的，这些都不需要你关心，你要做的只是……"

"住口，格雷！别再说了，你说的是真是假都与我无关。我完全不想卷入你的生活，你自己守着那些可怕的秘密吧，我没兴趣知道。"

"艾伦，你一定会感兴趣的。这件事你一定感兴趣。艾伦，我对你万分抱歉。可我没办法，只有你能救我了。把你牵扯进来实在是被逼无奈。我别无选择。艾伦，你是科学家，懂化学的那一套，也做过实验。你现在要做的，就是把楼上那个东西毁掉，不留任何蛛丝马迹。没有人看见过那人进这栋房子。事实上，他现在应该在巴黎，他失踪几个月也不会有人发现的。真到了那个时候，这里绝不能有他的任何痕迹。拜托了，艾伦，你必须把他和他的东西变成一把灰，这样我就能把它们撒向空中了。"

"你疯了，道林！"

"哎呀！我正等着你喊我道林呢。"

"我看你是真的疯了，疯到居然认为我会帮你，疯到对我坦白这样丧心病狂的事情。不管这件事是什么，我都不想插手。你觉得我会牺牲自己的名声来帮你吗？你干的那些魔鬼的勾当跟我有什么关系？"

"那人是自杀的，艾伦。"

"那太好了。不过是谁把他逼得自杀了呢？想必是阁下吧。"

"你还是不愿意帮我吗？"

"当然不愿意！我可不想和这事扯上任何关系。我才不管你会受什么耻辱呢，都是你自找的。就算你名誉扫地，遭人唾弃，我也不难过。世界上那么多人，你哪来的胆子偏偏要我跳这个火坑？我还以为你对人性的了解没这么肤浅呢。你的朋友亨利勋爵或许教了你点东西，但肯定没怎么教你揣摩别人的心理。说什么我也不会帮你。你找错人了，去找你那些朋友吧。别找我。"

"艾伦，是谋杀。我杀了他。你不知道他让我遭了多大罪。且不论我的生活是成功，还是失败，这一切都拜他所赐，他对我的影响甚至超过了可怜的哈里。也许他不是有意为之，但结果是一样的。"

"谋杀！天啊，道林，你已经堕落到这个地步了吗？我不会揭发你。这与我无关。更何况，就算我不插手，你也一定会被抓起来的。每个犯罪的人都免不了留下愚蠢的破绽。这种事我连碰都不会碰一下。"

"这事你非插手不可。等等，你先等等。听我说。只要听着就行，艾伦。我无非是要你做个科学实验罢了。反正你也常进医院和太平间，对那种恐怖场面已经见怪不怪了。如果是在一间阴森的解剖室，或者弥漫着恶臭的实验室，你看见这个男人躺在一张铅灰色的台子上，就是那种两侧带有红色凹槽让血液流出的台子，你只会把他当作一个完美的实验对象，你连眼皮都不会眨一下。你不会觉得这是在做坏事，反而会觉得是在为人类做贡献，是在探索未知，或者满足求知欲，诸如此类的。我要你做的只是你习以为常之事。要知道，销毁尸体可比你平常做的那些轻松多了。记住，这是唯一对我不利的证据。一旦被人发现，我就完了。除非你帮我，否则这些证据一定会被发现的。"

"我不想帮你，趁早打消这个念头吧。我对这一切都没兴趣，这事与我无关。"

"艾伦，算我求你了。想想我现在的处境吧。就在你来之前，我险些没吓昏过去。或许你将来某一天也会尝到恐惧的滋味。不对！还是换个思路吧。就单纯从科学的角度来看这件事好了。你从不会过问你做实验的那些尸体从何而来，那么现在也别问。我已经说得太多了，但我求你帮我这个忙，我们以前是好兄弟啊，艾伦。"

"别提以前，道林。那段日子已经死了。"

"有时死了的也会阴魂不散。楼上那个人不会消失，他垂着头，伸着胳膊，就坐在桌子旁边。艾伦！艾伦！如果你不帮我，我就毁了。天哪，他们会绞死我的，艾伦！你到底明不明白？他们会为我做的事把我绞死的。"

"再纠缠下去也没意思，我坚决不蹚这趟浑水，你疯了才会要我这样做。"

"你不肯？"

"对。"

"我求你了，艾伦。"

"求我也没用。"

道林·格雷的眼神中又流露出之前那种怜悯。随后，他伸手拿起一张纸，在上面写了些什么。他读了两遍，小心翼翼地将纸对折，推向桌对面。做完这些，他站起身，走到窗边。

坎贝尔一脸诧异地看着他，拿起那张纸打开。读着读着，他突然面如死灰，身体瘫坐在椅子上。一阵强烈的恶心感袭来，他觉得心脏仿佛在某个空旷的洞穴中狂跳，几乎要跳出胸膛。

可怕的沉默持续了两三分钟，道林转过身，走到他身后，把手搭在他肩上。

"艾伦，我真的很抱歉，"他低声道，"但你让我没得选择。我已经写好了一封信，就在这儿。你也看到了信上的地址。如果你不帮我，我就只能把信寄出去了。我一定会这么做的。你知道会有什么后果。不过你会帮我的，你现在没理由拒绝了。我本想放过你，你摸摸自己的良心想一想是不是这样。可你对我粗鲁、刻薄又无礼，还没有谁敢用这种态度对我 —— 至少活着的人里没有。我统统都忍了。现在，该轮到我来提条件了。"

坎贝尔双手掩面，身子一阵哆嗦。

"是的，艾伦，现在由我说了算。你知道我要的是什么。这事儿很好办。行了，别弄得这么惨兮兮的。事情总得解决，面对现实，放手去干吧。"

坎贝尔发出一声呻吟，浑身止不住地颤抖。壁炉架上的摆钟滴嗒作响，他觉得时间仿佛被分割成一个个痛苦的原子，每一个都能将他击溃。额头也像套了一个铁箍，正慢慢收紧，似乎道林威胁他的耻辱已经降临。那只搭在他肩上的手，重如铅球，让人难以承受，几乎要把他压垮。

"来吧，艾伦，你必须马上决定。"

"我办不到。"他机械地说，好像说出来就能改变什么似的。

"你必须办到，你没得选，别拖了。"

他犹豫了一下。"楼上房间里有火吗？"

"有，有一个带石棉的煤气灯。"

"那我得回家一趟，去实验室拿点东西。"

"不行，艾伦，你不能离开这栋房子，要什么东西就写在纸条上，我的仆人会坐车帮你取来。"

坎贝尔潦草地写了几行字，用纸吸干墨渍，又在信封上写下助手的名字和地址。道林拿起那张纸条，仔细读了起来。随后，他按铃叫来男仆，把纸条交给他，叮嘱他一取到东西就立刻回来。

随着门砰的一声关上，坎贝尔猛地一惊，迅速从椅子上站起来，走到壁炉旁。他浑身颤抖，仿佛患上了疟疾。接下来大约二十分钟，两人都没说一句话。有只苍蝇在房间里嗡嗡地飞来飞去，时钟滴滴答答的声音像有人在敲榔头。

一点的钟声敲响，坎贝尔转过身来，看着道林·格雷，发现他眼里噙满泪水。那张纯洁而精致的脸上写满了忧伤，可似乎有什么东西瞬间令坎贝尔怒不可遏。"你真卑鄙，太卑鄙了！"他咕哝道。

"嘘！艾伦，你救了我的命。"道林说。

"你的命？天哪！这是怎样的一条命！你一步步走向堕落的深渊，现在居然犯下这样的滔天大罪。我做这些都是你逼的，我可没想过救你的命。"

"啊，艾伦，"道林叹了口气，喃喃地说，"我只希望你能对我有一丝怜悯，哪怕只有我对你怜悯的千分之一。"说罢，他转过身去，站在那里，望向窗外的花园。坎贝尔没有接话。

大约十分钟后，一阵敲门声响起，仆人进来了，怀里抱着一个装着各种化学品的大红木箱子，还有一长卷钢丝和铂丝以及两个形状奇特的铁夹。

"东西放这儿吗，先生？"他问坎贝尔。

"是的，"道林说，"弗朗西斯，恐怕还有件差事要麻烦你。住在里士满那个给塞尔比庄园送兰花的人叫什么来着？"

"哈登，先生。"

"对，哈登。你现在马上去里士满，亲自找哈登，让他多送一倍我订的兰花，尽量不要白色的。事实上，我一朵白的也不想要。今天天气很好，弗朗西斯，里士满这地方相当漂亮，不然我就不麻烦你跑这一趟了。"

"不麻烦，先生。我什么时候得赶回来呢？"

道林看向坎贝尔。"你的实验要做多久，艾伦？"他漫不经心地问，语气十分平静。房间里第三个人的存在似乎给了他异乎寻常的勇气。

坎贝尔皱着眉头，咬了咬嘴唇。"差不多五个钟头。"他答道。

"那你七点半回来都来得及，弗朗西斯。或者这样吧，把我要穿的衣服准备好就行了，今晚你可以自由安排。晚餐我不在家吃，所以用不着你。"

"谢谢您，先生。"那人说着离开了房间。

"好了，艾伦，别再耽搁了。这箱子真重！我帮你搬，你拿别的东西。"他的口气不容置喙，语速飞快。坎贝尔感到自己完全被他掌控。两人一道离开了房间。

来到顶层的楼梯平台后，道林掏出钥匙，插进锁孔转了一下。他突然停住，眼神里透着不安。他打了个哆嗦。"艾伦，我想我没办法进去。"他咕哝道。

"无所谓，反正也用不着你。"坎贝尔冷冷地说。

　　道林把门推开一半。这时，他看见那幅画像在阳光下冲他邪恶地笑着，扯掉的帘子就躺在画像前方的地板上。他这才想起昨晚，他生平头一回忘记把那幅致命画像给遮起来了。他刚要跑过去，一阵突如其来的寒战打断了他的脚步。

　　画像的一只手上那恶心的红色水珠是什么？它湿润而闪亮。难道画布上渗出血了吗？这太可怕了！那一刻，他甚至觉得这比那个静静趴在桌上的东西还要可怕。那东西怪异扭曲的影子落在血迹斑斑的地毯上，表明它没动过，仍在原处，就像他离开时那样。

　　他深吸一口气，把门开得更大了些，旋即半闭着眼，撇过头，快步走了进去，决心不看那死人一眼。接着，他弯腰拾起地上紫金色的帘子，一把甩在画像上。

　　他顿在原地，吓得不敢回头，双眼紧盯着帘子上错综复杂的花纹。他听见坎贝尔把那只笨重的箱子拖了进来，还有铁夹之类的东西，都是他做那种可怕的实验需要的。他不禁好奇，坎贝尔之前有没有见过巴兹尔·霍尔沃德，如果见过，他们对彼此的印象如何。

　　"你出去吧。"身后传来一个严厉的声音。

　　他连忙转身离开，只无意中瞥见坎贝尔把那个死人推回了椅子上，正盯着那张黄澄澄的面孔看。下楼时，他听见钥匙在锁孔里转动的声音。

　　坎贝尔回到书房时，已经七点多了。他脸色苍白，却十分镇定。"我已经照你的吩咐做了，"他喃喃地说，"那么，再见吧。我们再也别见面了。"

　　"谢谢你救我于水火，艾伦。我不会忘的。"道林轻描淡写地说。

　　坎贝尔一走，他立马上楼。房间里弥漫着一股刺鼻的硝酸味，原本趴在桌上的那东西已经消失了。

第十五章

那晚八点半，道林·格雷穿着考究的服饰，胸前别着硕大的帕马紫罗兰襟花，在点头哈腰的仆人引领下，走进了纳伯勒夫人家的客厅。尽管他额头的神经在疯狂跳动，内心也如狂潮般激荡，但当他俯身亲吻女主人的手时，举止依旧保持了一贯的从容与优雅。或许人只有在扮演某个角色时，才会如此轻松。毫无疑问，当晚见过道林·格雷的任何人，都无法想象他经历了多么可怕的悲剧，其惨烈程度丝毫不亚于当代任何一场悲剧。那双精致纤细的手，绝不可能沾染罪恶的刀锋；那对笑容可掬的唇，也绝不可能吐出对上帝的亵渎之言。连他自己都不禁对自己平静的举止感到惊讶，那一刻，他深切体会到了双面人生带来的惊悚与快意。

这场小型聚会是纳伯勒夫人匆忙操办的。纳伯勒夫人是个极其聪慧的女人，亨利勋爵曾形容她的长相带有一丝惊人的丑态。她已然证明自己是一位贤内助，曾默默支持着我们那位乏味无比的大使，更在丈夫逝世后亲手设计大理石坟墓将其妥善安葬，并把女儿们成功嫁给几位富有的长者。如今，她将生活重心转向了法国小说和法式烹饪，更是抓住一切机会领略法式智慧，如果她真能搞懂的话。

道林是她心尖上的宠儿。她总是对他说，庆幸没在年轻时遇见他。"那样的话，亲爱的，我肯定会疯狂地爱上你，"她常说，"为了你，我会毫不犹豫地抛弃一切。幸好当时没你这号人物。那个时候，我们都土得掉渣，加上大家都一心忙于生计，所以我从来没经历过什么风花雪月之事。不过，这都是纳伯勒的错。他的眼神差得要命，嫁给这样一个睁眼瞎丈夫，生活实在无趣。"

当晚来的客人都相当乏味。究其原因，正如她拿着把旧扇子遮着脸向道林解释的那样，她其中一个出嫁的女儿突然跑回家来与她同住，更糟糕的是，还带了丈夫一起。"亲爱的，她这么做实在太不懂事了，"她轻声嘀咕，"当然，每年夏天我从洪堡度假回来，也都会去他们那小住一阵。可就算是像我这样的老太婆，偶尔也需要透透气吧，何况我也给他们的生活带去了不少乐趣。你不知道他们过的是什么日子，简直和原始的农村生活一个样。他们起得早，因为要干的活儿太多了；睡得也早，因为没什么烦心事可想的。自从伊丽莎白女王时代以来，那地方从来没出过什么丑闻，所以他们吃完晚饭就都上床睡觉了。你可别坐到他们任何一个人的身边去，就挨着我坐，陪我解解闷。"

道林轻声细语地讲了几句恭维话，目光开始在房间里游移。是的，这场聚会的确沉闷至极。其中，有两位他从未见过的面孔。其他客人里，有欧内斯特·哈罗登，一个伦敦俱乐部里常见的那种中年平庸之辈，他们不会引起纷争，却也一点不讨朋友们喜欢；鲁克斯顿夫人，一位四十七岁、打扮得花枝招展的女人，长着鹰钩鼻，总想让自己卷入各种绯闻之中，可惜相貌太过普通，没有人会相信任何关于她的桃色传闻，这令她倍感失望；厄林太太，一个有野心的无名小卒，说话带点可爱的大舌头，顶着一头褐红色秀发；爱丽丝·查普曼夫人，也就是纳伯勒夫人的女儿，土里土气，呆头呆脑，长着一张让人过目即忘的典型的英国脸；还有她的丈夫，一个红脸白须的家伙，他和同阶层的人一样，都认为过度纵情享乐可以填补思想的空白。

他已经有些后悔来这儿了，直到纳伯勒夫人的声音打断他的思绪。她望向铺着紫色桌布的壁炉架上那座线条华丽的镀金大台钟，高声说："亨利·沃顿怎么到现在还没来，太不像话了！我今天早上特地派人去他那儿碰碰运气，他当时可是信誓旦旦地保证不会失约的。”

听见哈里要来，他心中略感安慰。终于，门开了，他耳边传来哈里悠扬悦耳的嗓音，为那略显敷衍的道歉添了几分魅力。他不再觉得无聊了。

但在晚宴上，他却一口都吃不下，一盘盘食物原封未动地撤了下去。纳伯勒夫人不停地责备他，称他“冒犯了可怜的阿道夫，这份菜单是他专门为你量身打造的”。亨利勋爵不时地从桌对面向他投来关切的目光，好奇他为何一言不发，而且一副心不在焉的样子。管家不时地给他的酒杯里斟满香槟，他都一饮而尽，似乎越喝越渴。

“道林，”酱汁肉冷盘端上来的时候，亨利勋爵终于开口问道，“你今晚怎么了？不大对劲啊。”

“准是爱上什么人了，”纳伯勒夫人喊道，“而且不敢告诉我，怕我吃醋。他做得不错。我确实会吃醋。”

“亲爱的纳伯勒夫人，”道林笑着低声说，“我已经整整一个礼拜没谈过恋爱了，其实，从费罗尔夫人离开伦敦后就没有了。”

“你们男人怎么会爱上那样的女人！”老妇人惊呼道，“真叫人费解。”

“那也只是因为她记得你的少女时代呀，纳伯勒夫人，”亨利勋爵打趣道，“只有她会告诉我们你年轻时穿什么样的短裙。”

“她才不记得我穿短裙的样子呢，亨利勋爵。不过我倒是清楚地记得她三十年前在维也纳的那副德性，那时候她的穿着露得不能再露了。”

“她现在还露着呢，”他用修长的手指拿起一颗橄榄说道，“她穿上那些时髦礼服，看起来就像那种装帧豪华但内容烂俗的法国小说。这女人相当了不起，身上处处是惊喜。她对家人的感情也让人惊叹。她第三任丈夫死的时候，她伤心得连头发都变金色了。”

“哈里！你怎么能这么说呢！”道林叫道。

"这个解释再浪漫不过了,"女主人笑着说,"亨利勋爵,可你说她的第三任丈夫,难道说费罗尔是第四任吗?"

"当然,纳伯勒夫人。"

"我一个字都不信。"

"嗯,那就问问格雷先生吧。他是她最亲密的好友之一。"

"这是真的吗,格雷先生?"

"她确实是这么告诉我的,纳伯勒夫人,"道林说,"我问她有没有像玛格丽特·德·纳瓦拉王后那样,给他们的心涂上防腐剂,然后拴在她的腰带上。她说没有,因为他们压根就没有心。"

"四任丈夫!天哪,她还真是乐此不疲。"

"我跟她说她太大胆了。"道林说。

"嗬!就没有什么是她不敢干的,亲爱的。费罗尔为人怎么样?我不认识他。"

"凡是漂亮女人的丈夫都属于犯罪阶层。"亨利勋爵呷了口酒说。

纳伯勒夫人用扇子打了他一下。"亨利勋爵,难怪全世界的人都说你坏透了。"

"哪个世界的人会这样说?"亨利勋爵眉头一扬问,"只可能是来世吧。我和这个世界的人处得好着呢。"

"我认识的每个人都说你很坏。"老妇人摇着头叫道。

亨利勋爵的神情变得严肃起来,过了一会儿,他终于说:"现在的人在背后说别人的坏话,说的居然都是真的,这简直太可怕了。"

"你说他是不是无药可救了?"道林在椅子上向前倾了倾身子叫道。

"是才好呢,"女主人笑着说,"不过说真的,如果你们都这么荒谬地迷恋费罗尔夫人,那我只好再找个人嫁了,赶个时髦。"

"纳伯勒夫人，你是不会再嫁人的，"亨利勋爵打断她说，"你的婚姻太幸福了。女人再婚，是因为痛恨前任。男人再婚，是因为深爱前任。女人是在碰运气，而男人是在冒险。"

"纳伯勒可不完美。"老妇人喊道。

"如果他十全十美，你就不会爱上他了，亲爱的夫人，"亨利回应道，"女人爱的就是男人的不完美。只要我们的缺陷足够多，她们就会原谅我们的一切，哪怕是智力的不足。恐怕我这么说了之后，你再也不会请我吃饭了，纳伯勒夫人，但这就是事实。"

"这当然是事实，亨利勋爵。如果我们女人不因为你们的缺点而爱你们，那你们这些人会落得什么下场？你们谁都别想娶上老婆了，只能可怜巴巴地打光棍。不过，那也不会改变你们多少。现如今，所有已婚男人都活得像单身汉，所有单身汉又活得像已婚男人。"

"真是世纪末日呀。"亨利勋爵咕哝道。

"是世界末日。"女主人接话道。

"我倒真希望是世界末日，"道林叹了口气说，"生活总让人大失所望。"

"哎呀，亲爱的，"纳伯勒夫人一边戴上手套，一边喊道，"别告诉我你已经厌倦生活了。一个男人说出这样的话，往往意味着生活已经让他心力交瘁。亨利勋爵这家伙坏透了，我有时也希望自己坏一点，而你生来就是好人，你浑身上下都透着善良。我一定要给你找位好太太。亨利勋爵，你不认为格雷先生该结婚了吗？"

"纳伯勒夫人，我也总这么跟他说。"亨利勋爵欠了欠身说。

"嗯，咱们得给他物色一位合适的伴侣。今晚我要认真翻一翻《德布雷特英国贵族年鉴》，把所有符合条件的年轻姑娘列个名单出来。"

"标注年龄吗，纳伯勒夫人？"道林问。

"当然，年龄也加上，但会稍稍美化一下。这件事不能操之过急。我希望促成一段像《晨报》上说的'锦绣良缘'，而且我希望你们两个都能幸福。"

"世人对幸福婚姻的解读简直荒谬！"亨利勋爵惊呼道，"男人跟任何女人在一起都可以很幸福，只要他不爱她。"

"哎呀！你还真是愤世嫉俗！"老妇人边喊边往后推开椅子，向鲁克斯顿夫人点了点头，"你一定要尽快再来我家吃饭。你真像一剂上好的补药，比安德鲁爵士给我开的药管用多了。不过，你得告诉我你想见什么人才行。我想办一场让大家都尽兴的聚会。"

"我喜欢有前途的男人和有故事的女人，"他回答道，"可你说这到头来会不会变成'女士之夜'？"

"恐怕真是这样。"她站起来笑着说。"亲爱的鲁克斯顿夫人，请多多包涵，"她补充道，"我没注意到你还没抽完烟。"

"没关系，纳伯勒夫人，我抽烟抽得太凶了，今后我打算节制一下。"

"千万别，鲁克斯顿夫人，"亨利勋爵说，"懂节制是件要命的事。适可而止就像吃一顿凑合的饭，寡淡无味；多多益善才是享用盛宴，滋味无穷。"

鲁克斯顿夫人好奇地看了他一眼。"亨利勋爵，你哪天下午一定要来给我解释解释，这听上去倒像是个迷人的理论。"她边说边离开了房间。

"注意啦，各位，别聊政治和丑闻聊太久，"纳伯勒夫人在门口喊道，"不然我们在楼上肯定会吵起来的。"

男人们都笑了。查普曼先生郑重其事地从桌尾站起身，走到桌子这头来。道林·格雷换了位置，紧挨着亨利勋爵坐下。查普曼先生开始高声谈论起下议院的局势，对政敌极尽嘲讽之能事。他在谈笑风生间，不时蹦出"教条主义者"这个字眼，令在座的英国人闻之色变，不过，一连串押头韵的前缀为他的演讲增色不少。他将英国国旗高悬于思想之巅，将这个民族世代相传的愚钝欣然称作"合理的英国人常识"，称其为这个社会坚实的堡垒。

亨利勋爵的嘴角勾起一丝微笑，他转过身看着道林。

"好些了吗，老兄？"他问道，"吃晚餐的时候你看起来不大对劲啊。"

"我挺好的，哈里。我只是累了。"

"你昨晚真迷人，那位小公爵夫人完全被你迷住了。她告诉我她要去塞尔比庄园。"

"她答应了二十号来。"

"蒙茅斯也去吗？"

"哦，是的，哈里。"

"他把我烦得够呛，我可算对他太太的处境感同身受了。她很聪明，聪明得不像个女人。她身上少了那种无法形容的柔弱之美。黄金神像因为有泥塑的脚才更显珍贵。她的脚很漂亮，却不是泥巴捏的。你可以认为是白瓷做的。它们经历了火的洗礼，凡是没有被火烧毁的，就会变得坚硬无比。她是见过世面的。"

"她结婚多久了？"道林问。

"她跟我说像一辈子那么久。按照贵族名录里写的，我想有十年了，不过跟蒙茅斯一起生活十年可不是像过了一辈子吗，可能还不止呢。还有谁去？"

"哦，还有威尔洛比夫妇、卢格比勋爵和夫人、我们的女主人、杰弗里·克劳斯顿，就是平时那些人，我还请了格罗特瑞安勋爵。"

"我喜欢他，"亨利勋爵说，"很多人瞧不上他，但我觉得他有魅力。虽然他偶尔打扮得确实有点浮夸，但不得不说，他学识渊博这点确实很加分。这家伙是个赶时髦的。"

"不知道他能不能来，哈里。他可能要和他父亲去趟蒙特卡洛。"

"哎呀！有那些亲戚可真麻烦，尽量让他来吧。对了，道林，你昨晚走得真早，十一点不到就走了。你后来去哪儿了？直接回家了吗？"

道林匆匆瞥了他一眼，眉头紧蹙。

"没有啊，哈里，"他终于说，"我差不多凌晨三点才到家。"

"你去俱乐部了？"

"对，"他回答说，旋即咬了咬嘴唇，"不，我不是这个意思。我没去俱乐部，我随便逛了逛，我不记得了……你好奇心真重，哈里！你总想打听别人做了什么，我就总想忘记自己做了什么。我是两点半进的家门，如果你非要知道的话。我把钥匙忘在家里了，是我的仆人给我开的门。如果你要证据，大可以问他。"

亨利勋爵耸了耸肩。"老兄，我只是随口问问罢了。咱们去楼上客厅吧。不要雪利酒了，谢谢，查普曼先生。道林，你今晚怎么心事重重的，出什么事了？跟我说说。"

"别管我，哈里。我心里憋了股火，老想发脾气。我明天再去找你，要么后天。替我向纳伯勒夫人说声抱歉。我不上楼了，我要回家，必须回。"

"好吧，道林。明天的下午茶应该能见到你吧？公爵夫人也会来。"

"我会尽量去的，哈里。"说着，他离开了房间。坐车回家的路上，他意识到那股被他遏制住的恐惧又回来了。虽然他很想保持冷静，但亨利勋爵随口一问就让他瞬间慌了神。危险的东西必须彻底销毁。他紧蹙眉头，光是想到要触碰那些危险之物，就让他心生厌恶。

但这件事非做不可。他意识到了这一点。锁上书房门后，他打开了那个藏着巴兹尔·霍尔沃德的外套和手提包的暗柜。大火熊熊燃烧，他又往里加了根木头。衣服和皮革烧焦的气味十分难闻。他花了四十五分钟才将那些东西全部烧尽。做完这一切，他感到一阵头晕和恶心。于是，他在一个镂空铜香炉里点了些阿尔及利亚香片，之后又用麝香味的凉醋洗了洗双手和额头。

突然，他心中一惊，两眼放光，紧张地咬着下唇。两扇窗户间，立着一个巨大的佛罗伦萨式乌木柜，柜体镶嵌着象牙和蓝色青金石。他细细端详着，被其深深吸引，可似乎又感到莫名的恐惧，仿佛里面藏着某种让他既渴望又厌恶的东西。他的呼吸变得急促，一股疯狂的渴望涌上心头。他点了一支烟，随即又扔掉。他的眼皮耷拉下来，流苏似的长睫毛几乎碰到脸颊。但他始终紧盯着那个柜子。终于，他从沙发上起身，走过去打开柜子，按了一下里面隐蔽的弹簧，一个三角形抽屉缓缓滑出。他的手指本能地伸了进去，摸索着，摸到了一个东西。那是个黑底描金的中式漆盒，样子小巧玲珑，做工精致，边上绘着波纹图案，丝带上挂着水晶球，还用金丝辫成的穗子装饰。他打开，里面是一团绿色膏体，光泽如蜡，散发出一种奇特而浓烈的气味，久久不散。

他犹豫了好一阵子，脸上挂着一丝古怪僵硬的笑容。房间里的空气异常闷热，他却打了个寒战，随即挺了挺身子，瞥了一眼钟，十一点过四十。他把盒子放了回去，关上柜门，走进了卧室。

午夜的钟声在雾蒙蒙的空气中回荡，道林·格雷穿着便装，脖子上裹了条围巾，悄悄溜出了家门。在邦德街，他看到一辆好马拉的出租马车。他赶紧招手拦车，低声对车夫说了个地址。

那人摇了摇头。"这地方太远了。"他咕哝道。

"这个金币你先收着，"道林说，"如果开得快，我再加一金币。"

"好吧，先生，"那人说，"一小时内把您送到。"待客人上车后，他掉转马头，朝河的方向疾驰而去。

第十六章

天空淅淅沥沥地洒下冷雨，街灯在迷蒙的雾气中透着幽暗诡异的光，酒馆正陆续打烊。昏暗中，男男女女的身影三三两两地聚在门外。一些酒馆里传来恐怖的笑声，另一些则充斥着酒鬼们激烈的争吵与尖叫。

道林·格雷仰面靠在马车座位上，帽子低低地盖住额头，双目无神地打量这座充满污秽与羞耻的大都市，嘴里不停嘟囔着亨利勋爵第一天同他见面时说过的话："用感官治愈灵魂，用灵魂治愈感官。"对，就是这个秘诀。他以前试过很多次，现在仍打算这么做。在鸦片窟里可以买到遗忘；在阴暗恐怖的地下黑窝，旧日罪孽的记忆会在新罪孽的疯狂中被一一抹去。

月亮低低地挂在空中，像一颗黄色的骷髅。一团巨大的怪云不时地伸出长胳膊把它挡住。煤气灯越来越少，街道愈发幽暗逼仄。车夫一度跑错了方向，不得不走了半英里的回头路。马儿浑身冒着热气，踏过水坑，泥浆飞溅。马车的侧窗蒙上了一层灰色法兰绒般的雾。

"用感官治愈灵魂，用灵魂治愈感官。"这句话不停在他耳边回荡！他的灵魂无疑已经病入膏肓，感官真的能治愈得了吗？无辜的鲜血已经流尽，又该如何挽回呢？唉！事已至此，根本无法弥补。可是，尽管宽恕无望，遗忘却仍然可行。所以他下定决心，将这一切从脑海中抹杀，就像人们踩死那些咬了自己的毒蛇一样。是啊，巴兹尔凭什么那样跟他说话？他有什么资格对别人评头论足？他说的话简直危言耸听，恐怖至极，不堪忍受。

马车吃力地一点点往前挪，道林觉得每一步都比前一步更慢。他一把掀开车篷，催促车夫开快点。对鸦片的极度渴望开始撕咬他的心。他喉咙发烫，纤细的双手紧紧相扣，焦躁不安地颤抖着。他发疯似的用手杖抽打马背。车夫也笑着挥了几鞭子。他笑了，以示回应，但车夫却没再作声了。

这条路仿佛没有尽头，街道像一张不断蔓延的黑色蜘蛛网。枯燥乏味的感觉令人窒息，随着雾气渐浓，他觉得有些害怕。

随后，他们经过一间孤寂的砖厂。这里的雾气淡了些，露出了那些形状奇特的瓶状砖窑，里面吞吐着橙色的扇形火舌。马车经过时，一只狗突然吠叫起来。远方的黑暗中，一只流浪的海鸥扯着嗓子尖叫。马儿不慎被坑洼的路面绊了一下，猛地偏向一侧，开始疾驰起来。

不一会儿，马车离开土路，继续在凹凸不平的街道上咔嗒咔嗒地行驶着。大多数窗子都漆黑一片，偶尔也有几间屋子亮着灯，在百叶窗上映出奇异的影子。他好奇地打量着这些影子。它们犹如巨大的牵线木偶，像有生命般挥舞着手臂。他厌恶这一切，心里憋着一股火。他们拐过街角时，有一个女人在敞着的门里冲他们大喊大叫些什么，还有两个男人追着马车跑了一百多码。车夫见状往他们身上抽了几鞭子。

据说激情会让人的思维在原地打转。确实如此，道林·格雷紧咬双唇，反复咀嚼着那句关于灵魂和感官的微妙话语，直到他的情绪在其中得到了充分释放。他终于用理智为自己的情绪辩护，即使找不到理由，情绪依然能轻易左右他的脾气。他大脑的每一个细胞中都潜伏着同一个念头：疯狂的求生欲——这也是人类最可怕的一种欲望——为他体内每一根战栗的神经纤维注入力量。他曾对丑陋深恶痛绝，因为它让事物变得真实，而现在，他却因为同样的原因，觉得丑陋变得可爱起来。丑陋才是最真实的。粗鲁的争吵、乌烟瘴气的毒窟、混乱生活中野蛮的暴力、窃贼和流浪汉的堕落……无一不给人留下强烈的真实印象，比一切艺术所展现的优雅形态、乐曲所营造的梦幻泡影都来得更加生动。这些都是他用来忘却烦恼的解药。三天后，他将重获自由。

突然，车夫猛地一拉缰绳，将马车停在了一条黑黢黢的小巷子口。抬头望去，低矮的屋顶和参差的烟囱之上，数根黑色船桅赫然耸立，一缕缕白雾如幽灵般萦绕在风帆上。

"差不多就是这儿了吧，先生？"他声音沙哑地从车篷后面问道。

道林一惊，探头探脑地环顾四周。"就停这儿吧。"说完，他匆忙跳下车，按照约定给了额外的车钱，旋即快步朝码头走去。一盏盏雾灯在巨大的商船尾部闪烁，摇曳的光影掉落在水洼中化成碎片。一艘即将离港的轮船正在加煤，冒出耀眼的红光。泥泞的路面看起来就像一块湿漉漉的防水布。

他三步并作两步地向左走去，不时回头张望，看是否有人跟踪他。大约走了七八分钟，他来到了一间破旧的小屋前，屋子夹在两间荒废的旧厂房中间。屋子顶楼的一扇窗户里亮着一盏灯。他停下来，用一种奇怪的节奏敲门。

片刻后，他听到走廊里传来脚步声，还有解链条的声音。门轻轻地打开了，来人是个又矮又胖、长相怪异的家伙，道林一言不发地走了进去，那人侧过身子给他让路，霎时被黑暗吞没。走廊尽头挂着一块破破烂烂的绿帘子，被一阵他从街上带来的寒风吹得东摇西晃。他掀开门帘，走进一个低矮狭长的房间，这里以前似乎是个三流舞厅。四周的墙壁上，煤气灯嘶嘶作响，刺目的光芒落在对面沾着苍蝇屎的镜子上，变得昏暗扭曲。油腻的棱纹锡制反光罩立在背后，灯火摇曳，光圈随之颤动。地上铺满了赭色的木屑，渗着一圈圈深色的酒渍，被无数脚印踩得泥泞不堪。几个马来人蹲在一个小炭炉旁玩着骨牌，说说笑笑，露出一口白牙。角落里，有个水手把头埋进双臂之间，趴在桌上。房间的一侧墙壁完全被一张俗艳的吧台占满，两个干瘦的女人站在一旁，正奚落着一个满脸嫌弃地刷着大衣袖子的老人。"他肯定觉得身上有红蚂蚁在爬。"道林从她们身边经过时，听见其中一个笑着说。那个男人惊恐地看着她，开始呜咽起来。

房间尽头有一段小楼梯，通向一间黑咕隆咚的密室。道林匆匆走上三级摇摇晃晃的台阶，一股浓重的鸦片烟味迎面扑来。他深吸一口气，一股愉悦的战栗直涌鼻腔。他进去时，看见一个留着柔顺黄发的年轻人正凑着身子靠向一盏灯，点燃一根细长的烟管。那人抬头看着他，迟疑地点了点头。

"阿德里安，你怎么在这儿？"道林小声问道。

"不在这儿，我还能去哪儿？"他没精打采地说，"现在那些家伙没一个愿意搭理我的。"

"我还以为你离开英国了。"

"达林顿什么忙也不肯帮，最后还是我兄弟付的账。乔治也不搭理我了……无所谓，"他叹了口气，继续说，"有了这东西，也就不需要朋友了。我想我以前就是朋友太多了。"

道林眉头一蹙，目光扫视着那堆以各种不可思议的姿势躺在破烂床垫上的怪东西。那扭曲的四肢、张大的嘴巴和呆滞无神的眼睛，无一不强烈地吸引着他。他很清楚，他们此刻在何种奇异的天堂里遭罪，又在何种阴暗的地狱里领略前所未有的欢愉。那些人比他幸运。他被囚禁在思想的牢笼里，记忆像一场可怕的瘟疫，啃噬着他的灵魂。他时常能感觉到巴兹尔·霍尔沃德的目光在凝视着他。他觉得此地不宜久留，阿德里安·辛格尔顿的出现让他深感不安。他要去一个谁也不认识他的地方，他想逃离自我。

"我去别的地方了。"他顿了顿说。

"去码头吗？"

"对。"

"那个疯娘儿们肯定在那儿。他们现在不让她待在这了。"

道林耸了耸肩。"我受够了那些满脑子都是爱的女人。那些对爱情不屑一顾的女人就有意思多了。何况，那里的货更好。"

"都差不多。"

"我更喜欢那儿的货。来喝点东西吧，我得喝点什么。"

"我什么也不想喝。"年轻人喃喃地说。

"好吧。"

阿德里安·辛格尔顿疲惫地站起身，跟着道林来到吧台。一个裹着破头巾、披着旧风衣的混血的家伙，一脸谄笑地招呼他们，把一瓶白兰地和两只矮脚杯推到他们面前。那两个女人缓缓靠了过来，开始搭讪。道林转过身，背对着二人，低声对阿德里安·辛格尔顿说了些什么。

其中一个女人脸上挤出一抹扭曲的笑容，活像一柄马来蛇形波纹刀。"今晚咱们可太荣幸了。"她讽刺道。

"看在上帝的分上，别跟我说话，"道林跺着脚大喊，"你要什么？钱吗？拿去吧。别再来烦我了。"

霎时，女人迷离的双眼中蹿出两团红光，一闪而过，很快又呆滞黯淡了。她轻蔑地一甩头，贪婪的手指从台面上扒拉下几枚硬币。一旁的同伴嫉妒地注视着她。

"没用的，"阿德里安·辛格尔顿叹了口气说，"我不想回去。回去了又能怎样？我在这里挺开心的。"

"如果缺什么，你会给我写信的，对吧？"道林顿了一下说。

"或许吧。"

"那晚安了。"

"晚安。"年轻人说着走上台阶，用手帕擦了擦焦干的嘴唇。

道林一脸痛苦地朝门外走去。他掀起帘子的时候，收了他钱的女人咧着涂得鲜红的嘴唇，发出一声阴森的冷笑。"这就是跟魔鬼做交易的下场！"她打着嗝说，声音十分沙哑。

"臭婊子！"他说，"你在胡说八道些什么。"

她打了个响指。"说你是'白马王子'，你不是喜欢别人这样叫你吗？"她冲着他的背影喊道。

她的话音未落，一个打着瞌睡的水手突然腾地跳了起来，疯狂地四处张望。过道门砰的一声关上了。他循着声立刻冲了出去，像在追什么人。

细雨中，道林·格雷脚步匆匆地穿过码头。此次与阿德里安·辛格尔顿的意外相遇让他心中涌起一股莫名的情绪。他不禁在想，那个年轻人的堕落，是否真的像巴兹尔·霍尔沃德所诋毁的那样，与自己有着千丝万缕的联系。他紧咬嘴唇，有那么几秒，眼中闪过哀伤。可归根结底，这又与他何干呢？人生苦短，何必将他人的过错揽在自己身上。人一旦选择了自己的人生道路，就要承担相应的后果。不幸的是，大错一旦铸成，就不得不一而再、再而三地为此买单。在人生交易场，命运的账本从来不会漏记任何一笔账。

心理学家告诉我们，有时候，那种对犯罪的渴望，或者说对世人眼中所谓罪恶的渴望，会强大到足以主宰一个人的天性，乃至身体的每一寸肌肤、大脑的每一个细胞，都仿佛本能地被一股可怕的冲动所支配。此时，无论男女都丧失了自由意志，如同被预设程序的机器人，一步步走向黑暗的深渊。他们无从选择，内心的良知要么被这股力量摧毁，要么尚存，也不过是为叛逆增色，为反抗添彩。正如神学家们不厌其烦地告诫我们：一切罪恶皆源于不服从。崇高的天使从天堂坠落，化为邪恶晨星撒旦，也是因为它的反叛天性。

如今的道林·格雷已经变得麻木不仁，满脑子邪恶念头，灵魂渴望叛逆。他急匆匆地赶路，步子愈发急促。就在他猛地拐进那个昏暗的拱廊，像往常一样抄近路前往那个臭名昭著的地方时，突然感到背后有什么东西抓住了他。他还来不及反抗，就被一只野蛮的手掐住了喉咙，狠狠推到墙上。

他疯狂挣扎，拼尽全力才终于掰开那只越掐越紧的手。那一瞬间，他听到了扳机扣动的咔嗒声，又瞥见一根擦得锃亮的枪管对准了他的脑袋，面前依稀站着一个矮壮的男人。

"你想干什么？"他喘着粗气问。

"闭嘴！"那人说，"你敢动我就毙了你。"

"你疯了。我怎么得罪你了？"

"你把西比尔·范恩这辈子给毁了，"那人回答说，"西比尔·范恩是我姐姐，她自杀了。可我知道，她的死都是你造成的。我发誓要杀了你，为她报仇。这么多年我一直在找你，但我没有线索，一点头绪也没有。能说出你样子的两个人都死了。我对你一无所知，只晓得她以前喊你的昵称。今晚我碰巧听到了那个名字。向上帝忏悔吧，今晚你的死期到了！"

道林·格雷简直吓破了胆。"我根本不认识她啊，"他结结巴巴地说，"我从没听过这个人。你疯了。"

"赶紧坦白你的罪行！我告诉你，你死定了，否则我詹姆斯·范恩的名字就倒着写了！"那一刻，道林心如死灰，不知该说些什么或做些什么。"跪下！"那个男人吼道，"我给你一分钟忏悔，就一分钟。我今晚要登船去印度，在那之前，我一定会先杀了你。一分钟。没得商量。"

道林的胳膊垂下来。他吓得浑身瘫软，不知所措。突然，一丝疯狂的希望在他脑海中闪过。"慢着！"他大叫道，"你姐姐死了多久了？快告诉我！"

"十八年，"那人答道，"问这个干什么？她死了多久有什么关系？"

"十八年……"道林·格雷笑了起来，声音里透着一丝得意，

"十八年！把我带到灯光下，好好看看我的脸！"

詹姆斯·范恩迟疑了一会儿，不明白这究竟是何用意。随后，他揪着道林·格雷，把他拽到了拱廊外。

尽管风中摇曳的灯光昏暗不定，却足以让他看清自己犯下的致命错误，因为他要杀的那个人，脸上竟洋溢着少年般的红润光泽，还透着青春特有的未受世俗玷污的纯真。眼前这个人看上去不过是个二十出头的小伙儿，与他多年前离家时姐姐的年纪相差无几，就算稍大些，也大不了多少。很显然，这不是那个害死他姐姐的凶手。

詹姆斯松开手，脚下一个趔趄。"天哪！天哪！"他喊道，"我差点就把你给杀了。"

道林·格雷长吁了一口气。"老兄，你差点犯下滔天大罪，"他严肃地看着詹姆斯说，"记住这次教训，别再想什么报仇了。"

"对不起，先生，"詹姆斯·范恩咕哝道，"是我糊涂了。在那该死的毒窟里顺耳听到的一个词，险些害我走上犯罪的道路。"

"你赶快回家把枪收起来吧，当心会惹祸上身。"说罢，道林扭过头，沿着街道慢悠悠地走了。

詹姆斯·范恩惊恐地站在人行道上，瑟瑟发抖。不一会儿，一个黑影从沿着湿漉漉的墙壁飘了出来，进入灯光下，悄悄地向他靠近。他感觉到一只手搭在他的胳膊上，猛地回头一看，发现是刚才在吧台喝酒的其中一个女人。

"你怎么不杀了他？"她把憔悴的脸凑上前，咬牙切齿地说，"你从戴利酒吧追出来，我就知道你在跟踪他。你这个蠢货！你应该杀了他。他有很多钱，而且骨子里坏透了。"

"他不是我要找的人，"詹姆斯说，"而且我不要钱。我只要一个人的命。那个人现在应该快四十岁了，但这家伙只不过是个毛头小子。谢天谢地，我手上没沾染他的血。"

女人苦笑了一声。"只不过是个毛头小子！"她阴阳怪气地说，

"嗬，老兄，那个'白马王子'把我弄成现在这副样子已经快十八年了。"

"你撒谎！"詹姆斯·范恩喊道。

她举起一只手指着天。"我对上帝发誓，我说的都是实话。"她喊道。

"对上帝发誓？"

"如果我说假话，就让我变成哑巴。来这儿的人没有谁能坏得过他。听说他为了这副漂亮脸蛋，把自己卖给了魔鬼。我认识他已经快十八年了。这么长时间以来，他的相貌几乎没变过。我倒是老了不少。"她继续说，脸上挂着一丝诡异的狞笑。

"你敢发誓吗？"

"我发誓，"她从瘪嘴里挤出沙哑的声音答道，"但千万别说是我说的，"她支支吾吾地说，"我很怕他。给我点钱过夜吧。"

他咒骂了一句，甩下她，冲向街角，可是道林·格雷已经不见了踪影。回头一看，那个女人也消失了。

第十七章

　　一周后，道林·格雷坐在塞尔比皇家庄园的温室里，与美丽的蒙茅斯公爵夫人攀谈。她和她那位面容憔悴、花甲之年的丈夫都是道林的客人。此刻正值下午茶时间，茶桌上伫立着一盏巨大的台灯，其蕾丝灯罩透出的柔和光线，落在公爵夫人伺茶用的精美瓷器和手工银质茶具上熠熠生辉。她白皙的手指在茶杯间轻盈优雅地穿梭。道林凑在她耳边轻声细语，她丰满的红唇随即泛起一抹微笑。亨利勋爵躺在一张披着丝绸的藤椅上，看着他们。纳伯勒夫人坐在桃红色的长榻上，装模作样地听公爵讲他新收藏的一只巴西甲虫标本。三个穿着精致吸烟服的年轻人正把茶点递给几位女士。这场持续多日的家庭留宿聚会已有十二位客人，第二天估计还有人来。

　　"你们俩在聊些什么呢？"亨利勋爵踱着步来到桌旁，放下茶杯说，"希望道林已经告诉过你我想给一切重新命名的计划了，格拉迪丝。这主意不错吧？"

　　"可我还不想改名，哈里，"公爵夫人抬起头，用那双迷人的眼睛看着亨利勋爵答道，"我对自己的名字很满意，我相信格雷先生应该也很满意他的名字。"

　　"亲爱的格拉迪丝，你们俩的名字都相当完美，我无论如何都不会改。我主要想改的是花。昨天，我刚剪了一枝兰花，别在纽扣眼上当襟花用的。那朵带斑点的花太美了，就像七宗罪一样让人着迷。我随口问了一位园丁这花的名字。他告诉我，那是一株珍贵的'罗宾逊尼亚纳'，反正是类似这样的鬼名字，这太可悲了。事实上，我们已经不会给东西取好听的名字了。名字关乎一切。我从来不计较别人做错事，但他们乱说话我就忍不了了，所以我才那么讨厌文学中庸俗直白的写实主义。就像有些人说铲子就是铲子，没有一点想象力，这样的人就该一辈子拿铲子去刨地，反正别的他也干不了。"

"那我们该叫你什么呢，哈里？"她问。

"他叫'悖论王子'。"道林说。

"我一下就想到他了！"公爵夫人惊呼。

"我不要，"亨利勋爵大笑道，随即一屁股坐在椅子上，"人一旦被贴上标签就再也撕不掉了，这头衔我可不要。"

"皇室可不允许退位。"迷人的嘴唇中迸出一声告诫。

"那你是要我捍卫王位？"

"没错。"

"我讲的都是明天的真理。"

"我更相信今天的错误。"她答道。

"格拉迪丝，我缴械投降了。"他捕捉到了她执拗的态度，叫道。

"哈里，我缴了你的盾，不是你的矛。"

"我从不攻击美人。"他摆摆手说。

"那就是你的错了，哈里，相信我，你把美看得太重了。"

"你怎么能这么说呢？我承认我觉得美比善好。但另一方面，我比谁都更乐于承认善比丑好。"

"这么说，丑倒成了七宗罪之一啰？"公爵夫人大声说，"那你刚才拿兰花打比方又怎么说？"

"丑是七大致命美德之一，格拉迪丝。你作为优秀的保守党人士，可千万别小瞧了它们。是啤酒、《圣经》和七大致命美德造就了我们今天的英国。"

"难道你不爱自己的国家吗？"她问。

"我生活在这里。"

"那你就能更好地批评它了。"

"你要听听看欧洲人是怎么说我们的吗？"他问。

"他们怎么说的？"

"他们说有个叫达尔杜弗的伪君子移民到了英国，在这开了家店。"

"这是你自己说的吧，哈里？"

"送给你说了。"

"我可说不出口。这太真实了。"

"怕什么。我们的同胞向来意识不到别人在说他们。"

"他们只是太务实。"

"与其说务实，倒不如说是狡猾。对账的时候，他们总是用财富抵愚蠢，用伪善抵恶行。"

"可我们还是干了不少大事。"

"只是那些大事碰巧落在了我们头上，格拉迪丝。"

"那我们也扛起了担子呀。"

"只扛到股票交易所就撂挑子了。"

她摇了摇头。"我相信物竞天择。"她叫道。

"是爱拼才会赢。"

"有竞争才有进步。"

"堕落更吸引我。"

"艺术呢？"她问。

"是痼疾。"

"爱呢？"

"是幻想。"

"宗教呢？"

"是信仰的时髦替代品。"

"你可真是个怀疑主义者。"

"从来不是！怀疑主义是信仰的起点。"

"那你是什么？"

"一下定义人就被框死了。"

"给条线索嘛。"

"线索会断的，你在迷宫里就走不出来了。"

"你把我弄糊涂了。还是聊聊别人吧。"

"我们这位男主人就很值得一聊。多年前有人管他叫'白马王子'。"

"天哪！快别提那档子事了。"道林·格雷大叫道。

"我们的男主人今晚可太没正形了，"公爵夫人红着脸说，"他竟然说蒙茅斯娶我完全是基于一种科学上的考量，认为我是他能找到的最完美的现代蝴蝶标本。"

"嗯，但愿他不会往你身上插大头针。"道林笑道。

"哦！我的女佣生我气的时候已经这么做了，格雷先生。"

"那她为什么生你的气呢，公爵夫人？"

"格雷先生，我向你保证，都是些鸡毛蒜皮的小事。这通常是因为我习惯八点五十下楼，而我要求她必须在八点半之前帮我穿戴好。"

"那她太不讲道理了！你应该给她一个警醒。"

"我可不敢，格雷先生。你看，我还指着她给我做帽子呢。你还记得我在希尔斯顿夫人的游园会上戴的那顶帽子吗？你一定忘了吧，不过谢谢你假装还记得。嗯，那是她一针一线做出来的。所有的好帽子都得像这样从零开始做起。"

"就像所有的好名声一样，格拉迪丝，"亨利勋爵插话道，"要知道，人往前进一步，就多一个敌人。只有庸碌之辈，才会人人喜欢。"

"对女人来说可不是这样，"公爵夫人摇摇头说，"这个世界得听女人的。我向你保证，我们可受不了庸碌之辈。不是有人说过，女人用耳朵去爱，就像你们男人用眼睛去爱一样，如果你们懂什么是爱的话。"

"我们男人除了爱，好像就没干过别的了。"道林咕哝道。

"啊！格雷先生，看来你从来没有真正爱过。"公爵夫人装作一脸难过的样子说。

"亲爱的格拉迪丝！"亨利勋爵叫道，"你怎么能这么说呢？浪漫是在重复中才得以存活，重复又将欲望转化为艺术。而且，每次爱的感受都是独一无二的。对象的改变不会削弱我们专一的情欲，只会强化它。人这一生最多只可能有一次刻骨铭心的感情，而生活的秘诀就是尽可能多地重现那段经历。"

"即使曾为爱所伤也要如此吗，哈里？"公爵夫人顿了顿问。

"为爱所伤更该如此。"亨利勋爵回答说。

公爵夫人扭过头，好奇地打量着道林·格雷。"格雷先生，你怎么看？"她问道。

道林迟疑了一会儿，而后仰起头哈哈大笑。"我向来赞同哈里的观点，公爵夫人。"

"即使他是错的也赞同？"

"哈里从来不会错的，公爵夫人。"

"他的理论能让你幸福吗？"

"我从来不追求什么幸福。谁要幸福啊？我只想找乐子。"

"那你找到了吗，格雷先生？"

"常常。太多次了。"

公爵夫人叹了口气。"我只求安宁，"她说，"我再不去更衣，今晚就别想安宁了。"

"我去给你摘几朵兰花吧，公爵夫人。"道林边说边站起来走向温室。

"你这样和他调情真是太不像话了，"亨利勋爵对他表妹说，

"你还是当心点吧。他可是很迷人的。"

"要是他不迷人，我何必费这口舌。"

"看来你们是希腊人对希腊人，棋逢对手啰。"

"我站特洛伊人一边，他们曾为了一个女人而战。"

"但他们最后败了。"

"虽败犹荣。"她说。

"你这脑袋真像匹脱缰的野马。"

"生命在于速度。"她机敏地答道。

"我今晚要在日记里写上这句。"

"什么？"

"被火烫过的孩子却偏要玩火。"

"我可没被火伤过分毫，我的翅膀安然无恙。"

"你长了翅膀却不用来翱翔。"

"勇气已经从男人身上转移到了女人身上。这对我们是新体验。"

"你有个情敌。"

"谁？"

他哈哈大笑。"纳伯勒夫人，"他低声说，"她对他爱得死去活来。"

"这就难办了。对我们这些浪漫主义者来说，迷上老古董是最要命的。"

"浪漫主义者！？你明明知道所有的科学方法。"

"都是男人们教的。"

"但没完全解释给你听。"

"那你来形容一下我们女人呗。"她叫板道。

"没有秘密的斯芬克斯[1]。"

---

1 希腊神话中狮身人面且长着翅膀的怪物，坐在忒拜城附近的悬崖上，向过路人出一个谜语："什么东西早晨用四条腿走路，中午用两条腿走路，晚上用三条腿走路？"猜不中者就会被它吃掉。俄狄浦斯猜中了谜底是人，斯芬克斯羞惭跳崖而死。

她看着他，微微一笑。"格雷先生怎么去这么久？"她说，"我们去帮帮他吧。我还没告诉他我穿什么颜色的裙子呢。"

"哎呀！你要用裙子来配他的花呀，格拉迪丝。"

"这也太急于投诚了吧。"

"浪漫的艺术都从高潮开始。"

"我得给自己留条退路。"

"像帕提亚人¹那样，退的时候杀个回马枪吗？"

"他们在沙漠都能安身立命，我可没那本事。"

"女人不是总有机会选择的……"他的话还没说完，从温室的另一头就传来一声压抑的呻吟，紧接着是重物掉落在地上发出的闷响。所有人都吓了一跳，纷纷站起来。公爵夫人惊恐万分，愣在原地。亨利勋爵眼中满是恐惧，他迅速穿过摇曳的棕榈丛，只见道林·格雷脸朝下倒在瓷砖地板上，已经不省人事了。

亨利勋爵立马把他抱进蓝色客厅，放在一张沙发上。过了一会儿，他苏醒过来，一脸茫然地环顾四周。

"发生什么事了？"他问，"啊！我想起来了。哈里，我安全了吗？"他开始发抖。

"亲爱的道林，"亨利勋爵说，"你只是昏倒了，没别的事。你八成是累坏了，今晚就别下楼去用餐了，我会替你招呼大家。"

"不，我要去，"他挣扎着站起来说，"我宁愿下楼，也不要一个人待着。"

他回房换了身衣服。晚饭时分，餐桌前的他与众人肆意谈笑，高兴得忘乎所以，但每当他想起詹姆斯·范恩那白手帕一样的脸，贴在温室玻璃窗外窥视他时，一股强烈的恐惧瞬间涌遍全身。

---

1 西亚古代民族之一，发源于伊朗高原东北部。其作战策略是经常佯装撤退，在从战场上消失前，他们万箭齐发。

第十八章

翌日，道林闭门不出，事实上，他大部分时间都待在自己的房间，怕死怕得要命。而对于生命本身，他又显得十分冷漠。他隐约察觉到，有人在跟踪他，布下圈套，等着逮他。这种意识开始支配着他。哪怕只是挂毯随风晃了一下，他也会瑟瑟发抖。那些被吹到铅窗格上的枯叶，在他看来，就像自己曾经徒劳的决心和疯狂的懊悔。只要一闭上双眼，他就看见那位水手透过雾蒙蒙的玻璃往里窥探的脸，恐惧再次揪住了他的心。

但那或许只是他的臆想，才上演了这出黑夜复仇的戏码，让惩罚化身狰狞的样子在他面前亮相。尽管现实生活一片混乱，但想象力却条理清晰。正是想象力让懊悔如影随形地跟着罪恶的脚步，也是想象力让每一桩罪恶孕育畸形的余孽。在平凡的现实世界，恶无恶报，善无善报，强者胜，弱者败，如此而已。更何况，如果真有生人在房子周围鬼鬼祟祟，仆人或门房一定会发现。如果花圃上有什么可疑的脚印，园丁早就报告了。是的，那一定是他臆想出来的。西比尔·范恩的弟弟没来杀他。那小子早已坐船远走他乡，葬身寒冬的海底，不可能再威胁到他了。嗐，那人根本不知道他是谁，也不可能知道，青春的面具救了他一命。

不过，即使这只是一种臆想，可一想到良知竟能唤起如此可怕的幻象，赋予它们实体，在人前游荡，他就觉得心里发毛！如果他那些罪孽的影子日夜潜伏在寂静的角落窥探他，在隐秘的地方嘲笑他，在宴席上凑近他的耳边低语，趁他熟睡时用冰冷的手指把他弄醒，那将会是一种怎样的生活啊！大脑中冒出的这个想法，吓得他脸色惨白，周围的空气仿佛瞬间变冷了。啊！那是一个何等疯狂的时刻，他竟亲手杀死了自己的朋友！光是想到那一幕他就觉得毛骨悚然。如今，他又看到了那一切。每一个可怕的细节都历历在目，更多了几分恐怖。他罪恶的身影，从那个阴森的、血淋淋的时间黑洞里走了出来。亨利勋爵六点钟来到房间时，发现他哭得心都快碎了。

直到第三天，他才终于鼓起勇气出了门。那个冬日早晨，弥漫着松木香味的清新空气，似乎为他找回了曾经的快乐，并重新燃起他对生活的热情。带来这种变化的并非只是环境本身。他天生具备一种抵御过度痛苦的能力，从而让痛苦无法轻易侵蚀他内心的平静。心思细腻敏感的人大都如此。在他们身上，强烈的情绪要么浴血奋战，要么俯首称臣；要么毁灭此人，要么自我毁灭。伟大的爱和悲会因自身的丰盈而毁于一旦，只有肤浅的爱和悲才能长久。他也已经说服自己，他只是受到某种恐怖想象力的摆布，如今回过头看，他倒有些可怜那个胆小的自己，但更多的是不屑。

吃过早餐，他陪着公爵夫人在花园里散了一小时的步，而后驱车穿过公园，与狩猎队伍汇合。草地上覆盖着一层细盐般的寒霜。蔚蓝的天空像一只倒扣着的金属杯。湖岸边芦苇丛生，静静的水面结了一层薄冰。

松木林一角，他看见公爵夫人的弟弟杰弗里·克劳斯顿爵士正把两颗打过的空弹壳推出枪膛。他从马车上跳下来，吩咐马夫把马带回去，然后穿过枯萎的蕨丛和蓬乱的灌木，朝客人走去。

"打猎打得怎么样，杰弗里？"道林问道。

"不怎么样，道林。鸟应该都飞到空旷的地方去了吧。相信等咱们下午换了新地方，就会好些。"

道林与他并肩走着。清香凛冽的空气、林中闪烁的棕红色光芒、偶尔传来猎手粗哑的喊叫和随之而来的尖锐枪响，这一切都让他沉醉其中，同时一种美妙的自由之感油然而生。他幸福得忘乎所以，感受着超然世外的喜悦。

突然，在他们前方大约二十码的地方，一只野兔从乱蓬蓬的枯草堆中跳了出来，竖着一对带黑尖的耳朵，长长的后腿一蹬，向一片赤杨丛蹿去。杰弗里爵士立马举起枪架到肩上，但道林却莫名地被这只优雅的动物迷住了，当即大喊："杰弗里，别开枪！饶了它吧。"

"道林，你抽什么风呢！"同伴笑着说。那只野兔刚要跳进灌木丛，他瞅准时机开了一枪。紧接着传来了两声惨叫。一声是兔子受伤发出的尖叫，听着让人揪心；另一声是男人痛苦的呻吟，听起来相当凄厉。

"天哪！我打中了一个赶猎的！"杰弗里爵士惊呼，"这家伙疯了吗？居然往我的枪口上撞！都别放枪！"他扯着嗓子大喊，"有人受伤了。"

猎场负责人拿着棍子跑了过来。

"在哪呢，先生？人在哪儿呢？"他叫道。与此同时，整条狩猎线的枪声都戛然而止。

"这儿。"杰弗里爵士没好气地说，旋即快步走向那片树丛，"你怎么搞的，怎么不叫你的人躲远点？坏了我今天打猎的兴致。"

道林看着他们拨开柔韧的枝条，纷纷钻进赤杨丛。没过多久，他们就拖着一具尸体来到了阳光下。他吓得赶紧背过身去，心想，怎么他到哪儿，厄运就跟到哪儿。他听见杰弗里爵士问那人是不是真死了，负责人给出了肯定的回答。他似乎看见林子里突然冒出许许多多张人脸。杂乱的脚步声和嗡嗡的低语声此起彼伏。一只铜色胸脯的野鸡从头顶的树枝间扑腾着飞了出去。

过了一会儿——对于此刻心烦意乱的他来说，像是煎熬了几个钟头——一只手拍了拍他的肩。他猛地转过身。

"道林，"亨利勋爵说，"我还是告诉大伙今天别打猎了，再打下去面子上不好看。"

"我巴不得永远别打猎了，哈里，"他痛苦地说，"这事又丑恶又残忍。那个人……"

他说不下去了。

"恐怕是的，"亨利勋爵答道，"子弹正中他胸口，应该当场就毙命了。走吧，我们回去。"

两人并肩朝大路的方向走了将近五十码，一言不发。而后，道林看着亨利勋爵，沉沉地叹了一口气说："这是个不祥的预兆，哈里，太不吉利了。"

"什么？"亨利勋爵问，"哦！是说这次意外吧。老兄，这是没办法的事。要怪就怪那个人自己不小心，为什么要挡在枪口前面呢？再说，这事儿与我们无关。当然，杰弗里面子上确实有些挂不住。如果是猎手的水平不行，那倒还好说，大家会觉得那是乱打一通。但杰弗里不是这样，他的枪法准得很。行了，再讨论这件事也没什么意义。"

道林摇了摇头。"这是个不祥的预兆，哈里。我隐约觉得我们当中有人要大祸临头了……也许是我自己吧。"他痛苦地用手捂着眼睛，补了一句。

那位年长者听了哈哈大笑："道林，无聊才是这世上唯一可怕的东西，那是一种不可饶恕的罪过。不过，只要那些人不在晚餐时一直没完没了地聊这件事，我们就不用忍受无聊的折磨。我得告诉他们，禁止谈论这个话题。至于预兆，根本就没有预兆这回事。命运要么太聪明，要么太残忍，她可不会派使者来给我们通风报信。再说了，道林，你能遇到什么祸事呢？你已经有了世人梦寐以求的一切，恐怕没有人不想跟你交换生活吧。"

"任何人的生活我都愿意交换，哈里。别笑话我了，我说的是实话。刚刚死掉的那个可怜的乡巴佬都比我好。我不怕死，但我害怕死亡临近。我仿佛觉得死亡之翼就在我身边沉闷的空气中盘旋。天哪！你看见没？树后面躲着一个人，在那监视我，等着对付我呢！"

亨利勋爵朝着那只颤抖的戴着手套的手指的方向望去。"是的，"他微笑着说，"我看见园丁在那儿等你，我猜他想问你今晚桌上要摆什么花。你也太神经兮兮了吧，老兄！等我们回到城里，你一定要去见见我的医生。"

看到朝他们走来的是园丁，道林才终于松了一口气。那人碰了碰帽子，犹豫地瞥了一眼亨利勋爵，旋即拿出一封信，递给了他的主人。"公爵夫人让我等您的回话。"他小声嘀咕道。

道林把信塞进口袋。"告诉夫人我就来。"他冷冷地说。听罢，园丁转过身，匆匆地朝庄园的方向走去。

"女人们可真喜欢以身犯险！"亨利勋爵大笑道，"这是她们身上我最欣赏的品质之一。哪怕旁边有人看，女人也可以和世界上任何人调情。"

"你可真喜欢口出狂言，哈里！就这件事来说，你看走眼了。我很喜欢公爵夫人，可我不爱她。"

"公爵夫人倒是很爱你，但没那么喜欢你，所以你们还真般配。"

"你这是在散播谣言，哈里，谣言一向都毫无根据。"

"凡是谣言都有不道德的迹象可循。"亨利勋爵边说边点了一支烟。

"为了你的警句，你不惜往任何人身上泼脏水。"

"世人都是自己跳进脏水里的。"他回答道。

"我倒希望我能爱，"道林·格雷无比哀怨地叫道，"可我好像弄丢了激情，忘记了欲望。我太关注自己，导致我的个性魅力也成了负担。我想逃脱，想远离，想遗忘。我怎么这么蠢，居然跑到这地方来。我想我得赶紧给哈维发个电报，让他把游艇准备好，到游艇上就安全了。"

"你怎么不安全了，道林？你遇到麻烦了？怎么不告诉我？你知道我会帮你的。"

"我不能告诉你，哈里，"他伤心地回答道，"大概只是我的幻想吧。今天发生的不幸让我心神不宁。我有种可怕的预感，类似的事情可能会落到我头上。"

"胡说八道！"

"我也希望是这样，但我控制不了这种想法。啊！公爵夫人来了，她真像穿着定制礼服的阿耳忒弥斯女神[1]。夫人，您瞧，我们这不就回来了。"

"格雷先生，我都听说了，"她说，"可怜的杰弗里伤心坏了。你好像还叫他别打那只兔子。太古怪了！"

"是的，确实很古怪。我也不知道当时为什么会那样说，可能一时冲动吧。它看起来可爱极了，像个小精灵。真抱歉他们把那个男人的遭遇告诉了你，这话题太吓人。"

"这话题简直给人添堵，"亨利勋爵插话道，"完全没有任何心理学价值。如果杰弗里是存心的话，那就有意思多了！我倒很想认识一个真正的杀人犯。"

"你太阴暗了，哈里！"公爵夫人叫道，"对吧，格雷先生？哈里，格雷先生又不舒服了，他快要晕倒了。"

道林费劲地挺了挺身子，挤出一丝微笑。"没事的，公爵夫人，"他咕哝道，"我的神经全乱套了，仅此而已。大概是我今天早上走太远的路了。我没听见哈里刚才说了什么，是很糟糕的话吗？改天你一定得告诉我。我想我得去躺一下了。恕我失陪，好吗？"

---

1 希腊神话中手持弓箭的狩猎女神。

他们已经走上了温室通往露台的大台阶。道林身后的玻璃门一关，亨利勋爵就转过身，满眼倦意地看着公爵夫人。"你爱他爱得深吗？"他问道。

她沉默了半晌，站在台阶上凝视眼前的风景。"我也想知道。"她终于说。

他摇了摇头。"知道太多会致命，捉摸不透才迷人，雾中景致更美妙。"

"可能会迷路。"

"亲爱的格拉迪丝，每条路都通向同一个终点。"

"终点是什么？"

"幻灭。"

"我的人生始于幻灭。"她叹了口气道。

"它来时就已戴着桂冠。"

"我受够了那顶草莓叶冕冠[1]。"

"它很配你。"

"只适合抛头露面。"

"真摘了，你又想它了。"亨利勋爵说。

"我才不摘呢。"

"蒙茅斯长着耳朵呢。"

"老人家耳朵背着呢。"

"他就没嫉妒过吗？"

"我倒希望他嫉妒。"

他环顾四周，像在找什么似的。"你找什么呢？"她问。

"你花剑上的护帽，"他回答说，"你把它弄掉了。"

她哈哈大笑。"我的面罩还在呢。"

---

1 公爵爵位的象征，其冠饰呈草莓叶形。

"它让你的眼睛看起来更美了。"他回答说。

她又笑了，露出的牙齿像某种红色果子里的白籽。

此刻，道林·格雷躺在楼上自己房间的沙发上，身体的每一寸肌肤都被恐惧刺痛。生活突然间变得沉重无比，压得他喘不过气。在他眼中，那位如同野兽般被射杀，惨死在灌木丛的倒霉的赶猎员，似乎预示着他自己的死亡。亨利勋爵随口一句玩世不恭的玩笑话，更是险些把他吓昏过去。

下午五点，道林按铃叫来仆人，吩咐对方给他收拾行李，并务必在八点半前备好马车在门口等候。他打算搭今晚的快车回城，坚决不能在塞尔比皇家庄园过夜了，这是个不祥之地。死神在阳光下徘徊，森林的草丛中已是血迹斑斑。

随后，他给亨利勋爵写了张便条，告诉他自己去城里找他的医生了，并请他代为招呼客人。他正要把便条放进信封，一阵敲门声响起，男仆来报告说猎场负责人想见他。他蹙着眉，咬了咬嘴唇。"让他进来吧。"他犹豫片刻后喃喃地说。

那人一进门，道林就从抽屉里拿出支票簿，在他面前摊开。

"我猜你是为了今早的不幸事件来的吧，桑顿？"他拿起笔说。

"是的，先生。"负责人说。

"那个可怜的家伙结婚了吗？有没有什么人要靠他养活？"道林不耐烦地问，"如果有，我也不想他们以后过得惨兮兮的。我会给他们一笔钱，你说多少合适，我都给。"

"我们不认识他，先生，所以我才冒昧地来请示您。"

"不认识他？"道林冷冷地说，"什么意思？他不是你手下的人吗？"

"不是，先生。以前从来没见过。他看着倒像个水手，先生。"

钢笔从道林·格雷的指尖滑落。那一刻，他仿佛觉得心脏停止了跳动。"水手？"他喊道，"你是说水手吗？"

"是的，先生。他看起来确实像当过水手，两只胳膊上都有文身之类的东西。"

"有没有在他身上找到什么？"道林身体前倾，一脸震惊地盯着那人问，"有没有什么写着他名字的东西？"

"有些钱，先生，但不多，还有一把左轮手枪。上面都没写什么名字。他看着挺体面的，先生，只是长得像个大老粗。我们觉得他应该是个水手。"

道林一惊，猛地站起来。一丝可怕的希望从他身旁一闪而过，他发疯似的抓住了它。"尸体在哪儿？"他惊叫道，"快！我要马上看到。"

"尸体在庄园农场的一个空马厩里，先生。大伙都不愿意把这种东西放自己家，他们说，尸体会带来厄运。"

"庄园农场！立刻去那儿等我。让马夫去牵我的马来。不，算了，还是我自己去吧，这样快点。"

一刻钟不到，道林·格雷就奋力地策马疾驰在长长的林荫大道上。树木像拉长的鬼影从他身旁掠过，凌乱的光影前赴后继地扑到路上。母马在一根白色门柱旁转了个弯，差点把他摔下马背。他横着在马脖子上抽了一鞭。马儿像箭一样划过朦胧的暮色，马蹄踩得石子飞溅。

终于，他到了庄园农场。院子里有两个人在溜达。他跳下马背，把缰绳扔给其中一人。最远的马厩里亮着一盏灯。他有种预感，尸体就在那儿。他飞奔到那间马厩门口，伸手就要拉门闩。

他站在原地，停顿了片刻，感觉接下来的发现或将改写他的命运，要么成全他，要么毁了他。他一把推开门，走了进去。

远处的角落里，一堆麻袋上躺着一具男尸，穿着粗布衬衫和蓝裤子，脸上盖了一块沾着血迹的手帕，旁边一个瓶子里插了根劣质蜡烛，正噼啪作响。

道林·格雷不由打了个冷战。他觉得不该用自己的手去掀帕子，便喊了位农场仆人进来。

"把那东西从脸上拿开，我想看看。"他紧紧抓住门柱，撑着自己说。

仆人照做了。他走上前去，从唇间迸出一声喜悦的叫喊，那个在灌木丛被打死的人正是詹姆斯·范恩。

他站在那里盯着尸体看了好几分钟。骑马回家的时候，他热泪盈眶，因为他知道自己安全了。

第十九章

"别跟我说什么要改过自新的话，"亨利勋爵大声说着，把白皙的手指浸入一只盛满玫瑰水的红色铜碗中，"你很完美。求你，别改了。"

道林·格雷摇了摇头："不，哈里，我这辈子干了太多坏事，我要悬崖勒马，我昨天已经开始做善事了。"

"你昨天在哪里？"

"乡下，哈里。我一个人待在小旅馆。"

"好孩子，"亨利勋爵微笑着说，"谁在乡下都能当个好人，那里没有诱惑。所以那些住在城外的乡下人才这么野蛮。文明不是从天上掉下来的。人要变得文明，只有两种方法：一是接受教化，二是自甘堕落。乡下人这两种方法都没机会接触，所以他们只能原地踏步。"

"教化和腐败，"道林重复道，"我都有所了解。真没想到它们居然能相提并论，这对我来说太可怕了。因为我有了新理想，哈里，我要改变，我想我已经变了。"

"你还没说到底做了什么善事呢，难道还不止一件？"他的同伴一边问，一边往自己的盘子里倒了些去籽的红草莓，堆得像座小金字塔，又用一个带孔的贝壳形勺子往上面撒了层白糖。

"我可以告诉你，哈里。但这件事除了你，旁人我一概不会提。我放了一个女人。这听起来可能有些自负，但你明白我的意思吧。她漂亮极了，和西比尔·范恩长得出奇得像，我想这也是她当初吸引我的原因。你还记得西比尔吧？好像已经过去太久了！嗯，当然，海蒂不是我们这个阶层的人，她只是个乡下姑娘。可我真的爱她，我非常确定这一点。我们一起度过了这个美好的五月，每周我都会跑去看她两三次。昨天，我们约在了一片小果园见面。苹果花纷纷扬扬地飘落在她的发梢，她笑得合不拢嘴。我们原本打算今天一大早私奔的。可突然间，我决定放开她，让她永远保持我们初见时花一般的模样。"

"道林，我想这段新奇的感情一定给你带来了真正的快乐，"亨利勋爵打断他说，"不过我可以给你的田园诗收尾。你对她好言相劝，让她心碎，从此你开始改过自新。"

"哈里，你太可恶了！收回你这些刻薄的话。海蒂没有心碎，当然，她也是哭哭啼啼的。但她没有蒙受羞耻，她可以像珀迪塔[1]一样，生活在长满薄荷和金盏花的花园里。"

"然后为那个负心汉弗洛里泽尔[2]掉眼泪，"亨利勋爵往椅背上一靠，大笑着说，"亲爱的道林，你的孩子气还真叫人捉摸不透。你以为这姑娘现在还会甘心接受一个与她门当户对的人吗？我想她以后会嫁给某个粗鲁的车夫，或者只知道傻笑的庄稼人。嗯，和你相遇相爱，会让她轻视自己的丈夫，内心饱受煎熬。从道德的角度看，你伟大的自我克制我并不欣赏。即便这只是你的第一次，也很糟糕。而且，你怎么知道海蒂此刻没有像奥菲莉娅那样，漂浮在某个洒满星光的磨坊池，身边环绕着美丽的水仙呢？"

"我可真受不了你，哈里！你讽刺一切，然后给出最悲惨的结局。我现在都后悔告诉你了。我不在乎你怎么说，我知道这么做是

1　莎士比亚喜剧《冬天的故事》中主角西西里公主，因被父亲质疑为私生子，在婴儿时就被遗弃在波希米亚的海边，并由牧羊人抚养长大。她对自己的王室血统一无所知，爱上了波希米亚王子弗洛里泽尔。

2　莎士比亚笔下的弗洛里泽尔并非一个负心汉形象，相反，他对珀迪塔的爱矢志不渝，即使面对父亲的愤怒和可能失去王室地位的威胁，也毅然与她私奔。

对的。可怜的海蒂！今天早上我骑马经过农场的时候，我看见窗户上映着她苍白的脸，像一束茉莉。我们别谈这件事了，你也用不着说服我相信，我多年来做的第一件善事，头一次的自我牺牲，居然是一种罪过。我想变好。我会变好的。还是说说你自己吧。城里有什么新鲜事？我已经好几天没去俱乐部了。"

"大家还在谈可怜的巴兹尔失踪的事。"

"我还以为他们现在已经谈腻了。"道林边说边给自己倒了些酒，眉头微蹙。

"好孩子，这件事他们才谈了六个礼拜，对英国大众来说，三个月聊一个话题就够他们受得了。不过，他们近来运气好。有我离婚的案子和艾伦·坎贝尔自杀的事可以谈，现在又多了一起艺术家的离奇失踪案。伦敦警察厅还是咬定，十一月九号那个穿灰色风衣、搭午夜火车前往巴黎的男人就是可怜的巴兹尔，可法国警方却说巴兹尔根本没到过巴黎。我猜差不多两个礼拜以后，我们就会听说有人在旧金山见过他。真是怪事，好像每一个失踪的人都在旧金山出现过。旧金山一定是个迷人的城市，有来世的一切魅力。"

"你说巴兹尔会出什么事呢？"道林一边问，一边举起手中的勃艮第葡萄酒对着光看，不禁好奇自己怎么能如此冷静地讨论这件事。

"我完全没有头绪。如果巴兹尔自己要躲起来，那与我无关。如果他死了，我也不愿再记起他。死亡是唯一让我恐惧的事情，我讨厌死亡。"

"为什么？"那位年轻人懒懒地问。

"因为，"亨利勋爵说着，把一只打开的、嵌着镀金雕花算子的香水盒放在鼻孔底下晃了晃，"在这个时代，人什么都能躲过，唯独躲不过死亡。死亡和庸俗是十九世纪我们不得不面对的两大难题。道林，我们去音乐室喝点咖啡吧。你一定要给我弹一首肖邦。那个跟我太太私奔的男人弹肖邦弹得炉火纯青。可怜的维多利亚！我真的很喜欢她，屋子里没有她太孤单了。当然，婚姻生活只是一种习惯，一种坏习惯。可即便失去的是最糟糕的习惯，人也还是会觉得遗憾。也许最让人遗憾的正是这些坏习惯，那是每个人的个性中不可或缺的一部分。"

道林没有说话，只是从桌旁起身，走进隔壁房间，坐在钢琴前，手指开始在黑白象牙琴键上游走。咖啡端进来后，他停下来，望着亨利勋爵说："哈里，你有没有想过巴兹尔被谋杀了？"

亨利勋爵打了个哈欠。"巴兹尔人缘很好，总戴着一块便宜的沃特伯里手表。他怎么会被谋杀呢？他还没聪明到给自己树敌的地步。当然，他有着非凡的绘画天赋。可就算画技像迭戈·委拉斯开兹一样出神入化，人也可能乏味透顶。巴兹尔这家伙其实挺无聊的，我对他唯一一次感兴趣，还是多年前，他说他疯狂崇拜你，还说你是他艺术创作的核心动力。"

"我非常喜欢巴兹尔，"道林说，语气中透着一丝悲伤，"但大家不是说他被谋杀了吗？"

"哦，有报纸是这么说的。但在我看来，这根本不可能。我知道巴黎有那种可怕的地方，但巴兹尔绝不是会踏足那种地方的人。他没有好奇心，这是他最大的缺点。"

"哈里，如果我告诉你，是我把巴兹尔杀了，你怎么说？"年轻人说完，目不转睛地看着对方。

"我会说，老兄，你在演一个不适合的角色。一切犯罪都庸俗，正如一切庸俗都是犯罪。道林，你身上就没有犯罪细胞。如果这么说伤害了你的虚荣心，那我道歉，但我向你保证这就是事实。犯罪只属于底层社会，我一丝一毫也不怪他们。我猜，犯罪对他们来说就像艺术对我们一样，只是寻求非凡感官刺激的方式。"

"寻求感官刺激的方式？那你觉得如果有人曾经杀过人，那他还会再杀人吗？别告诉我这是真的。"

"哦！无论什么事，只要做得多了，都会变成一种乐趣，"亨利勋爵笑着说，"这是生活最重要的秘密之一。不过我想，谋杀总是不对的。人绝不该做一些茶余饭后不能谈论的事。不过，我们还是别提可怜的巴兹尔了。我真希望他能像你说的，有一个如此浪漫的结局，但我不信。我敢说他一定是从一辆公共马车上摔进塞纳河了，而售票员又封锁了这个丑闻。没错，我想那才是他的结局。我看见他此刻就仰面躺在那暗绿色的水底，笨重的驳船从他身上漂过，长长的水草缠住了他的头发。你知道吗？我认为他就算活着，也画不出什么好作品了。这十年，他的画技退步了很多。"

道林叹了口气。亨利勋爵悠闲地走到房间另一头，开始抚摸一只珍奇的爪哇鹦鹉的脑袋。这只身披灰色羽毛、粉色羽冠和尾巴的大鸟，此刻站在一根竹制栖木上，努力维持着平衡。他纤细的手指刚碰到它，它便垂下皱巴巴的白色眼皮，盖住玻璃般的黑眼珠，开始前后摇晃身体。

"没错，"亨利勋爵继续说，转过身，从口袋里掏出手帕，"他的画技已经大不如前。我觉得他的画好像少了点什么。对，少了个完美模特。自从你和他不再是好朋友之后，他就再也不是伟大的艺术家了。是什么让你们分道扬镳的呢？我猜是你厌倦了他吧。如果真是这样，他肯定不会原谅你。那些惹人厌的家伙都有这种毛病。对了，他给你画的那幅绝妙的画像在哪里？自从他画完之后我就再也没见过了。哦！我记得你几年前说过把画送到塞尔比庄园了，后来在路上丢了还是被偷了，一直都没找回来吗？太可惜了！那确实是一幅杰作。我记得我想过要买下它，我现在真后悔当初没买。那是巴兹尔巅峰时期的作品。从那以后，他的作品就成了拙劣画技和良好立意的奇怪结合体，这也是有代表性的英国艺术家的典型风格。你有登报找过吗？你应该登报的。"

"我忘了，"道林说，"应该登过吧。不过我从来也没喜欢过那幅画。我很后悔当初给他当模特，一想起这事我就头疼。你为什么要提？那幅画总让我想起哪部戏剧里的古怪台词……应该是《哈姆雷特》吧……是怎么说的来着？

> 恰如悲伤的自画像，
> 有脸，而无心。

对，就是这句。"

亨利勋爵哈哈大笑。"如果人用艺术的方式看待生活，那他的脑袋就是他的心。"他一屁股坐在扶手椅上说。

道林·格雷摇了摇头，在钢琴上弹了几组柔和的和弦。"恰如悲伤的自画像，"他重复道，"有脸，而无心。"

那位年长者向后一靠，半闭着眼睛看着他。"对了，道林，"他顿了一下说，"你说人就算赢得全世界，却丢了——那句话怎么说来着？——自己的灵魂，对他有什么好处呢？"

音乐声突然变得刺耳，道林·格雷吃了一惊，盯着他的朋友。"你为什么问我这个问题，哈里？"

"老兄，"亨利勋爵挑着眉，一脸诧异地说，"我之所以问你，是因为我觉得你也许能给我答案，仅此而已。上个礼拜天，我穿过公园，看见大理石拱门旁站着一小撮衣衫褴褛的民众，在听一个俗气的街头传教士布道。我从他们身边经过时，那传教士正对着听众大声抛出那个问题。我觉得那一幕充满了戏剧性。伦敦这地方，总是时不时地上演着这样的奇异场景。一个湿漉漉的礼拜天、一个穿着雨衣的粗鲁的基督徒、一群脸色苍白、病恹恹的人围在漏水的破伞下，还有从那张歇斯底里的嘴巴里飘向空中的句句箴言——这个画面实在震撼，又引人深思。我本想告诉那位先知，艺术是有灵魂的，可他没有。不过，恐怕他听不懂我这番话。"

"别这么说，哈里。灵魂是一种可怕的现实。可以买，可以卖，还可以交换，可以被毒害，也可以变完美。我们每个人都有灵魂，我很清楚这一点。"

"你真的确定吗，道林？"

"非常确定。"

"哦！那一定就是幻觉了。但凡是人有十足把握的事，从来都不是真的。这就是信仰的宿命，也是浪漫的教训。你太严肃了吧，别那么认真。这个时代的迷信跟你我有什么关系呢？不，我们已经不再相信灵魂了。给我弹首曲子吧。弹首夜曲，道林，弹的时候，请小声告诉我，你是怎么留住青春的，你一定有什么秘诀。我只比你大十岁，却已满脸风霜，爬满皱纹，面色蜡黄。可你竟是如此容光焕发，道林。你今晚比任何时候都迷人。你让我想起了第一次见到你的样子。那时的你懵懵懂懂，相当腼腆，但美得出奇。如今，你人自然是变了，可容貌却还是老样子。真希望你能告诉我秘诀。只要能恢复青春，我什么都愿意做，除了锻炼、早起和对人毕恭毕敬之外。青春啊！没有任何东西能与之媲美。那些说青春无知的人真荒谬。现在，只有那些比我小得多的年轻人的意见，我还愿意洗耳恭听。他们似乎走在我的前面。生活早已将最新的奇迹展露在他们面前。至于年纪比我大的，我总和他们唱反调。我这么做是有原则的。如果你让他们就昨天发生的某件事发表意见，他们会一本正经地把一八二〇年的流行观点讲给你听，而那时候的人都立着高领，相信一切，却一无所知。这首曲子你弹得太美妙了！我真好奇，肖邦写这曲子的时候是不是在马略卡岛，听着别墅周围浪花呜咽，咸腥味的水雾拍打着窗户？简直浪漫得叫人心醉。现如今，幸好还有这种不靠模仿的艺术流传下来！别停，今晚我需要音乐的慰藉。你就像年轻的阿波罗，而我是听你演奏的马耳叙阿斯[1]。道林，我也有自己的伤心事，是连你也不知道的。人老的悲哀，不在于人变老，而在于心还年轻。我有时也会被自己的真诚吓一跳。啊，道林，看看你多幸福！你过着多么美好的生活！你尽情享受着一切，像在嘴里咬碎葡萄般品味生活的甘甜。生活向你敞开所有，而你，如同欣赏音乐般，感受着这一切。它从未伤害过你，你还是当初的那个你。"

"我变了，哈里。"

"不，你没变。我很好奇你的余生将会如何。别让自我克制毁了它。你现在是个完美的典范，别让自己变得残缺，你现在非常完美。用不着摇头，你心里很清楚这一点。还有，道林，别欺骗自己。生活不受意志或意图所控制。生活是由神经、纤维和慢慢累积的细胞组成的集合体，其中隐藏着思想，孕育着激情。你可能以为自己很安全，自诩强大。但是，房间里或者晨曦中偶尔透出的那抹色彩、你曾经深爱并封存了微妙记忆的那瓶香水、你不期而遇的被遗忘的那行诗句、你不再弹奏的乐章中的那段尾声……道林，我告诉你，正是这一切支撑着我们生活。勃朗宁[2]在哪首诗里提到过这些。我们自身的感官也会激发想象。有时，白丁香的气味会突然闯入我的鼻息，让我不得不重温生命中最不寻常的那个月。道林，我多希望能和你交换位置。虽然全世界对我们俩都颇有怨言，但一直都爱慕着你。你是这个时代苦苦寻觅的完美典范，却又害怕真的把你找到。我庆幸你从未刻意创造什么，没有刻过雕像，没有画过画，你的存

---

1 希腊神话中半人半兽的森林之神，因捡到雅典娜的笛子而激发自己的音乐才能，后挑战太阳神阿波罗的琴艺落败而被剥皮处死。

2 罗伯特·勃朗宁（1812—1889），19世纪英国著名的诗人、剧作家，其代表作《我的前公爵夫人》讲述了一位公爵向客人展示前妻画像时，暗示他可能谋杀了她，这或许启发了王尔德创作本书的灵感。

在本身就是最完美的艺术！生活一直是你的艺术。你把自己谱成了乐章，你过的每一天都是你的十四行诗。"

道林从钢琴旁站起身，用手捋了捋头发。"是的，生活曾经很美好，"他喃喃地说，"但我的生活不会再回到从前了，哈里。别再跟我说这些不着边际的话，你并不了解我的全部。我想如果你了解的话，恐怕你也会离我而去。你笑什么呢？别笑了。"

"道林，你怎么不弹了？回去再弹一遍夜曲给我听吧。看看那轮挂在昏暗夜空中的蜜色大月亮，它正等待着被你的魅力俘获，如果你弹的话，它会离地球更近一些。你不弹吗？那咱们去俱乐部吧。这么美好的夜晚，一定要让它在美好中结束。怀特俱乐部有个人做梦都想认识你——小普尔勋爵，伯恩茅斯的长子。他连领带都打得跟你一样，还求我介绍你们认识。他是个可人儿，一见他我就想起你。"

"但愿不是这样，"道林眼含悲伤地说，"不过我今晚太累了，哈里。不去俱乐部了吧。快十一点了，我想早点睡觉。"

"留下来吧。你今晚弹得比以往任何时候都要好，指法精妙绝伦，让我领略到这首曲子前所未有的丰富旋律。"

"因为我要学好了，"他笑着回答，"我已经变了一些。"

"你对我不能变，道林，"亨利勋爵说，"我们永远是朋友。"

"但你曾经用一本书毒化我，我不该原谅你。哈里，答应我永远不要把那本书借出去了，会害人的。"

"好孩子，你果然开始讲道德了。要不了多久，你就会变得像那些教徒和复兴运动者一样，四处奔走，告诫世人远离一切你已厌倦的罪孽。你太可爱，哪干得了那些？何况，干了也没用。你我现在是什么样的人，将来还会是什么样的人。至于被书毒化，根本没那回事。艺术不会影响行为，只会摧毁行动的欲望。艺术结不出任何果实。世人口中所谓不道德的书，不过是让人看到自身的耻辱罢了，仅此而已。好了，我们先不谈文学了。明天到我这儿来。我十一点要去骑马，我们可以一道去，之后我带你去布兰克森夫人那儿吃午饭。那是个有魅力的女人，她要买几条挂毯，想请你参谋参谋。记得一定来。要不，我们去找小公爵夫人共进午餐如何？她说现在总见不到你。还是说，你已经厌倦格拉迪丝了？我早料到你会这样。她的伶牙俐齿确实不招人待见。嗯，无论如何，十一点过来吧。"

"我一定得来吗，哈里？"

"当然。公园里现在美得不像话。从认识你那年到现在，我就没见过这么美的丁香。"

"好吧，我十一点到，"道林说，"晚安，哈里。"走到门口时，他迟疑了片刻，似乎有话要讲。接着，他叹了口气，出了门。

第二十章

这是一个美妙的夜晚，暖暖的，他甚至把外套搭在胳膊上，连脖子上也没有系丝巾。他抽着烟，信步走在回家的路上，不经意间从两个穿着晚礼服的年轻人身旁经过。他听到其中一个对另一个窃窃私语。"那就是道林·格雷。"他还记得以前被人认出、注视或谈论时，心里有多么高兴。可现在，他听到自己的名字就厌烦。他最近常去的小村子之所以吸引他，有一半魅力在于那里谁也不认识他。他常常对那个受他引诱而坠入爱河的女孩说，自己是穷光蛋，她竟信以为真。他还告诉她，自己是个邪恶之人，她却笑着反驳，说邪恶的人通常都又老又丑。她笑得多么灿烂，像画眉鸟在歌唱。她穿着棉质连衣裙、戴着大帽子的样子多么楚楚动人。她一无所知，却拥有他已经失去的一切。

道林回到家，发现仆人还在等他，于是打发仆人去睡觉，自己则一头倒在书房的沙发上，开始仔细回想亨利勋爵对他说的那些话。

人真的永远无法改变吗？他极度渴望回到年少纯洁无瑕的时光——亨利勋爵曾称之为"白玫瑰般的童年"。他知道是他自己把自己玷污了，满脑子堕落的思想，连想象力也变得恐怖起来；他知道自己给别人带去的尽是邪恶，却从中体会到一种扭曲的快感；他知道所有与他打过交道的人，原本都有着最美好、最光明的人生，却因他而蒙羞。但一切都无法挽回了吗？他没希望了吗？

啊！那是多么狂妄又冲动的可怕瞬间，他祈祷让肖像为他承担岁月的重负，而他自己永葆青春那无瑕的光彩！他所有的失败皆源于此。倒不如让他的每一桩罪行都能得到及时且必然的惩罚，那对他反而是一种解脱。惩罚即净化。人向最公正无私的上帝祷告时，不应该说"宽恕我们的罪孽"，而要说"惩罚我们的不义"。

亨利勋爵多年前送给他的那面雕工精美的镜子，此刻就摆在桌上，一群四肢白皙的丘比特依旧围绕在镜框上嬉笑。他拿起镜子，眼中噙满泪水，目光疯狂地凝视着那光洁的镜面，仿佛又回到了他最初发现那致命画像起了变化的惊悚之夜。曾经，有个深爱他的人给他写过一封癫狂的信，信末是这样一行极尽崇拜的文字："你由象牙和黄金铸就，世界因你而变，历史因你的嘴唇线条而改写"。他再次回想起这句话，不断在心头重复。随后，他憎恨起自己的美貌来，猛地将镜子摔在地上，又用脚跟狠狠将其碾成银色碎片。毁掉他的正是美貌。除了美貌，还有他祈求的青春。如果不是这两样东西，他这一生或许都会干干净净。对他来说，美貌只不过是一副面具，青春也不过是一种讽刺。青春到底是什么？左不过是一段青葱岁月，一段情绪浅薄、思想病态的时光。他何必要戴上青春的枷锁？青春已经把他毁了。

还是别再纠结过去了。已经发生的事无法改变，他该想想自己和他的未来。詹姆斯·范恩已经被埋进塞尔比教堂的一块无名坟冢里；艾伦·坎贝尔有天夜里在自己的实验室开枪自杀了，但至死也没透露那个他被迫得知的秘密；巴兹尔·霍尔沃德失踪带来的兴奋劲头很快就会过去，而且这场风波也开始慢慢平息。他完全可以高枕无忧。其实，真正让他耿耿于怀的不是巴兹尔·霍尔沃德的死，而是他自己灵魂深处那份生不如死的煎熬。是巴兹尔画的那幅画像给他的生活蒙上了污点。他无法原谅巴兹尔。那幅画像是一切的罪魁祸首。巴兹尔曾对他说过一些不堪入耳的话，但他都默默忍下来。他杀人只是一时冲动。至于艾伦·坎贝尔，自杀是他自己的选择，与旁人无关。

新生活！这才是他想要的，也是他一直等待的。当然，他已经洗心革面了。不管怎样，他放过了一位无辜的姑娘，而且再也不会引诱无辜之人了。他会变好的。

想到海蒂·默顿，他不禁好奇，那幅锁在房间里的画像是不是变了。总不至于还像之前那样面目可憎吧？或许，只要他的生活纯洁起来，那张脸上邪恶情绪的痕迹就会被一一抹去。说不定那些痕迹已经消失了，他要去看一看。

他拿起桌上的灯，蹑手蹑脚地上了楼。拉开门闩的时候，他那张洋溢着青春气息的脸庞上掠过一丝喜悦的笑意，在他的唇边停留了片刻。没错，他会变好的，被他藏起来的那件可怕的东西也不会再让他恐惧。他仿佛觉得压在心里的石头已经落地。

他静悄悄地走了进去，像往常一样顺手从里面反锁了门，而后一把扯下蒙在画像上的紫色帘子。他爆发出一声痛苦而愤怒的咆哮。除了那双眼睛里多了几分狡黠，嘴角添了几条虚伪的皱纹，他看不出画像有任何变化。这东西还是那副可憎的样子，甚至比以前更可憎。它手上鲜红的露珠似乎更亮了，更像刚溅上的血渍。他不禁打了个哆嗦。他做那件善事，难道只是因为虚荣心作祟吗？还是像亨利勋爵嘲笑着暗示的那样，是为了寻求新的感官刺激？又或者，是内心渴望扮演某种角色的冲动，让我们在某些时刻做出超越自我的举动？还是说，这些原因都有？另外，为什么那块红色血渍比之前更大了？它像某种可怕的传染病，爬满了皱巴巴的手指。画像的脚上也有血迹，像是滴下来的，就连那只没拿过刀的手上也有。坦白？这是在暗示他要坦白吗？去自首，然后被处死？他不禁大笑，觉得这念头太荒谬。更何况，即使他坦白，又有谁会相信呢？被谋杀的人已经无迹可寻，与之有关的一切都被销毁了。地下室里的东西是他亲手烧掉的。世人只会说他疯了。如果他咬定这个说法，说不定还会被关进疯人院……但他有责任去坦白，去公开受辱，向公众赎罪。上帝的存在，就是号召世人向天地坦白其罪行。他只有坦白了自身的罪孽，才能涤荡灵魂。他的罪孽？他耸耸肩。巴兹尔·霍尔沃德的死在他看来不值一提。此刻，他正想着海蒂·默顿。因为他眼前的画像就是一面不公正的镜子，映照着他的灵魂。虚荣？好奇？虚伪？难道他克制的只是这些吗？肯定还有别的。至少他这么认为，可谁又能说得清呢……不，没别的了。他就是因为虚荣才放过的海蒂，因为虚伪才戴上善良的假面，因为好奇才尝试自我否定。他现在终于认清了。

但这桩谋杀案……会纠缠他一生吗？难道他要永远背负过去？他真的要坦白吗？绝不。眼前只剩下最后一项对他不利的证据了。就是那幅画——画本身就是证据。他要毁了它。他为什么要把画保管这么久呢？他曾在欣赏画像逐渐变化、老去的过程中感到快乐。可是，近来这种快乐已经荡然无存。这幅画害得他夜不能寐。只要离开家门，他总是提心吊胆，生怕有别的眼睛看到它。它让他的激情蒙上了一层阴霾。每当想起它，就会破坏许多欢乐的时光。它就像他的良知，是的，它就是他的良知。他必须毁掉它。

他环顾四周，看见了那把刺死巴兹尔·霍尔沃德的刀。那把刀他洗过无数遍，直到上面没有一丝血迹。此刻，它闪闪发光。既然它能杀死画家，也就能杀死画家的作品，及其所承载的一切。它能杀死过去，而过去一死，他就自由了。它会杀死这畸形的灵魂影像，没有了那可怕的警示，他就安宁了。他抓起刀，朝画像刺去。

只听见一声惨叫，紧接着一声巨响。那声惨叫凄厉无比，把仆人们都惊醒了，纷纷从房间里钻了出来。楼下的广场上有两名绅士走过，他们停下来，抬头望向这幢豪宅。他们继续往前走，直到碰见一名警察，并把他带回了这里。警察按了几次门铃，都没有回应。除了顶楼的一扇窗户里亮着灯，整栋房子里漆黑一片。过了一会儿，他走开了，站在旁边的门廊里看着这一切。

"那是谁的宅子，警官？"两名绅士中年长的那位问道。

"先生，是道林·格雷的。"警察回答。

两人对视了一眼，冷笑一声走开了。其中一位是亨利·阿什顿爵士的叔叔。

那幢宅子的仆人房里，衣服都没穿利落的仆人们在窃窃私语。年迈的莉芙夫人绞着手，啜泣着。弗朗西斯脸色惨白。

大约一刻钟后，他叫来车夫和另一个仆人，小心翼翼地上了楼。他们敲门，无人回应。他们朝屋内呼喊，还是静悄悄的。最后，他们试图强行破门，但没有成功，于是他们爬上屋顶，从那里跳到了阳台上。窗户轻轻松松就被打开了——那些铰链已经十分老旧。

他们进屋后，一眼便看到墙上挂着主人的一幅绝美画像，与他们最后一次见到他时一模一样，俊美不凡，尽显青春的华彩。地板上躺着一具男尸，穿着晚礼服，胸前插着一把刀。那具身体已经干瘪，满脸皱纹，面容狰狞。直到他们仔细检查死者手上的戒指，才认出那人是谁。

译后记

朱亚光[1]

十年前，入行接到的第一部书稿，是百部奥斯卡经典文库之一的《窗外有情天》，与一同在列的《道林·格雷的画像》遗憾错过。时隔十年，终于再次遇到它，是命中注定的缘分。

提笔翻译这本书时，是 2023 年年末，我在澳大利亚西悉尼大学留学。南半球正值盛夏，双语研究实验室里书香四溢，夏日的微风拂过校园，透过敞着的门，袭来阵阵浓郁的尤加利香气；窗外，蓝花楹、火焰树开得正盛……这一切像极了这部小说的开头，我仿佛亲身走进了故事当中。在这样的环境中创作，无疑是一种美妙的体验。

奥斯卡·王尔德在这部文风华丽的小说中，写尽了上流社会穷奢极欲的生活作风和道貌岸然的礼仪素养。故事围绕着年轻贵族道林·格雷与亨利·沃顿勋爵之间错综复杂的关系展开。两个迥异的灵魂在艺术家巴兹尔·霍尔沃德的牵引下相遇。巴兹尔，这位为爱痴狂的画师，初见道林便惊为天人，视其为世间至纯至美的化身，宛如自己的灵感缪斯，誓要将这份美好永远镌刻在画布上。道林，这位面容俊秀、灵魂美丽的青年，让无数世人为之倾倒。在亨利眼中，道林的美，是一种诱惑，一种挑战，他渴望将自己的享乐主义

---

1 朱亚光，90 后，爱阅读，尤爱魔幻现实小说和纪实文学。曾旅居多国，沉浸式体验多元文化，翻译本书时于澳大利亚西悉尼大学公派攻博。译海茫茫，常有所顿悟，故沉迷这项精雕细琢的艺术。迄今累计翻译二百余万字。已出版译作《窗外有情天》《重返19 次人生》等。

哲学灌输给这位年轻的心灵，使之成为自己灵魂的延伸，从而找到永不凋零的青春与自由。然而，当那幅凝聚了巴兹尔无数心血的画像完成时，一切都变了……

谢谢编辑的信任，让我有机会将这样一部充满魔幻色彩、情节跌宕起伏的作品带给广大读者。结合王尔德的成长史来看，这部小说更像是一部跨时空的自传，是他内心世界的一次深刻剖析及与自我的对话。它让1890年时值中年的王尔德向年轻时纯真无邪的"自我"道林·格雷传授关于美、自由与道德的独到见解，企图让他达到"本我"亨利勋爵超越社会道德的可怕的思想境界，而杀死"超我"巴兹尔则是这个蜕变过程必须付出的代价。这一切背后的动机，归根结底，是对"美"无尽的渴望与追求，这也是王尔德一生奉为圭臬的真理。何为美？花香草绿是美，青春容颜是美，衣着光鲜是美，纵情享乐亦是美……美即是美，无关对错，懂得这个道理的才是"天选的有福之人"。

总之，这是一个弥漫着浓郁玫瑰花香，夹杂着呛鼻烟草味道的好故事，读来有惊奇、有喜悦、有恐惧、有悲怆，各种滋味，令人回味无穷。唯愿此译本能传递真诚，以此致敬这段漂洋过海、乘风破浪的旅程。感谢文学，让我始终有勇气不顾一切地流浪世界。

2024年7月于澳大利亚悉尼

自深深处

云隐 译

DE PROFUNDIS

序：狱中来信

折衡

芦丹氏有一瓶被评为"适合出席前任葬礼的香水"——"深渊书简"[1]，灵感源自波德莱尔的诗《深谷怨》，取名则源自王尔德的狱中长信。戏谑的是，出席前任葬礼的，恰是王尔德的生命挚爱、欲念之火——波西。

这封长信大致写于1897年，彼时狱中的王尔德经历了丧母、破产、离婚等多重打击，而社交圈的朋友大多唯恐避他不及。如果非要用三言两语概括这八万余字的长信，毛姆《面纱》中的名句或许合适："我知道你愚蠢、轻佻、头脑空虚，然而我爱你。我知道你的企图、你的理想，你势利、庸俗，然而我爱你。我知道你是个二流货色，然而我爱你。"

1895年，41岁的王尔德与情人波西的父亲昆斯伯里侯爵对簿公堂，他自信于辩论之技，侃侃而谈"不敢说出名字的爱"，却最终身败名裂，成为阶下囚。而令他锒铛入狱的始作俑者，他的情人波西，甚至不愿给他写信。入狱前的王尔德奢靡放纵，不知痛苦为何物，而此时的他身陷牢狱，只能以文字度过漫漫长夜。

信的前半部分，他写波西如美丽贪婪的小猫，而这种美丽如同暴政。他写波西如何黏人、如何薄情寡义、如何挥霍无度。他将王尔德送的礼物典当、写的情书拿去发表，在赌场输了钱干脆拍个电报至伦敦找王尔德要钱，但王尔德生重病他却不闻不问。天赋、名

1　即《自深深处》的曾用名之一。

波西

望、地位、才华，诸神几乎给了王尔德一切，而他以这一切为土壤，供养波西的虚荣和贪婪。

诉说完不满后，王尔德话锋一转，转而思考哲学与苦难，关于美、艺术、人生的观点交织，如同他笔下的亨利勋爵一般金句频出。

信的最后一部分，纸上布满了涂改和泪痕，不争气的王尔德坦白，他期待会面、期盼回信。他说："命运女神将我们素无关联的命运丝线，编成了一个猩红的罪恶之结。"即使写出无数尖酸刻薄的嘲讽、言辞犀利的评判、呕心沥血的剖白，他仍然放任爱意波涛汹涌，直至将自己淹没。

王尔德深知波西的性格，于是将原稿寄给了另一位情人罗斯。不出所料，多年后，波西收到这封信的复印件，没看几页就烧掉了。此后，为了与王尔德划清界限，他大大小小打了无数官司。

或许是孽缘，或许是命运使然，波西也尝到了牢狱的滋味，他因刑事诽谤被关进了王尔德曾服役的雷丁监狱。在狱中，波西终于明白了王尔德经历了什么，是终日阴暗潮湿的牢房，是不见天日的暗窗，也是被剥夺自由的画地为牢。他写下关于爱与思念的长诗《至高无上》，算是时隔 24 年的遥遥呼应。

时间回到 1900 年，46 岁的王尔德与世长辞，波西赴丧，在巴黎的葬礼上，他与王尔德的朋友激烈争执，坚持由自己主丧，扶棺尽哀，并支付了葬礼的全部费用。

波西第一次为王尔德付出，却是在他的葬礼上。

爱像一道闪电，一次次击中王尔德，使他得以短暂地燃烧，却烙印永恒的疤痕。疤痕以字镌刻，正是我们捧在手中的书简。

亲爱的波西:

经历了漫长而徒劳无果的等待，我已下定决心，亲自给你写信，为了你也同样为我自己。因为我不愿设想，当我熬过了两年之久的幽禁，除了令我备受折磨的传闻外，竟从未收到你寄来的只字片语，乃至任何消息或音信。

你我之间命途多舛、最堪悲戚的友谊，以我身败名裂、众叛亲离而宣告终结。但是，你我旧日的情意，却时常在我的记忆中挥之不去。一想到厌弃、痛苦和羞愧，将永远占据我心中曾满盈着爱情的空地，就令我伤心不已。而你，我想，你自己也会由衷地发觉，与其未经允许发表我的手札，抑或擅作主张为我题献诗句，都比不上在我孤自独卧于囹圄之时给我写信，即便世人将无从知晓你的辩白或回应，无论你选择奉上的是忧郁或热烈、悔恨或冷漠的词句。

这封信中，我的笔触会涉及你我的生活，涉及过去和未来，涉及变成酸楚的甜美事物，涉及或将化为喜悦的痛苦。我毫不怀疑，其中会有许多篇幅狠狠刺伤你的虚荣心。若真能如此，那就一遍遍重读这封信吧，直到它将你的虚荣扼杀殆尽。如果你发现其中有些内容，让你感觉受到了不公正的责备，切记，倘若有人尚存一丝蒙受不白之冤的可能，就应该感到庆幸。如果其中有哪一段话，能让泪水打湿你的眼睛，那就哭吧，像我在狱中那般痛哭吧。狱中的眼泪，不分白天和黑夜。唯有哭泣，才是你唯一的救赎。如果你去向你的母亲抱怨，就像上次，当你得知我在给罗比的信中表露出对你的轻蔑后的所作所为，好让她取悦你、安抚你，让你再度沾沾自喜、得意忘形，你就会完全迷失自己。如果你为自己找到一个虚假的借口，你随后就会有一百个理由，让你变回原来的模样。你是否仍然坚持，正如你在给罗比[1]的回信中所言，我将"卑劣的动机"加之于你？啊！你的生活中并没有什么动机。你所拥有的只是欲望。动机是理智的目标。还说在我们交往之初，你"少不更事"？你的缺憾不在于你对人生知之甚少，而是你知道得太多了。少年时的晨曦，连同那柔嫩的花枝，澄澈的微光，天真烂漫的欢乐和憧憬，都被你远远抛在了身后。你用迅捷无比、奔跑不息的步履，越过了浪漫，直接迈入了现实。阴暗的角落连同其中滋长的事物，开始让你着迷。这就是困扰你的根源，由此你才来寻求我的帮助，而我出于同情和善意，在世俗的眼中很不明智地向你伸出了援手。你必须将这封信读完，尽管每一个词，或许对你而言，都像是火焰或刀剑，让你纤弱的肉体灼烧、流血。要知道，神灵眼中的愚人和凡夫眼中的愚人大不相同。有人完全不懂艺术流变中的风尚或思想演进中的情绪，不懂拉丁文诗句的恢宏壮丽或希腊语元音的繁复声律，不懂托斯卡纳式的雕塑或伊丽莎白时代的谣曲，却可能拥有最高妙的智慧。而真正的愚人，正如为神灵所哂笑、所怪罪的，正是对自己一无所知的人。我曾当了太久愚人。你也已经当了太久愚人。别再这样了。不要害怕。恶莫大于浅薄。凡事明白了就好。[2]同时也要记住，你阅读时感受到的任何悲哀，都比不上我提笔写下时感受到的悲哀。于你而言，那些"不可见的力量"待你不薄，让你能够看到人生异样而又可悲的形态，犹如透视水晶中的阴影。美杜莎的头会让活人化

1　罗伯特·罗斯（Robert Ross）的昵称，王尔德的挚友，在波西之前的同性伴侣。这封信在王尔德出狱后，交给了罗比，由罗比于王尔德死后五年发表。——译者注（后文若无特殊说明，均为译者注。）
2　这句话将在后文中反复出现。

作顽石，却允许你仅仅隔着一面镜子窥探。你能自由自在地穿行于花丛。绚烂而又灵动的美好世界，却已与我渐渐远去。

首先我要告诉你，我无比自责。当我以耻辱潦倒之身，穿上囚服，坐在这黑暗的监牢中时，我责备自己。在痛苦阵阵袭来、令我煎迫不安的夜晚，在漫长乏味、唯有折磨的白昼，我也只责备我自己。我自责，竟容许一种非理性的友谊，一种首要目的并非是创造和思索美好事物的友谊，完全支配了我的生活。从一开始，我们之间就有一道难以逾越的鸿沟。你在中学里无所事事，在大学里境况更甚。你意识不到，一位艺术家，尤其是像我这样的艺术家，一位作品质量取决于深化其个性程度的艺术家，其技艺的发展，需要灵感的陪伴，理性的氛围，安静，平和，还有独处。你赞美我已经完成的作品，你享受我首演之夜的辉煌成功，以及随后盛大的晚宴。你以作为像我这样出众的艺术家的密友，而倍感骄傲，这是自然。但你却无法理解，创作艺术作品所必需的条件。当我提醒你，在我们一起度过的所有时光中，我从未写下哪怕一行诗句，我并非在用辞藻夸饰，而是对真正的现状最忠实地描述。无论是在托基、戈林、伦敦、佛罗伦萨还是别处，只要你在我身边，我的生活，就变得枯燥乏味、了无灵气。而说来遗憾，除了少数的间隙，你总是在我身边。

且从众多事实中举出一例吧，比如说，我记得是在（一八）九三年九月，我租住了个套房，纯粹是为了不受打扰地创作，因为我曾答应为约翰·赫尔写一出戏，合约尚未履行，而他正就此催我交稿。在第一个星期里，你弃我而去。因为你我之前就你所翻译的《莎乐美》的艺术价值，产生了分歧，这再正常不过了。你为了挽回颜面，在这个话题上频频给我寄来愚蠢的信件。而在那周，我写完了《理想丈夫》的第一幕，每个细节都精心打磨，仿佛这一稿就是最终上演的版本了。之后的那周，你回来了，而我的创作几乎难以为继。每天上午的十一点三十分，我都会来到圣詹姆斯广场，找个机会得以构思、写作，免受我自己家中无法避免的叨扰，尽管那曾是个清净、安宁之家。但这种尝试毕竟徒劳无益。到了十二点，你乘车而来，迁延不去，抽烟闲谈，直到一点半，那时我就不得不带着你外出吃午餐，或是去皇家餐厅[1]，或是去伯克利酒店[2]。有美酒助兴的午宴，常常持续到三点半。你又会在怀特俱乐部[3]休息一小时。到了该喝下午茶的时候，你再度出现，并一直逗留到该为晚宴梳妆打扮的时候。你和我要么是在萨沃伊酒店[4]，要么就是在泰特街[5]共进晚餐。直到过了午夜，你我才会分开，因为威利斯的晚宴，必须送走这令人沉醉的一天才肯罢休。在那三个月中，我就是如此日复一日地生活，除了你出国的四天。而我，自不必说，还要去加莱接你回来。对于我这种秉性和气质的人而言，这就是一种荒谬而又可悲的境遇。

事到如今，你总该意识到了吧？你没有一丝一毫独处的能力；你的天性，如此迫切而又无休止地要求别人的关注、索取他人的时间；你缺乏任何持之以恒的心智上的专注力。尽管我情愿相信这并非偶然，但这确是不幸的偶然，即说你在智性的事物上，至今尚不能养成"牛津气质"，我是说，未曾成为一位可以优雅地玩弄各种概念的人，而仅仅止步于粗暴地使用观点的层面——所有这一切，结合你的欲念和兴致在于生活而非艺术的现实，对于你文化修养的

1　皇家餐厅（Café Royal）位于伦敦市中心，曾一度是英国文艺界名流和政商权贵寻欢作乐之处。

2　伯克利酒店（The Berkeley）是伦敦的豪华酒店，旧址位于皮卡迪利街（Piccadilly Street）上。

3　怀特俱乐部（White's Club）是伦敦历史最为悠久的私人豪华会所，只有男士才能入内。

4　萨沃伊酒店（Savoy Hotel）位于西敏市河岸街，是伦敦的一座豪华酒店。

5　泰特街（Tite Street）位于伦敦切尔西区，十九世纪末的文艺人士喜欢在此聚集，其中遍布名人故居，而泰特街 34 号是王尔德故居。

精进，以及对于我作为艺术家的事业，具有同样的毁灭性，现在你一定体会到了吧？当我把你我之间的友谊，与我和这些年纪更小的青年，诸如约翰·格雷[1]和皮埃尔·路易[2]的友谊相比之时，我感到汗颜。我只有和他们在一起，或者与那些同他们一样的人在一起时，才能过上真正的生活、更高层次的生活。

至于我与你的友谊酿成的恶果，我先暂且不谈。我只是在思考其存续期间的质量。于我而言，这是一种智性上的退转。在你身上有一种艺术家的气质萌芽的迹象。但是，我遇见你的时机，或许太早，又或许太晚，我也说不清。当你离开时，我一切安好。那年的十二月初，我不断提及那段日子，在我成功地诱使你的母亲将你送出英格兰的那一刻，我重新收拾起我那残破而又散乱的想象力之网，再度将我的生活掌控在自己的手中，不仅完成了《理想丈夫》的余下三幕，还构思并且几乎完成了另外两部完全不同类型的戏剧，《佛罗伦萨的悲剧》和《圣妓》[3]，但是忽然之间，你回国了，不速而至，不受欢迎，并让我的幸福陷入了绝境。这两部作品随即辍笔，我再难接续。我已永远无法寻回创作时的那种心境。而今，你已出版了一卷自己的诗集，应该能够体会到我的话真实不虚。无论你是否能体会，这仍然是一个处于我们友情最核心之处的可憎事实：只要你在我身边，你就会完全摧毁我的艺术，而我因为容许你在我和艺术之间无休止地介入，也为我自己带来了难以估量的耻辱和诟詈。你不曾得知，你不会明白，你不能体谅。对你，我也完全不指望。你

---

1 约翰·格雷（John Gray），英国诗人，王尔德的小说《道林·格雷的画像》或许以他为灵感。

2 皮埃尔·路易（Pierre Louÿs），法国诗人、小说家。王尔德将法语版《莎乐美》题献给了他。

3 《佛罗伦萨的悲剧》（*Florentine Tragedy*）和《圣妓，或遍身珠玉的女人》（*La Sainte Courtisane, or, the Woman Covered With Jewels*）是王尔德最后两部剧作，皆未完成。

的兴之所在，无外乎饫甘餍肥、寻欢作乐。你的欲望纯粹是为了享受，沉迷于庸常或等而下之的欢愉。这些就是你的性情所钟，或视其为一时之需。我本应禁止你到我家或我的寝室里来，除非我特意邀请你。我毫无保留地责备我的软弱。我只是太过软弱。于我而言，与艺术相处半小时，总是比与你厮混一整天更充实。较之于艺术，我生命中任何阶段的任何事物，都显得无足轻重。但是就一位艺术家而言，倘若软弱麻痹了想象力，那么软弱无异于犯罪。

我再次责备自己，竟任由你把我带入了无可挽救、名誉扫地的经济破产的境地。我还记得（一八）九二年十月初的一个早晨，我和你母亲，坐在布拉克内尔泛黄的树林里。那时，我对你真实的天性还知之甚少。尽管我已经和你在牛津从周六相处到了周一，你也与我在克莱默打了十天高尔夫球。话题转移到你身上，你的母亲开始向我谈起你的性格。她跟我说了你的两大缺点：你的虚荣，以及你总是，如她形容，"在金钱上大错特错"。我清楚地记得我是如何付之一笑的，却怎么也想不到，第一个缺点会把我送进监狱，第二个会让我破产。我以为虚荣不过是一种专为年轻人佩戴的优雅之花；至于奢侈——我当时以为她所说的无非是奢侈而已——在我的天性和门第之内，也没有审慎和节俭的美德。但是，在你我的友情将满一个月之前，我才开始领会你母亲话里的真正含义。你执着于过一种肆意挥霍的生活。你不停地索要金钱，你要求我为你所有的娱乐买单，不管我是否和你一同消受。一段时间之后，让我陷入了严峻的资金拮据，而随着你对我的生活纠缠不休乃至越抓越紧，使得奢靡的生活于我而言在任何层面上都如此单调乏味，这些钱真真切切挥霍在了无外乎满足口腹之欲上。时不时用红酒和玫瑰装点人们的餐桌，不啻赏心乐事，但是你却糟践了一切精致的品位和节制的美德。你索取而不感恩，你接受而不道谢。你愈发坦然地认为，你有依靠我的供养而生活的权利，并且是一种你之前从未有过的穷奢极侈的生活，也因为这个缘故，更激起了你早已大开的欲念之口。到头来，如果你在阿尔及尔的一家赌场输了个精光，你只需在次日清晨，给远在伦敦的我拍个电报，为你的账户如数汇入你欠下的赌债，而后就将此事抛之脑后。

自一八九二年秋，到我入狱之日止，我与你一起、算上单纯为你的花费，光现金就超过了五千英镑，这还不算我支付的账单。当我告诉你时，你应当对你所执着的那种生活有一些想法，你觉得我夸大其词了吗？我和你在伦敦度过平常一天的平常花费——为午餐、晚宴、夜宵、娱乐、车马等——从十二到二十英镑不等，一周的开销自然也成正比，从八十到一百三十英镑不等。你我在戈林的三个月，我的开销（当然包括房租）是一千三百四十英镑。我不得不一步又一步地与破产清算人核查我生活中的每一项开支。实在是触目惊心。"生活平淡而思想高远"[1]，在那时，当然是不受你赏识的理念，但是如此奢靡，对你我而言都堪称耻辱。我记得我平生享用过的最令人愉悦的晚餐之一，是罗比和我在苏活区[2]的一家小咖啡馆里，花费的金额以先令计，不似我与你的晚餐动辄以英镑计。从我与罗比的晚餐中，诞生了我所有对话录中的第一部也最绝妙的一部。[3] 构思、标题、手法、风格，所有的一切都在一份三法郎五十分的套餐中敲定了。从与你毫无节制的晚餐中，除了暴饮暴食的记忆之外，什么都没有留下。我屈从于你的索求，是在害你。现在你知道了。这让你习于贪求，有时甚至肆无忌惮，终究是有辱斯文。在数不清的场合，招待你的时候，不会有丝毫愉悦或荣幸。你忘了感

1　出自威廉·华兹华斯的商籁《写于伦敦，1802 年秋》（*Written in London. September, 1802*）。
2　位于伦敦的次级行政区西敏市，是红灯区和娱乐区。
3　应当是王尔德的对话录《谎言的衰落》（*The Decay of Lying*），其中的人物维维安（Vyvyan）和西里尔（Cyril）以王尔德的两个儿子命名，维维安或是王尔德自己，西里尔或是罗比。

谢——我说的不是正式的致谢礼节，因为正式的礼节会让亲近的朋友变得生疏——亲密的友伴、欢谈的雅趣、那种希腊人所说的 τερπνòν κακṽν[1]（愉悦的坏事），以及所有那些让生活更加美好的温良仁爱，犹如音乐一般为生命伴奏，让万物谐韵，让喧嚣或静谧之地都飘扬动听的旋律。你或许会对此感到差异，潦倒如我，居然还能分辨这一种和那一种羞辱之间有何区别，但我还是得坦然承认，在你身上一掷千金，任由你挥霍我的财产，这种行径愚不可及，让你戕害自身，同样也戕害了我自己，在我眼中，为我的倾家荡产添上了一个惯于挥霍的注脚，让我倍感羞愧。天之生我，别有大用。

但是，在我所有自责中尤甚的是，我任由你将我的道德带入完全沦丧的境地。人格的基础是意志，而我的意志，则完全屈从于你的意志。这说起来荒唐可笑，但一丝不假。那些无休止的争吵，似乎你离了它们就活不下去，你的心灵和肉体在其中日渐扭曲，而你变成了一个听之视之都无比可怕的怪物。你从你父亲那里遗传了骇人的狂躁，这种狂躁让你写出令人作呕、不堪入目的信件。你完全无法控制你的任何情绪，这在你长久无言、闷闷不乐的忧郁，以及突然发作、几近癫狂的暴怒中，体现得淋漓尽致。凡此种种，都在我写给你的一封信中有所提及，却被你随意丢在了萨沃伊或别的酒店，才会落在你父亲的律师手中，呈上了法庭。信中的恳求，不无悲怆之辞，如果当时你能从其内容或措辞中感受到悲怆的话——要我说，上述这些就是我在你与日俱增的索取中，犯下屈从于你这一致命错误的原因。你会把人消磨殆尽。这是卑微者对崇高者的胜利。这是弱小对强大的暴政，在我的某出戏剧中，我将其形容为"唯一永恒的暴政"[2]。

1　原文为希腊语，出自欧里庇得斯的悲剧《希波吕托斯》，"无休止地闲谈和无所事事，是愉悦的坏事"。
2　出自王尔德的戏剧《无足轻重的女人》。

而这在所难免。在与他人的每一种生活关系中，人们都要找到某种 moyen de vivre[1]（相处之道）。在与你的相处中，要么屈从，要么放手，别无选择。出于对你或许不值得但难掩深沉的关爱，出于对你的脾气和性情的缺陷抱有的极大同情，出于我自己尽人皆知的善良天性和凯尔特人[2]的漫不经心，出于一种对不体面的争吵和粗鄙言辞的艺术上的厌恶，出于那段时间我无法承受任何怨恨的性格，出于我不愿眼见生活因看似微不足道的一时之兴变得苦涩而又残破的仁慈，因为我的双眼正凝视着别的事物——出于这些原因，虽然听上去简单，我一直屈从于你。自然而然，你为了支配我提出的要求、做出的努力，还有你的索取，愈发不讲道理。你最卑鄙的动机，你最低贱的欲念，你最庸常的激情，成了你为他人的生活立下的永远不能违背的法律，如果必要，他人必须毫不犹豫地为之献出生命。自从你发现，你总可以用大吵大闹得偿所愿，你自然——我毫不怀疑几乎是下意识地，会去采取一切过激的粗暴手段。到头来，你甚至不知道你汲汲营营所为何事，有何目的。你将我的才华、我的意志、我的财物据为己有之后，在贪得无厌的盲目中，你还要掌控我和我的一切。你得逞了。在我一生中最重大、最悲哀的关键时刻，就在我迈出那可悲的一步、发动我荒唐的行动之前[3]，一边是你父亲留在我的俱乐部里的明信片，用恶毒的语言对我大加挞伐，另一边则是你那封恶毒之处不遑多让的信件，同样对我肆意攻讦。而我收到这封信的时候，正是我让你带我去警局申请逮捕你父亲的可笑令状的那天清晨，这是你以最可耻的理由，给我写过的最可怕的信。夹在你们二人之间，我晕头转向。我的判断力舍我而去，恐惧取而

1　原文为法语。

2　王尔德出生于爱尔兰都柏林，凯尔特人是生活在爱尔兰的族群，故王尔德自称凯尔特人。

3　先对波西的父亲提起诉讼。

代之。坦率说来，在你们二人的夹击之下，我看不到逃脱的可能。我好比一头步履蹒跚的牛，盲目地迈入了屠宰场的大门。我犯了一个心理上的无比巨大的错误。我一直以为在细枝末节上屈从于你本是无关紧要的，在关键的时刻来临之际，我依旧能重整意志，恢复其本来的主宰之位。事实却并非如此。在关键的时刻，我的意志一败涂地。人生之事，实无大小之分。凡事之大小、贵贱，应等量齐观。我习惯于——起初主要是由于漠不关心——凡事都屈从于你，已悄无声息地成了我天性之中不可分割的一部分。在不知不觉中，将我的性情固定成了一种不变而又致命的心境。这就是为何，佩特在他初版文集那妙不可言的后记中说，"失败在于形成了习惯"[1]。在他发表这番言论时，愚笨的牛津人还以为这句话不过是对亚里士多德的《伦理学》中有几分陈俗旧套的文本的故意颠倒，却不知道其中蕴含着一个深刻而又骇人的真理。我容忍你消磨我的人格之力，对我而言早已证明，养成这习惯不仅是失败，更是毁灭。你对我道德上的破坏，甚至比艺术上的更大。

逮捕令一经签发，自然一切都在你的意志指挥之下。在我本应该留在伦敦，听取明智的劝告，并冷静地考虑我放任自己陷入阴险的陷阱——这诱杀的陷阱，时至今日你父亲仍以此称呼——之时，你坚持让我带你去蒙特卡洛，这上帝的领土中最为丑恶之地，只要赌场开门，你就会不分昼夜地赌博。至于我——我对百家乐毫无兴趣——则独自留在外面。你甚至不愿抽出哪怕五分钟来讨论你和你父亲让我陷入的境地。我的作用不过是承担你的酒店房费和你的赌债。即便是旁敲侧击地提上一句我所面临的困境，都让你厌烦不已，还不如为我们推荐的一支新近出品的香槟，更能引起你的兴趣。

1　指沃尔特·佩特的文集《文艺复兴史研究》(*Studies in the History of the Renaissance*)中的"结论"。佩特是英国散文家、文艺评论家以及小说家，他的第一本著作《文艺复兴史研究》常被视为唯美主义宣言，影响了王尔德。

我们一回到伦敦，那些真正希望我安好的朋友们恳请我到国外避居，不要直面一场毫无胜算的审判。你揣测他们如此建议我，是出于卑劣的动机，而我倘若言听计从则是懦弱的表现。你逼我留下来，如果可能，就用荒谬而愚蠢的伪证，厚着脸皮应对。最终，我当然被逮捕了，而你的父亲却成了一时之英雄，何止一时之英雄，难以理解的是，你的家族而今也跻身于不朽者的行列。正如历史之中也会带上一点哥特式元素的怪诞效果，让克利俄[1]成为诸位缪斯之中最不端庄的一位，你的父亲将与主日学印发的刊物中那些心地纯洁的善良父母一同为万世楷模，你将与婴儿时的撒母耳[2]同列，而我则身处恶囊[3]最肮脏的泥潭中，与吉尔·德·雷[4]和萨德侯爵[5]做伴。

　　我本就应当摆脱你。我应当把你赶出我的生活，就像从衣服上抖落一根扎人的刺。埃斯库罗斯在他所有剧作中最出色的一部中，为我们讲了这样一个故事。一位大领主在他的房间里养了一只狮崽，λέοντος ἲνιν[6]，对它喜爱有加。因为只要一叫它，它就会目光炯炯地跑来摇尾乞食，φαιδρωπὸς ποτὶ χεῖρα, σαίνων τε γαστρὸς ἀνάγκαις。但是一经长成，就露出它与生俱来的本性，ἦθος τὸ πρὸς τοκέων，为领主自己、他的宅院以及他的家产染上了血污。[7] 我感觉自己和他无比相

1　克利俄是希腊神话中九位缪斯女神之一，司掌历史。"最不端庄"的形容并非出自某个神话传统，仅仅是王尔德的打趣，因为历史总会发生出人意料的事。

2　撒母耳是《圣经》中记载的以色列先知，他的母亲在他出生之前就许诺将他献给神。

3　"恶囊"的原文为"Malebolge"，音译为"马勒勃勒介"，意即装满罪恶的口袋。但丁《神曲》中《地狱篇》所述之地狱的第八层，为欺诈者所设。

4　吉尔·德·雷（Gilles de Retz）是英法百年战争时法国的元帅，后来沉迷于炼金术和召唤恶魔，并为此残杀儿童作为魔鬼的献祭。

5　萨德侯爵，法国贵族，作品中充斥着性虐待的描写，后文提及的《瑞思丁娜，或喻美德之不幸》（Justine, or The Misfortunes of Virtue）也是他的作品。萨德最著名的作品当属未完成的《索多玛一百二十天，或纵欲学堂》（The 120 Days of Sodom, or the School of Libertinage）。

6　王尔德在信中引述的时候，时常一句英译，一句其他语言的原文。如出现未汉译的原文且不加注释的情况，则含义与前一句话相同。

7　此上希腊语原文引述自埃斯库罗斯的《阿伽门农》。

似。但我的过失，不在于没有离开你，而在于太过频繁地离开你。据我推算，我每隔三个月就会定期与你绝交，而每次我这样做，你都会通过祈求、电报、信件、你朋友的干预，以及诸如此类的手段，设法让我允许你回来。在九三年三月底，当你离开我在托基的家时，我已下定决心，绝不再同你说话，也不会允许你在任何情况下和我在一起，因为你离开的前夜，又极其难堪地大闹了一场。你从布里斯托写信、发电报来求我原谅你，并与你见面。你的导师[1]，还留在这里，也跟我说，他认为你有时候对自己的言行毫无责任心，甚至莫得林[2]的人，若非全部，也大都持同样的看法。我同意与你见面，我当然原谅了你。在去城里的路上，你求我带你去萨沃伊餐厅。对我来说，那次会面堪称致命。

三个月后，到了六月，我们在戈林。你的几个牛津的朋友到访，从周六待到了周一。在他们离开的那天早晨，你又发了一通脾气，如此可怕，如此激烈，我当即告诉你，我们必须分开。我清楚地记得，当时我们站在平旷的槌球场上，四周绿草如茵，我向你指出，我们正在相互伤害彼此的生活，而你则是完全毁掉了我的生活，与此同时，我显然不曾给你真正的幸福，只有不可挽回的分手，再无羁绊的分离，才是合乎道义的明智之举。午餐后，你郁郁寡欢地离开了，给管家留了一封你所能写下的最恶毒的信，让他在你离开之后转交给我。可是还没挨过三天，你就从伦敦发来电报，求我原谅，允许你回来。我租下这个地方是为了取悦你。我遵照你的要求为你雇用了供你差遣的佣人。我一直对你暴躁的秉性感到深深的遗憾，而你也深受其害。我喜欢你。所以我让你回来，并原谅了你。又过了三个月，到了九月，又有了新的状况，争吵的起因是我指出

1　指坎贝尔·道奇森（Campbell Dodgson）。

2　指牛津大学莫得林学院。

了你在尝试翻译《莎乐美》时，犯了学生才会犯的错误。[1] 而今，想必你已是一位相当出色的法语专家了，应该看得出来，那个译本配不上你作为一名普通的牛津大学生的水准，也配不上它妄图迻译的原文。当时你肯定还意识不到，在你的一封言辞激烈的信中，你针对这一点说，你对我"不承担任何智力上的义务"。我记得，当我读到这句话时，我感觉，在我们的整个友谊中，这是你给我写过的唯一一句不容置疑的实话。我发现，或许真正与你合得来的人，应当具有缺乏修养的天性。我这样说，并非出于一丝一毫的怨恨，只是道出了你我交往之中的一个事实。归根结底，一切交往，无论婚姻还是友谊，都以交谈作为纽带，而交谈必须有一个共同基础，但是在两个文化背景迥然不同的人之间，唯一可能的共同基础，只能建立在最低的层面上。思想和行动的一鳞半爪，往往令人着迷。我曾将其作为一个绝妙无比的哲思的基石，在戏剧和悖语[2] 中加以表达。但是，我们生活中的浮沫和愚拙，让我无比厌烦。我们不过是在泥潭中相逢而已。你翻来覆去、喋喋不休的话题，尽管有趣，有趣至极，最终都会让我感到索然无味。我不胜其烦，却接受了它，就像我接受了你对音乐厅的热衷，接受了你在饮食上荒唐地放纵，还有你身上其余所有不那么吸引我的特质，换言之，犹如一件只能默默忍受的事物，作为认识你所付出的高昂代价的一部分。在离开戈林之后，我去迪纳尔住了两周。你对我没有带你前去而大为光火，并在我启程之前，就此话题在阿拉伯马尔酒店不留情面地发了几通脾气，还给我略做停留的乡村别墅寄去了几封同样不留情面的电报。

1　英语版《莎乐美》在出版时，译者写的是王尔德本人，尽管译文出自阿尔弗雷德·道格拉斯，也就是波西，应当是王尔德在波西的译文上做了修改和润色。

2　悖语（paradoxes）是一种文学体裁，通过一组相互矛盾的概念，解释一个出乎意料的道理。王尔德将这种题材发扬光大，留下了许多著名的悖语，比如"生命重要到不能认真对待""如今无用的信息太少了，实在是可悲""考试是由愚蠢的人提出，聪明的人无法回答的问题"，等等。

我记得，我跟你说过，我觉得你有责任多陪陪家人，因为你整整一个季度都不在他们身边。但我真正的意图，就不跟你绕弯子了，无论如何我都不会允许你与我同行。我们腻在一起，几乎三个月了。我需要休息，需要从与你相伴的可怕负担中解脱出来。于我而言，我需要独处。这是智性上的需要。我承认，从上述那些你寄给我的信中，我看到了一个机会，一个可以结束我们之间滋生的致命友谊的大好机会，而且是毫无痛苦地结束，正如三个月前，在戈林的那个明媚的六月清晨，我确实做过的尝试。然而，有人传话给我——我必须坦诚相告，是我的一位朋友，你曾在困难时有求于他——倘若像退回学生的习作一般退回你的译文，将会伤透你的心，几近于羞辱。而我对你智性上的期待太高了，还说无论你写了什么、做了什么，你对我的心意，绝对无可挑剔。我不愿在你文学生涯的开端，成为你的第一个阻碍或打击。我很清楚，任何翻译，若非由诗人执笔，否则无论以何种标尺衡量，都无法传递出我作品中的韵律和色彩。在我看来，诚心之作，仍旧是一件美妙之物，不应轻易丢弃，所以我重新采纳了你的译笔，也重新接受了你。整整三个月，经历了一系列闹剧，当你在周一晚带你的两个朋友到我房间里来的时候，爆发了一次非同寻常的争吵，我的厌恶到达了顶峰。次日清晨，我发现自己为了从你身边逃走，竟然真的飞也似的跑到国外去了。我为我的仓皇辞家，给我的亲属编造了一些荒唐的理由，并给我的仆人留下了一个虚假的地址，就是怕你或许会搭乘下一趟火车对我紧追不舍。我依然记得，在那个下午，当我坐在往巴黎疾驰而去的铁路客车中，思索我的生活到底陷入了怎样一种难以忍受、无比煎熬而又甚为乖谬的境遇。我，一个享誉世界之人，居然被迫逃离英国，以试图摆脱一段无论从智性上还是道德上来看，都会完全摧毁我生活中一切美好事物的友情。我要逃离的那个人，那个平日里对我纠缠不休的人，并非从阴沟或泥沼中冒出来、踏入现代生活的可怕生物，而是你、你本人，一个与我的社会阶层和地位相当的年轻人，一个就读于我毕业的牛津大学的学院，也是我家常客的人。随之而来的又是那些充斥着恳求和悔恨的套话的电报，我置之不理。最后，你威胁说，除非我同意见你一面，否则你无论如何都不会答应到埃及去。在你知情并应允的情况下，我亲自恳请你的母亲送你去埃及，远离英国，因为你正在糟践自己在英国的生活。我知道，如果你不去，她会失望欲绝。为了让她好受，我见了你，在深情厚谊的驱策之下，我原谅了过去，这份情意甚至连你都难以忘怀，尽管我对前途只字未提。

　　次日在我启程回伦敦之时，犹记得我坐在自己的房间内，凄怆而认真地试图梳理我的思绪，你是否真的如我所见，满身可怕的缺点，对自己乃至他人都是彻头彻尾的祸害，对相识乃至相处的人都如此致命。就此事，我整整思索了一周，甚至怀疑我对你的评价中，是否失之偏颇、看走了眼。在那周末尾，一封你母亲的信递送过来。这封信毫无遗漏地描述了我对你的每一种感受。信中她谈到了你盲目而又骄矜的虚荣，让你看不起自己的家庭，并将你的兄长——那个 candidissima anima[1]（最纯粹的灵魂）——"当作庸常之辈"；谈到了你的脾气，让她不敢在你面前提及你的生活，那是一种她发觉、她知道你正在过的生活；谈到了你在金钱问题上的行径，在各个方面都让她感到痛苦；谈到了你身上已有迹可循的堕落和变化。当然，她看到了你身上继承于血脉的可怕遗传，并坦率更带着恐惧承认了这一点："他是我唯一一个继承了致命的道格拉斯性格的孩子"，她如此形容你。最后她说，她觉得有必要挑明，你我的友谊，在她的眼中，让你的虚荣更重于往昔，这已成为你一切缺点的源头，并恳求我不要在国外与你见面。我当即给她写信，作为回复，告诉她我

1　原文为拉丁语。

完全同意她说的每一句话，我还补充了很多。我知无不言、言无不尽。我告诉她，你我之间的友谊，始于你在牛津大学读书的日子，你遇到了一个性质非常特殊的严重困难，向我寻求帮助。我告诉她，困扰你生活的原因始终如一。你把你去比利时的原因，归咎于那次旅行中你的同伴犯下的过错，于是你的母亲才会责备我将你引见给他。我将过错，重新安放在了理应承担它的肩膀之上，也就是你的肩上。在信的末尾，我向她保证，我没有一丝一毫想在国外见你的意图，并求她尽其所能将你留在埃及，如果可行，就去做一个名誉上的外交专员；如果不可行，那就学一门现代语言。或者她随便用什么理由，至少能把你留上个两三年，为了你好，同样也为我好。

在此期间，来自埃及的每一批邮件中，都有你写给我的信。你的任一封书简，都不会引起我丝毫的注意，阅后即焚。我已下定决心，不再和你有任何瓜葛。我心意已决，也已欣然全身心投入到任由你打断的艺术中去。不幸的是，由于你母亲屡弱的意志，论致命程度，在我的人生悲剧中已不亚于你父亲的暴虐，她竟然熬不过三个月，就亲自给我写信——我毫不怀疑，肯定是受你教唆——告诉我你无比迫切地祈盼我的回音，为了堵住我不与你联系的借口，把你在雅典的地址也寄给了我。你的地址，我当然早就摸清楚了。我承认，她的来信令我大为震惊。我不理解，在她十二月寄给我那封信件，而我已回复之后，为何还会妄图修复或延续你我之间不幸的友谊呢？我告知她，信已收讫，当然再度敦促她设法让你与某个驻外大使馆取得联系，这样做是为了防止你回到英国。而我并未写信给你，也不曾比你母亲给我写信之前更留意你的电报。最后，你竟然给我的妻子发电报，恳求她运用她对我的影响，让我给你写信。你我的友谊，长久以来都是她的苦闷之源。不仅仅是因为就她个人而言，她对你从未有过好感，而且因为她亲眼看见了你持续不断地纠缠是如何改变了我，更何况是越变越坏。不过，正如她待你向来最为亲切、友善，所以她一想到我以 —— 在她看来 —— 冷漠无情的方式对待我的朋友，就无法坐视不管。她认为，也清楚明白，这与我的性格毫不相干。在她的要求下，我联系了你。我清楚地记得我在电报中的措辞。我说，时间可以治愈每一道伤口，但今后的好几个月，我不会给你写信，也不会见你。你毫不迟疑地动身前往巴黎，在途中给我发了一封热情洋溢的电报，求我无论如何也要见你一面。我拒绝了。你在周六的深夜抵达巴黎，而我的一封简短的手札，已经在你下榻的酒店恭候多时了，明言我不会见你。次日清晨，我在泰特街收到了一封你发来的电报，长达十或十一页。你在其中说，无论你曾对我做过什么，都无法相信我竟断然拒绝与你相见。你提醒我，为了见我，哪怕只见一小时，你已马不停蹄地穿越欧洲，沿途六日六夜未曾停歇。我必须承认，你发出了最为悲怆的呼求，并以在我看来丝毫不加掩饰的自杀威胁作为结尾。你自己也时常对我讲，你的家族中多少人的双手沾染过自己的鲜血，你的叔父无疑是自杀，你的祖父极有可能，在你疯狂、败坏的血脉中还有许多例证。[1] 出于怜爱，出于我对你旧日的情谊，出于我对你母亲的关心，你如此惨烈的死亡，将是她无法承受的打击；出于这令人怖畏的想法，如此年轻的生命，在他的一切缺憾之中仍蕴含着美的生命，竟会走向如此可怕的结局；出于纯粹的人性 —— 所有这些，倘若需要见面的借口，都必将作为我同意去见你最后一面的借口。当我来到巴黎，你的眼泪，一次又一次地夺眶而出，整夜不停。当我们并肩而坐，先是享用瓦颂的晚餐，后是帕亚的夜宵时，泪水从你的脸颊上零落如雨。你见到我时发自内心的快乐，无时无刻不紧握我的手，宛若一个温柔而懊悔的孩子，你的悔恨，在那一刻，如此单纯而真

1　叔父指爱德华·肖尔托·道格拉斯勋爵，自刎而死；祖父指第七代昆斯伯里侯爵，约翰·道格拉斯，或死于枪支走火，或是自杀。

挚，让我同意恢复你我的友情。在我们回到伦敦的两天后，你的父亲撞见我与你一同在皇家餐厅吃午饭，也在我的餐桌前入座，喝了我的酒，而就在那个下午，他通过一封写给你的信，开始了对我的第一次攻击。

　　说来也奇怪，我又一次，我不想说是趁机，而是被迫承担了与你分手的责任。用不着我提醒了吧，我说的是你在布莱顿从一九八四年十月十日到十三日对我的所作所为。三年前的事，对你来说太过漫长、难以回溯。但我们这些在狱中苟活之人，终其一生，唯余悲哀而已，时间只能以疼痛的脉动，以及苦涩的往事来度量。我们别无他想。苦难——或许你听来奇怪——是我们赖以偷生的手段，因为这是我们能够意识到自我存在的唯一手段。对我们而言，回忆过去的苦难必不可少，是我们人格连续性的担保和证据。在我与欢乐的记忆之间，有一道鸿沟，其深度不亚于存在于现实中的我与欢乐之间的那道。如果你我共度的生活，果真如世人想象的那样，不过是享乐、放纵和欢笑，我将无法回忆起其中任何一个片段。这是因为，我们的生活充满了悲惨、痛苦、险恶的时刻，无时不在发出警告，充满了压抑沉闷、令人生畏的日子，无不引向粗鲁的暴力和乏味的争吵，所以我才能巨细靡遗地回忆起每一件事，历历在目、声声在耳，以至于对其余的一切都视而不见、听而不闻了。在这个地方，人们如此痛苦地活着，每当我强迫自己去回忆与你的友谊时，那段友谊于我而言始终是一支序曲，与那些我每天都不得不承受的痛苦至极的变奏相互应和。更有甚者，必须依靠它们才能度日。仿佛我的生活，无论曾经在我还是在他人眼中是什么样子，长久以来都已变成了一部真正的悲哀交响曲，通过乐章之间节奏相连的演进，最终走向其确定的和弦，而这种必然性，正是艺术中处理每一个伟大主题的典型特征。

　　我刚才已经谈过，三年前你连续三天对我的所作所为，不是吗？那时我独自待在沃辛，试图完成我的上一部戏剧[1]。你来找了我两次，终于走了。突然，你第三次来访，还带着一个同伴，你竟然提议应该住在我家。我（现在你必须承认，非常英明地）断然拒绝了。当然，我招待了你，在这件事上，我别无选择，但要在别处，而不是我自己家里。第二天是个周一，你的同伴回去赴职了，而你留在了我身边。你厌倦了沃辛，我毫不怀疑，是我将注意力集中于戏剧上的徒劳努力，让你更加厌倦，而戏剧是我当时唯一感兴趣的事，你坚持要带我去布莱顿的大酒店。就在我们抵达的当夜，你病倒了，发着那种被愚蠢地称为流行感冒的可怕低烧，这已是你第二次甚至第三次发病了。我不必提醒你，我是如何服侍你、照顾你的，不仅仅是用钱可以买到的奢侈的水果、鲜花、礼物、书籍之类，还有关怀、亲近和爱，不管你怎么想，这些都不是用钱能买到的。除了早晨散步一小时，下午驾车一小时之外，我从未离开过酒店。我特意从伦敦为你买来葡萄，因为你不喜欢那些酒店的供给，还发明了一些来取悦你的物件，要么陪在你身边，要么在你隔壁的房间。每天晚上与你并肩而坐，让你安心，或逗你发笑。

四五天后，你康复了，我就找了个寓所，想要写完我的剧本。而你，当然，陪在我身边。就在我们安顿好的次日清晨，我感觉自己病得很重。你必须去伦敦出差，但答应下午就回来。你在伦敦遇见了一位朋友，直到第二天很晚才回布莱顿。那时我已经烧得很厉害了，医生诊断我是从你那里传染的流感。对任何缠绵病榻之人而言，没有比那套公寓更不舒适的地方了。我的起居室在一楼，而卧室却在三楼，没有男仆伺候，无论是去传个口信，还是遵照医嘱采购，都无人可供差遣。但是有你在这，我没有感到丝毫惊慌。接下来的两天，你完全把我一个人丢下，无人照料、无人看护，什么也

1　指《不可儿戏》。

没有。这无关乎葡萄、鲜花、精致的礼物，这纯粹是必需品的问题。我甚至连医生为我订的牛奶都无法取得，柠檬水更是不可能了。而当我恳求你去书商那为我买一本书，如果他们没有我想要的，就另选一本，你甚至都不愿去一趟。而当我因此整日无书可读时，你却平静地告诉我，你为我买了那本书，他们答应会送过来。事后我才偶然发现，这从头到尾都是编造的假话。在此期间，你生活中的一切开支都由我供养，驾车出游，在大酒店用餐，实际上你只会在要钱的时候来我的房间。周六那天，你从早上开始，就将我完全丢下，以至无人看管，入夜以后，我请求你用完晚餐就回来，同我略坐一会儿。你用烦躁的声音和愤恨的态度答应了。我一直等到十一点，你都没有出现。我在你的房间里留了张字条，只不过是在提醒你答应我的事，以及你又是如何信守了诺言。凌晨三点，我口渴难耐，无法入眠。我在黑暗阴冷之中，摸索着下楼，到了起居室，想要倒一杯水。我撞见了你。你以一种激烈的情绪、一种放肆而无教养的天性将所能想到的一切恶毒的字眼，向我倾泻而来。你用自负这可怕的炼金术，将你的悔恨转化成了愤怒。你指责我妄图在生病的时候把你留在身边，自私无比；指责我成了你和寻欢作乐之间的绊脚石；指责我想要剥夺你的快乐。你告诉我，这话定然不假，你半夜回来仅仅是为了换身装扮，再度出门，到你臆想中有新鲜的欢愉待你去寻求的地方。而我却给你留了一张便笺，提醒你整日整夜地弃我于不顾，这事实上反倒褫夺了你享受更多欢愉的渴望，削弱了你感受新鲜乐趣的实际能力。我满怀厌恶地上楼，未曾入睡，直到天明。等到天已大亮，我才设法缓解发烧带给我的焦渴。十一点钟，你来到我的房间。在前面的争吵中，我不难看出，因为我的留言，到底还是没让你度过一个比平常更放纵的夜晚。到了清晨，你恢复了常态。我自然而然地等着听你要编造什么借口，以及你盘算用什么方式求我原谅。你心里明白，无论你做了什么，总会得到我的原谅，对此你坚信不疑。说真的，这是你身上最让我喜欢的地方，或许也是你身上最值得喜欢的地方。然而，你非但没有这样做，反倒开始重新组织语言，以更激烈的措辞，重复相同的争吵。我无法忍受，让你离开我的房间。你假意出门，但当我从深埋其中的枕头上抬起头来，只见你仍杵在原地，面露残忍暴虐的笑容，你带着歇斯底里的愤怒向我直冲而来。一阵恐惧席卷了我，至于为何如此，我也说不清楚。我立刻跳下床，正如我在床上一般赤脚，冲下两段楼梯，跑到了起居室，摇铃叫来房东，直到他向我保证，你已经离开了我的卧室，并答应我会随叫随到，以防万一，我才从起居室出来。过了一小时——其间医生来了，发现我处在一种神经全然虚脱的状态，与最初的症状相比，烧得更严重了——你悄无声息地回来了，是为了拿钱，并将梳妆台和壁炉架上能看见的东西一扫而空，带着你的行李离开了这间寓所。还需要我告诉你，随后在我孤独凄怆卧病在床的两天里，我是怎么想你的吗？难道必须得挑明，我已看透，与你这样已将本性暴露无遗的人继续相处，即便只是泛泛之交，都是对我自己的羞辱吗？我已想通，了断的时刻已经来临，可以将其视作最终的真正解脱。而我也已确信，从今往后，我的艺术和生活在方方面面都会更自由、更优美、更精妙。我虽然病了，却感到安心。无可转圜的分手，赐予我平静。周二就退烧了，我第一次下楼用餐。周三是我的生日，我桌上的电报和信件中，有一封你是你的亲笔信。我打开信封，心中洋溢着伤感。我知道，只要一句优美的话语、一段深情的告白、一个懊悔的字眼，就会让我重新接纳你。但我完全被骗了，我低估了你。你在我生日那天寄给我的信中，精心重演了那两场争吵，狡猾而处心积虑地攻击我，用低俗的玩笑嘲弄我。你说，在整件事中唯一让你心满意足的是，你回到了大酒店，在你退房进城之前，将你的午餐记在了我的账上。你恭喜我还算聪明，知道跳下病床；还算敏捷，能飞速奔下楼梯。"对你而言，真是个丑陋的时刻，"你写道，"比你想象得还要丑陋。"啊！对此我深有体会。我不知道这些话到底是什么意思：你曾随身携带你买来企图威胁你父亲的手枪，以为它没有上膛，在餐厅内的公共场合[1]，当着我的面开了一枪；你曾将手伸向一把放在餐桌上、恰好位于你我之间的寻常餐刀，或许这一次你在愤怒中，忘记了你身量矮小、膂力屡弱，趁我卧病在床，想出了一些特别的人身羞辱，甚至是攻击，我也说不清。直到现在我也不知道。我只知道，一种彻骨的恐惧笼罩了我，以至于让我感觉，若非我当机立断逃离了那个房间，远远避开，否则你定会做出，或试图去做一些，会让你耻辱终生之事。在我的一生中，从前只体验过一回类似的恐怖。那是在我位于泰特街的图书馆里，你的父亲和他的帮凶，或他的朋友，站在我们之间，带着疯癫的狂怒，向空中挥舞他的小手，喊出他那愚蠢的脑袋能够想到的所有肮脏的字眼，尖叫着对我进行令人憎恶的威胁。后来他真的将这种威胁付诸实践了。在当时那种情况下，当然是他先离开了房间，因为我把他赶了出去。然而就你而言，离开的是我。我负担起从你自己酿成的恶果中拯救你的责任，已非头一回了。

你用这句话作为信的结尾："当你不在你的神坛之上时，你就索然无趣。下次你一生病，我立刻走人。"[2]啊！这暴露出了何等粗劣的本质！何等匮乏的想象力！那时你的性情已变得多么冷酷，多么庸俗！"当你不在你的神坛之上时，你就索然无趣。下次你一生病，我立刻走人。"在我被送到不同的监狱，关押在凄凉独居的牢房中，这些话多少次地浮现在我的脑海里。我一遍又一遍地对自己重复这些话，并从中看穿了你反常的沉默中潜藏的秘密，但我却希望是自己看错了。我因为照顾你而染病发烧、备受折磨，你却给我写下这

1　指伯克利酒店。

2　这句话将在后文中反复引述。

样的话，其中的鄙陋和粗俗固然令人厌恶，但是对世上的任何人来说，为他人写这样一封信都是无可饶恕的罪过，如果这都不算罪过，这世上就没有罪过了。

我承认，当我读完你的信时，我感到几乎被玷污了，仿佛与具有如此天性之人交往，让我的人生不可挽回地陷入了污秽和羞愧。的确，我的人生陷进去了，而我直到六个月后，才彻底意识到。我径自决定，周五返回伦敦，亲自面见乔治·刘易斯爵士[1]，让他给你父亲写信，表明我已下定决心，在任何情况下都绝不允许你踏进我的家门、坐在我的餐桌旁、与我交谈、陪我散步，任何时间、任何地点都不能出现在我身边。办妥之后，我会给你写一封信，仅仅是将我采取的行动及过程告知给你，个中缘由想必你自己定会明白。周四晚上，我安排好了一切。到了周五清晨，当早餐摆在我面前还没来得及享用之际，我随手打开报纸，瞥见上面有一封电报，说你的兄长，真正的一家之主，爵位的继承人，家里的顶梁柱，被发现惨死于一条水沟之中，他的手枪躺在身边，发射过了弹。[2]这悲剧的场景骇人听闻，现在人们知道，那只是一场意外，但在当时，却因事出蹊跷而被蒙上了一层更深的阴影。一个人深受所有与他相识之人的爱戴，几乎是在他新婚的前夜，突然丧命，未尝不令人伤心欲绝。我想到了你的悲痛将会有或者说应当有多深；让我意识到你的母亲，失去了她寄托此生的安慰和欢乐之人后，将会面临的痛苦，而她曾亲口告诉我，从你兄长出生之日起，就从未让她流过一滴眼泪；让我意识到了你的孤独，你的其他兄弟都不在欧洲，而你因此就成了你母亲和姐妹唯一可以依靠的人了，不仅仅是陪伴她们度过悲伤，还要处理葬礼上总是与死亡相伴而来的压抑而又可怕的琐事。

1　乔治·刘易斯爵士（Sir George Lewis）是王尔德的好友及法律顾问。
2　指德拉姆兰里戈子爵——弗朗西斯·道格拉斯，死于枪支走火，有传言说是自杀或谋杀。

仅仅是感受到 lacrimae rerum[1]（万物垂泪），感受到这个世界原是由泪水构成，以及感受到所有人事之悲哀——这些想法和情感相互交汇，涌进我的脑海，让我对你和你的家人产生了无尽的哀愍。我忘记了自己对你的悲伤和怨恨。我无法在你承受丧亲之痛时，用你在我生病时对我的所作所为，来对待你。我立刻给你发了封电报，表达最深切的慰问，并在随后的信中邀请你一有时间就可以到我家里来。我感觉，在那个特殊的时候抛弃你，而且是通过律师正式与你绝交，对你来说太可怕了。

你被传唤到这场悲剧的发生地后，一回到城里，就立刻来找我，无比亲切而单纯，身着丧服，明眸因泪水而黯淡。你像孩子一样寻求安慰和帮助。我向你敞开了我的家门、我的寝室、我的心。我把你的悲伤当作自己的悲伤，这样就能在你承受悲伤时有所分担。我从未提及你对我的所作所为，哪怕一字一句，那些令人厌恶的争吵，以及那封难以卒读的信件。你的悲伤，情真意切，在我看来，似乎让你比以往任何时候都更靠近我。你从我手中接过鲜花，放在你兄长的坟墓之上，不仅仅是他生命之美的象征，也是所有生命中沉潜之美的象征，而这种美或许会重见光明。

诸神真是奇怪。他们用以鞭笞众生的刑具，并不是由我们的罪孽制成[2]，而是假借我们心中的美好、善良、仁慈、亲爱，让我们毁灭。若不是因为我对你和你家人的怜悯和关心，我现在也不会沦落到这个可怕的地方暗自饮泣了。

当然，在我们之间的一切交往中，我不仅仅看到了命运，还看到了劫数。劫数总是令人猝不及防，凡是鲜血长流之地，就有她的身影。经由你的父亲，你诞生于如此家门，与之联姻则必遭不幸，

1　原文为拉丁语，出自维吉尔的《埃涅阿斯纪》。
2　出自莎士比亚的《李尔王》。

与之交往则必逢灾殃，其暴力之手，要么摧残他人，要么扼杀自己。在你我每一次命途相交的不值一提的情景中；在你来找我寻求快乐或帮助的每一个重大或看似无足轻重的时刻中；在微不足道的机缘巧合中，这些琐碎的偶然，就其与生命的关系而言，看似不过是光束中舞动的尘埃，或树上飘零的落叶，毁灭随之而来，犹如哀鸣的回响，或像猛兽捕猎时随行的阴影。你我的友谊真正开始于你的一封信，在这封最忧伤而又迷人的信中，你的境遇任谁都会感到惊惧，对于就读于牛津的年轻人来说更是加倍惶恐，却恳求我对你施以援手。我帮了你，最终你在乔治·刘易斯爵士面前利用我的名字充当你的朋友，我开始失去他的尊敬和友谊，一段存续了十五年之久的友谊。失去了他的建议、帮助和关心之后，我也就失去了我生命中的一大保障。我写了一封充满文学奇想的绝妙回信，我把你比作海拉斯，以及雅辛托斯、琼奎尔，还有那喀索斯[1]，或是一位伟大的诗神眷顾，并用他的爱赋予荣光之人。这封信仿佛从莎士比亚的商籁中摘录的片段，转成了小调。只有读过柏拉图的《会饮》的人，或能领会希腊大理石像为我们传递出的美以及那种微妙肃穆的意境神韵的人，才能读懂这封信。让我坦诚交代吧，在我心情愉悦之时，倘若兴之所至，任何一位优雅的年轻人，不管就读于哪所大学，只要为我献上一首他自己创作的诗歌，我就能给他写一封这样的信，我确信，他会有足够的才智或修养来正确解读其中高妙的语句。且看这封信的流传史吧！它从你这落入了一位可恶的同伴之手；从他那落入了一伙儿勒索之徒；它又被抄送到我在伦敦各处的朋友那里，

1　海拉斯、雅辛托斯、琼奎尔和那喀索斯皆是希腊神话中的美少年。海拉斯是赫拉克勒斯喜爱的美少年，在与阿尔戈英雄们乘船夺取金羊毛的途中，水中的宁芙迷恋于他的美貌，诱惑他留了下来。雅辛托斯为阿波罗所钟爱，却被阿波罗投掷的铁饼误伤而死，血泊中绽开一朵花，以他之名唤作风信子。琼奎尔即那喀索斯，他爱上了水中自己的倒影，无法离开池塘，最终憔悴而死，在他死去的地方长出的花，以他为名唤作水仙。

也寄给了正在排演我的作品的剧院经理。关于这封信，人们议论纷纷，却无人领会其真意。荒谬的谣传激起了公众的兴致，说我因为给你写了一封不雅的信件而付出了一笔巨款，这支撑起你父亲对我最要命的攻讦。我在法庭上亲自出示了这封信的原件，以还原其真相，却被你父亲的律师抨击为恶毒而又阴险的行径，企图污蔑清白，最终这封信成了刑事指控的一部分。公诉人将其采纳为证据，法官用浅薄的学识和臃肿的道德基于这封信做出了判决，我最终因此入狱。给你写一封辞采华茂的回信，却落得如此下场。

当我在索尔兹伯里和你在一起时，一封来自你曾经的友伴的恐吓信，令你大为恐慌。你求我去见写信的人，帮你说项，我照做了，但结果却让我遭殃。我不得不将你所做的一切，揽在自己身上，并为此负责。当时，你没能获得学位，不得不从牛津退学，你给远在伦敦的我发来电报，求我来找你。我当即照做。你让我带你去戈林，因为在这种情况下，你不想回家。在戈林，你看上了一套让你中意的房子，我为你租了下来。结果，无论怎样看待，对我都是一场灾难。有一天，你来找我，以个人名义求我帮你一个忙，为一本牛津大学生杂志 [1] 写点东西，这本杂志马上就要由你的某个朋友创刊了，而这个人我这辈子闻所未闻，对他我也一无所知。为了取悦你——为了取悦你我什么没做过呢？——我给他寄去了一页原定刊登在《周六评论》上的悖语。几个月后，我发现自己因为这本杂志的性质，站在了老贝利 [2] 被告席上，这构成了公诉人指控我的部分罪状。我被传唤去为你朋友的散文和你自己的诗歌辩护。对于前者，我无法辩解；对于后者，我即便痛苦至极也依然忠贞不渝，忠于你青春的文学，正如忠于你青春的生命，我坚决为之辩护，绝不承认你会

1　杂志名叫《变色龙》(Chameleon)。

2　中央刑事法院所在的街道俗称"老贝利 (Old Bailey)"。

写出如此有伤风化的作品。但我终究还是因为你朋友主办的大学生杂志，和那首"不敢直呼其名的爱"[1]，而被送进了监狱。圣诞节时，我送给你一个，如你在感谢信中所言，"非常漂亮的礼物"，我知道你对它倾心已久，价值最多四十英镑，不超过五十英镑。当我的生活轰然崩塌，而我身败名裂之际，法警查封了我的图书馆，将其变卖，就是为了偿还这个"非常漂亮的礼物"欠下的债。正因如此，执行令才被送入我的家门。当我被人奚落、被你的嘲弄刺激，要去对你父亲采取行动、让他被捕时，在这最紧要的可怕关头，在我试图脱身的卑微努力中，所能攥紧的最后一根稻草，就是这笔该死的诉讼费。我当着你的面告诉律师，我没有存款，不可能负担得起这笔吓人的费用，也没有钱可以支配。如你所知，我所言不虚。在那个要命的周五，倘若我能从埃文代尔酒店脱身，我就可以在法国逍遥自在，远离你和你的父亲，对他恶心人的明信片毫不知情，对你的来信也无动于衷，而不是在汉弗莱[2]的办公室无力地宣告自己的破产。但酒店的人坚决不放我走。你已经和我住了十天，事实上，你最后还带来了你的一个同伴，也和我一起住，这让我非常气愤，你也该承认，我有权生气，这十天的账单将近一百四十英镑。酒店老板说，在我付清费用之前，不会让我把行李搬出酒店，于是我被困在了伦敦。要不是因为酒店的账单，我周四赶早就去巴黎了。

当我告诉律师，我没钱支付这笔巨额费用之时，你即刻插嘴。你说完全用不着担心，你的家人非常乐意支付一切必要的花销。对他们所有人来说，你的父亲都是个沉重的负担；他们经常商议，把他关进疯人院是否可行，这样他就不会碍事了；无论对你的母亲，还是对其余所有人来说，你的父亲就是平日里的烦恼和痛苦之源。

1　在《变色龙》上发表的波西的诗《两种爱》(*Two Loves*) 的最后一句。

2　汉弗莱（Humphrey）是王尔德的律师。

只要我出面把他关起来，我将会被他们视为家族的拥趸和恩人，而你母亲那些有钱的亲戚，倘若能支付任何此类努力可能产生的所有费用和开支，定会心甘情愿、何乐而不为呢。律师当即拍板。匆忙之中，我赶往治安法庭。事已至此，我也没有退缩的理由了。我被迫卷了进去。当然，你家一分钱都没有出，我却因为你父亲追索这项应诉费[1]——数额不过区区——七百英镑左右，而被迫破产。而此时此刻，我的妻子，就我每周的生活开销限于三英镑还是三英镑十便士这个生死攸关的问题上，与我常生龃龉、日渐疏离，正要发起离婚诉讼，正因如此，新的证据、新的审判当然必不可少，随之而来的或许是更严峻的诉讼。而我，自然无法得知任何细节。我只知道我妻子的律师所依赖的证人是谁，他是你在牛津的仆人，在你的特意要求下，我带着他和你一同在戈林避暑。

不过，我委实不必再费口舌、历数罪状了，你似乎在一切大事小事上都为我带来了不可名状的厄运。有时这让我感觉，仿佛有只隐秘而无形的手，犹如木偶般操控着你，将可怕的事推向可怕的结局。但木偶本身又非无情无欲，他们一时兴起，或为了迎合某些自己的偏好，会在自己呈现的表演中添油加醋，将原本次序编排的荣辱更迭、兴亡变迁的因果彻底打乱。完全的自由，又完全受法律支配，这是人类生活中，无时无刻不在感受的永恒悖论。我常常想，或许这才是对你本性唯一的解释，尽管这种解释会让人类灵魂之中幽邃而可怕的奥秘变得更为玄妙，但除此之外确实找不到任何解释。

当然，你有你的幻想，又真切地活在幻想之中，透过其变幻莫测的迷雾和光怪陆离的面纱，你眼中的万物已非本来模样。我清楚

1　上文提及，王尔德主动控告了波西的父亲，这笔钱即后者应诉的费用。但是王尔德主动诉讼却被判有罪，于是波西的父亲向王尔德追索这笔应诉费。

地记得，你以为，你义无反顾地与我在一起，完全抛弃了你的家庭和家庭的生活，是你对我无比倾慕和深厚情谊的明证。在你看来，定是如此，但你别忘了与我在一起的富贵荣华的生活、永无止境的欢愉和千金散尽的挥霍。你的家庭生活让你厌弃已久。用你自己的话说，堪称"索尔兹伯里[1]的廉价冷酒"，不堪入口。而在我身边，除了我智性上的吸引，还有那享不尽的珍馐玉馔。[2]当你找不到我做伴时，退而求其次找的那些同伴，才不会对你如此宠爱。

你又以为，在寄给你父亲的律师函中，说你宁愿放弃每年二百五十英镑的抚养费，也不愿断绝与我永世不渝的情谊，我相信，这笔钱还是你父亲还清你在牛津欠下的债之后会给你的数额。你的举动，践行了友谊中的骑士风范，触及了自我牺牲这最高尚的境界。但是，你放了那一点津贴，并不意味着你情愿放弃哪怕一件最过度的奢侈，或最不必要的挥霍。恰恰相反，你对浮华生活的渴望，从未如此强烈。在巴黎，我为自己，为你和你的意大利仆人，八天的开销将近一百五十英镑，光是在帕亚餐厅，就花了八十五英镑。倘若任由你随心所欲地过活，即便只付自己的餐费，在选择廉价的享乐方式时也变得尤为节俭，你一整年的全部收入，恐怕也维持不了三周。据实而言，你所谓放弃津贴的举动，不过是一种惺惺作态的伪装，如此这般，不过是给了你一个似是而非的理由，至少是自欺欺人的理由，要求我供养你的一切花销。在许多场合，你都煞费苦心地以此牟利，将其利用得淋漓尽致。这种持续不断的压榨索取，当然主要是对我，我知道在一定程度上，你也如此对待你的母亲，本就令人不堪其扰，但让我最为伤心的是，无论如何，在我耳边，

1　位于英格兰威尔特郡。

2　原文是"fleshpots of Egypt"，意为"埃及的肉锅"，出自《出埃及记》3：4。摩西带领以色列人走出埃及，跋涉旷野，食不果腹。以色列人发出怨言，与其沦落至此，不如当初就死在埃及，尚能坐在肉锅边，吃个饱足。

从未听闻过表达感谢的只言片语，也未曾感受到一丝一毫适可而止的迹象。

你还以为，用威胁的信件、诅咒的电报和辱骂的明信片，攻击你自己的父亲，就算是真正为你母亲的抗争而战斗，为了保护她挺身而出，为了她在婚姻中蒙受的委屈和遭逢的不幸而复仇。这不过是你的一厢情愿，纯粹是你最狂妄的错觉。如果你认定，为你母亲的痛苦向你父亲寻仇，是你作为儿子应尽的义务之一，那么最好的方式，就是在你母亲面前做一个比你从前更孝顺的儿子。只要让她在和你说一些严肃的事物时不再害怕；只要你不签下那些需要让她支付的账单；只要你对她和颜悦色，不要为她的余生带来伤痛。你的兄长弗朗西斯在他如花一般绽放却倏忽而逝的年华里，对她体贴入微、善待有加，从而极大地弥补了她久已承受的苦难。你本应该以他为榜样。你以为倘若能假我之手把你父亲送进监狱，定会让你母亲感到十足的喜悦和快意，如此幻想，实为大谬。我确信，你大错特错。如果你想知道，当一个女人的丈夫、她子女的父亲，身披囚服，禁锢监狱，她会有何真实的感受，就写信问问我的妻子，她定会告诉你。

我也有我的幻想。我以为，生活将是一场精彩绝伦的喜剧，而你会位列其中，成为众多优雅角色之一。到头来，却演成了一出惨不忍睹的悲剧，引发这巨大灾难的孽因，正是被掀开了那张欢愉面具的你本人，罪恶之处就在于非要争个鱼死网破才肯善罢甘休。而那张面具，愚弄了你，同样也愚弄了我，将我们引入了歧途。

现在你能理解——难道还不能吗？——一点点我正遭受的痛苦。有份报纸，我想是《蓓尔美尔公报》，在描写我的一出戏的带妆彩排时，说你跟着我，仿佛我的影子。对我们友谊的追忆，就是在狱中与我随行的影子，似乎永远也不会离我而去。每逢深夜，记忆便会将我唤醒，一遍又一遍地为我讲述同一个故事，不厌其烦地重复，驱散了我的所有睡意，直到黎明。黎明时，它又开始了，跟我到监外的庭院，令我一边踟蹰，一边自言自语。我被迫回想每一个不堪回首的瞬间和随之而来的每一个细节，在那些坎坷艰难的岁月中发生的一切，都能在我脑海中特意为了悲伤和绝望划出的区间里重现，你声音中的每一个紧张的语气，你不安的双手的每一次抽搐和每一种手势，每一句尖刻的话语，每一段恶毒的词句，再度向我袭来。我记得我们走过的每一条街巷、渡过的每一条河流，记得我们四周合抱的城墙和林地，记得表盘上的时针指向哪个数字，记得有翼翱翔的风吹向哪个方向，记得月相的盈亏和月色的明灭。

我知道，对我向你诉说的一切，都有一个回应，那就是你爱过我。命运女神将我们素无关联的命运丝线，编成了一个猩红的罪恶之结，在那两年半载中，你真的爱过我。是的，我知道你爱过我。无论你怎样对待我，我总会感受到你真心爱过我。尽管我清楚地明白我在艺术世界中的地位，我的个性总能激起他人的兴趣，我的金钱，我生活中的奢靡，还有一千零一件为我的生命赋予魅力和光彩，以至非常人可及的事物，其中一桩桩、一件件，乃至所有一切，都是让你心醉神迷、让你对我纠缠不休的诱因。而除此之外，更有一些东西，一些说不清道不明的东西，吸引着你。你对我的爱，远胜于对一切众生之爱。但是你，在你的一生中经历过可怕的悲剧，我也一样，但就其性质而言，你我的悲剧完全相反。你想知道是什么性质吗？这就是，在你心中，恨永远大过爱。你对你父亲所恨之深切，完全超过了、颠覆了、遮蔽了你对我的爱。这爱恨之间，本就毫无冲突，即便是有，也不过涓滴而已，但你的仇恨已滋长成畸形的庞然大物。你没有意识到，同一个灵魂中，容不下两种激情，它们无法在同一间精雕细刻的华屋之内共处。爱受想象力的滋养，而想象力会让我们的性灵之聪慧、感受之美好、格调之高尚，远超我们对自己的认知，并且通过想象力，我们可以将生活看成一个整体。通过它，也只有通过它，我们才能在现实以及理想的关系中理解他人。¹只有精美的，且精心构思的事物，才能滋养爱。但万事万物都能滋养恨。这些年来，你饮下的每一杯香槟，享用的每一道珍馐，无不滋养了你的仇恨，任其臃肿膨胀。为了喂饱它，你用我的生活做赌注，同样也用我的金钱下注，漫不经心、毫不在意，也不计后果。在你的幻想中，你不用承担失败的损失。而你知道，如果你赢了，胜利的喜悦和收益都会为你所有。

仇恨使人盲目。你对此一无所知。爱能读懂高远至极的星辰上写下的命运的判词，但恨全然蒙蔽了你的眼睛，让你除了狭窄、封闭、被纵欲蛀蚀的卑俗的欲望之园外，一无所见。你严重缺乏想象力，你性格中真正致命的缺陷，完全是你心中凝结的仇恨的结果。仇恨静默而又无声地，暗中侵蚀着你的天性，犹如苔藓啃啮着枯黄草木的根系，最终会让你的双眼，只能看见最微薄的利益和最渺小的目标。爱本可以培养你的才能，却因为恨而备受麻痹与毒害。你的父亲第一次攻击我的时候，把我当作你私下的朋友，在一封寄给你的私人信件中对我大加挞伐。我一读到这封信中卑劣粗俗的暴力威胁，当即意识到，在我艰难岁月的地平线上，徘徊着一个可怕的危险。我告诉过你，我不会介入你们对彼此由来已久的仇恨，被你们当枪使。在你父亲看来，较之于远在洪堡的外事大臣²，身处伦敦的我，自然是一个更大的猎物。但是，把我这样的人，哪怕只是片刻安放于这样的位置上，都极不公平。我的生命，应该用来做更有

1　这句话将在后文中反复出现。

2　弗朗西斯·道格拉斯（约翰·道格拉斯的长子，波西的哥哥）曾是外交大臣罗斯伯里勋爵（Lord Rosebery）的私人秘书，并传闻与后者有同性恋关系。约翰·道格拉斯曾威胁罗斯伯里勋爵，如果不动用行政手段大力起诉王尔德，就揭露他与自己长子的不正当关系。

价值的事，而不是和如你父亲这样酗酒、低贱、愚昧的人争吵。谁都无法让你明白这一点。仇恨蒙蔽了你的双眼。你坚持说，你和你父亲的争论，与我毫不相干，你绝不允许你的父亲对你私下的友情发号施令，若是由我来干涉未免太不公平。在你为此事找我之前，就已经给你父亲发出了一封愚蠢而又粗俗的电报，作为你的回应。既已如此，你随后也就注定要采取愚蠢而又粗俗的行为。人的一生所能犯下的最致命的错误，不在于不讲道理。不讲道理的时候，反倒会是人一生中最美好的片刻。犯错的根由乃是因为人们过于讲理。二者大相径庭。那封电报，完全决定了后来你和你父亲的关系，也因此决定了我的往后余生。就此事而言，最可笑的地方在于，这是一封即便是毫无教养的人看了都会汗颜的电报。最开始贸然发送的电报，自然会演进成后来傲慢的律师函，而你发给你父亲的律师函，又必然会逼他进一步反击。你把他逼入绝境，只能拼死一搏。你以此胁迫他，仿佛他的名誉乃至耻辱，全然取决于这场斗争的胜败，这样一来你的诉讼就会备受关注。所以，他下次攻击我时，就不再是在私人的信件中，不再把我当作你私下的朋友，而是在公开场合，作为一名公众人物来诋毁了。我不得不把他逐出我家。而他一家家餐厅挨个找我，在世人面前羞辱我，那番架势，无论我反击还是不反击，都会让我身败名裂。你不在那个时候站出来，说你不会让我因为你的缘故，而承受如此恶毒的攻击、如此羞辱的迫害，更待何时？难道你不该立刻否认与我有任何交往吗？或许直到如今你才发觉，本应当这么做。但那时，这个念头却从未在你的心头闪现。所有你能想到的办法（当然除了发给他辱骂的信件和电报），就是去买一把可笑的手枪，在伯克利擦枪走火，那种情形造成的丑闻，比你所听闻的更加糟糕。你的父亲与我这种地位的人，为了你而陷入可怕的争吵，这种想法，似乎让你甚为得意。我很自然地猜测，这满足了你的虚荣、取悦了你的骄矜。要解决这个问题，就把你的肉体还给你的父亲，我对此毫无兴趣，把你的灵魂留给我，他对此亦毫无兴趣，这又会让你心存不满。你嗅到了一个闹出公开丑闻的机会，就飞奔而去。在一场战役之中，你将毫发无损，这样的前景让你喜不自胜。在我的记忆中，那个季度余下的日子里，你从未有过如此高昂的斗志。唯一让你失望的是，似乎并没有真正发生什么事，我和你父亲之间也没有进一步的接触或争执。你只有给他发去电报聊以自慰，其内容最终让那个恶棍给你回信，说他已对仆人下令，以任何借口发来的电报都不许呈递给他。这没能让你气馁。你看到了公开的明信片能派上大用，就毫无顾忌地加以利用。你在这番围剿中，对他的穷追猛打更甚往日。我不认为他真的会善罢甘休。家族的本性在他身上体现得淋漓尽致。他对你的憎恨，与你对他的憎恨一样冥顽不化，而我则成了你们的幌子，是你们相互攻讦的活靶子，又是保全自身的挡箭牌。他对罪恶之事的热衷，不仅是个人的癖好，也是家族的遗传。如果他的兴致稍有衰减，你的信件和明信片立刻就会扇动起他由来已久的欲焰，也确实扇动起来了。而他自然就会义无反顾地走下去。既在人后将我当作一个私下的绅士而攻击，也在人前将我当作一位公众的人物而诋毁，他终于决定在呈现我艺术作品的场所，将我当作一名艺术家发起最后的猛攻。在我一部戏剧的首演之夜，他用欺诈的手段取得了一个座位，策划了一场阴谋来打断演出，想要当着观众的面，对我发表一通污蔑之言，辱骂我的演员，策划在我被叫到前台谢幕之际，趁机向我投掷出猛烈而粗俗的飞弹般的流言，完全是想以这种可怕的方式，通过我的作品让我身败名裂。纯粹是出于巧合，在一个酩酊烂醉更甚平日的状态下，偶然吐露了片刻真言，在别人面前吹嘘起他的企图。警察得到了消息，把他挡在了剧院之外。那时你有机会。那就是你的机会。你现在还没有意识到吗？你本该抓住这个机会，挺身而出，说你无论如何都不会让我的艺术，因为你而毁于一旦。你知道我的艺术对我意味着什么。艺术是我向我自己，而后是我向整个世界展示的宏大的太始之音；艺术是我生命中真正的激情，是我的爱，相比之下，其余所有的爱不过是死水之于美酒，或是沼泽的萤火之于月亮的幻镜。难道你还不明白，想象力的匮乏才是你天性中真正的致命缺憾吗？要你做的事并不难，在你眼前一览无余，但仇恨让你盲目，让你什么也看不见。我无法向你父亲道歉，他侮辱了我，并以最骇人听闻的方式迫害我将近九个月。我也无法把你赶出我的生活。我试了一次又一次。为了摆脱你，我不惜远遁他乡，离开英国、去往海外。但这一切都无济于事。只有你才能挽救一切。扭转局面的关键完全受你掌控。这本是为你准备的大好机会，以此作为我曾给予你所有的爱、感情、仁慈、慷慨和关怀的微小报答。如果你心里有我，哪怕我在你心中的分量只有我作为艺术家的十分之一，你都会这样做。但仇恨蒙蔽了你的双眼。"通过它，也只有通过它，我们才能在现实以及理想的关系中理解他人"的能力，在你心中已经死了。你只想把你父亲送进监狱，看他"站在被告席上"，你常说，这才是你唯一的想法。你整天念叨这句话，着实令人生厌，即便是吃饭也堵不住你的嘴。好吧，你也得偿夙愿。仇恨仿佛一位宠溺你的主人，满足了你的所有心愿。事实上，仇恨对于每一个服侍他的人，都宠爱有加。整整两天，你与法警并排安坐于高台之上，你的父亲站在中央刑事法庭的被告席上的场景，令你大饱眼福。到了第三天，我接替了他的位置。为何会这样？在你们用心险恶的仇恨赌局中，同时为我的灵魂掷下了骰子，你碰巧输了。仅此而已。

你看，我必须把你的生活写给你看，你必须有所领悟。时至今日，我们已相识四年多了。其中的半程，我们都在一起；而另一半，我必须在监狱中度过，这是我们友谊的结果。不知你会在哪里收到这封信，如果真能送到你手上，我不知道。罗马、那不勒斯、巴黎、威尼斯，我相信，你会流连于某座海边或河滨的优美城镇。你的周围，与和我在一起的日子相比，即便没有那些无用的奢侈品，至少也会有一切悦目、动听、满足口腹之欲的东西。生活对你来说很是可爱。然而，如果你天资聪颖，希望以一种不同的方式，找到更可爱的生活，就让这封可怕的信——我知道它令人不悦——向你证明，阅读这封信对于你的人生，是个重大的关窍和转折，写这封信对于我而言亦是如此。想到你苍白的脸颊，轻易会因美酒或愉悦而泛起潮红。如果当你阅读这里写下的内容，脸上时不时因羞愧而倍感焦灼，仿佛有鼓风炉炙烤，这将会对你大有裨益。恶莫大于浅薄。凡事明白了就好。

　　现下我已沦落到拘留所了，不是吗？在警局的监牢中挨了一夜后，被押上车送了过去。你最善良体贴。直到你出国前，几乎每天下午，或许偶有遗漏，都会不辞辛劳地驾车到霍洛威来探望我。你还给我写了许多极为亲切可爱的信。但是，把我送进监狱的人不是你的父亲，而是你，从头到尾你都是罪魁祸首，我是因你、为你，又由你才被关进监狱，但你从未有过片刻醒悟。即便是亲眼看见我被关在木笼的栅栏里，也无法唤醒你那死气沉沉、毫无想象力的天性。你好比一出相当悲怆的戏剧的观众，能生出伤感和同情，却意识不到，你才是这出没有发生在你身上的可怕悲剧的真正作者。我看着你对自己的所作所为一无所知。那些本应由你自己的内心告诉你的事，我不愿代为传达。若不是你的仇恨让你的内心变得冷酷无情，它定然早就告诉你了。凡事都必须由自己的内心领悟。若是当事人毫无感觉也不能理解，将此事告知于他则是徒劳之举。此时此刻，我写给你这封信的缘由，是因为在我漫长的监禁中，你的沉默和行为，让我有必要给你写信。此外，正如事态的结局，唯独我承受了苦果。这倒成了我的快乐之源。尽管每当我注视着你时，在你故意让仇恨造成的彻底的盲目中，我总能看见某种尤为可鄙的东西，但是出于许多原因，我还是心甘情愿地受苦。我记得你无比自负地掏出了一封你在某家廉价报纸上，发表的一封关于我的信。那是一封局促、乏味、平庸的文字。你为"一个落魄之人"，呼吁"英国人的公平意识"，或类似的陈词滥调。这就是当某位备受尊敬的人惨遭控诉时，你会写的那种信，即便你私底下与那个人素不相识。但你认为这是一封绝妙的信，还将其视作一个几近于堂·吉诃德式的骑士精神的证明。我知道你还给别的报纸写了好几封信，但都没有见刊。只不过那些信件的内容，无外乎是你有多恨你父亲。没有人在意你恨不恨他。你尚未醒悟，从智性上看，恨，乃是永恒的否定；从情感上看，恨是一种衰朽的形式，它会杀死一切，除了它本身。给报社写信，说自己憎恨别人，就好比是给报社写信，说自己身患某种羞耻而私密的隐疾。你仇恨你父亲的事实，连同这种仇恨得到了彻底的回应，丝毫不能让你的仇恨变得高尚或美好。如果这能说明什么，也只能说这是一种遗传疾病。

　　我又回想起，当我的房子被执行时，我的藏书和家具被查封，甚至登报出售，破产迫在眉睫，我自然给你写信告知此事。我没有提及，法警闯入这间你曾经常在其中用餐的房子，是为了偿还我举债给你买礼物的花费。我想，无论想得对与错，这样的消息可能会让你感受到些许痛苦。我不过是告诉了你一些直截了当的事实，我认为你应当知道这些事。你从布伦寄来的回信，字里行间泛滥着一种几近于抒情般的狂喜。你说你得知你的父亲"手头拮据"，不得不筹措一千五百英镑，以支付诉讼费，而我将要破产的消息，会真正让他"大大失血"，这样一来，他就从我这拿不到一分钱来填补他的亏空了！你现在看清楚仇恨使人盲目是什么意思了吗？你现在认识到了吗？当我将恨描述为一种除了其自身之外会毁灭一切的衰朽时，我正是在科学地描述一种真实的心理现象。所有我的精心收藏，都要被贱卖：我的伯恩-琼斯[1]、我的惠斯勒[2]、我的蒙蒂切利[3]、我的西密安·所罗门[4]的画作；我的瓷器；我的图书馆，收藏有与我同时代的几乎每一位诗人题赠给我的文集，从雨果到惠特曼，从斯温伯恩[5]到马拉梅[6]，从莫里斯[7]到魏尔伦[8]，收藏有我装帧精美的我父母的作品，收藏有琳琅满目的学院和校级奖品，收藏有豪华版书籍，诸如此类，仿佛在你眼中毫无价值。你说这些东西无聊透顶，仅此而已。从中你真正看到的，不过是你父亲损失几百英镑的可能，仅仅是这点微不足道的代价，却让你欣喜若狂。至于诉讼费，你或许有兴趣了解。你父亲在奥尔良俱乐部公开声称，即便他花了两万英镑，也会认为这笔钱花得很值，因为他从这一切中获得了如此的快乐、喜悦和胜利。他不仅把我关进监狱长达两年，还把我带到人前，只一个下午就让我当众破产，这又让他获得了意想不到的额外快感。这是我屈辱的极点，也是他完美而又彻底的胜利。倘若你的父亲没有向我索要他的应诉费，我完全相信，即便只是诉诸言辞，你无论如何都会对我流失殆尽的藏书深表同情，这对于一位文人而言，是

1　爱德华·伯恩–琼斯（Edward Burne-Jones），英国艺术家、设计师，擅长彩色玻璃等装饰艺术品。

2　詹姆斯·惠斯勒（James Whistler），美国印象派画家、唯美主义画家。

3　阿道夫·蒙蒂切利（Adolphe Monticelli），法国印象派前一代的浪漫主义画家。

4　西密安·所罗门（Simeon Solomon），英国前拉斐尔派画家，以描绘犹太生活和同性之恋而闻名。

5　阿尔加侬·斯温伯恩（Algernon Swinburne），英国维多利亚时代诗人、剧作家、文学评论家，以抒情诗闻名于世。

6　斯特凡·马拉梅（Stéphane Mallarmé），法国诗人、文学评论家，与阿蒂尔·兰波（Arthur Rimbaud）、保罗·魏尔伦（Paul Verlaine）同为早期象征主义诗歌代表人物，其诗作《牧神的午后》（L'Après-midi d'un faune）启发了法国作曲家德彪西创作了同题管弦乐作品。

7　威廉·莫里斯（William Morris），英国诗人、艺术家、文学家。

8　保罗·魏尔伦（Paul Verlaine），法国象征派诗人，诗作《月光》（Clair de lune）亦启发了德彪西创作了同名钢琴曲。

个无可弥补的损失，这也是我所有物质上的损失中，最令我痛心的一个。如果你能记起我在你身上挥霍了多少金钱，以及多年以来你如何依靠我的供养生活，或许会略尽微力，为我买下几本我自己的书。最珍贵的书也只卖了一百五十英镑，不过是平常的一周我花在你身上的钱。但是一想到你父亲的口袋将会损失几个便士，就会让你产生龌龊的喜悦，以至让你完全忘记了可以给我一点小小的回报，如此微末、如此轻易、如此便宜、如此容易的回报，倘若由你带给我，会让我感到无比重大、无比欢欣。我说仇恨使人盲目，难道不对吗？你现在看清了吗？要还是看不清，就试着睁开你的眼睛。

当时我看得多么透彻，现在亦然，不必与你多言。但我对自己说："我不惜一切代价，必须让爱留在心里。如果我走进监狱，心中无爱，我的灵魂会变成什么样？"那段时间，我从霍洛威给你写了许多信，就是我为了将爱挽留心间的尝试，为了让爱成为我天性的主旨。如果我愿意，我能用尖酸刻薄的责骂让你无地自容，我能用恶毒的诅咒将你撕成碎片。我本可以为你举起一面镜子，让你看见自己如此嘴脸，甚至会认不出那就是你自己，直到你发现它会模仿你可怕的举止，你才知道这究竟是谁的模样，如此一来，就会永远憎恨它和你自己。其实还不止这些，我还在承受他人应得的罪孽。如果我愿意，我本可以在任何一次审判中，以他为代价拯救我自己，当然不是为了免于羞辱，而是免于牢狱。控方证人——三个最重要的证人——在你父亲和他的诉讼律师的精心引导下，不仅三缄其口，甚至矢口否认，将另一个人所作所为，通过蓄意编造，甚至预先串通，转嫁于我。如果我愿意揭发他们，当场就能让法官把他们全都赶下证人席，甚至比驱逐狡诈的伪证犯阿特金斯[1]还要决绝。

1　指弗雷德里克·阿特金斯（Frederick Atkins），在王尔德第一次受审时作为控方证人，却公然作伪证，最终王尔德被判无罪。

我本可以趾高气扬地走出法庭，双手插在口袋里，一身自在。无数人劝我这么做。他们真诚地劝告、恳求、怂恿我采取这些行动来脱罪，他们唯一的牵挂是我的安危、我家室的安危。但我拒绝了，我并没有这样做。我从未后悔我的决定，即便是我在狱中最痛苦的日子，也未曾有哪怕一瞬间的后悔。这样的做法有失我的身份。肉体的罪不算什么，如需治疗，留给医生料理便是，只有灵魂的罪才算可耻。倘若采用这些行动，保证我无罪释放，反倒会让我这一生都备受折磨。但在那时，你当真以为，或者我哪怕有一瞬间曾认为，你配得上我对你的爱吗？在我们友谊的任何阶段，难道你真的以为，或者我哪怕有一瞬间认为，你都配得上我对你的爱吗？我知道你配不上。但是，爱不在市场上售卖，也用不着小摊贩的天平。它的快乐，如同智性的快乐，就是感到自身的鲜活，爱的目的就是去爱，不多，也不少。你是我的敌人，这样一个我从未有过的敌人。我已把我的生命交给了你，然而你为了满足人类一切激情中，最卑贱、最可鄙的欲念，即仇恨、虚荣和贪婪，而抛弃了我的生命。在不到三年时间里，你从各个方面完全毁了我。即便是为了我自己，除了爱你，我别无选择。我知道，如果我允许自己去恨你，那么在我不得不跋涉且仍在跋涉的生命的荒漠中，每一块岩石都将失去其阴影，每一棵棕榈树都将枯萎，每一眼泉水都将在其源头染上剧毒。你现在开始稍稍明白点了吧？你的想象力是否正从它漫长的昏睡中逐渐苏醒？你已经知道了什么是恨。那什么是爱、什么是爱的本质，是否已开始在你身上初露曦光？现在去了解还不算太晚，尽管为了教会你，我不得不沦落到关押罪犯的牢狱中。

在我那可怕的判决之后，当囚服加诸我身，当监狱紧闭大门，我独坐于我美好生活的废墟之中，被悲哀压垮，为恐惧所迷惑，因痛苦而昏昧。但我不会恨你。每天我都对自己说："今天我必须让爱留在心间，否则我如何挨过这一天。"我提醒自己，无论如何你没有恶意。我勉强自己去想，你不过是贸然拉开了弓，不料箭镞却从甲缝处射中了国王。[1] 用我最微末的悲伤、最轻贱的损失，都拿来与你计较，我觉得，这或许并不公平。我决定把你也视作受苦之人。我强迫自己相信，你蒙蔽已久的双眼上的鳞片，终将掉落。[2] 我曾满含痛苦地幻想，当你仔细端详你亲手造成的可怕作品时，会是怎样惶恐不安。即便是在那些毫无希望的日子，我生命中最黑暗的日子，也有那么几回，我真的好想安慰你。我是如此确信，你终于意识到了自己到底做了什么。

那时我从未想到，你也沾染了最大的恶习：浅薄。当我不得不让你知道，我必须把我第一次收信的机会，留给家人时，我伤心欲绝。我的内兄写信给我说，只要我给我的妻子写上哪怕一封信，她就会，为了我也为了我们的孩子，不再与我离婚。我觉得我有义务这样做。撇开其他原因不谈，我不能承受与西里尔分离的念头，我那美丽、可爱、招人亲近的孩子，我所有朋友中最亲密无间的朋友，我所有伙伴中最无可替代的伙伴。他那金色的小脑袋上的一根头发，在我眼中都比，我不只是说你从头到脚，而是整个世界的所有奇珍异宝都更为珍贵、更难寻觅。对我而言，永远如此，只是我明白得太晚了。

在你又有新动作的两周后，我得到了你的消息。罗伯特·薛瑞德，所有杰出人士中最勇敢也最有骑士精神的一位，来探望我，连同别的事情一起告诉我，你要在那本荒唐的《法兰西信使》上，发表一篇与我相关的文章。那是一本充斥着虚伪造作刊物，堪称文学腐败的真正核心，你还要附上几封我的书信。他问我，这难道真的是出于我的授意。我大吃一惊，无比愤慨，命令立即停止这种做法。

---

1 典出《列王纪上》22:34。有一人随便开弓，恰巧射入以色列王的甲缝里。

2 典出《使徒行传》9:18。扫罗的眼睛上，好像有鳞立刻掉下来，他就能看见。

你曾随手乱丢我的来信，以至让敲诈团伙得手，让酒店仆人行窃，让女佣转卖。那不过是因为你粗心大意，无法欣赏我写给你的内容。但是，你竟然认真提议，从余下的信中选出几封来发表，这让我几乎不敢相信。至于会从我的信中选哪几封呢？我毫不知情。这是我第一次得到你的消息，让我很不高兴。

第二条消息很快传来。你父亲的律师出现在监狱里，亲自向我送来一封破产通知书，金额只有区区七百英镑，是他们的税后应缴的诉讼费。我被判公开破产，并被勒令出庭。我无比坚决地认为，现在仍然觉得，并且会反复重申，这些费用本就应该由你家来负担。你曾信誓旦旦地说，你家会支付所有费用。正因如此，才让律师以这种方式承接此案。你绝对有责任。即便不考虑你代表你家做出的承诺，你至少也应该感觉到，既然你已让我身败名裂，至少可以让我的破产之耻，不要因为这笔卑劣至极的费用而雪上加霜，其总数还不到我在戈林短短三个夏月为你花费的一半。也罢，这就不再提了。我确实通过律师的业务员收到了你关于此事的消息，得到了一点风声，对此我完全承认。在他来采集我的证词和陈述的那天，他从桌子对面斜过身来——监狱的看守也在场——瞥了一眼从口袋里掏出的纸片，对我低语道："金百合王子向你致意。"我望向他。他重复了一遍。我不知道他是什么意思。"这位先生正身居国外。"他神秘地加了一句。有关当时的一切记忆闪过我的脑海，我记得，在我整个幽禁生涯中，这是第一次也是最后一次，我放声大笑。笑声中是对整个世界彻底的轻蔑。金百合王子！我看出来——后来的事也证明我看得很准——发生过的一切都未曾让你有一点感触。在你自己眼中，你仍是一出无足轻重的喜剧中优雅的王子，而不是悲剧的表演中忧郁的角色。所发生的一切，犹如一根帽子上的羽饰，装点着你狭隘的头脑，好似一朵衣服上的鲜花，隐藏起一颗唯有仇恨才能温暖的心，而爱，唯有爱才会感到冰冷。金百合王子！你以假名与我通信，无疑非常正确。在那段时间，我自己根本没有名字。在关押我的巨大监狱之中，我不过是一条长廊中的一间狭小牢房上刻下的字母和符号，是千百个没有生命的数字之一，仿佛千百具没有生命的肉体。但是曾在真正的历史长河中出现过的头衔，有许多都更适合你，用了这些名号，我是否依然会毫不费力地一眼认出你呢？我并没有在只适合于一场寻欢取乐的化装舞会的镂金错彩的华丽面具后寻找你。啊！倘若你的灵魂，以其自身的完美，或是其理应臻于完美的缘故，因忧郁而受伤、因悔恨而弯折、因悲痛而谦卑，那么就不会选择这样的头衔来伪装，不会在其荫庇之下，潜入痛苦之室的大门！人生中的大事往往表里如一，正因如此，或许你听来奇怪，才难以诠释。但人生中的小事，却是象征。我们更容易从小事中获得痛苦的教训。你似乎不经意间虚构的假名，当时乃至现在，都极富象征意味。它让你原形毕露。

六周后，第三条消息传来。我拖着沉重的病躯，被叫出医院的病房，从典狱长那里收到了你的一则特别的消息。他向我读了一封你写给他的信，其中说你打算在《法兰西信使》（"一本杂志，"你出于某种非同寻常的原因补充道，"与咱们英国的《双周评论》相当。"）上发表一篇文章"关于奥斯卡·王尔德先生的案件"，急于征得我的同意，去发表几封信的摘要或选段——哪些信呢？我从霍洛威监狱写给你的信？这些信对你而言，本该是超脱于整个世间万事的玄秘圣物！正是这些信，你却想公之于众，让那些厌世的颓废派见而惊奇，让贪婪的连载作家编排演绎，让拉丁区[1]的"小狮子们"[2]为之津津乐道、四处传扬！如果你的内心深处，未曾传来任何呐喊，反对如此庸俗的亵渎，或许你至少能回忆起，当我在伦敦看

---

1 指巴黎左岸的学府区。因为拉丁语是学术语言，所以这里被戏称为"拉丁区"。
2 原文是 little lions，可能是大学里的年轻学生，像是狮子扑食一般，对文学家的花边新闻一哄而上。以上仅是译者猜测，读者可自行体会。

到约翰·济慈的信件被公开拍卖时，饱含忧伤和蔑视，提笔写下的一首商籁，最终理解我诗句的真意：

> 我想，他们并不爱艺术，
> 打碎了诗人水晶般的心，
> 他们的鼠目正贪婪地紧盯。[1]

你的文章想说明什么？说我太喜欢你了？巴黎的浪荡子都很清楚这个事实。他们都读报纸，其中的大多数还为之撰稿。说我是个天才？法国人知道我是天才，也知道我天才的独特品质，比你更清楚，也比你预料的更了解。说与天才相伴的往往是激情和欲望的奇特癖好？妙极了。但这个话题属于龙勃罗梭[2]而不是你。此外，这种病态的现象亦非定论，同样也会在那些没有天赋的人身上出现。说在你和你父亲的仇恨斗争中，我立刻成了你们相互之间的盾牌和武器？更有甚者，说当斗争结束后对我索命般的攻击中，若不是你的网已然缠住了我的双脚，他根本逮不住我？说得很对。但据我所知，亨利·波埃[3]已经对这一点说得无比透彻了。此外，如果你的本意是为了支持他的观点，根本不需要发表我的信，至少是那些从霍洛威寄去的信。

在回答我的这些问题时，你是否会说，在我从霍洛威寄来的一封信中，我曾亲口恳求你，在力所能及的范围之内，在世上一小部分人的面前还我一点点清白？当然，我说过这话。请记住，此时此

1　出自王尔德的诗作《就拍卖济慈的情书有感》（*On the Sale by Auction of Keats' Love Letters*）。
2　切萨雷·龙勃罗梭（Cesare Lombroso），意大利犯罪学家、精神病学家，提出以生理因素判定罪犯和精神病人的理论，意为"犯罪乃天生"。
3　亨利·波埃（Henri Bauër），法国作家、评论家、记者，大仲马之子，曾在《巴黎回音》（*Echo de Paris*）上撰文为王尔德辩护。

刻我是如何又为何会身陷桎梏。你以为，我沦落至此是因为我和出席我审判的证人之间的关系吗？我和那类人的关系，无论真实还是虚构，都不会引起政府或社会的兴趣。他们根本不知道这些人是谁，也毫不关心。我沦落至此是因为我想把你父亲送进监狱，我的努力自然失败了，我自己的法律顾问也扔掉了手中的辩护状。你的父亲在我这彻底扭转了败局，把我送进了监狱，至今仍在服刑。这就是人们鄙视我的原因。这就是为什么我每天、每小时、每分钟都要服从这可怕监禁的原因。这就是我的请愿书被驳回的原因。

你是唯一一个，在不使自己遭受任何蔑视、危险或责难的情况下，可以让整个局面呈现出另一种色彩；可以为这件事赋予别样的视角；可以在一定程度上澄清事物真相的人。我当然不指望，实际上也不期待你说出你在牛津遇到困难时，是如何又抱有什么目的来寻求我的帮助；或是如何又抱有什么目的，如果你真有目的，在将近三年内，你几乎与我寸步不离。我无数次想要断绝这段，对我作为一名艺术家、一名有地位的人，甚至一名社交界的成员，具有如此毁灭性的友谊，其间种种，不必如此巨细靡遗地记录下来。我不希望你以如此近乎乏味的单调重复，一遍又一遍地描述你曾掀起的争吵；也不希望复印那一连精心融合了浪漫与金钱的绝妙电报；更不希望再次被迫引述你的信中那些更令人厌恶、更冷酷无情的段落。不过，我认为，如果你能对你父亲关于我们友谊的说法提出一些抗议，这对你我都会有好处。在你父亲口中，我们的友谊既怪诞又恶毒，说起你来荒唐不堪，说起我时则更显下流。现在，他的说辞已付诸青史，四处流传、为人采信、载入典籍。传教士将其编入他的布道手册，道德家以此作为他的空洞议题，而我这个为所有时代钦慕的人，不得不接受猿猴和小丑的判决。我不无苦涩地承认，在这封信中我是说过，事情的讽刺之处在于，你的父亲生前就已成为主日学校布道册中的英雄，你将与婴孩撒母耳齐名，而我将与吉尔·德·雷与萨德侯爵为伍。我敢说这再好不过了。我无意抱怨。
事情就是这样，该是怎样就会是怎样，这是人在狱中学到的诸多教
训之一。我也毫不怀疑，中世纪的异端和《瑞思丁娜》的作者[1]，会
证明是比桑福德与墨顿[2]更好的伙伴。

在我给你写那封信的时候，我觉得为了你我的利益，推翻你父
亲通过他的律师给出的说辞，说他是为了教化这庸俗的世界，是好
事一件、义举一桩，而这就是为何我让你好好琢磨，写一些或许更
接近真实的文章。对你来说，这样的文章至少比你向法国报纸胡乱
描述你父母的家庭生活要更有利。法国人怎么会关心你父母的家庭
生活是否幸福？对他们来说，再没有比这更毫无意趣的话题了。他
们感兴趣的是，像我这样杰出的艺术家，一位以他为化身的流派和
运动对法国的思想方向发挥了显著影响的艺术家，竟会过上这样的
生活，采取这样的行动。如果你提议在文章中发表这些信件，其数
量之多恐怕难以为计。在这些信中，我向你诉说了你给我的生活带
来的毁灭，诉说了你愤怒脾气的狂躁，而你却任由这种情绪控制你，
这不仅伤害了你，也伤害了我，还诉说了我的愿望，不，是我结束
这段在各方面都害我不浅的友谊的决心。发表这些信我可以理解，
尽管我决不允许发表它们。当你父亲的律师，妄图在矛盾中抓住我
的把柄时，突然在法庭上出示了我在九三年三月写给你的一封信。
我在信中说，与其忍受你不断重演、似乎乐在其中的争吵，我更乐
意被"伦敦的每一个房东敲诈"，你我之间友谊中的这一面偶然暴
露在了众目睽睽之下，令我痛彻心扉。但是，你的领悟如此迟缓，

1　分别指吉尔·德·雷和萨德侯爵。
2　桑福德与墨顿是托马斯·戴（Thomas Day）创作的儿童文学《桑福德与墨顿故事》
（The History of Sandford and Merton）中的主人公，主要讲的是被骄纵的富家子弟
汤米·墨顿，与淳朴善良的农家之子哈利·桑福德成为朋友后，逐渐变成一个有德行的
绅士的故事。

一切敏锐的心智于你而言都如此缺乏，你对稀有、精致和美的事物的理解如此迟钝，竟然提议自行发表这些信件。在这些信中，并通过写这些信，我试图永葆爱的独特精神和灵魂，让其能在我的心中驻留，让我的肉体能熬过漫长的屈辱——这对我来说曾经是，现在依旧是，最沉重的痛苦和最深刻的失望之源。你为什么要这样子，我再清楚不过了。如果说恨蒙蔽了你的双眼，那么虚荣则用铁丝缝合了你的眼睑。"通过它，也只有通过它，我们才能在现实以及理想的关系中理解他人"的能力，已被你狭隘的自负钝化了，久已荒废而不能用了。想象力和我一样被囚禁。虚荣封锁了窗户，狱卒的名字是"恨"。

这一切发生在前年十一月上旬。在你和一个如此遥远的日期之间，流淌着一条生命的大河。你的视线，几乎穿不过这漠漠荒原。但在我眼中，甚至不是发生在昨天，仿佛就发生在今天。苦难是一个漫长的瞬间，无法再细分其历经的寒暑，只能依次记录其情绪的往复。在我们这里，时间并不前进，而在旋转，似乎盘桓围绕于一个痛苦的中心。生活中的每一个场景，都遵循着一个不可更改的流程，所以我们的吃喝行止，还有祈祷，或者至少是为了祈祷的下跪，都得依照这不容商榷的铁律，这就是令生命麻痹的停滞。这种停滞因其特性，让每一个煎迫的日子在最微末的细节上，都与其他的细节如兄弟般相似，似乎让外界也沾染上了其自身的停滞，而外界存在的本质却是无休止的变化。这种变化在于春种秋收，在于农夫俯身向稻谷挥镰，或是采摘葡萄的人穿行于藤蔓之间，在于果园的草地被凋谢的花瓣染白，或被熟落的果实铺满，所有这些，我们却一无所知，也无从知晓。对我们来说，只有一个季节，那就是悲伤的季节。太阳和月亮似乎都被迫离我们而去。外面的天空或许是镀了金的蔚蓝之色，但透过紧靠地面的铁窗上厚重灰暗的玻璃匍匐而下的光线，却无比微弱、黯淡。监牢里永远是黄昏，就像心中永远是午夜。思想的停滞不亚于时间。你自己早已忘却的事，或能轻易忘却的事，此刻正在我身上重演，并且明天还会在我身上再次上演。记住这一点，你就能稍稍明白，我为什么要给你写信，为什么要以这种方式给你写信。

一周后，我被移送到这里。又三个月，我母亲去世了。你完全明白，我多么深爱和尊敬她。她的去世对我来说如此可怕，以至于我，这位曾经的一代词宗[1]，也找不到用来表达我痛苦和羞愧的言语。即便是在我作为艺术家而登峰造极的时日，也未尝寻得能承受我如此深沉重负的章句，或是伴随肃穆的哀乐传递我难以言表的无尽悲哀的悼词。她和我的父亲传给我的名字，不仅显扬于文化、艺术、考古和科学中，还彪炳于我祖国的公众史和民族的发展史上。我让这个名字永远蒙羞。我让它沦为卑贱之人口中的下流笑谈；我拖曳它穿行于泥沼；我使之落入野蛮人之手，他们或许会把它变得粗鲁；还落入愚人之手，他们或许会将其变作愚蠢的代名词。我当时遭受的苦难，以及现在仍然遭受的苦难，无法全然诉诸笔端、落在纸面。我的妻子，那时对我还温柔体贴，为了不让我从陌生或是冷淡的嘴唇中听闻这个噩耗，从热那亚一路带病赶往英国，亲口将这个无法弥补、无可挽回的音讯告诉了我。所有仍对我抱有好感的人，都向我传达了同情的慰问。即便是私下不认识我的人，听说我破碎的生活又平添了新的伤痛，也会写信要求转达他们的吊唁。唯独你置身事外，没捎一句话、没写一封信。对于这样的行为，最好是像维吉尔对但丁提及那些生活中缺乏高尚的激情、只有浅薄的意图之人时所说的那样："我们也不必多说他们了，看看就走罢。"[2]

又三个月过去了。挂在我牢门之外的日历告诉我已到了五月，

1　原文是"lord of language"，出自丁尼生的《致维吉尔》。
2　出自但丁《神曲·地狱》第三章："既无恶名也无美名的人，处在地狱边缘，因为没有行善而不能升天国，也没有作恶，故不会下地狱。"

日历上写着我每日的安排和劳作，还有我的名字和刑期。我的朋友们又来看我了。我像往常一样，询问你的近况。他们告诉我，你正住在你位于那不勒斯的别墅中，准备出版一部诗集。在探望结束之际，有人不经意间提及你要把这些诗题献给我。这个消息似乎引起了我对生活的一阵厌恶。我什么也没说，只是默默退回牢房，心中充满了鄙夷和不屑。你怎么能不事先征得我的同意，就白日做梦把诗集题献给我呢？白日做梦，我是这么说的吧？你怎敢做这样的事？你会这样回答吧，在我功成名就之时，我曾同意接受你早期作品的题献？当然，我接受过，就好比我会接受其他任何刚开始从事艰难而美妙的文学技艺的年轻人的敬意。对一位艺术家而言，所有的敬意都令人欢喜，而年轻人奉上的敬意则倍增其愉悦。月桂的枝叶若是由衰老的双手摘下，则必当枯萎。只有青年才有权为艺术家加冕。这是正是青春的特权，但愿年轻人知道这一点。但是，堕落潦倒之际，不同于那些扬名显耀的日子。你们尚未了知，富足、欢乐和成功可能是粗粝的糟糠或低劣的麻纻，而悲哀才是一切造物中最精致细腻的一个。无论是在思想还是在动态的世界中，任何运行其间的事物，悲哀都会以可怕甚至纤细的脉搏与之共振。相比之下，经千锤百炼的一叶薄薄的金箔，即便能显出目力不能及的扰动的方向，也显得粗糙了。悲哀是一道伤口，任何手触碰它，都会鲜血淋漓，除了爱的手，即便如此，还会再次流血，尽管不是因为疼痛。

你可以写信给旺兹沃思监狱的典狱长，征求我的允许，在《法兰西信使》上发表我的信，"与咱们英国的《双周评论》相当"。你为什么不给雷丁监狱的典狱长写信，征求我的允许，把你的诗作题献给我，不管你将它们形容得多么天花乱坠？难道是因为在前一种情况下，我不允许那本尚且存疑的杂志发表我的信件，而那些信件的合法版权，你当然非常清楚，无论过去、现在都完全属于我；而在另一种情况下，你认为你能用自己的方式享受这种任性，不向我透露一点风声，直到木已成舟，再难挽回？我已是一位名誉扫地、穷困潦倒之人，尚在服刑，单凭这一事实，倘若你想把我的名字题在你诗集的扉页，就应该将此事视作一种恩惠、一种荣誉、一种优待，乞求我的应允。这才是请那些穷途末路、忍辱负重之人帮忙应有的方式。

悲哀之所，即是圣地。总有一天，你会领悟其中深意。在此之前，你对生命将一无所知。罗比，以及像他这样天性的人，才能够领悟这一点。当我被两名警察夹在中间，从我的监牢被带到破产法庭之时，罗比就在漫长而沉闷的走廊中等候；当我身披镣铐、低眉领首从他身边经过时，他当着众人的面，庄重地向我脱帽致意，如此深切而简单的举动，令全场屏息凝神、寂然无声。比这更小的善事，都足以让人往生天堂了。正是因为这种精神，以这种方式去爱，圣徒才会跪地为穷人濯足，或弯腰亲吻麻风病人的脸颊。关于他的举动，我从未在他面前提起。直到现在，我也不清楚，他到底知不知道我注意到了他的致意。这件事无法用冠冕堂皇的言辞，报以郑重其事的感谢。我只能将其珍藏在心底的宝库中。我把它当作一笔秘密的债务存在那里，而我永远不可能偿还，这让我感到高兴。无数眼泪化作"没药"和肉桂，防止它腐败，并永葆鲜美。当智慧于我无益，哲学流于空洞，而那些试图给我安慰的谚语和箴言，在我口中化作尘埃和灰烬时，每当我回忆起那些渺小、卑微、无声的爱之言行，就会为我开启所有怜悯之井，让玫瑰绽满沙漠，让我摆脱孤独流放的凄苦，与这个世界受伤、破碎而又伟大的灵魂和谐相处。当你不仅能够理解罗比的行为有多么美好，还能理解为什么对我如此重要，并永远对我如此重要，那时，你或会明白，你应当如何、并以何种心境来请求我的允许，题献给我你的诗句。

据实说来，无论如何我都不会接受你的题献。尽管在别的情况下，倘若有人提出这种请求，我可能会满口答应，但为了你考虑，且不管我是什么感受，我都应该拒绝这一请求。一位年轻人，在他成年的那个春天，向世界推出了第一部诗集，本应像一朵春日的花朵或蓓蕾，像莫德林草坪上的山楂树，或是库姆纳田野上的金凤花。它不该被一出可怕而又可憎的悲剧、一场可怕而又可憎的丑闻所连累。如果我让自己的名字作为这本诗集的预告，那将是艺术上致命的瑕疵。这会为整部作品笼罩一层错误的氛围，而在现代艺术中，氛围至关重要。现代生活复杂而又对立。这是它的两个显著特征。为了表现前者，我们需要具有洞幽烛远、见微知著、独具慧眼的氛围；至于后者，我们需要背景烘托。这就是为什么雕塑不再是一门表征艺术[1]，以及音乐为什么是一门表征艺术，而文学为什么现在是、过去是、将来永远是至高无上的表征艺术。

你这本小书，应该氤氲着西西里和阿卡迪亚的气息[2]，不应沾染上刑事被告席上致命的毒氛和囚犯牢房中的瘰疬。你提议的这种题献，不仅是艺术品位上过失，从其他角度来看，也毫不体面。这看起来就像是你在我被捕前后所作所为的延续，会给人一种愚蠢的虚张声势的印象，其所展现的勇气，不过是花街柳巷中贱买贱卖的鲁莽而已。就我们的友谊而言，复仇女神已将你我二人如苍蝇般碾成了碎片。在我身处囚牢之际，为我题献诗句，看似是一种自作聪明的冒犯，实为愚蠢之举，这种行为在你热衷于写信攻击我的那些日子——我衷心希望，也是为了你好，这样的日子不再复返——你常常大言不惭地引以为豪并自得其乐。我相信——我真的相信——这不会产生你期许的严肃而又美好的效果。如果你向我请

1　表征艺术或再现艺术（representative art），指对自然形象或真实事物的反映或模仿，与表现艺术（expressive art）相对，后者认为艺术纯粹是内心的外露，寻求个性和感受的表达。

2　西西里是意大利的南部岛屿，也是地中海最大的岛屿。阿卡迪亚隶属于希腊，位于伯罗奔尼撒半岛。这两个地方皆是怡人的地中海气候。

教，我会建议你发表之前先搁置几天，或者，如果你不愿延宕，就匿名发表，而后，当你用你的诗歌赢取了追随者——唯一真正值得赢取的追随者——你再转过身来，对整个世界说："你们欣赏的这些花朵，是我播下的种子，而今我把它们献给一位你们视为贱民和弃儿的人，作为我对他的爱、对他的崇敬和钦佩的颂词。"但你却选择了错误的方式和错误的时机。爱有爱的技巧，文学有文学的技巧，这两者你都懵懂无知。

就这一点，我已与你说了很多，为的是你能全面领会其含义，进而理解我为何会当即给罗比写信，以如此轻蔑和鄙夷的措辞提及你的题献，并断然拒绝。我还希望他能仔细誊抄我提到你的内容，并寄给你。我觉得，终于到了应该让你看清、了解并领悟到一点点你自己的所作所为的时候了。盲目发展到如此地步，异化成了怪物，而缺乏想象力的天性，如果不做点什么将其唤醒，就会僵化成无可救药的麻木，如此一来，当肉体吃喝玩乐之际，寄寓其中的灵魂，或许会像但丁笔下的布兰卡·多里亚[1]的灵魂一样，彻底死去。我的信似乎来得恰到好处。据我判断，那些话落在你头上，犹如晴天霹雳。在你给罗比的回信中，你说自己，正在"丧失一切思考和表达的能力"。此话不假，显然你除了给你母亲写信诉苦之外，再也想不出更好的办法。而你母亲，看不明白到底什么才是真正对你好，从而酿成了她和你不幸的命运。她给了你她所能想到的一切安慰，我以为，反倒是把你哄回了以前不快乐、无意义的状态。据我所知，她告诉我的朋友们，我对你的詈言苛责让她"出离愤怒"，事实上，她不仅向我的朋友们传达了她的恼怒之情，还向那些——我无需提醒你，数量更多的——不是我朋友的人。而今，我通过与你和你家

1　见但丁《神曲·地狱》第三十三章：布兰卡·多里亚因为谋杀岳父，尽管尚未死去，但灵魂已经堕入地狱。

人交情深厚的渠道得知，由于我出类拔萃的才华和非同寻常的苦难，博得了众多同情，本已成与日俱增之势，却因为这件事而荡然无存。人们说："啊！他起初想把那位善良的父亲送进监狱，结果一败涂地，现下他转过头来，想把他失败的责任归咎于那位无辜的儿子。我们不该唾弃他吗！他不值得鄙视吗！"在我看来，在你的母亲听到我的名字时，如果她对自己在我家庭的离散中应负的责任——份额不小——没有一句悲伤或悔恨的话语；如果她还有几分体面，就应当保持沉默。至于你，与其给她写信去抱怨，不如直接写信给我，鼓起勇气把你本想说或希望说的话都告诉我，这在任何层面上都对你更有裨益，难道你还想不明白吗？从我写那封信到现在已将近一年。在这段时间里，你不可能一直"丧失一切思考和表达的能力"。你为什么不给我写信？从我的信中，你能看到你的整个言行对我造成了多么深的伤害、多么大的愤怒。不仅如此，你我之间的友谊最真实的面目，终于以一种绝无歧义的方式，完全呈现在了你的眼前。往日我常对你说，你在摧毁我的生活。你总是一笑了之。当埃德文·列维[1]在你我交往之初，眼见你把我推向风口浪尖，去承担你在牛津的那场，我们姑且称之为"无妄之灾"的冲击、纷争和花费，并为此向他寻求建议和帮助时，他警告了我整整一小时，不要与你深交。我在布拉克内尔向你描述了我与他那漫长而难忘的会面，你依旧一笑而过。当我告诉你，就连与我一同站在被告席上直到最后关头的那位不幸的年轻人，都不止一次地警告我，即便是我最愚蠢的时候所结交的那些下贱的伙伴，就其致命程度而言，都不如你为我带来的彻底的毁灭，你又笑了，虽然并不是那么开心。当我那些更为谨慎或交情尚浅的朋友，因为我和你的友谊，要么警告我，要么离开我，你轻蔑地哂笑。当你的父亲第一次给你写信辱骂我的时

1　据考证似是个放债人。

候，我告诉过你，我知道你们会利用我作为相互攻讦的武器，这会
在你们之间酿成恶果，你笑得不可开交。就结果而言，我说过会发
生的每一件事，都应验了。你没有借口说你不清楚这一切何以至此。
你为什么不给我写信？是懦弱吗？是无情吗？到底是什么？我对你
怒不可遏，并表达了我的愤怒之情，这样的事实更是让你写信的理
由。如果你认为我的信公正无私，你就应该写信；如果你认为我的
信有一丝一毫的偏颇，你也应该写信。我等的不过一封信而已。我
坚信你终究会明白，如果往日的情谊、备受挫折的爱、我向你倾注
的千般不得善报的好意、你欠我的千般未曾报偿的感激——如果这
一切对你来说都不值一提，那么仅仅是责任本身，这人与人之间最
贫乏的纽带，也该让你写信。你不会说你真的以为，我除了接收来
自家人的公务信函之外，不允许接收任何信件吧。你很清楚，罗比
每隔四个月就会写信告诉我一些文坛新闻。那些信件才华横溢、妙
语连珠、要言不烦而又云淡风轻，没有什么比罗比的信更动人的了，
这才是真正的书信，就像是一个人在对另一个人倾诉，颇有几分法
国式私密漫谈的神韵。他以纤细的笔调表达对我的敬意，时而恭维
我的判断力，时而是我的幽默感，时而是我对美的直觉或我的文化
修养，并以千百种微妙的方式提醒我：对许多人而言，我曾是艺术
风格的仲裁者；对其中一些人而言，是最高的仲裁者。他显示了自
己同时精通爱和文学的技巧。长久以来，是他的信充当了我和那个
美丽虚幻的艺术世界之间的小信使，我曾是那里的国王，如果我经
受住了引诱，未曾让自己落入这满是粗俗而又残缺的激情、千篇一
律的食欲、无止境的渴望和无形体的贪婪的不完美世界，我必定仍
是国王。然而，当话已说尽，你肯定能明白，无论如何，至少你心
里清楚，仅仅出于心理上稀松平常的好奇，收到你的回信，对我而
言会比得知阿尔弗雷德·奥斯汀正试图出版一卷诗集，或者史崔特
在为《每日纪事报》撰写戏剧评论，或者梅内尔夫人被一位赞美诗

都念得磕磕绊绊的人宣布为新的"风格西比尔[1]",更让我感兴趣。

啊！如果被关进监狱的人是你 —— 我不愿假定是因为我的任何过错，这是我无法承受的可怕想法 —— 而是因为你自己的过错、你自己的闪失，诸如信任了某位不值得的朋友，在感官的泥潭中失足，真诚被误用，爱被错付，或尚未列出，或一应俱全 —— 难道你以为，我会任由黑暗和孤独蚕食你的内心，而不出手帮你吗？难道你以为，我会碍于势单力薄而不略尽绵力，减轻你耻辱和痛苦的负担吗？难道你以为，我会不让你知道，如果你受苦，我也会受苦；如果你哭泣，我的眼中亦含泪水？如果你身陷缧绁之室，受人鄙夷，我也会用我深深的悲伤，建造一座华屋，等你归来，就能安住其中。在这座宝库之内，人们从你身上夺走的一切，都会千百倍地回馈，为你的康复而积蓄。如果出于令人痛苦的原因，或是出于谨慎 —— 这对我而言更痛苦难当 —— 阻挡了我与你亲近，剥夺了我有你相伴的欢愉，尽管能隔着监狱的铁栏，以羞耻的面目相对，我也会给你写信，无论时机合适或不合适，寄希望于几句简单的问候、几段零落的辞章、几声支离破碎的回音，甚至是爱的回音，能传递给你。如果你拒收我的信，我也不会停笔，这样你就会知道，无论境遇如何，总有几封书信在等你开启。许多人都是这样待我的。每三个月就有人给我写信，或提议给我写信。他们的信件和通讯都被保管着，等我出狱后就交还给我。我知道它们就在那里，我知道写信人的姓名，我知道他们充满了同情、关心和善意，这对我来说已经足够了。我不需要知道更多了。你的沉默令人恐惧。这不仅仅是数周、数月的沉默，而是数年。即便是像你一样活在瞬息的幸福中的人，任光阴的金脚从手中滑过，在追欢逐乐中气喘吁吁，也会想数一数到底虚度了几年。这是毫无借口的沉默，不加掩饰的沉默。我知道你有

---

1 西比尔（Sibyl），意为女先知。

一双泥足。有谁比我更清楚呢？当我在创作格言的时候曾写道，正是泥足使金身变得珍贵[1]，想到的就是你。但你为自己塑造的形象，并非泥足金身。你用往来于通衢广陌上的牛羊的蹄子践踏成泥的尘土，在我眼中塑造了你完美的外表，因此，不管我曾对你有过何种隐秘的欲念，现在我对你除了蔑视和鄙夷之外，不可能有其他任何情感。抛开其余所有原因不谈，你的冷漠、你的世故、你的无情、你的谨慎，随便你怎么称呼，连同我身败名裂之时乃至其后都挥之不去的忧患际遇，都让我倍感痛苦。

　　如果说监狱里的其他可怜人，只是被剥夺了世间之美，至少在某种程度上，不必担心自身的安危，免受世上最致命的绞索、最致命的毒箭[2]。他们可以躲进牢房，以自己的耻辱当作避难所。这个世界，在满足了其意志之后，就会继续走它的路，而他们则会被遗落，在无人打扰的地方受苦。而我却不同。悲伤接踵而至，敲打着监狱的大门，前来寻觅我的踪迹。牢门洞开，让它们奔涌进来。我的朋友，几乎从未获准来探望我。但我的仇雠，却总是畅行无阻。我曾两次在破产法庭上公开露面，也曾在众目睽睽之下从一个监狱转移到另一个监狱，我都是在难以言表的屈辱境遇中，任由世人审视与嘲笑。死神的使者报丧之后，就自顾自地走了，而我在全然的孤苦中，在与所有能给我安慰、带来解脱的人音信隔绝的境遇中，不得不挑起这无法忍受的痛苦和悔恨的重负，是我对母亲的思念将这番重负放在了我的肩头，至今仍然在我的肩头。当我的妻子通过她的律师给我寄来激烈、尖酸而刻薄的信件时，我的伤口甚至尚未被时

1　典出《但以理书》2:31-45。尼布甲尼撒王梦见一巨像，"是纯金的，胸膛和膀臂是银的，肚腹和腰是铜的，腿是铁的，脚是半铁半泥的"。而后"见有一块非人手凿出来的石头打在这像半铁半泥的脚上，把脚砸碎；于是金、银、铜、铁、泥都一同砸得粉碎"。另见《道林·格雷的画像》第十五章。
2　出自莎士比亚《哈姆雷特》第三幕·第一场。哈姆雷特的独白："默然忍受命运的暴虐的毒箭，或是挺身反抗人世的无涯的苦难。"

间抚平，未曾愈合。霎时间，我受到了贫穷的嘲弄和煎迫。这我尚能承受。我可以让自己学会容忍更不堪的境遇。但我的两个孩子，却合理合法地从我身边被夺走了。这对我来说，现在是、并将永远是无尽的忧愁、无尽的苦闷、无涯无边的悲哀之源。法律竟能判定，并自作主张地判定，我适不适合与我的孩子在一起，这让我羞愤不已。与之相比，牢狱之耻简直不值一提。我羡慕那些与我一同在庭院里放风的人。我相信，他们的孩子正翘首跂踵，盼他们归来，会对他们亲切相待。

穷苦之人比我们更聪明、更慷慨、更善良、更敏感。在他们眼里，牢狱是人一生的悲剧，是不幸、是意外、是需要别人同情的事情。他们说起一个进了监狱的人，就像是说起一个"坏了事"的人一样简单。这是他们常用的说法，这种表达蕴含了爱的完美智慧。而对于我们这种阶层的人，情况就不同了。在我们这，监狱会让人沦为贱民。我，以及像我这样的人，几乎没有呼吸新鲜空气和晒太阳的权利。我们的存在玷污了他人的快乐。当我们再次出现，只会惹人讨厌。我们不得重新沐浴朦胧的月影[1]。我们的子女被夺走了。那些人性之间可爱的纽带被斩断了。唯一能治愈我们、帮助我们，能为伤痕累累的心带来抚慰、为痛苦的灵魂带来安宁的亲情，却从我们身边被剥夺了。

除了这一切，又有冷酷而微末的事实为之雪上加霜。因为你的行为和你的沉默，因为你做过的事和你回避的事，你让我漫长刑期的每一天，都变得更加难捱。你通过你的所作所为，改变了狱中饮食滋味。你致使我只能从中品尝出苦楚和咸涩。本应由你分担的悲伤，却因你而倍增；本该由你设法减轻的忧愁，却因你而加剧

1　出自莎士比亚的《哈姆雷特》第一幕·第四场。哈姆雷特问父亲的鬼魂："你已死的尸体这样身穿甲胄，出现在月光之下，使黑夜变得这样阴森。"

成了摧心之痛。我毫不怀疑你绝非故意这样做。我知道你不会故意这样做。这只是"你天性中唯一致命的缺憾，在于你完全缺乏想象力"。

道尽千言万语，我不得不原谅你。我必须原谅。我写这封信不是为了在你心里种下怨恨，而是为了从我心里拔除怨恨。为了我自己，我也必须原谅你。一个人不可能永远在自己的胸膛里饲养一条以他为食的毒蛇，也不可能夜夜起身在自己灵魂的花园里播撒荆棘。只要你略施小惠，我就能毫不费力地原谅你。往日无论你对我做过什么，我都会欣然原谅。当时这对你毫无益处。只有生活中完美无瑕的人，才能宽恕罪过。但现在，当我忍辱含羞坐在这里时，情况就大不相同了。此刻我的宽恕对你来说当属意义重大。总有一天你会明白。无论你明白得或早或晚，或快或慢，即便永远不明白，我的前路都一目了然。你毁了一个像我这样的人，你的心中永远承受这般重负，度过余生，我无法袖手旁观。这念头或许会让你变得冷漠无情，或许变得自怨自艾。我必须从你心上接过这重负，担在我自己的肩头。

我必须告诉自己，无论是你还是你父亲，即便再加诸千倍，都不可能毁掉一个像我这样的人。毁掉我的人是我自己。万事万物，伟大或渺小，外界是毁不掉的，只有自己亲自下手才能毁掉。我已经做好了这样的准备。我正试图这么做，尽管当下，你可能不以为然。如果我针对你的控诉太过无情，就想想我针对自己的控诉是何等毫无怜惜。你对我的所作所为固然可怕，但我对自己的所作所为更为可怕。

曾经，我与我这个时代的艺术和文化之间，有着象征性的关联。我甫一成年，就在自己身上发现了这种纽带，之后我又迫使我的时代也注意到了这一点。很少有人在他们的有生之年就拥有这样的地位，并受到广泛承认。一个人的地位，通常要等到他和他的时代久已逝去之后，才会被历史学家和评论家注意到，如果他们能注意到的话。而我则不同。我自己就感受到了，也让别人感受到了。拜伦是个象征性的人物，但他与他的时代之间的关联，在于时代的激情和其激情的倦怠。而我则与更崇高、更永恒、更重大的事件，更广博的视野相关。

诸神几乎赐予了我一切。我有天赋、显赫的名声、崇高的社会地位、盖世之才、敢想敢为。我让艺术成为哲学，让哲学成为艺术。我改变了众人的思想和万物的色彩。我的一言一行无不令人惊羡。戏剧，这一艺术中最客观的体例，为我所用，使之蜕变成了与抒情诗或商籁一样个性化的表达方式。与此同时，我还扩大了其边界，丰富了其特色；戏剧、小说、律诗、散文、精妙或梦幻的对白，凡经我之手，无不呈现出一种崭新的美学形式，使之美不胜收；对真理本身，我赋予其不亚于真实的虚幻，作为其天经地义的内涵，表明虚幻和真实仅仅是智性存在的形式。我将艺术视为至高无上的真实，而生活不过是一种虚构的程式。我唤醒了我们这个世纪的想象力，让其在我们身边创造神话和传奇。我用一句话就能概括所有的哲思，用一首诗就包含万有的存在。

抛开这些不谈，我还有与众不同之处。我放纵自己长久地耽湎于无知无觉的享乐。我以做一个浪荡、纨绔而又虚荣之人为乐。我任由渺小的灵魂和卑劣的思想将我包围。我开始挥霍自己的才华，虚度永恒的青春，这让我感到一种奇异快乐。我厌倦了永远高踞于顶峰，于是我刻意潜入深渊，寻求新的感受。对我来说，我在激情之下，常有乖张之举，正如我在思想之中，常作吊诡之语。欲望，到头来，成了痼疾，成了疯狂，或兼而有之。我越来越不在乎别人的死活。我追求让我愉悦的享乐，转眼就将其抛弃。我忘记了平日里每一个微小的举动，都会塑造或毁灭一个人的品格，正因如此，一个人在密室之中的所作所为，总有一天会在屋顶之上被大肆传扬。

我不再是我灵魂的舵手，[1] 却不自知。我任由你支配我，任由你父亲恐吓我。我以颜面尽失而草草收场。而今，我能做的只有一件事，那就是绝对的谦卑；正如你能做的也只有一件事，同样是绝对的谦卑。你最好低入尘埃，与我一同学习谦卑。

我已在狱中孤卧两载。绝望在我的天性之中疯长；在令人见而落泪的悲哀之中自暴自弃；不堪承受却又无能为力的愤怒；饱含苦涩的轻蔑；悲恸不已的痛苦；难以言说的哀怨；无可表达的凄凉。我遍历了这世上的种种磨难。我比华兹华斯本人对他吟咏的诗句体验更深：

> 这苦历久不灭、晦暗难明、深不可测
> 无边无际，恍若永恒 [2]

虽然，我的苦难或许绵绵不绝的想法，有时会让我感到欣慰，但是我无法忍受这所受的苦难没有丝毫意义。现在，我发现在我的天性之中，隐藏着某种东西，它告诉我，世间万物毫无意义，苦难尤甚。这种隐藏在我天性之中的东西，好比荒野中的宝藏，就是谦逊。

这是我身上仅剩的珍宝，也是最贵重的珍宝；是我所能发掘出来的最后的珍宝；是我重新开始的起点。它直接源于我自身，所以我知道它来得正是时候。来得不早，也不迟。如果有人以之告我，我定然早已驳斥；如果有人以之劝我，我定然早已拒绝。既然是我发现了它，我就想留住它。我别无选择。对我而言，它是唯一一件，

1　出自威廉·欧内斯特·亨利的诗《永不屈服》（*Invictus*）："我是我命运的主宰，我是我灵魂的舵手。"
2　出自华兹华斯的戏剧《边民》（*The Borderers*）。

其中蕴含着生命、新生命和 Vita Nova[1]（新生）的东西。它在万事万物之中最为殊胜。不能把它送给别人，也不能从别人手中接过。若人不能抛却他拥有的一切，就不能获得它。只有当他失去了一切，才会发觉已然拥有了它。

现在，我能感受到它就在我心中，我对我要做什么，事实上，是我必须去做什么，一目了然。当我写下这样的话语时，我无需告诉你，我并非在暗示受到任何外在的影响或劝诫。我承认绝对没有。现在的我比以前的我更像个人主义者了。在我看来，除了源于自身的东西，一切都毫无价值。我的天性是寻求一种全新的自我实现的方式。这是我唯一的牵念。而我要做的第一件事，就是让我自己，从对你的任何可能的怨恨中解脱。

我已是一贫如洗，无枝可依。然而，世上还有比这更凄惨的境遇。跟你说句实话，与其让我的心中存有对你或对这个世界的怨恨而离开监狱，我宁愿满怀欢欣地挨家挨户乞讨面包。倘若在富贵之家空手而归，至少也会敲开陋室柴扉有所收获。富足之人常常贪婪吝啬；穷苦之人往往乐于分享。在炎夏之时，就睡在清凉的芳草甸上，而当寒冬来临，就依偎在密不透风的温暖的茅草垛边，或置身于大谷仓的顶棚之下。只要有爱在我心中，我丝毫不会介怀。现在，对我而言，身外之物似乎一点也不重要了。你可以看到，我的个人主义已经达到了，不如说是正在达到何等激烈的程度，因为长路漫漫，而"我走过的路，遍生荆棘"[2]。

我当然知道，沦落街头，求人施舍，不是我的宿命。如果我在凉夜里，卧于清冷的草地上，那也是为了给月亮写一首商籁。当我走出监狱时，罗比会在铁钉磷磷的大门外等着我，他不仅象征着自

1　原文为意大利语，是但丁一部诗集的标题，抒发他对贝雅特丽齐的爱和怀念。

2　出自《无足轻重的女人》第四幕。

己的关切，也象征着许多人的关切。我相信，无论如何，我还有足够的积蓄够我生活一年半载，这样一来，即便我写不出优美的作品，也能读到优美的作品，还有什么比这更快乐的呢？在那之后，我希望能重新振作我的创作力。但是，倘若情况全然不同：倘若我在世上没有一个朋友；倘若没有一座宅院的大门向我敞开，哪怕是出于可怜；倘若我不得不接受穷困潦倒的干瘪钱囊和褴褛衣衫。但是，只要我仍旧不怀愤恨，不怀冷漠与鄙薄，在我面对生活之际，就会比当初遍身绫罗的我，比灵魂因仇恨而病态的我，更平和、更自信。要我原谅你，真的不费吹灰之力。但要让我对此感到高兴，你必须有想得到我原谅的自觉。当你真正想要的时候，你就会发现，它已等候多时了。

我的使命尚未完成，自不必待言。如果已完成了，相对而言就容易得多了。摆在我面前的事，仍有许多。有更峻峭的岩崖要攀缘，有更冥晦的峡谷要穿行。而我必须亲自完成这一切。宗教、道德和理性都帮不了我。

道德帮不了我。我生来就是反道德论者。我属于那些为例外而生的人，并非为法律而生。据我所见，一个人的言行之中本无过错，错的是他成了一个怎样的人。了解到这一点，大有裨益。

宗教帮不了我。别人信仰那些看不见的事物，而我信仰的是看得见、摸得着的事物。我的神祇，安住于凡人之手建造的庙宇，在实际经验的范围内，我的信条完美而圆满。或许有些太过圆满，因为像许多乃至所有那些将他们的天堂安置于尘世之人一样，我在其中不仅发现了天堂的美，也发现了地狱的怖畏。每当我想到宗教，我就感觉我似乎想为那些无信仰的人建立社团，或可称之为"无主会"。在这里一位心中不怀安宁的牧师在没有烛火映照的祭坛之上，用未曾赐福的面包和涓滴不存的圣杯来祝祷。凡事若要成真，必先成为宗教。不可知论也应如信仰一般，有自己的仪轨。它播下了殉道者的种子，也应该收获圣人的果实，并每日赞美上帝，赞美祂不在凡人面前现身。但无论是信仰神祇还是不可知论，绝不可能存在于我自身之外。其教符必须由我亲自创造。唯有创造其自身形态之物才有灵性。如果我不能在自己的内心找到它的奥秘，我将永远无法在别处寻得。如果我还没有将其掌控，它就永远不会出现。

理性帮不了我。它告诉我，为我定罪的法律大错特错、不公不义，让我受苦的制度同样大错特错、不公不义。但是，出于某种原因，我必须让这二者对我而言都是公平正义的。正如在艺术中，人们只关心某一特定的事物在某一特定的时刻对其自身是什么，个人性格的道德演变亦复如是。我必须让发生在我身上的每一件事都对我有益。木板床、残羹冷炙、将结实的绳索撕成麻絮直到指尖因疼痛而麻木、终日不停的粗重杂役、不知变通的苛刻规章、让悲伤看起来怪异可笑的丑陋囚服、沉默、孤独、羞耻——所有这些，桩桩件件，我都必须将其转化为一种精神体验。任何一种肉体的摧残，我都必须尝试将其转化为灵魂的升华。

我想达到这样的境界：当我能直截了当、毫不做作地说出，我人生中的两个重大转折，是我父亲把我送进牛津和社会把我送进监狱。我不会说，这二者落在我头上，对我而言是天大的好事，因为这句话会让我在自己身上品咂出太多苦涩。我更想说，或听到别人这样说我，我倒错的欲望，不过是我的时代诞下的典型的"婴孩"，因为这种倒错的欲望，我把我生命中的好事变成了坏事，又把我生命中的坏事变成了好事。但是，无论是我自己所言，还是出自他人之口，都无关紧要。重要的事情，摆在我面前的事情，在我这样一个残损、污秽、不完整之人的短暂余生中必须要做也无可逃避的事情，就是把加诸我身的一切都融入我的天性，使之成为我的一部分，毫无怨言、毫无畏惧、毫不勉强地接受。恶莫大于浅薄。凡事明白了就好。

我刚入狱时，有人劝我，试着忘记自己是谁。这个建议足以让人毁灭。只有意识到我是谁，我才能找到任何安慰。而今，又有人劝我，出狱后试着全然忘记自己曾进过监狱。我知道这个建议同样致命。这意味着，我将永远被一种无法容忍的羞耻之感追魂索命，那些对我和对其他人都意义重大的事物——日月之美、四时的盛会、拂晓的天籁和黄夜的岑寂、穿林打叶之雨还有浮上草尖为之镀银的露水——都会因我而蒙尘，失去它们的疗愈之力，不能再传递喜乐了。抗拒自己的经历，就是阻碍自己的发展。否定自己的经历，就是让自己的人生说谎。这不亚于对灵魂的否定。正如身体会将，无论是粗陋不洁的事物，还是牧师或神启净化过的事物，都不择良莠地全然吸收，并转化为敏捷或力量，转化为竞技时健美的英姿和鲜活的肉体，转化为头发、嘴唇、眼睛的曲线和色彩。反言之，灵魂也有汲取养分的能力，能将原本粗鄙、残酷而又堕落的事物，转化为高尚思想的情操和志存高远的激情。更有甚者，灵魂还能在这些事物之中找到最庄重的方式来伸张自身，总能透过亵渎和毁灭之物将自己最完美地展现。

我是普通监狱的一名普通囚犯的事实，我必须坦然接受，而且，尽管你可能觉得奇怪，但我必须教会自己的一件事：就是不要为此感到羞耻。我必须将其视为一种惩罚来领受，如果一个人因为受到惩罚而羞耻，那么他受过的惩罚就完全白受了。当然，在我的罪名中，有许多我从未做过的事，但也有许多罪名，都是事实，而在我的一生中还有更多的事，从未受到指控。至于我在这封信中说过，诸神难测，不仅惩罚我们的善良和仁爱，同样也惩罚我们的罪恶和荒唐，我们必须接受这般现实，无论行善还是作恶，都会受到惩罚。我坚信不疑，理应如此。认识到善恶两边都会招致惩罚，并且不对其中任何一边过于自负，这对人大有裨益，或者说理应有所裨益。如果我不为自己受到的惩罚而羞耻，正如我希望自己不会如此，我就能自由地思考、行走和生活。

许多人在他们出狱时，依旧戴着无形的枷锁，将其当成隐秘的耻辱藏在心底，最终好似毒虫钻入洞穴而后死去。他们别无选择，这实在是可悲，社会把他们逼到绝路是在犯错，大错特错。社会自认为有权对独立的个体施以骇人听闻的刑罚，但它也有浅薄这最大的恶习，意识不到自己种下的孽因。当一个人受过惩罚后，社会却让他自生自灭，也就是说，当社会理应对他负起最高的责任之时，却将他弃之不顾。社会确实为它的所作所为感到羞愧，以致避而不见它惩罚过的人，避而不见它犯下的无可避免、无可挽回的过错而备受折磨的人，正如有人欠下了还不清的债，就会躲着债主。我为自己呼求，如果我对我遭受的苦难有所醒悟，社会也应该对他强加于我的惩罚有所醒悟。如此一来，双方都会放下憎恶和仇恨。

当然，我知道，从某个视角来看，世道于我而言更加艰难。由于此案的性质，我注定沦落至此。与我囚禁在同一所监狱里的可怜的小偷和弃儿，在许多方面都比我幸运。在灰暗的城市中或苍翠的原野上，那些见证他们犯罪的小路，不会引起太多的关注；若想找到对他们的行径一无所知之人，无需走出太远就能找到，甚至比鸟儿在晨光熹微到朝阳初升之间飞过的距离还要短。但对我而言，"世界萎缩至一掌之宽"[1]，无论我走到哪里，我的名字都以铅水浇铸于岩石之上。因为我不是从藉藉无名走向一时的犯罪恶名，而是从某种永恒的显扬，走向某种永恒的狼藉。恶名与美名之间，只有不过一步之遥，甚至连一步都不到，有时候，似乎这个道理就是为我而设的，必要时就会提点我。

不过，无论我到哪里去，凡是丑闻所及之处，人们都会认出我，对我的生活了如指掌，面对这样的现实，我能从中发现一些于

---

1 出自《无足轻重的女人》第四幕。

我有益之处。这种境遇，迫使我必须再次证明自己是一名艺术家，力所能及之内越快越好。如果我能再写出哪怕一部优美的艺术作品，就能从其毒液中剔除恶意，从其讥讽中剔除懦弱，并将轻蔑的舌头连根拔起。如果生活为我出了难题，也确实如此，那么我对生活也同样是个难题。人们必须对我采取某种态度，如此一来既是在评判我，也是在评判他们自己。毋宁说，我并非特指某个人。现在，唯有艺术家和历经苦难之人；唯有懂得什么是美，什么是悲伤之人，我才愿意与之相处，其他人一概引不起我的兴趣。我对生活别无他求。在我所说的一切中，我只关心我自己对整个生活的心态。我觉得，因为我自身的完美，也因为我是如此不完美，不因受到惩罚而羞愧，是我必须首要达到的境界之一。

　　而后，我必须学会如何快乐。我曾经明白什么是快乐，或许我自以为凭直觉就能明白。从前，我的心中总是春意盎然。我的性情与快乐同类相招。我用欢愉填充我的生命直到满盈，正如为金樽注入美酒直到漫溢。而今，我站在一个全新的立足点来看待生活，甚至连想象何为快乐，对我而言都极为困难。我记得我在牛津的第一个学期，读到佩特的《文艺复兴》——那本书对我的人生产生了奇异的影响——其中提及但丁是如何将那些放任自己沉溺于悲伤之人，投入地狱的底层[1]，而后我去学院图书馆，翻到《神曲》中对应的章节，说是在死气沉沉的泥潭里，躺着那些"在甜美的空气中阴郁不乐"之人，永远在叹息中诉说：

> 日光清澈，空气甘甜，
> 我们却愁肠百结。[2]

1　指佩特的文章《米开朗基罗之诗》（*The Poetry of Michelangelo*），收录于《文艺复兴史研究》。
2　出自但丁《神曲·地狱》第七章。

我知道教会谴责懒惰，但是在我看来，整个这套观念荒诞无稽，要我说，这无非是对生活一无所知的牧师编造的罪过。我也不明白，说过"悲伤让我们与上帝重新结合"[1]的但丁，为何对那些耽湎于忧郁的人如此苛责，不知是否真有这样的人。我何曾料想，终有一日，忧郁对我而言会成为我人生中最大的诱惑之一。

在旺兹沃思监狱的时候，我一心求死。这是我唯一的渴望。在医务室住了两个月后，我被转到了这里，发现自己的身体状况日渐好转，我的内心满是愤恨。我下定决心，在出狱的当天，就一了百了。过了一阵，这种邪恶的情绪烟消云散了，我下定决心要活下去，只不过要披上阴郁的外衣，正如国王要穿上紫色的长袍[2]，再也不会展露笑颜。纵有千门万户，只要我踏入其中，就会将其变成悲悼的灵堂；让我的朋友，与我一同在哀怨之中缓缓前行；教他们明白，忧郁才是人生的真谛；用外在的悲伤折磨他们；用我自己的痛苦摧残他们。而今，我有了全然不同的想法。我发现，当我的朋友来探望我时，我阴沉着脸，他们就不得不让脸色更加阴沉，以示同情，或者如果我想招待他们，邀他们赴宴，却对着苦口的野菜和葬礼中剩下的残羹冷炙面面相觑[3]，我真是忘恩负义、不近人情。我必须学会如何快乐，如何幸福。

近来两次我获准在此与我的朋友会面时，我都尽量打起精神，表现出自己的乐观开朗，为他们从城里远道而来、不辞辛劳，做一点微小的回报。我知道，这不过是微小的回报，但我确信，这是最

1　出自但丁《神曲·炼狱》第二十三章。

2　古代紫色难寻，只能以骨螺为染料，更显珍贵。故而古罗马时规定，唯有皇帝与神灵的塑像才能身着紫袍，于是紫色成了高贵、威严的象征。

3　"苦菜（bitter herbs）"，典出《出埃及记》12:8，"当夜要吃羊羔的肉；用火烤了，与无酵饼与苦菜同吃"。"葬礼中剩下的残羹冷炙（funeral baked meats）"，出自莎士比亚《哈姆雷特》第一幕·第二场，"这是一举两便的办法，霍拉旭！葬礼中剩下来的残羹冷炙，正好宴请婚筵上的宾客"。

让他们高兴的回报。上周六，我与罗比见了一个钟头，我绞尽脑汁想要尽可能地完全表达出来我们见面时我由衷感受到的喜悦之情。以我在此为自己提炼的观点和理念来衡量，我做得很对，因为我入狱之后第一次真正有了活下去的欲望。

有太多事摆在我面前，等我去做，倘若我来不及完成其中的一星半点就撒手而去，我会将其视作一个可怕的悲剧。我看见艺术与生活的新发展，每一种都是前所未有的完美范式。我渴望活下去，让我得以探索对我而言不亚于一个新世界的领域。你想知道这个新世界是什么吗？我想你可以猜到。它就是我们一直生活的世界。

换言之，悲伤，以及它教给世人的一切，就是我的新世界。曾经的我，完全为享乐而活。我回避每一种悲伤和痛苦。二者都令我憎恶。我决心尽我所能将其忽略，也就是说，将其视作不完美的示例。它们不在我的人生规划里，在我的哲学中也没有一席之地。我的母亲对生活了如指掌，曾经常向我引用歌德的诗句——多年前，卡莱尔写在送给她的书里——我猜，译文或许也是他的手笔：

> 未曾和着血泪咽下面包之人，
> 未曾在午夜时分饮泣，
> 苦候天明之人，
> 如何能识，造化之力。[1]

这些诗句，高贵的普鲁士王后[2]，备受拿破仑粗暴野蛮的凌辱，在她的屈辱和流放中，曾引用过；我的母亲，在她晚年的苦闷生活

1　出自歌德的小说《威廉·麦斯特的学徒生涯》（*Wilhelm Meister's Apprenticeship*）。
2　"高贵的普鲁士王后"，指普鲁士国王腓特烈·威廉三世的妻子路易莎。传说是她的丈夫在耶拿战役溃败后抄录的。在普鲁士彻底战败之后，路易莎曾向拿破仑求情，却换来一番羞辱。

中，也常常吟诵；我断然否认，绝不接受其中蕴藏着巨大的真理。我无法理解。我清楚地记得，我曾告诉她，我不想在悲伤中咽下我的面包，也不想在哭泣中度过任何夜晚去迎接一个更加痛苦的黎明。我尚未明悟，这是命运之神特意为我安排的众多磨难之一。说真的，在我生命之中有整整一年，除了受苦几乎一事无成。但是，这就是命运为我安排的价码。过去的几个月，历经艰难的挣扎与困顿，我终于能够从痛苦的核心中领悟一些教训。牧师，以及那些不擅高妙言辞之人，有时会用神秘莫测来形容苦难。这确实是一种启示。人们会照见以前从未发现的道理。人们会从不同的角度来看待整个历史。过去人们对艺术，通过本能而产生的朦胧感受，会以洞彻底蕴的认知和刻骨铭心的理解，在智力和情感上再度印证。

现在我明白了，悲哀作为人类所能达到的最高情感，既是一切伟大艺术的典范，也是对一切伟大艺术的试炼。艺术家永远追寻的是灵魂与肉体合二为一、水乳交融的存在模式，其中外在表现内在；其中理型[1]自现。这样的存在模式不在少数。青春和专注于青春的艺术，可以作为我们一时的典范；在另一时，我们或许会认为，现代的风景画，在其精妙而又敏锐的印象中，在其指涉的寓于外物的精神中，以大地和空气、同样以薄雾与城镇为其外衣，并且在其情绪、明暗和色彩的病态共鸣中，用笔墨丹青，为我们点染出了希腊人臻于完美的雕塑所展现的神韵。音乐是个复杂的例子，在演奏中，所有主题会融为一体，不可分离，而花朵或孩童，则是我想表达的观念的简单例证。但是，唯有悲伤，才是生活和艺术中最根本的底色。

在欢声笑语的背后，或许潜藏着一种粗糙、坚硬而又冷酷的气质。但悲伤的背后，永远是悲伤。痛苦，不同于快乐，不戴任何面

1　理型（Form）是柏拉图哲学中的重要概念，即现实生活中的每个事物，都有其理想的、永恒的、不可改变的存在，而现实中的事物不过是理型的近似物而已。

具。艺术的真理，不在于核心的理念与偶然的存在之间的任何关联；不在于形与影的相似；也不在于水晶中的幻象与事物自身的镜像；不在于响自空山的回声；更不在于溪谷中为月亮映出月亮、为水仙映出水仙的银光粼粼的幽井。[1] 艺术的真理是事物与其自身的统一，外在表现内在，灵魂化为形体，精神充盈肉身。正因如此，任何真理都不能与悲伤相提并论。长久以来，在我眼中，悲伤才是唯一的真理。其余的一切，或是眼睛或是欲望的幻觉，让前者目盲，让后者餍腻，而正是从悲伤中，才得以造就整个世界，无论婴儿还是星辰，诞生时都有痛苦相伴。

不仅如此，关于"悲伤"还有一种难以抑制而又非同寻常的真实。我说过，我与我这个时代的艺术和文化之间，有着象征性的关联。与我一同关押在这凄凉之地的伤心之人，无不与生命的奥秘有着象征性的关联。因为生命的奥秘就是苦难。在万事万物的身后，都有它隐匿的身影。在我们的生命之初，甘甜之物对我们来说是那么甘甜，苦涩之物又是那么苦涩，以至于我们不可避免地把所有欲望都引向快乐，不仅仅是"一两个月只吃蜂蜜"[2]，而是终其一生都不去品尝其他食物，殊不知我们的灵魂或许正在挨饿。

我记得我曾与人谈论过这个话题，是一位我所认识的人中，品性最美的人[3]：一位夫人，在我身陷囹圄的悲剧发生的前后，她对我的同情和高尚的仁慈，非言语所能及。只有她真正伸出了援手，比世上的任何人都更能分担我不堪重负的忧愁，尽管她对此毫不知情。这一切的一切，不过是因为她存在的事实。因为她之为她，既是理

---

1 回声与水仙，暗含了厄科与那喀索斯（见注本书第 399 页脚注 1）的神话。女神厄科爱上了美少年那喀索斯，求爱却被拒绝，从此徘徊于峭壁巉岩之中，耗尽形体，唯有声音仍在。

2 出自阿尔加侬·查尔斯·斯温伯恩的诗《离别之前》（Before Parting）。

3 指阿黛拉·舒斯特（Adela Schuster），曾接济落魄的王尔德。

想，也是感化，是对一个人或能改过自新的暗示，同样也是帮一个人真正改过自新的助手。她的灵魂，能为寻常的空气赋予清香，能让性灵变得如阳光和海水般单纯而又自然。在她眼中，美与悲伤携手同行，传递着相同的讯息。当时的场景，正浮现于我脑海，我清楚地记得，我对她说，在伦敦的任一条狭窄的小巷里，都有足够多的苦难，来证明上帝并不爱世人，而无论何处，只要有任何悲伤，即便是某座小小的花园内，有个孩童在为自己犯过或没犯过的错误而哭泣，整个造物的面貌就会毁于一旦。我大错特错。她也这样说，但我无法信服。我还未达到能够接受这般信仰的境界。而今，在我看来，唯有爱，才能解释这世上为何有如此深重的苦难。我想不出任何别的解释。我深信这就是唯一的答案。如果世界当真如我所言，正是从悲伤中造就的，那也是经由爱的双手，因为再也没有别的办法，能让世间万物为之而设的人的灵魂，达到至高无上的完美境界。享乐是为了美丽的肉体，而受苦则是为了美丽的灵魂。

当我说，我对这些深信不疑之时，我说得太过傲慢。远观上帝之城，犹如无瑕的明珠。如此美妙，仿佛以孩童的脚步，走过一个夏日就能抵达。对孩童而言，这并非不可能。但对我和像我这样的人来说，就另当别论了。人可以在刹那之间幡然醒悟，但又会在随之而来的如同灌了铅的漫长岁月里遗忘殆尽。要保持"灵魂攀上的高峰"[1]是如此艰难。我们在永恒中上下求索，却在时间里缓慢前行。而时间在铁窗之中走得多么缓慢，我毋庸赘言，潜入我的监牢、爬进我的心房的疲倦和绝望亦毋庸赘言，它们如此怪异而执拗，让人不得不为它们的到来布置并清扫自己的屋宇，我也确实这样做了，仿佛是为了迎接一位不速之客、一位严苛的主人，或是一位奴隶，而我因命运或报应沦为了奴隶的奴隶。此外还有一事，你现在

1　出自华兹华斯的诗《远游》(*The Excursion*)。

或许难以相信，但依然是事实，自由散漫又无所事事的你，比每天睁眼就要跪地擦洗牢房的我，更容易习得谦虚的道理。因为牢狱生涯，连同其中无尽的匮乏与约束，让人变得叛逆。其中最可怕的不是会使人心碎——心生来就是要碎的——而是会把人心变作顽石。有时，人会以为，只有板起铜墙铁壁似的脸庞，扬起轻蔑的嘴角，才能熬过这一天。而叛逆的人，无法领受上天的恩典，借用教会喜欢——我敢说，喜欢得很有道理——的一句话来说，是因为无论在生活还是艺术中，叛逆的情绪会堵塞灵魂的通道，将天堂的气息拒之体外。然而，如果我想在别处学习这些道理，就必先在此学习。如果我的双脚行于正道，而我的脸面朝"唤作美的大门"[1]，心中定会满盈喜悦，即便我将屡屡跌倒于泥潭、常常迷失于浓雾。

这个新生，出于我对但丁的爱，我有时喜欢以此称之[2]，当然，一点也算不上新的生命，不过是通过发展和演化，延续了我之前的生命。我记得，我在牛津的时候，曾对我的一个朋友说——那是我取得学位之前的一个六月清晨，我们正在马格达伦鸟雀啾鸣的狭窄小径上漫步——我想尝遍世界这座园林中每一棵树上的果实，我要在灵魂中怀着这种激情闯出一片天地。我真的照做了，也如此生活。我唯一的失误，是把自己局限在了花园中那些似乎是阳面的树上，避开了另一面的阴翳和暗影。失败、耻辱、贫穷、悲伤、绝望、艰辛乃至泪水，痛苦的唇边流出的破碎词句，让人如行荆棘之中的悔恨，源于良知的谴责，源于自卑的惩罚，头顶灰烬般的磨难，身披麻布、渴饮胆汁的痛苦——所有这些都令我惧怕不已。正因为我曾下定决心，对它们视而不见，到头来我却被迫将它们一一尝遍。整整一个季度，我除了吞咽苦果之外，别无他物可堪入口。当初为享

---

1 出自《使徒行传》3:2，"那门名叫美（门）"。

2 见第 435 页脚注 1。

乐而活，我没有片刻后悔。我尽情享受，就好比做任何事都要做到极致。没有什么快乐我未曾体验过。我把灵魂的明珠投入酒杯；我循着笛声走上鲜花盛开的歧路[1]；我只以蜂蜜为食[2]。但是，继续过同样的生活，并非明智之举，因为这将成为一种限制。我必须克服。花园的另一半，也有其奥秘待我探寻。

当然，这一切在我的艺术之中，都有征兆和预演。其中有些在《快乐王子》中，有些在《少年国王》中，特别是主教对跪在地上的男孩说话的段落，"造物主给予世间种种苦难，莫非你比他高明？"，我写这句话的时候，以为其中并无深意。还有许多预兆隐藏在毁灭的基调之中，犹如贯穿道林·格雷的金缕衣的紫色丝线；在《作为艺术家的批评家》中，用斑斓的色彩加以表达；在《人的灵魂》[3]中，则写得明白晓畅，但言辞过简反倒不易理解；它是《莎乐美》中众多叠句之一，其不断反复的动机，让这出戏宛若一段音乐，又缀连成了一首叙事曲；在那首散文诗中，艺术家不得不从"瞬息欢乐"的青铜像中，熔铸"永恒悲伤"的像[4]，就是具象化的征兆。它再不可能是别的事物了。在人生之中的每个瞬间，兼有将要变成的模样和过去的模样。艺术是一种象征，因为人就是一种象征。

如果我能完全达到这一境界，就是对艺术生命的终极实现。因为艺术生命不过是自我的发展。艺术家的谦逊，在于其坦然接受所有经验，正如艺术家的爱，仅仅是向世界展现其灵与肉之美。在《伊壁鸠鲁的马吕斯》[5]中，佩特试图将艺术生命与深沉、甜美而又肃

---

1 "鲜花盛开的歧路"原文是"primrose path"，直译为"报春花之路"，用来形容看上去轻松惬意，实则通向灾难的路。

2 出自阿尔加侬·查尔斯·斯温伯恩《离别之前》。

3 指王尔德的文章《社会主义下人的灵魂》。

4 引自王尔德的散文诗《艺术家》(*The Artist*)，原文是从"永恒悲哀"的像中熔铸"瞬息欢乐"的像。

5 是沃尔特·佩特的一部历史哲理小说，以古罗马为背景。

穆的宗教生命相协调。但马吕斯不过是个旁观者,虽然是个真正的理想的旁观者,也是一个"以恰如其分的情感,谛观生命的奇景"[1]之人,华兹华斯以此定义为诗人的真正目的。然而,这个旁观者,或许太过专注于圣殿中的礼器之美,却未曾留意到他所凝视的是悲伤的圣殿。

在基督真正的生命与艺术家真正的生命之间,我看见了一个更密切也更直接的关联,所以当我追忆那些久远的日子时,我就感到一股热忱的欢愉。在悲伤让我的生命为她掌控并把我绑上她的车轮之前,我就已经在《人的灵魂》中写下了这样的话,"若想过基督般的生活,人就必须完全彻底地成为他自己",在我所举的典型例证中,不仅有山坡上的牧羊人、监狱里的囚犯,还有画家和诗人,世界对于前者而言是一场巡游,对于后者而言是一首诗歌。我记得有一次,我与安德烈·纪德坐在巴黎的一家咖啡馆里,我对他说,虽然我对形而上学没有什么真正的兴趣,对道德则毫无兴趣,但无论是柏拉图还是基督,他们说过的话,几乎都能直接移用到艺术领域,将其中的内涵发挥得淋漓尽致。这条概括,深刻而又新颖。

在基督身上,我们不仅能看到个性与完美的紧密结合,这种结合构成了古典艺术与浪漫艺术之间真正的区别,并且使基督成为生活中浪漫主义运动的真正先驱,而且他的天性与艺术家的天性,就其最本质的基础而言,并无二致,都是一种热烈似火的想象力。他在一切人类关系的领域里,实现了想象力的共鸣;在艺术的领域里,这又是创造的唯一奥秘。他理解麻风病人的痼疾、盲人的黑暗、为享乐而生之人的深远祸患、富家子弟异于常人的贫瘠之处。你现在明白了不是吗?当你在我命途多舛之际,为我写道,"当你不在你的

1　参见佩特在《鉴赏》(*Appreciations*)中评论华兹华斯说,"以恰如其分感情,观察这番奇景,是所有文化的目的"。

神坛之上时，你就索然无趣。下次你一生病，我立刻走人"，你与艺术家的真正气质之间的距离，恰似你与马修·阿诺德所说的"耶稣的奥秘"[1]一样遥远。这两者都会教导你，莫笑他人穷且厄，自身安得永无虞。如果你想求一句座右铭，无论晨昏、无论悲喜，都能时时诵读，就将这句"莫笑他人穷且厄，自身安得永无虞"写在自家墙上，让太阳为之鎏金，让月亮为之镀银。如果有人问你，这句座右铭有何深意，你可以回答说，其含义是"莎士比亚之才与基督之心"。

基督确与诗人同在。他整个人性观，都直接源于想象，只有通过想象才能领悟。上帝之于泛神论者，正如人之于上帝。他是第一位将分裂的种族视为一个整体的人。在他的时代之前，有无数神灵、无数凡人。只有他，看到生命的丘陵之上，只有一人一神而已，又以神秘莫测的共鸣，在他自己身上感受到了二者的化身，他随心所欲地称自己为神子或人子。他比历史上的任何人都更能唤起我们的惊异之情，而这正是浪漫主义永恒的追求。每念及此，我仍觉不可思议的是，加利利的一位年轻农民[2]，想象自己的肩上，承受着整个世界的重量，一切过去未来之事，一切业已承受或尚未到来的苦难：尼禄、切萨雷·波吉亚、亚历山大六世的罪孽[3]，还有罗马皇帝兼太阳神祭司[4]的罪孽；那些名为"群"、委身坟茔之人[5]，那些在压迫之下噤声、唯有上帝才能听到他们的沉默之人；那些备受欺凌的民族、

1　"耶稣的奥秘"出自马修·阿诺德的《文学与教条》（*Literature and Dogma*），"但问题固然存在：正义到底是什么。是耶稣的方法、奥秘还是仁慈的合理性"。

2　指耶稣。

3　以上三人皆是历史上恶贯满盈之人。尼禄是罗马暴君，切萨雷·波吉亚是教皇亚历山大六世之子，其所属的波吉亚家族以残忍狡诈著称，而亚历山大六世也是第一位公开承认自己与情妇诞下后嗣的教皇。

4　指埃拉伽巴路斯，提倡个人信奉的太阳崇拜，荒淫无道。

5　"群（Legion）"即是鬼。出自《马可福音》5:9。耶稣问他说："你名叫什么？"回答说："我名家'群'，因为我们多的缘故。"

工厂里的儿童、小偷、监狱的囚犯、流放者遭受的苦难。他可不是只在想象中担负起了这一切，而是付诸了实践。现在，所有与他心意相通之人，即便不躬身于他的圣坛之下，不膜拜他的牧师，也会莫名地发觉，自己的罪孽烟消云散，而悲哀之美昭然若揭。

我说过，他与诗人同列。此言真实不虚。雪莱和索福克勒斯皆是他的俦侣。而他的一生，堪称绝妙的诗篇。就"怜悯与恐惧"[1]而言，在所有希腊悲剧之中，没有任何作品可以望其项背。主人公绝对无瑕的形象，将整个布局提升到了浪漫艺术的高度，而"忒拜和佩洛普斯的世系"[2]遭受的厄运，因其惨状过于惊骇而被排除在外，这也表明了亚里士多德在他论戏剧时所说的"人们无法忍受清白之人受苦的场景"[3]实为大谬。无论是在埃斯库罗斯或但丁，那些善于撩人心弦的严肃大师的笔下，还是在莎士比亚，所有伟大的艺术家中最纯粹之人的笔下，或是在透过迷蒙的泪水展现尘世之可爱、将人的生命与一朵花等量齐观的所有凯尔特神话传说之中，都找不到任何篇章，就其纯朴自然的哀怜与肃穆庄严的悲剧效果水乳交融的程度而言，能与"耶稣受难"的临终一幕相媲美的了。耶稣与他的门徒共进的那顿微不足道的晚餐，其中有人已接受了价码将他出卖；月光下静谧的橄榄园中的煎熬苦闷；虚伪的友伴向他步步靠近，用一个吻背叛了他；信仰他的使徒[4]，曾经如磐石一般坚定地肩负起他

1　"怜悯与恐惧"，出自亚里士多德的《诗学》第十三章，"既然最完美的悲剧的结构不应是简单的，而应是复杂的，而且应模仿足以引起恐惧与怜悯之情的事件（这是这种模仿的特殊功能）"。

2　出自弥尔顿的诗《忧思者》（*Il Penseroso*）。忒拜为索福克勒斯的《俄狄浦斯王》的故事发生地，也是埃斯库罗斯的《七王攻忒拜》（*Seven Against Thebes*）和欧里庇得斯的一些悲剧的背景。佩洛普斯（Pelops）的后人是许多希腊悲剧的人物，包括阿特柔斯（Atreus）、提尔斯忒斯（Thyestes）、阿伽门农（Agamemon）、俄瑞斯忒斯（Orestes）、厄勒克忒拉（Electra）和伊菲革涅亚（Iphigeneia）。

3　出自亚里士多德《诗学》第十三章。

4　指圣彼得。据《马太福音》记载，彼得曾三次不认主。

的期许，要为人类修建一座避难所，而今却在鸟鸣破晓之前拒绝认他；他孑然一身、孤立无援，他曲意顺从，他对一切的坦然接受，以及所有这些相伴而生的场景；正教的大祭司愤怒地撕碎了他的外衣，民事长官要来清水，徒劳地妄想洗净自己身上沾染的无辜之血，在历史中留下了一个猩红的形象；悲痛欲绝的荆冠加冕，乃是有记载以来最惊心动魄的事件之一；无辜者在他所爱的母亲和门徒面前，被钉上十字架；士兵为了他的里衣拈阄下注；他的惨死，为世界留下了永垂不朽的象征；而他最终安葬于富人的坟墓，尸体用埃及的亚麻布包裹，涂满名贵的香料，如同国王的儿子。当人们仅仅从艺术的视角来观照这一切时，便会不由得感激教会，因为教会的最高职责就是呈现这出悲剧，不必流血，也无需借助对白、戏服乃至天主受难的体态这些神秘的表演。每当我想起在别的艺术门类中早已失传的希腊歌队的咏叹，却在弥撒时侍从与神父的答唱之中传来久远的遗响，心中就会涌出不竭的崇敬与喜悦。

然而，基督的整个生命 —— 悲伤与美丽在其意义与表现上，如此完美地融为一体 —— 与一首田园诗别无二致，尽管这首诗以圣殿的帐幔裂成两半、以黑暗降临笼罩四野、以滚来石块挡住墓门作结。[1] 人们总把他想象成和陪伴之人同在的年轻新郎，他也确实在某处这么形容自己；[2] 或是牧羊人，带着他的羊群穿过山谷，寻找如茵的草地和清冽的小溪；或是歌手，希望从音乐中筑起上帝之城的围墙；或是情人，他的爱让整个世界黯然失色。在我看来，他的神迹和煦如春日的降临，应时如自然的更替。我毫无疑义地相信，这些神迹源于他的人格魅力，仅仅是他的出现，就能为煎熬的灵魂带

---

1 见《马太福音》27:45：“从正午到申初，遍地都黑暗了。”51：“忽然，殿里的幔子从上到下列为两半”。60：“他又把大石头滚到墓门口，就去了。”

2 见《马可福音》2:19：耶稣对他们说：“新郎和陪伴之人同在的时候，陪伴之人岂能禁食呢？新郎还同在，他们不能禁食。”

来安宁。那些触碰过他的衣襟或掌心之人，就能忘记他们的痛苦；当他走过人生的大道，那些对生命的奥秘视而不见之人，当即就能明心见性，而那些除了放逸之乐外充耳不闻之人，就会第一次听到爱的声音，并感觉就像"阿波罗的七弦琴一样动听"[1]；当他走近，邪恶的情欲便会遁逃无踪，而那些枯燥无趣、缺乏想象力的生命，随着他的呼唤，便会如死而复生一般从坟墓中苏醒；当他在山坡上传教之时，众人便会忘记了饥渴，忘记了尘世的纷扰；在他赴宴之际，对听他布道的友伴而言，粝食粗饭便会化作珍馐美馔，而从水中也能尝出美酒的甘旨，整个室内都充满了甘松的芬芳和馨香。

勒南[2]在他的《耶稣的一生》——那部典雅的《第五福音书》，或可称之为《多马福音》[3]——中曾提及，基督的伟大成就在于他死后受到的爱戴和生前一样多。毫无疑问，倘若他与诗人同列，就会成为天下有情人的领袖。他知道，爱是智者一直在这个世界上寻找的失落的秘密，只有通过爱，人才能接近麻风病人的心，或上帝的脚。

此外，基督是最崇高的个人主义者。谦逊，就像艺术性地接受所有经验一般，不过是一种表现形式。基督一直在寻找的是人的灵魂。他称之为"上帝的国度"——βασιλεία τοθεο——并发现人人都有。他将其比作涓埃之物：一粒小种、一撮酵母、一颗珍珠。这是因为，只有将一切外在的激情、一切后天的熏习和一切身外的财物，无论善恶，尽数抛弃，才能体悟自己的灵魂。

---

1 弥尔顿在假面剧《酒神》中写道："音乐正如阿波罗的竖琴"。

2 约瑟夫·欧内斯特·勒南（Joseph Ernest Renan），法国古代语言文明专家、作家，以有关早期基督教史的著作而闻名，代表作为《耶稣的一生》(Vie de Jésus)，将耶稣视作一位历史人物。

3 在四福音书之外，还有一本福音书，据传为耶稣十二门徒之一的多马所做。

我勉强打起精神，用些许顽傲的意志和无比叛逆的天性对抗一切，直到我在这世上除了西里尔之外，几乎已一无所有。我丧失了我的名誉、我的地位、我的幸福、我的自由、我的财富。我沦为阶下囚，成了穷光蛋。但我还有一丝美好留存，那就是我的长子。转瞬之间，法律将他从我身边夺走。这番打击，令我胆寒，我不知如何是好，只好双膝跪地、屈身叩首，含泪说："吾儿之身犹如上帝之身，二者我全不配得。"[1] 那一刻似乎拯救了我。我顿时明白了，我唯一能做的就是接受这一切，从那时起 —— 在你听来实属匪夷所思 —— 我变得更快乐了。

　　我无疑已经触及我灵魂的终极本质。在许多方面，我曾是它的敌人，但我发现，它却像朋友一样对我不离不弃。当一个人能够与灵魂相接，就会变得如孩童般单纯，正如基督所言，人应当如此。[2] 死前曾"拥有自己的灵魂"之人，不过寥寥，实在可悲。[3] "任何人身上最难得之处，"爱默生说，"莫过于有自发的行为。"[4] 大多数人都没有自我。他们的思想是别人的观点，他们的生活是一种模仿，他们的激情是一种挪用。基督不仅是至高无上的个人主义者，也是有史以来的第一人。人们试图把他塑造成一个普通的博爱之人，就像十九世纪那些是非不分的博爱之人一样，或者把他与那些非科学且不理性之人并列为利他主义者。但是他实际上非此也非彼。他无疑对穷人、关进监狱之人、卑微之人、不幸之人心怀怜悯，但他更可怜富人、耽于享乐的冷漠之人、抛弃自由为外物所奴役之人、流连宫苑身披罗绮之人。在他看来，与贫穷和受苦相比，财富与享乐才

1　暗指弥撒中的祷告词："主啊，我不配……"

2　见《马太福音》18:3："我实在告诉你们，你们若不回转，变成小孩子的样式，断不得进天国。"

3　出自马修·阿诺德的诗《南方之夜》（*A Southern Night*）。

4　拉尔夫·沃尔多·爱默生，美国散文家、诗人。此处引自他的《传教士》（*The Preacher*）。

是更大的悲哀。至于利他主义，谁人能比他更清楚，决定我们的是神的旨意而非人的意志，谁能从荆棘中摘取葡萄，谁又能从刺蓟中采得无花果呢？

为他人而活，无疑是一种自觉的目标，而非他的教义，这不是他教义的基石。当他说"爱你们的仇敌"[1]时，并不是为了敌人，而是为了自己，因为爱比恨更美。当他恳求他一见就喜欢的人"要变卖你一切所有的，分给穷人"[2]时，他想的并非穷人的处境，而是那位年轻人的灵魂，一个被财富玷污的可爱灵魂。他的人生观与艺术家如出一辙。他们知道，依照自我完善的必然法则，诗人必须吟唱，雕塑家必须在青铜中思考，画家必须让世界成为他情绪的镜子，就像山楂树必须在春天开花，稻谷必须在收获时金黄似火，月亮必须在她的周行中从圆盾变作镰刀，又从镰刀比作圆盾一般确定无疑。

虽然基督并没有告诫世人"为他人而活"，但他指出，他人的生命与自己的生命毫无差别。通过这种方式，他赋予了人一种广延的、泰坦式的人格。自他降临以来，每个独立个体的历史就是或者说可以是世界的历史。当然，文化强化了人的个性。艺术让我们具万众心[3]。那些与但丁一同流亡的颇具艺术气质之人，体会到了别人家的面包多么咸涩，别人家的台阶多么难行[4]。他们有一瞬间捕捉到了歌德的宁静与平和，却又对波德莱尔为何向上帝呐喊了然于胸。

　　哦，主啊，请赐予我力量和勇气，

1　出自《马太福音》5:44。
2　出自《路加福音》18:22。
3　柯尔律治称赞莎士比亚"具万众心"。
4　出自但丁《神曲·天堂》第十七章。

让我永不厌倦地审视我的身体和心灵。[1]

从莎士比亚的商籁之中，他们汲取了他的爱之秘密，并将其据为己有，或许不过是自讨苦吃。他们以新的眼光看待现代生活，单凭他们聆听了肖邦的夜曲，把玩了古希腊的艺术品，或读到了某段不在世的男女之间出生入死的爱情故事，那个女人发如金丝、唇若石榴。但是，与艺术气质相共鸣的人或事，必须先找到自己的表达方式。此人或其思想都必须被揭示出来，无论是用文字还是色彩，无论是通过音乐还是顽石，无论是在埃斯库罗斯的戏剧中彩绘面具的背后，还是经由西西里的牧羊人穿孔联排的芦笛，才能与之相共鸣。

对艺术家而言，表达是他得以体悟生命的唯一方式。在他眼中，无言之物即死物。但对基督来说并非如此。他以如此广袤而奇异、令人满怀敬畏的想象力，把整个失语者的世界、无声的痛苦世界当作自己的王国，并让他自己成为其永恒的喉舌。他选择了我所言的那些在压迫之下噤声以及"唯有上帝才能听到他们的沉默"之人[2]当他的兄弟。他寻求成为盲人的眼睛、聋子的耳朵，以及那些张口结舌之人唇边的呐喊。他的愿望是当那些呼告无门的芸芸众生的号角，让他们的声音上达天听。对他而言，经由悲伤和苦难方能实现他对美的观念。带着这种艺术家的天性，他感受到，理念唯有化为具象或被赋予形体之后才有价值，于是他将自己的形象塑造成了"多受痛苦之人"[3]，如此吸引并支配着艺术，这是希腊诸神从未达到的成就。

---

1 引自波德莱尔《恶之花》中的《西岱岛之旅》（*Un Voyage a Cythère*）。
2 同上。
3 出自《以赛亚书》53:3："他被人蔑视，被人厌弃；多受痛苦，常经忧患。他被藐视，好像被人掩面不看的一样。"

因为希腊诸神，且不顾他们白里透红的肌肤、俊美迅捷的肢体，实际上表里并不如一。阿波罗的一弯眉眼，犹如黎明时分的日球为山峦的体势割成了一道月牙，他的双脚快如有翼的晨光，而他自己却对马耳绪阿斯心狠手辣[1]，对尼俄柏的子女赶尽杀绝[2]；帕拉斯钢盾一般的眼睛里，毫无对阿剌克涅[3]的怜悯；赫拉[4]真正的高贵之处，除了盛装和孔雀之外别无他物；而众神之父[5]自己，也太过迷恋凡人的女儿了。希腊神话中两个具有深刻的启发性的形象，在宗教方面，是德墨忒尔[6]，一位大地女神，并非奥林匹斯神族的一员，以及在艺术方面，是狄俄尼索斯[7]，一位凡人女子的儿子，他的出生即是他母亲的死亡。

但是，从最卑微、最低贱的生命中，却诞生了一位比普洛塞庇娜之母或塞墨勒之子更不可思议者。[8]从拿撒勒的木匠铺里走出了一位比神话或传说中的任何臆造的神祇都要伟大得多的人物，注定由他向世人揭示美酒的奥义与百合花的真美，而令人倍感惊异的是，无论在喀泰戎还是恩纳[9]，都从未有人做到。

1　马耳绪阿斯善于吹笛，与善于弹奏竖琴的阿波罗比试高下，事先约定，失败者任凭对方处置。马耳绪阿斯失败后，被阿波罗剥下了皮。

2　尼俄柏向勒托夸耀自己有七子七女，而勒托只有一子一女，因此触怒勒托的子女，分别是阿波罗和阿尔忒弥斯。于是勒托的子女杀死了尼俄柏的所有子女。尼俄柏的丈夫是忒拜城的奠基者安菲翁。

3　阿剌克涅是凡间的少女，善于纺织，她向女神雅典娜挑战，谁能编出最精美的挂毯。比赛结束后，雅典娜在阿剌克涅的挂毯上找不出任何瑕疵，一怒之下用梭子殴打了阿剌克涅，后者因此羞愤难当，上吊自杀，变成了蜘蛛。

4　孔雀象征天后赫拉。赫拉因为善妒，流传有许多她迫害宙斯凡间的情人和子女的神话。

5　指宙斯，曾诱奸许多凡间的少女，包括欧罗巴、伊俄、勒达、塞墨勒等。

6　希腊神话中掌管农业、丰收、生育之神。

7　希腊神话中的酒神。

8　分别指德墨忒尔和狄俄尼索斯。

9　喀泰戎（Cithaeron）是祭司酒神狄俄尼索斯的圣山。恩纳（Enna）是普洛塞庇娜被冥王普鲁托掳至冥界之处。

在以赛亚之歌中，"他被藐视，被人厌弃；多受痛苦，常经忧患。他被藐视，好像被人掩面不看的一样"，对他而言似乎就是他自己的写照，预言在他身上应验了。我们绝不要害怕这种说法。每一件艺术品都是一个预言的实现，因为每件艺术品都是将构思转化为形象；每一个人也应当是一个预言的实现，因为每个人都应当是上帝或人类心中某种理型的实现。基督找到了其范式，并固定了下来，而那位维吉尔式的诗人[1]，无论身处耶路撒冷还是巴比伦，都未曾抛弃的梦想，经历了漫长的世纪演进，应验在了举世期盼的那个人身上。"他的面貌比别人憔悴；他的形容比世人枯槁"[2]，在以赛亚的记录中，这正是用以辨别新的理型的特征，一旦艺术理解了其中的含义，就会在他面前如花一般绽放，因为在他身上，前所未有地彰显了艺术的真谛。正如我所言，艺术的真谛不就是"其中外在表现内在；其中灵魂化为形体；其中精神充盈肉身；其中理型自现"吗？

在我眼中，历史上最令人遗憾的事情之一，就是基督自身的文艺复兴，曾创造了沙特尔主教座堂[3]、亚瑟王传奇[4]、亚西西的圣方济各的生平[5]、乔托的艺术[6]和但丁的《神曲》，未能按照自身的脉络演进，而是被单调的古典主义文艺复兴所打断，为我们带来了彼特拉

---

1 "维吉尔式的诗人"指以赛亚。在维吉尔的《牧歌》（*Eclogue*）第四首中有言："处女宫回归，萨图的王朝亦将复兴，新的一代已从高远的云霄降临。"后人认为这是预示基督的降临。

2 见《以赛亚书》52:14。

3 沙特尔主教座堂位于法国，1194 年完工后遭遇火灾，1220 年重建。据传圣母玛利亚层在此显灵。

4 亚瑟王是传说中不列颠的伟大国王，最著名的传说是拔出了石中之剑。

5 亚西西的圣方济各（St Francis of Assisi）是天主教方济各会创始人，圣人，以苦行著称，亲近自然。

6 乔托·迪·邦多内（Giotto di Bondone）是意大利画家，被誉为意大利文艺复兴的开创者，欧洲绘画之父。

克¹、拉斐尔²的壁画、帕拉第奥式建筑³、形式化的法国悲剧⁴、圣·保罗大教堂⁵和蒲柏的诗篇⁶，以及一切因循死板的规则从外部堆砌的事物，而不是通过某种精神的影响由内在生发的作品。但在艺术之中，凡是浪漫主义运动所及之处，基督，或基督的灵魂，就会以某种方式，在某种形态下显露。在《罗密欧与朱丽叶》、《冬天的故事》、普罗旺斯诗歌⁷、《古舟子咏》⁸、《无情的妖女》⁹和查特顿的《仁爱之歌》¹⁰中都能窥探到他的身影。

我们应当把这万千品类和各色众生归功于他。雨果的《悲惨世界》、波德莱尔的《恶之花》、俄罗斯小说中的哀怜之音、伯恩－琼

1　弗朗切斯科·彼特拉克（Francesco Petrarca），意大利诗人、学者，主张"以人的学问代替神的学问"，被视为人文主义之父。

2　拉斐尔，意大利画家，与列奥纳多·达·芬奇和米开朗基罗齐名，并称为"文艺复兴三杰"。

3　帕拉第奥式（Palladian）是一种建筑风格，源于文艺复兴晚期威尼斯的建筑师安德里亚·帕拉第奥（Andrea Palladio），他的作品具有古希腊神殿的对称和透视的特性，是对古典建筑的新诠释。

4　指法国古典主义悲剧（French Classical Tragedy），代表作家为皮埃尔·高乃依、莫里哀和让－巴蒂斯特·拉辛，多取材于希腊神话或历史传说，以希腊、罗马悲剧为典范，遵从时间、地点、情节一致的"三一律"。

5　圣·保罗大教堂位于伦敦，巴洛克建筑代表，以壮观的圆顶闻名于世。

6　亚历山大·蒲柏，十八世纪英国诗人，翻译了荷马史诗，编辑了莎士比亚的作品集，源自杰弗里·乔叟的英雄双行体（Heroic couplet）在他手上发扬光大。

7　普罗旺斯诗歌（Provençal poetry），即用普罗旺斯语创作的文学作品。该语言流行于法国东南部的普罗旺斯，在十一至十四世纪间蓬勃发展，以颂扬骑士或宫廷的爱情诗为主。

8　《古舟子咏》是英国诗人塞缪尔·柯勒律治创作的长篇叙事诗，被认为是英国浪漫主义文学的开端。

9　《无情的妖女》（La Belle Dame sans Merci）是英国诗人约翰·济慈创作的谣曲（Ballad）。

10　《一首绝妙的仁爱之歌》（A Excellent Ballad of Charity）是英国少年天才诗人托马斯·查特顿的作品，

斯和莫里斯的玻璃花窗、绣帷和十五世纪风格的作品[1]、魏尔伦和魏尔伦的诗歌，皆拜他所赐，不亚于乔托钟楼[2]、兰斯洛特与桂尼薇儿[3]、唐豪瑟[4]、米开朗基罗躁动不安的浪漫主义大理石雕、尖顶的建筑，以及对孩童和花朵的偏爱 —— 对于这两者而言，在古典主义艺术中，确实没有留下多少空间让花朵生长、让孩童嬉戏，但是上迄十二世纪，直到我们自己的时代，这两者一直以不同的方式、在不同的时期，现身于艺术之中，来得猝不及防、来得恣意妄为，就像孩童和花朵一样。在人们眼中，春天总是如花朵般东躲西藏，仿佛只有当害怕大人疲倦了、放弃了不再寻找的时候，才会迎着阳光探出身来，而孩童的生活无异于一个为水仙花降雨又转晴的四月天。

而基督自身那富于想象力的天性，使他成为浪漫主义跃动的核心。诗剧和谣曲中奇怪的形象，皆出自他人的想象，但拿撒勒人耶稣却完全从自己的想象中创造了自己。以赛亚的呼唤与他的降临之间的关联，较之于夜莺的歌声与月出东山之间的关联 —— 不多，或许也不少。他是对预言的否定，也是肯定。他每满足一个期许，就会摧毁另一个。凡绝色美人，培根说，都有"比例异常之处"[5]。而对于那些由灵性而生之人，也就是说，像他自己一样有着勃勃生机之人，基督说他们就像风一样"任意而吹，而无人可知它从哪里来又

1　原文"Quattrocento"是意大利语，意为"四百"，源于"millequattrocento（一千四百）"，即 1400 年，用以指代 1400 年之后一百年间，十五世纪意大利文艺复兴时期的艺术风格。

2　位于意大利佛罗伦萨的主教座堂广场（Piazza del Duomo），为乔托设计。另见注本书第 457 页脚注 6。

3　兰斯洛特与桂尼薇儿是亚瑟王传奇故事中的人物。桂尼薇儿是亚瑟王之妻，爱上了圆桌骑士之一的兰斯特洛，私情暴露后，桂尼薇儿被判处火刑，兰斯特洛舍命相救，二人流落天涯。

4　德国中世纪恋歌作家和游吟诗人。瓦格纳根据他的生平创作了同名歌剧。

5　见弗朗西斯·培根的随笔《论美》（*Of Beauty*）。

往哪里去"[1]。这就是艺术家们如此迷恋他的缘故。他拥有生命中的一切色彩元素：神秘、奇异、悲怆、委婉、狂喜、爱。他激起了惊叹之情，营造了一种氛围，唯有通过这种氛围才能理解他。

让我倍感喜悦的是，想到如果他是"一切想象力的结晶"[2]，那么世界本身亦复如是。我在《道林·格雷》中说过，"天下之至恶，滋生于脑海"，因为万事万物都是在脑海之中生灭变幻的。而今我们才知道，我们的所见所闻，并不由眼耳决定。无论充分与否，它们不过是传递感觉的渠道。而罂粟花的红色、苹果的香味、云雀的歌声，则产生于大脑。

近来，我一直在潜心研读关于基督的四首散文诗。圣诞节时，我设法谋得了一本希腊文《圣经》。每天清晨，在我洒扫牢房、擦亮餐具之后，我都会读一点《福音书》，随时抽空看上十几节经文。如此能让我愉快地开始这一天。对你而言，在你躁动不安、散漫松懈的生活中，如果你也这么做，那将是一件天大的好事。这会给你带来无穷的裨益，其中用到的希腊文也非常简单。无论时机是否合宜，对《福音书》无休止的重复，已经败坏了其天真烂漫、清新自然而又简单直率的浪漫魅力。在我们听来，它们已被读了太多遍了，读得实在太差劲了，所有的重复都是反灵性的。当人们回归希腊文本时，就像是走出了阴暗逼仄的房间，步入了一座百合花园。

我们极有可能读到了基督真正使用过的术语的 ipsissima verba[3]（确切原文），这个念头让我的喜悦加倍了。人们一直以为基督用亚兰语交谈，甚至勒南也这么认为。但现在我们知道，加利利的农民，就像我们今天的爱尔兰农民一样，会说两种语言，而希腊语是

---

1 见《约翰福音》3:8："风随着意思吹，你听见风的响声，却不晓得从哪里来，往哪里去；凡从（圣）灵生的，也是如此。"
2 出自莎士比亚《仲夏夜之梦》第五幕·第一场："疯子、情人和诗人，都是空想的产儿。"
3 原文为拉丁语。

整个巴勒斯坦，乃至无疑是整个东方世界的通用的交流语言。我向来不喜欢这种观点，认为我们只能通过译文的译文来了解基督自己的话语。就他的对话而言，或许卡尔米德[1]听过他布道，或许苏格拉底曾与他探讨问题，而柏拉图也理解过他的教义，尽管这些都出自我的想象，却让我无比欣喜。或许他真说过："$\dot{\epsilon}\gamma\dot{\omega}$ $\epsilon\dot{\iota}\mu\iota$ $\dot{o}$ $\pi o\iota\mu\dot{\eta}\nu$ $\dot{o}$ $\kappa\alpha\lambda\dot{o}\varsigma$[2]（我是个好牧人）。"当他想到田野里的百合花，想到它们既不劳作也不纺纱，他的原话真的是："$\kappa\alpha\tau\alpha\mu\dot{\alpha}\theta\epsilon\tau\epsilon$ $\tau\dot{\alpha}$ $\kappa\rho\acute{\iota}\nu\alpha$ $\tauο\hat{\upsilon}$ $\dot{\alpha}\gamma\rhoο\hat{\upsilon}$ $\pi\hat{\omega}\varsigma$ $\alpha\dot{\upsilon}\xi\dot{\alpha}\nuο\upsilon\sigma\iota\nu$ · $ο\dot{\upsilon}$ $\kappaο\pi\iota\hat{\omega}\sigma\iota\nu$ $ο\dot{\upsilon}\delta\dot{\epsilon}$ $\nu\dot{\eta}\thetaο\upsilon\sigma\iota\nu$[3]（想想野地里的百合花是怎么长起来的，它也不劳苦，也不纺线）。"而当他喊出"吾生已尽，已成圆满，已臻至善"时，最后的遗言正是圣约翰告诉我们的"$\tau\epsilon\tau\lambda\epsilon\sigma\tau\alpha\iota$[4]（成了）"，再无其余。

在阅读福音书——尤其是圣约翰本人，或哪个早期诺斯替派教徒以他之名假托其衣钵的福音书——时，我看到了想象力是一切精神和物质生活的基础这一反复提及的论断。我还看到，对基督而言，想象力不过是"爱"的一种形式，而且在他看来，"爱"是"主"这个词的全部内涵。大约六周前，医生准许我吃些白面包，而非普通监狱餐食里粗糙的黑面包或褐面包。它是那么美味。对你而言，干面包在有些人眼中竟然堪称美味，实在是难以置信。我向你保证，这对我来说千真万确，以至于每顿饭后，我都会小心翼翼地吃光掉在锡盘或粘在粗布上的任何残渣——粗布用作餐垫以免弄脏桌面——这样做并不是因为饥饿，我现在的伙食供应非常充足，仅仅是因为上帝赐予我的东西一点都不应浪费。人们应该这样看待爱。

基督，就像所有极富魅力之人一样，不仅仅有能力让自己说出美

1　柏拉图的对话录《卡尔米德篇》中的主人公，是一位美少年。

2　原文为希腊语，见《约翰福音》10:11 和 14。

3　原文为希腊语，见《马太福音》6:28。

4　原文为希腊语，见《约翰福音》19:30。

妙动人的话语，还能让别人对他也出口成章。我爱极了圣马可为我们讲述的关于那位希腊妇人的故事——那位 γυνὴ Ἑλληνίς——耶稣为了考验她的信仰，对她说，他不能把以色列的孩子手中的面包分给她时，她回答说，狗——κυνάρια，应译为"小狗"——在桌子底下也吃孩子们掉落的碎渣[1]。大多数人为爱和赞美而活，但我们应当凭爱和赞美而活。[2] 若有任何人向我们示爱，我们应当明白，自己根本不配得到。没有人值得被爱。神爱世人这一事实表明，永恒之爱总会给予永不配得之人，这已写入理想事物的神圣契约之中。或者，如果这句话在你听来无比刺耳，让我换个说法，除了自以为配得之人外，每个人都值得被爱。爱是一件圣物，只有跪下才能领受，同时，那些被爱之人，也应时常将那句 "Domine,non sum dignus[3]（主啊，我不配）" 挂在嘴边、记在心里。但愿你有时候能想到这一点。你太需要它了。

如果我再度提笔写作，就创造艺术品的意义而言，我希望用以表达自我的主题只有两个：一个是"基督，生命中的浪漫主义先驱"；另一个是"在其于言行举止的关系中考察艺术生命"。当然，第一个主题极其引人入胜，因为我在基督身上不仅看到了浪漫主义至高典范的本质，还看到了浪漫主义气质的一切偶然乃至率性。他是第一个告诉世人应该过"花朵般"生活的人。他固化了这句话。他认为世人应当努力复归婴孩的状态。他把孩童当作成人的榜样，而我本人一向将其视作孩童的主要用途，倘若完美的事物有其用处的话。但丁形容人的灵魂从上帝之手中诞生时，"像个小孩，又哭又笑"，基督也认为每个灵魂都应当 "a guisa di fanciulla, che piangendo e ridendo pargoleggia[4]（像一个小女孩，时而哭时而笑）"。他感受到

1　见《马可福音》7:26 - 30。

2　化用自华兹华斯的《远游》。

3　拉丁语，另见本书第 453 页脚注 1。

4　原文为意大利语，见但丁《神曲·炼狱》第十六章。

了生命的多变、流动、鲜活，如果将其限定为任何一种形式，都意味着死亡。他说人不该执着于物质和微末的利益，不切实际反倒是件天大的好事，人不应在世事俗务之中过分纠缠。"鸟尚不为明日忧虑，何况人乎？"[1]当他说这些话时，令人心折，"灵魂不胜于饮食吗？身体不胜于衣裳？"[2]希腊人或许能说出后一句话，他们的感情溢于言表。但只有基督才会同时说出这两句话，为我们完美地概括了生命的意义。

他的道德，一言蔽之，即同情，道德本该如此。如果他只说过这一句话，"她的罪都赦免了，因为她的爱多"[3]，有这句话，他便是死也无憾了。他的正义皆是诗性正义[4]，正义无疑本该如此。乞丐上天堂是因为他饱经艰辛。我想不到更好的理由，让他有此殊荣。傍晚时分，在清凉的葡萄园里工作一小时的人得到的报酬，与那些烈日下辛劳一整天的人一样多。这有什么问题呢？或许谁也不配得到什么。又或许他们是两种人。基督对那些不知变通、了无生气的僵化制度毫无耐心。这些制度把人物化了，因此对每个人都一视同仁，仿佛任何人，抑或任何事，因为这个缘故，都与世上的其余的人或事毫无差别。在他眼中，没有规律，只有例外。

对他而言，浪漫主义艺术的根本主旨，就是现实生活的真正基础。除此之外，他看不到任何其他的基础。当民众带着一位在犯罪时被捉拿的妇人到他面前，告诉他律法上对她的判决，问他该如何处置时，他用手指在地上画字，似乎听而不闻。最终，当众人不住

1　见《马太福音》6:26："你们看天上的飞鸟，也不种，也不收，也不积蓄在仓里，你们的天父尚且养活它。你们不比飞鸟贵重得多吗？"

2　见《马太福音》6:25："所以我告诉你们，不要为生命忧虑吃什么，喝什么；为身体忧虑穿什么。生命不胜于饮食吗？身体不胜于衣裳吗？"

3　见《路加福音》7:47："所以我告诉你，她许多的罪都赦免了，因为她的爱多；但那赦免少的，他的爱就少。"

4　诗歌正义（poetic justice），或译为"诗性正义"，在文学中的含义为：惩恶扬善之大结局。

地问他时，方才抬起头来，说："你们中间谁是没有罪的，谁就可以先拿石头打她。"[1] 此言既出，一生无憾。

像所有天性如诗的人一样，他热爱无知者。他知道，在无知者的灵魂中，总有可以容纳伟大观念的空间。但他受不了愚人，尤其是那些因受教育而愚钝之人——他们的头脑中，装满了自己理解不了的见解，这类人为现代所特有，用基督的话来概括，他将其形容为手握知识的钥匙之人，尽管那把钥匙能开启上帝之国的大门，他们自己却不会使用，也不允许别人使用。他头号大敌是庸俗之人[2]。这是每一个光明之子必先投身的战斗。而他生活的时代和社会，庸俗之风却是主流。与基督同时的耶路撒冷的犹太人，就其笨重而又无知的观念，就其迂腐而又守旧的名望，就其僵化乏味的正统信仰，就其对世俗功利的崇拜，就其在生命中物质方面的彻底沉沦，以及他们对自己和自身重要性的可笑自矜而言，他们与我们这个时代的英国庸众堪称一母同胞。基督将名望讥讽为"粉饰的坟墓"[3]，让这句话传之后世。他将世俗的功利摈斥为完全可鄙之物，在其中看不到任何可取之处。他将财富视为人的累赘。他听不得为任何思想或道德体系献出生命。他指出，形式和礼仪为人而设，不能反其道而行之。他把安息日当作应当废止之事的典型。虚有其表的博爱之举、

---

1 见《约翰福音》8：3-7。

2 "Philistines"这个词原指《圣经》中的"非利士人"，他们与以色列为敌。以色列人参孙，力大无比，在与非利士人作战时被俘虏。后来，当非利士人宴乐之中叫来参孙想要戏耍他的时候，参孙抱住两根石柱，将其折断，说："我情愿与非利士人同死。"房子倒塌，压死了参孙以及三千多非利士人。见《士师记》。这个词用来指"庸俗之人"经历了两次重要流变。第一次是在德国耶拿的大学生和城镇居民起了冲突，一名大学生死亡，大学校长将其称之为"参孙"和"非利士人"之间的斗争，从此"Philister"在德语中就成了"未上过大学的人"。第二次是马修·阿诺德将这个词引入自己的文章中，用以形容"敌视艺术、文化和精神生活之人"，由此诞生了"庸俗主义（Philistinism）"的说法。

3 见《马太福音》23:27："你们这假冒为善的文士和法利赛人有祸了！因为你们好像粉饰的坟墓，外面好看，里面却装满了死人的骨头和一切的污秽。"

徒具形式的公共慈善、单调乏味的形式主义，都为中产阶级所钟爱，而他却以毫不留情的轻蔑予以揭露。对我们而言，所谓正统观念不过是一种未经思索、缺乏才智的默许，但对他们而言，他们把持着所谓正统，这就成了一种令人恐惧、使人麻痹的暴政。基督将其一扫而空。他展现出唯有精神才有价值。他满怀热切的喜悦向他们指出，尽管他们总是在读《律法书》和《先知书》[1]，但他们对这两部书的含义都一无所知。他们从每一天中抽取十分之一，用于敷衍分内之事，犹如将薄荷和芸香献上十分之一。[2] 与之相反，基督却宣扬完全活在当下才至关重要。

那些身陷罪恶之人，仅仅因为其生命中有过美好的时刻，就得到了他的救赎。当抹大拉的马利亚见到基督之时，打碎了她的七个情人之一送给她的至贵的白玉瓶，把芬芳的香膏浇在他疲惫不堪、满是灰尘的脚上[3]，就因为这一刻，她得以与路得和贝雅特丽齐永远安坐于天堂雪白的玫瑰花瓣中[4]。基督向我们说过的所有话，多少是

1　《希伯来圣经》分为《律法书》（即《摩西五经》）、《先知书》和《圣录》。

2　见《路加福音》11:42:"你们法利赛人有祸了！因为你们将薄荷、芸香并各样菜蔬献上十分之一，那公义和爱神的事反倒不行了。这原是你们当行的；那也是不可不行的。"

3　此处属于典故混用，且与原本的内容有些出入。《路加福音》7:37-38:"那城里有一个女人，是个罪人，知道耶稣在法利赛人家里坐席，就拿着盛香膏的玉瓶，站在耶稣背后，挨着他的脚哭，眼泪湿了耶稣的脚，就用自己的头发擦干，又用嘴连连亲他的脚，把香膏抹上。"不是抹大拉的玛利亚所浇。《马可福音》16:9:"在七日的第一日清早，耶稣复活了，就先向抹大拉的马利亚显现（耶稣从她身上曾赶出七个鬼）。"原文并非七个情人。

4　见但丁《神曲·天堂》第三十到三十二章:"天堂至高处，有像玫瑰一样的圆形剧场，有千重台阶，基督的圣徒身着白衣，以纯白的玫瑰花形显现，天使亦穿白衣，纷纷落座。马利亚医治的愈合了的、涂上了油的创伤，当初弄破它、刺穿它的人，是那位坐在她脚下的如此之美的女性。在她下面，拉结同贝雅特丽齐一起坐在那第三排座位上。如同你看见的那样。接着，你可以看到撒拉、利百加、犹滴和作为因悔恨自己的罪而喊'Miserere mei（求主垂怜）'的那位歌手的曾祖母的妇人，她们依次由上而下坐在一排低于一排的座位上。"（第三十二章）"因悔恨自己的罪而喊'Miserere mei（求主垂怜）'的那位歌手的曾祖母的妇人"，即路得（Ruth）。

在警醒我们，每个瞬间都应当是美好的，灵魂应时刻准备，迎接新郎的到来[1]，时刻等待情人的声音。庸俗不过是人的天性之中，想象力未曾照亮的那面，他把生命中一切美好的熏陶都视为光的种种形态：想象力本就是世界之光，το φως του κόσμου，世界由它创造，但它却不被世人理解。那是因为想象力不过是爱的种种显化之一，正是爱和爱的多寡，才是人与人之间最根本的区别。

但是，当他与罪人打交道时，才最为浪漫，也最为真实。世人向来敬爱圣者，因为这是最可能接近上帝至善的途径。基督，通过他身上的某种神圣的本能，似乎总是偏爱有罪之人，因为这是最可能接近凡人至善的途径。他的首要愿望，并非改造世人，正如他的首要愿望也不是纾解苦难。把有趣的小偷变成乏味的君子，并不是他的目的。他丝毫不会考虑什么囚犯援助会之类的现代运动。在他看来，把一位税吏变成一位法利赛人[2]，无论如何都不会是个伟大的成就。他以一种世人尚未理解的方式，将罪和苦难本身视为美丽、圣洁的事物和完美的形式。这听起来是个危险的想法。确实如此。所有伟大的思想都是危险的。毫无疑问，这就是基督的教义。我自己也毫不怀疑，这是世间的真理。

罪人理应忏悔，必须忏悔。但这是为何？难道仅仅因为，若不忏悔，他就无法意识到自己的所作所为。忏悔之时即皈依之时。不仅如此，人可以以此改变自己的过去。希腊人认为这不可能。他们

---

1 见《约翰福音》3:22-30："娶新妇的就是新郎，新郎的朋友站着听见新郎的声音，就甚喜乐；故此我这喜乐满足了。祂必兴旺，我必衰微。"意思是众门徒犹如新娘，必要归于他们的新郎，也就是基督。

2 见《路加福音》18:9-14：耶稣向那些仗着自己是义人，藐视别人的人，设一个比喻，说："有两个人上殿里去祷告：一个是法利赛人，一个是税吏。法利赛人站着，自言自语地祷告说：'神啊，我感谢你，我不像别人勒索、不义、奸淫，也不像这个税吏。我一个礼拜禁食两次，凡我所得的都捐上十分之一。'那税吏远远地站着，连举目望天也不敢，只捶着胸说：'神啊，开恩可怜我这个罪人！'我告诉你们，这人回家去比那人倒算为义了；因为，凡自高的，必降为卑；自卑的，必升为高。"

的箴言中常说，"即便是诸神也无法改变过去"[1]。基督却开示，即便是罪大恶极之人也能改变过去。这也是他唯一能做的事。基督，倘若有人问他，他一定会说，我对此无比坚信。当浪荡子双膝跪地、痛哭流涕之际，那些他浪费在娼妓身上的钱财，让自己沦落到替人放猪、恨不得拿猪所吃的豆荚充饥的境遇，[2] 在那一刻，真正转变成了他生命中美丽而神圣的事。大多数人都难以理解这个观点。我敢说，只有进了监狱才能领悟。若真如此，进监狱或许也值得。

基督有其独特之处。当然，正如真正的黎明到来之前会有虚幻的曙光，岁至严冬也会忽然遍洒灿烂的暖阳，骗过聪明的番红花在时令之前就绽开它金黄的花蕊，让愚蠢的鸟儿呼俦啸侣在枯枝上筑巢，所以在基督之前也有基督徒。对此，我们应心存感激。不幸的是，之后就一个也没有了。我以为有一个例外，即亚西西的圣方济各。但上帝在他出生时就赐予了他诗人的灵魂，而他自己在年纪尚轻之际就与贫穷结下神秘的姻亲。有了诗人的灵魂和乞丐的肉体，他发现通往至善之路并不崎岖。他理解基督，故而与基督愈发相似。圣方济各的一生是真正的"以主为师"[3]，无需《循圣书》[4]来告诉我们；更是一首诗，与之相比，冠以其生平之名的书，不过是散文而已。说到底，这正是基督的魅力。他本身就像一件艺术品。他不需要真正教导人们什么，只要被带到他面前，人就能有所成就，而每个人都注定要被带到他面前。人之一生，至少有一次与基督同行到

1　见亚里士多德《尼各马可伦理学》第六卷·第二节："让已经做成了的事情不做成，就是神仙也无能。"

2　见《路加福音》15:11-32。大致讲了一个"浪子回头"的故事。小儿子要分家产，分得后又挥霍殆尽，穷困潦倒而至远走他乡，为他人做苦力，最终回到家乡求父亲原谅。

3　《师主篇》（*De Imitatione Christi*），是托马斯·肯皮斯（Thomas à Kempis）所著的一本灵修书，书名取"以主为师"之意。

4　《循圣书》（*Liber Conformitatum*）是一本由圣方济各会的修士杰拉尔德·奥芬巴赫（Gerald of Wales）所著的中世纪拉丁文著作，是一部关于圣方济各的传记，描述了圣方济各的生活、言行和教义与耶稣基督的生平之间的相似之处。

以马忤斯去的机会。[1]

至于另一个主题，艺术生命与言行的关系，无疑会让你感到奇怪，为何我偏偏选了这个主题。人们指着雷丁监狱，说："艺术生命会将人引向那里。"其实，还会把人引向更糟糕的地方。对冥顽不灵的人而言，生活不过是精明的投机，依赖于对方式和手段的仔细算计，永远知道自己的目的，并坚决执行。倘若他们的初衷是当上教区执事，那么，无论他们的身份地位如何，都会成功当上，仅此而已。一个人汲汲于身外的名利，比如想当议员，或成功的商贩，或出色的律师，或是法官，乃至其余同样乏味的角色，最终都会梦想成真。这就是对他的惩罚。那些寻找面具之人，终将活在面具之下。

但是，对于那些有着勃勃生机之人，以及那些堪称生命力的化身之人，情况大不相同。只追求自我实现的人，永远不知道自己的目的地在哪。他们不可能知道。当然，如希腊神谕所言，"认识你自己"[2]，在某种意义上是必要的。这是知识的第一个成就。但认识到人的灵魂是不可知的，才是智慧的究极成就。最终的奥秘就是自我。即便人们已称出太阳的重量，测出月亮的步长，一颗星又一颗星地绘出七重天宇[3]，却仍然无法窥探自我。谁能计算出自己灵魂的轨道？当基士之子为父亲外出寻驴时，尚不知一位神人带着加冕的圣膏正等着他，也不知道自己的灵魂已是国王的灵魂。[4]

1　见《路加福音》24:13-32。讲的是耶稣复活之日，两位门徒到以马忤斯去，耶稣与他们同行。到了以马忤斯之后，两位门徒的眼睛明亮了，才认出耶稣，但耶稣忽然就不见了。

2　"认识你自己"刻在德尔斐神庙的入口。

3　古希腊人认为天有七重，分别运行着月亮、水星、金星、太阳、火星、木星和土星。

4　见《撒母耳记上》9:1-27和10:1-16："基士之子为扫罗，扫罗为父寻驴，遍找不到，仆人说可以去找先知问询。在扫罗来的前一天，耶和华已经启示撒母耳说：'明天这个时候，我会从便雅悯境内差遣一个人到你这里，你要膏立他做我以色列子民的首领，他会从非利士人手中把我的子民拯救出来，因为我已听到我子民的呼求，我要施恩给他们。'在撒母耳见到扫罗之后，就拿瓶膏油倒在扫罗的头上，以示这是以色列的王。"

我希望能活得长久，能创作出这样一部作品，让我在生命残灯将尽之际，说："是啊，这才是艺术生命把人引向的地方。"在我的经历中，遇到过两个最完美的人，分别是魏尔伦和克鲁泡特金王子[1]，他们都在狱中度过了数年。前者是但丁之后的一位基督徒诗人，后者是位拥有似乎发源于俄国的美丽而纯白的基督灵魂之人。在过去的七八个月里，尽管外界几乎毫不间断地为我传来一系列巨大的纷扰，因为一些人事的关系，我得以与刚调来这所监狱里工作的新灵魂[2]有直接的接触，这对我的帮助无法用语言表达。在我入狱的第一年，我一事无成，回忆起来，除了无力地在绝望中搓着双手，说"何以至此！何以沦落到如此凄惨的境地！"之外，我什么都没做。而今，我试着开导自己，在我不折磨自己的时候，会由衷地说："好个开始！好个改过自新的开始！"事实或许真如我所言。或许会如我所愿。若真如此，我必会非常感激这个新的人格，改变了这里每个人的生活。

　　事物本身如何并不重要，寻根究底——让我们感谢一次形而上学对我们的教导——并不真实存在。重要的唯有精神。加诸于人的惩罚，有时并不会造成伤害，反倒会有疗愈之效，正如周济不当，施与者手中的面包也会变作石头，其中的差别犹如霄壤，不在于铁律般无可转圜的规则，而在于规则所传达的精神。你也感觉到了，当我告诉你，如果我在去年五月获释，我曾努力争取这个结果，我或许会带着深仇大恨，憎恶这所监狱和其中的每一位官吏，这必将毒害我的一生。我的刑期延长了一年，即便身陷囹圄，人性却对我们不离不弃，而今，等我开释之际，我将永远铭记这里的每个人，都曾对我施与巨大的恩惠，在我出狱那天，我将向许多人表达感谢，

1　保罗·魏尔伦醉酒后开枪射伤了诗人阿蒂尔·兰波而被捕入狱。
彼得·阿列克谢耶维奇·克鲁泡特金，提倡无政府主义，因参与政治运动而被捕入狱。
2　指新典狱长詹姆斯·奥斯蒙德·纳尔逊（James Osmond Nelson），亦即后文所说的"新的人格"。

并请求他们，反过来也要把我铭记在心。

监狱制度绝对是个彻头彻尾的错误。等我出狱后，如果能改变它，我情愿付出一切代价。我打算试一试。但是，这世间没什么错误是人类的精神，即爱的精神、教堂之外的基督的精神，不能纠正的，即便不能，至少也能让心灵不至于承受太多痛苦。

我也知道，外面有许多令人愉悦的乐事在等着我，从亚西西的圣方济各所说的"我的兄弟风"和"我的姐妹雨"[1]，无论风雨都令人心旷神怡，到都市里商店的橱窗和日落。如果让我列张清单，列出我仍拥有的一切，我真不知道该在何处停笔，因为，上帝为我创造的世界，与为其他人创造的世界一样丰赡。也许我可以带着我从未拥有过的东西离开。对我而言，道德的改革与神学的改革一样毫无意义，一样庸俗不堪，自不必待言。不过，虽说成为更好的人，只是句不科学的空谈，但是成为更深刻的人，却是那些历经苦难之人的特权。我想我已成了这样的人。你可以自行判断。

如果我出狱后，我朋友举办的宴会，却不邀请我参加，我不会有丝毫介怀。我便是独处也能自得其乐。有自由、有书、有花、有月，谁会不快乐呢？况且，宴会也不再适合我。我已为之付出了太多，已经不在意了。对我而言，生活的那一面已经翻篇，我敢说此乃幸事一桩。但是，如果我出狱后，我的哪位朋友，不让我分担他的忧伤，我会痛苦万分。如果他对我关上哀悼之屋的大门，我会一次又一次地折返，恳求他让我进去，这样我就能分担我理应分担的悲痛。倘若他认为我不配，也不适合与他一同哭泣，这份羞辱会让我心碎，这是让我蒙羞的最可怕的方式。但这不可能发生。我有权为他人分忧。能看到世间的美好，分担世间的悲伤，并意识到这两者的奇妙之处的人，才能说他直接触及了神圣的事物，比任何人都

1　出自亚西西的方济各所作的颂歌《太阳之歌》（ *The Canticle of the Sun* ）。

更接近上帝的秘密。

也许会有一种更深沉的基调，一个激情与直接的冲动凝结而成的更宏大的整体，渗入我的艺术之中，正如其已渗入我的生命。现代艺术真正的目标，不是广度，而是强度。我们在艺术中不再关注典型。我们要创作的是例外。过去用以表达痛苦的任何形式，都不足以承载我的痛苦，这一点毋庸赘言。唯有模仿的终点，才是艺术的起点。无论如何，必有新鲜的事物注入我的作品，也许是更圆融和谐的文字，更繁复的韵律，更斑斓的色彩效果，更简单的架构秩序，总之都会呈现一些美学特质。

当马耳绪阿斯"从他四肢的鞘中抽离"时 —— 用但丁最可怕、最具塔西佗风格的措辞来说，"dalla vagina delle membra sue[1]。" —— 如希腊人所言，就不再歌唱了。阿波罗成了胜利者。七弦琴压倒了芦笛。但或许希腊人错了。我在许多现代艺术中，听到了马耳绪阿斯的啜泣[2]。在波德莱尔那里，它是苦涩的；在拉马丁那里，它是甜美平实的；在魏尔伦那里，它是神秘的；在肖邦的音乐中，它是迟来的趋谐[3]；在伯恩-琼斯的笔下，它是那些反复出现的女性形象的脸上挥之不去的幽怨。即便是马修·阿诺德，曾在他的《卡利克勒斯之歌》中，以如此清新、颇具抒情之美的音律，讲述了"悦耳动听的琴声的胜利"和"著名的最终胜利"。即使是他，在他的诗歌中萦绕着的不安的犹疑和悲恸的低语，也不乏这种情绪[4]。歌德和华

1　见但丁《神曲·天堂》第一章。

2　王尔德评论威廉·欧内斯特·亨利的《诗集》(A Book of Verses) 时写道："在亨利这卷诗集的早期作品中，在我看来，其中更多的是马耳绪阿斯的啜泣，而非阿波罗的琴音。"

3　趋谐 (resolution)，音乐术语，指音乐从不稳定状态进行到稳定状态的过程，如从不协和音程到协和音程，又译为"解决"。

4　马修·阿诺德的戏剧《埃特纳火山上的恩培多克勒》(Empedocles on Etna) 第二幕中的卡利克勒斯对阿波罗的赞歌常被独立出版。

兹华斯都无法治愈他，尽管他曾依次追随他们。当他试图为"塞尔西"[1]哀悼或为"吉卜赛学者"[2]歌吟时，他也不得不用芦笛来抒发自己的心曲。但是，无论弗里吉亚牧神[3]是否不再开口，我都不能沉默。我必须表达，正如覆压监狱的高墙、在风中倾侧摇曳的黝黑枝杈，需要绿叶与鲜花。现在，我的艺术和这个世界之间，有一道宽阔的鸿沟，而我的艺术和我自己之间却紧密无间。至少我希望如此。

我们每个人分到的命运，各不相同。自由、愉悦、享乐、安逸的生活，是你抽到的签，但你并不配得。我抽到的签是声名狼藉、久居困顿、痛苦、毁灭、耻辱中的一个，我也不配得——至少现在不配。我记得我曾说过，如果真正的悲剧，蒙着紫色的棺罩，戴着高贵的悲哀面具向我走来，我想我可以承受，但现代性的可怕之处在于，为悲剧披上了喜剧的外衣，使得伟大的现实显得平凡、怪诞且缺乏格调。这是现代性的真实写照。可能现实生活本就如此。据说，在旁人眼中，所有以身殉道之举都轻如鸿毛。[4]对这条通则而言，十九世纪也不例外。

一切关乎我的悲剧之事，全都面目可憎、卑鄙下贱、令人厌恶、毫无品格。我们的囚服让我们荒唐可笑。我们是悲伤的弄臣，我们是心碎的小丑，我们是为取悦他人而设的。一八九五年十一月十三日，我从伦敦被移送至此。那天下午，从两点到两点半，我不得不身着囚服，手戴镣铐，站在克拉珀姆枢纽站的中央月台上示众。我被带出医院病房，没有收到哪怕提前片刻的通知。在所有可能的围观对象中，我是最滑稽的一位。看到我的人，无一不发笑。每列

1　指马修·阿诺德悼念亡友——诗人亚瑟·休·克拉夫所做的诗。塞尔西是维吉尔《牧歌》第七首中的牧羊人。

2　指马修·阿诺德的另一首诗《吉卜赛学者》，为了纪念诗人和他的朋友曾经愉快相处的场景。

3　指马耳绪阿斯，他是一位半人半马的牧神。

4　化用自拉尔夫·沃尔多·爱默生的文章《经验》（*Experience*）。

火车驶来，都源源不断地送来观众。没什么更能调动他们的兴致了。当然，这是在他们知道我的身份之前。他们刚一得知，笑得就更欢了。在那个十一月灰蒙蒙的阴雨天，我站在一群暴徒之中，被众人围观、冷嘲热讽了半个小时之久。在这之后的一年里，每天到了相同的钟点，我都忍不住哭上同样长的时间。这并不像你听起来得那样凄惨。对狱中的人而言，流泪是每天经历的一部分。在狱中，不流泪的一天，并不是心里快乐的一天，而是心肠变硬的一天。

　　而今，我真正开始为那些嘲笑我的人感到惋惜，更甚于自怨自艾。诚然，他们看到我的时候，我已跌落我的神坛。我是在戴枷示众。但是，只关心那些高踞神坛之上的人，是一种非常缺乏想象力的天性。神坛或许是个极为虚幻之物，而枷锁则是个惨不忍睹的现实。他们也应该知道如何更好地诠释悲伤。我说过，悲伤背后永远是悲伤。更明智的说法是，悲伤背后总有一个灵魂。去嘲笑一个痛不欲生的灵魂，是个可怕的罪过。这样的行为，有损于生命之美。这个世界的经济秩序出奇得简单，付出了什么，才会收获什么，对于那些没有足够的想象力，不能看透事物浅显的表象，不能心怀怜悯之人，又如何能得到怜悯呢？对他们只能以白眼待之。

　　我已简明扼要地将我如何被送到这里的经过告诉了你，你应该意识到，要我从我的惩罚中，得到除了痛苦和绝望之外的任何感受，对我而言是多么艰难。然而，我却不得不这样做，偶尔我也会有屈服和认命的时候。一朵含苞待放的花朵之内，或许隐藏着整个春天的讯息，云雀筑在地上的低矮巢穴里传来喜悦的啾鸣，或许预示着无数个黎明将要留下玫红色的足迹，正因如此，在屈服、羞愧和耻辱的时刻里，或许也包含着生命仍为我保留的任何美好。无论如何，我只能按照自己的轨迹前行，接受发生在我身上的一切，让我配得上我的经历。

　　人们常说，我太过个人主义。与从前相比，我必须更个人主义，我必须更多地关注自身，更少地向世界索取。如是说来，我败落至此，并非源于生活中个人主义太强，而是太弱。在我的人生中，最可耻、最不能原谅、永远是最令人鄙夷的行为，就是我竟允许自己，为了对付你的父亲，迫于无奈向社会寻求帮助和庇护。从个人主义的角度来看，无论为了对付谁，发出这样的呼求实属败事有余。但是，为了对付这样一位天性卑劣而又面目可憎之人而出此下策，还需要什么理由呢？

当然，一旦我诉诸社会的力量，社会就转过头来对我说："你在生活中向来无视我的法律，难道你现在却要诉诸法律来保护自己吗？你将充分行使这些法律，而你也将为你诉诸的法律所制裁。"结果我被关进了监狱。而我，从治安法庭开始，接受了三次审判，我常常满怀酸楚地感受到我的处境有多么可笑且耻辱，我常常看到你的父亲手忙脚乱地东奔西走，希望引起公众的关注，仿佛有谁会瞧不见、记不住他马夫般的步态和衣着，他的罗圈腿、颤巍巍的手、下垂的嘴、粗野而愚鲁的龇牙笑。即便他不在场，或身处视线之外，我也常常能意识到他的存在。有时候在我眼中，审判大厅空旷而又阴沉的墙壁上，乃至空气自身之中，似乎都挂满了各式各样的面具，都是那张猿猴般的脸。我敢肯定，从未有人像我一样如此卑贱地堕落，并被人以如此卑贱的手段陷害。在《道林·格雷》的某一章，我说，"人在选择自己的敌人时，再怎么谨慎也不为过"。当时我怎么也想不到，我因为一个贱民而让自己也沦为贱民了。

这种催促我、迫使我向社会寻求帮助的行为，是让我非常看不起你的许多事情之一，让我也因为屈服于你而如此看不起我自己。你不能欣赏作为艺术家的我，实属情有可原。这是秉性使然，你也没有办法。但你或许能欣赏作为个人主义者的我，因为这不需要文化修养。但你没有，于是你将庸俗的元素带进了我的生活，而我的生活向来站在庸俗的对立面，从某些角度来看，这对我的生活是个彻底的毁灭。生活中的庸俗元素并非不懂艺术。渔人、牧民、佃户、农夫等，他们对艺术一无所知，但并不妨碍各有可爱之处，无损于他们充当世界之盐[1]。支撑并维护社会中沉重、累赘、盲目的僵化势力之人，才堪称庸人，当他们面对存在于某个人物或某种运动之中的活力时，往往有眼无珠。

人们认为，我在晚宴上招待生活中的宵小之徒，并在他们的陪伴中寻欢作乐，实在是可怕。而我作为生活的艺术家，在我看来，与他们相处，会为我带来愉悦的启发和刺激。我仿佛在与猎豹共餐[2]。刺激之中，有一半来自危险。以前我时常感觉自己就像个耍蛇人，引诱眼镜蛇从装着它的绘布袋或芦苇筐中钻出来，给它展开皮褶的指令，让它在空中来回扭动，犹如溪流中自在摇曳的水草。对我而言，他们一如最耀眼的金蛇，毒液乃是成其完美的要素。我并不知道，当他们要攻击我时，竟然是和着你吹出的笛声，为了你父亲的报酬。我丝毫不为认识他们而羞愧。他们非常有趣。让我真正感到羞愧的是你把我带入了可怕的庸俗之境。作为一名艺术家，我本该与爱丽儿[3]为伍，你却让我和卡列班[4]搏斗。我发现自己被迫给你父亲寄去冗长的律师函，被迫向我一直以来坚决反对的事物寻求帮助，而不是在创作像《莎乐美》《佛罗伦萨的悲剧》和《圣妓》这样色彩华美、富于声律的作品。克利伯恩和阿特金斯[5]在迫害他人生活的劣迹斑斑的战绩中，表现出色。与他们过招堪称一场惊心动

1　指"世上的精华"。见《马太福音》5:13："你们是世上的盐。盐若失了味，怎能叫它再咸呢？以后无用，不过丢在外面，被人践踏了。"

2　出自巴尔扎克的《幻灭》第十八章："今天晚上，我觉得是和狮子老虎一块儿吃宵夜，只是承它们的情，不伸出爪子来罢了。"（傅雷译，其中老虎应作"豹子"）

3　莎士比亚《暴风雨》中的快乐精灵。

4　莎士比亚《暴风雨》中的野蛮畸形的奴仆。

5　克利伯恩是一名职业勒索者，他得到了一封王尔德寄给波西的信，以此敲诈王尔德。阿特金斯或许应是艾伦（Allen），后者是克利伯恩的同伙。

魄的冒险。若是大仲马、切利尼、戈雅、埃德加·爱伦·坡或波德莱尔，也会有同样的应对。每当我想起在你的陪同下与汉弗莱斯律师的那次没完没了的会面，就让我无比厌烦。在阴森森的室内，昏惨惨的灯下，你我一脸严肃地坐着，面对一位秃顶的男人，一本正经地满口谎话，直到我真的因疲倦而呻吟，哈欠连天。在与你交往两年之后，我发现自己已置身于庸俗的核心，远离一切美好、辉煌、奇妙、英勇的事物。最终，我不得不替你站出来，捍卫言行中的体面、生活中的自律和艺术中的伦理。Voilà où mènent les mauvais chemins[1]（此乃邪路引领之处）！

而令我百思不得其解的是，你竟然试图模仿你父亲的主要性格特质。为什么你会以他为楷模，他本来是你的儆戒，我不明白，除非是每当两人之间起了仇恨，反倒会产生一种类似兄弟情谊的纽带。我推测，由于某条不可名状的同类相斥的定律，你们彼此厌恶，不是因为你们在许多方面如此不同，而是因为你们在许多方面如此相似。一八九三年六月，当你离开牛津时，没拿到学位，还欠了许多债，尽管都是些小钱，但对你父亲的收入而言，却相当可观。你父亲给你写了一封无比粗俗、凶狠的辱骂信。你给他的回信，无论从哪个方面看，都更恶毒，当然也更不可原谅，你反而对此感到非常自豪。我清楚地记得，你带着无比骄矜的神气对我说，你可以"以其人之道"击败你的父亲。没错。但这是怎样的行为！是怎样的斗争！你的父亲原本借住在你表兄家里，为了写信辱骂你的表兄，他竟然搬到了临近的旅馆，你经常以此耻笑嘲讽你父亲。但你不也经常对我做同样的事。你我在某个公共酒店共进午餐，其间你大发脾气、大吵一架，就回到怀特俱乐部，给我写一封不堪入目的信。这种事不断上演。你与你父亲唯一的不同之处，在于你派专人把信送

---

1 原文为法语，是巴尔扎克的小说《交际花盛衰记》第三部的标题。

到我手里之后，不出几个小时，你就会亲自敲开我的房门，不是为了道歉，而是想知道我是否在萨沃伊订了晚餐，如果没有，为什么没有。有时候，实际上我还未来得及读那封骂我的信，你就已经到了。我记得有一次，你让我邀请你的两位同伴到皇家餐厅共进午餐，其中有一位我这辈子从未见过。我照做了，在你特别的要求下，事先预订了一桌极其奢华的午宴。我记得，我还请来了厨师长，专门叮嘱备好了酒水。你却没有赴宴，而是给在咖啡厅的我送来了一封辱骂信，在我们等了你半小时后，这封信才姗姗来迟。我读了第一行，就明白了这是什么意思，于是我把信放进口袋，向你的朋友们解释说你顿感不适，信中其余篇幅描述了你的病情。事实上，直到我为泰特街的晚宴更衣打扮的时候，我才抽空读了这封信。这封信仿佛癫痫病人嘴角的口水泛起的白沫，而我正沉浸于信中的泥潭，无限悲哀地思索你怎么会写出这样的信的时候，我的仆人进来通报，你正在大厅里，非常急切地想要见我一面，哪怕五分钟。我马上派人下去请你过来。你到了，我承认，你的脸色看起来非常惊惶而又惨白，恳求得到我的建议的帮助，因为有人告诉你，有人从鲁姆雷律而来，是个律师，一直在卡多根广场打听你的下落，你害怕你在牛津惹下的麻烦，或是新近的祸事正威胁你的安危。我安慰了你，告诉你，这或许不过是某个店主来催账，后来也证明就是这样的事。我留你一同吃晚饭，与我共度良宵。那封可怕的信，你只字未提，我也一样。我仅仅将其视作令人不快的性格的一个令人不快的症状。这件事就彻底过去了。两点半给我写一封不堪入目的信，又在当天下午七点十五分飞奔而来，向我寻求帮助和同情，在你的生活中是再平常不过的事了。你的这种习性，远超你的父亲，在其他方面也是如此。当他写给你的令人几欲作呕的信，在法庭上公开宣读时，他自然会羞愧难当，假模假式地流几滴眼泪。如果你写给他的信，由他自己的律师当众宣读，会令在场的每个人都更加惊骇而厌恶。你不仅在文风上"以其人之道击败了他",而且在攻讦的方式上,更令他望尘莫及。你动用公开的电文和一览无余的明信片来助你一臂之力。我认为,你应该把这种烦人的手段留给阿尔弗雷德·伍德[1]这样的人,这是他唯一的收入来源,难道不是吗?对于他和他的阶层而言是谋生的手段,对你而言却是一种乐趣,一种无比邪恶的乐趣。你也没有改掉你写信谩骂的可怕习惯,尽管落在我头上的灾祸全是拜它们所赐,你仍然对此引以为傲,并将其加诸我朋友身上,尤其是像罗伯特·薛瑞德和其他在我身处监狱时对我有恩的人。这有失你的身份。当罗伯特·薛瑞德听我提起,我不希望你在《法兰西信使》上发表任何关于我的文章,不管是否附上来往的信件时,你都应该向他表示感谢,因为他澄清了我对此事的看法,让你不至于在无意之间,让我遭受比你已经带给我的更大的痛苦。你可别忘了,对于英国报社而言,一封呼吁"落魄者"应有"公平竞争"的机会的信件,哪怕盛气凌人、庸俗不堪也无妨发表。因为英国新闻界对待艺术家的鄙薄态度由来已久。但在法国,这样的口吻会让我受人耻笑,让你受人白眼。在对文章的目的、语气、行文方式等有所了解之前,我不会允许发表任何文章。在艺术中,良好的初衷一文不值。一切低劣的艺术,都源于良好的初衷。

在我的朋友中,罗伯特·薛瑞德并非唯一一位收到你充满仇恨而又尖酸刻薄的信件的人。因为他们要求,凡与我相关的事务、发表涉及我的文章、你的诗歌的题献、抛售我的信件和礼物等,都应当考虑我的感受、征求我的意愿。你招惹过或想去招惹的人还有很多。

你有没有想过,过去的两年,在我难熬的刑期中,如果我把你当作朋友来指望,我会落入多么可怕的境地?你想过吗?对那些帮助我的人,你可曾有任何的感激?他们通过毫不吝惜的善意、永无

1　职业勒索者,曾在王尔德的审判中做证。

止境的奉献、心甘情愿的付出，已为我减轻了沉重的负担。他们一次又一次的探望，寄来美妙而极富同情的信件，代我打理各项事务，为我安排将来的生活，不顾诋毁、奚落、公开的嘲笑乃至侮辱，对我不离不弃。我每天都感谢上帝，赐予我除你之外的朋友。我的一切都要归功于他们。我牢房中的书，都是罗比用他的零花钱买的。我出狱后，我的衣服也是他们给的。我并不因为接受了出于爱和感情施舍的物品而羞愧，我反而以此为荣。你可曾想过，我的朋友们，如莫尔·阿迪、罗比、罗伯特·薛瑞德、弗兰克·哈里斯和阿瑟·克利夫顿，给予我的安慰、帮助、关爱、同情等，对我意味着什么？我猜你从未想过。在我的牢狱生涯中，仍有许多人对我抱有善意，比如偶尔会跟我说一声早安或晚安的狱卒，这并不是他分内的职责；比如在我精神百般痛苦时，押送我往返于破产法庭的路上的下等警察，试图以他们习以为常的粗鲁的方式安慰我；比如在旺兹沃斯的场地上转圈放风时，认出我的可怜小偷，以他在狱中长期被迫钳口而变得嘶哑的嗓音对我低声说："我为你感到难过。这对你这样的人，比对我们更难熬。"要我说——如果你尚存一丝想象力——你就会明白，倘若这些人中的任何一位，允许你跪下来擦掉他们鞋子上的泥土，你都应该感到光荣。

不知你的想象力是否足以让你看清，我遇到你们这家人，对我来说是个多么可怕的悲剧？也是对任何一个位高权重、声誉卓著或有什么重要的财富需要保存的人而言，是个多么彻底的悲剧？你们家族的长辈——除了珀西[1]是个真正的好人——几乎全都以各种方式促成了我的毁灭。

我曾带着些许怨念，对你谈及你的母亲，我也强烈建议你，让她也读读这封信，主要还是为你着想。如果读到这样一封控诉她儿

1　波西的二哥。

子的信，令她痛苦万分，那就请她记住：我的母亲，在思想上与伊丽莎白·巴雷特·勃朗宁[1]不相上下，在历史上与罗兰夫人[2]并驾齐驱，她儿子的天才和艺术，令她无比骄傲，她也一直视她的儿子为一个有资格延续显赫族姓的后代，然而她的儿子却被判处两年的苦役，她也因此郁郁而终。你一定会问我，你的母亲究竟如何促成了我的毁灭。我会告诉你说，正如你努力将一切不道德的责任推卸给我，你母亲也努力把她对你的一切不道德的责任推卸给我。她并不是一位合格的母亲，没有直接与你谈论你的生活，却总是私下写信给我，恳切而惶恐地求我，不要让你知道她给我写信。你也看到了，我夹在你和你母亲之间进退两难，而我夹在你和你父亲之间也是相同的处境，二者同样虚假、同样荒谬，也同样不幸。在一八九二年八月和同年的十一月八日，我与你母亲有过两次长谈，都是关于你。两次我都问她，这些话为什么不直接跟你讲。两次她都给出了同样的理由："我不敢。一跟他说话，他就生气。"初次听她这么说时，我对你的了解还太少，所以不明白其中的含义。等到第二次时，我已对你知根知底，也就全然明白了。（其间你黄疸病发作，医生让你去伯恩茅斯疗养一周，你不喜欢独处，说动了我陪你同去。）但是，身为人母的首要责任，就是不能回避与儿子严肃地谈话。早在一八九二年七月，你的母亲就看出来你已陷入了麻烦，倘若她能严肃地和你谈谈，让你向她倾诉实情，事态就还有转圜的余地，你和你的母亲也都会比现在幸福得多。总之，根本不该瞒着你，与我私下交流。你母亲给我寄来数不清的手札，信封上标注着"私密"，求我不要经常邀你吃饭，不要给你任何金钱，每张字条的结尾，都留有恳切的附言，"千万不要让阿尔弗雷德知道我给你写过信"。这

---

1 英国维多利亚时代的女性诗人。

2 法国大革命时期的女性政治人物，被判处死刑，行刑前留下遗言："自由、自由，天下古今几多之罪恶，假汝之名以行。"

有什么用呢？其中有何益处？你何曾等我请你吃饭？从来没有。你理所应当地认为，我应该与你一同用餐。如果我提出异议，你总会顶嘴说："如果我不和你一起吃饭，我该上哪去？你不会以为我会回我自己家吃吧？"我无言以对。如果我断然拒绝与你一同用餐，你总会拿要做傻事来威胁我，而你每次都会付诸行动。从你母亲不停寄给我的这些信中，若不是想要将道德责任以一种愚蠢而致命的方式推卸给我，这已是既成事实，还会有什么可能的目的呢？至于你母亲的软弱和畏葸，无论对她自己、对你，还是对我，都已证明极具毁灭性。其中的各种细节，我不想多说，但可以肯定的是，当她听说你父亲径直闯进我家闹了个天翻地覆、尽人皆知之后，可能就已经意识到了严重的危机即将来临，她又正经采取了哪些措施来防止其发生？她绞尽脑汁想到的办法，就是托能言善辩的乔治·温德姆 [1] 以他三寸不烂之舌向我提议。提议什么呢？我应该"逐渐抛弃你"！

说得好像我有可能逐渐抛弃你！我已尝试过每一种方式，想要结束我们的友谊，甚至到了当真逃离英国，提供国外的虚假地址，想要一举打破这个早已让我厌倦、憎恶、身败名裂的纽带的程度了。你认为我可以"逐渐抛弃"你吗？你认为这样就能让你父亲满意了吗？你知道根本不会。事实上，你父亲想要的并不是你我断绝友谊，而是想要一个公开的丑闻。这才是他努力的方向。他的名字已经多年未曾见诸报端。他看到了一个机会，可以让自己以一副全新的面貌，一个慈父的形象，出现在英国公众面前。这激起了他的非分之想。如果我与你绝交，反倒会令他以此大做文章的期待落空。而他第二次离婚诉讼引起的小小风波，无论其细节和缘由多么令人厌恶，不会让他有丝毫满足。因为他追求的乃是名望，就英国公众当下的

1　波西的亲戚。

状态而言，摆出一副所谓贞洁捍卫者的姿态，是博得一时之英名的有效途径。我曾在剧作中写过这样的台词，"英国公众上半年是卡利班，下半年则是达尔丢夫"[1]，而你父亲身上，可以说是集两种角色的化身之大成，正因如此，反倒被视为清教主义[2]咄咄逼人而又旗帜鲜明的合适代表。逐渐抛弃你，即便可行，也不会有任何益处。当初，你母亲应该去做，也是唯一能做的事，就是叫我过去，当着你和你哥哥的面明确表示，这段友谊必须彻底断绝。你还想不明白吗？她会发现，我才是她最热烈的支持者，而且有德拉姆兰里戈[3]和我在场，她与你说话时也不必害怕。但她没有这样做。她害怕自己的责任，想推卸给我。她确实给我写过一封信，不过寥寥几句话，让我不要给你父亲寄警告他罢手的律师函。她说得很对。我咨询律师以求帮助的行为，本就是自讨苦吃。但她还是习惯性地附上了那句："千万不要让阿尔弗雷德知道我给你写过信。"从而抹杀了这封信可能产生的任何效果。

让我给你父亲寄律师函，或者由你亲自寄出，这样的想法令你大喜过望。因为这是你的提议。我无法告诉你，你母亲强烈反对这种做法，她让我郑重地发誓，以此约束我决不会向你透露她信里的内容，而我却愚蠢地遵守了我对她的承诺。她错就错在有什么话不直接对你讲，错在瞒着你，与我暗中往来、私下通信。难道你还不明白吗？没有人能将自己的职责推给别人，最终都要复归原主。你对待生活唯一的观念，唯一的哲学，如果也配称哲学的话，即要求别人为你的一切行为买单。我说的不仅是金钱——那只是你的哲学在日常生活中的实际应用——而是在最宏观、最本质意义上的责任

1　莫里哀的戏剧《伪君子》（*Le Tartuffe*）中的主人公。
2　清教徒是要求清除英国国教会中罗马公教会仪式的改革派。清教主义指清教徒信奉的严格的道德纪律和纯洁等。
3　指珀西。道格拉斯家族世代居住在德拉姆兰里戈城堡，故以此为头衔。

转嫁。你以之作为自己的信条，迄今为止，屡试不爽。你迫使我不得不采取行动，因为你知道，你父亲不会以任何方式攻击你的生活或你自己，而我会竭尽全力保全两者，任何强加于我的重担，我都会挑在自己肩上。你父亲和我，尽管各自的动机不同，但究其所作所为，都在你的预料之中。但是不管怎样，从某种意义上讲，你并没有真正独善其身。为了简洁起见，姑且称之为"婴儿撒母耳论"，在一般人眼中，几乎挑不出毛病。但在伦敦，或许会有很多人不屑一顾，在牛津，也会收到零星的哂笑，原因很简单，这两个地方还有几位你的老相识，还有过去的你留下的痕迹。除了这两地的少部分人之外，公众都把你看作是个善良的年轻人，差点被邪恶而背德的艺术家引诱，走上了不归路，中途却被爱他的慈父及时拯救。这听起来头头是道。然而，你知道自己脱不了干系。我指的并非是愚蠢的陪审员提出的那个愚蠢问题，这当然未曾引起检方和法官的注意。[1] 或许我指的主要是你自己的良心。有朝一日，你将亲眼审视自己的行为，不得不加以反思，你就不会对事态发展的方向完全心安理得，私底下你一定会自惭形秽。以一张铜墙铁壁似的脸面对世人，固然对维持你的形象至关重要，但观众总有退场的时候，每当四下无人之际，我想，即便是为了喘口气，你也不得不暂且摘下面具，否则，你真的会窒息。

你母亲也必有后悔的那天，道理同前。因为她总想把她肩负的重大责任转嫁他人，而别人身上的负担也已经够重了。对你而言，她身兼双亲之职，但她真的履行了这二者中的任何一个吗？如果我忍得了你的粗鲁、蛮横，忍得了你的大吵大闹，或许她也同样在忍受。当我最后一次见到我妻子时——已是十四个月前了——我告

1　在王尔德终审第六天，陪审团主席问法官是否已经签发对阿尔弗雷德·道格拉斯的逮捕令，法官否认后，指示陪审团审议时不必考虑阿尔弗雷德·道格拉斯。

诉她，她免不了对西里尔既当爹又当妈。我把关于你母亲是如何待你的一切都告诉了她，正如我信中所言，当然要详尽得多。我告诉她，为何你母亲寄到泰特街的信封上总写着"私密"的标识。这些信雪花般纷至沓来，以至于我的妻子打趣说，我和你母亲一定在合写一本社会小说或类似的作品。我恳请她，对待西里尔时千万不要重蹈你母亲的覆辙。我告诉她，应该这样抚养儿子，如果他无辜流血，就来告诉母亲，让母亲替他洗净双手，随后教导他如何以忏悔或赎罪来荡涤灵魂。我告诉她，如果肩负他人命运的责任让她害怕面对，即便那个人是她的儿子，找个监护人来帮忙也无妨。我非常高兴，她做到了。她选择向艾德里安·霍普，一位出身高贵、颇具修养、品性高洁之人，也是她的表弟寻求帮助，你在泰特街与他有过一面之缘。有他在，西里尔和维维安就有了更好的机会，得以拥抱美好的未来。你母亲，如果她害怕与你严肃交谈，就应该在自己的亲族中另觅他人，或许你能听进去那个人的话。但她不应该害怕。她应该面对现实，把话对你挑明。无论如何，且看目前的结果。她满意吗，她高兴吗？

我知道她怪罪我。我有所耳闻，不是从你的朋友那，而是从与你素不相识，也对你唯恐避之不及的人那。这种流言蜚语经常吹进我的耳朵。比如，她喜欢跟人讲长辈理应引导晚辈，而且她就此话题，最喜欢发表的观点之一便是我带坏了你。这种说法总会成功地迎合大众的偏见和无知。我根本不用问我对你有什么影响。你知道，我对你没有影响，可以说是丝毫没有影响，你经常以此来自我标榜，这也是你自我标榜的事中唯一一件确有根据的。仅就事实而言，在你身上，我能影响什么呢？你的大脑？还没发育好；你的想象力？已经死透了；你的心灵？尚未出生。在我生命中出现过的所有人中，你是第一个，也是唯一一个，在任何方面我都无法影响的人。当我因照顾你而发烧、缠绵床榻、无依无靠之际，我对你的影响力，尚不能让你为我倒一杯牛奶，遑论为我备好病房里常用的必需品，或费心驾车去几百码之外的书店取来我花自己的钱买的书。当我全身心投入创作之时，写出的喜剧才华胜过康格里夫，哲思胜过小仲马，馨其所有品质，凌驾于一切作家之上，我对你的影响力，也不足让你为我留出片刻艺术家应得的独处时光。无论我在哪写作，对你而言都是你能随意进出的休息室，都是可以抽烟、喝气泡白葡萄酒、信口开河的地方。"长辈理应引导晚辈"，多好的论调，传开之后就变味儿了。当这句话传到你耳朵里时，我猜你会笑——暗自窃笑。你当然有资格笑了。我还听说了几句她对金钱的论调。她声称自己，不停地恳求我不要给你提供金钱，还说自己的话毫无偏私。这我承认。她的信没完没了，每一封都以"千万不要让阿尔弗雷德知道我给你写过信"这句附言作结。但是，支付你从起床后的剃须到午夜时分的马车的每一笔花销，并不让我感到愉悦，反倒是厌烦透顶。为此，我曾一次又一次地向你抱怨。我告诉过你，你还记得吧？我多么抗拒你把我视为"有用"之人，没有任何一个艺术家情愿被这样看待。艺术家，正如艺术自身，究其本质而言，百无一用。当我对你说起这番话时，你大发雷霆。事实总会让你生气。诚然，听起来最痛苦、说出来也最痛苦的必然是真理。但这番话，并没有让你改变自己的观点和生活方式。日复一日，你从早到晚每件事的花费，都要让我承担。只有善良到令人难以理解的天性，或者愚蠢到让人无法形容的头脑，才会做这样的事。不幸的是，我兼而有之。每当我建议，你若是想要钱，应该去找你母亲，你总有一个优雅而冠冕堂皇的理由。你说，你父亲给她的赡养费——我相信每年大约一千五百英镑——完全不能满足一位她这种地位的夫人的需要，你在已经拿到的款项之外，不应再向她要钱了。她的年金，不足以维持她这种身份和品位的夫人的开销，你说得没错，但是，你不该以此为借口，依靠我来过奢侈的生活，恰恰相反，这应当成为促使你厉行节约的理由。事实上，长久以来，你都是个典型的感性主义者，我想你现在依然。感性主义者不过是这样一群人：贪求情绪上快意，却不愿为此付出代价。为你母亲的钱包着想自然是好，但若是以花我的钱为前提，就只能用丑陋来形容了。你以为一个人可以无偿得到另一个人的感情？绝不可能。即便是最美好、最自我牺牲的感情，也需要付出代价。说来实属奇怪，正是所付出的代价才成其美好。凡夫俗子的思想和情感生活最令人鄙夷，就好比他们不过是从流通着观点的图书馆 —— 没有灵魂的时代思潮 —— 借来各种想法填充自己的头脑，当一周结束，就把借来的想法脏兮兮地送还；他们也总是试图通过赊账来获得感情，却在结账的时候拒不支付。你应当摒弃这种生活观。一旦你必须为情感付出代价，你就会知道它的分量，也会因此而变成更好的人。切记，感性主义的外衣下，永远是犬儒主义[1]的内核。事实上，感性主义不过是犬儒主义的暂时退让。在智力层面，犬儒主义会让人感到愉悦，既然犬儒已离开木桶，步入俱乐部之中，那么对于空无灵魂之人而言，犬儒不啻最完美的处世哲学。[2]犬儒自有其社会价值，在艺术家眼中，所有表达方式都饶有趣味，但深究内涵，则无比贫瘠，因为在真正的犬儒主义者眼中，表象之下唯有虚空而已。

我想，如果现在你回想一下，你对你母亲的收入，以及对我的收入，到底是什么态度，你不会为自己感到骄傲，或许有一天，即便你不把这封信给你母亲看，你也可以向她解释说，你靠我维持生活时，完全没有哪怕片刻考虑过我的感受。这不过是一种扭曲的方式，以此来表达你对我的全心全意的挚爱，尽管让我不胜其烦。在你自己眼中，你对我的依赖，无论是在微末还是重大的事物上，

---

1 犬儒主义是古希腊哲学流派，主张追求普遍的善，以抛弃一切物质享受和感官快乐为必要的手段。

2 古希腊犬儒学派哲学家第欧根尼住在木桶之中。

都让你感受到了童年的魅力，你执意让我为你的每一份快乐买单，这让你以为自己找了永葆青春的秘诀。我承认，当我听到你母亲对我的评价时，我痛苦万分。我也确信，只要你有所反思必会同意我的看法，如果她对你家给我家带来的毁灭，说不出一句悲伤或遗憾的话，那就最好闭嘴。当然，这封信中涉及我的任何精神发展，以及我希望达到的任何境界的部分，就没必要给她看了。她不会感兴趣。但我会把纯粹与你生活相关的部分给她看，如果我是你的话。

事实上，如果我是你，我就不会在意别人对我的虚情假意。一个人没有理由向世人展示他的生活。世人不谙世事。但在那些你渴望得到其关爱的人面前，情况就大不相同了。不久前，我的一位挚友——交情已逾十年——找到我，对我说，那些诋毁我的话他一句都不信，希望我知道，他相信我完全是清白的，我不过是你父亲编造的可怕阴谋的受害者。他的话，让我泪流满面。我告诉他，虽然你父亲坚决的指控中有许多都站不住脚，通过恶意陷害嫁祸于我，但我的生活中也确实充满了倒错的欲望和背德的享乐，除非他接受我的这一事实，并对此有充分的认识，否则我不可能再和他做朋友，也不可能再见他了。这对他无异于五雷轰顶，但我们是朋友，我也不是靠粉饰自我才赢得他的友谊。我对你说过，讲真话是件痛苦的事，被迫说假话则更甚于此。

我记得，在我的最后一场审判中，我坐在被告席上，听着洛克伍德[1]历数我骇人听闻的罪状——仿佛塔西佗口中的雄辩，仿佛但丁笔下的诗篇，仿佛萨伏那洛拉对罗马教皇的一段控诉[2]——我

---

1 在王尔德的第二次审判中担任控方律师。
2 吉罗拉莫·萨伏那洛拉（Girolamo Savonarola）因反对文艺复兴艺术和哲学，批评教皇亚历山大六世，在佛罗伦萨推行严苛的宗教法律，禁止饮酒、赌博及下棋，最终被推翻并判处火刑。

听得毛骨悚然。忽然，有个想法从我心里闪过："如果这些关于我的话，由我自己亲口说出，该是多么堂皇啊！"我一下子明白了，怎么说一个人并不重要，关键是，由谁来说。我毫不怀疑，一个人最辉煌的时刻，乃是他跪在尘土中，捶胸顿足，忏悔他一生所有的罪孽之际。你也一样。如果你能让你的母亲，或多或少对你的生活有所了解，你会快乐得多。在一八九三年十二月，我对她讲了很多，当然我迫于无奈只能点到为止、泛泛而谈。这似乎没有给她更多勇气，来处理与你的关系。恰恰相反，她比以往任何时候都更执拗地回避现实。如果你能亲口告诉她，情况就不一样了。也许我的话经常让你感到过于尖刻。但你无法否认事实，情况正如我所言，你应当认认真真读完这封信，届时才会真真正正地面对你自己。

此刻，这封信我已写了很长的篇幅，为的是你应该意识到，在我入狱之前，在那三年致命的友谊中，你是怎么待我的；在我入狱期间，刑期满打满算也只剩两个月，你一直是怎么待我的；在我释放之后，我希望如何对待自己和他人。行文至此，已无法修改或重写。你必须原封不动地接收，其中许多地方泪痕斑斑，还带有激动或痛苦的痕迹，你必须竭尽全力读通这封信，包括泅湿、改动之处，以及其余所有内容。至于涂改和勘误，我这么做是为了让我的文字能充分表达我的思想，不会因言辞过简或过繁而产生歧义。语言需要润色，就像小提琴需要调音，正如唱歌时的颤音和小提琴的揉弦，无论太多还是太少，都会让音符有失真之虞，同样的道理，文字过多或过少，也会破坏其传递的信息。就目前的情况看，无论如何，我在这封信中的每句话的背后，都有其明确的含义。信中没有任何华丽的辞藻。无论在什么地方有删改或替换，无论多么轻微、多么精细，都是因为我在努力呈现我真实的印象，为我的心绪找到最确切的对应。最初的感受，总是在最后才能表达。

我承认这会是一封措辞严厉的信。我没有放过你。你当然可以说，在我都承认了之后，还用我最微末的悲伤、最细小的损失来与你计较，确实对你不公平。事实上我就这么做了，并对你的本性一分一毫地细细衡量。这都是事实。但你必须记住，是你自己爬上了天平。

　　你必须记住，如果仅仅从我的刑期之中提取一个瞬间来与你相较，你在天平上的那端就会翘到天上。虚荣让你选择了天平的那端，也正是虚荣让你紧紧抓住不放。这就是我们友谊中最大的心理误差，即比例完全失衡。你强行进入了一个对你而言太过广阔的生命之中，其运行的轨迹，远非你的目光所能及，远非你狭小的格局所能把控，那是一个思想、激情和行为都举足轻重、万众瞩目的生命，其中无疑充满了无比奇妙也无比可怕的沉重后果。你那渺小的生命中，皆是些小智小慧、小情小爱，在自身渺小的范围内引人注目，在牛津也会引人注目，不过在那里，能够发生在你身上的事，最坏不过领受学监的呵斥或校长的训话，而最激动人心的事，无非是莫得林学院河上夺冠[1]，在四方庭院燃起篝火隆重地庆祝。你离开牛津之后，这一切本该在自己的一方天地之中继续下去。就自身而言，你无可指摘。对于一个非常现代的类型，你是个无比契合的样本。只有在攀扯上我的时候，你才大错特错。你肆无忌惮地挥霍，委实称不上犯罪。年轻人总喜欢挥霍。是你强迫我为你的挥霍买单，才堪称可耻。你想要个与你一同夜以继日虚度光阴的朋友，这个愿望确实有几分迷人，几乎是田园诗般的生活。但你纠缠的朋友，不应该是一位文人、一位艺术家，对他而言，你不断地打扰会将一切美好的作品破坏殆尽，因为你的存在是对创作才能的麻痹。你认真地以为，消磨夜晚的最佳方式，是去萨沃伊吃一顿晚餐、开一瓶香槟，随后

1　指在牛津大学的划艇比赛中获胜。

去音乐厅的包厢，以一顿威利斯的夜宵，再开一瓶香槟，作为美味可口的结尾，这也不是什么坏事。在伦敦，许多讨喜的年轻人都有同样的想法。这甚至不是什么怪癖，不过是成为一名怀特俱乐部会员的合格条件。但你无权要求我，供养你如此享乐。这表明，你对我的才华，缺乏任何真正的赏识。再者，你们父子间的争吵，无论他人如何看待，显然都应该完全由你们自行解决，本就应该避人耳目。我相信，这种争吵不会出家门一步。你错就错在，非要在历史的高台之上，将之当作一出悲喜剧公开上演，让世人围观，而我则成为这场令人不齿的斗争中颁发给胜利者的奖品。你的父亲厌恶你，你也厌恶你的父亲，英国民众对这种事毫无兴趣。这种父子之情，在英国家庭中屡见不鲜，本就应该被限制在其产生之处：家里。出了家门，就显得不合时宜了。要是再去编排，无异于冒犯。家事不是能拿到街头四处招摇的红旗，也不是能站在房顶声嘶力竭吹奏的号角。你把家事带出了不属于它的位置，正如你让自己踏入了不属于你的地方。

而那些离开了他们应属之地的人，改变的只有他们所处的环境，而非他们的本性。他们不会凭空获得与他们踏入的领域相适应的思想或激情。他们并没有这样的能力。情感的力量，正如我在《意图集》中所言，就其广延性和持续性而言，与身体的力量一样有限。[1] 尽管勃艮第所有紫红的木桶中，都满盈着美酒，尽管从西班牙岩石磷磷的葡萄园中采摘的葡萄已堆到了踩酒醺之人的膝盖，但不管多大容量的酒杯也只能装下这么多，再多也不能了。最常见的误解莫过于以为那些引发大悲剧的人，也有与悲剧气氛相应的感情，没有比对他们抱有如此期望更致命的错误了。以"烈火为裳"[2] 的殉

1　出自《意图集》中的《作为艺术家的批评家》（The Critic as Artist）。

2　出自亚历山大·史密斯（Alexander Smith）的长诗《生活剧》（A Life-Drama）第二场："宛若一位苍白的殉道者身着火焰之裳。"

道者，或许正仰望上帝的面容，而在劈开木料、架起柴堆准备火刑的人看来，这番景象与屠夫宰牛、林中烧炭之人砍伐树木或挥镰割草之人打落鲜花并无两样。伟大的激情只属于伟大的灵魂，而伟大的事物，只有与之站在同一高度的人才能看到。

　　从艺术角度来看，我知道，在所有喜剧中，没有任何角色能与莎士比亚笔下的罗森克兰兹和吉尔登斯吞[1]相媲美，也没有什么比他们洞幽烛微的观察力更具启发性。他们是哈姆雷特学堂里的朋友，也一直是他的伙伴，他们带来了三人一同度过的美好日子的回忆。剧中，当他们与他相逢之际，他正肩负着像他这样性情的人难以承受的重担，以至步履蹒跚。逝者从坟墓里走出来，全副武装，将一项对他而言既艰巨又卑微的使命强加给他。他是个梦想家，却被要求采取行动。他有诗人的天性，却被要求以对生活的实际领悟，而非其理想的本质，来处理俗务之中复杂的因果，而他对前者一无所知，对后者却知之甚详。他对该做什么毫无想法，他的愚蠢在于假装愚蠢。布鲁图[2]以疯狂为斗篷，遮蔽他的目的之剑、意志之匕，但对哈姆雷特而言，疯狂不过是掩饰软弱的面具。在插科打诨之中，他看到了延宕的机会。他不断试探，就像艺术家玩弄理论。他监视自己的行动，探听自己的话语，也知道那不过是"空话、空话、空话"[3]。他想要成为自己悲剧的旁观者，而不是努力成为自己的历史的英雄。他不相信任何事物，包括他自己，但他的怀疑于己无益，因

1　莎士比亚的《哈姆雷特》中的两位配角，与莎士比亚一同长大，在莎士比亚的叔父篡位之后被召入宫廷。"你们从小便跟他在一起长大，素来知道他的脾气，所以我特地请你们到我们宫廷里来盘桓几天，陪伴陪伴他，替他解解愁闷，同时趁机窥探他究竟有些什么秘密的心事，为我们所不知道的，也许一旦公开之后，我们就可以替他对症下药。"（《哈姆雷特》第二幕·第二场）

2　马尔库斯·尤利乌斯·布鲁图（Marcus Junius Brutus Caepio），晚期罗马共和国的一名元老院议员，组织并参与了对凯撒的谋杀。

3　出自莎士比亚《哈姆雷特》第二幕·第二场。

为他的怀疑并非来自疑虑，而来自于分裂的意志。

  对于这一切，吉尔登斯吞和罗森克兰兹丝毫意识不到。他们点头、哈腰又傻笑，一个人说过的话，转而就从另一人口中传来变本加厉的回响。及至最后，通过戏中戏和傀儡的嬉闹，哈姆雷特"发掘了"国王"内心的隐秘"[1]，将这位满怀恐惧的卑鄙之徒赶下了王位，吉尔登斯吞和罗森克兰兹在他的行为中，只看到了对宫廷礼仪令人心痛的破坏。这也是他们"以恰如其分的情感，谛观生命的奇景"所能达到的程度。他们几乎触及了他的秘密，却无法参透。即便如实相告，也无济于事。他们就像一只浅浅的酒杯，只能盛这么多，不能再多了。将近结尾处，暗示他们陷入了为另一个人所设的狡猾陷阱，可能已经遭遇了猛烈的攻击而暴毙。尽管借哈姆雷特之口，以他幽默中带点喜剧性的惊讶和公正的台词，提及了这个悲剧的结局，但并不适用于他们这样的人。他们绝不会死，为了"把哈姆雷特和他行事的始末根由向那些尚不满足的世人如实昭告"。[2]

> 让他暂时牺牲一下天堂的幸福，
> 在痛苦中将他的喘息留在这一个冷酷的人间。[3]

  霍拉旭才会死，尽管不是在观众面前[4]，也没有留下兄弟。但是，吉尔登斯吞和罗森克兰兹，与安哲鲁[5]和答尔丢夫一样不朽，应与后两者平起平坐。他们都是现代生活对古代理想友谊的贡献。撰写新

---

1 同上。

2 见莎士比亚《哈姆雷特》第五幕·第二场。

3 同上。

4 霍拉旭在《哈姆雷特》中并没有死，但终将一死，故说他没有死在观众面前。

5 莎士比亚的《一报还一报》中的主人公。

的《论友谊》[1]的人，必须将他们供入神龛，必须用图斯库兰式的散文加以颂扬。他们是永恒的时间中不变的典范。对他们的指摘，暴露的却是鉴赏力的匮乏，不能理解他们的形象，仅此而已。灵魂之中的崇高，不能传染。高尚的思想和高尚的情操，其自身的存在就是遗世独立的。奥菲利娅自己都理解不了的事，更不是"吉尔登斯吞和温柔的罗森克兰兹""罗森克兰兹和温柔的吉尔登斯吞"[2]所能理解的。当然，我并不是拿你和他们比较。你们之间天差地别。他们是时势使然，而你是主动选择。你猛然闯入我的生活，蓄谋已久，不速而来，盘踞于一个你无权也无资格霸占的位置，并以世所罕见的执着，通过纠缠我的每一天并成为其中的一部分，成功地吸取了我生活的全部，却不知该如何处理，只有将其摔成碎片。或许你听来奇怪，但你这样做却无比自然。如果有人给孩子送了个玩具，孩童的内心尚不足以认知其中的妙趣，孩童的懵懂眼睛尚不能看出其中的精巧，就会在任性的时候随手摔坏，也会在无聊的时候任其掉落，去寻找自己的玩伴。你也是如此。你掌控了我的生命，却不知该如何对待。你或许意识不到。奇妙如我的生命，是你无法掌控的。你应该放手，让它从你指间流走，回到你自己的同伴身边，和他们玩乐。但是，你太任性了，所以弄坏了它，实在是令人惋惜。说到底，这或许就是所有无可挽回之事最终的秘密。因为秘密总是小于其外在的表现。原子的位移也会撼动整个世界。以上这些，我不会原谅你，更不会原谅我自己，我还要加上这句：与你相遇，是我的险境，而与你相遇的时机，让这险境成了致命的劫难。因为在那一刻，你的人生正要播种，而我的人生已开始收获。

---

1 《论友谊》（*De Amicitia*）是古罗马作家、政治家、演说家西塞罗的作品。他喜欢住在罗马东南的图斯库兰（Tusculum），在此处他的别墅中进行的对话，汇集成了《图斯库兰论辩集》。

2 这两句话分别是《哈姆雷特》中新王和王后的台词，见第二幕·第二场。

　　还有几件事，我必须写下来告知你。首先是关于我的破产。几天前我曾听闻，我承认令我无比失望，你们家要代偿你父亲索要的诉讼费，但是已经太晚了，而且于法不合，所以我必须在未来相当长的一段时间之内，保持我现在煎熬的处境。我之所以感到痛苦，是因为法院向我确认，没有破产管理人的许可，我甚至不能出版一本书，因为所有的账目都必须提交给他。如果我不把收入所得的票据交给你父亲和其他几位债权人，我就不能与剧院经理签订合同，也不能排演戏目。我想，现在就连你也会承认，妄图以我的破产，让你父亲"大大失血"的指望，并没有遂你的愿，没有取得辉煌的大捷。无论如何，对我而言实属惨败。在我穷困潦倒之际，你应该考虑我的痛苦和屈辱，而不是只想满足自己的奇思妙想，无论多么尖酸刻薄、异想天开。事实上，任由我破产，就像当初你逼我上诉，完全是正中你父亲的下怀，自投他布好的罗网。只凭他一人之力，单枪匹马，从一开始就成不了气候，而你——尽管不是你的本意——却成了他首要的帮凶。

　　莫尔·阿迪在他的信中告诉我，去年夏天，你确实不止一次地表示，希望能偿还一点"我在你身上花的钱"。正如我在给他的回信中所言，不幸的是，我在你身上花费了我的艺术、我的生命、我的名声、我的历史地位。如果你的家族支配着这世上所有的珍奇之物，或一切世间稀有的天才、美貌、财富、崇高的地位之类，倾其所有献于我的脚下，也不能偿还从我身上剥夺的最微末的事物的十分之一，不能弥补我流下的最细小的眼泪。当然，人都要为他的所作所为付出代价，即便是破产者也不例外。在你的印象中，似乎把破产视作逃避偿还债务的方便手段，实际上是"让债主失血"。但事实完全相反。如果用你喜欢的说法，这是债权人让破产者"失血"，以破产的方式，法律可以没收个人的全部财产，迫使他偿还每一笔债务，如果做不到，就让他身无分文，像最低贱的乞丐，站在门廊内，趴在地上，伸手求人施舍，但是在英国，此人无论如何都不敢如此抛头露面。法律不仅夺走了我拥有的一切，我的藏书、家具、绘画，以及我出版物的版权、我剧本的版权，事实上，从《快乐王子》和《温德米尔夫人的扇子》，到我家的楼梯地毯和门前刮鞋板，所有一切，以及我将要拥有的一切，都被夺走了。比如，我婚姻协议中的收益就被卖掉了。幸运的是，我通过我的朋友已将之赎回。否则，万一我的妻子去世，我的两个孩子，在我有生之年，就会和我一样一贫如洗。我家的爱尔兰庄园中属于我的收益，是我从我父亲那里继承的，我想随后也会被卖掉。我对此感到无比痛心，但只能认命。

你父亲的七百便士，还是英镑？挡在前路上，我必须偿还。即便是我所拥有的一切，以及我将拥有的一切，都被剥夺殆尽，我则作为一名无望的破产者被准予释放，我也免不了要还债。萨沃伊的晚餐——清冽的甲鱼汤，甘美的圃鹈包裹于皱巴巴的西西里葡萄叶中，浓郁的琥珀色香槟，其芬芳一如琥珀——一八八〇年的达哥尼是你最喜欢的葡萄酒，我记得没错吧？——所有这些，都要偿还。威利斯的晚餐，永远为我们预留的佩里尔-茹埃的特酿，[1] 直接从斯特拉斯堡采购的美味肉酱，总是在大钟形酒杯底部摇漾的上等香槟，那些足以体味生命之精粹的真正美食家，才更能品尝出其甘旨之味——凡此种种，不能像狡诈的客户欠下的坏账一般，赖掉不还。就连精巧绝伦的袖扣，四颗心形的月光石，闪着朦胧的银光，红宝石和金刚石交替环绕，作为其底座，由我设计，托亨利·刘易斯制作，为了庆祝我的第二部喜剧成功上演，为你送上了这件特别的小礼物，甚至这些——尽管我相信你几个月后就贱卖了——也必须要付款。我不能让珠宝商为我送你的礼物自掏腰包，不管你如何处置。所以，即使我被释放，你看看吧，我还有许多债要还。

---

1 《不可儿戏》第三幕结尾也出现了佩里尔-茹埃的特酿，足见王尔德对其的喜爱。

人要为自己做下的每一件事付出代价。对破产者如此，对生活中的其他人亦复如此。即便是你自己，渴望摆脱一切义务的绝对自由，坚持让别人供养你的一切，却企图拒绝任何要求你报以关爱、尊重或感激的要求。即便是你，总有一天也会严肃地反思自己的所作所为，无论多么徒劳，也要设法做出些赎罪的尝试。事实上，你无法真正赎清你的罪过，这也是对你惩罚的一部分。你也不可能洗脱手上沾染的所有罪责，不可能耸耸肩，就能言笑晏晏地转向新交的朋友、赶赴新开席的盛宴。你不能把你带给我的一切，仅仅当作一段偶尔与香烟和美酒一同享用的伤感回忆，或是纵情声色的现代生活的背景画，正如挂在廉价酒馆里的一幅古老的挂毯。或许暂时尚能从这些回忆中品尝出新鲜的酱料和新酿的美酒一般迷人的滋味，但宴会的残羹冷炙会变质，瓶底的沉淀会变苦。无论是今天，还是明天，或任何一天，你都必须意识到这一点。不然，倘若你至死都参不透这个道理，那么你的人生将会多么吝啬、贫瘠而又缺乏想象力。在我给莫尔的信中，我提出了一个观点，你最好尽快从这个角度切入这个问题。他会告诉你我的观点是什么。要理解它，你必须培养自己的想象力。切记，想象力是一种品质，能让我们在现实以及理想的关系中认识他人和万物。如果单凭自己无法领悟，就去和别人讨论这个问题。我不得不面对面地审视自己的过去。你也要面对面地审视你的过去。静下心来，自己思考。恶莫大于浅薄。凡事明白了就好。去和你的兄弟谈谈吧。事实上，最适合讨论的人选是珀西。让他读读这封信，了解我们友谊的全部。当一切都在他面前清晰地展开，不会有谁能下更公正的判断了。如果我们早就把事实的真相告知他，我将省去多少痛苦和耻辱！你还记得吧，在你从阿尔及尔抵达伦敦的当晚，我就提议这样做。你断然拒绝了。所以，在他晚餐后登门之际，我只好配合你演了一出喜剧，说你父亲神志失常，易受荒诞无稽的妄想的影响。真是演了一出精妙绝伦的好戏，延续至今，因为珀西郑重地以为这就是真相。不幸的是，这出戏以一种令人几欲作呕的方式收场了。此刻我写在信中的内容，就是其产生的后果之一。如果这封信让你心烦意乱，请不要忘记，这是我最深的耻辱，也是我必须经历的耻辱。我别无选择，你也别想逃避。

我要跟你谈的第二件事是关于当我刑满释放时，我们见面的条件、环境和地点。从摘录自你去年初夏写给罗比的信中的片段，我得知你已把我的信和送给你的礼物——至少是残留的那些——封在两个包裹里，急于亲手交还给我。当然，你也没必要保留了。你不明白我为什么要写给你措辞优美的信，正如你不明白我为什么要赠予你赏心悦目的礼物。你体会不到前者不是为了发表，正如后者不是为了典当。更何况，它们属于一段早已逝去的生命，属于一份不知为何你无法欣赏其价值的友谊。而今，当你回忆起那些曾掌控我整个生命的日子时，你定会不胜诧异。我也满怀惊奇，满怀另一番截然不同的感情，回望那段时光。

如果我一切顺利，我将会在近五月底的时候被释放，希望能立刻与罗比和莫尔·阿迪离开故土，去往某个海滨的小村庄。大海，正如欧里庇得斯在他的一部关于伊菲革涅亚的戏剧中所说，能洗去世间的污渍和创伤，θάλασσα κλύζει πάντα τἀνθρώπων κακά[1]。

我希望有至少一个月的时间，与我的朋友们在一起。在他们健康而又亲切地陪伴下，获得安宁和平静，抚慰我烦乱的内心和苦涩的情绪。我对伟大而简单的原初之物，有种莫名的向往。大海对我而言，犹如大地，是我的母亲。在我看来，我们都对大自然看得太多，而与她相处得太少。我从希腊人的姿态中，领悟到了伟大的睿智。他们从不滔滔不绝地赞美夕阳，也不为草地上是否真有淡紫色的阴影而争论不休。但他们看到，大海为游泳者而设，沙滩为跑步

---

1 出自《在陶里斯的伊菲革涅亚》（ *Iphigenia in Tauris* ）。

者的双脚而设。他们喜欢树木，为其投下的浓荫，喜欢森林，为其午时的寂静。治葡萄园的园丁，用常春藤束发，当他弯腰俯察新抽的嫩芽时，就能遮挡太阳的光线。而对于艺术家和运动员，我们传承自古希腊的两类人中典范，将苦月桂和野欧芹的叶子编成花环，除此之外，它们对人类原本毫无用处。

我们自诩身在功利的时代，却并不知晓任何一件事物的用途。我们已然忘却水能清洁，火能净化，大地是我们所有人的母亲。这样一来，我们的艺术便是月亮的艺术，玩弄阴影，而希腊艺术则是太阳的艺术，直面事物的本身。我切实感受到了，自然中蕴含着净化之力，我想回归自然，遨游天地之间。当然，对于像我这样的现代人，我这个enfant de mon siècle[1]（世纪之子），仅仅是向世界投以一瞥，就永远能体会到万物的美好。当我想到出狱那天，我会看到园中的金链花和丁香花都将盛开，看到微风拂过倾侧的黄花，更显其摇金落箔之美，又吹起另一片淡紫的花瓣，犹如纷飞的羽翎，仿佛空气中飘散着阿拉伯的香料的气息[2]，我不禁浑身战栗。当林奈[3]第一次看到某个英国高地上无边无际的石楠荒原，因不起眼的金雀花那芬芳的黄褐色花瓣而镀了层金时，他跪倒在地，喜极而泣，我感同身受。在我眼中，花是我欲望的一部分，在某朵玫瑰的花瓣之中，还有泪水等我去流。我从孩提之时，就一直是这样。藏在每一朵花苞或每一枚贝壳的纹路之中的颜色，都与我的天性，通过对万物之灵的微妙共鸣，而遥相呼应。正如戈蒂耶所言，我永远是那些"可见的世界为之存在"[4]的人中的一员。

---

1 原文为法语。

2 阿拉伯盛产香料。

3 卡尔·林奈（Carl Linnaeus），瑞典植物学家、动物学家、医学家。

4 出自《龚古尔日记》（Journal des Goncourt），为法国诗人泰奥菲尔·戈蒂耶所引用。王尔德在《道林·格雷的画像》第十一章也引用了这句话以形容道林·格雷。

不过，我现在才意识到，尽管这一切的美已令人心折，但在其背后，还隐藏着某种精神，可以付诸丹青的外形和表象，不过是其显相，而我渴望与这种精神圆融合一。我已厌倦了用言辞描绘物色、曲尽人情，我想要追寻的是艺术的奥秘、生命的奥秘、自然的奥秘。或许在伟大的交响乐中，在悲哀的源头，在大海的深处，我会找到它。无论在哪，找到它对我而言至关重要。

所有审判都是人一生的审判，正如所有判决都是死刑的判决，而我已被提审三次。第一次，我刚下证人席就被逮捕；第二次，我被关进拘留所；第三次，被移送至监狱长达两年。社会，由我们组成，却容不下我，也不给我容身之所；但是大自然，在不义之人和正义之人身上遍洒甘霖，[1]岩石的罅隙可以让我藏身，杳无人烟的幽静山谷可以让我不受打扰地哭泣。她在夜空上挂满星辰，让身处黑暗之中的我，在野外赶路时，不至跌倒；又送来风抹去我的脚印，就不会有人追随而来伤我性命；会用滂沱的雨水洗净我的身体，并用苦涩的草药疗愈我的健康。

在一个月之后，当六月的玫瑰恣意绽放花蕾，若我做好准备，我将会通过罗比安排在某个宁静如布鲁日的外国小镇与你相见，那里灰色的房屋、碧绿的运河和清凉静谧的小径，多年以来，令我魂牵梦萦。届时你必须改名换姓。你用虚荣加诸头上的不值一提的名号——其实听上去像是一种花名——如果你想见我，就必须将其抛弃。正如我的名字，曾一度在美名之神的口中如此动听，我也不得不抛弃。我们所处的世纪，面对它无可推卸的责任，却是那样狭隘、卑鄙、不堪重负！它为成功者修筑坚若磐石的宫殿，却为伤心、愧怍之人连一间遮风避雨的茅屋都不愿施舍。它能为我做的一切，

1　见《马太福音》5:45："这样就可以做你们天父的儿子；因为他叫日头照好人，也照歹人；降雨给义人，也给不义的人。"

不过是让我隐姓埋名而已。即便是中世纪，也会给我一件僧侣的兜帽或麻风病人的头巾，让我可以遮住颜面，寻得一份安宁。

我希望，在所有这一切是非曲直之后，我们的会面，将会是你我之间应有的会面。在过去的日子，你我之间总有一道巨大的鸿沟，是艺术成就和文化修养的鸿沟；而今，你我之间有一道更大的鸿沟，那是悲伤的鸿沟。但是，只要谦卑，万事皆可成就；只要有爱，一切易如反掌。

至于你对这封信的回应，可长可短，任你所愿。信上的地址是给"雷丁皇家监狱，典狱长"。再套一个信封，放入你写给我的信，不必封口。如果你的信纸很薄，就不要写在双面，因为这样不易阅读。我给你写信时，任意而为、毫无顾忌。你也可以这样给我写信。我必须从你了解的是，你为什么从来没有做过任何给我写信的尝试。自前年八月以来，尤其是在之后的去年五月，也就是从今天算起的十一个月前，你知道，并向别人承认你知道，你对我造成了何等痛苦，以及我是如何意识到这一点的。我月复一月地等你的消息。即便我已放弃了等待，决然对你关上了心扉，但你也应该明白，没有人能永远把爱拒之门外。《福音书》中不义的法官，最终也站出来做了公正的判决，因为正义每天都来敲他的门[1]；还有那位心中不存友谊之人，在夜里"因他情辞迫切地直求"，最终答应了朋友的祈请[2]。这世上没有哪座牢狱，爱不能破门而入。你要是不明白这一点，就完完全全不知爱为何物。此外，你为《法兰西信使》写的那篇关于我的文章，究竟写了什么内容，统统告知我。我知道一些片段。它已经用铅字排印出来了，你最好从中引述。还有，把你诗歌

1　见《路加福音》18:1-8。法官为寡妇伸冤，乃是因为："只因这寡妇烦扰我，我就给她伸冤吧，免得她常来缠磨我！"

2　见《路加福音》11:5-8。这个人最终给了他朋友三个饼，"我告诉你们，虽不因他是朋友起来给他，但因他情词迫切地直求，就必起来照他所需用的给他"。

的题献中具体的措辞，抄录给我过目。如果是散文，就引用散文；如果是诗歌，就引用诗歌。我毫不怀疑，其中一定蕴含着美。把你的近况以完全的坦诚写在信中，关于你的生活、你的朋友、你的工作、你的藏书。跟我说说你的诗集，以及有什么反响。无论你对自己有任何辩解，但说无妨，无需顾忌。不要写言不由衷的话，我的要求仅此而已。如果你在信中有任何虚伪矫饰之词，我一眼就会看破。这些话并非空穴来风、无的放矢，在我一辈子对文学的顶礼之中，我已将自己练就为：

> 悭吝之人计较一声一律，
> 犹似米达斯对待他的金币。[1]

也别忘了，我要重新认识你。或许我们都要重新认识彼此。

至于你，我只有最后一点要说。无惧过去。若有人言，往事不可追，切莫相信。在上帝眼中，过去、现在和未来，都不过瞬息而已，我们应该努力活在上帝的眼中。时间和空间，因循与广延，不过是孕育思想的偶然条件。而想象力可以将其超越，在理型存在的自由之境中遨游。同样的道理，万事万物，究其本质，乃是因我们的选择而创造。事物的含义，取决于人们看待的方式。"在他人眼中"，布莱克说，"不过是曙光自丘陵上来，我看到了上帝的子民为喜乐而欢呼。"[2]在世人和我自己看来，当我任由自己受人怂恿，与你父亲作对时，我已无可挽回地失去了我的未来。我敢说，在那之前，

1　出自济慈的诗《就商籁而写的商籁》（*On the Sonnet*）。

2　出自威廉·布莱克对他的画作《末日审判的幻象》（*A Vision of the Last Judgment*）所做的注解："什么，"有人会问，"当太阳升起，你看不见一个圆形的火盘，宛若金币吗？"哦，不，不，我看到无数的天使纷至沓来，高呼"圣哉，圣哉，圣哉，全能的上帝"。另见《约伯记》38∶7："那时，晨星一同歌唱；神的众子也都欢呼。"

我早就失去了。摆在我面前的是我的过去。我必须让自己用不同的眼光看待，让世人用不同的眼光看待，还要让上帝用不同的眼光看待。若想了此心愿，我万万不能或回避、或轻视、或赞美、或否认我的过去。若想了此心愿，只有完全地接受，并将其视之为我的生命和人格的演进之中不可或缺的阶段。只有向我已遭受的一切低头认罪，才能实现。这封信以其千变万化、游移不定的情绪，以其嬉笑怒骂和痛心疾首，以其满怀抱负而又无处实现，向你表明了我距离灵魂的真性还有多远。但别忘了，我是在何等可怕的劳教中，完成这封信的。我虽然有缺憾、有瑕疵，但从我这里，你还会有许多收获。当初你来到我身边，是为了学习生活的乐趣和艺术的乐趣。也许冥冥之中自有天意，选中了我向你传授更深妙的奥秘，那便是悲伤的意义和其中蕴含的美。

你深情的朋友
奥斯卡·王尔德

译后记

云隐[1]

当我译完《自深深处》，抬眼看到对面墙上的挂钟，已悠悠晃过了午夜，窗外一片深海般的岑寂，苍白的月色，似乎正映照着亲吻约翰头颅的身披七重纱的公主。四年前，也是同样的夜晚，也有相似的月光，我译完了《莎乐美》，犹记得我走出房门，来到不远处思故河[2]的岸边，惝恍的月亮，穿行于薄云之间，洒下粼粼波光，我不禁默念出其中的台词："你看那月亮！今夜的月亮多么怪异！像一个从坟墓里爬出的女人，一个死了的女人。"当时的我，只把翻译当作偶尔为之的乐趣，未曾想几年后，还会与王尔德再度重逢，并恰如其时。

我一向以为，追求华美之物乃是青春的特权，正如王尔德所言："月桂的枝叶若是由衰老的双手摘下，则必当枯萎。"倘若用珠玉装点、遍身罗绮之人，没有一张年轻的面孔、没有一副轻盈的体态，而是大腹便便、满脸油汗，则无论施以多厚的脂粉，也令人不忍观瞻。文学亦然。对于王尔德这样的唯美主义作家而言更是如此。我早早就决定，如果有一天我变得圆滑世故、好为人师，那么我就不能再触碰王尔德的作品。

1　留美材料学博士，现任中国科学院副研究员。译有王尔德《莎乐美》、莎士比亚《特洛伊罗斯与克瑞西达》、马洛戏剧集，及《科技论文写作》《半导体干法刻蚀技术》等。小说《夜闯布达拉宫》获豆瓣阅读长篇小说幻想组铜奖，《祇园春宵》获豆瓣阅读征文大赛文艺组首奖。常慕六朝骈俪、大乘经藏、边陲旧事。

2　Schuylkill River，流经费城的一条河。

所以，当翻译《自深深处》的机会摆在我面前时，我心中惶恐不安，一方面是担忧自己的译笔不足以传递原文的意境与美，另一方面则是害怕我的心境已经变老了，丧失了追求美的资格。几年前翻译《莎乐美》时的我，无论是对自己的译笔，还是对年华的老去，都没有丝毫焦虑，译文也是援笔立就，未曾有苦心孤诣、字斟句酌之累。可悲的是，心智上的衰朽与肉体并无二致，无法避免，只能尽量延缓。而今我已从费城搬到了北京，从学生变成了老师，作为我与世俗之屏障的象牙塔已然消解，青春也成了一墙之隔的邻居，虽未远去，却已可望而不可即。追求精神、追求美，在世俗之眼中已成了不可理喻的玩笑。从前积累的经验，到了这个年纪已开始腐败，感官上的刺激也丧失了新奇的欢愉。过去我常常惊异于如刀刃般锋利的美，劈面而来，而今只能依稀感受到些许沉闷的脉搏产生的微弱共振……

　　我还是接下了这项工作，不仅仅是为了与王尔德重逢，也想以此为契机，当作对自己的试炼。倘若我在翻译时难以沉浸其中，无法理解、无法感同身受，甚至开始对王尔德施以道德上的评判与指摘，那么我就应当立刻中止我对美的僭越。于是，每天回家之后，过上几个小时，直到入夜我才会开始翻译。独坐于书房，只与一盏孤灯为伴，先读几页原文，让王尔德的浓烈的悲喜织成的看不见的披风覆盖在我身上，仿佛自己也置身于雷丁监狱的囹圄之中，给一位任性的恋人写信。等回过神来，已经到了后半夜，看着今日译毕的篇章，仿佛经历了一个漫长的瞬间。

　　翻译并非一种语言到另一种语言逐字逐句的映射，而是要找出原文的语言与其所要传达的内涵之间的映射，再用要译成的语言重新建立这种映射。设想这样一位画家，同时精通中国画与西洋画，倘若他分别用两种技法为同样的景物各画了一幅画，那么这两幅画之间就构成了最精妙的"翻译"。王尔德用法语创作了《莎乐美》，其英译本尽管名义上出自道格拉斯之手，但王尔德对他的译笔并不满意，于是他重新翻译了自己的作品，或者说用英文重写了一遍。《莎乐美》的法语本和英译本，正如出自一人之手、描绘同一景物的两幅画，一幅丹青、一幅油彩。我不禁去想，倘若王尔德精通汉语，他会怎样重写自己的作品呢？这当然不可能实现。等而下之，倘若有人去靠近王尔德的灵魂，体会他的忧愁与哀伤，追随他的风格与修辞，爱他所爱，在熟读他的作品之后，用他的声音，以中文再倾诉一遍那些"失败、耻辱、贫穷、悲伤、绝望、艰辛乃至泪水，痛苦的唇边流出的破碎词句，让人如行荆棘之中的悔恨，源于良知的谴责，源于自卑的惩罚，头顶灰烬般的磨难，身披麻布、渴饮胆汁的痛苦"，这就是译者需要做的事。

译者与作者，用莎士比亚的话来说，恰似"难解难分的双方，犹如一对精疲力竭的泳者，纠缠不休，相互掣肘"。作者犹如古代的皇帝，想要与读者直接对话而不得，需要站在陛下的译者，向读者传达他的旨意。而译者就像受雇于人的抄经生，只能以工整的小楷抄录佛经，不可擅自添加字句，亦不可过度卖弄自己书法的技艺。阅读与翻译，同样是在和作者交谈，王尔德说："归根结底，一切交往，无论婚姻还是友谊，都以交谈作为纽带。"过去的几个月里，王尔德都会在黉夜到访，与我长谈，他好似梅菲斯特从黄泉召唤而来的亡灵，游走在凡尔赛宫的镜廊映出的无穷的幻影之中，戴着只适合于一场寻欢取乐的化装舞会的镂金错彩的华丽面具，在笑谈之中玩弄危险的哲思和阴影的艺术，端来盛放过圣约翰的头颅的银盘，上面有两杯酒，一杯能让人永生，另一杯则掺了砒霜，而他全都一饮而尽，道林·格雷的画像渗出鲜血，又一颗爱人的头颅悄然落地。

我不会忘记我第一次读王尔德时的震撼，那份自深深处的战栗犹如潮水不断拍打着内心的崖壁，在峭立的巉岩之后的空洞里传来隆隆不绝的回音。当我译完这封长信的最后一句话，也是时候与王尔德道别了。王尔德在狱中写下的这封信，从未被寄出，直到他去世五年后，才公之于众。他写作的缘由，不是为了传之后世，不是为了保留对罪名的辩白，以免自己遭受的冤屈被世人淡忘，也不是为了让他的爱人回心转意。他之所以反复咀嚼自己的苦难，是为了在日复一日的囚禁之中，在令生命麻痹的停滞之中，不至于忘记自我的存在，不至于忘记世间万物之美。对我而言，这封长信似乎也来得恰到好处，"缺乏想象力的天性，如果不做点什么将其唤醒，就会僵化成无可救药的麻木"，我仿佛又感受到了一种悄然复苏的美的战栗。我从王尔德手中接过这朵鲜花，放在所有读这封信的人手上，这"不仅仅是他生命之美的象征，也是所有生命中沉潜之美的象征"，而这种美定会重见光明。

2024 年 7 月 29 日于北京